本书列入

2017年国家社会科学基金重大委托项目

"十三五"国家重点图书出版规划项目

中华传统文化百部经典

蒲松龄 著

马瑞芳 解读

聊斋志异（节选）

国家图书馆出版社

图书在版编目（CIP）数据

聊斋志异：节选／（清）蒲松龄著；马瑞芳解读 . —
北京：国家图书馆出版社，2019.12
（中华传统文化百部经典／袁行霈主编）
ISBN 978-7-5013-6851-8

Ⅰ.①聊… Ⅱ.①蒲…②马… Ⅲ.①笔记小说-
中国-清代 Ⅳ.① I242.1

中国版本图书馆 CIP 数据核字（2019）第 197804 号

国家图书馆出版社官方微信

书　　名	聊斋志异（节选）
著　　者	（清）蒲松龄 著　马瑞芳 解读
责任编辑	潘肖蔷
特约编辑	况正兵
封面设计	敬人设计工作室

出版发行　国家图书馆出版社（北京市西城区文津街 7 号　　100034）
　　　　　010－66114536　63802249　nlcpress@nlc.cn（邮购）
网　　址　http://www.nlcpress.com
印　　装　北京科信印刷有限公司
版次印次　2019 年 12 月第 1 版　2019 年 12 月第 1 次印刷

开　　本　710×1000（毫米）　1/16
印　　张　36.75
字　　数　396 千字
书　　号　ISBN 978-7-5013-6851-8
定　　价　110.00 元（精装）

本册审订

王枝忠　　于天池　　王能宪

中华传统文化百部经典
编纂办公室

张　洁　　梁葆莉　　张毕晓　　马　超　　华鑫文

编纂缘起

　　文化是民族的血脉，是人民的精神家园。党的十八大以来，围绕传承发展中华优秀传统文化，习近平总书记发表了一系列重要讲话，深刻揭示出中华优秀传统文化的地位和作用，梳理概括了中华优秀传统文化的历史源流、思想精神和鲜明特质，集中阐明了我们党对待传统文化的立场态度，这是中华民族继往开来、实现伟大复兴的重要文化方略。2017年初，中共中央办公厅、国务院办公厅印发《关于实施中华优秀传统文化传承发展工程的意见》，从国家战略层面对中华优秀传统文化传承发展工作作出部署。

　　我国古代留下浩如烟海的典籍，其中的精华是培育民族精神和时代精神的文化基础。激活经典，熔古铸今，是增强文化自觉和文化自信的重要途径。多年来，学术界潜心研究，钩沉发覆、辨伪存真、提炼精华，做了许多有益工作。编纂《中华传统文化百部经典》（简称《百部经典》），就是在汲取已有成果基础上，力求编出一套兼具思想性、学术性和大众性的读本，使之成为广泛认同、传之久远的范本。《百部经典》所选图书上起先秦，下至辛亥革命，包括哲学、文学、历史、艺术、科技等领域的重要典籍。萃取其精华，加以解读，旨在搭建传统典籍与大众之间的桥梁，激活中华优秀传统文化，用优秀传统文化滋养当代中国人的精神世界，提振当代中国人的文化自信。

这套书采取导读、原典、注释、点评相结合的编纂体例，寻求优秀传统文化与社会主义核心价值观之间的深度契合点；以当代眼光审视和解读古代典籍，启发读者从中汲取古人的智慧和历史的经验，借以育人、资政，更好地为今人所取、为今人所用；力求深入浅出、明白晓畅地介绍古代经典，让优秀传统文化贴近现实生活，融入课堂教育，走进人们心中，最大限度地发挥以文化人的作用。

《百部经典》的编纂是一项重大文化工程。在中宣部等部门的指导和大力支持下，国家图书馆做了大量组织工作，得到学术界的积极响应和参与。由专家组成的编纂委员会，职责是作出总体规划，选定书目，制订体例，掌握进度；并延请德高望重的大家耆宿担当顾问，聘请对各书有深入研究的学者承担注释和解读，邀请相关领域的知名专家负责审订。先后约有 500 位专家参与工作。在此，向他们表示由衷的谢意。

书中疏漏不当之处，诚请读者批评指正。

2017 年 9 月 21 日

凡　例

一、《中华传统文化百部经典》的选书范围，上起先秦，下迄辛亥革命。选择在哲学、文学、历史、艺术、科技等各个领域具有重大思想价值、社会价值、历史价值和学术价值的一百部经典著作。

二、对于入选典籍，视具体情况确定节选或全录，并慎重选择底本。

三、对每部典籍，均设"导读""注释""点评"三个栏目加以诠释。导读居一书之首，主要介绍作者生平、成书过程、主要内容、历史地位、时代价值等，行文力求准确平实。注释部分解释字词、注明难字读音，串讲句子大意，务求简明扼要。点评包括篇末评和旁批两种形式。篇末评撮述原典要旨，标以"点评"，旁批萃取思想精华，印于书页一侧，力求要言不烦，雅俗共赏。

四、原文中的古今字、假借字一般不做改动，唯对异体字根据现行标准做适当转换。

五、每书附入相关善本书影，以期展现典籍的历史形态。

多病长命不犹门庭之凄寂则冷淡如僧……笔墨之耕耘则萧条似钵……

搔头自念勿亦面壁人果是吾前身耶盖有漏根因未结人天之果而随

风荡堕竟成藩溷之花茫茫六道何可谓无其理哉独是子夜荧荧灯

床欲冥萧斋瑟瑟案冷疑冰集腋为裘妄续幽冥之录浮白载笔仅

成孤愤之书寄托如此亦足悲矣嗟乎惊霜寒雀抱树无温吊月秋虫

偎阑自热知我者其在青林黑塞间乎康熙己未春日

聊齋誌異一卷

考城隍

予姊丈之祖宋公讳焘邑廪生一日病卧见吏人持牒牵白颠马来云请赴

试公言文宗未临何遽得考吏不言但敦促之公力疾乘马从去路甚生疏

至一城郭如王者都移时入府廨宫室壮丽上坐十余官都不知何人惟关壮缪

可识檐下设几墩各二先有一秀才坐其末公便与连肩几上各有笔札俄题

纸飞下视之八字云一人二人有心无心二公文成呈殿上公文中有云有心为善

虽善不赏无心为恶虽恶不罚诸神传赞不已召公上谕曰河南缺一城隍君

称其职公方悟顿首泣曰辱膺宠命何敢多辞但老母七旬奉养无人请

淄川　蒲松齡　留仙　著

新城　王士正　貽上　評

臙脂

東昌卜氏業牛醫者有小女字臙脂才姿慧麗父寶愛
之欲占鳳於清門而世族鄙其寒賤不屑締盟以故
笄未字對戶龔姓之妻王氏佻脫善謔女閨中談友也
一日送至門見一少年過白服裙帽丰采甚都女意似
動秋波縈轉之少年俯其首趨而去去既遠女猶凝眺

帰子嬢三香道之記
日外号不入內号不出
閨閫之肅古人嚴之
閨中不号佻脫善謔
謹之做友不入於祁必

聊斋志异十六卷　（清）蒲松龄撰　清乾隆三十一年（1766）
莱阳赵氏青柯亭刻本　国家图书馆藏

目　录

导　读

蒲松龄是享有世界声誉的小说家。《聊斋志异》与《红楼梦》双峰并峙，成为中国古代小说两座丰碑。李希凡给蒲松龄故居题词："聊斋红楼，一短一长；千古绝唱，万世留芳。"

一、蒲松龄生平

蒲松龄（1640—1715）字留仙，又字剑臣，号柳泉居士。除三十岁离乡南游一年外，终身乡居。其一生可以这样简单概括：读书、求功名、文学创作、做私塾教师养家糊口。《聊斋志异》是他落拓科场、身处社会下层，感受民间疾苦，终生磨一书的结果。

蒲松龄撰《族谱序》自称"般阳土著"。学术界对其远祖有回族、女真族、蒙古族、汉族诸说。

明崇祯十三年（1640）农历四月十六日夜间，山东省淄川县蒲家庄商人蒲槃梦见身披袈裟、瘦骨嶙峋的和尚走进内室。和尚裸露的胸前贴了块圆圆的膏药。蒲槃从梦中惊醒，听到婴儿哭声。原来，他第三个儿子出生了。抱儿洗榻上，月斜过南厢。蒲槃惊讶地看到，新生儿胸前有块铜钱大的青痣，跟他梦中所见病和尚胸前膏药大小、位置符合。

苦行僧转世说，来自《聊斋自志》。或许恰合，蒲松龄一生确实三苦并存：科举失利苦，塾师生活苦，《聊斋志异》写得苦。

（一）痛苦的科举拼搏

清顺治十五年（1658）秀才考试，成为蒲松龄的辉煌时刻。

全县第一！府考第一！提学道施闰章主持道试，全省第一！

科举考试要求揣摩圣贤语气，代圣贤立言。施闰章出的制艺题"早起"，出自《孟子》"齐人有一妻一妾"。顾名思义，应模仿孟子语气，阐发《孟子》修身齐家治国平天下的大道理，蒲松龄却把八股文写得既像小品又像小说，寥寥数语，把追名逐利者的嘴脸描绘出来。开头这样写：

> 尝观富贵之中皆劳人也，君子逐逐于朝，小人逐逐于野，皆为富贵也。至于身不富贵，则又汲汲焉伺候于富贵之门，而犹恐其相见之晚，若乃优游晏起而漠无所事者，非放达之高人，则深闺之女子耳。

施闰章评点："将一时富贵之态，毕露于二字（早起）之上。"

蒲松龄踌躇满志地走上求仕之路。不过对他来说，踏上科举路，无异于迈进地狱门。秀才功名最低，却最辛苦。各省学道任期三年，到任即先举行秀才岁考，考不好降童生。第二年举行科考，考前两等可参加三年一次的乡试。蒲松龄为求举人功名，三十多年反复参加岁试、科考。乡试总名落孙山。他的锦绣文章虽受大诗人施闰章赞赏，用刻板八股文做敲门砖的考官却不认可。

吴组缃先生曾剖析：蒲松龄热衷功名，他认为自己之不得功名，是考官不好。他并不从根本上反对科举制度①。

蒲松龄科考失败，主要是考官昏庸、八股文束缚才智，也不乏自身的原因。

康熙二十六年（1687）蒲松龄乡试失利，写下：

> 得意疾书，回头大错，此况何如？觉千瓢冷汗沾衣，一缕魂飞出舍，痛痒全无……（《大圣乐·闱中越幅被黜，蒙毕八兄关情慰藉，感而有作》）

"越幅"即考生答卷时，跳过一页，写到下一页。按科举考试规则，试卷真草不全、题字错落、越幅曳白、涂抹污染，均为"违式"，要张榜除名。对名满齐鲁的蒲松龄来说，"越幅"不仅是惨重失败，还是难堪羞辱。

康熙二十九年（1690）乡试，头场考试蒲松龄的文章终于被破开荒送到主考翰林面前，主考也打算取他第一名，没想到二场考试又出错！像资深接生婆把新生儿襁褓包倒了：

> 风檐寒灯，谯楼短更，呻吟直到天明。伴崛强老兵，萧条无成，熬场半生。回首自笑滢腾，将孩儿倒绷。（《醉太平·庚午秋闱，二场再黜》）

三年复三年，所望尽虚悬。康熙三十九年（1700），六十一岁的蒲松龄写《与韩刺史樾依书》说："仕途黑暗，公道不彰，非袖金输璧，不能自达于圣明，真令人愤气填胸，欲望然哭向南山而去！"

蒲松龄做了半个世纪秀才，直到康熙四十九年（1710）才"挨贡"成贡生。有做低层学官资格，仍要排队等出仕机会。五年后蒲松龄逝世，其长子蒲箬写《柳泉公行述》，仍称他"候选儒学训导"。

蒲松龄由热衷追求，到深沉怨恨，最终彻底绝望。因对科举制度有深刻认识，《聊斋志异》较早集中揭露科举制度的弊端和危害。

（二）生活贫苦困窘

蒲松龄十八岁时遵父母之命娶妻刘氏，二十五岁兄弟分家后，二十亩薄田难以维持妻儿生活，他开始做私塾老师。《闹馆》《学究自嘲》《塾师四苦》等纪实作品写：为师苦，为师贱，"自行束脩以上，只少一张雇工纸"。"半饥半饱清闲客，无锁无枷自在囚"。父亲逝世，老母在堂，孩子陆续出生，收入低微，赋税一加再加，"家徒四壁妇愁贫"。忧荒忧灾忧税，成为聊斋诗重要内容。《田家苦》写："稻粱易餐，征输最难。疮未全医，肉已尽剜。"《日中饭》写蒲家没饭吃，煮锅麦粥，几个儿子抢起来。大儿子先把勺子抢到手，到锅底捞稠的；二儿子拿着碗吵着跟哥哥抢；三儿子刚会走路，翻盆倒碗像饿鹰；小女儿站在一边可怜巴巴看着父亲。"瓮中儋石已无多，留纳官粮省催科。官粮亦完室亦罄，如此蚩蚩将奈何？"蒲松龄《除日祭穷神文》幽默地说：穷神，我和你有何亲，偏把我的门儿进？我就是你贴身家丁、护驾将军，也该放我几天假。你为何步步把我跟，时时不离身，像缠热了的情人？

在古代大作家里，蒲松龄平民特点突出。他熟悉下层百姓的生活、情感、诉求，能从普通百姓角度观察描绘人生。

（三）《聊斋志异》写得苦

蒲松龄从小喜欢天马行空的作品，如《庄子》《列子》《李太白集》《游侠列传》等。大约他二十五岁时《聊斋志异》写作已开始。南游时其东家孙蕙注意到写小说影响求功名，劝蒲松龄只有"敛才攻苦"，才能科举成功。所谓"敛才攻苦"就是收敛写小说的才能，集中精力研习八股文。终生挚友张笃庆多次写诗劝蒲松龄放弃写小说："聊斋且莫竞谈空。"蒲松龄不接受朋友劝阻，在穷困潦倒全家食粥情况下，数十年如一日写《聊斋志异》。他写小说非但拿不到稿费，笔墨纸砚都得从嘴里省。冬天穿个破棉袄，手冻得笔都拿不住，脚像给猫咬了，砚台磨的墨水结了冰，还是着迷似写、写、写！不管听到什么新鲜事，马上写。蒲松龄南游期间有两句诗："新闻总入鬼狐史，斗酒难消块磊愁。"鬼狐向来是中国小说的重要内容，但"鬼狐史"不是单纯鬼狐故事，而是以鬼狐写人生，以鬼狐寄托忧国忧民块磊愁。数十年陷入小说创作和生存矛盾的蒲松龄坚信"千秋业付后人猜"（《偶感》），《聊斋志异》终会被后人认可，即使饥寒交迫，得不到世俗功利，也坚持写作，不改初心！

康熙十八年（1679），《聊斋志异》初步成书，蒲松龄写《聊斋自志》叙述创作过程和辛酸。此后数十年笔耕不辍。《夏雪》是康熙四十六年（1707）所作。一本小说孜孜不倦写四十多年！

清初文坛盟主王士禛四次阅读《聊斋志异》并写下评语，如：

《张诚》："一本绝妙传奇，叙次文笔亦工。"
《侠女》："神龙见首不见尾，此侠女其犹龙乎？"
《连城》："雅是情种，不意牡丹亭后，复有此人。"②

王士禛写下《戏书蒲生〈聊斋志异〉卷后》：

姑妄言之姑听之，豆棚瓜架雨如丝。
料应厌作人间语，爱听秋坟鬼唱时。③

"姑妄言之"用苏轼黄州谈鬼典故。"鬼唱时"典出李贺《秋来》诗"秋来鬼唱鲍家诗"。王士禛对《聊斋志异》宗旨做切合实际的认识。"厌作人间语",包括对聊斋故事取材和寓意的理解。作为青云得志的高官,王士禛或许不能完全理解蒲松龄的良苦用心,但他以高明鉴赏家的眼力,抓住《聊斋志异》真谛:厌恶人间丑恶,托言鬼狐。

蒲松龄《次韵答王司寇阮亭先生见赠》:

> 志异书成共笑之,布袍萧索鬓如丝。
> 十年颇得黄州意,冷雨寒灯夜话时。④

奉和诗倾诉创作甘苦辛酸,蒲松龄殚精竭虑,布袍萧索,两鬓如丝,为中华传统文化添砖加瓦矢志不移!

(四)短暂南游和西铺坐馆

蒲松龄平生唯一一次远游和西铺三十年坐馆,对他的创作有重要作用。

康熙九年(1670)蒲松龄到江苏省给同乡、宝应县令孙蕙做了一年幕宾。南游作幕,既是齐鲁之子饱览江淮风情的"风光游",又是困于场屋的穷秀才近距离观察仕途百态的"官场游"。短暂官场生活对蒲松龄毕生思考、写作,有至关重要的作用。聊斋名篇《莲香》明确记载据南游途中听闻改写,开创了"鬼狐有情"、一篇小说两个女主角的写作套路。

宝应连年水灾,民众流离失所。公门之中,却魍魉当道、魑魅横行。《大人行》把朝廷重臣过境与兵燹类比,像诗体"朝廷高官贪赃扰民调查报告",成为《聊斋志异》官场故事预演:

> 金貂学士来帝傍,鸣钲喤聒高盖张。

旌旆摩戛鸣刀枪，风綮雾縠云锦行。

人声马声腾寒苍，河道填咽塞康庄。

黄河壅蔽波不扬，止处汹汹如沸汤。

尘霾暗天白日黄，庐儿狰狞噪官堂。

……

蒲松龄在宝应幕中与后来成为孙蕙侍妾的顾青霞相识，影响到他的感情生活和聊斋创作。顾青霞能歌善舞，喜欢宫词，擅长书法，善解人意。聊斋女鬼如连琐、宦娘身上，有明显的顾青霞印痕。

蒲松龄南游前后，曾在淄川王永印、王昌荫、沈天祥家坐馆。馆东皆官宦缙绅。他们的生活圈子对《聊斋志异》题材开拓有作用（如《鬼哭》）。南游归来初期，蒲松龄与退休侍郎高珩、御史唐梦赉有较密切交往，曾随高珩、唐梦赉访劳山，泽及小说创作（如《香玉》《劳山道士》《金和尚》）。高珩、唐梦赉欣赏蒲秀才的小说，为康熙十八年（1679）初步成书的《聊斋志异》写序。

康熙十八年蒲松龄到淄川西铺毕家坐馆。毕府为名门望族，毕际有（1623—1692）曾任通州知州。毕际有之父毕自严（1569—1638）官至户部尚书，他建的万卷楼，为明清著名藏书楼之一。毕府有浓厚的文化气息，阖府喜欢轶史小说，给蒲松龄的创作提供宽松环境甚至写作素材；万卷楼藏书不仅提供博览群书的条件且成为聊斋故事重要取材来源；蒲松龄在毕府和官场人物特别是刑部尚书、清初文坛盟主王士禛相识。这些见闻扩大了《聊斋志异》的写作范围。

蒲松龄西铺坐馆三十年，七十岁撤帐回家。

康熙五十二年（1713）江南画家朱湘麟来淄川。蒲筠把他请到家中，为老父亲画像。蒲松龄应儿子请求穿上“公服”即贡生服，右手拈须，端坐椅上。在长幅绢本画像上，蒲松龄亲笔写两则题志：

尔貌则寝，尔躯则修。行年七十有四，此两万五千余日，所成
何事，而忽已白头？奕世对尔孙子，亦孔之羞。康熙癸巳自题。

癸巳九月，筠嘱江南朱湘麟为余肖像，作世俗装，实非本意，
恐为百世后所怪笑也。松龄又志。

康熙五十四年（1715）正月二十二日酉时，蒲松龄在聊斋依窗危坐
而卒。

蒲松龄著作等身，除《聊斋志异》外，传世作品还有：《聊斋文集》
《聊斋诗集》《聊斋词集》；《闹馆》等戏三出；俚曲十五种，《墙头记》至
今是山东多剧种保留剧目；杂著《日用俗字》《农桑经》。《农桑经》让蒲
松龄进入古代农学家行列。《日用俗字》和俚曲成为研究淄川方言的宝
库。

蒲松龄现存生平资料较为丰富。故居、墓地基本完整保留。画像及
拟表等手稿存蒲松龄故居。《聊斋志异》半部手稿存辽宁省图书馆。南
游期间《鹤轩笔札》手稿存青岛市博物馆。还有些手稿如《蒲氏族谱》
存日本庆应义塾大学。

二、何谓"聊斋"，何曰"志异"

"斋"，书斋。"聊"，许慎《说文解字》解释：其一，动词，在无所
事事的夜晚漫谈和聆听；其二，动词，寄托、依赖、凭借；其三，副词，
暂且、勉强、略微。

人们喜欢将"聊斋"说成"聊天书斋"，似乎合理，还符合小说是"街
谈巷议""道听途说"的观点。蒲松龄当然会在书斋跟朋友聊天，但说
"聊斋即聊天之斋"似乎有点肤浅。作为书斋命名，"聊"的依赖、寄托
之意似乎更明显。"聊"又有"姑且"之意，《诗·桧风·素冠》："我心

伤悲兮，聊与子同归。"聊斋是蒲松龄鹏飞无望、退而著书，聊以存身、聊以明志之所在。苏联汉学奠基者阿列克谢夫院士把"聊斋"译为"聊以自慰的书斋"。

"聊斋"可能与陶渊明《归去来兮辞》有情感共鸣：

> 已矣乎，寓形宇内复几时，曷不委心任去留？胡为乎遑遑欲何之？富贵非吾愿，帝乡不可期。怀良辰以孤往，或植杖而耘耔。登东皋以舒啸，临清流而赋诗。聊乘化以归尽，乐夫天命复奚疑。⑤

顺从大自然，知命安分，消消停停过日子吧！蒲松龄虽有致君尧舜上的思想，科举考试却屡屡铩羽，只好用陶渊明安慰自己。不能蟾宫折桂，就寄意于东篱黄花。不能金殿对策，就怡情悦性，搞文学创作。这是古代某些有才能的知识分子乐意采取的生活态度。

"聊斋"还可能和《离骚》有精神衔接：

> 路漫漫其修远兮，吾将上下而求索。饮余马于咸池兮，总余辔乎扶桑。折若木以拂日兮，聊逍遥以相羊……吾令帝阍开关兮，倚阊阖而望予。⑥

《离骚》写想去天国而天门不开，是屈原报国无门的自叙。蒲松龄有志让自己的鬼狐史与屈赋一样不朽。故而《聊斋自志》开头就类比屈原："披萝带荔，三闾氏感而为骚。"

"聊斋"还可能取意苏东坡贬黄州姑且言鬼、李贺不得志"二十心已朽"（《赠陈商》）姑且吟鬼，都含"聊以如此"之意。

何曰"志异"？"志"是动词，意思是"写"，"异"是名词，新奇怪异的事，"志异"就是描写各种新奇怪异的事。

聊斋"志异"，是对传统志怪小说的创新性发展。

"志怪"二字最早见于《庄子·逍遥游》："齐谐者，志怪者也。"齐谐是专门记载怪异故事的人。此处"志"为动词。

志怪小说，就是搜奇猎异，或虚构人世不存在的人和事。用现代文艺理论术语，是创造超现实的他界。神、鬼、妖的他界模式与梦幻、离魂，由早期志怪小说家创造，经魏晋南北朝、唐传奇，到《聊斋志异》发挥到极致。

不少小说研究者认为，志怪小说有五大范畴，即神、鬼、妖、梦幻、离魂。我认为志怪小说包括八大范畴，即：神、鬼、妖、梦幻、离魂、远国异民、博物奇趣、常人异行。需要说明的是：神鬼妖等志怪方式不能截然分开，有的小说可能单纯描写人与神、鬼、妖交往；有的小说神、鬼、妖并存；有的小说神、鬼、妖、梦幻、离魂多种方式并存。远国异民、博物奇趣、常人异行，也可能在神鬼狐妖、梦幻离魂故事出现，或成为辅助性手段。

志怪小说最大特点是作家展开想象的翅膀，天马行空，大做"奇"文章，形象奇、故事奇、情节奇。不受拘束的构思，提供给作家才思和文采超常发挥的阵地。志怪小说作者借想象搭建美丽的空中楼阁，令平凡生活中的读者产生阅读快感，受到民众欢迎。

六朝小说和唐传奇中这八大范畴的相应代表作：

一曰神：汉魏六朝小说《天上玉女》《清溪庙神》《汉武故事》，唐人小说《柳毅》《崔玄微》《裴航》是著名人神恋故事。如干宝《搜神记·董永妻》[7]：

> 父亡，无以葬，乃自卖为奴，以供丧事。（三年丧毕，董永欲供奴职。道逢一妇人自愿给他做妻子。）主曰："妇人何能？"永曰："能织。"主曰："必尔者，但令君妇为我织缣百匹。"于是永妻为主

人家织，十日而毕。女出门，谓永曰："我，天之织女也。缘君至孝，天帝令我助君偿债耳。"语毕，凌空而去，不知所在。

二曰鬼：六朝小说《吴王小女》《秦闵王女》《赵泰》，唐人小说《李章武传》等，是著名人鬼恋小说。如曹丕《列异传·谈生》：

> 谈生者，年四十，无妇。常感激，读《诗经》。夜半，有女子年可十六，姿颜服饰天下无双，来就生为夫妇，乃言："我与人不同，勿以火照我也。三年之后，方可照。"为夫妻，生一儿，已二岁；不能忍，夜伺其寝后，盗照视之，其腰以上生肉如人，腰下但有枯骨。妇觉，遂言曰："君负我。我垂生矣，何不能忍一岁而竟相照也？"

三曰妖：唐人小说《补江总白猿传》《任氏传》等是著名人妖交往故事。如郭璞《玄中记·姑获鸟》：

> 姑获鸟夜飞昼藏，盖鬼神类。衣毛为飞鸟，脱毛为女人。一名天帝少女，一名夜行游女，一名钩星，一名隐飞。鸟无子，喜取人子养之，以为子。今时小儿衣不欲夜露者，为此物爱以血点其衣为志，即取小儿也。故世人名为鬼鸟，荆州为多。昔豫章男子见田中有六七女人，不知是鸟，匍匐往，先得其毛衣，取藏之。即往就诸鸟，诸鸟各去就毛衣，衣之飞去，一鸟独不得去，男子取以为妇，生三女。其母后使女问父，知衣在积稻下，得之，衣而飞去，后以衣迎三女，三女得衣亦飞去。

四曰梦幻：唐人小说《枕中记》《南柯太守传》《三梦记》等，是著名梦幻故事。刘义庆《幽明录·焦湖庙祝》开后世"梦文学"先河：

焦湖庙祝有柏枕……枕后一小坼孔，县民汤林行贾，经庙祝福，祝曰："君婚姻未? 可就枕坼边。"令汤林入坼内，见朱门，琼宫瑶台胜于世，见赵太尉，为林婚，育子六人，四男二女，选秘书郎，俄迁黄门郎。林在枕中，永无思归之怀，遂遭违忤之事。祝令林出外间，遂见向枕。谓枕内历年载，而实俄顷之间矣。

五曰离魂：《幽明录·庞阿》是最早的离魂故事：石氏女对美男子庞阿一见钟情，来找庞阿，庞妻将石氏女缚送石家。石氏女至石家，化为烟，原来去的是石氏女灵魂。一年后庞妻去世，石氏女如愿以偿。

六曰远国异民：上古神话已有过描述。《山海经》写各种奇国。宋代洪迈《夷坚志》有《猩猩八郎》，写商人到荒岛与猩猩结合，最后逃回中华。

七曰博物奇趣：六朝小说《刘玄石》《干将莫邪》，唐人小说《古镜记》等是著名博物奇趣故事。如吴均《续齐谐记·紫荆树》：

京兆田真，兄弟三人，共议分财，生资皆平均，惟堂前一株紫荆树，共议欲破三片。明日就截之，其树即枯死，状如火燃。真往见之，大惊，谓诸弟曰："树本同株，闻将分斫，所以憔悴，是人不如木也。"因悲不自胜，不复解树，树应声荣茂。兄弟相感，合财宝，遂为孝门，真仕至大中大夫。

八曰常人异行：六朝小说《东方朔饮不死之酒》《孝妇周青》等写常人异行。《搜神记·韩凭夫妇》写韩凭妻为宋康王夺走，夫妇殉情而死，康王故意将他们埋在路两边：

王曰："尔夫妇相爱不已，若能使冢合，则吾弗阻也。"宿昔之间，便有大梓木生于二冢之端，旬日而大盈抱，屈体相就，根交于干下，枝错于干上。又有鸳鸯，雌雄各一，恒栖树上，晨夕不去，交颈悲鸣，音声感人。

前辈志怪作家这些构思方法，《聊斋志异》都创造性地采用，写出名篇：

一曰神，如：《画壁》《劳山道士》《翩翩》；

二曰鬼，如：《画皮》《聂小倩》《连琐》；

三曰狐妖，如：《婴宁》《花姑子》《香玉》；

四曰梦幻，如：《续黄粱》《梦狼》《狐梦》；

五曰离魂和异化，如：《阿宝》《向杲》；

六曰远国异民，如：《夜叉国》《罗刹海市》；

七曰博物奇趣，如：《种梨》《鸽异》；

八曰常人异行，如：《偷桃》《口技》。

相比前辈小说家，聊斋写仙游往往进一步寓道德教化；写鬼魂，常常有意识寓人生哲理；状妖怪多具人情；写梦幻可刺贪刺虐；驰想天外实则刻画人生；怪异记载多蕴含世情。聊斋对前辈作家有继承，更有创新发展。

《聊斋志异》还有大量描绘现实生活的作品，如《胡四娘》《细柳》《张诚》等。不管幻想还是写实，都生动有趣，有丰厚的文化内涵。

郭沫若为"聊斋"写的对联，高度概括《聊斋志异》思想内容艺术手法：

写鬼写妖高人一等，

刺贪刺虐入骨三分。

三、《聊斋志异》的思想内容

（一）刺贪刺虐"官虎吏狼"

"官虎吏狼"是蒲松龄对封建社会的经典性概括。《梦狼》写官衙白骨如山，当官的要吃饭，就有头巨狼叼个人来。《续黄粱》写宰相声色狗马，卖官鬻爵，鱼肉人民。朝中大臣"各为立仗马"保自己。《成仙》写官员"原无皂白"，是不拿刀枪的强盗。《潞令》写官越坏，升官机会越多。《公孙九娘》写清廷大屠杀"碧血满地，白骨撑天"。《促织》写从皇帝到地方官吏欺压百姓，导致良民倾家荡产。《罗刹海市》说整个社会"花面逢迎，世情如鬼"。《石清虚》《商三官》《向杲》《梅女》《张鸿渐》《红玉》《辛十四娘》等，描写从地方到朝廷的强梁世界。1942 年延安文艺座谈会前夕，毛泽东主席对鲁艺教员说：《席方平》可作清代史料看，是对封建社会人间酷吏官官相卫、残害人民的控诉书。

（二）对科举制度的深刻描绘

科举取士是封建社会选拔官吏的制度，八股文是考试内容。顾炎武《日知录》说："八股之害等于焚书，而败坏人才有甚于咸阳之郊所坑者。"蒲松龄之前，文艺作品描写取士现象已有个别佳作：冯惟敏写八十岁中状元的杂剧《不伏老》；拟话本《钝秀才一朝交泰》《老门生三世报恩》写读书人不得志时的惨状和金榜题名后一步登天。蒲松龄被公认小说史上第一个全方位描写科举制度的作家。他以满腔悲愤抒写：死魂灵为功名魂游（《叶生》）；取士文体是金盆玉碗贮狗矢（《贾奉雉》）；考官昏聩瞎眼爱钱，科场暗无天日（《司文郎》《于去恶》），选才制度成戕害读书人和败坏社会风气的毒瘤（《王子安》《胡四娘》）。

（三）爱情的百花园

多彩多姿、优美雅洁的爱情故事构成聊斋美丽风景，最受读者欣赏。聊斋爱情散发着传统文化幽兰般清香。《香玉》写黄生和牡丹花神生死恋六世情；《连城》写青年男女不论贫富的知己之恋；《宦娘》写知音相约来世的纯洁精神恋；《娇娜》《阿绣》写爱不为占有而为奉献；……聊斋爱情故事或描写生死不渝的爱情，或描写青年男女为爱情幸福宁为玉碎、不为瓦全，或描写建立在共同理想和爱好基础上、健康而有诗意的爱。对朝秦暮楚的登徒子、见利忘义的豺鼠子、玩弄女性的儇薄子，聊斋通过《武孝廉》《丑狐》等故事给予严厉惩罚。而作为封建时代小说，聊斋爱情描写既有近代文明因素，又带明显封建色彩，如《邵九娘》《林氏》《妾击贼》《金生色》等宣扬男性中心、二美一夫、嫡庶相安、子嗣至上。

（四）发人深省的社会生活画面

聊斋内容丰富，举凡时代风俗、社会伦理莫不涉及。《张诚》写同父异母兄弟手足情深；《王成》写诚信人一夜致富；《陆判》《王六郎》写人鬼间相濡以沫；《细柳》写"虎妈"如何教育儿子成材；《聂小倩》《小谢》在鬼魂故事融入道德修养；《崔猛》《王六郎》等讴歌人间真情；《仇大娘》《小二》《乔女》描写女性才能……《劳山道士》《武技》《佟客》等劝善惩恶，表现作者救世婆心。蒲松龄针砭好逸恶劳、轻薄无行、阿谀奉承、吹牛皮、撒大谎，把缺点和有害的东西表现为滑稽，描写绣花枕头一包草的《嘉平公子》等成为聊斋有趣故事。

四、《聊斋志异》的艺术成就

（一）古代精灵百趣图

观察把握大自然芸芸众物，构思各种精灵，古今中外没有一部小说出现聊斋如此丰富精彩的"物而人"画廊。蒲松龄把大自然生物外形和特点揉进精灵躯体，赋予诗意化内涵。千姿百态的精灵，由虫、鸟、花、木、水族、走兽幻化而成，从天上，从水中，从深山密林，从蛮荒原野，纷至沓来人间，带来大批有特殊意趣的故事。聊斋精灵故事像变幻莫测的万花筒，一篇一样式，一篇一内涵，是华夏精彩纷呈的"精灵百趣图"。聊斋精灵像平常人一样感受人世磨难，抒写悲欢离合。他们又有异于常人的奔放激情、执著追求、深刻哲理内涵、令人心动神移的美。关键时刻，异类身份暴露。鲁迅《中国小说史略》说"偶见鹘突，知复非人"。读聊斋精灵故事，可感受人生穷通祸福、爱恨情仇，感受大自然之美与人性之美的结合，体味诗情画意、绮丽才思。

聊斋创造各种花解语，把牡丹、菊花、荷花变成士子贤妻：

葛巾艳丽，像花大瓣繁的紫牡丹；

香玉凄美，像冰清玉洁的白牡丹；

黄英俊爽，像笑迎秋风的悬崖秋菊；

荷花三娘子清新，像出污泥不染的芙蓉。

一个个带翅膀精灵，为求真爱，彩翼翩翩向人间飞来：

《绿衣女》，绿衣长裙、婉妙无比的少女做书生爱侣；

《阿英》，鹦鹉修练成娇婉善言的美女，到人间恪尽妻责。

一个个不可思议的"物"演绎诗意人生：

《花姑子》，聪慧钟情的少女是香獐所化；

《西湖主》，美丽高贵的公主是扬子鳄所化；

《阿纤》，勤劳善积蓄的少女乃老鼠所化；

《素秋》，粉白如玉的智谋才女是书蠹所化；

《白秋练》，白鱀豚幻化成爱诗少女争取爱的权利；

《石清虚》，太空石与爱石者心心相印；

《画马》，元代画家画的马来人间做一日千里的坐骑……

西方小说家喜欢写人的"异化"，卡夫卡写人异化为大甲虫，马尔克斯让人长出猪尾巴。蒲松龄早就写到了双向异化，人可以异化为物，物可以异化为人。《黎氏》写没品行士子随便领荡妇回家，后娘化狼，吃掉子女。《向杲》写壮士化虎，向恶人复仇。

聊斋颠覆传统狐狸精，创造多彩多姿狐狸精形象。写出媚丽迷人、智谋超群的狐狸精美女群像，绘出运筹帷幄、惩贪治虐的狐叟狐书生行乐图：

娇娜，娇波流慧、细柳生姿、纯如水晶的阳光女孩；

婴宁，爱花爱笑、有道家式心地和超然境界；

阿绣，冒民间阿绣名跟刘子固相会，追求前世已追求的美；

辛十四娘，巧治强横势力，救助轻狂男人，是狐中仙；

红玉，帮遭受塌天大祸的冯生重振家业，是"狐亦侠"；

鸦头，受尽鞭楚，忠于爱情，可与唐代名臣魏徵并列；

青凤、小翠、莲香、舜华、凤仙、封三娘、房文淑、胡四姐、小梅、恒娘……聊斋狐狸精既用迷人风采吸引男人眼球，又充满独立意识，是处理难题能手，靠过人才智在社会安身立命，活得自在潇洒，不做男人附庸，能在男人受难时救助，也能把负心汉押上道德法庭。

聊斋狐叟常担任人间善恶判断者。《青凤》《狐嫁女》的狐叟富于阅历、派头十足。《九山王》遭受族灭之祸的老狐狸给仇人带来灭族之祸。遵化署狐送贪官上法庭。《胡四相公》的狐书生温文尔雅，与人为善。

狐女、狐叟、狐书生，狐狐神采飞扬，有趣好看。

（二）神鬼梦幻新质

《聊斋志异》问世三百年魅力不衰，鬼故事是重要因素。聊斋鬼虽有鬼气森森的一面，更有美丽清新、奇幻妙绝的一面。比人间故事更有趣、更有深刻内涵。

蒲松龄写出鬼的存在形式，写出各类精彩的鬼，钟情鬼、复仇鬼、报恩鬼，历尽三世轮回冤情不解的鬼，还有鬼中之鬼。《章阿端》写人死为鬼，鬼死为聻，鬼可以轮回，聻只能永远沉沦。

聊斋凄美女鬼牵动读者心弦：连琐、宦娘、小谢、伍秋月、公孙九娘、林四娘、梅女、晚霞、鲁公女……她绿裙飘飘，她弹着叮咚琴曲，她吟着优美诗篇，她唱着伊凉之音，她甩出鲜花朵朵，她骑着黑色马驹……向读者冉冉走来，走出不同个性，不同故事，不同命运。聊斋女鬼在聊斋书生面前蓦然出现和悠然消失，像一阵微风，像一缕轻烟。弱不禁风的女鬼，忧愁伤感的女鬼，以泪洗面的女鬼，引起人间书生怜香惜玉的柔情。聊斋女鬼怎样返回人世？靠跟她们打交道的正人君子正气浩然，导引女鬼，走出阴冷的坟墓，走出祟人魅影，走向完善，重回人间。聊斋女鬼和聊斋书生有错综复杂的关系，有时，书生爱情让女鬼白骨顿生春意（《连琐》）；有时，女鬼跟书生心心相印却保持精神恋爱（《宦娘》）；有时，即使做鬼，也不能摆脱恶势力迫害（《伍秋月》）……聊斋女鬼能起死回生、借体还魂、能做活人妻，但如果她遇到的对手是朝廷屠刀，一切能给女鬼带来幸福的招数都没用，如《公孙九娘》和《林四娘》，只能悲剧结局。聊斋女鬼离不开社会，离不开时局。

聊斋恶鬼有浓郁的社会品格。《画皮》有黑色性又含哲理。青面獠牙恶鬼掏走猎艳者的心，妻子哀求真人不露相的乞丐救助，用鼻涕黏痰再造一颗心，见异思迁者都有颗肮脏的心。《席方平》写正气凛然的斗士掀翻阴司黑暗吏治，从城隍、郡司到阎王一反到底！下油锅、上刀山、遭锯解，绝不屈服！《叶生》《司文郎》《于去恶》写读书人为功名魂游，《考弊司》写学府成割学生肉的地方，《饿鬼》的学官前世是饿鬼，《三生》写前世畜生这辈子成高居人上的官员。

蒲松龄崇拜干宝，聊斋鬼故事却对《搜神记》青出于蓝而胜于蓝。再把外国作家的鬼故事拿来比一比，从但丁《神曲》到歌德笔下的魔鬼靡非斯特，二十世纪风行的电影，从《鬼魂西行》《冷酷的心》到《人鬼情未了》，论人文关怀和艺术手法，论天马行空的想象，蒲松龄不比晚几个世纪的西方作家差。

聊斋遇仙故事脍炙人口。人神交往，吉人天相，劝善惩恶：

《劳山道士》写懒惰取巧就碰壁；

《罗刹海市》，借美男子马骥在大罗刹国和龙宫的不同遭遇，讽刺社会以丑为美、黑白颠倒；

《翩翩》，仙女通过心灵净化把浮浪子弟罗子浮变成有责任心的男儿；

《菱角》，观音菩萨为爱导航，帮助恋人乱中团圆；

《雷曹》，乐云鹤因一饭之恩，被带到天上，摘回文曲星做儿子……

《聊斋志异》扩大了梦幻文学疆域，把梦幻变成凡人联系神鬼狐妖的巧妙手段。聊斋梦做得新奇、巧妙、有哲理：

《莲花公主》，梦中真能娶媳妇，眼睛一眨，美丽公主变成嘤嘤叫的蜜蜂；

《续黄粱》，梦中宰相，贪赃枉法，在地狱遭到清算；

《梦狼》，贪官被乱民砍下头，神灵给故意安反，让他"自顾其背"……

聊斋神鬼梦幻故事充满超前想象：

《陆判》，想换心就换心，想换头就换头；

《嫦娥》，孕妇自己做剖腹产；

《成仙》，两个好朋友瞬息间换脸；

《彭海秋》，书生向天上招手，飞船飘然而至；

《丐仙》，高玉成寒冬的后园突然春天般温暖，异鸟成群，青鸾、黄鹤、凤凰、巨蝶飞来飞去，高玉成看到如此难以置信的景象，想亲手摸摸，"以手抚之，殊无一物"！似乎三百年前已有互联网虚拟世界。

（三）前人作品改写升华

据朱一玄教授《〈聊斋志异〉资料汇编》考证，近一百四十个聊斋故事能从前人作品找到"本事"。几十个重新构筑传统题材的聊斋故事成为脍炙人口的名篇：《画壁》《画皮》《劳山道士》《香玉》《促织》《向杲》《侠女》《续黄粱》《莲花公主》《阿绣》《种梨》《陆判》《胡四娘》等。尤可贵的是传统题材绽放刺贪刺虐思想芬芳，如《促织》取材于吕毖《明朝小史》：

> 宣宗酷好促织之戏，遣使取之江南，价贵至数十金。枫桥一粮长，以郡督遣，觅得一最良者，用所乘骏马易之。妻谓骏马所易，必有异，窃视之，跃出，为鸡啄食，妻惧，自缢死。夫归，伤其妻，亦自经焉。

蒲松龄做了脱胎换骨的再创造。皇帝让地方供促织，不是传统产促织的地方而是不产促织的华阴县；不是偶尔要一次而是常供；官吏借此搜刮，百姓倾家荡产。最好促织的获得，《明朝小史》写骏马所易，虽然金贵，毕竟有骏马可易。蒲松龄让读书人成名像儿童一样捉促织。促织死则是因为成名之子揭盆观看，比《明朝小史》妻子看更可信。好奇是儿童天性。小孩玩促织，一天死几个有什么了不起？现在却性命交关。孩子不小心把促织弄死，怕得跳井。《明朝小史》促织被公鸡啄食造成悲剧。聊斋促织却能斗败大公鸡，还能伴随音乐跳舞。皇帝一高兴，一人得志，鸡犬升天，抚臣得到皇帝奖励，让县宰录取成名做秀才，"裘马过世家"。蒲松龄这样改写目的是为了说明，天子偶用一物，能造成百姓卖妇贴儿的惨剧。百姓性命不如促织，批判矛头指向只知享乐不顾百姓死活的皇帝及媚上邀宠、残民以逞的官吏。

（四）一定要把故事讲好

蒲松龄算古代最爱讲故事也最会讲故事的小说家，《聊斋志异》真正具有"故事"特质的约三百篇。如此多篇目，如何把一个一个故事讲好？如何既不重复别人，也不重复自己？蒲松龄为高产短篇小说家做出榜样。

1. 一书而兼二体

《聊斋志异》是古代最杰出短篇小说集，却没被纪昀收进《四库全书》。盛时彦《姑妄听之·跋》说到纪昀为何这样做：

> 先生尝云："《聊斋志异》盛行一时，然才子之笔，非著书之笔也。……小说既述见闻，即属叙事，不比戏场关目，随意装点……（《聊斋志异》）今燕昵之词，媟狎之态，细微曲折，摹绘如生，使出自言，似无此理；使出作者代言，则何以而闻见之？又所未解也。"

《四库全书》不收《聊斋志异》，似乎因为它不好分类，"一书而兼二体"，既有笔记，又有完整故事，人物对话戏剧性太强。殊不知，这正是《聊斋志异》的优势：它既继承古代笔记的简略记述，又继承唐传奇精致入微的细节描写，还接受古代戏剧制造并解决矛盾的写法。漏收中国古代杰出短篇小说集，不是蒲松龄的遗憾，是纪昀和《四库全书》的遗憾。

2. 以传奇法志怪

鲁迅曾说《聊斋志异》"以传奇法而以志怪"。传奇与志怪是两种类型的小说。前者以曲折故事写人的遭遇，后者以简括记叙写鬼怪神灵。蒲松龄熔二者于一炉，不管写人写鬼写狐写妖，都变化多端。如《西湖主》写书生陈弼教奇遇扬子鳄，从陈生偶适南方、观丽人荡秋千写起，中间拾红巾题诗，被侍者以"死罪"恫吓，正焦急万分，忽变出意外，被西湖主招为驸马。洞房花烛才知道鸿运的来由：原来，西湖主是他无意中救过的猪婆龙（扬子鳄）！故事在纵横开阖中展开，人物在瞬息万变的情势下，一会儿欢喜，一会儿思虑，一会儿恐惧，一会儿纳罕。像《西湖主》这样本属"志怪"却写成曲折离奇的故事，《聊斋志异》屡见不鲜。

3. 短篇小说章法集大成

《聊斋志异》可看成是古代短篇小说构思综合成果。六朝小说、唐传奇、白话小说用过的构思方法，在聊斋都能找到，且得到发展。如：

第一，戏言成真或戏言贾祸

《婴宁》：王子服郊游拣到姑娘丢的梅花一枝，害相思病。表兄吴生胡诌拈花姑娘是他的姨妹，住西南山中。王子服往西南山，果然寻见拈花女郎，她果然是表妹，他们成了亲！

《王桂庵》：王桂庵携妻子归家途中，胡诌"家中固有妻"，引出芸娘跳江、寄生"襁褓认父"。

第二，误会和悬念

《侠女》：顾生邻舍搬来贫穷的母女。顾母想把邻女变成儿媳妇，邻女不同意。顾生想亲近邻女，邻女冷冰冰。忽然邻女对顾生嫣然微笑，欣然交欢……女郎行为自相矛盾，成了顾生母子的悬念。最终由女郎解开谜团：她有杀父之仇要报，因顾生照顾她母亲，而顾生贫穷不能娶亲，她决定为顾家生个儿子传宗接代。

第三，偶然和巧合

耿生在荒宅巧遇狐女青凤。青凤叔叔严词指责二人私会，钟情者只能劳燕分飞。耿生郊外野游，看到小狐被猎狗追杀，将小狐狸抱回家，放到床上，变成青凤。

霍生与青娥结婚生子，青娥的父亲却要她进深山修行，于是，青娥"死"了。霍生为给母亲求药误入深山，正巧走进青娥修练的洞府。

傅廉夜入古墓遇巧娘。巧娘因生前嫁天阉夫君，抱恨而死，遇上傅廉，又是个"寺人"。老狐狸精将傅廉变成伟男，女鬼巧娘给傅家生儿子。

天下巧事都让傅廉遇到，这样的故事能不叫《巧娘》？

　　世界何等的小。无缘对面不相识，有缘千里来相会。只要合乎情理，小说尽可采用，也该采用"偶然""巧合"。

　　第四，巧用戏胆

　　"戏胆"是传统戏剧概念。剧中出现某一物品，如京剧《锁麟囊》的囊，对情节发展起举足轻重作用。现代戏剧学家将其称之为"主题道具"。《聊斋志异》有上百篇被改编成戏剧影视，就是因为聊斋故事性强，戏剧因素明显。许多篇章中，戏胆起画龙点睛、提纲挈领作用。

　　《彭海秋》中的绫巾是男女主角的"联系巾"。娟娘与彭好古相会于醉梦，仙人彭海秋为他们订三年之约，将彭好古的绫巾赠娟娘。三年后，他们扬州相会，二人都觉得似曾相识，而绫巾宛在。

　　《神女》中珠花对突兀多变而层次井然的故事至关重要。米生莽撞地到不认识的贵家拜寿，他受到陷害时，地仙神女送珠花给他解困，他舍不得用来换功名，最终却用来救助神女父亲……

　　表面上看，这些物件似微不足道，仔细推敲却发现：

　　它与小说人物个性主导面紧紧相联；

　　它与小说故事发展走向相联；

　　它与人物命运和故事结局紧紧相联。

　　"戏胆"在聊斋故事中的运用自如，使得故事集中而简练，以尽量少篇幅，容纳尽量多的生活，也使得主线鲜明，构思别致。聊斋故事的小道具与《桃花扇》那把用李香君鲜血画成的桃花扇如出一辙。孔尚任与蒲松龄都生活在康熙年间，都是齐鲁学者型作家，说不定还同时在济南住过。他们写剧、写小说，不约而同采取同样构思方式，是有趣的文学现象。

　　第五，诗词入小说

　　《聊斋志异》是诗化小说，诗意盎然，以诗词入小说随处可见。

有时，诗词做点睛之笔。《鸮鸟》写几个当官的用酒令劝说贪官不要过分盘剥，没效果。进来个傲岸少年，吟"手执三尺剑，道是'贪官剥皮'"。少年酒令成小说文眼。

有时，诗词是情节骤转的变换点。《公孙九娘》和《林四娘》都写人鬼之恋，开头男女主角的爱情像和风细雨。公孙九娘在新婚之夜吟出"血腥犹染旧罗裙"，述说在于七之乱中被冤杀的经历。情节急转而下，新婚爱人分手。林四娘跟陈宝钥优雅地谈诗论文，林四娘吟出"谁将故国问青天？"描述在鲁王府被杀的惨剧。小说戛然而止。

有时，诗词是主人公遇合的重要依托。女鬼连琐吟"玄夜凄风却倒吹，流萤惹草复沾帏"。杨于畏续上"幽情苦绪何人见，翠袖单寒月上时"。素不相识的一人一鬼踏上爱的旅途。白秋练因慕生吟诗生爱慕之心，用诗治病。仙人岛上仙女却用诗歌调侃夫婿：从此不吟诗，亦藏拙之一道也。

有时，诗词成为主人公命运暗寓。田子成过洞庭湖翻船而死。其子良耜求父亲遗骨，看到三人饮酒。"卢十兄"吟诗并向田良耜指点田子成墓地。田良耜果然找到父亲遗骸，他大悟："卢十兄"是父亲鬼魂！他的诗句"满江风月冷凄凄"暗藏溺鬼身份，"梦魂夜夜竹桥西"暗藏田妻葬埋处。诗歌成了《田子成》小说构思重要环节。

第六，"异史氏曰"锦上添花

聊斋故事篇末的"异史氏曰"立意和客观效果，都与《史记》"太史公曰"近似。蒲松龄以"异史氏"自居，却将"太史公"职责担在肩上。"异史氏曰"在《聊斋志异》起什么作用？简言之：

"异史氏曰"可缩短读者同作品距离：

月中有无嫦娥？嫦娥可否被招至人间？人能否穿墙而过？没什么疑问，是克里空。"异史氏曰"却说："闻此事者未有不大笑者。"看来，劳山道士真正存在，那么多人闻此事。

"异史氏曰"可做艺术追求的自我阐释，如：

> 幻由人作，此言类有道者。人有淫心，是生亵境；人有亵心，是生怖境。菩萨点化愚蒙，千幻并作，皆人心所自动耳。

《画壁》提出"幻由人作"，表面上似乎以佛教理念解释自己的故事，实际是蒲松龄对神鬼狐妖类作品主旨的阐释。只要你殷切盼望，你所期望的一切就会实现。"千幻并作，皆人心所自动"，进一步说明，聊斋"千幻"，不管是狞恶的鬼，还是优雅的仙，不管是宁静飘渺的天际，还是阴森恐怖的阴间，都为作者艺术构思服务。

"异史氏曰"可以是对社会现象的哲理思考，如：

> 窃叹天下之官虎而吏狼者，比比也。即官不为虎，而吏且将为狼，况有猛于虎者耶！

《聊斋志异》八卷本卷三《驱怪》写：某大人物家有妖怪，将徐秀才请来，不说请捉妖怪，只把徐秀才深夜安排到花园。妖怪出现，徐秀才急中生智，用被子将妖怪蒙住。故事本身不起眼，值得注意的是"异史氏曰"前八个字：

> 黄狸黑狸，得鼠者雄。

翻译成白话："不管黄猫黑猫，抓住老鼠就是好猫。"
多么振聋发聩而又意味深长的名言！
"异史氏曰"有时成为相对独立的小品，有世态鸟瞰，有典型事例，有天外奇想的历史故事，像面多棱镜，折射出沉沦的社会。一百九十四篇"异史氏曰"是《聊斋志异》重要部分。它们既有深刻思想内涵，又有感动读者的艺术魅力。蒲松龄将其当成抒情诗、战斗檄文甚至"施政纲要"，夹叙夹议，如大江奔流，亦庄亦谐，嬉笑怒骂，皆成文章。

（五）杰出的语言成就

《聊斋志异》的语言是奇特而耐人寻味的文学现象：

它以典雅文言写成，却像白话小说《红楼梦》，拥有亿万读者；

它用典数以千计，散见于经史子集，杂史小说，诗词歌赋等数百种典籍。博学教授未必能全部参透它，不识字的市庸村媪也知道它；

它是荟萃中国古代文化的百科全书；又是引人入胜、老幼咸宜的中国故事。

《聊斋志异》的语言既准确、鲜明、生动，又典雅、优美、凝练，不论写景、对话、场面，寥寥数语，形神俱现，如：

乱山合沓，空翠爽肌，寂无人行，止有鸟道。（《婴宁》）

"春风一度，即别东西，何劳审究，岂将留名字做贞坊耶？"（《荷花三娘子》）

僧笑命李试其技，李乃解衣唾手，如猿飞，如鸟落，腾跃移时，诩诩然骄人而立。僧又笑曰："可矣。子既尽吾能，请一角低昂。"李欣然，即各交臂作势。既而支撑格拒，李时时蹈僧瑕；僧忽一脚飞掷，李已仰跌丈余。（《武技》）

特别值得注意的是，《聊斋志异》总是按作者需要对古书语句裁长补短、随意变幻。如《王成》几乎每段都有古语借用。开头王成"与妻卧牛衣中，交谪不堪"，用《诗·邶风·北门》"室人交遍谪我"之意。王成认了狐祖母，"呼妻出现，负败絮，菜色黯焉"。用陶潜《与子俨书》"败絮自拥"和《礼记·王制》"民无菜色"。狐祖母谢绝王成留她同住："汝一妻不能自存活，我在，仰屋而居，复何裨益？"用《宋史·富弼传》"但仰屋窃叹者"。王成贩葛，天偏偏连阴雨，"不意淙淙彻暮，檐雨如绳"，用黄山谷诗句"蓬窗高卧雨如绳"。王成将至京，传闻"葛价翔贵"。用《前汉书·食货志》"谷价翔贵"。王成贩鹌鹑，众鹑皆死，仅存一只。店主审视曰："此似英物。"用《晋书·桓温传》"真英物也"。亲王要买王成之鹑，曰："赐而重直，中人之产可致。"用《汉书·文帝纪》：帝欲建露台，匠人计之约需百金。上曰："百金，中人之产也，何以台为？"文帝用"中人之产"反对浪费，亲王用"中人之产"引诱王成。王成不肯卖鸟，说："臣以为连城之璧不过也。"用《史记》和氏璧故事。……研究者对聊斋用典寻章摘句，考证颇费工夫，而对读音来说，小说叙事写人信手拈来，变前人之语为己言，不存在深奥的阅读障碍。《王成》不过写懒汉发财，何以涉及如此多历史故事？其实，蒲松龄写这个小说时，并非有意掉书袋、炫才学，而是无意中选择最适合言情状物的文言字句。这些字句早已不再作为典故出现，是作者自己的语言。蒲松龄读书破万卷，下笔如有神。酿得蜜成花不见，百炼钢化绕指柔。

五、《聊斋志异》的影响

前人称《聊斋志异》为"稗史必读之书"（采薇子：《虫鸣漫录》），"小说家谈狐说鬼之书，以《聊斋》第一"（倪鸿：《桐阴清话》）。青柯亭刻本出现后，摹仿聊斋者渐起：和邦额《夜谭随录》，管世灏《影谈》，冯起凤《昔柳摭谈》，宣鼎《夜雨秋灯录》，屠绅《六合内外琐记》，俞樾《右台仙馆笔记》等，大都模仿《聊斋志异》记述鬼怪，而"孤愤"之旨和关注民生精神缺失。或识见敝陋，或文字拙劣，无法抗衡《聊斋志异》。《聊斋志异》从神鬼狐妖身上找生活的诗意，阐发人生真谛。聊斋仿作不过制造茶余谈资、饭后笑料而已。沈起凤《谐铎》、浩歌子《萤窗异草》，袁枚《新齐谐》、纪昀《阅微草堂笔记》，颇有可观处，但无论思想境界还是艺术水平，都难与《聊斋志异》比肩。

《聊斋志异》颇受戏剧影视界欢迎。早在清道光年间，黄燮清就将《曾友于》改成《脊令原》，将《西湖主》改成《绛绡记》，将《庚娘》改成《飞虹啸》。陈烺将《张诚》改成《负薪记》，将《姊妹易嫁》改成《错姻缘》。此后，全国许多剧种不断改编聊斋故事，仅《胭脂》就有京剧、越剧、评剧、川剧、秦腔、河北梆子、郿鄠戏、山东梆子、五音戏等剧种演出。据纪根垠《蒲松龄著作与地方戏曲》统计，中华人民共和国成立前已有京剧、昆曲、越剧、评剧、川剧、秦腔、滇剧、华剧、婺剧、莆仙戏、河北梆子、山东梆子、吕剧、五音戏、柳琴戏、茂腔、柳腔、平调等近二十个剧种改编一百余出聊斋戏。其中，川剧有聊斋戏六十余出；京剧有聊斋戏四十余出。梅兰芳大师演过《牢狱鸳鸯》（《胭脂》）；程砚秋与王瑶卿演过《夜叉国》《罗刹海市》；荀慧生演过《西湖主》《大男》；金少梅演过《婴宁》；汪笑侬、刘喜奎演过《珊瑚》；欧阳予倩演过《青梅》《章阿端》《仇大娘》，与周信芳合演《嫦娥》《晚霞》……中华人民共和国成立后，聊斋改编热度不减，新凤霞与赵丽蓉演出《花为媒》（《寄生》）；中华人民共和国成立十周年献礼演出，吕剧《姊妹易嫁》、越剧《胭脂》获一等奖。淄博五音剧团演出《胭脂》《姊妹易嫁》《侠女》《窦女》《续黄粱》等。《画皮》《冤狱》《瑞云》《葛巾》《宦娘》《红玉》《连城》《王桂庵》等被京剧、越剧、评剧、河北梆子、柳腔、高密茂腔等搬上舞台。

1922年商务印书馆影戏部将《珊瑚》改为《孝妇羹》拍成电影，是第一部聊斋电影。至1947年，又有八部聊斋电影问世。从中华人民共和国成立到1992年拍了十六部聊斋故事片，如谢铁骊导演的《古墓荒斋》。港台也拍多部聊斋电影，如张国荣、王祖贤主演《倩女幽魂》（《聂小倩》）。二十世纪九十年代，福建电视台录制聊斋电视系列剧四十八部，较尊重原著，惜编、导、演水平一般。进入二十一世纪，聊斋改编热再度兴起。大陆和港台地区拍摄了多部聊斋电视剧，大陆电影《画皮》创造数亿票房。编剧导演借"聊斋"金字招牌招揽市场，人物和故事却面目全非。

《聊斋志异》不仅从十八世纪以来是华夏街谈巷议内容，中国盛传不衰的畅销书，且风行世界三百年，流传之广、影响之大，中国古代白话小说只有"四大名著"可与之比肩。更可贵的是，蒲松龄站在中国文化史肩上，从《山海经》到唐传奇、话本、拟话本、明代四大奇书，从《诗经》《楚辞》到唐诗、宋词、元明清戏剧，从《四书》《五经》到正史、稗闻，无不为他所用。读《聊斋志异》能浓缩性地了解中国文化。

《聊斋志异》不仅是中国文学的骄傲，且是世界文库的东方瑰宝。美国传教士卫三畏 1848 年在《中国总论》发表《种梨》《骂鸭》英语译文，是《聊斋志异》最早的外文译文。青柯亭本《聊斋志异》问世第二年（即1768 年）传入日本。1887 年出现第一部《聊斋志异》日文译本《艳情异史》。到二十世纪结束，《聊斋志异》已有英、法、德、日、俄、意大利、西班牙、挪威、瑞典、捷克、匈牙利、罗马尼亚、保加利亚、越南等二十余种外文译本。有朝鲜、维吾尔、蒙古等多种少数民族文字译本。

世界多部大百科全书郑重介绍奇书《聊斋志异》：

《大英百科全书》称它"继承了中国古代散文的传统，富有浪漫主义色彩"。

《法兰西大百科全书》称"《聊斋志异》的文学语言是卓越的、有力的，达到了中国古典散文的高峰"。

《日本大百科事典》称它"描绘幻境冥界与人间社会的错综，鬼怪与世人感情的交流，它的文字简洁、清新，是中国志怪文学的杰作"。

《聊斋志异》成为世界人民了解中国封建社会的"清明上河图"，被推崇为汉语世界"十日谈""天方夜谭",甚至泽及他邦,影响他国文学发展。日本明治十六年（1883）出版的菊地三溪《本朝虞初新志》即模仿《聊斋志异》。近代日本著名小说家芥川龙之介曾创作四篇取材于《聊斋志异》的小说。日本作家太宰治、安冈章太郎、栗田氏、涩流龙彦、霜川远志等创作的幽鬼与生者交往故事,直接受《莲香》《连琐》《陆判》等影响。二十一世纪日本走红的魔幻作家、《妖猫传》作者梦枕貘,其名作《阴阳师》销量数百万册,改编成电视、电影、舞台剧,这部书的包装或者说宣传策略是号称"日本聊斋"。

对当代中国作家起重要影响的拉美作家马尔克斯和博尔赫斯都是《聊斋志异》忠实读者。博尔赫斯在阿根廷出版《聊斋序》中说:

> 《聊斋》在中国的地位,犹如《一千零一夜》之在西方……蒲松龄并不以其所叙述的神奇而令人叫绝。他更让人想起斯威夫特,这不仅由于其寓言故事的怪诞,更由于其叙述风格的简洁、客观和他的讽刺意图。蒲松龄笔下的地狱使我们想起克维多笔下的同类境域。它们是昏暗的、受行政管辖的。那里的法庭、侍从、法官、书记在受贿与官僚主义方面比人间任何年代、任何地方的原型都不逊色……幽默与讽刺的泼辣以及强大的想象力……毫不费力地编织情节,其跌宕起伏如流水,千姿百态如行云。这是梦幻的王国,或者更确切地说,是梦魇的画廊和迷宫。……一个国家的特征在其想像中表现得最为充分。[⑧]

2012 年中国获得诺贝尔文学的作家莫言在获奖致词中说,山东老乡蒲松龄最会讲故事,他是蒲松龄的传人。莫言的代表作《生死疲劳》《檀香刑》写人兽轮回,亦人亦兽,有特异功能者看出各种人的兽类原形,如袁世凯是大王八,德国总督狼头人身,明显受聊斋故事如《席方平》

《向杲》影响。

六、《聊斋志异》的主要版本

《聊斋志异》现存主要版本：

1. 半部手稿，收正文二百三十七篇，作者定稿本，最有价值。

2. 康熙抄本，现存最早抄本，抄于康熙末年，八卷形式，存二百六十篇，文字最接近手稿本。其中一百三十一篇为现存半部手稿本所无。

3. 异史抄本，抄于雍正末年。分六卷，篇目最全，存四百八十五篇，其中《跳神》有目无文，与手稿本对比，错误较少，有较高的校勘价值。

4. 二十四卷抄本，抄于乾隆十五年（1750），收四百七十四篇，较铸雪斋本多出《放蝶》《夏雪》等重要篇章，较多保留原本风貌。

5. 铸雪斋抄本，抄于乾隆十六年（1751），十二卷，存四百七十四篇，十四篇有目无文。对手稿有擅自改动处。但因是据手稿本过录的朱氏抄本抄成，有重要的参考价值。

6. 青柯亭刻本，乾隆三十一年（1766），赵起杲以郑方坤抄自蒲家手稿本的过录本编刻，十六卷，收文四百三十二篇。对《聊斋志异》某些篇章，特别是涉及改朝换代的文字做了篡改，但保留《聊斋志异》基本面貌和精华，问世后很快流行。根据青柯亭本做的注本、选本、评点本、插图本不断出现。影响较大的有：吕湛恩注本、何垠注本、何守奇评本、但明伦评本、冯镇峦评本。

7. 图说本，光绪年间，出现数种《聊斋志异》图说，《聊斋图说》尤为精美。今存四十六册，绘四百二十个聊斋故事，绘图七百二十五幅。《聊斋图说》原存清宫，八国联军侵华时，由沙俄军队抢到俄国。1958 年苏联文化部将其归还中国，现由中国国家博物馆和青岛市博物馆分别收藏。

8. 三会本，1962 年上海中华书局出版张友鹤辑校的会校会注会评本，以半部手稿和铸雪斋抄本为底本，校以青柯亭本，收录王士禛、但明伦、冯镇峦、何守奇评，吕湛恩、何垠注，分十二卷，五百零三篇，流行甚广。但因铸雪斋抄本和青柯亭本都有对手稿随意擅改处，有待进一步校勘。

9. 全校会注集评本：2000 年齐鲁书社出版任笃行辑校《聊斋志异》，吸取"三会本"出版后新发现的康熙抄本、二十四卷抄本、异史等抄本的编排及内容，整理而成。

七、本书凡例

1. 本书除《聊斋自志》外，选正文六十二篇，约占《聊斋志异》篇目八分之一。参考手稿和康熙抄本，按八卷本排列。《聊斋志异》原文以半部手稿为底本者为（篇名书名号从略）：聊斋自志、画壁、种梨、劳山道士、娇娜、叶生、青凤、画皮、陆判、婴宁、聂小倩、雷曹、翩翩、罗刹海市、公孙九娘、促织、续黄粱、辛十四娘、鸦头、狐梦、花姑子、西湖主、伍秋月、莲花公主、绿衣女、荷花三娘子、颜氏、小谢、细侯、菱角、考弊司、席方平、贾奉雉、胭脂、黄英、书痴、晚霞、白秋练，共三十八篇。手稿《促织》等篇皆蒲松龄亲笔。《辛十四娘》等数篇为蒲松龄亲属笔迹，但经蒲松龄亲笔修改。手稿误笔、漏字则参考重要抄本，根据蒲松龄遣词用字习惯订正补齐，在注释中简要说明。

2. 本书所选手稿不存者篇目为：侠女、莲香、阿宝、九山王、张诚、口技、红玉、林四娘、连琐、连城、向杲、鸽异、梅女、阿英、胡四娘、宦娘、阿绣、细柳、梦狼、司文郎、张鸿渐、王子安、义犬、香玉、王桂庵，共二十五篇。选文以康熙抄本为底本，康熙抄本没有的，以异史为底本，参考二十四卷抄本、铸雪斋抄本、青柯亭刻本，择善而从。重要抄本文字不尽统一的处理：将几种重要抄本仔细对校，确定最符合蒲松龄写作特点的文字，校勘不做详细说明。

　　3.本书选目尽量顾及《聊斋志异》思想艺术成就的全面把握。既选取描写封建社会官场、科场内容，也选取家庭婚姻、社会风俗的内容，特别注意选取弘扬中华民族人文景观和优秀品德，讴歌真善美、鞭挞假恶丑的篇章。既关注聊斋现实题材，也关注聊斋在神鬼狐妖、梦幻离魂等志怪题材有重要开拓的传统名篇，关注小说艺术、语言成就突出的名作，力求浓缩《聊斋志异》精华。

　　4.本书内容包括导读、原典、注释、旁批、点评。吸收前人成果均加以注明。注释力求准确、简捷，前文已注，后文不重复注，一般不对原典追根溯源。

　　5.本书一律采用简化字，异体字统一于常用字。生僻字保留。

　　本书初稿完成后，编委会袁行霈主任提出了指导性意见，审读专家于天池、王能宪、王枝忠认真负责，精准批评，多有高见。解读者参照这些意见做了修订。书稿出版，有赖国家图书馆张洁、马超、袁媛和责任编辑潘肖蔷辛苦工作，在此一并感谢。

① 《吴组缃小说课》第 92 页，人民文学出版社 2019 年出版。
② 王士禛评语引自任笃行《全校会注集评〈聊斋志异〉》相关篇目，齐鲁书社 2000 年 5 月出版。
③ 《续修四库全书》第 1414 册第 457 页，上海古籍出版社 2002 年 1 月出版。该册收录王士禛《蚕尾诗集》卷一。乾隆期间王士禛因避讳雍正皇帝名被改称“王士祯”。
④ 路大荒编《蒲松龄集》第 543 页，上海古籍出版社 1986 年 4 月出版。
⑤ 逯钦立校注《陶渊明集》第 159 页，中华书局 1979 年出版。
⑥ 朱熹《楚辞集注》第 1 页，上海古籍出版社 1979 年出版。
⑦ 《董永妻》等六朝小说，收入《太平广记》，中华书局 1961 年 9 月出版。鲁迅《古小说钩沉》也收入曹丕《列异传·谈生》、郭璞《玄中记》姑获鸟等故事。
⑧ 《世界文学五十年作品选》散文卷，新华出版社 2003 年 1 月出版。

聊斋志异

聊斋自志

披萝带荔[1]，三闾氏感而为骚；牛鬼蛇神[2]，长爪郎吟而成癖。自鸣天籁[3]，不择好音，有由然矣。松[4]，落落秋萤之火，魑魅争光；逐逐野马之尘，罔两见笑。才非干宝[5]，雅爱搜神；情类黄州[6]，喜人谈鬼。闻则命笔，遂以成编。久之，四方同人，又以邮筒相寄，因而物以好聚，所积益夥。甚者人非化外[7]，事或奇于断发之乡；睫在眼前[8]，怪有过于飞头之国。遄飞逸兴[9]，狂固难辞；永托旷怀，痴且不讳。展如之人[10]，得毋向我胡卢耶？然五父衢头[11]，或涉滥听；而三生石上[12]，颇悟前因。放纵之言[13]，有未可概以人废者。

[注释]

[1]"披萝带荔"二句：是说屈原有感于祭祀鬼神仪式中女

以屈原为榜样，含忧国忧民之心。和李贺类比，含怪异之意。以干宝为坐标，最终超越之。

朋友见闻是聊斋重要取材来源之一，《三借庐笔谈》说蒲松龄曾在柳泉摆茶摊，请人讲故事，回家加工成《聊斋志异》。鲁迅先生早已指出此乃"委巷之谈"。蒲松龄为养家糊口在外坐馆，哪有闲空摆茶摊？而且蒲松龄有篇末说明聊斋故事来源的习惯，《聊斋志异》近五百篇无一篇说明来自柳泉茶摊。

鬼对爱情的渴望而创作楚辞。披萝带荔，语出《楚辞·九歌·山鬼》"若有人兮山之阿，被薜（bì）荔兮带女萝。"披薜荔叶、系女萝丝的女鬼，因恋人失约而忧伤。三闾氏，指屈原。屈原（约前340—前278），名平，字原，在《离骚》中自云名正则，字灵均，战国时楚国伟大诗人，做过三闾大夫。　[2]"牛鬼蛇神"二句：是说唐代诗人李贺吟诵牛首之鬼和蛇身之神成癖。长爪郎，是李商隐《李长吉小传》对李贺的别称。李贺，字长吉，中唐诗人，其诗作想象力丰富，后人称"鬼才"。　[3]"自鸣天籁"三句：是说写出自肺腑的文字，不迎合世俗，是有来由的。天籁，语出《庄子·齐物论》，自然界的美好声音，引申为表达真情实感的诗文。有由然，这样做是有来由的。　[4]"松"五句：是作者以萤火和灰尘谦指自己社会地位不高、见识浅陋，受到鬼的嘲笑。松，蒲松龄自称。秋萤之火和野马之尘，指微不足道的东西。魑魅（chī mèi）争光，语出晋裴启《语林》，嵇康夜晚灯下弹琴，见一鬼入，嵇康将灯吹灭，曰"吾耻与魑魅争光"。罔两见笑，语出《南史·刘粹传》所附《刘损传》，损同宗刘伯龙做高官后贫窭尤甚，他召家人商量赚钱的办法，一鬼在旁抚掌大笑。伯龙叹"贫富固有命，乃复为鬼所笑也"。"鬼笑"成为后世文人喜欢用的典故。陆游《碌碌》诗："安贫无鬼笑，守道有天知。"罔两，通"魍魉"，原指水神，后泛指鬼怪。魑魅和罔两，均指鬼物。　[5]"才非干宝"二句：是说虽然没有干宝那样的才能，但像他一样喜欢搜奇猎异，写神怪故事。干宝（？—336）字令升，晋代历史学家、文学家，著有《搜神记》，多写鬼神怪异之事。　[6]"情类黄州"二句：是说自己与当年被贬到黄州的苏轼有同样爱好，喜欢和人谈鬼。黄州，代指苏轼。苏轼（1036—1101），字子瞻，号东坡居士，宋代文学家，因反对王安石变法，被贬到黄州，常请人谈鬼，有人说没有鬼，他说"姑妄言之"。　[7]"甚者人非化外"

二句：是说泱泱中华发生的事比蛮荒远地还稀奇。化外，政令和教化达不到的地方。断发，古代吴越之地有剪短头发、文身的习俗。　[8]"睫在眼前"二句：是说眼前发生的事，比人头能飞来飞去的国度还奇怪。飞头，据《拾遗记》，东方有解形之民，能使头飞于南海，再回复到肩上。　[9]"遄（chuán）飞逸兴"四句：是说当兴致来临，难免有狂放之举。坚定地追求理想，不忌讳如痴如醉。遄飞逸兴，勃发出超逸豪放的兴致。旷怀，远大的理想。　[10]"展如之人"二句：是说诚实的人会笑我。展如，诚实。胡卢，喉间发出声音，形容笑的样子。　[11]"然五父衢头"二句：是说道听途说的传闻可能是无稽之谈。《史记·孔子世家》记载孔子的父母野合生孔子。孔子母讳言其父葬处。孔子母亲去世后，孔子殡母于五父之衢。五父衢，《括地志》："鲁城内衢道也。"在今山东曲阜西南二里。此指人言纷纭的路口。　[12]"而三生石上"二句：是说人的遇合因缘都是前生注定。三生石，据唐代《甘泽谣》，李源与洛阳惠林寺僧圆观交情好，圆观死前，约李源十二年后在杭州天竺寺相会。李如约前往，天竺寺有牧童对李唱道："三生石上旧精魂，赏月吟风不要论。惭愧情人远相访，此身虽异性常存。"[13]"放纵之言"二句：是说所言虽然恣意放任，也有可取之处，不要一概因人废言。

　　松悬弧时[1]，先大人梦一病瘠瞿昙偏袒入室[2]，药膏如钱[3]，圆黏乳际[4]，寤而松生[5]，果符墨志[6]。且也少羸多病[7]，长命不犹[8]。门庭之凄寂[9]，则冷淡如僧；笔墨之耕耘，则萧条似钵。每搔头自念，勿亦面壁人果是吾前身

古代作家喜欢给自己出生蒙上神奇色彩。李白是母亲梦月入怀而生，蒲松龄则是父亲梦苦行僧入室而生，蒲松龄一生确实科举考试艰苦，生活困苦，《聊斋志异》写得辛苦，颇像苦行僧转世。

耶[10]？盖有漏根因[11]，未结人天之果；而随风荡堕[12]，竟成藩溷之花。茫茫六道，何可谓无其理哉！独是子夜荧荧，灯昏欲蕊；萧斋瑟瑟，案冷疑冰。集腋为裘[13]，妄续《幽冥》之录；浮白载笔[14]，仅成孤愤之书。寄托如此，亦足悲矣！嗟乎！惊霜寒雀，抱树无温；吊月秋虫，偎栏自热。知我者，其在青林黑塞间乎[15]！康熙己未春日[16]。

不管多艰苦，借"鬼狐史"抒磊块愁矢志不移！

［注释］

[1]悬弧：出生。据《礼记》，男孩出生时，门左挂一张弓，叫"设弧"，表示男孩长大后要习武。　[2]先大人梦一病瘠瞿昙（qú tán）偏袒入室：是说蒲松龄的父亲看到一个身体病弱、右肩袒露的和尚进到屋内。先大人，已故的父亲。蒲松龄的父亲蒲槃，字敏吾，举业未成，中岁为贾。病瘠，瘦弱有病。瞿昙，本意指佛，此处为和尚。偏袒，和尚穿袈裟，常将右肩袒露出来。　[3]药膏如钱：像铜钱大小的膏药。　[4]圆黏乳际：圆圆地贴在乳房位置。　[5]寤（wù）：睡醒。　[6]果符墨志：自己出生时乳际黑色胎记和父亲梦中所见和尚胸前的膏药位置相同。　[7]少羸（léi）：少年时很瘦弱。　[8]长（zhǎng）命不犹：长大后命运不如普通人。　[9]"门庭之凄寂"四句：意谓自家门庭冷落得像寺院一样，生平寄人篱下教书养家，像托着钵盂募化的僧人。　[10]面壁人：僧人。面壁，佛教的坐禅。　[11]"盖有漏根因"二句：意思是由于前世的缘故，自己难以得到修炼的正果。"有漏根

因"指不能根除三界（欲、色、无色）烦恼，归于心境平静空寂。漏、根、因，皆为佛教名词。佛教称烦恼为"漏"，根、因指能生成或引起果报的原因。　[12]"而随风荡堕"二句：形容自己像随风飘荡的落花一样落到篱笆上、粪坑旁。溷（hùn），粪坑。　[13]"集腋为裘"二句：是说收集神鬼狐妖的故事积少成多，妄想让它成为《幽冥录》的续编。《幽冥》，指南朝刘义庆著作《幽冥录》。　[14]"浮白载笔"二句：是说把酒秉笔，写下这本抒发发愤之作的书。浮白，原意是罚饮一大杯酒。浮，罚人酒。白，罚酒用的大酒杯。载笔，秉笔书写。孤愤之书，据《史记》，韩非子不容于邪枉之臣，著《孤愤》等十余万言。　[15]青林黑塞：是杜甫《梦李白》"魂来枫林青，魂返关塞黑"两句诗的简写。　[16]康熙己未：康熙十八年，即公元1679年。蒲松龄四十岁。

[点评]

《聊斋自志》对蒲松龄写《聊斋志异》的起因和创作过程做了简练生动的陈述。蒲松龄以屈原忧国忧民之心，韩非子"孤愤"之志，借鉴李贺诗歌诡异华丽的意境和苏轼喜人谈鬼的爱好，承传前辈志怪作家干宝、刘义庆的志怪小说传统，以鬼狐史抒发磊块愁。《聊斋志异》的写作经历了艰难的素材搜集过程，作者在艰苦的生活条件下，矢志不移写作。蒲松龄以"苦行僧转世"故事，阐释其人生不得志、寻觅知音、追求文学理想的信念。康熙十八年《聊斋志异》初步成书。此后，蒲松龄终生磨一书，直到年近古稀仍在写作和修改《聊斋志异》。

画　壁

江西孟龙潭[1]，与朱孝廉客都中[2]。偶涉一
兰若[3]，殿宇禅舍[4]，俱不甚弘敞，惟一老僧挂
搭其中[5]。见客入，肃衣出迓[6]，导与随喜[7]。
殿中塑志公像[8]；两壁图绘精妙，人物如生。东
壁画散花天女[9]，内一垂髫者[10]，拈花微笑，
樱唇欲动，眼波将流。朱注目久，不觉神摇意
夺，恍然凝想。身忽飘飘，如驾云雾，已到壁上。
见殿阁重重，非复人世。一老僧说法座上，偏袒
绕视者甚众[11]。朱亦杂立其中。少间，似有人
暗牵其裾。回顾，则垂髫儿，辗然竟去[12]，履
即从之。过曲栏，入一小舍，朱次且不敢前[13]。
女回首，举手中花，遥遥作招状，乃趋之。舍内
寂无人，遽拥之[14]，亦不甚拒，遂与狎好[15]。
既而闭户去，嘱勿咳，夜乃复至。如此二日。

垂髫是短发覆
额，少女发型。散
花天女的发型在本
文中起枢纽作用。

栩栩如生。
散 花 天 女 的
手中花本是用来考
验菩萨道心是否坚
定，现在成了花为
媒。

[**注释**]

[1]江西：明清设江西布政使司，治所在南昌府（今南昌
市）[2]孝廉：汉代孝举人才的科目之一，明清时常用以称举人。
科举考试乡试得中者为举人。　[3]兰若：寺院。梵语"阿兰若"

简称，意思是清净无苦恼之处。　[4]禅舍：僧舍，佛教徒养静之处。　[5]挂搭：旅行的僧人暂住寺院时，将僧衣锡杖挂在寺院廊下的钩上，故称。　[6]肃衣出迓（yà）：整衣出迎。　[7]随喜：随自己的心意做善事，亦称游览。　[8]志公：对南朝梁高僧宝志（418—514）的尊称，其事迹见梁《高僧传》卷十。　[9]散花天女：佛经故事中的神女。《维摩诘经》载，维摩诘室有一天女，每见诸菩萨听讲经说法，便现其身，将天花撒在菩萨身上以验证其向道之心。道心坚定者花不着身，道心不坚定者，花着身不落。　[10]垂髫（tiáo）：披发下垂，古时十五岁以下的儿童不束发，因此称未成年少女为垂髫。　[11]偏袒：佛教徒穿袈裟，袒露右肩。　[12]辗（zhǎn）然：笑的样子。　[13]次且（zī jū）：同"趑趄"，犹豫不进。　[14]遽：突然。　[15]狎好：亲昵交欢。

　　女伴共觉之，共搜得生，戏谓女曰："腹内小郎已许大，尚发蓬蓬学处子耶？"共捧簪珥[1]，促令上鬟[2]，女含羞不语。一女曰："妹妹姊姊，吾等勿久住，恐人不欢。"群笑而去。生视女，髻云高簇[3]，鬟凤低垂，比垂髫时尤艳绝也。四顾无人，渐入猥亵。兰麝熏心[4]，乐方未艾。忽闻吉莫靴铿铿甚厉[5]，缧锁锵然[6]。旋有纷嚣腾辨之声。

众仙女口齿伶俐，话语夸张有趣。

散花女发型改矣！天宫也按人间规矩吗？

[**注释**]

[1]簪珥（ěr）：发簪和耳环。　[2]上鬟：旧时中原女子出

嫁前将少女发型改梳少妇发型，俗称"上头"。 [3]"鬒云高
簪"二句：是形容散花天女改梳少妇发型后，浓黑如云的发髻上
插着低垂的凤钗。 [4]"兰麝熏心"二句：是说散花天女身上散
发着兰花麝香等名贵香料的气息，沁人心脾。朱生沉醉在性爱快
乐中。 [5]吉莫靴：用名贵吉莫皮革制成的皮靴，行走时声音
大。 [6]缧（léi）锁锵然：捆绑犯人的锁链响着。缧，黑色的绳子。

女惊起，与生窃窥，则见一金甲使者，黑面
如漆，绾锁挈槌[1]，众女环绕之。使者曰："全
未？"答言："已全。"使者曰："如有藏匿下界
人，即共出首[2]，勿贻伊戚[3]。"又同声言："无。"
使者反身鹗顾[4]，似将搜匿。女大惧，面如死灰，
张皇谓朱曰："可急匿榻下。"乃启壁上小扉，猝
遁去[5]。朱伏，不敢少息。俄闻靴声至房内，复
出。未几，烦喧渐远，心稍安；然户外辄有往来
语论者[6]。朱跼蹐既久[7]，觉耳际蝉鸣，目中火
出，景状殆不可忍[8]，惟静听以待女归，竟不复
忆身之何自来也。

> 黑面神似鹗之
> 觅食，极力渲染恐
> 怖气氛。

> 杜撰不等于书
> 空，写幻想之事却
> 如亲身经历。朱孝
> 廉着急的感受很真
> 切！

[注释]

[1]绾（wǎn）锁挈槌：一手握锁链，一手携铁锤。 [2]出首：
告发。 [3]勿贻伊戚：不要自惹烦恼。贻，致使。 [4]反身鹗顾：
回转身体，瞋目四顾。鹗，凶猛的鸟，俗称鱼鹰。目光敏锐，神

色凶狠。　[5]遁：逃走。　[6]语论：议论。　[7]踽踽（jú jí）：困顿窘迫。　[8]殆：大概，恐怕。

时孟龙潭在殿中，转瞬不见朱，疑以问僧。僧笑曰："往听说法去矣。"问："何处？"曰："不远。"少时，以指弹壁而呼曰："朱檀越何久游不归[1]？"旋见壁间画有朱像，倾耳伫立，若有听察。僧又呼曰："游侣久待矣！"遂飘忽自壁而下，灰心木立[2]，目瞪足软。孟大骇，从容问之。盖方伏榻下，闻叩声如雷，故出房窥听也。共视拈花人，螺髻翘然[3]，不复垂髫矣。朱惊拜老僧，而问其故，僧笑曰："幻由人生，贫道何能解[4]？"朱气结而不扬[5]，孟心骇叹而无主。即起，历阶而出[6]。

本来梳少女发型的散花女改梳少妇发型，说明她确实经历了新婚。新婚从何而来？从朱孝廉意念中。

朱生因失去与画上天女的情爱心情不舒畅，孟生因为看到朋友上了画壁而惊叹不已。两人"历阶"而出，并非简单叙述他们一个台阶一个台阶走出，而是暗含他们非常缓慢、边思索边走出之意。

[注释]

[1]檀越：即施主。寺院人对布施者的敬称。　[2]"灰心木立"二句：是说朱生形似槁木，心如死灰，目瞪口呆，腿脚发软。"软"同"软"。　[3]螺髻：螺壳状的发髻，是已婚者的发型。　[4]贫道：晋朝时规定僧人自称贫道。　[5]气结：呼吸不畅状。　[6]历阶：一个台阶一个台阶地走出。

"幻由人生"和"幻由人作"分别出现在老僧话语和"异史氏曰"，寓意相近。

异史氏曰[1]："幻由人作，此言类有道者。人有淫心，是生亵境；人有亵心，是生怖境。菩萨点化愚蒙，千幻并作，皆人心所自动耳。老婆心切[2]，惜不闻其言下大悟，披发入山也[3]。"

[注释]

[1]异史氏曰：《聊斋志异》模仿《左传》"君子曰"及《史记》"太史公曰"的篇末论赞体例。"异史"有别于正史，说明作者写的是鬼怪故事。　[2]老婆心切：佛教用语，意思是反复叮咛、教诲心十分迫切。　[3]披发入山：不经剃度入山修行。

[点评]

《画壁》写一书生的奇特艳遇。朱生喜欢壁画上的散花天女，身不由己地到壁画上跟仙女相爱。众仙女祝贺新婚并督促"上鬟"。最后因金甲使者的"干预"，朱生回到人间，壁画上的散花天女也从少女发型变成少妇发型，神奇有趣。这个与散花天女有关的故事传达一种佛教观念：人生一切都是虚幻不实的。更重要的是，这个《聊斋志异》开篇不久的爱情故事创造出蒲松龄最喜欢采用和非常富有哲理性的构思模式："幻由人生（或"幻由人作"）。"只要你殷切盼望，你所向往的一切美好的事物都会出现。这是浪漫主义奇想，也是聊斋故事的特征。

种 梨

有乡人货梨于市，颇甘芳，价腾贵[1]。有道士破巾絮衣，丐于车前。乡人咄之，亦不去；乡人怒，加以叱骂。道士曰："一车数百颗，老衲止丐其一[2]，于居士亦无大损[3]，何怒为？"观者劝置劣者一枚令去，乡人执不肯。肆中佣保者，见喋聒不堪[4]，遂出钱市一枚，付道士。道士拜谢，谓众曰："出家人不解吝惜。我有佳梨，请出供客。"或曰："既有之，何不自食？"曰："吾特需此核作种。"于是掬梨大啖[5]，且尽，把核于手，解肩上镵[6]，坎地深数寸，纳之而覆以土。向市人索汤沃灌。好事者于临路店索得沸渖[7]，道士接浸坎处。

[注释]

[1]价腾贵：价钱昂贵。　[2]老衲：道士自称，意即"老道"。佛教教义规定，僧尼的衣服应由常人捐赠的碎片缝缀而成，名"百衲衣"。老和尚常自称"老衲"，此处借用。　[3]居士：在家修行者。道士对乡人的尊称。　[4]喋聒（dié guō）：絮絮叨叨，啰嗦不清。　[5]掬梨大啖（dàn）：两手捧着梨大口吃。啖，吃。　[6]镵（chán）：掘土的小工具。　[7]好事者：喜欢多事、爱起哄的人。

真人不露相。《聊斋志异》常出现破衣烂衫却担负着道德教化的僧道乞丐。梨已成熟，道士还穿棉衣，说明贫穷无法换装。

拔一毛而利天下，不为也，天下此类人多矣。

好事者亦颇有趣，拿开水浇灌岂能出苗？却偏偏能出。神乎其神。

《搜神记·徐光种瓜》："吴时有徐光者，尝行术于市里，从人乞瓜，其主勿与，便从索瓣，杖地种之，俄而瓜生，蔓延，生花，成实；乃取食之，因赐观者。䰟者及视所出卖皆亡耗矣。"

沸渖（shěn）：开水。渖，汤汁。

万目攒视[1]，见有勾萌出[2]，渐大；俄成树，枝叶扶苏[3]；倏而花[4]，倏而实，硕大芳馥，累累满树。道士乃即树头摘赐观者，顷刻向尽。已，乃以镵伐树，丁丁良久[5]，乃断；带叶荷肩头，从容徐步而去。

初，道士作法时，乡人亦杂众中，引领注目[6]，竟忘其业。道士既去，始顾车中，则梨已空矣。方悟适所俵散皆己物也[7]。又细视车上一靶亡[8]，是新凿断者。心大愤恨。急迹之，转过墙隅，则断靶弃垣下，始知所伐梨本，即是物也。道士不知所在。一市粲然[9]。

但明伦评："己物而借他人俵散，吝啬者每每如是。"梨子没了，车把幻化梨树，车把断了，车无法推动，是对乡人的双重惩罚。

"吝惜"乃此文文眼。

何垠评："人无吝根，道士纵有妙术，乌得而散之？乃知过为吝惜，未有不至散亡者，天之道也。"

方舒岩评："愿得数千亿道士道行天下，举悭囊而尽破之，亦一快事。"

[注释]

[1]万目攒视：众人围观。 [2]勾萌：草木弯曲的嫩芽。 [3]枝叶扶苏：枝叶繁茂纷披状。扶苏，同"扶疏"。 [4]倏（shū）而：很快。时间迅疾状。 [5]丁（zhēng）丁：伐木的声音。 [6]引领注目：伸着脖子看。 [7]俵散：分发。 [8]靶亡：车把没有了。 [9]粲然：哈哈大笑。

异史氏曰："乡人愦愦[1]，憨状可掬，其见笑于市人，有以哉。每见乡中称素封者[2]，良朋乞米，则怫然，且计曰：‘是数日之资也。’或劝济一危难，饭一茕独[3]，则又忿然，又计曰：‘此十人、五人之食也。’甚而父子兄弟，较尽锱铢[4]。及至淫博迷心，则倾囊不吝；刀锯临颈，则赎命不遑[5]。诸如此类，正不胜道，蠢尔乡人，又何足怪。”

[注释]

[1]愦愦：昏庸糊涂。　[2]素封：没做官无封号而富比封君的人。　[3]茕独：孤苦无依的人。　[4]较尽锱铢：斤斤计较，连最微小的钱财也不放过。锱、铢，古代最小的计量单位。　[5]不遑（huáng）：没工夫。

[点评]

吝啬是相当普遍的社会现象。世界文豪创造了许多生动的吝啬鬼形象：巴尔扎克笔下家财巨万却收集废物来用的高布赛克；一小块糖要切成几块用的葛朗台；《儒林外史》中临死还伸着两个手指头提醒家人挑掉一根灯芯的严监生。《种梨》是个神奇的故事，作者借这个故事劝诫世人，不管多么有钱有地位的人，只要心存吝啬之念，就会像“乡人”一样愚蠢可笑，最后难免会家财为人散尽，最终竹篮打水一场空。

《种梨》的本事是《搜神记·徐光种瓜》。蒲松龄在

《聊斋自志》中说"才非干宝，雅爱搜神"。他以干宝为榜样，最后却超越了自己的偶像。

《种梨》是最早传入西方的聊斋故事，1848 年由传教士卫三畏译成英文，发表在《中国总论》上。1900 年美国大学学会出版公司出版的《少男少女丛书》，将此故事以《奇妙的梨树》为题收入第三卷。迄今已印百版。

劳山道士

王生既是故家子又是"老儿子"，自然不可能吃苦。

"娇惰不能作苦"是众多徒有雄心却不能实现人生价值者的拦路虎。

王生开头还对学道存幻想，砍柴虽苦，姑妄砍之。

见困难就缩头，暗生归念。

邑有王生[1]，行七，故家子[2]，少慕道[3]，闻劳山多仙人[4]，负笈往游[5]。登一顶，有观宇[6]，甚幽。一道士坐蒲团上，素发垂领[7]，而神观爽迈[8]。叩而与语[9]，理甚玄妙[10]，请师之。道士曰："恐娇惰不能作苦。"答言："能之。"其门人甚众，薄暮毕集，王俱与稽首[11]，遂留观中。凌晨，道士呼王去，授以斧，使随众采樵。王谨受教。过月余，手足重茧[12]，不堪其苦，阴有归志。

[**注释**]

[1]邑：旧时县的别称。邑，即淄川县。　[2]故家子：世代官宦之家的儿子。　[3]慕道：向往道术。　[4]劳山：位于青岛

市东北方向，面海，上有下清宫、白云洞等名胜。　[5]负笈：背着书箱。　[6]观宇：道观。　[7]素发垂领：白发垂到衣领。　[8]神观爽迈：神态爽朗超逸。　[9]叩：以首叩地隆重参拜。　[10]理甚玄妙：话语包含的道理微妙幽深。　[11]稽首：跪拜。　[12]手足重（chóng）茧：手脚磨起一层层硬皮。

一夕归，见二人与师共酌。日已暮，尚无灯烛，师乃剪纸如镜，黏壁间。俄顷，月明辉室，光鉴毫芒[1]。诸门人环听奔走。一客曰："良宵胜乐[2]，不可不同。"乃于案上取壶酒，分赉诸徒[3]，且嘱尽醉。王自思：七八人，壶酒何能遍给？遂各觅盎盂[4]，竞饮先釂[5]，惟恐樽尽[6]。而往复挹注[7]，竟不少减，心奇之。俄一客曰："蒙赐月明之照，乃尔寂饮[8]，何不呼嫦娥来？"乃以箸掷月中，见一美人，自光中出，初不盈尺，至地遂与人等，纤腰秀项，翩翩作《霓裳舞》[9]，已而歌曰："仙仙乎[10]，而还乎，而幽我于广寒乎！"其声清越，烈如箫管[11]。歌毕，盘旋而起，跃登几上。惊顾之间，已复为箸。三人大笑。又一客曰："今宵最乐，然不胜酒力矣，其饯我于月宫可乎[12]？"三人移席，渐入月中。众视三

唐《宣室志》："杨晦八月二十夜谒先生，先生刻纸如月，施垣上，洞照一室。"前人只言片语的异事被聊斋先生点石成金，衍化成妙趣横生、洞察人生的小说名篇。

聊斋写人与物的转化最精妙，一根普通筷子掷向纸剪的月亮，居然变成月中嫦娥。不仅显现嫦娥的美丽，还表现月中嫦娥凄苦的心情，妙！

月宫饮宴，形容臻至。

人，坐月中饮，须眉毕见，如影之在镜中。移时，月渐暗，门人然烛来[13]，则道士独坐而客杳矣。几上，肴核尚故；壁上月，纸圆如镜而已。道士问众："饮足乎？"曰："足矣。""足宜早寝，勿误樵苏[14]。"众诺而退，王窃忻慕[15]，归念遂息。

[注释]

[1]光鉴毫芒：月光照清非常纤细的东西。毫，动物细毛。芒，麦芒。　[2]良宵胜乐：良辰美景，赏心乐事。　[3]分赉（lài）：分发赏赐。　[4]盎盂（yú）：大小不等的酒具。盎，大腹而敛口。盂，阔口的容器，类似碗。　[5]竞饮先釂（jiào）：争先喝光杯中的酒。此处形容徒弟们不顾长幼次序抢着饮酒。《礼记·曲礼上》："长者举未釂，少者不敢饮。"[6]樽：酒壶。　[7]挹（yì）注：将酒壶里的酒倒到盎盂中。　[8]乃尔寂饮：如此安静无聊地喝酒。　[9]《霓裳舞》：全名《霓裳羽衣舞》，唐代天宝年间流行的一种舞蹈，传说杨贵妃擅长此舞。　[10]"仙仙乎"三句：大意是轻盈地跳起来呀，舞起来呀，跳着舞着回家乡去呀，为什么把我幽闭在广寒宫啊！　[11]烈如箫管：形容歌声像管乐一样清脆悠扬。[12]饯：饯别。　[13]然：同"燃"。　[14]樵苏：砍柴割草。　[15]忻慕：向往、羡慕。

仙景固然美，仙游固然好，但须以勤劳致之。

不想吃苦，不知道吃得苦中苦，方为人上人的道理。这是所有空怀壮志、终一事无成者难以逾越的屏障。

又一月，苦不可忍，而道士并不传教一术。心不能待，辞曰："弟子数百里受业仙师，纵不能得长生术，或小有传习，亦可慰求教之心。今阅两三月[1]，不过早樵而暮归。弟子在家，未谙此苦[2]。"道士笑曰："我固谓不能作苦，今果然。明早当遣汝行。"王曰："弟子操作多日，师略授小技，此来为不负也。"道士问："何术之求？"王曰："每见师行处，墙壁所不能隔，但得此法足矣。"道士笑而允之。乃传以诀[3]，令自咒毕，呼曰："入之！"王面墙不敢入。又曰："试入之。"王果从容入，及墙而阻。道士曰："俯首骤入，勿逡巡[4]！"王果去墙数步，奔而入，及墙，虚若无物，回视，果在墙外矣。大喜，入谢。道士曰："归宜洁持，否则不验。"遂助资斧[5]，遣之归。抵家，自诩遇仙，坚壁所不能阻。妻不信，王效其作为，去墙数尺，奔而入，头触硬壁，蓦然而踣[6]。妻扶视之，额上坟起如巨卵焉[7]。妻揶揄之[8]。王惭忿，骂老道士之无良而已。

学道是为了提高修养，王生偏偏学穿墙。王生为什么诸多救人济世的妙法都不想学，就想学穿墙？显然动机不纯，甚至可能思盗思淫，道士必惩戒之。

"碰壁"的绝妙描绘、经典描绘。一切取巧者观之，当思之、戒备之。

[注释]

[1]阅：经历。　[2]谙：知道。　[3]诀：施行法术的口诀。　[4]逡（qūn）巡：犹豫不决。　[5]资斧：路费。　[6]蓦然而踣（bó）：猛然跌倒。　[7]坟起：肿块隆起。　[8]揶揄：嘲弄讥笑。

异史氏曰：“闻此事未有不大笑者，而不知世之为王生者，正复不少。今有伧父[1]，喜疢毒而畏药石[2]，遂有吮痈舐痔者[3]，进宣威逞暴之术以迎其旨[4]，诒之曰[5]：‘执此术也以往，可以横行而无碍。’初试未尝不小效，遂谓天下之大，举可以如是行矣，势不至触硬壁而颠蹶不止也[5]。”

[**注释**]

[1]伧（cāng）父：低贱的匹夫。　[2]喜疢（chèn）毒而畏药石：比喻缺乏修养的人总喜欢阿谀奉承，不喜欢逆耳忠言。　[3]吮（shǔn）痈舐（shì）痔者：吸脓痈舐痔疮的无耻之徒。《庄子·列御寇》：“秦王有病召医，破痈溃痤者得车一乘，舐痔者得车五乘，所治愈下，得车愈多。”　[4]宣威逞暴之术：宣扬威风施行暴行的办法。　[5]诒（dài）：骗。　[6]颠蹶：摔倒，栽跟头。

[**点评**]

《劳山道士》的故事不仅在中国家喻户晓、妇孺皆知，还早就传到西方。这则故事是仙人惩戒凡间懒惰而想取巧者的轻喜剧。《劳山道士》的故事至今也很有启发意义：如果想取得成就，必须付出艰苦劳动。就像故事中写的，老老实实砍柴，想有所成就，要从最基础的工作做起，若想取巧走捷径，没有不碰壁的。

娇 娜

孔生雪笠，圣裔也[1]，为人蕴藉[2]，工诗。有执友令天台[3]，寄函招之。生往，令适卒。落拓不得归，寓菩陀寺，佣为寺僧抄录。寺西百余步，有单先生第。先生故公子[4]，以大讼萧条[5]，眷口寡，移而乡居，宅遂旷焉。一日，大雪崩腾[6]，寂无行旅，偶过其门，一少年出，丰采甚都[7]。见生，趋与为礼，略致慰问，即屈降临。生爱悦之，慨然从入。屋宇都不甚广，处处悉悬锦幕，壁上多古人书画。案头书一册，签云[8]：《琅嬛琐记》[9]。翻阅一过，俱目所未睹。生以居单第，意为第主，即亦不审官阀[10]。少年细诘行踪，意怜之，劝设帐授徒。生叹曰："羁旅之人[11]，谁作曹丘者[12]？"少年曰："倘不以驽骀见斥[13]，愿拜门墙[14]。"生喜，不敢当师，请为友。便问："宅何久锢？"答曰："此为单府，曩以公子乡居[15]，是以久旷。仆皇甫氏，祖居陕，以家宅焚于野火，暂借安顿。"生始知非单。

这哪儿是狐狸精？分明是有教养、有身份的书香人家。惟有书名稍稍露出一点儿怪异成分。

[注释]

[1]圣裔:圣人孔子的后裔。　[2]蕴藉:含蓄,有修养。　[3]有执友令天台:有志同道合的朋友做天台县令。　[4]故公子:世家大族后代。　[5]大讼萧条:因打了场大官司而家庭败落。　[6]大雪崩腾:满天大雪飞扬。　[7]丰采甚都:神采美好闲雅。　[8]签:书名题签。　[9]《琅嬛琐记》:虚构的书名。琅嬛福地是传说中神仙住的地方。　[10]不审官阀:不细问官位和门第。　[11]羁旅:旅行在外。　[12]曹丘:即曹丘生,汉初人,到处赞扬季布任侠义勇,季布因而享有盛名,后世遂以"曹丘"或"曹丘生"代指荐引、称扬之人。　[13]驽骀(tái):劣等马,对自己的谦称。　[14]门墙:师门。拜门墙即拜师之意。　[15]曩(nǎng):以往,过去。

聊斋擅长塑造有学问、有身份的老狐狸精形象。皇甫叟礼貌周全、文质彬彬、谈吐高雅,从形象到举止都宛如名门大户的家长。

当晚,谈笑甚欢,即留共榻。昧爽[1],即有僮子炽炭于室。少年先起入内,生尚拥被坐。僮入白:"太公来[2]。"生惊起。一叟入,鬓发皤然[3],向生殷谢曰:"先生不弃顽儿,遂肯赐教。小子初学涂鸦,勿以友故行辈视之也[4]。"已,乃进锦衣一袭,貂帽、袜、履各一事,视生盥栉已[5],乃呼酒荐馔[6]。几、榻、裙衣,不知何名,光彩射目。酒数行,叟兴辞[7],曳杖而去。餐讫,公子呈课业,类皆古文词,并无时艺[8]。问之,笑云:"仆不求进取也。"

［注释］

[1]昧爽：拂晓。　[2]太公：对祖父辈或父辈的尊称。　[3]鬓发皤（pó）然：须发皆白。　[4]行（háng）辈：同辈。　[5]盥栉（guàn zhì）：洗脸梳头。　[6]荐馔：送上菜肴。　[7]兴辞：起身告辞。　[8]时艺：明清时科举考试的八股文，称"时文"或"时艺"。

抵暮，更酌曰："今夕尽欢，明日便不许矣。"呼僮曰："视太公寝未？已寝，可暗唤香奴来。"僮去，先以绣囊将琵琶至。少顷，一婢入，红妆艳绝。公子命弹《湘妃》[1]，婢以牙拨勾动[2]，激扬哀烈[3]，节拍不类凡闻。又命以巨觞行酒[4]，三更始罢。次日，早起共读。公子最惠，过目成咏，二三月后，命笔警绝[5]。相约五日一饮，每饮必招香奴。一夕，酒酣气热，目注之。公子已会其意，曰："此婢为老父所豢养。兄旷邈无家[6]，我凤夜代筹久矣。行当为君谋一佳偶。"生曰："如果惠好[7]，必如香奴者。"公子笑曰："君诚'少所见而多所怪'者矣。以此为佳，君愿亦易足也。"

香奴固然美丽，却仅是娇娜出现的导引，皇甫家美女层出不穷。

［注释］

[1]《湘妃》：琵琶曲《湘妃怨》。　[2] 牙拨勾动：用象牙制拨子弹拨，以手指按琴弦。　[3] 激扬哀烈：忽而高昂忽而哀怨。　[4] 巨觞行酒：用大杯喝酒。　[5] 命笔警绝：下笔写文章绝妙警策。　[6] 旷邈（miǎo）：孤身在外没有家室。　[7] 惠好：给予恩惠。

娇娜，意为娇美婀娜。

娇娜出场，像名角登台，一露面就"挑帘红"。眼波一转，流露的是聪慧；细柳拂风般身姿，羞答答的神情，浑身散发着兰花似的香气。无怪乎孔生一见，连疼痛的呻吟都忘了。

　　居半载，生欲翱翔郊郭[1]，至门，则双扉外扃[2]。问之，公子曰："家君恐交游纷意念，故谢客耳。"生亦安之。时盛暑溽热，移斋园亭。生胸间肿起如桃，一夜如碗，痛楚吟呻。公子朝夕省视，眠食都废。又数日，创剧，益绝食饮。太公亦至，相对太息。公子曰："儿前夜思先生清恙[3]，娇娜妹子能疗之。遣人于外祖母处呼令归，何久不至？"俄僮入白："娜姑至，姨与松姑同来。"父子疾趋入内。少间，引妹来视生。年约十三四，娇波流慧[4]，细柳生姿。生望见颜色，嚬呻顿忘，精神为之一爽。公子便言："此兄良友，不啻胞也[5]，妹子好医之。"女乃敛羞容，揄长袖[6]，就榻诊视。把握之间，觉芳气胜兰。女笑曰："宜有是疾，心脉动矣。然症虽危，可治；但肤块已凝[7]，非伐皮削肉不可。"乃脱臂上金钏安患处[8]，徐徐按下之，创突起寸许，高出钏外，而根际余肿，尽束在内，不似前如盎阔矣。乃一手启罗衿，解佩刀，刃薄于纸，把钏握刃，轻轻附根而割。紫血流溢，沾染床席。而贪近娇姿，不惟不觉其苦，且恐速竣割事，偎傍不久。未几，割断腐肉，团团然如树上削下之瘿[9]，又呼水来，为洗割处。口吐红丸，如弹大，着肉上，按令旋转。才一周，觉热火蒸腾；再一周，习习作痒；三周已，遍体清凉，沁入骨髓。女收丸入咽，曰："愈矣！"趋步出。

[注释]

[1] 翱翔：遨游。　[2] 扃（jiōng）：关闭。　[3] 清恙：称人生病的敬语。　[4] "娇波流慧"二句：是说娇娜妩媚的眼波流露的是聪慧，身材纤细如弱柳迎风。　[5] 不啻胞：无异于同胞兄弟。　[6] 揄（yú）：挥动。　[7] 肤块已凝：已成为肿块。　[8] 金钏：金镯。　[9] 瘿（yǐng）：瘤子。

生跃起走谢，沉疴若失，而悬想容辉，苦不自已。自是废卷痴坐[1]，无复聊赖。公子已窥之，曰："弟为兄物色得一佳偶。"问："何人？"曰：

红楼人物宝玉挨打时喊姐姐妹妹就不疼，孔生因挨着美丽的女"华佗"，开刀都不觉得疼！曹侯学蒲翁耶？

请注意红丸！请注意两次出现狐狸精的红丸！红丸是狐狸精千年修炼而来。传说狐狸精靠红丸长生不老，娇娜却用红丸治病救人。

孔生对娇娜的感情至深，却因娇娜年小，情爱一席为松娘占去。虽与其成为姐夫小姨，深情却永埋心底。

"亦弟眷属。"生凝思良久，但云："勿须。"面壁吟曰："曾经沧海难为水[2]，除却巫山不是云。"公子会其指，曰："家君仰慕鸿才，常欲附为婚姻，但止一少妹，齿太稚。有姨女阿松，年十八矣，颇不粗陋。如不见信，松姊日涉园亭，伺前厢，可望见之。"生如其教。果见娇娜偕丽人来，画黛弯蛾[3]，莲钩蹴凤，与娇娜相伯仲也[4]。生大悦，请公子作伐[5]。公子翼日自内出[6]，贺曰："谐矣。"乃除别院[7]，为生成礼。是夕，鼓吹阗咽[8]，尘落漫飞，以望中仙人，忽同衾幄[9]，遂疑广寒宫殿未必在云霄矣。合卺之后[10]，甚惬心怀[11]。

一夕，公子谓生曰："切磋之惠，无日可以忘之。近单公子解讼归，索宅甚急，意将弃此而西。势难复聚，因而离绪萦怀。"生愿从之而去，公子劝还乡闾[12]，生难之。公子曰："勿虑，可即送君行。"无何，太公引松娘至，以黄金百两赠生。公子以左右手与生夫妇相把握，嘱闭眸勿视。飘然履空，但觉耳际风鸣。久之曰："至矣。"启目，果见故里。始知公子非人。喜扣家门。母出非望，又睹美妇，方共忻慰。及回顾，则公子逝矣。松娘事姑孝[13]，艳色贤名，声闻遐迩。

[注释]

[1]废卷：无心读书。　[2]"曾经沧海难为水"二句：已见过大世面，看不起平常事物。是表达对钟情女子专一而真挚的感情。孔生用这两句诗向皇甫公子表达他爱上娇娜，对其他女人不感兴趣。语出元稹《离思五首》之二，也有论者认为是元稹的悼妻之作。　[3]"画黛弯蛾"二句：画的眉毛像蚕蛾的须又细又弯又长，三寸金莲穿着凤头鞋。　[4]相伯仲：不相上下。伯仲，兄弟，长兄为伯，次者为仲。　[5]作伐：做媒。《诗·豳风·伐柯》："伐柯如何，匪斧不克；取妻如何，匪媒不得。"　[6]翼日：即翌日，第二天。　[7]除：清扫。　[8]"鼓吹阗咽"二句：各种乐器共同发出有节奏的合鸣，音乐声震动屋梁，尘土纷飞。　[9]衾帱：被子和床帐。　[10]合卺：婚礼中夫妇饮酒的模式。一瓠剖成两瓢，新婚夫妇各执一瓢对饮。　[11]惬：满意。　[12]乡闾：家乡。　[13]事姑孝：对婆母孝顺。

后生举进士[1]，授延安司李[2]，携家之任。母以道远不行。松娘举一男，名小宦。生以忤直指罢官[3]，罣碍不得归[4]。偶猎郊野，逢一美少年，跨骊驹[5]，频频瞻顾。细视，则皇甫公子也。揽辔停骖[6]，悲喜交至。邀生去，至一村，树木浓昏，荫翳天日。入其家，则金沤浮钉[7]，宛然娇娜顾盼生姿，对松娘说话亲热而随便，对孔生说话调皮而亲切，回眸一笑百媚生。人物语言随交谈者身份而变，对调则不伦不类。试想如果对孔生说"姐夫乱吾种矣"，成何体统？娇娜将"好了伤疤忘了疼"变换着说，有趣！

世族。问妹子，则嫁；岳母，已亡，深相感悼。经宿别去，偕妻同返。娇娜亦至，抱生子掇提而弄曰："姊姊乱吾种矣。"生拜谢曩德。笑曰："姊夫贵矣。创口已合，未忘痛耶？"妹夫吴郎亦来谒拜。信宿乃去[8]。

［注释］

[1]进士：科举考试经过殿试考取的功名。进士有三甲之分：一甲赐进士及第，二甲赐进士出身，三甲赐同进士出身，统称进士。　[2]延安司李：延安府推官。明代时为知府的佐贰官，主管狱讼。俗称司理、司李。　[3]生以忤直指罢官：孔生因为冒犯了出巡的监察御史被罢官。忤，触犯。直指，直指使，治大狱的使臣，一般由御史担任。　[4]罣（guà）碍：官吏因公事获罪罢官，留在任所等待处理，不能自由行动。[5]骊驹：纯黑色小马。[6]揽辔（pèi）停骖（cān）：挽住缰绳停住马。骖，古时驾车用三匹马，两侧马为骖，中间马为服，骖引申义是驾三匹马，泛指马。　[7]金沤（òu）浮钉：烫金的浮沤钉，浮沤钉为门上装饰的钉状突出物。门饰华美说明家庭身份高。　[8]信宿：住了两个晚上。

一日，公子有忧色，谓生曰："天降凶殃，能相救否？"生不知何事，但锐自任[1]。公子趋出，招一家俱入，罗拜堂上[2]。生大骇，亟问[3]。公子曰："余非人类，狐也。今有雷霆之劫。君肯以身赴难，一门可望生全；不然，请抱子而行，无相累。"生矢共生死[4]。乃使仗剑于门，嘱曰："雷霆轰击，勿动也！"生如所教。果见阴云昼暝，昏黑如磐[5]。回视旧居，无复闬闳[6]，惟见高冢岿然，巨穴无底。方错愕间[7]，霹雳一声，摆簸山岳，急雨狂风，老树为拔。生目眩耳聋，屹不少动。忽于繁烟黑絮之中，见一鬼物，利喙长爪，自穴攫一人出，随烟直上，瞥睹衣履[8]，念似娇娜。乃急跃离地，以剑击之，随手堕落。忽而崩雷暴裂，生仆，遂毙。

非常之变，非常之笔。"霹雳一声"四句，字字珠玑，针针见血，有千钧之力。是聊斋写景名段。

［注释］

[1]锐：坚决、迅速。　[2]罗拜：环绕下拜。　[3]亟（jí）：急忙。　[4]矢：发誓。　[5]昏黑如磐：像黑色的石头。　[6]无复闬闳（hàn hóng）：看不到大门。　[7]错愕：仓促间感到惊愕。　[8]瞥睹：一眼瞧见。

　　少间，晴霁[1]，娇娜已能自苏，见生死于旁，大哭曰："孔郎为我而死，我何生矣！"松娘亦出，共舁生归[2]。娇娜使松娘捧其首，兄以金簪拨其齿，自乃撮其颐，以舌度红丸入，又接吻而

孔生为救娇娜而死，娇娜的感情像火山一样爆发。以救命红丸关键一吻，从鬼门关救回孔生。撮颐度丸，接吻呵气，报之者不啻以身。

通常情况下蒲松龄喜欢"双美一夫"。吴生已死，娇娜完全可以跟松娘共一夫，但蒲松龄故意不这样写。不落窠臼，另辟蹊径。

腻友者，有特殊情愫的异性朋友也，"红颜知己"多少沾点儿边。娇娜和孔生的感情，不是夫妻胜似夫妻，不是情人情逾情人，不是亲人亲过亲人，是所谓"第四种感情"。男女之间没有性爱却高于性爱，关键时刻可以为对方献身，是有近代思想色彩的高尚感情。

呵之。红丸随气入喉，格格作响。移时，醒然而苏。见眷口满前，恍如梦寤。于是一门团圞[3]，惊定而喜。生以幽圹不可久居[4]，议同旋里[5]。满堂交赞，惟娇娜不乐。生请与吴郎俱，又虑翁媪不肯离幼子，终日议不果。忽吴家一小奴，汗流气促而至。惊致研诘[6]，则吴郎家亦同日遭劫，一门俱没。娇娜顿足悲伤，涕不可止。共慰劝之，而同归之计遂决。生入城勾当数日，遂连夜趣装[7]。既归，以闲园寓公子，恒反关之；生及松娘至，始发扃。生与公子兄妹，棋酒谈宴[8]，若一家然。小宦长成，貌韶秀，有狐意。出游都市，共知为狐儿也。

异史氏曰："余于孔生，不羡其得艳妻，而羡其得腻友也。观其容可以忘饥，听其声可以解颐，得此良友，时一谈宴，则'色授魂与[9]'，尤胜于'颠倒衣裳[10]'矣。"

[注释]

[1] 晴霁（jì）: 晴朗。　[2] 舁（yú）: 抬。　[3] 团圞（luán）: 团聚。圞, 圆。　[4] 幽圹: 坟墓。　[5] 旋里: 回家。　[6] 惊致研诘: 因吃惊而仔细盘问。　[7] 趣（cù）装: 急速地整理行装。　[8] 谈宴: 一边饮酒一边叙谈。　[9] 色授魂与: 男女之间的精神爱恋。　[10] 颠倒衣裳: 男女之间的性爱关系。

[点评]

娇娜是《聊斋志异》最著名的狐狸精之一。蒲松龄颠覆了狐狸精的传统形象。传统小说的狐狸精是害人的, 经常靠迷惑男子炼制长生不老的红丸;《聊斋志异》里的狐狸精却是助人的。娇娜就是一位阳光女孩般的狐狸精。她美丽聪慧、肝胆照人、纯洁可爱。中国小说史上从未有过这样独特、别致、动人的艺术形象。娇娜用狐狸精的红丸妙手回春, 女"华佗"引起"病人"的一往情深。孔生爱上娇娜, 娇娜也感受到孔生的深情, 但两人因年龄差距不能结合。一对互相钟情却不能共谐连理的青年男女如何将深情的真爱进行到底? 蒲松龄以如椽之笔巧设机关。孔生在关键时刻为娇娜献身, 说明他心底深埋着"曾经沧海"的爱。娇娜深藏的情感喷薄而出,"孔郎为我而死, 我何生矣!"她接吻而呵之, 将自己炼就的救命仙丹送进孔生口中, 第二次用红丸令孔生起死回生。真爱者不一定结为夫妻, 真爱不一定有肌肤之亲, 真爱可以感天地、泣鬼神、共生死。蒲松龄最终将娇娜和孔生的关系定位于诗意化的"腻友"关系, 别出心裁。

叶　生

淮阳叶生者^[1]，失其名字，文章词赋，冠绝当时^[2]，而所如不偶^[3]，困于名场^[4]。会关东丁乘鹤来令是邑，见其文，奇之；召与语，大悦。使即官署受灯火^[5]，时赐钱谷恤其家。值科试^[6]，公游扬于学使^[7]，遂领冠军。公期望綦切^[8]，闱后索文读之^[9]，击节称叹。不意时数限人^[10]，文章憎命^[11]，榜既放，依然铩羽^[12]。生嗒丧而归^[13]，愧负知己，形销骨立，痴若木偶。

[注释]

[1]淮阳：县名，在今河南东部。　[2]冠绝：首屈一指。　[3]所如不偶：命运不好。　[4]名场：科举（乡试）考场。　[5]使即官署受灯火：留在县衙读书。灯火，照明费用，引申为补助学习费用。　[6]科试：即"科考"。清代考试制度，每次乡试前，各省学政到州府巡查，通过考试选拔参加乡试的秀才。　[7]游扬于学使：向提督学政宣扬。提督学政又称"提学使""提学"，明清时掌管一省学校和科举的长官。　[8]綦（qí）切：非常迫切。　[9]闱后：乡试后。闱，科举考试中乡试的考场，乡试即举人考试，三年一次，在秋天举行，故又称"秋闱"。　[10]时数限人：受命运限制。　[11]文章憎命：好文章妨害好命运。语出唐杜甫《天末怀李白》："文章憎命达，魑魅喜人过。"　[12]铩

有才能者不能通过科举考试而施展才能，学富五车而屡试不中，是蒲松龄笔下读书人的普遍现象。这与他本人的遭遇有关。

"冠军"的得来是县官的游说。乡试落榜，盖因县官已鞭长不及马腹。

"形销骨立"八个字将失意形象刻画得入木三分。叶生被功名折磨得如疯如傻。这种形神俱伤的情态，没有亲身经历很难写出。

（shā）羽：飞鸟折羽，比喻考试落榜。铩，摧残。　[13]嗒（tà）
丧：失意沮丧，失魂落魄。

公闻，召之来而慰之。生零涕不已。公怜之，
相期考满入都[1]，携与俱北。生甚感佩，辞而归，
杜门不出[2]。无何，寝疾[3]。公遗问不绝[4]。而
服药百裹，殊罔所效。公适以忤上官免，将解任
去，函致生，其略云："仆东归有日，所以迟迟者，
待足下耳。足下朝至，则仆夕发矣。"传之卧榻。
生持书啜泣，寄语来使："疾革难遽瘥[5]，请先
发。"使人返白，公不忍去，徐待之。

服药百裹无任
何效力说明病入膏
肓，不久人世。

[注释]
[1]考满：官吏考核政绩的时间已到。清代官制规定，地方官
员用三年考核制，由吏部进行政绩考察，谓之"大计"，根据考
核等级决定赏罚。　[2]杜门：闭门不与外界来往。　[3]寝疾：
病重不起。　[4]遗（wèi）问：赠送礼物和问候。　[5]疾革（jí）
难遽瘥（chài）：病重一时好不了。疾革，病情危急。遽，急速。瘥，
病愈。

逾数日，门者忽通叶生至。公喜，逆而问
之。生曰："以犬马病[1]，劳夫子久待，万虑不
宁。今幸可从杖履[2]。"公乃束装戒旦[3]。抵里，

命子师事生，夙夜与俱[4]。公子名再昌，时年十六，尚不能文[5]，然绝慧，凡文艺三两过[6]，辄无遗忘。居之期岁[7]，便能落笔成文，益之公力，遂入邑庠[8]。生以生平所拟举子业，悉录授读。闱中七题[9]，并无脱漏，中亚魁[10]。

公一日谓生曰："君出余绪[11]，遂使孺子成名。然黄钟长弃[12]，奈何？"生曰："是殆有命。借福泽为文章吐气，使天下人知半生沦落，非战之罪也[13]，愿亦足矣。且士得一人知己可无憾，何必抛却白纻[14]，乃谓之利市哉？"公以其久客，恐误岁试[15]，劝令归省，惨然不乐。公不忍强，嘱公子至都为之纳粟[16]。公子又捷南宫[17]，授部中主政[18]，携生赴监[19]，与共晨夕。逾岁，生入北闱[20]，竟领乡荐[21]。

［注释］

[1]犬马病：对自己生病的谦称。 [2]从杖履：跟随您的左右。杖履为手杖和鞋子。 [3]束装戒旦：收拾行李等待天明出发。 [4]夙夜：白天黑夜。 [5]不能文：不会写八股文。 [6]文艺：即"闱墨"，乡试、会试后，主考挑选八股文范文供士子学习。 [7]期（jī）岁：一年。 [8]入邑庠（xiáng）：入县学读书成为秀才。 [9]闱中七题：明清乡试首场考八股文试题为七道题，

项羽垓下之战，四面楚歌时说："此天之亡我，非战之罪也。"叶生也认为并非自己文章写得不好，考不中是命运捉弄人。叶生虽然说何必一定要取得功名，实际上却是生不得功名而以死魂灵继之！

叶生的功名不仅和权力挂钩，还和金钱挂上了钩。这次他是纳粟成监生，取得直接参加乡试的资格。这些着笔之处，揭露了科举考试骨子里的腐败。

首场考试是决定是否中试的关键。丁公子参加乡试首场的七道题，都是叶生提前准备好的，故下文说"并无脱漏"。　[10]亚魁：乡试第六名。　[11]出余绪：拿出很少的一部分才学。　[12]黄钟长弃：见成语"黄钟毁弃，瓦釜雷鸣"，以"黄钟"喻指贤才。　[13]非战之罪：《史记·项羽本纪》，项羽垓下兵败后说："此天之亡我，非战之罪也。"意即不是自己本事不行，而是命运不好。　[14]"何必抛却白纻（zhù）"二句：意思是何必一定要取得功名才算走运？白纻，未取得功名的读书人穿的夏布衣服。利市，发迹。　[15]岁试：明清学官对所属府、州、县定期举行的考试。检查秀才的学业，岁试考到好的等级才可以参加举人考试。秀才岁试必须回家乡参加。　[16]纳粟：交钱成为国子监监生。监生可直接参加乡试，不必参加秀才例行的岁试。　[17]捷南宫：考中进士。清代称礼部为"南宫"，选拔进士的会试由礼部主持。　[18]部中主政：清代六部中设主事若干员，"主事"又称"主政"，正六品。　[19]携生赴监：带着叶生，让他到国子监读书。　[20]北闱：明代在顺天府举行的乡试称"北闱"。　[21]领乡荐：乡试中考中举人。唐代制度规定参加进士考试，例由地方官荐举，称"乡举"或"乡荐"。

　　会公子差南河典务[1]，因谓生曰："此去离贵乡不远，先生奋迹云霄，锦还为快[2]。"生亦喜，择吉就道。抵淮阳界，命仆马送生归。归见门户萧条，意甚悲恻。逡巡至庭中，妻携簸具以出，见生，掷具骇走。生凄然曰："我今贵矣。三四年不觌[3]，何遽顿不相识？"妻遥谓曰："君

范进大叫"我中了！"落魄而死的叶生说"我今贵矣"！读之令人心酸。此时叶生懵懵懂懂，为什么我衣锦还乡，家人非但不高兴还害怕？他感到不对头，到底什么不对头？原来，是他自己不对头！叶妻骤见丈夫鬼魂时的惊惧神态真切、生动。先是丢掉手中簸具吓跑，后是不敢靠近，远远地离开丈夫才敢说话。

纵然是死魂灵，毕竟是亲人重逢。而今死魂灵已去，只好抱衣哭之。哀哉、痛哉！总算盖棺论定，在弟子的帮助下戴上了举人的帽子。可怜、可叹、可悲！作者其实是字字血、声声泪地叙述自己怀才不遇的真实感受，这是小说中幻想笔墨的坚实基础。

叶生的儿子在丁公子帮助下成了秀才，新一代功名追逐开始。

死已久，何复言贵？所以久淹君枢者[4]，以家贫子幼耳。今阿大亦已成立，行将卜窀穸[5]，勿作怪异吓生人。"生闻之，怃然惆怅，逡巡入室，见灵枢俨然，扑地而灭。妻惊视之，衣冠履舄如脱委焉[6]，大恸，抱衣悲哭。子自塾中归，见结驷于门[7]，审所自来，骇奔告母，母挥涕告诉。又细询从者，始得颠末[8]。从者返，公子闻之，涕堕垂膺[9]。即命驾哭诸其室[10]；出橐营丧[11]，葬以孝廉礼。又厚遗其子，为延师教读，言于学使，逾年游泮[12]。

[注释]

[1]差南河典务：派到南河河道衙门办理公务。南河为明代南河分司的简称，管辖黄河及运河南段。　[2]锦还：衣锦还乡。　[3]觌（dí）：见面。　[4]久淹君枢：长期存放你的灵枢没及时安葬。　[5]卜窀穸（zhūn xī）：选择墓地安葬。　[6]衣冠履舄（xì）如脱委：衣服鞋帽像蝉蜕皮一样脱落于地。舄，鞋。　[7]结驷于门：门前拴着马。驷，驷马高车。　[8]颠末：事情的来龙去脉。　[9]涕堕垂膺：眼泪流到胸前。　[10]命驾：命人驾车。　[11]出橐（tuó）：出资。橐，本意为口袋。　[12]游泮：进学成为秀才。泮，泮宫，周代所设学校，后代指县学。

异史氏曰："魂从知己，竟忘死耶？闻者疑

之，余深信焉。同心倩女[1]，至离枕上之魂；千里良朋[2]，犹识梦中之路。而况茧丝蝇迹[3]，呕学士之心肝；流水高山[4]，通我曹之性命者哉。嗟呼！遇合难期，遭逢不偶。行踪落落[5]，对影长愁；傲骨嶙嶙[6]，搔头自爱。叹面目之酸涩[7]，来鬼物之揶揄[8]。频居康了之中[9]，则须发之条条可丑；一落孙山之外[10]，则文章之处处皆疵。古今痛哭之人[11]，卞和唯尔；颠倒逸群之物[12]，伯乐伊谁？抱刺于怀[13]，三年灭字；侧身以望，四海无家。人生世上，只须合眼放步，以听造物之低昂而已[14]。天下之昂藏沦落如叶生其人者[15]，亦复不少，顾安得令威复来[16]，而生死从之也哉？噫！"

“异史氏曰”这段话其实就是蒲松龄自己的人生感悟。

[注释]

[1]“同心倩女”二句：唐传奇《离魂记》写张倩娘与表兄王宙相恋，受到父亲阻挠。倩女离魂追随表兄，五年后夫妇回娘家，倩女的灵魂与床上的病体合而为一。　[2]“千里良朋”二句：真挚的友谊可让相隔千里的好朋友在梦中相会。　[3]“茧丝蝇迹”二句：工整地写文章。构思文章如同茧之抽丝，书写像苍蝇头那么小的字迹。学士，泛指读书人。　[4]“流水高山”二句：得到知己赏识是我辈读书人性命交关的事。《列子·汤问》：俞伯牙鼓

琴，不管是志在泰山还是志在江河，钟子期都能听懂。 [5] 行踪落落：为人处事孤高寡合。 [6] 傲骨嶙嶙：生就不凡风骨，不肯阿世。 [7] 酸涩：穷酸，不洒脱。 [8] 鬼物之揶揄：受到鬼的挖苦。比喻受到势利小人的嘲笑。 [9] 频居康了之中：总处在落榜的境地。宋代陈正敏《遁斋闲览》：唐代柳冕应举时有许多忌讳，尤忌与"落"字同音的字，甚至将"安乐"说成"安康"。发榜时他让仆人去探看，仆人回来告诉他"秀才康了（落榜）也"。 [10] 一落孙山之外：名落孙山，考试落榜。 [11]"古今痛哭之人"二句：古往今来有才能而被埋没、感受痛苦的，只有春秋时卞和这样的人。 [12]"颠倒逸群之物"二句：世人贤愚不分，哪个是能识别骏马的伯乐。 [13]"抱刺于怀"二句：当年祢衡把名片放在怀里，想求见名人，结果三年投递不出，上边的字都磨得看不清了。 [14] 听造物之低昂：听从造物主任意摆布。 [15] 昂藏沦落：气概不凡却总不得志。 [16] 令威：《搜神后记》写关东丁令威在灵虚山学道成仙。此处借指关东县令丁乘鹤。

[点评]

死魂灵求官，是蒲松龄的天才创造。前辈作家写女性为了爱情而游魂，蒲松龄写书生为了功名而游魂。这是对古代"游魂"题材的开拓。读书人活着不能得功名，以死继之，这是多么可怕、可怜、可悲的精神状态。叶生生前得不到功名困顿而死，是个悲剧，是社会不识真才的悲剧；死后靠了官员和金钱的帮助得到功名，也是个悲剧。但更大的悲剧在于心灵遭受的戕害。篇末"异史氏曰"抒发了蒲松龄对自己"叶生式"人生的感慨。"异史氏曰"用典很多，这段文字对理解封建时代的科举考试很有帮助。蒲松龄最后提出丁令威的名字，是有深意的。陶渊明《搜神后记》写辽东人丁令威，学道灵虚山，后来化鹤飞去。欣赏叶生的县令既姓丁，又是从关东来的，这就在暗示，真应该离开这个不识人才的时世，学仙变鹤飞走算了。

青 凤

太原耿氏[1]，故大家，第宅弘阔。后凌夷[2]，楼舍连亘[3]，半旷废之，因生怪异，堂门辄自开掩，家人恒中夜骇哗。耿患之，移居别墅，留老翁门焉。由此荒落益甚。或闻笑语歌吹声。耿有从子去病[4]，狂放不羁，嘱翁有所闻见，奔告之。至夜，见楼上灯光明灭，走报生。生欲入觇其异[5]。止之，不听。门户素所习识，竟拨蒿蓬，曲折而入。登楼，殊无少异。穿楼而过，闻人语切切。潜窥之，见巨烛双烧，其明如昼。一叟儒冠南面坐，一媪相对，俱年四十余。东向一少年，可二十许；右一女郎，裁及笄耳[6]。酒殽满案[7]，团坐笑语。生突入，笑呼曰："有不速

耿生狂到极致，不畏鬼狐，反令鬼狐惧之。耿生之狂，既性格狂放，也爱情狂热。

一幅充满温情和文化氛围的家庭聚饮图。狐叟戴读书人的帽子，坐主位，家人座次井然有序。耿生闯入，不像人类闯入异类之家，倒像狂生闯入温馨读书人的家园。耿生狂态如现眼前。

之客一人来！"群惊奔匿，独叟出，叱问："谁何入人闺闼[8]？"生曰："此我家闺闼，君占之。旨酒自饮[9]，不一邀主人，毋乃太吝？"叟审睇曰[10]："非主人也。"生曰："我狂生耿去病，主人之从子耳。"叟致敬曰："久仰山斗[11]！"乃揖生入，便呼家人易馔[12]。生止之。叟乃酌客。生曰："吾辈通家[13]，座客无庸见避，还祈招饮。"叟呼："孝儿！"俄少年自外入。叟曰："此豚儿也[14]。"揖而坐，略审门阀。叟自言："义君姓胡[15]。"生素豪，谈议风生，孝儿亦倜傥[16]；倾吐间，雅相爱悦。生二十一，长孝儿二岁，因弟之。

狐叟谈吐有致，礼数周全，一举一动合乎礼法。俨然重家世、严家教的封建家长。

[注释]

[1]太原：明清府名，今山西太原市。　[2]凌夷：即"陵夷"，衰败。　[3]连亘（gèn）：连绵不断。　[4]从子：侄儿。　[5]觇（chān）：观察。　[6]裁及笄（jī）：才到及笄之年。古代女子十五岁结发插簪，表示成年，故称女子十五岁为"及笄"之年。裁，才。[7]胾（zì）：大块的肉。　[8]闺闼（tà）：妇女的闺房。[9]旨酒：好酒。　[10]审睇（dì）：仔细观察。　[11]久仰山斗：久闻大名。山斗，泰山和北斗。　[12]易馔：撤下原来的酒菜，换新的以示敬意。　[13]通家：世交。　[14]豚（tún）儿：犹犬子，向他人介绍儿子的谦称。　[15]义君：指我们家族。胡者，狐

也。 [16]倜傥:豪爽洒脱。

叟曰:"闻君祖纂《涂山外传》[1],知之乎?"答:"知之。"叟曰:"我涂山氏之苗裔也[2]。唐以后[3],谱系犹能忆之;五代而上无传焉。幸公子一垂教也。"生略述涂山女佐禹之功[4],粉饰多词,妙绪泉涌。叟大喜,谓子曰:"今幸得闻所未闻。公子亦非他人,可请阿母及青凤来共听之,亦令知我祖德也。"孝儿入帏中。少时,媪偕女郎出。审顾之,弱态生娇,秋波流慧,人间无其丽也。叟指妇云:"此为老荆。"又指女郎:"此青凤,鄙人之犹女也[5]。颇惠,所闻见辄记不忘,故唤令听之。"生谈竟而饮,瞻顾女郎,停睇不转[6]。女觉之,辄俯其首。生隐蹑莲钩[7],女急敛足,亦无愠怒。生神志飞扬,不能自主,拍案曰:"得妇如此,南面王不易也!"媪见生渐醉,益狂,与女俱起,遽搴帏去[8]。生失望,乃辞叟出。而心萦萦[9],不能忘情于青凤也。

[注释]

[1]《涂山外传》:涂山氏的外传。据《吴越春秋》,禹治

耿生明知对谈者是狐,故意投其所好,歌颂"涂山氏"取悦。重家族荣誉的狐叟马上让青凤来听,耿生靠口若悬河引出幕后美女。好戏开场。耿生对青凤一见钟情,毫不掩饰;青凤对耿生暗生情愫,对其狂热挑逗温柔接受,却不敢越雷池一步。在众多聊斋狐女中,青凤最稳重、胆小,善于隐藏感情。她在封建家长面前束手无策、畏首畏尾。

青凤乃传说中的神鸟,前人以青凤的羽毛比喻细长的兰叶,宋释仲林《浣溪沙·兰蕙》"莫把品名闲议拟,且看青凤羽毛长,十分领取面前香"。蒲松龄为狐女命名既含神鸟又含兰蕙。

水，三十未娶，到涂山，娶白狐为妻。"涂山传"即狐仙传之意。　[2] 苗裔：后代。　[3] "唐以后"三句：自尧建立陶唐一朝之后，祖先族谱还有，陶唐之前的历史失传。五代，指黄帝、唐、虞、夏、殷。此处的"五代"专指陶唐之前。　[4] 涂山女佐禹之功：据刘向《列女传》记载，夏禹娶涂山氏之后第四天就外出治水，无暇管家，三过家门而不入，涂山氏独自哺育教诲儿子启。　[5] 犹女：侄女。　[6] 停睇不转：目不转睛地看。　[7] 隐蹑莲钩：悄悄踩青凤的小脚。　[8] 搴帏：掀起帷帐。　[9] 萦萦：牵挂。

耿生豪放不羁。人不怕狐鬼，狐鬼却怕狂人。乾隆年间侯世承曰："最爱聊斋研墨涂面与鬼对视。豪爽俊快，天人胸襟，令人尘俗尽涤。"

青凤善辞令，她对耿生的狂热追求并非不动情，却不对耿生直说。青凤对爱情的态度是悄然接受，不是主动、热烈追求。半推半就，富"淑女性"。

至夜，复往，则兰麝犹芳[1]，而凝待终宵，寂无声咳。归与妻谋，欲携家而居之，冀得一遇。妻不从，生乃自往，读于楼下。夜方凭几，一鬼披发入，面黑如漆，张目视生。生笑，染指研墨自涂，灼灼然相与对视[2]，鬼惭而去。次夜，更既深，灭烛欲寝，闻楼后发扃，辟之閛然[3]。急起窥觇，则扉半启。俄闻履声细碎，有烛光自房中出。视之，则青凤也。骤见生，骇而却退，遽阖双扉。生长跽而致词曰[4]："小生不避险恶，实以卿故。幸无他人，得一握手为笑，死不憾耳。"女遥语曰："惓惓深情[5]，妾岂不知？但叔闺训严[6]，不敢奉命。"生固哀之，云："亦不敢望肌肤之亲，但一见颜色足矣。"女似肯可，启关出，捉之臂而曳之。生狂喜，相将入楼下[7]，拥而加诸膝。

[注释]

[1]兰麝犹芳：兰花麝香般的香气还在。　[2]灼灼然：目光闪闪。　[3]閛（pēng）：开门的声音。　[4]长跽（jì）：直挺挺跪在地上。　[4]惓（quán）惓：深深思念。　[6]闺训：妇女应遵守的规则。　[7]相将：携手。

女曰："幸有夙分[1]，过此一夕，即相思无用矣。"问："何故？"曰："阿叔畏君狂，故化厉鬼以相吓，而君不动也。今已卜居他所[2]，一家皆移什物赴新居，而妾留守，明日即发矣。"言已，欲去，云："恐叔归。"生强止之，欲与为欢。方持论间，叟掩入。女羞惧无以自容，俯首倚床，拈带不语。叟怒曰："贱婢辱我门户！不速去，鞭挞且从其后！"女低头急去，叟亦出。尾而听之，呵诟万端[3]。闻青凤嘤嘤啜泣[4]。生心意如割，大声曰："罪在小生，于青凤何与？倘宥凤也[5]，刀锯铁钺[6]，小生愿身受之！"良久

"叔训"是钳制青凤的思想禁锢。叔叔百般辱骂，青凤俯首恭听。

狐叟雅量，对侄女痛加教训，对耿生却无一言指斥。

寂然，生乃归寝。自此第内绝不复声息矣。生叔
闻而奇之，愿售以居，不较值。生喜，携家口而
迁焉。居逾年，甚适，而未尝须臾忘凤也。

[注释]

[1]夙分：命中注定的缘分。　[2]卜居：选择居所。　[3]呵诟：
呵斥、辱骂。　[4]嘤嘤：小声哭泣。　[5]宥（yòu）：原谅。　[6]刀
锯铁钺（fū yuè）：砍头、腰斩等最厉害的刑具。

会清明上墓归，见小狐二，为犬逼逐。其一
投荒窜去，一则皇急道上。望见生，依依哀啼，
耷耳辑首[1]，似乞其援。生怜之，启裳衿，提抱
以归。闭门，置床上，则青凤也。大喜，慰问。
女曰：“适与婢子戏，遘此大厄[2]。脱非郎君，
必葬犬腹。望无以非类见憎。”生曰：“日切怀思，
系于魂梦。见卿如获异宝，何憎之云！”女曰：
“此天数也[3]，不因颠覆[4]，何得相从？然幸矣，
婢子必以妾为已死，可与君坚永约耳[5]。”生喜，
另舍舍之。

青凤狐狸精面
目显露，她对耿生
深情也暴露无遗。

[注释]

[1]耷（tà）耳辑首：垂耳缩头。　[2]遘（gòu）：遇。　[3]天

数：上天安排的命运。　[4]颠覆：严重的挫折。　[5]永约：终身相守的约定。

积二年余，生方夜读，孝儿忽入。生辍读，讶诘所来。孝儿伏地，怆然曰："家君有横难，非君莫拯。将自诣恳，恐不见纳，故以某来。"问："何事？"曰："公子识莫三郎否？"曰："此吾年家子也[1]。"孝儿曰："明日将过，倘携有猎狐，望君之留之也。"生曰："楼下之羞，耿耿在念，他事不敢预闻[2]。必欲仆效绵薄[3]，非青凤来不可。"孝儿零涕曰："凤妹已野死三年矣[4]。"生拂衣曰："既尔，则恨滋深耳！"执卷高吟，殊不顾瞻。孝儿起，哭失声，掩面而去。生如青凤所，告以故。女失色曰："果救之否？"曰："救则救之；适不之诺者，亦聊以报前横耳。"女乃喜，曰："妾少孤，依叔成立。昔虽获罪，乃家范应尔[4]。"生曰："诚然，但使人不能无介介耳[5]。卿果死，定不相援。"女笑曰："忍哉！"

孝儿从天而降，兔起鹘落，文笔洒脱。

青凤"忍哉"两字，本是埋怨之词，却满面笑容说，青凤的娇美靓颜如在面前，娇嗔语气如在耳边。

[注释]

[1]年家：科举同年登科者两家互称"年家"。　[2]预闻：参

与其事并知详情。　[3]效绵薄：尽力帮助他人的谦词。绵薄，绵力薄材，才力薄弱。　[4]野死：死于野外。　[4]家范：治家规范。　[5]介介：耿耿于怀。

当年文雅严肃的胡叟变成血殷毛革的垂危黑狐，当年被拒之千里之外的狂生变成古道热肠的救命侠客。作者笔如游龙，为曲折有趣的故事创造出人狐尽释前嫌的大团圆结局。

次日，莫三郎果至，镂膺虎韔[1]，仆从甚赫[2]。生门逆之[3]。见获禽甚多，中一黑狐，血殷毛革[4]；抚之，皮肉犹温。便托裘敝，乞得缀补。莫慨然解赠。生即付青凤，乃与客饮。客既去，女抱狐于怀，三日而苏，展转复化为叟。举目见凤，疑非人间。女历言其情。叟乃下拜，惭谢前愆[5]，喜顾女曰：“我固谓汝不死，今果然矣。”女谓生曰：“君如念妾，还乞以楼宅相假，使妾得以申返哺之私[6]。”生诺之。叟赧然谢别而去[7]。入夜，果举家来。由此如家人父子，无复猜忌矣。生斋居，孝儿时共谈宴。生嫡出子渐长，遂使傅之；盖循循善教，有师范焉。

[注释]

[1]镂膺虎韔（chàng）：马胸前有雕花金饰品带子，弓袋用虎皮制成。　[2]仆从甚赫：仆从很多，有气势。　[3]门逆之：门前迎接。　[4]血殷（yān）毛革：流出的血染红皮毛。　[5]前愆（qiān）：往日的错误。　[6]返哺：报答养育之恩。　[7]赧（nǎn）然：羞愧脸红。

[点评]

这是个优美的人狐恋故事，小说里的人是狂放不羁的，狐却恪守封建道德。胡叟（狐叟）是严格按照封建礼节办事的封建家长，青凤（狐女）是逆来顺受、不敢主动争取爱情自由的封建淑女。一对钟情人被封建家长棒打鸳鸯，几乎没有再聚首的可能，但冥冥有缘，青凤以狐狸原形被狗追逐时偶遇耿生，有情人终成眷属。篇中狐有人性，亦狐亦人。人不怕鬼狐，鬼狐却怕狂人，煞是有趣。耿生最后以德报怨，狂生和狐叟的关系终至缓和，翁婿关系渐渐相容。

青凤是蒲松龄早期创造的别致的狐狸精形象，她娇美温柔、聪慧含蓄、端庄文静、性情婉顺，既向往爱情又恪守闺训。表面是狐狸精，实际是典型的封建淑女。鲁迅先生说《聊斋志异》所描写的神鬼狐妖"和易可亲，忘为异类"。其实不管是狐是鬼，他们只不过是蒲松龄描写社会现实的艺术形式而已。至于耿生原有嫡妻却又钟情于青凤，这是封建男权社会的常见现象。《狐梦》中的狐女问情人"君视我孰如青凤？"拜托蒲松龄为其作小传，说明《青凤》在《聊斋志异》中有重要地位，是蒲松龄早期深得朋友喜爱的作品。

画 皮

太原王生，早行，遇一女郎，抱襆独奔[1]，王生路遇美女立即见色起意，搭讪勾引。王生三问，美女三答，每答都是在诱惑王生。第一答勾起王生怜香惜玉之心；第二答表露欲投奔可以投奔之人，勾起王生的非分之想；第三答，明确表示可听从王生的任意安排。美女步步挑逗，王生渐入圈套。

按大清律法，凡诱拐妇人子女者，拟斩监候。故陈氏劝王生送走美女。

甚艰于步。急走趁之[2]，乃二八姝丽[3]，心相爱乐，问："何夙夜踽踽独行[4]？"女曰："行道之人，不能解愁忧，何劳相问？"王曰："卿何愁忧？或可效力，不辞也。"女黯然曰："父母贪赂，鬻妾朱门[5]。嫡妒甚，朝詈而夕楚辱之[6]，所弗堪也，将远遁耳。"问："何之？"曰："在亡之人，乌有定所。"生言："敝庐不远，即烦枉顾。"女喜，从之。生代携襆物，导与同归。女顾室无人，问："君何无家口？"答云："斋耳。"女曰："此所良佳。如怜妾而活之，须秘密，勿泄。"生诺之，乃与寝合。使匿密室，过数日而人不知也。生微告妻，妻陈，疑为大家媵妾[7]，劝遣之，生不听。

[注释]

[1]抱襆(fú)：抱着包袱。　[2]趁之：赶上。　[3]二八姝丽：十六七岁的美丽姑娘。　[4]踽(jǔ)踽独行：孤独地行走。　[5]朱门：豪富人家。　[6]朝詈(lì)而夕楚辱之：早上辱骂晚上又打又骂。詈，骂。楚，打。　[7]媵(yìng)妾：丫鬟侍妾。

偶适市，遇一道士，顾生而愕，问："何所遇？"答言："无之。"道士曰："君身邪气萦绕，何言无？"生又力白。道士乃去，曰："惑哉！世固有死将临而不悟者。"生以其言异，颇疑女；转思明明丽人，何至为妖，意道士借魇禳以猎食者[1]。无何，至斋门，门内杜[2]，不得入。心疑所作，乃逾垝垣[3]，则室门亦闭。蹑迹而窗窥之，见一狞鬼，面翠色，齿巉巉如锯[4]。铺人皮于榻上，执彩笔而绘之；已而掷笔，举皮，如振衣状，披于身，遂化为女子。睹此状，大惧，兽伏而出。急追道士，不知所往。遍迹之，遇于野，长跪乞救。道士曰："请遣除之。此物亦良苦[5]，甫能觅代者，予亦不忍伤其生。"乃以蝇拂授生，令挂寝门。临别，约会于青帝庙[6]。

厉鬼披上画皮立即变成美女，是中国古代小说经典性描绘，也是世界文学宝库少有的经典之笔。厉鬼狰狞可怕，鬼执彩笔描绘人皮，惊心动魄。厉鬼披画皮于身化为美女，转变之快如电光火石，令人眼花缭乱。

王生像狗一样地爬出来！活画出王生的极度恐惧。见美色而渔之，本就是人面兽心，今兽伏而出，得其所哉！

[注释]
　　[1]魇禳（yǎn ráng）：驱鬼狐的法术。镇压邪祟为魇，驱除灾祸为禳。　[2]内杜：从里边关上。　[3]逾垝垣（guǐ yuán）：从破墙上爬过去。　[4]齿巉（chán）巉如锯：长长的尖利牙齿像钢锯一样。巉巉，山势险峻状，借指牙齿。　[5]"此物亦良苦"三句：是说恶鬼刚刚找到能代替自己做鬼者，可以投胎为人，我也不忍心伤了它的性命。　[6]青帝庙：中国古代神话传说有五位天帝，青帝主宰东方。道教奉五帝为神，称东方之帝为"青帝"。

生归，不敢入斋，乃寝内室，悬拂焉。一更许，闻门外戢戢有声[1]，自不敢窥也，使妻窥之。但见女子来，望拂子不敢进，立而切齿，良久乃去。少时，复来，骂曰："道士吓我。终不然[2]，宁入口而吐之耶！"取拂碎之，坏寝门而入。径登生床，裂生腹，掬生心而去。妻号，婢入烛之，生已死，腔血狼藉[3]。陈骇涕不敢声[4]。

[注释]

[1]戢（jí）戢有声：沙沙的声音。戢，象声词，形容细小的声音。　[2]终不然：终究不会这样。　[3]腔血狼藉：胸腔里血肉模糊。　[4]骇涕不敢声：害怕之极，啼哭不敢出声。

明日，使弟二郎奔告道士。道士怒曰："我固怜之，鬼子乃敢尔！"即从生弟来。女子已失所在。既而仰首四望，曰："幸遁未远。"问："南院谁家？"二郎曰："小生所舍也。"道士曰："现在君所。"二郎愕然，以为未有。道士问曰："曾否有不识者一人来？"答曰："仆早赴青帝庙，良不知[1]，当归问之。"去少顷而返，曰："果有之。晨间一妪来，欲佣为仆家操作，室人止之[2]，

恶鬼振振有词，很有哲理。任何邪恶的鬼祟都不会轻易放过到手的肥肉。善良的人不要寄望于邪恶止步，只能奋起抗争。

尚在也。"道士曰："即是物矣。"遂与俱往。仗
木剑，立庭心，呼曰："孽魅[3]！偿我拂子来！"
妪在室，惶遽无色，出门欲遁。道士逐击之。妪
仆，人皮划然而脱[4]，化为厉鬼，卧嗥如猪[5]。
道士以木剑枭其首[6]，身变作浓烟，匝地作堆[7]。
道士出一葫芦，拔其塞，置烟中，飀飀然如口吸
气[8]，瞬息烟尽。道士塞口入囊。共视人皮，眉
目手足，无不备具。道士卷之，如卷画轴声，亦
囊之，乃别欲去。

道士捉鬼场
景，诙谐有趣。

昔日莺声燕
语，今日卧嗥如
猪。恶鬼露出真面
目，被美女障目者
视之。

[注释]
[1]良不知：实在不知道。　[2]室人：家里人，妻子。　[3]孽
魅：作孽的妖魅。　[4]划然："哗"的一声，人皮脱落的声
音。　[5]卧嗥（háo）如猪：趴在地上像猪一样嗥叫。　[6]枭其
首：砍下它的头。　[7]匝地作堆：旋绕在地成一堆。　[8]飀（liú）
飀：象声词，形容风吹的声音。

陈氏拜迎于门，哭求回生之法，道士谢不能。
陈益悲，伏地不起。道士沉思曰："我术浅，诚
不能起死。我指一人，或能之，往求必合有效。"
问："何人？"曰："市上有疯者，时卧粪土中。
试叩而哀之。倘狂辱夫人，夫人勿怒也。"二郎

亦习知之。乃别道士，与嫂俱往。见乞人颠歌道上，鼻涕三尺，秽不可近。陈膝行而前[1]。乞人笑曰："佳人爱我乎？"陈告之故。又大笑曰："人尽夫也[2]，活之何为？"陈固哀之。乃曰："异哉！人死而乞活于我，我阎摩耶[3]？"怒以杖击陈。陈忍痛受之。市人渐集如堵。乞人咯痰唾盈把，举向陈吻曰："食之！"陈红涨于面，有难色；既思道士之嘱，遂强啖焉。觉入喉中，硬如团絮，格格而下，停结胸间，乞人大笑曰："佳人爱我哉！"遂起，行已不顾[4]。尾之，入于庙中。迫而求之，不知所在；前后冥搜，殊无端兆，惭恨而归。既悼夫亡之惨，又悔食唾之羞，俯仰哀啼，但愿即死。方欲展血敛尸[5]，家人伫望，无敢近者。陈抱尸收肠，且理且哭，哭极声嘶，顿欲呕。觉鬲中结物，突奔而出，不及回首，已落腔中。惊而视之，乃人心也。在腔中突突犹跃，热气腾蒸如烟然。大异之。急以两手合腔，极力抱挤，少懈，则气氤氲自缝中出[6]，乃裂缯帛急束之[7]。以手抚尸，渐温，覆以衾裯[8]，中夜启视，有鼻息矣。天明，竟活。为言："恍惚若梦，

真人不露相的乞丐百般羞辱陈氏，把一大团唾沫黏痰，令陈氏吃下去。这一段让人不忍卒读。陈氏是深闺女子，是不会跟丈夫之外任何男人发生纠葛的良家女子，竟然为了见异思迁的好色丈夫，光天化日，在众人围观情况下，承受这么长时间又这么花样翻新的羞辱，是怎样不可思议的精神折磨！这一切都是品行不端的丈夫造成的。

唾沫和黏痰成了猎艳者的心脏，意味深长。凡是见色起意的男人，都有颗像鼻涕和黏痰一样肮脏不堪的心。

但觉腹隐痛耳。"视破处，痂结如钱，寻愈。

[注释]

[1]膝行而前：跪着向前，表示恭敬。　[2]人尽夫：什么男人都能做丈夫。典出《左传·桓公十五年》：雍姬为听命丈夫和救出父亲首鼠两端时，母亲告诉她："人尽夫也，父一而已，胡可比也。"[3]阎摩：阎王。　[4]行已不顾：立刻离开，头也不回。　[5]展血敛尸：擦拭血迹，整理尸体。　[6]氤氲（yīn yūn）：热气蒸腾。　[7]缯（zèng）帛：丝绸。　[8]衾裯（qīn chóu）：被子。

异史氏曰："愚哉世人！明明妖也，而以为美。迷哉愚人！明明忠也，而以为妄。然爱人之色而渔之[1]，妻亦将食人之唾而甘之矣。天道好还[2]，但愚而迷者不寤耳。可哀也夫！"

[注释]

[1]渔之：猎取之。见到美女像渔人见到鱼儿一样张网猎取。　[2]天道好还：宇宙间的事物会循环往复，善有善报，恶有恶报。天道，天理。还，还报。《老子》："以道佐人主者，不以兵强天下，其事好还。"《书·汤诰》："天道福善祸淫。"

王生贪恋美色被恶鬼掏走心，妻子为救他承受食唾之羞。这就是报应。异史氏有感而发，并引申出"明明忠也，而以为妄"的感叹，使本文思想深化。

[点评]

《画皮》是《聊斋志异》最脍炙人口的篇章之一，多次搬上银幕和舞台。《画皮》也是聊斋为数不多淋漓尽致写恶鬼的篇章，有黑色性，读起来有惊悚感。仔细琢磨，它是借恶鬼故事劝世，传达作者道德观念。蒲松龄用这个怪异故事劝谕世人，人必须正心息虑，不要走邪门歪道。王生猎艳结果是自己丢了心，妻子受食唾之辱。恶鬼青面獠牙、心狠手辣。它出场时，却是二八娇娃，是文弱、受欺凌的美女。恶鬼披上美女画皮，引诱有邪念的人，多么阴险、毒辣，又多么巧妙。世界上善良的人、幼稚的人、头脑简单的人常受表面现象迷惑，要知道世界上不仅有金玉其外、败絮其中的人物，更要警惕披着美女画皮的罗刹恶鬼。"画皮"已成为现代汉语常用词汇，用来形容以鬼蜮伎俩骗人者。

清代聊斋点评家但明伦将"画皮"意义推而广之，他说："世之妖冶惑人者，固日日铺人皮执彩笔而绘者也。"蒲松龄在《罗刹海市》提出社会上的人为了向上爬，需要戴假面具，和"画皮"异曲同工。两个世纪后，瑞士心理学家荣格提出"人格面具说"，人为了求得社会的认同，必须戴隐藏本来面目的面具。蒲松龄对社会的认识，很有先验性。

聊斋小说常在开头介绍主人翁个性，其个性决定情节走向。朱尔旦性格豪放，所以能跟判官交友；他"素钝"，因而判官为之易心。

陆 判

陵阳朱尔旦[1]，字小明，性豪放，然素钝[2]，学虽笃[3]，尚未知名。一日，文社众饮[4]，或戏之云："君有豪名，能深夜赴十王殿^[5]，负得左廊判官来^[6]，众当醵作筵^[7]。"盖陵阳有十王殿，神鬼皆以木雕，妆饰如生。东庑有立判^[8]，绿面赤须，貌尤狞恶。或夜闻两廊拷讯声，入者毛皆森竖^[9]，故众以此难朱。朱笑起，径去。居无何，门外大呼曰："我请髯宗师至矣^[10]！"众皆起。俄负判入，置几上，奉觞酹之三^[11]。众睹之，瑟缩不安于座^[12]，仍请负去。朱又把酒灌地，祝曰："门生狂率不文^[13]，大宗师谅不为怪。荒舍非遥，合乘兴来觅饮，幸勿为畛畦^[14]。"乃负之去。

朱生别出心裁地叫"髯宗师"，判官居然真成他老师，帮他改文章，甚至帮他"改心"。妙笔！

[注释]

[1]陵阳：今安徽省青阳县陵阳镇。　[2]钝：思维迟钝，笨拙。　[3]笃：专一。　[4]文社：读书人切磋文章的民间组织。　[5]十王殿：民间传说供奉阎罗王、秦广王、楚江王、宋帝王、五官王、卞城王、泰山王、平等王、都市王、转轮王的殿堂。　[6]判官：民间传说阴司掌管生死簿的官员。　[7]醵（jù）：凑钱。　[8]东庑（wǔ）：东廊。　[9]毛皆森竖：因恐惧而毛发耸立。　[10]髯宗师：大胡子宗师。宗师，受人尊敬、奉为师表者。明清时尊学政为"宗师"。　[11]奉觞酹之：举杯敬酒，以酒浇地。　[12]瑟缩：因恐惧而蜷缩。　[13]门生：科举时代考中的读书人对主考官自称"门生"或"门人"。　[14]畛畦（zhěn

qí）：原意为田间小路，引申为界限。

次日，众果招饮。抵暮，半醉而归，兴未阑[1]，挑灯独酌。忽有人搴帘入，视之，则判官也。朱起曰："意吾殆将死矣！前夕冒渎[2]，今来加斧锧耶[3]？"判启浓髯微笑曰："非也。昨蒙高义相订[4]，夜偶暇，敬践达人之约[5]。"朱大悦，牵衣促坐，自起涤器爇火[6]。判曰："天道温和，可以冷饮。"朱如命，置瓶案上，奔告家人治肴果。妻闻，大骇，戒勿出。朱不听，立俟治具以出[7]。易盏交酬[8]，始询姓氏。曰："我陆姓，无名字。"与谈古典，应答如响。问："知制艺否？"曰："妍媸亦颇辨之[9]。阴司诵读，与阳世略同。"陆豪饮，一举十觥[10]。朱因竟日饮，遂不觉玉山倾颓[11]，伏几醺睡。比醒，则残烛昏黄，鬼客已去。自是三两日辄一来，情益洽，时抵足卧[12]。

[**注释**]

[1]未阑：意犹未尽。　[2]冒渎：冒犯、亵渎。　[3]斧锧（zhì）：古时杀人刑具。锧，砧板。　[4]高义：深情厚谊。　[5]达

传说判官凶、判官恶、判官铁面。此判官富人情味儿。

本来为大胡子遮住的嘴唇笑得露出来，还仅是微笑！

人鬼无间，人鬼情深。

古人重朋友情、朋友义，抵足而眠是友谊极深的表现。朱尔旦竟和面目狰狞的判官抵足而眠，豪放可见一斑。

人：豁达豪放之人。　[6]爇（ruò）火：点火。　[7]立俟（sì）治具：站着等待菜和果品。　[8]易盏交酬：整理重换酒杯，互相敬酒。　[9]妍媸（yán chī）：美丑。　[10]觥（gōng）：酒杯。　[11]玉山倾颓：形容形体俊美的人醉倒。　[12]抵足卧：同榻而眠。

朱献窗稿[1]，陆辄红勒之[2]，都言不佳。一夜，朱醉，先寝，陆犹自酌。忽醉梦中觉脏腑微痛，醒而视之，则陆危坐床前[3]，破腔出肠胃，条条整理。愕曰："夙无仇怨，何以见杀？"陆笑云："勿惧，我为君易慧心耳。"从容纳肠已，复合之，末以裹足布束朱腰。作用毕[4]，视榻上亦无血迹，腹间觉少麻木。见陆置肉块几上，问之。曰："此君心也。作文不快，知君之毛窍塞耳。适在冥间，于千万心中，拣得佳者一枚，为君易之，留此以补阙数[5]。"乃起，掩扉去。天明解视，则创缝已合，有线而赤者存焉。自是文思大进，过眼不忘。数日，又出文示陆。陆曰："可矣。但君福薄，不能大显贵，乡、科而已[6]。"问："何时？"曰："今岁必魁[7]。"未几，科试冠军[8]，秋闱果中经元[9]。同社生素揶揄之；及见

古人认为心的聪愚决定写文章好坏。现代医学发现，心脏确实能影响人的智力。

朱尔旦同学叶公好龙。夏虫不足语冰，庸人不足以交畏友。

闱墨[10]，相视而惊，细询始知其异。共求朱先容[11]，愿纳交陆。陆诺之。众大设以待之[12]。更初，陆至，赤髯生动，目炯炯如电。众茫乎无色，齿欲相击，渐引去。

[注释]

[1]窗稿：文稿，读书人常在窗前读书写文章，故同学称"同窗"，文章叫"窗稿"。　[2]红勒：用红笔修改。　[3]危坐：端端正正坐着。　[4]作用：此处指施行换心。　[5]阙数：欠缺的数目。　[6]乡、科而已：仅仅能在乡试和秀才例行的科考中取得好成绩。　[7]魁：第一名。　[8]科试冠军：秀才例行科考得第一名。　[9]秋闱果中经元：秋天举行的乡试，考中《五经》取士其中一经第一名。　[10]闱墨：科举考试后，主考官选择乡试、会试取中试卷，编刻成书，供士子学习，明代称"小录"，清代称"闱墨"。　[11]先容：事先做介绍。　[12]大设：丰盛的宴会。

朱乃携陆归。饮既醺，朱曰："涮肠伐胃[1]，受赐已多，尚有一事欲相烦，不知可否？"陆便请命。朱曰："心肠可易，面目想亦可更。山荆[2]，予结发人[3]，下体颇亦不恶，但头面不甚佳丽。尚欲烦君刀斧，如何？"陆笑曰："诺，容徐图之[4]。"过数日，半夜来叩关[5]。朱急起延入，烛之，见襟裹一物，诘之。曰："君曩所嘱，向艰物色。适得一美人首，敬报君命。”朱拨视，颈血犹湿。陆立促急入，勿惊禽犬。朱虑门户夜扃。陆至，以手推扉，扉自辟，引至卧室，见夫人侧身眠。陆以头授朱抱之；自于靴中出白刃如匕首，按夫人项，着力如切腐状，迎刃而解，首落枕畔。急于生怀取美人头合项上，详审端正，而后按捺。已而移枕塞肩际，命朱瘗首静所[6]，乃去。朱妻醒，觉颈间微麻，面颊甲错[7]；搓之，得血片，甚骇。呼婢汲盥[8]。婢见面血狼藉，惊绝，濯之，盆水尽赤。举首则面目全非，又骇极。夫人引镜自照，错愕不能自解。朱入告之。因反复细视，则长眉掩鬓，笑靥承颧[9]，画中人也。解领验之，有红线一周，上下肉色，判然而异。

现代医学尚未攻克头颅移植，三百多年前小说家笔下易如反掌。换头是异想天开，蒲松龄却把朱妻换头体会写得感同身受。她先感觉脖子麻，后从脸上搓下血片，叫丫鬟打水洗脸。丫鬟先惊，朱妻后惊。再由朱尔旦发现脖子上下肉色各异，证明确实头颈不一。好看煞！

[**注释**]

[1] 湔（jiān）肠伐胃：洗肠剖胃，指换心。　[2] 山荆：对人谦称妻子。　[3] 结发人：原配妻子。　[4] 徐图：慢慢处理。　[5] 叩关：敲门。　[6] 瘗（yì）首静所：把头埋在僻静地方。瘗，掩埋。　[7] 面颊甲错：面颊血迹结痂像乌龟壳。　[8] 汲盥：打水洗脸。　[9] 笑靥（yè）承颧（quán）：微笑时面颊上有两个酒窝。

先是，吴侍御有女甚美[1]，未嫁而丧二夫，

故十九犹未醮也 [2]。上元游十王殿 [3]，时游人甚杂，内有无赖贼窥而艳之，遂阴访居里，乘夜梯入，穴寝门，杀一婢于床下，逼女与淫，女力拒声喊，贼怒，亦杀之。吴夫人微闻闹声，呼婢往视，见尸骇绝。举家尽起，停尸堂上，置首项侧。一门啼号，纷腾终夜。诘旦 [4]，启衾，则身在而失其首。遍挞侍女，谓所守不恪 [5]，致葬犬腹。侍御告郡 [5]，郡严限捕贼，三月而罪人弗得。渐有以朱家换头之异闻吴公者。吴疑之，遣媪探诸其家；入见夫人，骇走，以告吴公。公视女尸故存，惊疑无以自决。猜朱以左道杀女 [6]，往诘朱。朱曰："室人梦易其首，实不解其何故。谓仆杀之，则冤也。"吴不信，讼之。收家人鞫之 [7]，一如朱言，郡守不能决。朱归，求计于陆，陆曰："不难，当使伊女自言之。"吴夜梦女曰："儿为苏溪杨大年所贼 [8]，无与朱孝廉。彼不艳于其妻。陆判官取儿头与之易之，是儿身死而头生也。愿勿相仇。"醒告夫人，所梦同，乃言于官。问之，果有杨大年。执而械之，遂伏其罪。吴乃诣朱，请见夫人，由此为翁婿。乃以朱妻首合女尸而葬焉。

[**注释**]

[1] 侍御：御史。　[2] 醮（jiào）：出嫁。　[3] 上元：元宵节。　[4] 诘旦：清晨。　[5] 不恪：不谨慎。　[5] 郡：知府衙门。　[6] 左道：邪门歪道。　[7] 鞫（jū）：审讯。　[8] 贼：杀害。

朱三入礼闱[1]，皆以场规被放[2]，于是灰心仕进。积三十年。一夕，陆告曰："君寿不永矣。"问其期，对以五日。"能相救否？"曰："惟天所命[3]，人何能私？且自达人观之，生死一耳[4]，何必生之为乐，死之为悲？"朱以为然。即治衣衾棺椁，既竟，盛服而没。翌日，夫人方扶柩哭，朱忽冉冉自外至。夫人惧，朱曰："我诚鬼，不异生时。虑尔寡母孤儿，殊恋恋耳。"夫人大恸，涕垂膺。朱依依慰解之。夫人曰："古有还魂之说，君既有灵，何不再生？"朱曰："天数不可违也。"问："在阴司作何务？"曰："陆判荐我督案务[5]，授有官爵，亦无所苦。"夫人欲再语，朱曰："陆公与我同来，可设酒馔。"趋而出。夫人依言营备。但闻室中笑饮，亮气高声，宛若

朱生能和判官交为好朋友，说明此人善于适应环境。无论在人间还是在冥世，皆可快活。陆判之言甚合其意，故以为然。

冉冉，用词准确，魂游，不是常人行走。

生前。半夜窥之，窅然已逝[6]。自是三数日辄一来，时而留宿缱绻[7]，家中事就便经纪[8]。子玮方五岁，来辄捉抱；至七八岁，则灯下教读。子亦慧，九岁能文，十五入邑庠，竟不知无父也。从此来渐疏，日月至焉而已[9]。又一夕，来谓夫人曰："今与卿永诀矣。"问："何往？"曰："承帝命为太华卿[10]，行将远赴，事烦途隔，故不能来。"母子持之哭，曰："勿尔！儿已成立，家计尚可存活，岂有百岁不拆之鸾凤耶[11]！"顾子曰："好为人，勿堕父业。十年后一相见耳。"径出门去，于是遂绝。

[注释]

[1]礼闱：会试，即进士考试，由礼部主持。 [2]以场规被放：因违犯考场规则被驱逐。 [3]惟天所命：上天主宰命运。 [4]生死一耳：生和死没什么不同。 [5]督案务：管理文书。 [6]窅（yǎo）然：遥远难见。 [7]缱绻（qiǎn quǎn）：夫妻恩爱，难舍难分。 [8]经纪：处理事务。 [9]日月至焉而已：个把月偶尔来一次。 [10]太华卿：华山山神。 [11]鸾凤：鸾鸟与凤凰，比喻夫妻。

后玮二十五举进士，官行人[1]。奉命祭西岳，道经华阴[2]，忽有舆从羽葆[3]，驰冲卤簿[4]。讶之，审视车中人，其父也。下马哭伏道左，父停舆曰："官声好，我目瞑矣。"玮伏不起。朱促舆行，火驰不顾[5]。去数步，回望，解佩刀遣人持赠，遥语曰："佩之当贵。"玮欲追从，见舆马人从飘忽若风，瞬息不见，痛恨良久。抽刀视之，制极精工，镌字一行，曰："胆欲大而心欲小[6]，智欲圆而行欲方。"玮后官至司马[7]，生五子，曰沉，曰潜，曰沕，曰浑，曰深。一夕，梦父曰："佩刀宜赠浑也。"从之。浑仕为总宪[8]，有政声。

异史氏曰："断鹤续凫[9]，矫作者妄；移花接木，创始者奇；而况加凿削于肝肠，施刀锥于颈项者哉！陆公者，可谓媸皮裹妍骨矣[10]。明季至今[11]，为岁不远，陵阳陆公犹存乎？尚有灵焉否也？为之执鞭[12]，所忻慕焉。"

"胆欲大"语出《淮南子》，《旧唐书·孙思邈传》借用。

为人准则。

[注释]

[1]行人：明代设行人司，选若干进士任职，职掌颁诏、册封、祭祀等。 [2]华阴：县名，华山在其境内。 [3]舆：车马。从：随从。羽葆：帝王官员仪仗中以鸟羽为饰的华盖。 [4]卤簿：仪仗队。 [5]火驰：飞驰。 [6]"胆欲大而心欲小"二句：胆

子要大但心思要细，计谋要圆融但行为要端正。　[7]司马：周时六卿之一，掌管军旅之事，后世指兵部长官，尚书为大司马，侍郎为少司马。　[8]总宪：明清时都察院左都御史，负责监察重大案件并考核官吏。　[9]断鹤续凫（fú）：鹤腿长把它截短，野鸭腿短把它接长。　[10]媸皮裹妍骨：丑陋的相貌，美好的内心。　[11]明季：明朝末年。　[12]执鞭：赶马车。

[点评]

　　文章写得不好的读书人可以换颗伶俐心，面貌不够美丽的女人可以换颗美人首。二十一世纪仍然不能解决的医学难题，在三百多年前小说家的笔下，儿戏般完成。朱生换心，朱妻换头，写得有情趣、有哲理。离奇之至的故事创造两个神采飞扬的人物，大胆豪放的朱尔旦和重情重义的陆判。一人一鬼深情厚谊，人对鬼深信不疑，鬼对人赤诚以待，人鬼之间毫无隔阂、相扶相将、推心置腹、亲如兄弟。聊斋在"黑色性"阴司故事中增添了温熙的人性光辉。

婴　宁

　　王子服，莒之罗店人[1]，早孤，绝惠[2]，十四入泮[3]。母最爱之，寻常不令游郊野。聘萧氏，未嫁而夭，故求凰未就也[4]。会上元，有舅氏子吴生，邀同眺瞩^[5]。方至村外，舅家有仆来，招吴去。生见游女如云，乘兴独遨。有女郎携婢，拈梅花一枝，容华绝代，笑容可掬。生注目不移，竟忘顾忌。女过去数武^[6]，顾婢曰："个儿郎目灼灼似贼！"遗花地上，笑语自去。生拾花怅然，神魂丧失，怏怏遂返。至家，藏花枕底，垂头而睡，不语亦不食。母忧之，醮禳益剧^[7]。肌革锐减^[8]，医师诊视，投剂发表^[9]，忽忽若迷。母抚问所由^[10]，默然不答。

[注释]

[1] 莒（jǔ）：今山东省莒县。　[2] 绝惠：绝顶聪明。惠，通"慧"。　[3] 入泮：童生入县学成秀才。泮，古代学宫前有泮水，故学宫称泮宫。　[4] 求凰：古时称男子娶妻为凤求凰。　[5] 眺瞩：游览。　[6] 数武：数步。武，半步。古人以六尺为步。半步为武。　[7] 醮禳：祭神祈祷消灾。　[8] 肌革锐减：身体很快消瘦。　[9] 投剂发表：用中药汤剂发散体内邪气。　[10] 抚问所由：爱抚地询问生病原因。

适吴生来，嘱密诘之。吴至榻前，生见之泪下。吴就榻慰解，渐致研诘。生具吐其实，且求谋画。吴笑曰："君意亦复痴。此愿有何难遂？

此处"贼"非"小偷"，淄川口语称心爱者"小狼贼"。

婴宁故意丢爱情信物。

婴宁和花息息相关，蒲松龄让花自始至终伴随婴宁，花甚至决定婴宁的命运。婴宁爱花成癖。她就是远离尘嚣、在深山自由开放的山花；是王母娘娘的瑶池和露栽种的天上碧桃；是超凡脱俗的天上仙葩被贬到污浊不堪的人世来了。

当代访之。徒步于野，必非世家。如其未字[1]，事固谐矣；不然，拚以重赂[2]，计必允遂。但得痊瘳[3]，成事在我。"生闻之，不觉解颐[4]。吴出告母，物色女子居里，而探访既穷，并无踪绪。母大忧，无所为计。然自吴去后，颜顿开，食亦略进。数日，吴复来。生问所谋，吴绐之曰[5]："已得之矣。我以为谁何人，乃我姑氏女，即君姨妹行。今尚待聘，虽内戚有婚姻之嫌[6]，实告之，无不谐者。"生喜溢眉宇，问："居何里？"吴诡曰[7]："西南山中，去此可三十余里。"生又付嘱再四，吴锐身自任而去。

[注释]

[1]未字：未订婚。字，旧时女子订婚或出嫁。　[2]拚（pàn）：豁上。　[4]痊瘳（chōu）：病愈。　[4]解颐：露出笑容。　[5]绐（dài）：哄骗。　[6]内戚有婚姻之嫌：姨表亲血缘相近，大清律禁止通婚。　[7]诡曰：谎称。

生由此饮食渐加，日就平复。探视枕底，花虽枯，未便凋落。凝思把玩，如见其人。怪吴不至，折柬招之[1]。吴支托不肯赴召[2]。生恚怒[3]，悒悒不欢。母虑其复病，急为议姻，略与商推，辄摇首不愿，惟日盼吴。吴迄无耗，益怨恨之。转思三十里非遥，何必仰息他人[4]？怀梅袖中，负气自往，而家人不知也。伶仃独步，无可问程，但望南山行去。约三十余里，乱山合沓[5]，空翠爽肌[6]，寂无人行，止有鸟道[7]。遥望谷底，丛花乱树中，隐隐有小里落。下山入村，见舍宇无多，皆茅屋，而意甚修雅。北向一家，门前皆丝柳，墙内桃杏尤繁，间以修竹，野鸟格磔其中[8]。意其园亭，不敢遽入。回顾对户，有巨石滑洁，因据坐少憩。

[注释]

[1]折柬：裁纸写信。　[2]支托：支吾推托。　[3]恚（huì）怒：非常愤怒。　[4]仰息：依赖。　[5]合沓：重重叠叠。　[6]空翠：似乎带绿雾的空气。　[7]鸟道：险峻狭窄的小路。　[8]格磔（zhé）：鸟鸣声。

俄闻墙内有女子，长呼"小荣"，其声娇细。方伫听间，一女郎由东而西，执杏花一朵，俯首自簪；举头见生，遂不复簪，含笑拈花而入。审视之，即上元途中所遇也。心骤喜。但念无以阶

吴生信口开河，照他的话寻找，岂非大海捞针？但根据蒲松龄"幻由人生"哲学，只要你执著地追求，你所期望的一切定能实现。王子服按"克里空"地址，竟找到日思夜想的遗花姑娘。

婴宁生活在山光悦鸟性的深山。没有人事纷繁，只有山月松风；没有尔虞我诈，只有绿竹红花；没有驷马坦途，只有鸟飞之路。这里佳木葱茏，像婴宁的生命力；空气澄净，像婴宁纯洁的心性；豆棚瓜架，像婴宁天然去雕饰；片片飞坠的红花，像婴宁的活泼率真。

蒲松龄将婴宁置于山林深处，与清涧、野鸟并存。人和环境谐和无间。

进[1]，欲呼姨氏，顾从无还往，惧有讹误。门内无人可问，坐卧徘徊，自朝至于日昃[2]，盈盈望断[3]，并忘饥渴。时见女子露半面来窥，似讶其不去者。

[注释]

[1]阶进：探访的理由或凭借。　[2]日昃（zè）：太阳偏西。　[3]盈盈望断：望穿秋水，望眼欲穿。

忽一老媪扶杖出，顾生曰："何处郎君，闻自辰刻便来[1]，以至于今。意将何为？得勿饥耶？"生急起揖之，答云："将以盼亲[2]。"媪聋聩，不闻。又大言之，乃问："贵戚何姓？"生不能答。媪笑曰："奇哉！姓名尚自不知，何亲可探？我视郎君亦书痴耳！不如从我来，啖以粗粝[3]；家有短榻可卧，待明朝归，询知姓氏，再来探访不晚也。"生方腹馁思啖[4]，又从此渐近丽人，大喜，从媪入。见门内白石砌路，夹道红花，片片堕阶上。曲折而西，又启一关，豆棚花架满庭中。肃客入舍[5]，粉壁光明如镜；窗外海棠枝朵，探入室中；裀籍几榻[6]，罔不洁泽。甫

婴宁周围的一切都单纯、温暖、洁净而富有生机。寂无人行的深山，花木四合的草舍，野鸟飞绕的绿竹等，共同构成婴宁生活的氛围。园中所有景物似乎都在说："我也是一个婴宁！"

坐，即有人自窗外隐约相窥。媪唤："小荣！可速作黍[7]。"外有婢子嗷声而应[8]。坐次[9]，具展宗阀[10]。媪曰："郎君外祖，莫姓吴否？"曰："然。"媪惊曰："是吾甥也！尊堂[11]，我妹子。年来以家窭贫[12]，又无三尺男[13]，遂至音问梗塞。甥长成如许，尚不相识。"生曰："此来即为姨也，匆遽遂忘姓氏。"媪曰："老身秦姓，并无诞育。弱息仅存，亦为庶产。渠母改醮[14]，遗我鞠养[15]，颇亦不钝，但少教训，嬉不知愁。少顷，使来拜识。"

[注释]

[1]辰刻：相当于上午七到九点。　[2]盼亲：探亲。　[3]粗粝（lì）：粗米饭。　[4]腹馁思啖：肚子饿想吃饭。　[5]肃客入舍：请客人进房间。　[6]裀（yīn）籍：坐褥。　[7]做黍：做黄米饭。　[8]嗷（jiào）声：高声。　[9]坐次：落座之后。　[10]具展宗阀：详细说明家族身世。　[11]尊堂：你的母亲。　[12]窭（jù）贫：非常贫穷。手稿为"屡贫"，当为误笔。据二十四卷抄本改。　[13]三尺男：泛指男性。　[14]渠：他（她）。改醮：改嫁。　[15]鞠养：抚养。

嬉不知愁是婴宁性格核心，爱笑，无拘无束地笑，无法无天地笑。婴宁把封建时代少女不能笑、不敢笑、不会笑的条条框框全部打破。她毫不羞涩地笑，自由自在地笑，任何场合都可以笑。一切封建礼教对她如东风吹马耳！

未几，婢子具饭，雏尾盈握[1]，媪劝餐，已，婢来敛具[2]，媪曰："唤宁姑来。"婢应去。良久，闻户外隐有笑声。媪又唤曰："婴宁，汝姨兄在此。"门外嗤嗤笑不已。婢推之以入，犹掩其口，笑不可遏。媪嗔目曰："有客在，咤咤叱叱，是何景象！"女忍笑而立，生揖之。媪曰："此王郎，汝姨子。一家尚不相识，可笑人也！"生问："妹子年几何矣？"媪未能解。生又言之，女复笑不可仰视。媪谓生曰："我言少教诲，此可见矣。年已十六，呆痴裁如婴儿。"生曰："小于甥一岁。"曰："阿甥已十七矣。得非庚午属马者耶[3]？"生首应之。又问："甥妇阿谁？"答云："无之。"曰："如甥才貌，何十七岁犹未聘？婴宁亦无姑家，极相匹敌，惜有内亲之嫌。"生无语，目注婴宁，不遑他瞬。婢向女小语云："目灼灼，贼腔未改！"女又大笑，顾婢曰："视碧桃开未？"遽起，以袖掩口，细碎连步而出；至门外，笑声始纵。媪亦起，唤婢襆被[4]，为生安置，曰："阿甥来不易，宜留三五日，迟迟送汝归。如嫌幽闷，舍后有小园，可供消遣；有书可读。"

[注释]

[1] 雏尾盈握：肥嫩的雏鸡。　[2] 敛具：收拾餐具。　[3] 庚午属马：庚午年生属相为马。　[4] 襆被：抱被子。

次日，至舍后，果有园半亩，细草铺毡，杨花糁径[1]，有草舍三楹[2]，花木四合其所。穿花小步，闻树头苏苏有声，仰视，则婴宁在上。见生来，狂笑欲堕。生曰："勿尔，堕矣！"女且下且笑，不能自止；方将及地，失手而堕，笑乃止。生扶之，阴捘其腕[3]。女笑又作，倚树不能行，良久乃罢。生俟其笑歇，乃出袖中花示之。女接之，曰："枯矣！何留之？"曰："此上元妹子所遗，故存之。"问："存之何意？"曰："以示相爱不忘也。自上元相遇，凝思成疾，自分化为异物[4]，不图得见颜色，幸垂怜悯。"女曰："此大细事。至戚何所靳惜[5]？待郎行时，园中花，当唤老奴来，折一巨捆负送之。"生曰："妹子痴耶？""何便是痴？"曰："我非爱花，爱拈花之人耳。"女曰："葭莩之情[6]，爱何待言。"生曰："我所谓爱，非瓜葛之爱[7]，乃夫妻之爱。"女曰："有以异乎？"曰："夜共枕席耳。"女俯思良久，

婴宁在芳华鲜美的桃树下爱情逗趣，古代小说绝无仅有。婴宁的幽默是聪明才智、勃勃生机的表现。表面看婴宁似乎缺心眼儿。王子服示爱，她故作不知，认为保存花就是爱花，要折一巨捆送他。王子服说"夜共枕席"，她说"不惯与生人睡"。有人说她"傻大姐"，实际上婴宁再聪明不过。"憨"是"慧"的隐身衣。婴宁假作不懂王子服的话，是让他把爱情表达得更直接、热烈。她一会儿说他们关系近，是"至戚"，一会儿说关系远，是"葭莩之情"，或远或近，都为了捉弄王子服。

曰："我不惯与生人睡。"语未已，婢潜至，生惶恐遁去。

[**注释**]

[1] 杨花糁（sǎn）径：柳絮散落到小路上。 [2] 三楹：三间。 [3] 捘（zùn）：捏。 [4] 自分化为异物：自认为要死掉。异物，鬼。 [5] 至戚：最近的亲戚。靳惜：吝惜。 [6] 葭莩（jiā fú）之情：疏远的亲戚。葭莩，芦苇的薄膜。常用来比喻关系淡薄。 [7] 瓜葛：拐弯抹角的亲戚。瓜与葛皆有牵连很长的蔓。

嬰宁将"夜共枕席"讲给老母听。王子服惊出一身汗。其实丫鬟不在，老母是聋子。嬰宁只是要让王子服面红耳赤、手足无措，看他笑话。调皮机智的嬰宁。

少时，会母所。母问："何往？"女答以园中共话。媪曰："饭熟已久，有何长言，周遮乃尔[1]？"女曰："大哥欲我共寝。"言未已，生大窘。急目瞪之。女微笑而止。幸媪不闻，犹絮絮究诘，生急以他词掩之。因小语责女。女曰："适此语不应说耶？"生曰："此背人语。"女曰："背他人，岂得背老母。且寝处亦常事，何讳之？"生恨其痴，无术可以悟之。食方竟，家中人捉双卫来寻生[2]。先是，母待生久不归，始疑，村中搜觅几遍，竟无踪兆。因往询吴。吴忆曩言，因教于西南山村行觅。凡历数村，始至于此。生出门，适相值，便入告媪，且请偕女同归。媪喜曰：

"我有志，匪伊朝夕^[3]。但残躯不能远涉，得甥携妹子去，识认阿姨，大好。"呼婴宁，宁笑至。媪曰："有何喜，笑辄不辍？若不笑，当为全人。"因怒之以目，乃曰："大哥欲同汝去，可便装束。"又饷家人酒食，始送之出，曰："姨家田产丰裕，能养冗人^[4]。到彼且勿归，小学诗礼^[5]，亦好事翁姑^[6]。即烦阿姨为汝择一良匹^[7]。"二人遂发，至山坳，回顾，犹依稀见媪倚门北望也。

[注释]

[1]周遮：唠唠叨叨。　[2]双卫：两头驴子。　[3]匪伊朝夕：不止一日。　[4]冗人：闲人。　[5]小学诗礼：稍微学习一点礼节。　[6]翁姑：公婆。　[7]良匹：好的配偶。

抵家，母睹姝丽，惊问为谁，生以姨女对。母曰："前吴郎与儿言者，诈也。我未有姊，何以得甥？"问女，女曰："我非母出。父为秦氏，没时，儿在襁中，不能记忆。"母曰："我一姊适秦氏，良确；然姐谢已久^[1]，那得复存？"因审诘面庞志赘^[2]，一一符合。又疑曰："是矣。然亡已多年，何得复存？"疑虑间，吴生至，女避

王子服已故姨妈靠面庞特征确定。姨父崇于狐由吴生说明。婴宁与王子服一点儿血缘关系没有。妨碍二人成亲的"内戚"之嫌烟消云散。情节细针密线，天衣无缝。

入室。吴询得故，惘然久之，忽曰："此女名婴宁耶？"生然之。吴亟称怪事。问所自知，吴曰："秦家姑去后，姑丈鳏居，祟于狐，病瘵死[3]。狐生女名婴宁，绷卧床上[4]，家人皆见之。姑丈殁[5]，狐犹时来，后求天师符黏壁间[6]，狐遂携女去。将勿此耶？"彼此疑参。但闻室中吃吃，皆婴宁笑声。母曰："此女亦太憨生[7]。"吴请面之。母入室，女犹浓笑不顾。母促令出，始极力忍笑，又面壁移时，方出。才一展拜，翻然遽入，放声大笑。满室妇女，为之粲然[8]。

[注释]

[1]殂（cú）谢：死亡。　[2]面庞志赘：脸的轮廓和面目痣赘特点。　[3]病瘵死：被狐狸精盅惑病重瘦弱而死。　[4]绷：布裹婴儿。　[5]殁：死亡。　[6]天师符：张天师的神符。　[7]太憨生：太娇痴。生，语气助词。　[8]粲然：开怀笑。

吴请往觇其异，就便执柯[1]。寻至村所，庐舍全无，山花零落而已。吴忆姑葬处，仿佛不远，然坟垅湮没，莫可辨识，诧叹而返。母疑其为鬼。入告吴言，女略无骇意。又吊其无家，亦殊无悲意，孜孜憨笑而已[2]。众莫之测，母令与少女同寝止。昧爽即来省问，操女红[3]，精巧绝伦。但善笑，禁之亦不可止；然笑处嫣然，狂而不损其媚。人皆乐之，邻女少妇，争承迎之。母择吉将为合卺，而终恐为鬼物，窃于日中窥之[4]，形影殊无少异。至日，使华妆行新妇礼，女笑极不能俯仰，遂罢。生以其憨痴，恐漏泄房中隐事，而女殊密秘，不肯道一语。每值母忧怒，女至，一笑即解。奴婢小过，恐遭鞭楚，辄求诣母共话。罪婢投见，恒得免。而爱花成癖，物色遍戚党[5]；窃典金钗，购佳种，数月，阶砌藩溷[6]，无非花者。

婴宁本来生活在远离人世、山花烂漫的山中。来到人间后，她想用大自然美丽的鲜花给自己造个模拟的、纯洁而又有野趣的生存空间。

[**注释**]

[1]执柯：作媒。　[2]孜孜：不停地。　[3]女红（gōng）：缝纫、刺绣、纺织等。　[4]窃于日中窥之：古代传说鬼在太阳下边没有影子。　[5]戚党：亲族。　[6]阶砌藩溷：台阶、篱笆、厕所。

庭后有木香一架[1]，故邻西家。女每攀登其上，摘供簪玩[2]。母时遇见，辄诃之。女卒不改。一日，西人子见之，凝注倾倒。女不避而笑。西人子谓女意已属，心益荡。女指墙底，笑而下。西人子谓示约处，大悦。及昏而往，女果在婴宁巧计惩罚西人子，连县令都谅解这也许有点儿过分的恶作剧。其婆母却结结实实训一顿，说她"过喜而伏忧"。封建家长仍允许笑，"但须有时"，实际是要在强大封建阴影中强颜欢笑。于是，笑姑娘永不再笑，故意逗她也不笑。一个如此纯洁的少女来到如此肮脏的社会，哭还哭不及呢，哪能笑得出？

婴宁天真烂漫，是"真性情"化身。风刀霜剑的恶浊社会，能容许这样超然宁静吗？不可能！婴宁只不过是生命力的象征和自由的象征。是芳草美人的比喻。

焉。就而淫之，则阴如锥刺，痛彻于心，大号而踣。细视，非女，则一枯木卧墙边，所接乃水淋窍也[3]。邻父闻声，急奔研问[4]，呻而不言。妻来，始以实告。爇火烛窍，见中有巨蝎，如小蟹然。翁碎木捉杀之。负子至家，半夜寻卒。邻人讼生，讦发婴宁妖异[5]。邑宰素仰生才，稔知其笃行士[6]，谓邻翁讼诬，将杖责之。生为乞免，逐释而出[7]。母谓女曰："憨狂尔尔，早知过喜而伏忧也。邑令神明，幸不牵累，设鹘突官宰[8]，必逮妇女质公堂，我儿何颜见戚里？"女正色，矢不复笑。母曰："人罔不笑，但须有时。"而女由是竟不复笑，虽故逗亦终不笑，然竟日未尝有戚容。

[**注释**]

[1]木香：荼蘼花的别称。 [2]摘供簪玩：摘下花插到发髻上取乐。 [3]水淋窍：雨水在枯木上滴出的窟窿。 [4]研问：仔细询问。 [5]讦(jié)：告发。 [6]稔(rěn)知：熟知。 [7]逐释而出：无罪释放，轰出公堂。 [8]鹘(hú)突：糊涂。

一夕，对生零涕。异之，女哽咽曰："曩以相从日浅，言之恐致骇怪。今日察姑及郎皆过爱，无有异心，直告或无妨乎？妾本狐产。母临去，以妾托鬼母。相依十余年，始有今日。妾又无兄弟，所恃者惟君。老母岑寂山阿[1]，无人怜而合厝之[2]，九泉辄为悼恨。君倘不惜烦费，使地下人消此怨恫[3]，庶养女者不忍溺弃[4]。"生诺之，然虑坟冢迷于荒草，女但言无虑。刻日，夫妻舆榇而往[5]。女于荒烟错楚中[6]，指示墓处，果得媪尸，肤革犹存。女抚哭哀痛。异归，寻秦氏墓合葬焉。是夜，生梦媪来称谢，寤而述之。女曰："妾夜见之，嘱勿惊郎君耳。"生恨不邀留。女曰："彼鬼也，生人多，阳气胜，何能久居？"生问小荣，曰："是亦狐。最黠[7]。狐母留以视妾，每摄饵相哺，故德之常不去心。昨问母，云已嫁之。"由是岁值寒食[8]，夫妻登秦墓，拜扫无缺。女逾年生一子。在怀抱中，不畏生人，见人辄笑。亦大有母风云。

[注释]

[1]岑寂山阿：孤独埋葬在山间。　[2]合厝（cuò）：合葬。　[3]怨恫（tōng）：怨痛。　[4]溺弃：旧时重男轻女，有将刚出生的女孩投入水盆淹死的陋习。　[5]舆榇（chèn）：用

车载着棺材。 [6]错楚：丛杂的树木。 [7]黠（xiá）：聪慧狡猾。 [8]寒食：古代节日，清明节前一两天。

异史氏曰："观其孜孜憨笑，似全无心肝者，而墙下恶作剧，其黠孰甚焉。至悽恋鬼母，反笑为哭，我婴宁殆隐于笑者矣[1]。窃闻山中有草，名'笑矣乎[2]'，嗅之，则笑不可止。房中植此一种，则合欢、忘忧并无颜色矣[3]。若解语花[4]，正嫌其作态耳[5]。"

[注释]

[1]隐于笑：把真实感情隐藏在笑后边。 [2]笑矣乎：笑菌的别名。 [3]合欢：马缨花。忘忧：忘忧草。 [4]解语花：比喻善于辞令的美女。据《开元天宝遗事》记载，唐明皇称杨贵妃为"解语花"。 [5]作态：故作姿态。

[点评]

古代小说哪个哭得最美？林黛玉。哭得花瓣为她落地，小鸟飞走不忍听。哪个笑得最美？婴宁。婴宁面对陌生男子，毫无羞涩地笑，自由自在地笑，任何场合都可以笑，连结婚拜堂都笑得不能行礼。这位矫矫脱俗、了无脂粉气的少女来自毫无污染的深山，来自大自然。婴宁本是狐女，由鬼母养大，跟红尘毫无关联。婴宁爱花，她山花般明媚、绿竹般葱翠、山涧般澄净、山鸟般灵秀，是古代文学中最美的形象之一。这位爱笑爱花的少女把钳制女性的"闺训"一股脑儿丢进大海。那么，在"三从四德"肆威的时世，能容许"婴宁们"存在吗？不可能。于是，婴宁这位幻想的自由女神终于一个跟头从自由飞翔的天空栽到荆天棘地的地面。笑姑娘永不再笑，意味深长。婴宁，音谐"撄宁"。撄宁，是道家追求的修养境界。指心神宁静，不受外界事物干扰。《庄子·大宗师》："其为物，无不将也，无不迎也，无不毁也，无不成也，是为撄宁。"

聂小倩

宁采臣，浙人[1]，性慷爽，廉隅自重[2]，每对人言："生平无二色[3]。"适赴金华[4]，至北郭，解装兰若。寺中殿塔壮丽，然蓬蒿没人[5]，似绝行踪。东西僧舍，双扉虚掩，惟南一小舍，扃键如新[6]。又顾殿东隅，修竹拱把[7]，阶下有巨池，野藕已花，意甚乐其幽杳[8]。会学使案临[8]，城舍价昂，思便留止，遂散步以待僧归。日暮，有士人来，启南扉。宁趋为礼，且告以意。士人曰："此间无房主，仆亦侨居。能甘荒落，且晚

宁采臣的三个性格特点：慷慨豪爽；不欺暗室；"无二色"，即不对妻子之外女人动心。这三个特点对小说情节发展起主导作用。

野寺景物带寂寞荒凉之美。聊斋写景简练而有神韵。

惠教，幸甚。"宁喜，藉藁代床[10]，支板作几，为久客计。是夜，月明高洁，清光似水，二人促膝殿廊[11]，各展姓字。士人自言："燕姓，字赤霞。"宁疑为赴试诸生[12]，而听其音声，殊不类浙。诘之，自言："秦人[13]。"语甚朴诚。既而相对词竭，遂拱别归寝。

燕赤霞虽是一闪而过的人物，却对宁采臣和聂小倩的人生起重要作用。

燕生的剑客身份至关重要。

[注释]

[1]浙人：浙江人。　[2]廉隅（yú）：品德端正。　[3]生平无二色：妻子之外不娶妾、不嫖娼。　[4]金华：明清府名，今浙江金华市。　[5]蓬蒿没人：蓬草蒿草高得可遮蔽人。　[6]扃（jiōng）键：门窗插销。　[7]拱把：两手合围那么粗。　[8]幽杳：幽静清寂。　[9]学使案临：学使即学政，每省学政三年一任，到任后先到各县巡查，称"案临"。　[10]藉藁（gǎo）代床：用铺草代替床。　[11]促膝：二人对坐膝相近，形容亲密交谈。　[12]诸生：秀才。　[13]秦：周朝国名，陕西一带。

三女对话活画人物神采。妖妇骄纵蛮横，妖妪世故圆滑，小倩温柔婉转。

宁以新居，久不成寐。闻舍北喁喁[1]，如有家口，起，伏北壁石窗下微窥之，见短墙外一小院落，有妇可四十余；又一媪衣黯绯[2]，插蓬沓[3]，鲐背龙钟[4]，偶语月下[5]。妇曰："小倩何久不来？"媪云："殆好至矣。"妇曰："将无向姥姥有怨言否？"曰："不闻，但意似蹙戚[6]。"妇曰："婢子不宜好相识！"言未已，有一十七八女子来，仿佛艳绝。嫣笑曰："背地不言人，我两个正谈道，小妖婢悄来无迹响。幸不訾着短处[6]。"又曰："小娘子端好是画中人[7]，遮莫老身是男子[8]，也被摄魂去。"女曰："姥姥不相誉，更阿谁道好？"妇人女子又不知何言。宁意其邻人眷口，寝不复听。又许时，始寂无声。

> 月光下人物看不太清，"仿佛艳绝"写得有分寸有蕴味。

> 妖妪夸奖，背面敷粉写小倩。

[注释]

[1] 喁（yú）喁：低语声。　[2] 黦（yè）绯：褪色红衣服。　[3] 蓬沓：银栉（梳篦）。　[4] 鲐（tái）背：驼背。鲐，形似纺锤的鱼。　[5] 偶语：相对私语。　[6] 戚（cù）戚：忧愁不安之状。　[6] 訾（zǐ）：批评指责。　[7] 端好：的确是。　[8] 遮莫：假如。

方将睡去，觉有人至寝所，急起审顾，则北院女子也。惊问之，女笑曰："月夜不寐，愿修燕好[1]。"宁正容曰："卿防物议[2]，我畏人言，略一失足，廉耻道丧。"女云："夜无知者。"宁又咄之。女逡巡若复有词，宁叱："速去！不然，当呼南舍生知。"女惧，乃退。至户外复返，以黄金一铤置褥上[3]，宁掇掷庭墀[4]，曰："非义宁采臣铁骨铮铮、正气凛然，话语掷地做金石响，以小倩评价反证。

美丽是聂小倩崇人本钱，经受不住美色诱惑的人，聂小倩摄取他们的血给恶鬼饮用。如果不受美色吸引，聂小倩还有第二手，黄金，是罗刹鬼骨，谁接受就被截取心肝。聂小倩这两手有现实性。某些被推上审判台的高官，曾为人民做出贡献，最后成为反贪对象，都因过不了美色金钱关。宁采臣提前三百年，用"铁石心肠"给拒腐蚀做出榜样。

之物，污我囊橐[5]！"女惭，出，拾金自言曰："此汉当是铁石。"诘旦，有兰溪生携一仆来候试，寓于东厢，至夜暴亡。足心有小孔，如锥刺者，细细有血出。俱莫知故。经宿，一仆死，症亦如之。向晚，燕生归，宁质之，燕以为魅。宁素抗直[6]，颇不在意。

[注释]

[1]燕好：男欢女爱。　[2]物议：众人的议论。　[3]铤（dìng）：量词，用以计算金银。　[4]庭墀（chí）：庭院空地，也指台阶。　[5]囊橐（tuó）：袋子。　[6]抗直：刚直。

宵分[1]，女子复至，谓宁曰："妾阅人多矣，未有刚肠如君者。君诚圣贤，妾不敢欺。小倩，姓聂氏，十八夭殂[2]，葬寺侧。辄被妖物威胁，历役贱务，觍颜向人，实非所乐。今寺中无可杀者，恐当以夜叉来[3]。"宁骇，求计，女曰："与燕生同室可免。"问："何不惑燕生？"曰："彼奇人也，不敢近。"问："迷人若何？""狎昵我者[4]，隐以锥刺其足，彼即茫若迷，因摄血以供妖饮；又或以金，非金也，乃罗刹鬼骨[5]，留之能截取人心肝；二者，凡以投时好耳。"宁感谢，问戒备之期，答以明宵。临别泣曰："妾堕玄海[6]，求岸不得。郎君义气干云[7]，必能拔生救苦。倘肯囊妾朽骨，归葬安宅[8]，不啻再造[9]。"宁毅然诺之，因问葬处。曰："但记取白杨之上，有乌巢者是也。"言已出门，纷然而灭。

[注释]

[1]宵分：半夜。　[2]夭殂（cú）：未成年而死。　[3]夜叉：梵语音译，佛经中形象丑恶的鬼。　[4]狎昵：亲昵，亲近。　[5]罗刹：梵语音译，吃人血肉的恶鬼。　[6]玄海：无底的苦海。　[7]干云：高入云霄。　[8]归葬安宅：葬到好的墓地。　[9]不啻再造：无异于重生。

明日，恐燕他出，早诣邀致，辰后具酒馔，留意察燕。既约同宿，辞以性癖耽寂[1]。宁不听，强携卧具来。燕不得已，移榻从之，嘱曰："仆知足下丈夫，倾风良切[2]，要有微衷，难以遽白，幸无翻窥箧襆[3]，违之，两俱不利。"宁谨受教。既而各寝。燕以箱箧置窗上，就枕移时，齁如雷吼[4]。宁不能寐。近一更许，窗外隐隐有人影；近窗来窥，目光睒闪[5]。宁惧，方欲呼燕，忽有

人鬼恋故事出现侠肝义胆角色，小说成为影视宠儿与此不无关系。

物裂箧而出，耀若匹练[6]，触折窗上石棂，飚然一射[7]，即遽敛入[8]，宛如电灭。燕觉而起，宁伪睡以觇之。燕捧箧捡征[9]，取一物，对月嗅视，白光晶莹，长可二寸，径韭叶许。已而数重包固，仍置破箧中，自语曰："何物老魅，直尔大胆，致坏箧子。"遂复卧。宁大奇之，因起问之，且以所见告，燕曰："既相知爱，何敢深隐。我，剑客也。若非石棂，妖当立毙；虽然，亦伤。"问："所缄何物？"曰："剑也。适嗅之，有妖气。"宁欲观之，慨出相示，荧荧然一小剑也[10]。于是益厚重燕。

[**注释**]

[1]性癖耽寂：性格孤癖喜欢寂静。　[2]倾风良切：十分钦慕您的风采。　[3]箧（qiè）襆：装东西的筐和被子。　[4]齁（hōu）：熟睡的鼾声。　[5]目光睒（shǎn）闪：眼睛一闪一闪。　[6]耀若匹练：形容强光。　[7]飚（biāo）然一射：猛然射出。　[8]即遽敛入：马上收回来。　[9]捡征：查验。　[10]荧荧然：光亮状。

明日，视窗外，有血迹。遂出寺北，见荒坟累累，果有白杨，乌巢其颠。迨营谋既就[1]，趣装欲归。燕生设祖帐[2]，情义殷渥[3]，以破革囊赠宁，曰："此剑袋也。宝藏可远魑魅。"宁欲从授其术。曰："如君信义刚直，可以为此。然君犹富贵中人，非此道中人也。"

宁乃托有妹葬此，发掘女骨，敛以衣衾，赁舟而归。宁斋临野，因营坟葬诸斋外，祭而祝曰："怜卿孤魂，葬近蜗居，歌哭相闻[4]，庶不见凌于雄鬼[5]。一瓯浆水饮[6]，殊不清旨[7]，幸不为嫌！"祝毕而返。后有人呼曰："缓待同行！"回顾，则小倩也。欢喜谢曰："君信义，十死不足以报。请从归，拜识姑嫜[8]，媵御无悔[9]。"审谛之[9]，肌映流霞，足翘细笋，白昼端相，娇艳尤绝。

剑客之语暗示宁采臣将来做官。

[注释]

[1] 迨营谋既就：等到料理完事务。　[2] 设祖帐：送行。祖帐，古代送人远行，在郊外路旁设帷帐举行酒筵。　[3] 情义殷渥：情义殷切、温暖、深厚。　[4] 歌哭相闻：能听到对方的动静。　[5] 庶不见凌于雄鬼：不再受阴司男鬼恶鬼的欺负。　[6] 一瓯浆水饮：一杯祭奠的薄酒。　[7] 殊不清旨：很不甘甜。　[8] 姑嫜：公婆。　[9] 媵御：充当侍妾、丫鬟。　[10] 审谛：仔细观察。

遂与俱至斋中，嘱坐少待，先入白母。母愕

"翩然入"，妙词。

宁母想看又不敢看，不敢看又必须得看的神态，描绘得真切传神。宁母亦擅辞令，拒绝得有理有力有节。

然。时宁妻久病，母戒勿言，恐所骇惊。言次，女已翩然入，拜伏地下。宁曰："此小倩也。"母惊顾不遑[1]。女谓母曰："儿飘然一身，远父母兄弟。蒙公子露覆[2]，泽被发肤[3]，愿执箕帚[4]，以报高义。"母见其绰约可爱，始敢与言，曰："小娘子惠顾吾儿，老身喜不可已。但生平止此儿，用承祧绪[5]，不敢令有鬼偶。"女曰："儿实无二心。泉下人既不见信于老母，请以兄事，依高堂[6]，奉晨昏[7]，如何？"母怜其诚，允之。即欲拜嫂，母辞以疾，乃止。

[注释]

[1]惊顾不遑：带着惧怕神情，想看又不敢看。　[2]露覆：受到雨露般恩泽。　[3]泽被发肤：恩泽施于己身。　[4]愿执箕帚：愿意做妻妾服侍他。执箕帚，拿着簸箕、扫帚从事洒扫。　[5]祧（tiāo）绪：世代相承的统绪，即传宗接代。祧，祖庙。　[6]依高堂：依偎在母亲身边。高堂，母亲。　[7]奉晨昏：一早一晚侍奉母亲。

女即入厨下，代母尸饔[1]，入房穿榻，似熟居者。日暮，母畏惧之，辞使归寝，不为设床褥。女窥知母意，即竟去，过斋欲入，却退，徘徊户外，似有所惧。生呼之，女曰："室有剑气畏人。

向道途之不奉见者，良以此故。"宁悟为革囊，取悬他室。女乃入，就烛下坐，移时，殊不一语。久之，问："夜读否？妾少诵《楞严经》[2]，今强半遗忘。浼求一卷[3]，夜暇，就兄正之。"宁诺。又坐，默然。二更向尽，不言去。宁促之，愀然曰[4]："异域孤魂，殊怯荒墓。"宁曰："斋中别无床寝，且兄妹亦宜远嫌。"女起，容颦蹙而欲啼[5]，足俚儴而懒步[6]，从容出门，涉阶而没。宁窃怜之，欲留宿别榻，又惧母嗔。女朝旦朝母，捧匜沃盥[7]，下堂操作，无不曲承母志。黄昏告退，辄过斋头，就烛诵经，觉宁将寝，始惨然去。

聂小倩在妖物胁迫下，"以时好"崇人，是恶的、丑的、可憎的。她受宁采臣感化，弃暗投明，跟宁采臣回家。近朱者赤，像璞玉雕琢后光彩渐露。她勤劳善良、任劳任怨，察言观色、善于辞令。对宁母像孝敬亲生母亲；对宁采臣，既像恭敬长兄，又如小鸟依人。

[注释]

[1] 尸饔（yōng）：做饭、料理饮食。　[2] 楞严经：佛经名，全称《大佛顶如来密因修证了义诸菩萨万行首楞严经》。　[3] 浼（měi）：请求。　[4] 愀（qiǎo）然：忧愁状。　[5] 颦蹙：眉头紧皱，发愁的样子。　[6] 俚儴（kuāng ráng）而懒步：因为惶恐而走路不稳的样子。　[7] 捧匜（yí）沃盥：两手端着盛水的用具侍奉梳洗。

　　先是，宁妻病废[1]，母劬不可堪[2]；自得女，逸甚，心德之。日渐稔，亲爱如己出，竟忘其为鬼，不忍晚令去，留与同卧起。女初来未尝食饮，半年渐啜稀饍[3]。母子皆溺爱之，讳言其鬼，人亦不之辨也。无何，宁妻亡，母阴有纳女意，然恐于子不利。女微窥之，乘间告母曰[4]："居年余，当知儿肝鬲[5]。为不欲祸行人，故从郎君来，区区无他意，止以公子光明磊落，为天人所钦瞩[6]，实欲依赞三数年[7]，借博封诰[8]，以光泉壤[9]。"母亦知无恶，但惧不能延宗嗣。女曰："子女惟天所授。郎君注福籍[10]，有亢宗子三[11]，不以鬼妻而遂夺也。"母信之，与子议，宁喜，因列筵告戚党。或请觌新妇，女慨然华妆出，一堂尽眙[12]，反不疑其鬼，疑为仙。由是五党诸内眷[13]，咸执贽以贺[14]，争拜识之。女善画兰梅，辄以尺幅酬答，得者藏什袭以为荣[15]。

故事开头写聂小倩美，是女鬼崇人之美；结尾聂小倩仍然美，仍然是鬼，人们却怀疑她是仙。只要一心向善，邪鬼可以改造成人妻，是《聂小倩》的启示。

小倩既读佛经又会绘画，透露出她是读书人家出身。兰、梅是四君子之一，说明聂小倩秉性。

[**注释**]

[1]病废：因病不能干家务。　[2]劬（qú）不可堪：劳累苦不堪言。　[3]稀饍：稀饭。　[4]乘间：利用机会。　[5]肝鬲：内心。　[6]钦瞩：敬佩瞩望。　[7]依赞：依靠并辅助。　[8]封诰：五品以上官员妻封诰命夫人。　[9]泉壤：九泉之下，墓穴。　[10]注福籍：命中注定的福禄记在生死簿上。　[11]亢宗子：光宗耀祖的儿子。　[12]眙（chì）：惊视。　[13]五党：五

服内所有亲戚。可能是"三党"之误。三党为父族、母族、妻族。　[14]执赞：拿着礼物。　[15]什袭：层层包裹珍藏。

一日，俯颈窗前，怊怅若失[1]。忽问："革囊何在？"曰："以卿畏之，故缄置他所。"曰："妾受生气已久，当不复畏，宜取挂床头。"宁诘其意，曰："三日来，心怔忡无停息[2]，意金华妖物恨妾远遁，恐旦晚寻及也。"宁果携革囊来。女反复审视，曰："此剑仙将盛人头者也。敝败至此，不知杀人几何许！妾今日视之，肌犹粟慄[3]。"乃悬之。次日，又命移悬户上。夜对烛坐，约宁勿寝。欻有一物[4]，如飞鸟堕。女惊匿夹幕间[5]。宁视之，物如夜叉状，电目血舌，睒闪攫拿而前[6]，至门，却步，逡巡久之，渐近革囊，以爪摘取，似将抓裂。囊忽格然一响，大可合簣[7]；恍惚有鬼物，突出半身，揪夜叉入，声遂寂然，囊亦顿缩如故。宁骇诧。女亦出，大喜曰："无恙矣！"共视囊中，清水数斗而已。后数年，宁果登进士。女举一男，纳妾后，又各生一男，皆仕进有声[8]。

蒲松龄用两个细节写小倩人性激活鬼性消失。第一个细节，小倩从不食人间烟火，到跟常人吃饭无异；第二个细节，小倩从惧怕燕生剑袋到主动把剑袋挂到卧室，跟惧怕剑袋的恶鬼彻底划清界限。女鬼聂小倩人性日渐表露，鬼性日渐湮没，终于脱胎换骨。写得有层次。

[注释]

[1] 怊（chāo）怅若失：怅惘的神态。　[2] 怔忡：心神不宁。　[3] 肌犹粟慄：因恐惧肌肤起鸡皮疙瘩。　[4] 欻（xū）：忽然。　[5] 夹幕：帷幕。　[6] 睒闪攫拿：鬼眼闪闪，张牙舞爪。　[7] 合篑（kuì）：两个竹筐那么大。　[8] 仕进有声：做官声誉好。

[点评]

《聂小倩》是人们耳熟能详的著名故事，多次被拍成电视剧。书生宁采臣慷慨豪爽、洁身自好。他的凛然正气，保护了自己，也感化了聂小倩。聂小倩本来是受妖物驱使、诱惑并杀害人间男子的女鬼，受到宁采臣的感化，弃恶向善，在宁采臣的帮助下，逃脱妖物的魔掌，最终将恶鬼消灭。聂小倩从祟人之鬼变成活人之妻，脱胎换骨。王士禛说蒲松龄："料应厌作人间语，爱听秋坟鬼唱时。"《聂小倩》这个"鬼唱"有深刻的现实意义，文中恶鬼以女色、黄金诱人以吸其血，对今天的社会仍有寓言性和象征性意义。

侠　女

顾生，金陵人[1]，博于材艺[2]，而家綦贫，又以母老，不忍离膝下，惟日为人书画，受贽以自给[3]。行年二十有五，伉俪犹虚[4]。

对户旧有空第，一老妪及少女税居其中[5]。以其家无男子，故未问其谁何。一日，偶自外入，见女郎自母房中出，年约十八九，秀曼都雅[6]，世罕其匹；见生，不甚避，而意凛如也[7]。生入问母，母曰："是对户女郎，就吾乞刀尺[8]，适言其家亦止一母。此女不似贫家产，问其何为不字[9]，则以母老为辞。明日当往拜其母，便风以意[10]，倘所望不奢，儿可代养其老。"

明日造其室，其母一聋媪耳。视其室，并无隔宿粮。问所业，则仰女十指[11]。徐以同食之谋试之，媪意似纳；而转商其女，女默然，意殊不乐。母乃归，详其状而疑曰："女子得非嫌吾贫乎？为人不言亦不笑，艳如桃李，而冷如霜雪，奇人也！"母子猜叹而罢。

侠女对男子冷如冰霜。跟其他聊斋女主角出场对男子脉脉含情迥然不同。

靠做女红维持生活，却连刀尺都没有，其贫可想像。但她气质不凡。有生活经验的顾母判断此女非穷人出身。两个猜叹者都有小算盘：顾母想娶儿媳，顾生爱慕少艾。这是描写侠女的重要笔墨，也是作者开始设置悬念。此小说像侦探故事一样，一再设置悬念，最后一一解开。

[注释]

[1]金陵：今南京。　[2]博于材艺：善于书法和绘画。　[3]受贽：接受润笔费。贽，原为初次晤长者的见面礼。　[4]伉俪：夫妻，此处专指妻子。　[5]税居：租房。　[6]秀曼都雅：秀丽闲雅。秀、都，皆是"美"的意思。　[7]凛如：正气凛然，严肃可畏。　[8]乞刀尺：借剪刀和尺子。　[9]不字：不嫁人。　[10]风以意：委婉透露自己意图。　[11]仰女十指：依靠女郎做针线活为生。

一日，生坐斋头，有少年来求画，姿容甚美，意颇儇佻[1]。诘所自，以"邻村"对。嗣后三两日辄一至，稍稍稔熟，渐以嘲谑，生狎抱之，亦不甚拒，遂私焉[2]。由此往来昵甚。会女郎过，少年目送之，问为谁，对以"邻女"。少年曰："艳丽如此，神情一何可畏！"少间，生入内。母曰："适女子来乞米，云不举火者经日矣。此女至孝，贫极可悯，宜少周恤之[3]。"生从母言，负斗粟款门而达母意[4]。女受之，亦不申谢。日常至生家，见母作衣履，便代缝纫；出入堂中，操作如妇。生益德之，每获馈饵，必分给其母，女亦略不置齿颊[5]。

又来个心怀不轨猜度者。

[注释]

[1]儇佻（xuān tiāo）：轻佻。　[2]遂私焉：结成同性伙伴。　[3]周恤：周济，抚恤。　[4]款门：敲门。　[5]略不置齿颊：一句感谢和客气的话都不说。齿颊，牙齿和面颊，引申为说话。

母适疽生隐处[1]，宵旦号咷。女时就榻省视，为之洗创敷药，日三四作。母意甚不自安。而女不厌其秽。母曰："唉！安得新妇如儿，而奉老

亲生女贤儿媳不过如此。

身以死也？"言讫悲哽[2]。女慰之曰："郎子大孝，胜我寡母孤女什百矣[3]。"母曰："床头蹀躞之役[4]，岂孝子所能为者？且身已向暮，旦夕犯雾露[5]，深以祧续为忧耳[6]。"言间，生入。母泣曰："亏娘子良多！汝无忘报德。"生伏拜之。女曰："君敬我母，我未之谢也，君何谢焉？"于是益敬爱之。然其举止生硬，毫不可干。

落落大方，无小家子气，有丈夫气。不口头感谢，实际要以身谢之。

[注释]

[1]疽（jū）生隐处：阴部长肿块。疽：中医指部分皮肤粘膜肿胀或成毒疮。隐处，阴部。　[2]悲哽：悲伤哽咽。　[3]什百：十倍百倍。　[4]床头蹀躞（dié xiè）之役：病床前侍奉母亲的琐细杂事。蹀躞，本意为小步快走，引申为烦琐小事。　[5]旦夕犯雾露：不知道什么时会得病而死。旦夕，短时间内。雾露，风寒。　[6]祧续：同"祧绪"，子孙传宗接代。

悬念一：少女待人忽冷忽热，是不近人情，还是另有隐衷？

一日，女出门，生目注之。女忽回首，嫣然而笑。生喜出意外，趋而从诸其家，挑之，亦不拒，欣然交欢。已，戒生曰："事可一而不可再！"生不应而归。明日，又约之，女厉色不顾而去。日频来，时相遇，并不假以词色[1]。稍游戏之，则冷语冰人。忽于空处问生："日来少年谁也？"

悬念二：少女一向拒顾生千里之外，为何突然主动示爱？还宣布"可一不可再"？她对顾生忽近忽远，忽迎忽拒，到底为何？

生告之。女曰："彼举止态状，无礼于妾频矣。以君之狎昵，故置之。请更寄语：再复尔，是不欲生也已！"生至夕，以告少年，且曰："子必慎之，是不可犯。"少年曰："既不可犯，君何犯之？"生白其无。怒曰："如无，则猥亵之语[2]，何以达君听哉？"生不能答。少年曰："亦烦寄告：假惺惺，勿作态！不然，我将遍播扬。"生甚怒之，情见于色，少年乃去。

[注释]

[1]不假以词色：不给温和的话语和脸色。　[2]猥亵：淫秽、下流。

一夕，方独坐，女忽至，笑曰："我与君情缘未断，宁非天数！"生狂喜而抱于怀。欻闻履声籍籍[1]，两人惊起，则少年推扉入矣。生惊问："子胡为者？"笑曰："我来观贞洁之人耳！"顾女曰："今日不怪人耶？"女眉竖颊红，默不一语，急翻上衣，露一革囊，应手而出，则尺许晶莹匕首也。少年见之，骇而却走。追出户外，四顾杳然。女以匕首望空抛掷，戛然有声，灿若长

悬念三：文弱少女哪来高超武艺？

虹。俄一物堕地作响，生急烛之，则一白狐，身首异处矣。大骇。女曰："此君之娈童也[2]。我固恕之，奈渠定不欲生何！"收刀入囊。生曳令入。曰："适以妖物败兴，请俟来宵。"出门径去。

[注释]

[1]履声籍籍：脚步声响亮纷乱。　[2]娈童：旧时被同性玩弄的年轻美男，同性恋伙伴。

次夕，女果至，遂共绸缪[1]。诘其术，女曰："此非君所知。宜须慎秘，泄恐不为君福。"又订以嫁娶。曰："枕席焉[2]，提汲焉[3]，非妇伊何也？业夫妇矣，何必复言嫁娶乎？"生曰："将勿憎吾贫耶？"曰："君固贫，妾富耶？今宵之聚，正以怜君贫耳。"临别嘱曰："苟且之行[4]，不可以屡。当来，我自来；不当来，相强无益。"后相值，每欲引与私语，女辄走避，然衣绽炊薪[5]，悉为纪理，不啻妇也。

在讲贞节、讲婚姻是终身大事的时代，侠女只求婚姻实质，不求婚姻形式，不能不算是极前卫的思想。

[注释]

[1]绸缪：男女缠绵，难分难解。　[2]枕席：男女同床。　[3]提汲：从井中提水，引申为做家务。　[4]苟且之行：

婚前性行为。　[5] 衣绽炊薪：缝补衣服做饭。

积数月，其母死，生竭力营葬之。女由是独居。生意其孤寂可乱，逾垣入，隔窗频呼，迄不应。视其门，则空室扃焉。窃疑女有他约。夜复往，亦如之。遂留佩玉于窗间而去之。越日，相遇于母所。既出，而女尾其后曰："君疑妾耶？人各有心，不可以告人。今欲使君无疑，而乌可得？然一事烦急为谋。"问之，曰："妾体孕已八月矣。恐旦晚临盆[1]。妾身未分明[2]，能为君生之，不能为君育之。可密告老母，觅乳媪[3]，伪为君讨螟蛉者[4]，勿言妾也。"生诺，以告母，母笑曰："异哉此女！聘之不可，而顾私于我儿！"喜，从其谋以待之。又月余，女数日不至。母疑之，往探其门，萧萧闭寂；叩良久，女始蓬头垢面自内出。启而入之，则复扃之。入其室，则呱呱者在床上矣[5]。母惊问；"诞几时矣？"答云："三日。"捉绷席而视之，则男也，且丰颐而广额[6]。喜曰："儿已为老身育孙子，伶仃一身，将焉所托？"女曰："区区隐衷[7]，不敢掬

悬念四：少女从不招蜂引蝶，深夜外出为何？

悬念五：少女拒绝顾母求婚，却甘为顾生未婚生子，生子后令顾家抱走，天下哪有生而不养之母？她为何这样做？

顾母擅长词令，委婉劝嫁。

示老母[8]。俟夜无人，可即抱儿去。"母归与子言，窃共异之，夜往抱子归。

[注释]

[1]临盆：分娩。　[2]妾身未分明：指此女与顾生没有夫妇名分。　[3]乳媪：奶妈。　[4]螟蛉：养子。　[5]呱（gū）呱者：婴儿。呱呱，婴儿哭声。　[6]丰颐而广额：下巴丰满，前额宽阔，面庞端正，一脸福相。　[7]隐衷：隐私。　[8]掬示：捧出来给人看。

更数夕，夜将半，女忽款门入，手提革囊，笑曰："大事已了，请从此别。"急询其故。曰："养母之德，刻刻不去于怀。向云'可一而不可再'者，以相报不在床笫也[1]。为君贫不能婚，将为君延一线之续。本期一索而得[2]，不意信水复来[3]，遂至破戒而再。今君德既酬，妾志亦遂，无憾矣。"问："囊中何物？"曰："仇人头耳。"捡而视之，须发交而血模糊也，骇绝。复致研诘，曰："向不与君言者，以机事不密，惧有宣泄。今事已成，不妨相告：妾浙人，父官司马，陷于仇，被籍吾家[4]。妾负老母出，隐姓名，埋头项[5]，已三年矣。所以不即报者，徒以有老母在；

此前五个悬念设置，令侠女如神龙见首不见尾，增添神秘色彩，也使故事峰回路转、摇曳多姿。篇末经侠女倾诉，悬念迎刃而解，人物形象完成。一个可歌、可泣，有胆、有识形象矗立在读者面前。

母亡，一块肉又累腹中，因而迟之又久。曩夜出非他，道路门户未稔，恐有讹误耳。"言已，出门。又嘱曰："所生儿，善视之。君福薄无寿，此子可光门闾[6]。夜深不得惊老母，我去矣！"方悽然欲询所之，女一闪如电，瞥尔间遂不复见[7]。生叹惋木立，若丧魂魄。明以告母，相为嗟异而已。后三年，生果卒。子十八举进士，犹奉祖母以终老云。

异史氏曰："人必室有侠女，而后可以畜娈童也。不然，尔爱其艾豭[8]，则彼爱尔娄猪矣[9]！"

> 侠女和顾生关系立足于"不孝有三，无后为大"观念，带浓重报恩色彩。二人并非两情相悦的恋人关系。

[注释]

[1]床笫（zǐ）：本意床上的竹席，引申为男女房中事。　[2]一索而得：一次同房即可怀孕。　[3]信水：月经。　[4]籍吾家：抄了我的家。　[5]埋头项：隐藏踪迹。　[6]光门闾：光耀门楣。　[7]瞥尔间：刹那间。　[8]艾豭（jiā）：公猪。　[9]娄猪：母猪。

[点评]

孝女为父报仇是古代作家热衷的题材。唐传奇《原化记·崔慎思》和《集异记·贾人妻》都是这类小说。《侠女》的情节基本与《崔慎思》同，但蒲松龄虽借鉴唐传奇简单的故事，却并未照猫画虎，而是青出于蓝。在创造性叙述中，精雕细琢地创造了侠女的动人形象。这是一个冷静地追求自己人生价值而将一切封建法度置之度外的"超女"，即超级女杰。故事设置一系列悬念，将侠女似乎不可理解的行为置之于篇中其他人物的猜度和读者的猜想中，最终以侠女自述而解开。情节曲折有致，人物棱角分明。

莲 香

桑生名晓，字子明，沂州人[1]，少孤[2]，馆于红花埠[3]。桑为人静穆自喜[4]，日再出[5]，就食东邻，余时坚坐而已。东邻生偶至，戏曰："君独居，不畏鬼狐耶？"笑答曰："丈夫何畏鬼狐[6]？雄来吾有利剑，雌者尚当开门纳之。"邻生归，与友谋，梯妓于垣而过之。弹指叩扉，生窥问其谁，妓自言："鬼也。"生大惧，齿震震有声，妓逡巡自去。邻生早至生斋，生述所见，且告将归。邻生鼓掌曰："何不开门纳之？"生顿悟其假，遂安居如初。

朋友遣妓扮鬼是真鬼、真狐出现的引线。假如无朋友相戏"前科"，莲香猝然登门，岂不被拒之门外？假鬼为真狐垫场。

［注释］

[1]沂州：今山东临沂市。　[2]少孤：自幼丧父。　[3]馆于红花埠：寓居在红花埠。红花埠，今临沂郯城县南、新沂市以北。　[4]静穆自喜：以沉静肃穆自矜。　[5]日再出：一天出去两次。　[6]丈夫：男子汉大丈夫。

积半年，一女子夜来叩斋。生意友人之复戏也，启门延入，则倾国之姝[1]。惊问所来。曰："妾名莲香，西家妓女。"埠上青楼故多[2]，信之。息烛登床，绸缪甚至。自此三五夕辄一至。

［注释］

[1]倾国之姝：倾国倾城的绝色美女。　[2]青楼：妓馆。

写莲香着眼于美，写李氏着眼于韵。"翩然"，形象。

"若还若往"，形容魂游形态，妙词。

手冷如冰可见有鬼气。

一夕，独坐凝思，一女子翩然入。生意其莲，承逆与语[1]，觌面殊非：年仅十五六，婵袖垂髫[2]，风流秀曼，行步之间，若还若往。大愕，疑为狐。女曰："妾良家女，姓李氏，慕君高雅，幸赐垂盼。"生喜，握其手，冷如冰，问："何凉也？"曰："幼质单寒，夜蒙霜露，那得不尔。"既而罗襦衿解，俨然处子。女曰："妾为情缘，葳蕤之质[3]，一旦失守。不嫌鄙陋，愿常侍

枕席。房中得无有人否？"生云："无他，止一
邻娟，顾亦不常^[4]。"女曰："谨当避之。妾不与
院中人等^[5]，君秘勿泄。彼来我往，彼往我来可
耳。"鸡鸣欲去，赠绣履一钩^[6]，曰："此妾下体
所着，弄之足寄思慕。然有人慎勿弄也。"受而
视之，翘翘如解结锥^[7]，心甚爱悦。越夕无人，
便出审玩。女飘然忽至，遂相款昵。自此每出履，
则女必应念而至，异而诘之，笑曰："适当其时
耳。"

［注释］

[1] 承逆：迎接。　[2] 弽（duǒ）袖：双肩瘦削。　[3] 葳蕤
（wēi ruí）：娇嫩柔弱。本意为细嫩的小草，此指处女。　[4] 顾：
但是。　[5] 院中人：妓院中人。　[6] 绣履一钩：一只绣鞋。旧
时女子缠足，鞋形前端翘起如钩。　[7] 翘翘如解结锥：鞋非常小，
又尖又细的鞋头翘起，尖端好像解结锥。解结锥，骨制解结用具，
形如锥。

　　一夜，莲香来，惊云："郎何神气萧索^[1]？"
生言："不自觉。"莲便告别，相约十日。去后，
李来恒无虚夕。问："君情人何久不至？"因以
所约相告。李笑曰："君视妾较莲香何如？"曰：

聊斋写出女
鬼的奇幻之美、奇
妙之美，让人意想
不到、捉摸不透的
美。蒲松龄用对比
手法写一狐一鬼，
莲香是有倾国倾城
之貌的美人儿，与
常人无异；李氏则
特别瘦弱、单薄，
虽有人的形体，行
动却像一股烟、一
片云，飘来飘去。

　　李氏履是故事
发展道具，也是鬼
的魔力象征。

狐狸精是温暖的，与皮毛有关；鬼是冰冷的，与阴暗坟墓有关。

桑生"两绝"说引起李氏嫉妒和偷窥愿望。

"可称两绝，但莲卿肌肤温和。"李变色曰："君谓双美，对妾云尔。渠必月殿仙人[2]，妾定不及。"因而不欢。乃屈指计，十日之期已满，嘱勿漏，将窃窥之。次夜，莲香果至，笑语甚洽。及寝，大骇曰："殆矣！十日不见，何益惫损[3]？保无有他遇否？"生询其故，曰："妾以神气验之，脉析析如乱丝[4]，鬼症也。"

[注释]

[1]萧索：衰颓。　[2]月殿仙人：广寒宫的仙女。　[3]惫损：疲惫消瘦受到损害。　[4]脉析析如乱丝：脉象不规则。析，散乱，离散。

鬼"揭发"狐，趣！

次夜，李来，生问："窥莲香何似？"曰："美矣！妾固疑世间无此佳人，果狐也。去，吾尾之，南山而穴居。"生疑其妒，漫应之。逾夕，戏莲香曰："余固不信，或谓卿狐者。"莲亟问："是谁之云？"笑曰："我自戏卿。"莲曰："狐何异于人？"曰："惑之者病，甚则死，是以可惧。"莲曰："不然。如君之年，房后三日[1]，精气可复，纵狐何害？设旦旦而伐之[2]，人有甚于狐者矣！

莲 香 135

天下痨尸瘵鬼^[3]，宁皆狐蛊死耶^[4]？虽然，必有议我者。"生力白其无，莲诘益力，生不得已，泄之。莲曰："我固怪君惫也，然何遽至此？得勿非人乎？君勿言，明宵当如渠之窥妾者。"

[注释]

[1]房：男女房事。　[2]旦旦而伐之：像天天砍伐树木一样，天天以淫欲伤害躯体。　[3]痨尸瘵（zhài）鬼：因肺结核而死者。　[4]蛊（gǔ）：虫害，引申为诱惑。

是夜李至，裁三数语，闻窗外嗽声，急亡去。莲入曰："君殆矣！是真鬼物，昵其美而不速绝，冥路近矣！"生意其妒，默不语。莲曰："固知君不能忘情，然不忍视君死，明日当携药饵，为君一除阴毒。幸病蒂犹浅，十日恙当已。请同榻以俟痊可。"次夜，果出刀圭药啖生^[1]，顷刻，洞下两三行^[2]，觉脏腑清虚，精神顿爽。心德之，然终不信为鬼。莲香夜夜同衾偎生；生欲与合，辄拒之。数日后，肤革充盈^[3]。欲别，殷殷嘱绝李，生谬应之。

狐"揭露"鬼，妙！

李氏偷窥莲香为判断是否美丽；莲香偷看李氏，是想判断对方到底是不是害人之鬼。出发点不同。李氏为独占爱情而生嫉妒心理；莲香为保护情人生命安全。

[注释]

[1]刀圭药：一小勺药粉。刀圭，中药量器名。　[2]洞下两三行：痛快地腹泻两三次。　[3]肤革充盈：脸色滋润，身体健康。肤革，肌肤。

及闭户挑灯，辄捉履倾想。李忽至，数日隔绝，颇有怨色。生曰："彼连宵为我作巫医[1]，请勿为怼[2]，情好在我。"李稍怿[3]。生枕上私语曰："我爱卿甚，乃有谓卿鬼者。"李结舌良久，骂曰："必淫狐之惑君听也。若不绝之，妾不来矣。"遂呜呜饮泣。生百词慰解，乃罢。隔宿，莲香至，知李复来，怒曰："君必欲死耶？"生笑曰："卿何相妒之深？"莲益怒，曰："君种死根，妾为若除之，不妒者将复何如？"生托词以戏曰："彼云前日之病，为狐祟耳。"莲乃叹曰："诚如君言，君迷不悟，万一不虞[4]，妾百口何以自解？请从此别。百日后当视君于卧榻中。"留之不可，怫然径去。

莲香襟怀坦荡，对桑生充满关切之情，又因桑生执迷不悟，不得不放任其得鬼病。

[注释]

[2]巫医：巫师和医师。　[2]怼：怨恨。　[3]怿（yì）：喜欢。　[4]不虞：意外，死亡。

　　由是与李夙夜必偕。约两月余，觉大困顿[1]。初犹自宽解，日渐羸瘠[2]，惟饮饘粥一瓯[3]。欲归就奉养，尚恋恋不忍遽去。因循数日，沉绵不可复起。邻生见其病惫，日遣馆僮馈给食饮。生至是始疑李，因谓李曰："吾悔不听莲香之言，一至于此。"言讫而瞑。移时复苏，张目四顾，则李已去，自是遂绝。生羸卧空斋，思莲香如望岁[4]。

[注释]

[1]困顿：艰难窘迫，身体不能支持。　　[2]羸瘠（léi jí）：瘦弱。　　[3]饘（zhān）粥：黏粥。饘，浓。瓯：小容器。　　[4]望岁：像农民盼望粮食成熟。度日如年。

　　一日，方凝想间，忽有搴帘入者，则莲香也。临榻哂曰[1]："田舍郎[2]，我岂妄哉！"生哽咽良久，自言知罪，但求拯救。莲曰："病入膏肓[3]，实无救法，姑来永诀，以明非妒。"生大悲曰："枕底一物，烦代碎之。"莲搜得履，持就灯前，反复展玩。李女欻入，卒见莲香[4]，返身欲遁。莲以身蔽门。李窘极不知所出。生责数之，李不能

语言生动。一句"田舍郎"活画恨铁不成钢神态。

李氏履又起作用。

莲香与人为善，且社会经验丰富，会处事。古时以"阿姨"称呼正室的姐妹，此处莲香既以正室自居，也将李氏看作姐妹。

答。莲笑曰："妾今始得与阿姨面相质[5]。曩谓郎君旧疾，未必非妾致，今竟何如？"李俯首谢过。莲曰："佳丽如此，乃以爱结仇耶？"李投地陨泣，乞垂怜救。莲扶起，细诘生平。曰："妾，李通判女[6]，早夭，瘗于墙外。已死春蚕，遗丝未尽，与郎偕好，妾之愿也。致郎于死，良非素心。"莲曰："闻鬼物利人死，以死后可常聚，然否？"曰："不然。两鬼相逢，并无乐趣。如乐也，泉下少年郎岂少哉！"莲曰："痴哉！夜夜为之，人且不堪，而况于鬼！"李问："狐能死人，何术独否？"莲曰："是采补者流[7]，妾非其类。故世有不害人之狐，断无不害人之鬼，以阴气盛也。"

[注释]

[1]哂（shěn）：讥笑。　[2]田舍郎：乡巴佬。　[3]病入膏肓：病情危急无法可治。中医以心尖脂肪为膏，心脏与隔膜之间为肓。　[4]卒：猝。　[5]面相质：当面对质。　[6]通判：官名，明清设于各府掌管农田水利粮运的官员。　[7]采补者流：吸纳世间男子精气炼丹的狐狸精。

生闻其语，始知狐鬼皆真，幸习常见惯，颇

不为骇，但念残息如丝，不觉失声大痛。莲顾问："何以处郎君者？"李赧然逊谢[1]。莲笑曰："恐郎强健，醋娘子要食杨梅也[2]。"李敛衽曰[3]："如有医国手[4]，使妾得无负郎君，便当埋首地下，敢复靦然人世耶[5]！"莲解囊出药，曰："妾早知有今，别后采药三山，凡三阅月[6]，物料始备，瘵蛊至死[7]，投之无不苏者。然症何由得，仍用何引，不得不转求效力。"问："何需？"曰："樱口中一点香唾耳[8]。我以丸进，烦接口而唾之。"李晕生颐颊，俯首转侧而视其履。莲戏曰："妹所得意惟履耶？"李益惭，俯仰若无所容。莲曰："此平时熟技，今何吝焉？"遂以丸纳生吻，转促逼之。李不得已，唾之。莲曰："再！"又唾之，凡三四唾，丸已下咽。少间，腹殷然如雷鸣。复纳一丸，自乃接唇而布以气。生觉丹田火热，精神焕发。莲曰："愈矣！"李听鸡鸣，彷徨别去。

莲香要李氏用香唾给桑生做药引，既是治病需要，也是拿李氏开涮。莲香占尽先机，时不时用倩言巧语提提李氏和桑生永无休止亲热的小辫子。李氏既缺乏社会经验又自知理亏，无话可对，只好害羞。莲香和李氏都互有妒意，但表现不同。李氏对莲香嫉妒是露骨的背后切齿；莲香对李氏妒忌是轻巧的当面调侃。

[注释]

[1]赧然逊谢：因羞愧而红着脸道歉。 [2]醋娘子要食杨梅：意思是酸上加酸。醋娘子，爱妒嫉的女人。杨梅，酸味水果。 [3]敛衽：整理衣服，表示郑重。 [4]医国手：医术高明、

能起死回生的人。 [5]靦然：厚着脸皮。 [6]三阅月：三个月。 [7]瘵蛊：久治不愈的肺痨（肺结核）。 [8]樱口：樱桃小口。

莲香对李氏是温和、友善、姐妹般的态度，即所谓的"不妒之德"。王士禛评曰："贤哉莲娘，巾帼中吾见亦罕，况狐耶！"

莲香有狐仙法力，更有善良宽容的品性。

二女因为救护桑生而妒意尽消。这是蒲松龄喜欢的"二美共一夫"模式。

莲以新瘥，尚须调摄[1]，就食非计[2]，因将外户反关，伪示生归，以绝交往，日夜守护之。李亦每夕必至，给奉殷勤，事莲犹姊，莲亦深怜爱之。居三月，生健如初。李遂数夜不至。偶至，一望即去；相对时，亦悒悒不乐。莲常留与共寝，必不肯。生追出，提抱以归，身轻如刍灵[3]。女不得遁，遂着衣偃卧[4]，蜷其体不盈二尺[5]。莲益怜之，阴使生狎抱之，而撼摇亦不得醒。生睡去，觉而索之，已杳。后十余日，更不复至。生怀思殊切，恒出履共弄。莲叹曰："袅娜如此，妾见犹怜[6]，何况男子。"生曰："昔日弄履则至，心固疑之，然终不料其鬼。今对履思容，实所怆侧。"因而泣下。

[**注释**]

[1]调摄：调理保养。 [2]就食非计：到他人处吃饭不合适。 [3]刍灵：草人。 [4]偃卧：安静地仰卧。 [5]蜷（quán）：肢体弯曲缩成一团。 [6]妾见犹怜：形容女子非常美丽，女性见了也喜欢。《世说新语·贤媛》：桓温平蜀，以李势妹为妾，其妻

拔刀前往，李势妹正在窗下梳头，姿貌端丽，神色闲正，语言凄惋，桓妻掷刀前抱之："阿子，我见汝亦怜，何况老奴。"

先是，富室章姓有女，字燕儿，年十五，不汗而死，终夜复苏，起顾欲奔。章扃户，不听出。女自言："我通判女魂，感桑郎眷注[1]，遗舄犹存彼处[2]。我真鬼耳，锢我何益？"以其言有因，诘其至此之由。女低徊反顾，茫不自解。或有言桑生病归者，女执辨其诬。家人大疑。东邻生闻之，逾垣往窥，见生方与美人对语，掩入逼之，张皇间已失所在。邻生骇诘，生笑曰："向固与君言，雌者则纳之耳。"邻生述燕儿之言，生乃启关，将往侦探，苦无由。

解结椎般的履成李女和章女联系纽带。

[注释]

[1]眷注：垂爱关注。 [2]遗舄：李氏留在桑生那儿的绣鞋。

章母闻生果未归，益奇之，故使佣媪索履。生遽出以授。燕儿得之喜。试着之，鞋小于足者盈寸，大骇。取镜自照，忽恍然悟己之借躯以生也者，因陈所由，母始信之。女镜面大哭曰[1]：

借体还魂是聊斋常用的法术之一。如果所借之体面貌不及原来的女鬼，还会有巧妙的换颜术。

"当日形貌，颇堪自信，每见莲姊，犹增惭怍[2]。今反若此，人也不如其鬼也！"把履号咷，劝之不解。蒙衾僵卧。食之，亦不食，体肤尽肿；凡七日不食，卒不死，而肿渐消；觉饥不可忍，乃复食。数日，遍体瘙痒，皮尽脱。晨起，睡舃遗堕，索着之，则硕大无朋矣[3]。因试前履，肥瘦吻合，乃喜。复自镜，则眉目颐颊，宛肖生平，益喜。盥栉见母，见者尽眙。

[注释]

[1]镜面：以镜照面。　[2]惭怍：惭愧。　[3]硕大无朋：大得无与伦比。

莲香闻其异，劝生媒通之，而以贫富悬邈[1]，不敢遽进。会媪初度[2]，因从其子婿行，往为寿。媪睹生名，故使燕儿窥帘志客[3]。生最后至，女骤出，捉袂，欲从与俱归。母诃谯之[4]，始惭而入。生审视宛然，不觉零涕，因拜伏不起。媪扶之，不以为侮。生出，浼女舅执柯[5]。媪议择吉赘生。生归告莲香，且商所处。莲怅然良久，便欲别去。生大骇，涕下。莲曰："君行花烛于人家，妾从而往，亦何形颜？”生谋先与旋里，而后迎燕，莲乃从之。生以情白章，章闻其有室，怒加诮让^[6]。燕儿力白之，乃如所请。

［注释］

[1]悬邈：悬殊。　　[2]初度：生日。　　[3]窥帘志客：从帘内偷看客人并加以辨别。　　[4]诃谯：呵斥，责备。　　[5]浼女舅执柯：央求女方的舅舅做媒。　　[6]诮让：责问。

至日，生往亲迎^[1]，家中备具，颇甚草草。及归，则自门达堂，悉以罽毯贴地^[2]，百千笼烛，灿列如锦。莲香扶新妇入青庐^[3]，搭面既揭^[4]，欢若生平。莲陪卺饮^[5]，因细诘还魂之异。燕曰：“尔日悒郁无聊^[6]，徒以身为异物，自觉形秽。别后愦不归墓，随风漾泊^[7]，每见生人则羡之。昼凭草木，夜则信足沉浮。偶至章家，见少女卧床上，近附之，未知遂能活也。”莲闻之，默默若有所思。逾两月，莲举一子，产后暴病，日就沉绵，捉燕臂曰：“敢以孽种相累，我儿即若儿。”燕泣下，姑慰藉之，为召巫医，辄却之。沉痼弥留^[8]，气如悬丝。生及燕儿皆哭。忽张目曰：“勿

聊斋创造许多悽美女鬼形象。豆蔻年华丧失生命，待在阴冷黑暗的坟墓。灵魂是美丽少女，躯体却白骨俨然。她们无法忍受孤独寂寞，充满哀伤忧愁，惧怕寒冷、惧怕黑暗，胆怯柔弱。她们青春还在，求生意识还在。不甘沉沦，到人世飘游，寻找温暖，追求光明，想摆脱孤独、摆脱黑暗，回归人间。

尔！子乐生，我自乐死。如有缘，十年后可复相见。"言讫而卒。启衾将敛，尸化为狐。生不忍异视，厚葬之。子名狐儿，燕抚如己出。每清明，必抱儿哭诸其墓。

[注释]

[1]亲迎：古代婚礼的六礼之一，新郎至女家迎接新娘。　[2]罽（jì）毯：毛毯。　[3]青庐：古代少数民族结婚举行婚礼用的青色帐幕，此处指洞房。　[4]搭面：新娘盖头红巾。　[5]卺饮：喝合卺酒。　[6]尔日：那天。　[7]漾泊：漂泊荡漾。　[8]弥留：临死。

后生举于乡[1]，家渐裕，而燕苦不育。狐儿颇慧，然单弱多疾。燕每欲生置媵[2]。一日，婢忽白："门外一妪，携女求售。"燕呼入，卒见，大惊曰："莲姊复出耶！"生视之，真似，亦骇，问："年几何？"答云："十四。""聘金几何？"曰："老身止此一块肉，但俾得所[3]，妾亦得啖饭处，后日老骨不委沟壑，足矣。"生优价而留之。燕握女手，入密室，撮其额而笑曰："汝识我否？"答言："不识。"诘其姓氏，曰："妾韦姓，父徐城卖浆者[4]，死三年矣。"燕屈指停思，

莲死恰十有四载；又审视女，仪容态度，无一不
神肖者。乃拍其顶而呼之曰："莲姊，莲姊！十
年相见之约，当不欺吾。"女忽如梦醒，豁然曰：
"咦！"因熟视燕儿。生笑曰："此似曾相识燕飞
来也[5]。"女泫然曰："是矣。闻母言，妾生时便
能言，以为不祥，犬血饮之，遂昧宿因[6]。今日
殆如梦寤。娘子其耻于为鬼之李妹耶？"共话前
生，悲喜交至。

聊斋引用古人诗句恰到好处。此小说引古语最多，运用准确无误。此处将晏殊原句"似曾相识燕归来"改为"似曾相识燕飞来"，妙用！

[**注释**]

　[1]举于乡：参加乡试中举。　[2]置媵：买妾。　[3]俾得所：
有归宿。　[4]徐城：今江苏宿迁一带。　[5]似曾相识燕飞来：
借用晏殊名句"无可奈何花落去，似曾相识燕归来"形容故友重
逢。　[6]宿因：前世的因缘。

　　一日，寒食，燕曰："此每岁妾与郎君哭姊
日也。"遂与亲登其墓，荒草离离[1]，木已拱矣[2]。
女亦太息。燕谓生曰："妾与莲姊两世情好，不
忍相离，宜令白骨同穴。"生从其言，启李冢得
骸，舁归而合葬之。亲朋闻其异，吉服临穴[3]，
不期而会者数百人。

余庚戌南游[4]，至沂，阻雨，休于旅舍。有刘生子敬，其中表亲出同社王子章所撰《桑生传》，约万余言，得卒读，此其崖略耳[5]。

异史氏曰："嗟乎！死者而求其生，生者又求其死，天下所难得者，非人身哉？奈何具此身者，往往而置之，遂至觍然而生不如狐，泯然而死不如鬼。"

[注释]

[1]离离：浓密状。　[2]木已拱：墓旁的树木已两手合抱那么粗。　[3]吉服临穴：穿着礼服到墓地参加葬礼。　[4]庚戌：康熙九年（1670）。这一年，蒲松龄开始他一生惟一一次南游，到江苏宝应县给同乡孙蕙做幕宾。沂州是他从淄川到宝应的必经之地。《莲香》是"途中寂寞姑言鬼"得来的素材。　[5]崖略：大概。

[点评]

《莲香》是蒲松龄早期的作品，描写桑生和一狐一鬼相恋的故事。狐女莲香坦荡老练，温柔持重；鬼女李氏年轻幼稚，嫉妒尖刻。两女如春兰秋菊，此去彼来，彼去此来，曲曲折折，回环有趣。二女始而互相嫉妒，继而在帮助桑生的过程中互相欣赏、依恋，最终妒意全消。女鬼李氏为了与恋人长相守，借体重生；狐女莲香为了尘世之恋放弃修炼成仙，转世为凡人。《莲香》的题材来源是蒲松龄三十一岁南游江苏宝应做幕宾时路途中住旅店得到的素材，也是蒲松龄"鬼狐有情"构思的源头。蒲松龄在此文中创造了狐仙肌肤温暖、可以救人，而女鬼手足如冰、必定祟人的模式，以及两位女主角与一位男主角爱情故事，所谓"青龙白虎并行"的构思样式，在其以后小说创作如《巧娘》《青梅》《封三娘》等篇屡写不厌。

阿 宝

　　粤西孙子楚[1]，名士也，生有枝指[2]。性迂讷[3]，人诳之，辄信为真。或值座有歌妓，则必遥望却走。或知其然，诱之来，使妓狎逼之，则赪颜彻颈[4]，汗珠珠下滴。因共为笑，遂貌其呆状，相邮传做丑语[5]，而名之"孙痴"。

　　邑大贾某翁[6]，与王侯埒富[7]，姻戚皆贵胄。有女阿宝，绝色也。日择良匹，大家儿争委禽妆[8]，皆不当翁意。生时失俪[9]，有戏之者，劝其通媒。生殊不自揣[10]，果从其教。翁素耳其名，而贫之。媒媪将出，适遇宝，问之，以告，女戏曰："渠去其枝指，余当归之。"媪告生，生

孙子楚的枝指和痴，决定故事的走向。而与孙子楚"痴"相对应，阿宝突出特点是绝色。男痴女美，是操纵故事情节发展的双刃剑。

痴的第一步：断指。阿宝未对孙子楚钟情，也不想选他做夫婿，富小姐调侃穷书生，拿损害血肉之躯开玩笑，任何人都不会当真，孙子楚却偏偏认真，令阿宝奇怪，但仍没打算托以终身，而是再开玩笑，要孙子楚去掉痴。对孙子楚的求婚和断指，阿宝都采取取笑态度。此时"情痴"不过是孙子楚"剃头挑子一头热"。

曰："不难。"媒去，生以斧自断其指，大痛彻心，血溢倾注，滨死[11]。过数日，始能起，往见媒而示之。媪惊，奔告女。女亦奇之，戏请再去其痴。生闻而哗辨[12]，自谓不痴，然无由见而自剖。转念阿宝未必美如天人，何遂高自位置如此？由是曩念顿冷。

[注释]

[1]粤西：今广西壮族自治区一带。　[2]枝（qí）指：骈指，大拇指旁多长个手指头，俗称"六指"。《庄子·骈拇》："骈拇枝指，出乎性哉。"　[3]迂讷（nè）：迂拙不善言辞。　[4]赪（chēng）颜彻颈：脸红到脖子。赪，红。　[3]相邮传做丑语：互相传说，当笑话来讲。　[6]大贾（gǔ）：大商人。　[7]埒（liè）：同样。　[8]委禽妆：送订婚礼物，引申为要求与之订婚。　[9]失俪：死了妻子。　[10]殊不自揣：很不自量力。　[11]滨死：差点儿死了。　[12]哗辨：大声辩解。

会值清明，俗于是日妇女出游，轻薄少年亦结队随行，恣其月旦[1]。有同社数人，强邀生去。或嘲之曰："莫欲一观可人否[2]？"生亦知其戏己，然以受女揶揄故，亦思一见其人，忻然随众物色之[3]。遥见有女子憩树下，恶少年环如墙堵。众曰："此必阿宝也。"趋之，果宝。审谛之，娟丽无双。少顷，人益稠，女起，遽去。众情颠倒，品头题足，纷纷若狂。生独默然。及众他适，回视生，犹痴立故所，呼之，不应。群曳之曰："魂随阿宝去耶？"亦不答。众以其素讷，故不为怪，或推之，或挽之以归。至家，直上床卧，终日不起，冥如醉，唤之不醒。家人疑其失魂，招于旷野[4]，莫能效；强拍问之，则矇眬应云[5]："我在阿宝家。"及细诘之，又默默不语。家人惶惑莫解。

"娟丽无双"总写阿宝之美。人们纷纷若狂，孙子楚灵魂出窍，是侧面描写。

痴的第二步：离魂。借他人之言做点醒语。

[注释]

[1]恣其月旦：肆意评头论足。　[2]可人：意中人。　[3]物色：访求。　[4]招：招魂。　[4]矇眬（méng lóng）：同"蒙眬"，将睡将醒时眼半闭，看东西模糊的样子。

　　初，生见女去，意不忍舍，觉身已从之行，渐傍其衿带间，人无呵者，遂从女归。坐卧依之，夜辄与狎，意甚得。然觉腹中奇馁[1]，思欲一返家门，而迷不知路。女每梦与人交，问其名，曰："我孙子楚也。"心异之，而不可以告人。

古代作家写离魂，很少有像蒲松龄对离魂后灵魂和肉体做分体描写。孙的灵魂追随阿宝，很得意，又总觉肚饿，似乎灵魂跟常人一样需要吃饭。躯体待在家中，明明可以解决饿肚偏偏不吃，还造在阿宝家的舆论。阿宝已知孙为痴己离魂，但两人要形成婚姻还欠火候。双方家庭差距太大。离魂拉近了二人距离。

生卧三日，气休休若将澌灭[2]。家人大恐，托人婉告翁，欲一招魂其家[3]。翁笑曰："平昔不省往还[4]，何由遗魂吾家？"家人固哀之，翁始允。巫执故服、草荐以往[5]。女诘得其故，骇极，不听他往，直导入室，任招呼而去。巫归至门，生榻上已呻。既醒，女室之香奁什具、何色何名，历言不爽[6]。女闻之，益骇，阴感其情之深。

[注释]

[1]奇馁：特别饥饿。　[2]气休休若将澌（sī）灭：呼吸微弱似乎将要断气。休，轻微喘气声。澌灭，消失。　[3]招魂：叫魂。旧时认为人病可能是失魂，使巫者到其去过的地方招魂。　[4]不省（xǐng）往还：从没见过两家来往。　[5]巫执故服、草荐：巫师拿着孙子楚的旧衣和用过的草席。按迷信说法，招魂需用本人用过的东西施行。巫，巫师。　[6]历言不爽：一件一件说来没有错误。

生既离床寝，坐立凝思，忽忽若忘。每伺察阿宝，希幸一再遘之。浴佛节[1]，闻将降香水月寺，遂早旦往候道左，目眩睛劳。日涉午，女始至。自车中窥见生，以搀手搴帘[2]，凝睇不转。

生益动，尾从之。女忽命青衣来诘姓字。生殷勤
自展，魂益摇。车去，始归。归复病，冥然绝食，
梦中辄呼宝名。每自恨魂不复灵。

[注释]

[1]浴佛节：纪念释迦牟尼生日的节日。传说释迦牟尼诞生时
龙降香雨。浴佛节一般在农历四月初八日。届时举行诵经法会并
以香料浸成的香水浴洗佛像。 [2]掺（xiān）手：纤细柔美的小手。

家旧养一鹦鹉，忽毙，小儿持弄于床。生自
念：倘得身为鹦鹉，振翼可达女室。心方注想，
身已翩然鹦鹉，遽飞而去，直达宝所。女喜而扑
之，锁其肘，饲以麻子[1]。大呼曰："姐姐勿锁，
我孙子楚也。"女大骇，解其缚，亦不去。女祝曰：
"深情已篆中心[2]。今已人禽异类，姻好何可复
圆？"鸟云："得近芳泽，于愿已足。"他人饲之，
不食，女自饲之，则食。女坐，则集其膝；卧，
则依其床。如是三日。女甚怜之，阴使人瞰生。
生则僵卧气绝，已三日，但心头未冰耳。女又祝
曰："君能复为人，当誓死相从。"鸟云："诳我。"
女乃自矢。鸟侧目若有所思。少间，女束双弯[3]，

倘若再次离
魂，孙子楚之痴固
然深化，小说家岂
非成缺少变化的笨
伯？

痴的第三步
化鸟。构思妙手天
成，魂附飞鸟，振
翼可达心上人身
边，天马行空任往
来。倘化为一般
鸟，有语言障碍，
纵然化鸟有何用？
孙痴偏偏化为会说
话的鸟，可跟恋人
同解相思之苦。妙
哉！

在他人眼中，是小姐爱鹦鹉；对恋人来说，是形影相随、魂梦相依。此前离魂，是以孙子楚为主体的形体语言，阿宝被动接受。究其本质，是懵懵懂懂低层次性爱。孙子楚化鸟后，恋人感情从单纯浮浅的性爱升华为浓重深沉的情爱。恋人间虽人鸟有别，却更谐和、亲密，阿宝明确表达出之死靡它的承诺。

解履床上，鹦鹉骤下，衔履飞去。女急呼之，飞已远矣。

[注释]

[1]麻子：芝麻。　[2]篆：铭刻。　[3]束双弯：缠足。旧时女子缠足后弯曲如弓，故称"弯"。

女使妪往探，则生已瘥。家人见鹦鹉衔绣履来，堕地死，方共异之。生既苏，即索履。众莫知故。适妪至，入视生，问履所在。生曰："是阿宝信誓物。借口相覆：小生不忘金诺也[1]。"妪反命，女益奇之，故使婢泄其情于母。母审之确，乃曰："此子才名亦不恶，但有相如之贫[2]。择数年，得婿如此，恐将为显者笑。"女以履故，矢不他。翁媪乃从之。驰报生，生喜，疾顿瘳。翁议赘诸家。女曰："婿不可久处岳家。况郎又贫，久益为人贱。儿既诺之，处蓬茅而甘藜藿[3]，不怨也。"生乃亲迎成礼，相逢如隔世欢。

[注释]

[1]金诺：金口玉言的承诺。　[2]相如之贫：像司马相如那样贫穷。　[3]处蓬茅而甘藜藿：住茅草房、吃粗茶淡饭也甘心。

自是生家得奁妆[1]，小阜[2]，颇增物产。而生痴于书，不知理家人生业。女善居积，亦不以他事累生。居三年，家益富。生忽病消渴[3]，卒。女哭之痛，泪眼不晴[4]，至绝眠食。劝之不纳，乘夜自经[5]。婢觉之，急救而苏，终亦不食。三日，集亲党，将以殓生[6]。闻棺中呻以息，启之，已复活。自言："见冥王，以生平朴诚，命作部曹[7]。忽有人白：'孙部曹之妻将至。'王稽鬼录[8]，言：'此未应便死。'又白：'不食三日矣。'王顾谓：'感汝妻节义，姑赐再生。'因使驭卒控马送余还[9]。"由此体渐平。

[注释]
[1]奁妆：嫁妆。 [2]小阜：稍微富裕一些。 [3]消渴：糖尿病。 [4]泪眼不晴：流泪不止。 [5]自经：自缢。 [6]殓：给死者穿寿衣入棺。 [7]部曹：明清时六部的司官如主事、郎中。此处指阴司官员。 [8]鬼录：生死簿。 [9]驭卒：马夫。

值岁大比[1]，入闱之前[2]，诸少年玩弄之，共拟隐僻之题七，引生僻处与语，言："此某家关节[3]，敬秘相授。"生信之，昼夜揣摩，制成七艺[4]。众隐笑之。时典试者虑熟题有蹈袭弊[5]，力反常径[6]。题纸下，七首皆符。生以是抢魁[7]。明年，举进士，授词林[8]。上闻其异，召问之，生具启奏。上大嘉悦。后召见阿宝，赏赍有加焉[9]。

"痴"是古代文人喜欢的话题。许多名家认为，以"痴"或"癖"个性的出现者，不仅比圆滑的"完美"者更令人喜爱，且其实质不是"痴"，反而是绝顶聪明。张潮《幽梦影》说，"情必近于痴而真，才必兼乎趣而始化"；张岱《陶庵梦忆》说，"人无癖，不可与交，以其无深情也"；袁宏道《瓶史》说，"余观世上语言无味、面目可憎之人，皆无癖之人耳。"

[注释]

[1]大比：明清三年一次乡试称"大比"。 [2]入闱：进入乡试考场。 [3]关节：通过行贿考官获得考题。 [4]七艺：乡试首场七篇八股文。 [5]典试者：主持考试的考官。蹈袭弊：沿袭前人文章的弊端。 [6]力反常径：极力打破出题的常规，出偏题。 [7]抢魁：乡试第一名，解元。 [8]词林：翰林。 [9]赏赍：赏赐。

异史氏曰："性痴则其志凝[1]，故书痴者文必工，艺痴者技必良。世之落拓而无成者，皆自谓不痴者也。且如粉花荡产，卢雉倾家[2]，顾痴人事哉！以是知慧黠而过[3]，乃是真痴，彼孙子何痴乎！"

[注释]

[1]性痴则其志凝：执着者意志专一。 [2]粉花荡产，卢雉倾家：因为嫖娼和赌博而荡尽家产。 [3]慧黠：机智灵巧。

[点评]

"离魂"是中国古代小说的特殊构思模式，是文坛高手佳作迭出的舞台剧和妙笔生花的竞技场。耐人深思的是，前辈作家的名作中因情痴而离魂者，都是女性。而《阿宝》却写男子因情痴而魂游。冯镇峦点评《阿宝》："此一情痴与杜丽娘之于柳梦梅，一女悦男，一男悦女，皆以梦感，俱千古一对情痴。"蒲松龄以"男悦女"的天才妙想，将千百年"女悦男"的传统改变过来，使"离魂"故事进入新境界。"生以痴感，女以痴应"是本文的重要内容，伴随着孙子楚的断指、离魂、变鸟，阿宝对孙子楚的情爱渐渐觉醒且日益坚定。阿宝本来对孙子楚的追求作玩笑看，但精诚所至，金石为开，孙子楚魂从阿宝后，阿宝的态度骤变，从揶揄取笑到"阴感其情之深"。孙子楚化为鸟后，阿宝明确发出誓死相随的誓言。阿宝的情痴还后来者居上。孙子楚病死后，阿宝绝食而死，"以痴报痴，至以身殉"（但明伦语）。一对男女情痴，可谓相辅相成、相得益彰。

九山王

曹州李姓者[1]，邑诸生，家素饶，而居宅故不甚广。舍后有园数亩，荒置之。一日，有叟来税屋，出直百金[2]。李以无屋为辞，叟曰："请

李某心理阴暗，明明家里没房子，却见钱眼开，收人租金。

受之，但无烦虑。"李不喻其意，姑受之，以觇其异。越日，村人见舆马眷口入李家，纷纷甚夥，共疑李第无安顿所，问之。李殊不自知，归而察之，并无迹响。过数日，叟忽来谒，且云："庇宇下已数晨夕[3]，事事都草创，起炉作灶，未暇一修客子礼[4]。今遣儿女辈作黍，幸一垂顾[5]。"李从之，则入园中，欻见舍宇华好，崭然一新；入室，陈设芳丽。酒鼎沸于廊下，茶烟袅于厨中。俄而行酒荐馔，备极甘旨[6]。时见庭下少年人往来甚众。又闻儿女喁喁，帘幕中作笑语声。家人婢仆，似有数十百口。李心知其狐。席终而归，阴怀杀心。

＊ 叟礼貌周全，反客为主。

＊ 一派家庭和乐、热诚待客景象。

[注释]

[1] 曹州：今山东省菏泽市。　[2] 直：值。　[3] 庇宇下：在您的房屋庇护下。　[4] 客子礼：异乡为客的礼数。　[5] 垂顾：光临。　[6] 行酒荐馔，备极甘旨：一次次斟酒，进献各种精美可口的菜肴。

＊ 此人太残忍。即狐，于你何害？

每入市，市硝硫[1]，积数百斤，暗布园中殆满。骤火之，焰亘霄汉[2]，如黑灵芝[3]。燔臭灰眯不可近[4]；但闻呜啼嗥动之声，嘈杂聒耳。既熄，入视，则死狐满地，焦头烂额者不可胜计。方阅视间[5]，叟自外来，颜色惨怛，责李曰："夙无嫌怨，荒园岁报百金，非少；何忍遂相族灭[6]？此奇惨之仇，无不报者！"忿然而去。疑其掷砾为殃[7]，而年余无少怪异。

狐叟之言有理有力。

［注释］

[1]硝硫：芒硝与硫磺。　[2]焰亘霄汉：火焰绵延到云霄。　[3]黑灵芝：火药爆炸的蘑菇状云。　[4]燔（fán）臭灰眯：焦臭扑鼻，烟尘迷目。燔，焚烧。　[5]阅视：查看。　[6]族灭：灭族。　[7]掷砾为殃：抛掷小石块捣乱。砾，碎石。殃，祸患。

时顺治初年，山中群盗窃发[1]，啸聚万余人[2]，官莫能捕。生以家口多，日忧离乱。适村中来一星者[3]，自号"南山翁"，言人休咎[4]，了若目睹，名大噪。李召至家，求推甲子[5]。翁愕然起敬，曰："此真主也[6]！"李闻大骇，以为妄。翁正容固言之[7]。李疑信半焉，乃曰："岂有白手受命而帝者乎？"翁谓："不然。自古帝王，类多起于匹夫[8]，谁是生而天子者？"生

李某先"大骇"，继而半信半疑，然后为"天子"幻想所迷，前席而请，利令智昏，心理变化一步步写来。

惑之，前席而请[9]。翁毅然以“卧龙”自任[10]。请先备甲胄数千具、弓弩数千事[11]。李虑人莫之归。翁曰：“臣请为大王连诸山，深相结。使哗言者谓大王真天子[12]，山中士卒，宜必响应。”李喜，遣翁行。发藏镪[13]，造甲兵。

先把“臣”称上了，诱惑。

[**注释**]

[1]群盗：蒲松龄受时代局限对农民起义的说法。　[2]啸聚：在山林聚众造反。　[3]星者：算命先生。　[4]休咎：吉凶祸福。　[5]推甲子：考察生辰八字以推算命运的好坏。　[6]真主：真龙天子。　[7]正容固言之：面容严肃地坚持这样说。　[8]类：大多数。　[9]前席而请：向前移动坐席，靠近请教。　[10]卧龙：帮助刘备成霸业的诸葛亮自号“卧龙”。　[11]甲胄：铠甲和头盔。弓弩：进攻用的武器。事：件。　[12]哗言者：喧哗传播浮言的人。　[13]藏镪（qiǎng）：珍藏的银子和钱币。镪，钱币、银锭。

翁数日始还，曰：“借大王威福，加臣三寸舌，诸山无不愿执鞭靮[1]，从戏下[2]。”浃旬之间[3]，果归命者数千人。于是拜翁为军师，建大纛[4]，设彩帜若林，据山立栅[5]，声势震动。邑令率兵来讨，翁指挥群寇，大破之。令惧，告急于兖[6]。兖兵远涉而至，翁又伏寇进击，兵大

某先尝甜头儿，然后才让他遭受惨败。

溃，将士杀伤者甚众。势益震，党以万计，因自立为"九山王"。翁患马少，会都中解马赴江南，遣一旅要路篡取之[7]。由是九山王之名大噪。加翁为"护国大将军"。高卧山巢，公然自负，以为黄袍之加[8]，指日可俟矣。东抚以夺马故[10]，方将进剿，又得兖报，乃发精兵数千，与六道合围而进[11]。军旅旌旗，弥漫山谷。九山王大惧，召翁谋之，则不知所往。九山王窘极无术，登山而望曰："今而知朝廷之势大也！"山破，被擒，妻孥戮之[12]。始悟翁即老狐，盖以族灭报李也。

[注释]

[1]执鞭靮（dí）：替（李秀才）驾驭车马。意思是乐意跟从造反。　[2]从戏（huī）下：从麾下。"戏"，通"麾"。　[3]浃旬：十天。　[4]大纛（dào）：大旗。　[5]据山立栅：占据山头，建立营寨。　[6]兖：兖州。　[7]遣一旅要路篡取之：派一支军队拦路夺取。　[8]黄袍之加：穿皇袍登基称帝。　[9]东抚：山东巡抚。　[11]六道：山东省下辖的六个道。道，或称道台。　[12]妻孥：妻儿。

异史氏曰："夫人拥妻子，闭门科头[1]，何处得杀？即杀，亦何由族哉？狐之谋亦巧矣。而狐叟是天才的心理学家，他从李某残忍杀害与他毫无怨仇的狐狸精全家，断定他有"盗根"，有造反念头。

壤无其种者，虽溉不生[2]；彼其杀狐之残，方寸已有盗根[3]，故狐得长其萌而施之报。今试执途人而告之曰：'汝为天子！'未有不骇而走者。明明导以族灭之为，而犹乐听之，妻子为戮，又何足云？然人之听匪言也[4]，始闻之而怒，继而疑，又既而信，迨至身名俱殒，而始悟其误也，大率类此矣。"

[注释]

[1]科头：不戴帽子，指自由自在，闲散随意。 [2]壤无其种者，虽溉不生：土壤里没有种子，再浇水也不会发芽。 [3]方寸已有盗根：心中已经有做强盗的念头。 [4]匪言：异端邪说。

[点评]

法国著名作家大仲马的《基度山恩仇记》写基度山伯爵年轻时为人陷害而入狱。在漫长的监狱生活中，向一位神父学到许多知识，越狱后拿到巨额财富，针对仇人的弱点，一一复仇。《九山王》是《基度山恩仇记》的异国先声。狐叟全家被李某残忍杀害，狐叟并没有像一般狐狸精那样对李某来点儿小打小闹的骚扰，而是针对李某残忍的本性，诱使他造反，最终也令其被灭族。狐叟之智，不亚于三百年后的基度山伯爵。

张 诚

　　豫人张氏者，其先齐人[1]。明末齐大乱，妻为北兵掠去[2]。张常客豫，遂家焉。娶于豫，生子讷。无何，妻卒，又娶继室，生子诚。继室牛氏悍，每嫉讷，奴畜之[3]，啖以恶食，且使樵，日责柴一肩，无则挞楚诟诅[4]，不可堪。隐蓄甘脆饵诚[5]，使从塾师读。诚渐长，性孝友，不忍兄苦，阴劝母，母弗听。一日，讷入山樵，未终，值大风雨，避身岩下。雨止而日已暮，腹中大馁，遂负薪归。母验之少，怒不与食。饥火烧心，入室僵卧。诚自塾中来，见兄嗒然，问："病乎？"曰："饿耳。"问其故，以情告。诚愀然便去。移时，怀饼来饵兄。兄问其所自来。曰："余窃面倩邻妇为之[6]，但食勿言也。"讷食之，嘱弟曰："后勿复然，事泄累弟。且日一啖，饥当不死。"诚曰："兄故弱，乌能多樵！"

　　　　张翁结发妻为清兵掳去是伏笔。小说安排明末清初时代背景极具匠心。

　　　　小小年纪如此友爱、细心。

　　　　不让兄言，是怕母亲变本加厉迫害兄长。

[注释]

[1] 豫：河南。齐：今山东泰山以北及胶东半岛为战国时齐地。　[2] 北兵：清兵。明崇祯十一年（1638）后清兵对山东

多次进扰，山东受祸惨烈，民不聊生。　[3]奴畜之：把张讷当奴隶看待。　[4]挞楚诟诅：又打又骂。　[5]甘脆：好吃的食物。　[6]倩：恳请。

次日食后，窃赴山，至兄樵处。兄见之，惊问："将何作？"答："将助樵采。"问："谁之遣？"曰："我自来耳。"兄曰："无论弟不能樵，纵或能之，且犹不可。"于是速之归[1]。诚不听，以手足断柴助兄，且云："明日当以斧来。"兄近止之，见其指已破，履已穿[2]，悲曰："汝不速归，我即以斧自刭死[3]！"诚乃归。兄送之半途，方复回樵。既归，诣塾，嘱其师曰："吾弟年幼，宜闭之[4]，山中虎狼恶。"师曰："午前不知何往，业夏楚之[5]。"归谓诚曰："不听吾言，遭笞责矣！"诚笑曰："无之。"明日，怀斧又去。兄骇曰："我固谓子勿来，何复尔？"诚不应，刘薪且急[6]，汗交颐不少休[7]，约足一束，不辞而返。师又责之，乃实告之。师叹其贤，遂不之禁。兄屡止之，终不听。

兄爱小弟，细心呵护。

[注释]

[1]速：催促。　[2]履已穿：鞋已破。　[3]自刭（jǐng）：自

杀。　　[4]闭之：管住他。　　[5]夏（jiǎ）楚：榎木荆条。古代学校用荆条等制成用具以惩罚学生。这里指体罚。夏，同"榎"。楚，荆条。　　[6]刈（yì）：砍。　　[7]交颐：满腮。

　　一日，与数人樵山中，欻有虎至。众惧而伏。虎竟衔诚去。虎负人行缓，为讷追及，讷力斧之，中胯。虎痛狂奔，莫可寻逐，痛哭而返。众慰解之，哭益悲，曰："吾弟，非犹夫人之弟[1]，况为我死，我何生焉！"遂以斧自刭其项。众急救之，入肉者已寸许，血溢如涌，眩瞀殒绝[2]。众骇，裂之衣而约之[3]，群扶以归。母哭骂曰："汝杀吾儿，欲劙颈以塞责耶[4]！"讷呻曰："母勿烦恼，弟死，我定不生！"置榻上，创痛不能眠，惟昼夜倚壁坐哭。父恐其亦死，时就榻少哺之，牛辄诟责。讷遂不食，三日而毙。

此妇真铁石心肠！

　　[注释]
　　[1]非犹夫人之弟：不像是其他人的弟弟，意为我弟弟特别贤良。　　[2]眩瞀（mào）殒绝：眼睛看不清物体，昏死过去。　　[3]约：包扎。　　[4]劙（lí）：浅割。塞责：推卸责任。

　　村中有巫走无常者[1]，讷途遇之，缅诉曩苦[2]，因询弟所。巫言不闻，遂反身导讷去。至一都会，见一皂衫人自城中出[3]。巫要遮代问之[4]。皂衫人于佩囊中捡牒审顾[5]，男妇百余，并无犯而张者[6]。巫疑在他牒。皂衫人曰："此路属我，何得差逮！"讷不信，强巫入内城。城中新鬼故鬼，往来憧憧[7]，亦有故识[8]，就问，迄无知者。忽共哗言："菩萨至[9]！"仰见云中有伟人，毫光彻上下，顿觉世界通明。巫贺曰："大郎有福哉[10]！菩萨几十年一入冥司，拔诸苦恼，今适值之。"便捽讷跪[11]。众鬼囚纷纷籍籍[12]，合掌齐诵，"慈悲""救苦"之声哄腾震地。菩萨以杨柳枝遍洒甘露，其细如尘。俄而雾收光敛，遂失所在。讷觉颈上沾露，斧处不复作痛。巫乃导与俱归，望见里门，始别而去。

聊斋好人遇难，常有菩萨出现，特别是观音菩萨。

[注释]

[1]巫走无常：巫师在阳世和阴间走无常。巫，民间行巫术、为人祈祷治病的巫师。走无常，阴司勾魂使者不够用时，常摄取人间的人代替，称为"走无常"。走无常者可再返回人间。　[2]缅诉：尽情追述。　[3]皂衫：黑色单衣，衙门差役的服色。　[4]要遮：拦住。　[5]牒：阴司勾摄阳世人的公文。审顾：仔细察看。　[6]犯而张者：姓张的应死之人。　[7]憧（chōng）憧：来

往不绝。　[8]故识：原来认识的人。　[9]菩萨：梵文"菩提萨埵"简称，此处指传说救苦救难的观世音。　[10]大郎：巫师对张讷的尊称。　[11]捽（zuó）：揪着。　[12]纷纷籍籍：众人纷乱吵嚷。

　　讷死二日，豁然竟苏，悉述所遇，谓诚不死。母以为撰造之诬[1]，反诟骂之。讷负屈无以自伸，而摸创痕良瘥，自力起，拜父曰："行将穿云入海往寻弟，如不可见，终此身勿望返也。愿父犹以儿为死。"翁引空处与泣，无敢留之。讷乃去。每于冲衢访弟耗[2]，途中资斧断绝，丐而行。逾年，达金陵，悬鹑百结[3]，伛偻道上[4]。偶见十余骑过，走避路侧。内一人如官长，年四十以来，健卒怒马[5]，腾踔前后[6]。一少年乘小驷[7]，屡顾讷。讷以其贵公子，未敢仰视。少年停鞭少驻，忽下马，呼曰："非吾兄耶？"讷举首审视，诚也，握手大痛失声。诚亦哭，曰："兄何漂落一至于此？"讷言其情，诚益悲。骑者并下问故，以白官长，官命脱骑载讷，连辔归诸其家[8]，始详诘之。

悬鹑百结、伛偻道上，形容艰难行进之状，生动。

天上落下！踏破铁鞋无觅处，得来全不费工夫。

　　[注释]
　　[1]撰造之诬：编造虚妄之词。　[2]冲衢：交通要道。　[3]悬鹑百结：衣衫褴褛。　[4]伛偻（yǔ lǚ）：低头弯腰。　[5]怒马：

健壮的马。　[6]腾踔：凌空跳起状。　[7]小驷：小马。　[8]连辔：骑马并行。辔，马缰绳。

兽中王是菩萨派来的？是小说家派来的！老虎衔了人不吃，放到早年失散兄长经过的路上，世间可有此善解人意之虎？

初，虎衔诚去，不知何时置路侧，卧途中竟宿[1]。适张别驾自都中来[2]，过之，见其貌文，怜而抚之，渐苏。言其里居，则相去已远，因载与俱归。又药敷伤处，数日始痊。别驾无长君[3]，子之。盖适从游瞩也[4]。诚具为兄告。言次，别驾入，讷拜谢不已。诚入内捧帛衣出[5]，进兄，乃置酒燕叙[6]。别驾问："贵族在豫，几何丁壮？"讷曰："无有。父少齐人，流寓于豫。"别驾曰："仆亦齐人，贵里何属？"答曰："曾闻父言，属东昌辖。"惊曰："我同乡也！何故迁豫？"讷曰："明季清兵入境，掠前母去。父遭兵燹[7]，荡无家室，先贾于西道[8]，往来颇稔，故止焉。"又惊问："君家尊何名[9]？"讷告之。别驾瞠而视[10]，俯首若疑，疾趋入内。

[注释]

[1]竟宿：整夜。　[2]别驾：通判的别称。　[3]长君：成年的儿子。　[4]游瞩：游览。　[5]帛衣：丝绸衣服。　[6]燕叙：设宴招待话家常。　[7]兵燹（xiǎn）：战乱造成的灾难。　[8]贾：

经商。 [9]君家尊:您的父亲。 [10]瞠而视:非常惊奇地瞪着眼睛看。

无何，太夫人出[1]，共罗拜，已，问讷曰："汝是张炳之之子耶？"曰："然。"太夫人大哭，谓别驾曰："此汝弟也。"讷兄弟莫能解。太夫人曰："我适汝父三年，流离北去，身属黑固山[2]。半年，生汝兄。又半年，固山死。汝兄补秩旗下迁此官[3]，今解任矣[4]。每刻刻念乡井，遂出籍[5]，复故谱[6]。屡遣人至齐，殊无所觅耗，何知汝父西徙哉！"乃谓别驾曰："汝以弟为子，折福死矣！"别驾曰："曩问诚，诚未尝言齐人，想幼稚不忆耳。"乃以齿序：别驾四十有一，为长；诚十六，最少；讷二十二，则伯而仲矣[7]。别驾得两弟，甚欢，与同卧处，尽悉离散端由，将作归计。太夫人恐不见容。别驾曰："能容，则共之；否则，析之。天下岂有无父之国？"

小说开头称张翁"张氏"，此时真名浮出水面。名字成为张家劫后相逢的标志。

倘若张诚早就把家世讲清，哪有阴差阳错以弟为子的有趣情节？

[注释]

[1]太夫人:老夫人,旧时官吏之母可称太夫人。 [2]黑固山:黑,姓;固山,即满语"固山额真",为旗主。 [3]补秩:补缺。秩,官职。 [4]解任:不再担任原来的职务。 [5]出籍:脱离

旗籍。　[6]复故谱：认祖归宗，恢复张姓。　[7]伯而仲：由老大变成老二。

妻卒安排得好，否则天上飞来结发妻，张诚母打翻醋瓮，喜事岂不变成忧事？

于是鬻宅办装，刻日西发。既抵里，讷及诚先驰报父。父自讷去后，妻亦寻卒，块然一老鳏，形影自吊。忽见讷入，暴喜，恍恍以惊[1]；又睹诚，喜极，不复作言，潸潸以涕。又告以别驾母子至，翁辍涕愕然，不能喜，亦不能悲，蚩蚩以立[2]。未几，别驾入，拜已，太夫人把翁相向哭。既见婢媪厮卒，内外盈塞，坐立不知所为。诚不见母，问之，方知已死，号嘶气绝，食顷始苏。别驾出资建楼阁，延师教两弟。马腾于槽，人喧于室，居然大家矣。

张翁神情写得极有层次感。先是见张讷非常欢喜，后是见张诚喜欢得说不出话来，最后是见到压根儿不知其存在的长子而目瞪口呆。文笔出神入化，真是语经百炼，笔有化工。

[注释]

[1]恍（huǎng）恍以惊：因为吃惊而精神恍惚。恍恍，恍恍惚惚，神不守舍。　[2]蚩蚩以立：呆呆站着。蚩蚩，同"痴痴"。

蒲松龄对他听来的这个故事特别感兴趣，晚年又将《张诚》改编成俚曲《慈悲曲》。

异史氏曰："余听此事至终，涕凡数堕：十余岁童子，斧薪助兄，慨然曰：'王览固再见乎[1]！'于是一堕。至虎衔诚去，不禁狂呼曰：'天道愦愦如此！'于是一堕。及兄弟猝遇，则喜而亦堕。转增一兄，又益一悲，则为别驾堕。一门团圞，惊出不意，喜出不意，无从之涕，则为翁堕也。不知后世亦有善堕如某者乎？"

王士禛评《张诚》："一本绝妙传奇，叙次文笔亦工。"

[注释]

[1] 王览：据《晋书》，王览的母亲虐待异母兄王祥，王览千方百计维护兄长。母亲给王祥吃的食物，王览怕母亲下毒，一定得亲口尝过，才让哥哥吃。

[点评]

这是一个催人泪下的动人故事。张氏兄弟都是讲究"孝友"，即珍视兄弟情谊者。张诚以一片赤子之心对异母兄长百般呵护，偷饼饵兄，手足断柴助兄，都是精彩细节。张讷不辞万苦地寻找幼弟，悬鹑百结，感人至深。蒲松龄所处的时代，世风日下，人心不古，兄弟阋墙，同室操戈。蒲松龄精心创作《张诚》这样一个大力弘扬"孝友"精神的故事，意在以善规人。故事情节起伏跌宕，曲曲折折。猛虎衔弟，他乡遇兄，无依无靠的老鳏夫突然有三个儿子一起回拜，且有结发妻回归，真是意出望外、喜出望外，大起大落、大悲大喜。作者对人情世故的描绘生动真切、栩栩如生。此文既是感人至深的世情故事，也是写作范文。

口　技

村中来一女子，年二十有四五，携一药囊，售其医。有问病者，女不能自为方，俟暮夜请诸神。晚洁斗室，闭置其中。众绕门窗，倾耳寂听，但窃窃语，莫敢欬[1]。内外动息俱冥[2]。至半更许[3]，忽闻帘声。女在内曰：“九姑来耶？”一女子答云：“来矣。”又曰：“腊梅从九姑来耶？”似一婢答云：“来矣。”三人絮语间杂，刺刺不休[4]。俄闻帘钩复动，女曰：“六姑至矣。”乱言曰：“春梅亦抱小郎子来耶？”一女曰：“拗哥子[5]，呜呜不睡，定要从娘子来。身如百钧重[6]，负累煞人！”旋闻女子殷勤声，九姑问讯声，六姑寒暄声，二婢慰劳声，小儿笑喜声，猫子声，一齐嘈杂。即闻女子笑曰：“小郎君亦大好耍，远迢迢抱猫儿来。”既而声渐疏。帘又响，满室俱哗，曰：“四姑来何迟也？”有一小女子细声答曰：“路有千里且溢[7]，与阿姑走尔许时始至。阿姑行且缓。”遂各各道温凉[8]，并移坐声，唤添坐声，参差并作，喧繁满室，食顷始定[9]。即

采用一系列排比句，极力展现声音的多种多样、千变万化、高低抑扬。

声音有分有合，又进一步写出口技艺人同时发出几种声音的高超技艺。

闻女子问病。九姑以为宜得参，六姑以为宜得芪，四姑以为宜得术[10]。参酌移时，即闻九姑唤笔砚。无何，折纸戢戢然[11]，拔笔掷帽丁丁然[12]，磨墨隆隆然。既而投笔触几，震震作响，便闻撮药包裹苏苏然[13]。顷之，女子推帘，呼病者授药并方。反身入室，即闻三姑作别，三婢作别，小儿哑哑，猫儿唔唔，又一时并起。九姑之声清以越[14]，六姑之声缓以苍[15]，四姑之声娇以婉[16]，以及三婢之声，各有态响，听之了了可辨。群讶以为真神。而试其方，亦不甚效。此即所谓口技，特借之以售其术尔。然亦奇矣！

这样的音响描写像白居易写琵琶行，以贴切形象的语言，把虚幻的声音物象化了，实体化了，活龙活现。

[注释]

[1]欶（sòu）：同"嗽"，咳嗽。　[2]冥：沉寂。　[3]半更：初更之半，相当于晚七到九时。　[4]刺刺不休：不停地说话。　[5]拗（niù）：固执、任性。　[6]钧：三十斤。　[7]千里且溢：一千多里路。　[8]各各道温凉：互相嘘寒问暖。　[9]食顷：一顿饭功夫。　[10]"九姑以为宜得参"三句：口技者虚拟的人物纷纷提出应该用的药：人参、黄芪、白术。　[11]戢戢然：折纸声。　[12]丁丁然：铜笔帽掷桌面声。　[13]苏苏然：撮药包声。　[14]清以越：清脆悠扬。　[15]缓以苍：舒缓苍老。　[16]娇以婉：娇细婉转。

[点评]

这是一段精彩的民俗描写。一女子以口技博取人们的信任以卖药谋生。她一人可以模仿多人说话的声音，可以变换音量、音色、腔调，可以模仿自然界各种声响，使听者以假乱真，以为她真的从天上请来了仙姑处方，而这些仙姑又携猫将雏，在那儿认真地讨论如何处方。读之如亲历其境，如闻其声。这段描写口技的文字，字法整齐，音韵铿锵，绘声绘色，惟妙惟肖，真是"妙品辞令"（但明伦语）。

红 玉

广平冯翁者[1]，一子字相如，父子俱诸生。翁年近六旬，性方鲠[2]，而家屡空[3]。数年间，媪与子妇又相继逝，井臼自操之[4]。一夜，相如坐月下，忽见东邻女自墙上来窥。视之，美；近之，微笑；招以手，不来亦不去；固请之，乃梯而过，遂共寝处。问其姓名，曰："妾邻女红玉也。"生大爱悦，与订永好，女诺之。夜夜往来，约半年许。翁夜起，闻子舍笑语，窥之，见女。怒唤生出，骂曰："畜产[5]！所为何事？如此落

红玉初次露面，带一般狐狸精的特点，甚至有青楼色彩，对男女之事较随便。

窦[6]，尚不刻苦，乃学浮荡耶？人知之，丧汝德；人不知，亦促汝寿！"生跪自投[7]，泣言知悔。翁叱女曰："女子不守闺戒，既自玷，而又以玷人。倘事一发，当不仅贻寒舍羞！"骂已，愤然归寝。女流涕曰："亲庭罪责[8]，良足愧辱！我二人缘分尽矣。"生曰："父在不得自专[9]。卿如有情，尚当含垢为好[10]。"女言词决绝，生乃洒涕。女止之曰："妾与君无媒妁之言，父母之命，逾墙钻隙[10]，何能白首？此处有一佳偶，可聘也。"生告以贫。女曰："来宵相俟，妾为君谋之。"

正人君子训子经。

恐丧德，严父之心；恐促寿，慈父之爱。

《孟子·滕文公下》："不待父母之命，媒妁之言，钻穴隙相窥，逾墙相从，则父母国人皆贱之。"

[注释]
[1]广平：今河北省邯郸市广平县。 [2]方鲠：方正耿直。 [3]家屡空：经常衣食匮乏。 [4]井臼：泛指家务。井，汲水。臼，春米。 [5]畜产：畜生。 [6]落窦：境遇潦倒。 [7]自投：以头碰地表示改悔。 [8]亲庭：父母训教。 [9]自专：自作主张。 [10]含垢为好：在他人蔑视下继续相好。含垢，忍受屈辱。 [11]逾墙钻隙：指男女私自结合。

次夜，女果至，出白金四十两赠生，曰："去此六十里，有吴村卫氏，年十八矣，高其价，故未售也。君重啖之，必合谐允。"言已，别去。

红玉被冯翁教训，羞愧离去，但她不是一走了之，而是帮冯生娶到美丽的良家女子卫氏。由此可见红玉多善良，也看出她未卜先知的神通。

生乘间语父，欲往相之，而隐馈金不敢告。翁自度无资，以是故，止之。生又婉言：“试可乃已。”翁颔之。生遂假仆马，诣卫氏。卫故田舍翁[1]，生呼出，引与间语[2]。卫知生望族[3]，又见仪采轩豁[4]，心许之，而虑其靳于资。生听其词意吞吐，会其旨[5]，倾囊陈几上。卫乃喜，浼邻生居间，书红笺而盟焉[6]。生入拜媪，居室偪侧[7]，女依母自幛。微睨之，虽荆布之饰[8]，而神情光艳，心窃喜。卫借舍款婿，便言：“公子无须亲迎。待少作衣妆，即合昇送去。”生与订期而归。诡告翁，言卫爱清门，不责资。翁亦喜。至日，卫果送女至。女勤俭，有顺德，琴瑟甚笃。逾二年，举一男，名福儿。

[注释]

[1]田舍翁：庄户老汉。　[2]间语：悄悄说话。　[3]望族：名门。　[4]仪采轩豁：仪表体面，有身份、有风度。　[5]会其旨：领会他的心意。　[6]书红笺而盟焉：用红纸写下婚书。　[7]偪（bī）侧：狭窄，拥挤。　[8]荆布之饰：荆钗布裙的打扮。

会清明抱子登墓，遇邑绅宋氏。宋官御史，坐行赇免[1]，居林下[2]，大煽威虐[3]。是日亦上墓归，见女，艳之，问村人，知为生配。料冯贫士，诱以重赂，冀可摇，使家人风示之。生骤闻，怒形于色，既思势不敌，敛怒为笑。归告翁，大怒，奔出，对其家人指天画地，诟骂万端。家人鼠窜而去。宋氏亦怒，竟遣数人入生家，殴翁及子，汹若沸鼎。女闻之，弃儿于床，披发号救。群篡舁之[4]，哄然便去。父子伤残，吟呻在地，儿呱呱啼室中。邻人共怜之，扶置榻上。经日，生杖而能起。翁忿不食，呕血，寻毙。生大哭，抱子兴词[5]，上至督抚[6]，讼几遍，卒不得直[7]。后闻妇不屈死，益悲，冤塞胸吭[8]，无路可伸。每思要路刺杀宋，而虑其扈从繁[9]，儿又罔托[10]，日夜哀思，双睫为之不交[11]。

无法无天，令人发指。一个退休官员竟猖狂横行如此，倘若在台上不知如何！

[注释]

[1]坐行赇（qiú）免：因为行贿被罢官。　[2]林下：山野。退隐、退休之意。　[3]大煽威虐：大肆施展威风暴虐。　[4]篡舁（yú）之：强力将其夺走。　[5]兴词：起诉。　[6]督抚：省内最高官员总督和巡抚。　[7]卒不得直：始终不能得到公平处理。　[8]胸吭（háng）：胸膛和喉咙。　[9]扈从：随从。　[10]罔托：没有寄托。　[11]双睫为之不交：整夜失眠。

红玉既为狐仙，干脆由她把坏人"做"了，岂不一了百了？聊斋偏偏要侠客出面，官场已黑暗到须侠客干预。

忽一丈夫吊诸其室，虬髯阔颔[1]，曾与无素[2]。挽坐，欲问邦族，客遽曰："君有杀父之仇，夺妻之恨，而忘报乎？"生疑为宋人之侦，姑伪应之。客怒眦欲裂[3]，遽出曰："仆以君人也，今乃知不足齿之伧[4]！"生察其异，跪而挽之，曰："诚恐宋人饴我[5]，今实布腹心[6]：仆之卧薪尝胆者[7]，固有日矣。但怜此褓中物，恐坠宗祧[8]。君义士，能为我杵臼否[9]？"客曰："此妇人女子之事，非所能。君所欲托诸人者，请自任之；所欲自任者，愿得而代庖焉。"生闻，崩角在地[10]。客不顾而去。生追问姓字。曰："不济，不任受怨；济，亦不任受德。"遂去。生惧祸及，抱子亡去。至夜，宋家一门俱寝，有人越重垣入，杀御史父子三人及一媳一婢。宋家具状告官，官大骇。宋执谓相如，于是遣役捕生。生遁不知所之，于是情益真。宋仆同官役诸处冥搜，夜至南山，闻儿啼，迹得之，系缧而行[11]。儿啼愈嗔，群夺儿抛弃之。生冤愤欲绝。见邑令，问："何杀人？"生曰："冤哉！某以夜死，我以昼出，且抱呱呱者，何能逾垣杀人？"令曰："不杀人，何逃乎？"生辞穷，不能置辨，乃收诸狱。生泣曰："我死无足惜，孤儿何罪？"令曰："汝杀人子多矣！杀汝子，何怨？"生既褫革[12]，屡受梏惨[13]，卒无词。令是夜方卧，闻有物击床，震震有声，大惧而号。举家惊起，集而烛之，一短刀，铦利如霜[14]，剁床入木者寸余，牢不可拔。令睹之，魂魄丧失，荷戈遍索，竟无踪迹。心窃馁，又以宋人死，无可畏惧，乃详诸宪[15]，代生解免，竟释生。

[**注释**]

[1]虬（qiú）髯阔颔：蜷曲的大胡子和宽阔的下巴。　[2]无素：素不相识。　[3]客怒眦（zì）欲裂：客人气愤得眼眶要瞪裂。[4]不足齿之伦：不足挂齿的低贱匹夫家伙。　[5]铦（tiǎn）：甜言蜜语欺骗。　[6]腹心：真心话。　[7]卧薪尝胆：为报仇而刻苦自励。　[8]宗祧：宗嗣。　[9]杵臼：指公孙杵臼。春秋时晋国赵盾、赵朔父子的门客。晋国权臣屠岸贾杀赵朔后，欲灭其全家，搜捕赵氏孤儿赵武。公孙杵臼与程婴定计救出赵武，延续赵氏后嗣。事见《史记·赵世家》。　[10]崩角在地：在地上磕头磕得嘣嘣响。　[11]系缧：被拘捕戴上刑具。　[12]褫（chǐ）革：革去功名。　[13]屡受梏（gù）惨：受尽酷刑。　[14]铦（xiān）利：锋利。　[15]详：下级向上级汇报谓"详"。宪：巡抚、布政使、按察使。

冯生家破人亡，秀才除名，穷到极点，没了儿子，没了活路。怎么改变处境？冯生只知啼哭，一点办法甚至一点儿想法没有。这时，红玉来到他身边。

生归，瓮无升斗[1]，孤影对四壁。幸邻人怜，馈食饮，苟且自度。念大仇已报，则辗然喜；思惨酷之祸，几于灭门，则泪潸潸堕；及思半生贫彻骨，宗支不绪，则于无人处，大哭失声，不复能自禁。如此半年，捕禁益懈。乃哀邑令，求判还卫氏之骨。既葬而归，悲怛欲死，辗转空床，竟无生路。忽有款门者，凝神寂听，闻一人在门外，哝哝与小儿语。生急起窥觇，似一女子。扉初启，便问："大冤昭雪，可幸无恙？"其声稔熟，而仓卒不能追忆，爇火烛之，则红玉也。挽一小儿，嬉笑跨下。生不暇问，抱女呜哭。女亦惨然。既而推儿曰："汝忘而父耶？"儿牵女衣，目灼灼视生，细审之，福儿也。大惊，泣问："儿那得来？"女曰："实告君，昔言邻女者，妄也。妾实狐。适宵行，见儿啼谷中，抱养于秦。闻大难既息，故携来与君团聚耳。"生挥涕拜谢。儿在女怀，如依其母，竟不复能识父矣。

天未明，女即遽起，问之，答曰："奴欲去。"生裸跪床头，涕不能仰。女笑曰："妾诳君耳。今家道新创，非夙兴夜寐不可[2]。"乃剪莽拥篲[3]，类男子操作。生忧贫乏，不能自给，女曰："但请下帷读[4]，勿问盈歉，或当不殍饿死[5]。"遂出金治织具，租田数十亩，雇佣耕作。荷镵诛茅[6]，牵萝补屋[7]，日以为常。里党闻妇贤，益乐资助之。约半年，人烟腾茂，类素封家。生曰："灰烬之余，卿白手再造矣。然一事未就安妥，如何？"诘之，答曰："试期已迫，巾服尚未复也[8]。"女笑曰："妾前以四金寄广文[9]，已复名在案。若待君言，误之已久。"生益神之。是科遂领乡荐。时年三十六，腴田连阡，夏屋渠渠矣[10]。女袅娜如随风欲飘去，而操作过农家妇；虽严冬自苦，而手腻如脂。自言二十八岁，人视之，常若二十许人。

红玉为何要冯生只管读书，为何思绪周密给学官寄钱恢复其功名？因为冯家受够当官的压迫，冯生只有读书做官，才能彻底改变命运。闺中少妇红玉把这个社会问题看得明明白白，理得清清楚楚。男子汉大丈夫冯生却似乎没想到。

[注释]

[1]升斗：容量单位，这里指少量粮食。 [2]夙兴夜寐：早起晚睡，勤劳工作。 [3]剪莽拥篲（huì）：剪除杂草，清扫垃圾。篲，扫帚。 [4]下帷读：闭门苦读。 [5]殍（piǎo）：饿死者。 [6]荷镵诛茅：扛起锄头剪除杂草。 [7]牵萝补屋：整修茅草房。 [8]巾服：秀才的功名。 [9]广文：儒学教官。 [10]夏屋渠渠：屋大而深广。

异史氏曰：“其子贤，其父德，故其报之也侠。非特人侠，狐亦侠也。遇亦奇矣！然官宰悠悠[1]，竖人毛发。刀震震入木，何惜不略移床上半尺许哉！使苏子美读之[2]，必浮白曰：‘惜乎击之不中！’”

［注释］

[1]官宰悠悠：当官的贪赃枉法，断案错误百出，不负责任。　[2]苏子美：即宋代文学家苏舜钦，喜欢读《汉书》，读到张良雇人刺杀秦始皇，惋惜地说：“惜乎击之不中！”然后喝一大杯酒。

［点评］

红玉是被冯相如父亲赶走的，但她不计较个人恩怨，只讲对所爱者的奉献。她用辛勤劳动和超人心计，完全改变了冯生的命运。红玉是狐狸精，但不是一般狐狸精，是蒲松龄所说的“狐亦侠”。传统观念里，害人祟人的狐狸精，成了“侠”，振聋发聩。对《红玉》，大文学家王士禛有重要评语：“程婴、杵臼，未尝闻诸巾帼，况狐耶？”意思是，像搜孤救孤中的程婴、公孙杵臼那样侠肝义胆的人物，很少能从女性中找到，何况是狐仙？红玉就是这样一个“狐亦侠”的奇绝人物。在这个故事里，做篇名的女主角红玉只占不到五分之二的篇幅，大量篇幅描写贫穷的冯生因娶了美丽的妻子而被权贵觊觎、迫害，以致家破人亡。退休御史光天化日之下公然抢夺民女，打死良民，县官与"林下"官沆瀣一气。小百姓冤沉海底，不得不靠侠客帮助。蒲松龄借这个鬼狐故事，深刻针砭了当时吏治的腐败。

林四娘

青州道陈公宝钥[1]，闽人。夜独坐，有女子搴帏入。视之，不识，而艳绝，长袖宫装[2]。笑云："清夜兀坐[3]，得勿寂耶？"公惊问："何人？"曰："妾家不远，近在西邻。"公意其鬼，而心好之，捉袂挽坐，谈词风雅，大悦。拥之，不甚抗拒，顾曰："他无人耶？"公急阖户，曰："无。"促其缓裳[4]，意殊羞怯。公代为之殷勤。女曰："妾年二十，犹处子也，狂将不堪。"狎褻既竟，流丹浃席[5]。既而枕边私语，自言"林四娘"。公详诘之，曰："一世坚贞，业为君轻薄殆尽矣，有心爱妾，但图永好可耳，絮絮何为？"无何，鸡鸣，遂起而去。由此夜夜必至。每与阖户雅饮，谈及音律，辄能剖悉宫商[6]。公遂意其工于度曲[7]，曰："儿时之所习也。"公请一领雅奏[8]，女曰："久

林四娘像日常清纯少女，亲切可爱；如邻家女孩俏言倩语，亲切可信，毫无"鬼气"。

美丽聪慧，又懂音律，却不唱情爱之歌，唱亡国之音。如此婉丽的少女为何如此悒悒不乐？

矣不托于音[9]，节奏强半遗忘，恐为知者笑耳。”再强之，乃俯首击节[10]，唱“伊”“凉”之调[11]，其声哀婉。歌已，泣下。公亦为酸恻[12]，抱而慰之曰：“卿勿为亡国之音[13]，使人邑邑[14]。”女曰：“声以宣意，哀者不能使乐，亦犹乐者不能使哀。”两人燕昵[15]，过于琴瑟[16]。既久，家人窃听之，闻其歌者，无不流涕。

[注释]

[1] 青州道陈公宝钥：陈宝钥，福建人，康熙二年（1663）任职青州道台。 [2] 宫装：宫女服装。 [3] 兀坐：孤零零坐着。 [4] 缓裳：脱衣服。 [5] 流丹：流血。浃：浸透。 [6] 剖悉宫商：懂得剖析音律，擅长音乐。“宫商”指“宫商角徵羽”五音中的宫音商音，泛指乐曲。 [7] 工于度曲：善于按谱填词，唱曲儿。 [8] 雅奏：对他人演奏的客气叫法。 [9] 久矣不托于音：很长时间不唱了。 [10] 击节：打拍子。 [11]“伊”“凉”之调：悲凉的曲调。伊、凉，唐代的伊州和凉州，其地曲调哀婉。 [12] 酸恻：悲伤，凄恻。 [13] 亡国之音：国家将要灭亡时的悲凉乐曲。《礼记 · 乐记》：“亡国之音哀以思，其民困。” [14] 邑邑：心情忧郁。 [15] 燕昵：亲昵，亲热。 [16] 过于琴瑟：超过夫妻感情。

夫人窥见其容，疑人世无此妖丽，非鬼必狐，惧为厌蛊[1]，劝公绝之。公不能听，但固诘之。女愀然曰："妾，衡府宫人也[2]，遭难而死，十七年矣。以君高义，托为燕婉[3]，然实不敢祸君。倘见疑畏，即从此辞。"公曰："我不为嫌，但燕好若此，不可不知其实耳。"乃问宫中事。女缅述[4]，津津可听，谈及式微之际[5]，则哽咽不能成语。女不甚睡，每夜辄起诵《准提》《金刚》诸经咒[6]。公问："九原能自忏耶[7]？"曰："一也。妾思终身沦落，欲度来生耳[8]。"又每与公评骘诗词[9]，瑕则疵之[10]；至好句，则曼声娇吟[11]，意绪风流[12]，使人忘倦。公问："工诗乎？"曰："生时亦偶为之。"公索其赠，笑曰："儿女之语，乌足为高人道。"

[注释]

[1]厌蛊：以巫术害人。　[2]衡府：衡王府。明代成化年间衡王封于青州。　[3]燕婉：夫妻或情人之爱。　[4]缅述：详细追述。　[5]式微之际：衰败灭亡的时候。　[6]《准提》《金刚》：佛教经典。　[7]九原：九泉，阴司。　[8]度来生：佛教认为以今世的善行解脱困厄，求来生幸福。　[9]评骘（zhì）：评论。　[10]瑕则疵之：看到诗词不理想的地方就指出毛病。瑕，玉上的斑点，比喻事物的缺点或不足。　[11]曼声：舒缓柔美的声音。　[12]意绪风流：风度优雅，情致翩翩。

衡王是牵涉前朝"鼎革"的重要人物。据《俞楼杂纂》记载：崇祯十五年，清兵入关，血洗济南。末代衡王抗清，青州得以保全。顺治元年，李自成旧部赵应元杀清朝驻山东招抚使王鳌永，想立衡王为帝，恢复明朝江山。顺治二年，清兵镇压赵应元义军，将衡王及百余宫人押解北京，宫嫔中有不少人自杀，林四娘即其一。

林四娘本如雾中观花，迷离恍惚，身份已明，迷雾散去。知书达理、纯洁善良的少女原来是无辜牺牲于国难的冤魂。

如泣如诉的诗句写出林四娘不幸身世，表达她的愤怒和哀怨。深沉哀婉的诗句最后确立林四娘形象。

诗歌具体交代林四娘遇难的时间，明确点出"故国""汉家"等字样，直抒亡国之痛。用蜀王杜宇死后化杜鹃泣血等典故表达对故国的怀念，强烈批判清兵滥杀无辜。

　　居三年，一夕，忽惨然告别。公惊问之，答云："冥王以妾生前无罪[1]，死犹不忘经咒，俾生王家。别在今宵，永无见期。"言已怆然，公亦泪下。乃置酒相与痛饮。女忼慨而歌[2]，为哀曼之音，一字百转，每至悲处，辄便呜咽。数停数起，而后终曲。饮不能畅，乃起，逡巡欲别。公固挽之，又坐少时，鸡声忽唱，乃曰："必不可以久留矣。然君每怪妾不肯献丑，今将长别，当率成一章[3]。"索笔构成，曰："心悲意乱，不能推敲。乖音错节，慎勿以示人。"掩袂而出。公送诸门外，澌然而没。公怅悼良久。视其诗，字态端好，珍而藏之。诗曰："静锁深宫十七年，谁将故国问青天[4]？闲看殿宇封乔木[5]，泣望君王化杜鹃[6]。海国波涛斜夕照[7]，汉家箫鼓静烽烟。红颜力弱难为厉[8]，蕙质心悲只问禅。日诵菩提千百句[9]，闲看贝叶两三篇[10]。高唱梨园歌代哭[11]，请君独听亦潸然。"诗中重复脱节，疑传者有错误。

[注释]

[1]冥王：阎王。　[2]忼（kāng）慨：感慨。　[3]率成：不假思索写成。　[4]故国：指明朝衡王府。　[5]闲看殿宇封乔木：

衡王府隐藏在高大的树木中。　[6]君王化杜鹃：用蜀王杜宇死后化为子规（杜鹃）的故事。　[7]"海国波涛斜夕照"二句：意思是晚明在东南沿海抗击清兵的势力已风平浪静，汉家臣民也歌舞升平，忘记了战争和灾难。海国，近海，隐指南明政权。烽烟，边地报警的烟火。静烽烟，即战火熄灭。　[8]厉：厉鬼。　[9]菩提：梵文，佛教名词，彻悟成佛之意。　[10]贝叶：印度贝多罗树的叶子，制作后可代替纸抄佛经，故佛经亦称"贝叶经"。　[11]梨园：唐玄宗训练歌舞艺人和乐工的地方，此指宫中乐曲。

[点评]

　　林四娘故事，清初名家屡写不厌。王士禛《池北偶谈》写过，林西仲撰《林四娘记》，都写林四娘是衡王宠姬。蒲松龄别出心裁，不仅写林四娘多才多艺，温柔恬静，懂音律，擅诗词，且写她是纯洁少女。蒲松龄把其他人笔下宠擅后宫者写成纯洁少女，正是他用心良苦处。他就是要将美好的、纯洁的东西毁灭给人们看。林四娘像洁白的羔羊一样柔弱无辜，却在改朝换代的腥风血雨中死于非命。这位女鬼并不控诉什么，她只是用优雅的诗句缅怀"故国"，只是对不幸的命运逆来顺受，只是念佛经以求来生。蒲松龄同情为前朝死节的衡王宫人，借鬼魂写兴亡之叹。

连　琐

杨于畏，移居泗水之滨[1]。斋临旷野，墙

　　女主人公名字"连琐"，有"玉声珂珂"之意，似美玉的敲击声，轻轻的、柔柔的。聊斋女鬼有比人间少女更俊美的外貌、更灵秀的心智，柔弱、美丽，向往爱情、向往人世。

明知是鬼，却仍然仰慕。柔曼的声音引起杨生对吟诗者形体联想，凄苦的诗句触动男子汉心灵柔软的角落。

外多古墓，夜闻白杨萧萧[2]，声如涛涌。夜阑秉烛[3]，方复凄断[4]，忽墙外有人吟曰："玄夜凄风却倒吹[5]，流萤惹草复沾帏[6]。"反复吟诵，其声哀楚。听之，细婉似女子，疑之。明日，视墙外，并无人迹，惟有紫带一条，遗荆棘中。拾归，置诸窗上。向夜二更许，又吟如昨。杨移杌登望[7]，吟顿辍[8]。悟其为鬼，然心向慕之。

[注释]

[1]泗水：泗河，位于山东省泗水县。　[2]萧萧：风吹草木声。　[3]夜阑：夜深。　[4]凄断：悽凉之极。　[5]玄夜凄风却倒吹：黑夜阴冷的风吹呀、吹呀，翻来覆去吹。玄夜，黑夜。倒吹，翻来覆去吹。　[6]流萤惹草复沾帏：飞动的萤火虫沾到草棵上，落到衣裙上。流萤，飞动的萤火虫儿。惹草，沾惹着草棵。复沾帏，飞到衣裙上。　[7]杌（wù）：凳子。　[8]辍：停止。

次夜，伏伺墙头。一更向尽，有女子珊珊自草中出[1]，手扶小树，低首哀吟。杨微嗽，女急入荒草而没。杨由是伺诸墙下，听其吟毕，乃隔壁而续之曰："幽情苦绪何人见[2]？翠袖单寒月上时[3]。"久之，寂然。杨乃入室，方坐，忽见丽者自外来，敛衽曰："君子固风雅士，妾乃多所畏避。"杨喜，拉坐，瘦怯凝寒[4]，若不胜衣。问："何居里，久寄此间？"答曰："妾陇西人，随父流寓。十七暴疾殂谢，今二十余年矣。九泉荒野，孤寂如鹜[5]。所吟，乃妾自作以寄幽恨者，思久不属[6]，蒙君代续，欢生泉壤[7]。"杨欲与欢，蹙然曰："夜台朽骨[8]，不比生人。如有幽欢，促人寿数。妾不忍祸君子也。"杨乃止。戏以手探胸，则鸡头之肉[9]，依然处子。又欲视其裙下双钩[10]，女俯首笑曰："狂生太罗唣矣[11]！"杨把玩之，则见月色锦袜，约彩线一缕；更视其一，则紫带系之。问："何不俱带？"曰："昨宵畏君而避，不知遗落何所。"杨曰："为卿易之。"遂即窗上取以授女。女惊问何来，因以实告，女乃去线束带。既翻案上书，忽见《连昌宫词》[12]，慨然曰："妾生时最爱读此，今视之殆如梦寐。"与谈诗文，慧黠可爱，剪烛西窗[13]，如得良友。

　　《连琐》写生命的忧伤。写女鬼敏锐的感情触觉，尖锐而莫名的痛苦，怅惘生命的痛苦，以及女鬼对美好生活遥遥无期的无望期待，感动着读者。这些弱不禁风、忧愁伤感、以泪洗面的女鬼，总会引起人间书生怜香惜玉的柔情，并为她们负弩前驱，帮她们脱离苦海。美丽、柔弱、惧冷、忧愁、爱诗，是聊斋女鬼俘获人间书生的"尚方宝剑"。蒲松龄之前作家写女鬼，谁都没写到这份上。

[注释]

　　[1]珊珊：衣裾玉珮声，即佩戴玉器女性走动发出的响声，借指女子优雅步态、柔弱慢行。　　[2]幽情苦绪何人见：你隐秘的悲苦情绪哪个看得见？幽情苦绪，隐秘的感情，悲苦的情

绪。 [3]翠袖单寒月上时：只有刚刚升起的月亮照着绿裙飘飘的少女。翠袖单寒，青绿色单薄的衣袖。 [4]瘦怯凝寒：身材瘦削，举止胆怯，身上凝聚一股寒气。 [5]孤寂如鹜：孤独寂寞像离群的野鸭。 [6]思久不属（zhǔ）：怎么也想不起来后边的诗句。 [7]欢生泉壤：九泉之下感到高兴。 [8]夜台：坟墓。 [9]鸡头之肉：喻女子乳头。鸡头，芡实别名。据《开元天宝遗事》，杨贵妃浴后梳妆，露一乳，唐玄宗"指妃乳曰：'软温新剥鸡头肉。'" [10]双钩：妇女所缠小脚。 [11]罗唣：纠缠，骚扰。 [12]《连昌宫词》：唐代诗人元稹写的长篇叙事诗，通过连昌宫里老人叙述，描写唐玄宗与杨贵妃在连昌宫通宵取乐及安史之乱后连昌宫荒败情况。连昌宫，唐代宫殿，位于今河南宜阳。 [12]剪烛西窗：剪烛花于西窗之下，夫妇或朋友亲密挑灯夜话。唐李商隐《夜雨寄北》："何当共剪西窗烛，却话巴山夜雨时。"

蒲松龄之前女鬼祟人，摄取人间男子精气，获复生。世间男子因此丧命。连琐跟传统祟人的女鬼不同，公开拒绝祟人，以"文友""腻友"身份跟杨生交往。出现寻常小说不曾出现的场面：一对青年男女相处、相知、相爱。杨生既像得到贤惠妻子，更像得到志同道合好友。两个情窦初开的年轻人，一起读诗、写字、下棋、弹琴。连琐善解人意、多才多艺、聪慧妩媚，令杨生精神愉悦。古代小说如此妙趣横生写红颜知己、闺房之乐，又不写性爱，真是少见。

自此，每夜但闻微吟，少顷即至，辄嘱曰："君秘勿宣。妾少胆怯，恐有恶客见侵[1]。"杨诺之。两人欢同鱼水[2]，虽不至乱，而闺阁之中，诚有甚于画眉者[3]。女每于灯下为杨写书，字态端媚。又自选宫词百首，录诵之。使杨治棋枰[4]，购琵琶，每夜教杨手谈[5]。不则挑弄弦索，作"蕉窗零雨"之曲[6]，酸人胸臆；杨不忍卒听，则为"晓苑莺声"之调[7]，顿觉心怀畅适。挑灯作剧[8]，乐辄忘晓。视窗上有曙色，则张皇遁去。

[**注释**]

[1]恶客：粗鲁的客人。　　[2]欢同鱼水：鱼水相得，喻夫妇和美。　　[3]甚于画眉：感情比丈夫为妻子画眉更进一步。《汉书·张敞传》：张敞宣帝时为京兆尹，喜欢为妇画眉，被告到皇帝跟前。帝召问，张对曰："臣闻闺房之内，夫妇之私，有过于画眉者。"　　[4]棋枰（píng）：棋盘。　　[5]手谈：下围棋。　　[6]蕉窗零雨：以冷雨敲窗为意境的乐曲。　　[7]晓苑莺声：以清晨园林中黄莺啼鸣为意境的乐曲。　　[8]作剧：开玩笑，做游戏。

一日，薛生造访，值杨昼寝。视其室，琵琶、棋局俱在，知非所善。又翻书得宫词，见字迹端好，益疑之。杨醒，薛问："戏具何来[1]？"答："欲学之。"又问诗卷，托以假诸友人。薛反复捡玩，见最后一叶细字一行云："某月日连琐书。"笑曰："此是女郎小字，何相欺之甚？"杨大窘，不能置词。薛诘之益苦，杨不以告，薛执卷挟之，杨益窘，遂告之。薛求一见，杨因述所嘱。薛仰慕殷切，杨不得已，诺之。夜分，女至，为致意焉，女怒曰："所言伊何[2]？乃已喋喋向人[3]！"杨以实情自白。女曰："与君缘尽矣！"杨百词慰解，终不欢，起而别去，曰："妾暂避之。"明日，薛来，杨代致其不可。薛疑支托，暮与窗友

女主角名字巧妙带出。

二人来[4]，淹留不去[5]，故挠之[6]，恒终夜哗，大为杨生白眼[7]，而无如何。众见数夜杳然，浸有去志[8]，喧嚣渐息。忽闻吟声，共听之，凄婉欲绝。薛方倾耳神注，内一武生王某，掇巨石投去，大呼曰："作态不见客，甚得好句，呜呜恻恻[9]，使人闷损[10]！"吟顿止。众甚怨之。杨恚愤见于词色[11]。次日，始共引去。

［注释］

[1]戏具：游戏用具。 [2]所言伊何：我是怎么对你说的？ [3]喋喋：多嘴多舌。 [4]窗友：同学，同窗。 [5]淹留不去：故意羁留不走。 [6]故挠之：故意扰乱。 [7]白眼：用白眼球看人表示不满。 [8]浸有去志：渐渐有离开的意思。浸，渐渐。 [9]呜呜恻恻：语调低沉悲凉。 [10]闷损：烦闷之极。 [11]恚（huì）愤见于词色：愤怒情绪通过语言表达出来。恚愤，愤怒，恼怒。

杨独宿空斋，冀女复来，而殊无影迹。逾二日，女忽至，泣曰："君致恶宾，几吓煞妾！"杨谢过不遑。女遽出曰："妾固谓缘分尽也，从此别矣！"挽之已渺。由是月余，更不复至。杨思之，形销骨立，莫可追挽。一夕，方独酌，忽女子搴帏入。杨喜极，曰："卿见宥耶？"女涕

恋爱中的青年男女常会"分手"。人鬼恋竟也出现有趣的"分手"！连琐跟杨生分手，要的是二人自由的天地，是杨生朋友对自己的尊重。连琐虽是"夜台枯骨"，但其自尊、自重、自爱，一点儿不比人间少女差。这正是女鬼连琐在读者中特别有人缘的缘故。

连琐与杨生分手原因是因为朋友，导致两人最后结合的还是朋友，构思绵密。

垂膺，默不一言。亟问之，欲言复忍，曰："负气去，又急而求人，难免愧恧[1]。"杨再三研诘，乃曰："不知何处来一龌龊隶[2]，逼充媵妾。顾念清白裔，岂屈身舆台之鬼[3]？然一线弱质，乌能抗拒？君如齿妾在琴瑟之数[4]，必不听自为生活[5]。"杨大怒，愤将致死，但虑人鬼殊途，不能为力。女曰："来夜早眠，妾邀君梦中耳。"于是复共倾谈，坐以达曙。

[注释]

[1] 愧恧（nù）：惭愧，惴惴不安。　[2] 龌龊（wò chuò）隶：下贱的衙役。　[3] 舆台之鬼：舆和台，是古代两个低微的等级。《左传·昭公七年》："故王臣公，公臣大夫，大夫臣士，士臣皂，皂臣舆，舆臣隶，隶臣僚，僚臣仆，仆臣台。"　[4] 琴瑟之数：有妻子身份的人。　[5] 自为生活：自己苦苦挣扎。

女临去，嘱勿昼眠，留待夜约。杨诺之。因于午后薄饮[1]，乘醺登榻，蒙衣偃卧。忽见女来，授以佩刀，引手去。至一院宇，方阖门语，闻有人搒石挝门[2]。女惊曰："仇人至矣！"杨启户骤出，见一人赤帽青衣[3]，猬毛绕喙[4]。怒咄之。隶横目相仇[5]，言词凶谩。杨大怒，奔之。隶捉

人借助梦境进入鬼的世界，跟鬼打交道，是六朝作家常用手法。数人同梦，则是唐传奇构思模式。蒲松龄采取拿来主义，为我所用。

石以投，骤如急雨，中杨腕，不能握刃。方危急所，遥见一人，腰矢野射[6]。审视之，王生也，大号乞救。王生张弓急至，射之，中股；再射之，殪[7]。杨喜，感谢。王问故，具告之。王自喜前罪可赎，遂与共入女室。女战惕羞缩，遥立不作一语。案上有小刀，长仅尺余，而装以金玉，出诸匣，光芒鉴影。王叹赞不释手。与杨略话，见女惭惧可怜，乃出，分手去。

短篇小说应该故事尽量简练，小说家如果在短篇小说中突然加进某个人物，总会有其出现的必要性、必然性。王生就是如此。倘若这个爱情故事没有似乎多余的王生，连琐的故事就很难往下发展，也没这么好看、这么有味。

[注释]

[1]薄饮：少量饮酒。　[2]搦（nuò）石挝（zhuā）门：拿起石头砸门。　[3]赤帽青衣：官府衙役的服装红帽子青衣衫。　[4]猬毛绕喙：嘴边长满刺猬毛一样的胡须。　[5]横目相仇：怒目相视。　[6]腰矢野射：腰挂弓箭在野外打猎。　[7]殪（yì）：死。

杨亦自归，越墙而仆，于是惊寤，听村鸡已乱唱矣。觉腕中痛甚，晓而视之，则皮肉赤肿。亭午[1]，王生来，便言夜梦之奇。杨曰："未梦射否？"王怪其先知。杨出手示之，且告以故。王忆梦中颜色，恨不真见；自幸有功于女，复请先容。夜间，女来称谢。杨归功王生，遂达诚恳。

女曰："将伯之助[2]，义不敢忘。然彼赳赳，妾实畏之。"既而曰："彼爱妾佩刀，刀实妾父出使粤中[3]，百金购之。妾爱而有之，缠以金丝，瓣以明珠。大人怜妾夭亡，用以殉葬。今愿割爱相赠，见刀如见妾也。"次日，杨致此意，王大悦。至夜，女果携刀来，曰："嘱伊珍重，此非中华物也[4]。"由是往来如初。

喜欢吟诗的文弱女子竟然有宝刀！原来是父亲给女儿的陪葬品。宝刀赠王生，得其所哉。小说中出现一把刀，也用得如此"双效益"，既推动情节，又描写人物，还合情合理摆明人物关系，文学巨匠太高明了。

[注释]

[1]亭午：中午。　[2]将（qiāng）伯之助：请他人救助自己。将，请。伯，男士尊称。　[3]粤中：今广东广西一带。　[4]非中华物：当为进口的宝刀。

积数月，忽于灯下笑而向杨，似有所语，面红而止者三。生抱问之。答曰："久蒙眷爱，妾受生人气，日食烟火[1]，白骨顿有生意，但须生人精血，可以复活。"杨笑曰："卿自不肯，岂我故惜之？"女曰："交接后，君必有二十余日大病，然药之可愈。"遂与为欢。既而着衣起，又曰："尚须生血一点，能拚痛以相爱乎？"杨取利刃，刺臂出血；女卧榻上，使滴脐中。乃起曰："妾不

根本不可能复活的女鬼竟然复活，而且被天才作家写得煞有介事、令人信服。"血滴脐中"，颇像现代白血病患者接受骨髓移植；百日等待，颇像等特效药发挥作用后的排异过程。

来矣。君记取百日之期，视妾坟前有青鸟鸣于树头[2]，即速发冢。"杨谨受教。出门又嘱曰："慎记勿忘，迟速皆不可。"乃去。

［注释］

[1]烟火：指熟食。   [2]青鸟：神话传说中为西王母传信的信使。

越十余日，杨果病，腹胀欲死。医师投药，下恶物如泥，浃辰而愈[1]。计至百日，使家人荷锸以待[2]。日既西，果见青鸟双鸣。杨喜曰："可矣！"乃斩荆发圹[3]，见棺木已朽，而女貌如生。摩之，微温，蒙衣舁归，置暖处，气咻咻然，细于属丝。渐进汤酏[4]，半夜而苏。每谓杨曰："二十余年如一梦耳。"

王士禛点评："结尽而不尽，甚妙。"

是连琐做梦吗？不。是古今中外亿万读者身不由己被穷秀才蒲松龄牵着鼻子走。听从他艺术魔杖指挥，做爱情可以起死回生的白日梦。

［注释］

[1]浃辰：十二天。古代以干支纪日，自"子"至"亥"一周十二天为"浃辰"。   [2]荷锸（chā）以待：拿着铁锹等待。   [3]斩荆发圹：披荆斩棘，掘开坟墓。   [4]汤酏（yǐ）：稀粥。

［点评］

《聊斋志异》创造了许多生动精彩的女鬼群像。忧愁和伤感是聊斋女鬼常见的感情模式，也最能吸引读者眼球。连琐是聊斋著名女鬼之一。她美丽绝伦、优美文雅，有诗人气质。杨生遭遇女鬼连琐，没丝毫恐怖气氛，倒像以诗会友。连琐与杨生建立起欢乐的、没有性爱有情爱的二人世界。杨生的朋友偏偏要加入进来，一个无意中棒打鸳鸯的莽撞汉，却最终与杨生进入同一个梦境，对危难中的连琐拔刀相助，把横行不法的恶鬼杀了。连琐也在杨生的爱情呵护下复活。《聊斋志异》称赏爱情"起死人而肉白骨"的力量。一个人鬼相恋的故事写得曲折起伏、妙趣横生。

连　城

　　乔生，名年，字大年，晋宁人[1]。少负才名，年二十余，犹淹蹇[2]，为人有肝胆。与顾生善，顾卒，时恤其妻子。邑宰以文相契重[3]，宰终于任，家口淹滞不能归[4]，生破产扶柩，往返二千余里。以故士林益重之[5]，而家由此日替[6]。

　　史孝廉有女，字连城，工刺绣，知书。父娇爱之，出所刺"倦绣图"，征少年题咏，意在择婿。生献诗云："慵鬟高髻绿婆娑[7]，早向兰窗绣碧荷[8]。刺到鸳鸯魂欲断，暗停针线蹙双

　　乔生一出场就以"有肝胆"定型。两件善事有三个作用：一写乔生"重义"；二说明乔生贫穷原因是仗义疏财；三为后来乔生在阴世复活得顾生相助埋伏笔。侠肝义胆将始终伴随乔生的情爱之旅。乔生的爱不是卿卿我我、缠绵悱恻，而是坦荡磊落、潇洒倜傥。

　　女主角连城命名显然与《史记》中和氏璧故事有关。

　　"倦绣"是连城怀春情的写真。乔生献诗写得风流蕴藉、情切意浓而不轻佻。不仅对连城的绣工表示赞赏，还表达对连城渴望幸福爱情的共鸣。乔生读懂了倦绣图的图面意义，更读懂连城的心。

蛾[9]。"又赞挑绣之工云:"绣线挑来似写生,幅中花鸟自天成。当年织锦非长技[10],幸把回文感圣明[11]。"女得诗喜,对父称赏。父贫之。女逢人辄称道,又遣媪矫父命赠金[12],以助灯火。生叹曰:"连城我知己也。"倾怀结想,如饥思啖。

[注释]

[1]晋宁:今云南省晋宁县。 [2]淹蹇:科举不得志。 [3]契重:因感情深厚而器重。 [4]淹滞:受到困阻而久留。 [5]士林:读书界。 [6]替:衰落。 [7]慵鬟高髻绿婆娑:发鬟乌黑发亮。慵鬟,发髻蓬松。高髻,高高盘绕的发髻。绿婆娑,头发乌黑发亮飘拂蓬松。 [8]兰窗:用香木制作的窗子。碧荷:绿莹莹的荷叶和红艳艳的荷花。 [9]蹙双蛾:皱起眉头暗自哀伤。蛾,美女的眉毛。 [10]织锦:据《晋书·列女传》,秦刺史窦滔因罪被流放,其妻苏蕙思念他,织锦为《回文璇玑图诗》送给他,上边的文字可以纵横往复读,都成诗句。 [11]圣明:指武则天。武则天有《璇玑图诗序》,称赞苏蕙。 [12]矫父命:假托父亲的命令。

无何,女许字于鹾贾之子王化成[1]。生始绝望,然梦魂中犹佩戴之也[2]。未几,女病瘵,沉痼不起。有西域头陀自谓能疗[3],但须男子膺肉一钱[4],捣合药屑。史使人诣王家告婿。婿笑曰:"痴老翁!欲我剜心头肉耶?"使返。史怒,言于人曰："有能割肉者妻之。"生闻而往，自出白刃，刲膺授僧[5]，血濡袍裤[6]，僧敷药始止。合药三丸，三日服尽，疾若失。史将践其言，先告王。王怒，忿欲讼官。史乃设筵招生，以千金列几上，曰："重负大德，请以相报。"因具白背盟之由。生怫然曰[7]："仆所以不爱膺肉者，聊以报知己耳，岂货肉哉！"拂袖而归。

[**注释**]

[1] 鹾（cuó）贾：盐商。　[2] 佩戴：念念不忘。　[3] 西域：汉以来对中西亚、印度、欧洲东部的称呼，头陀：行脚乞食的僧人。　[4] 膺（yīng）肉：胸部肌肉。　[5] 刲（kuī）：割。　[6] 濡（rú）：沾湿。　[7] 怫（fú）然：愤怒。

女闻之，意良不忍，托媪慰谕之。且云："以彼才华，当不久落。天下何患无佳人？我梦不祥，三年必死，不必与人争此泉下物也[1]。"生告媪曰："士为知己者死，不以色也。诚恐连城未必真知我，但得真知我，不谐何害？"媪代女郎矢诚自剖[2]，生曰："果尔，相逢时，当为我一笑，死无憾！"媪既去，逾数日，生偶出，遇女自叔氏归，睨之。女秋波转顾，启齿嫣然。生大喜曰：

"连城真知我者！"会王氏来议吉期，女前症又作，数月寻卒。生往临吊[3]，一痛而绝。史舁送其家。

[注释]

[1]泉下物：死人。　[2]矢诚自剖：发誓表明心迹。　[3]临吊：临，临丧哭吊死者。吊，慰问亲属。

生自知已死，亦无所戚，出村去，犹冀一见连城。遥望南北一道，行人连绪如蚁，因亦混身杂迹其中。俄顷，入一廨署[1]，值顾生，惊问："君何得来？"即把手将送令归。生太息，言："心事殊未了。"顾曰："仆在此典牍[2]，颇得委任。倘可效力，不惜也。"生问连城，顾即导生，旋转多所，见连城与一白衣女郎，泪睫惨黛[3]，藉坐廊隅[4]。见生至，骤起，似喜，略问所来。生曰："卿死，仆何敢生！"连城泣曰："如此负义之人，尚不吐弃之[5]，身殉何为？然已不能许君今生，愿矢来世耳。"生告顾曰："有事君自去，仆乐死不愿生矣。但烦稽连城托生何里，行与俱去耳。"顾诺而去。

有人以为宝黛爱情是"知己之爱"滥觞，其实蒲松龄已借《连城》将"知己之恋"写得如泣如诉、如诗如画。警幻仙子所说的不同于皮肉滥淫的"意淫"在《连城》初露端倪。

［ **注释** ］

［1］廨（xiè）署：官署。　［2］典牍：掌管文书。　［3］泪睫惨黛：愁眉紧锁，泪眼婆娑。　［4］藉坐廊隅：席地坐廊下一角。　［5］吐弃：唾弃。

白衣女郎问生何人，连城为缅述之。女郎闻之，若不胜悲。连城告生曰："此妾同姓，小字宾娘，长沙史太守女。一路同来，遂相怜爱。"生视之，意态怜人，方欲研问，而顾已返，向生贺曰："我为君平章已确[1]，即教小娘子从君返魂，好否？"两人各喜。方将拜别，宾娘大哭曰："姊去，我安归？乞垂怜救，妾为姊捧帨耳[2]。"连城凄然，无所为计，转谋生，生又哀顾。顾难之，峻辞以为不可。生固强之。乃曰："试妾为之[3]。"去食顷而返，摇手曰："何如？诚万分不能为力矣！"宾娘闻之，宛转娇啼，惟依连城肘下，恐其即去。惨怛无术[4]，相对默默，而睹其愁颜戚容，使人肺腑酸柔[5]。顾生愤然曰："请携宾娘去，脱有愆尤[6]，小生拚身受之。"宾娘乃喜，从生出。生忧其道远无侣。宾娘曰："妾从君去，不愿归也。"生曰："卿大痴矣，不归，乔生并无二美兼得之意。

何以得活？他日至湖南，勿复走避，为幸多矣。"适有两媪摄牒赴长沙[7]，生嘱之，宾娘泣别而去。

[注释]

[1]平章已确：已经商量办理妥当允许乔生携连城重返人间的事。　[2]捧帨（shuì）：侍奉梳洗，意即乐意做侍妾。　[3]试妾为之：姑且试着办一下。　[4]惨怛（dá）：极其悲痛。　[5]酸柔：辛酸同情。　[6]脱有愆尤：假如有罪责。　[7]摄牒：带着公文。

恋人像火中凤凰涅槃获得新生。一对恋人在人世间相爱，一个为爱而死，另一个相从地下。他们活着时知己相爱，做鬼倒有了肉体关系。但明伦评："生以肉报，女以魂报，一报于生前，一报于死后；一报于将死之际，一报于将生之前。是真可以同生，可以同死；可以生而复死，可以死而不生。只此一情，充塞天地，感深知己。"

途中，连城行蹇缓[1]，里余辄一息；凡十余息，始见里门。连城曰："重生后，惧有翻覆，请索妾骸骨来。妾以君家生，当无悔也。"生然之。偕归生家，女惕惕若不能步[2]，生伫待之。女曰："妾至此，四肢摇摇，似无所主。志恐不遂，尚宜审谋；不然，生后何能自由？"相将入侧厢中，嘿定少时，连城笑曰："君憎妾耶？"生惊问其故，赧然曰："恐事不谐，重负君矣。请先以魂报也。"生喜，极尽欢恋。因徘徊不敢遽出，寄厢中者三日。连城曰："谚有之：'丑妇终须见姑嫜[3]。'戚戚于此，终非久计。"乃促生入。才至灵寝[4]，豁然顿苏。家人惊异，进以汤水。生乃使人要史来[5]，请得连城之尸，自言能活之。

史喜，从其言。方舁入室，视之已醒。告父曰："儿已委身乔郎[6]，更无归理。如有变动，但仍一死！"史归，遣婢往役给奉。王闻，具词申理[7]。官受赂，判归王。生愤懑欲死，亦无奈之。连城至王家，忿不饮食，惟乞速死。室无人，则带悬梁上。越日，益惫，殆将奄逝。王惧，送归史。史复舁归生。王知之，亦无如何，遂安焉。

[注释]

[1] 蹇缓：步履缓慢。　[2] 惕惕：警戒恐惧。　[3] 姑嫜：公婆。　[4] 灵寝：灵床。　[5] 要：邀请。　[6] 委身：原意为女子嫁人，此处为连城与乔生已有夫妇之实。　[7] 具词申理：写状纸申请依法判决。

　　连城起，每念宾娘，欲遣信往侦之[1]，以道远而艰于往。一日，家人入白："门有车马。"夫妇出视，则宾娘已至庭中矣。相见悲喜。太守亲诣送女，生延入。太守曰："小女子赖君复生，誓不他适，今从其志。"生叩谢如礼。孝廉亦至，叙宗好焉[2]。

　　异史氏曰："一笑之知，许之以身。世人或议其痴。彼田横五百人[3]，岂尽愚哉！此知希之

以封建家长和强大夫权以及官府为一边，以真心相爱的青年男女为一边，白热化相拼，几番风雨，两历生死。在金钱不能诱、威武不能屈、生死不能阻的恋人面前，父母之命为之让步、凶悍夫权为之却步、强大官府为之止步，《连城》是一曲顽石为之点头的"知己之恋"颂歌。

王士禛评："雅是情种，不意《牡丹亭》后复有此人。"

凭空加个太守小姐！小说以史孝廉不允婚始，以史太守送女成亲终，得前呼后应之妙。乔生双美俱得，是蒲松龄热衷的好结局。其实画蛇添足，将"二美一夫"的枯枝朽木，嫁接到知己之恋绿意婆娑、匀称圆润的树上。蒲松龄肯定知道太守千金是多余的陪衬，否则他怎么给她取这么个名字：宾娘——做陪衬的姑娘？

贵[4]，贤豪所以感结而不能自已也。顾茫茫海内，遂使锦绣才人，仅倾心于蛾眉之一笑也。亦可慨矣！"

[注释]

[1] 信：送信人。　[2] 叙宗好焉：叙同宗族谊。孝廉、太守皆姓史。　[3] 田横：据《史记·田横列传》，刘邦称帝后，让秦末自立为齐王的田横到洛阳封侯。田横自杀，跟随他的五百壮士全部自杀。　[4] 希之贵：语出《老子》"知我者希，则我者贵。"意思是世界上的知己最难遇到。

[点评]

《连城》是古代写爱情故事的最佳篇章之一。连城乔生通过诗歌的表现形式取得感情契合时，还不曾见面。这建立在"知己"基础上的爱和传统小说以貌取人及"一见倾心"的爱有本质区别。乔生对连城的感情经过了生死考验、金钱考验，以及连城"三年必死"的考验。他明确表示，他爱连城为的是"知己"，只要二人同心，婚姻是可有可无的形式。直到这时，乔生和连城才第一次相见。会面一笑，是知己相逢会心的笑，是对爱情充满信心的笑，绝对不是"色授"，而是"魂与"。何等富有诗意和现代色彩！在乔生和连城有了同生死的知己往返后，连城果然信守忠诚，在王家逼婚时郁郁而死。乔生前往吊唁，一痛而绝。乔生感天动地的痴情感动了挚友，顾生为连城争得随乔生复活的机会。《聊斋志异》点评家冯镇峦认为蒲松龄超过了汤显祖："《牡丹亭》丽娘复生，柳生未死也，此固胜之。"《牡丹亭》男女主角固然是情种，但他们的爱反映的是讴歌个性自由、要求两性自然发展的情结，而乔生连城的知己之恋既超越世俗婚姻，也超越"颠倒衣裳"即性爱，体现爱情的高尚化、精神化。

雷 曹[1]

乐云鹤、夏平子二人，少同里，长同斋[2]，相交莫逆。夏少慧，十岁知名。乐虚心事之，夏亦相规不倦[3]。乐文思日进，由是名并著。而潦倒场屋[4]，战辄北[5]。无何，夏遘疫卒[6]，家贫不能葬，乐锐身自任之。遗襁褓子及未亡人[7]，乐以时恤诸其家；每得升斗，必析而二之，夏妻子赖以活。于是士大夫益贤乐。乐恒产无多[8]，又代夏生忧内顾[9]，家计日蹙。乃叹曰："文如平子，尚碌碌以殁，而况于我？人生富贵须及时[10]，戚戚终岁，恐先狗马填沟壑[11]，负此生矣，不如早自图也。"于是去读而贾。操业半年，家资小泰[12]。

乐云鹤照顾亡友家属的结果，是亡友投胎做其光宗耀祖的好儿子。

［注释］

[1]雷曹：雷公。曹，对管某事的官员的称呼。《三国志·杜琼传》："古者名官职不言曹，始自汉已来，名官尽言曹，吏言属曹，卒言侍曹。"　[2]同斋：同学。　[3]规：帮助。　[4]潦倒场屋：科举考场上不得志。　[5]战辄北：考试总是失败。　[6]遘疫卒：感染疾病而死。　[7]襁褓子及未亡人：婴儿和寡妇。襁褓，背负婴儿的带子和被子，借指婴儿。未亡人，妇人夫死，自称"未亡人"。　[8]恒产：固定财产如房地产商铺。　[9]忧内顾：担忧和照顾夏家内部事务，照顾其妻儿生活。　[10]富贵须及时：要在盛年获得富贵。　[11]恐先狗马填沟壑：因为贫贱而早死，不如狗马可以终其天年。在狗马死去前，自己已死。语出《史记·平津侯列传》："臣弘行能不足以称，素有负薪之疾，恐先狗马填沟壑，终无以报德塞责，愿归侯印，乞骸骨，避贤者路。'"填沟壑，古人对死的委婉说法。　[12]小泰：小康。

　　一日，客金陵，休于旅舍，见一人颀然而长[1]，筋骨隆起[2]，彷徨座侧，色黯淡，有戚容。乐问："欲得食耶？"其人亦不语。乐推食食之[3]，则以手掬啖，顷刻已尽。乐又益以兼人之馔[4]，食复尽；遂命主人割豚胁，堆以蒸饼，又尽数人之餐。始果腹而谢曰[5]："三年以来，未尝如此饫饱[6]。"乐曰："君固壮士，何飘泊若此？"曰："罪婴天谴[7]，不可说也。"问其里居，曰："陆无屋[8]，水无舟，朝村而暮郭耳。"乐整

暗喻天上来客。

装欲行，其人相从，恋恋不去。乐辞之，告曰："君有大难，吾不忍忘一饭之德。"乐异之，遂与偕行。途中曳与同餐，辞曰："我终岁仅数餐耳。"益奇之。

[**注释**]

[1]颀（qí）然而长：个头很高。颀然，修长貌。 [2]筋骨隆起：骨感面貌。 [3]推食食（sì）之：把食物给他吃。第二个"食"是动词。 [4]兼人之馔：两个人的饭菜。 [5]果腹：吃饱。 [6]饫（yù）饱：吃得很饱。 [7]罪婴天谴：因犯罪受到上天惩罚。婴，遭受。 [8]"陆无屋"三句：地上没有房，水上没有船，终日漂流在城市和乡村之间。这句话隐含此人是天上来的。

次日渡江，风涛暴作，估舟尽覆[1]，乐与其人悉没江中。俄风定，其人负乐踏波出，登客舟，又破浪去。少时，挽一船至，扶乐入，嘱乐卧守；复跃入江，以两臂夹货出，掷舟中；又入之，数入数出，列货满舟。乐谢曰："君生我亦良足矣[2]，敢望珠还哉[3]！"检视货财，并无亡失。益喜，惊为神人，放舟欲行，其人告退。乐苦留之，遂与共济。乐笑云："此一厄也[4]，止失一金簪耳。"其人欲复寻之。乐方劝止，已投水中而没。惊愕良久，忽见含笑而出，以簪授乐曰：
"幸不辱命[5]。"江上人罔不骇异。

[注释]

[1]估舟：商船。　[2]生我：救我一命。　[3]珠还：财物失
而复得。《后汉书·孟尝传》：广东合浦产珠，因前任太守多贪秽，
珠蚌皆徙去。及孟尝为守，不事采求，珠之徙者皆还故处。后人
以"珠还"比喻失物复得。　[4]厄：灾难。　[5]幸不辱命：侥
幸没有辜负使命。

乐与归，寝处共之。每十数日始一食，食则
唼嚼无算[1]。一日，又言别，乐固挽之。适昼晦
欲雨，闻雷声。乐曰："云间不知何状？雷又是
何物？安得至天上视之，此疑乃可解。"其人笑
曰："君欲作云中游耶？"少时，乐倦甚，伏榻
假寐[2]。既醒，觉身摇摇然，不似榻上；开目，
则在云气中，周身如絮。惊而起，晕如舟上。踏
之，夐无地[3]。仰视星斗，在眉目间。遂疑是梦。
细视，星嵌天上，如老莲实之在蓬也[4]。大者如
瓮，次如瓿[5]，小如盎盂。以手撼之，大者坚不
可动；小星动摇，似可摘而下者。遂摘其一，藏
袖中。拨云下视，则银河苍茫，见城郭如豆。愕

乐云鹤的感觉
很像航天员太空失
重，不知蒲松龄如
何琢磨出来。

古代文学关于
太空十分优美、颇
具表现力的文字。
想象丰富、奇特，
看到下边城郭如
豆，则又似现代乘
宇宙飞船或飞机观
地面的描述。

然自念：设一脱足，此身何可复问？

[注释]

[1]无算：不计其数。　[2]假寐：打盹儿。　[3]奂无地：软绵绵踏不着地面。　[4]老莲实之在蓬：莲子镶嵌在莲蓬中。　[5]瓿（bù）：陶或青铜器，圆口、深腹、圈足。

俄见二龙夭矫[1]，驾缦车来[2]，尾一掉，如鸣牛鞭[3]。车上有器，围皆数丈，贮水满之。有数十人，以器掬水，遍洒云间。忽见乐，共怪之。乐审所与壮士在焉，语众曰："是吾友也。"因取一器，授乐令洒。时苦旱，乐接器排云，遥望故乡，尽情倾注。未几，谓乐曰："我本雷曹，前误行雨，罚谪三载。今天限已满[4]，请从此别。"乃以驾车之绳万丈掷前，使握端缒下。乐危之，其人笑言："不妨。"乐如其言，飀飀然瞬息及地[5]。视之，则堕立村外。绳渐收入云中，不可见矣。时久旱，十里外雨仅盈指，独乐里沟浍皆满[6]。

[注释]

[1]夭矫：屈伸摇摆前进的姿态。　[2]缦（màn）车：古代

一饭之报，救乐云鹤不死，并拯其财物，表面已是大报，实际上仍是小报。按古人观点，不孝有三，无后为大。报以佳儿，才是厚报、大报。

乐云鹤顺手牵羊，把未来的儿子从天上摘下来了。

天神行雨，像老农种田，有趣！而向家乡降雨，有小小的私心，形象真实可信。

但明伦评："上天下地，行如无事。非胸中磊落者，何以得此？"

不施花纹图饰的车子。　[3]牛鞭：赶牛的短柄鞭子。　[4]天限：受天谴的期限。　[5]飗（liú）飗：轻捷迅速如风。　[6]沟浍（kuài）：大河沟小河沟。沟为田间行水道，浍为田间排水道。

　　归探袖中，摘星仍在。出置案上，黯黝如石[1]；入夜，则光明焕发，映照四壁。益宝之，什袭而藏[2]。每有佳客，出以照饮。正视之，则条条射目[3]。一夜，妻坐对握发[4]，忽见星光渐小如萤，流动横飞。妻方怪咤，已入口中，咯之不出，竟已下咽。愕奔告乐，乐亦奇之。既寝，梦夏平子来，曰："我少微星也[5]。君之惠好，在中不忘[6]。又蒙自上天携归，可云有缘。今为君嗣，以报大德。"乐三十无子，得梦甚喜。自是，妻果娠。及临蓐[7]，光耀满室，如星在几上时，因名"星儿"。机警非常，十六岁及进士第。

天上携来，口中咽下。今日手中小星变他日掌上明珠，妙哉！

[注释]

　　[1]黯黝：深黑色。　[2]什袭而藏：一层一层包起来收藏。　[3]条条射目：光芒射眼。条条，辐射的光束。　[4]坐对握发：洗完头发后整理。　[5]少微星：又名处士星，据《史记》，是象征士大夫的星。　[6]在中不忘：铭记不忘。　[7]临蓐（rù）：临产。

异史氏曰："乐子文章名一世，忽觉苍苍之位置我者不在是，遂弃毛锥如脱屣^[1]，此与燕颔投笔者^[2]，何以少异？至雷曹感一饭之德，少微酬良朋之知，岂神人之私报恩施哉？乃造物之公报贤豪耳。"

［注释］

[1] 弃毛锥如脱屣：像脱鞋一样把文墨生涯丢掉。毛锥，笔。　[2] 燕颔投笔者：用班超投笔从戎的故事。班超是班彪之子，班固之弟，面貌"燕颔虎项"，据说有封侯相。据《史记·班超传》，班超早年父死家贫，为官府抄写文书养母，"尝辍业投笔叹曰：'大丈夫无它志略，犹当效傅介子、张骞，立功异域以取封侯，安能久事笔砚间乎？'"后投笔从戎，立下大功，得以封侯。

［点评］

这是个优美的善有善报的故事。乐云鹤为人善良，对亡友夏平子遗属深切关怀，对偶然相遇的饥饿陌生人施以饭菜，都不指望报答。但他得到厚报，进入天空看到雷曹行雨并顺便向家乡施雨。他从天上带下来的小星星成了他光宗耀祖的儿子。蒲松龄在"异史氏曰"明确说明，这不是雷曹的私人行为，而是上天报答好人。雷曹感一饭之德，报答良友，乃是文章要害，也是小说结构的主线。乐云鹤云中行走，是古代小说前所未有的创造。此文笔调明丽优美，比喻形象生动。天上的美景与凡人的心思结合得天衣无缝。

翩　翩

罗子浮因道德
败坏，处于世人皆
弃、世人皆曰可杀
的悲惨境地，无路
可走，幸得遇仙。

罗子浮，邠人[1]，父母俱早世[2]，八九岁，
依叔大业。业为国子左厢[3]，富有金缯而无子[4]，
爱子浮若己出。十四岁，为匪人诱去，作狭邪
游[5]。会有金陵娼侨寓郡中，生悦而惑之。娼返
金陵，生窃从遁去。居娼家半年，床头金尽，大
为姊妹行齿冷[6]，然犹未遽绝之。无何，广创溃
臭[7]，沾染床席，逐而出[8]，丐于市。市人见辄
遥避。自恐死异域，乞食西行，日三四十里。渐
至邠界，又念败絮脓秽，无颜入里门，尚趑趄近
邑间[9]。

[注释]

[1] 邠（bīn）：今陕西彬县。　[2] 早世：早年去世。　[3] 国子
左厢：即国子祭酒，是明清时代最高学府国子监的主管。　[4] 金
缯（zèng）：金钱。　[5] 狭邪游：嫖娼。　[6] 为姊妹行齿冷：被
妓女们嘲笑。姊妹行，妓女之间的称呼。齿冷，嘲笑。　[7] 广创：
亦作"广疮"，梅毒。　[8] 逐而出：手稿本原为"恶而出"，作者
将"恶"圈掉，未添新字，二十四卷抄本为"逐而出"。　[9] 趑

趑趄（zī jū）: 徘徊不前。

日既暮, 欲趋山寺宿。遇一女子, 容貌若仙, 近问:"何适?"生以实告。女曰:"我出家人, 居有山洞, 可以下榻。颇不畏虎狼。"生喜, 从去。入深山中, 见一洞府[1]。入则门横溪水, 石梁驾之。又数武, 有石室二, 光明彻照, 无须灯烛。命生解悬鹑[2], 浴于溪流, 曰:"濯之, 创当愈。"又开幛拂褥促寝, 曰:"请即眠, 当为郎作裤。"乃取大叶类芭蕉, 剪缀作衣[3]。生卧视之。制无几时, 摺叠床头, 曰:"晓取着之。"乃与对榻寝。生浴后, 觉创痏无苦; 既醒, 摸之, 则痂厚结矣[4]。诘旦, 将兴, 心疑蕉叶不可着。取而审视, 则绿锦滑绝。少间, 具餐。女取山叶, 呼作饼, 食之, 果饼; 又剪作鸡、鱼, 烹之, 皆如真者。室隅一罂[5], 贮佳醞, 辄复取饮; 少减, 则以溪水灌益之。数日, 创痂尽脱, 就女求宿, 女曰:"轻薄儿! 甫能安身, 便生妄想!"生云:"聊以报德。"遂同卧处, 大相欢爱。

以毫无污染的溪水洗去尘世污垢, 极有寓意。

[**注释**]

[1]洞府：传说中神仙居住的地方。 [2]悬鹑：破衣烂衫。鹑鹑尾秃，故以"悬鹑"比喻衣服破烂。 [3]剪缀：剪裁缝纫。 [4]痂：疮口结的疤。 [5]罂（yīng）：陶制大腹小口容器。

翩翩说花城是被爱欲的西南风吹来找情郎，而情郎恰好是翩翩的丈夫，跟后边"贪引他家男儿"对应起来，这是仙女间开玩笑的话。翩翩开朗活泼，拿女友和丈夫开涮。

文笔姿态横生。二位少妇的絮絮诉说，像侯宝林学上海女性对话那样有趣、自然。二仙女全然无飘然世外之态，反倒像凡间女子的善谑。"薛姑子好梦""瓦窑"和烧高香，都是人间话语。

一日，有少妇笑入，曰："翩翩小鬼头快活死[1]！薛姑子好梦，几时做得？"女迎笑曰："花城娘子，贵趾久弗涉，今日西南风紧[2]，吹送来也！小哥子抱得未？"曰："又一小婢子。"女笑曰："花娘子瓦窑哉[3]！那弗将来[4]？"曰："方鸣之，睡却矣。"于是坐以款饮，又顾生曰："小郎君焚好香也[5]！"生视之，年廿有三四，绰有余妍[6]，心好之。剥果误落案下，俯假拾果，阴捻翘凤[7]。花城他顾而笑，若不知者。生方悦然神夺，顿觉袍裤无温；自顾所服，悉成秋叶，几骇绝。危坐移时[8]，渐变如故。窃幸二女之弗见也。少顷，酬酢间，又以指搔纤掌。城坦然笑谑，殊不觉知。突突怔忡间[9]，衣已化叶，移时始复变。由是惭颜息虑，不敢妄想。城笑曰："而家小郎子，大不端好！若弗是醋胡芦娘子[10]，恐跳迹入云霄去。"女亦哂曰："薄倖儿！便直得寒冻杀！"相与鼓掌。花城离席曰："小婢醒，恐啼肠断矣。"女亦起曰："贪引他家男儿，不忆得小江城啼绝矣。"花城既去，惧贻诮责[11]。女卒晤对如平时。

一善之念升天堂，一恶之念入地狱。衣变秋叶，是聊斋著名情节之一，也可以算标志性情节。

［注释］

[1]"翩翩小鬼头快活死"三句：意思是说，翩翩，你一个仙女，怎么也跟《续金瓶梅》里的薛姑子一样不守清规？借自丁耀亢（1599—1669）《续金瓶梅》尼姑薛某偷人养汉事。有研究者认为"薛姑子好梦"是"苏姑子好梦"之误，似非是。《霍小玉传》媒婆鲍十一娘向李益介绍霍小玉说："苏姑子作好梦也未？"鲍十一娘说的"姑子"指未婚小姑娘。《乐府诗集·清商曲辞二·欢好曲》："淑女总角时，唤作小姑子。""苏姑子好梦"指才子佳人好姻缘。花城是借用《续金瓶梅》的薛姑子跟翩翩开玩笑，跟《霍小玉传》涵义不同。山东俗话称尼姑"姑子"。《续金瓶梅》薛尼姑让男扮女装的旧相好进准提庵鬼混。从上下文义看，花城的话调侃仙女和凡人相爱，应借自《续金瓶梅》。该书顺治十八年已出版。蒲松龄对《金瓶梅》及其续书很熟悉。　[2]西南风紧：并非自然界西南风，是对"薛姑子好梦"调侃性回敬，语出曹植《七哀诗》："愿为西南风，长逝入君怀。"后人常以"西南风"借指男女私情。　[3]瓦窑：烧瓦的窑。谐指专门生女孩的妇人。古人称生男为"弄璋"，生女为"弄瓦"。清代褚人获（1635—1682）《坚瓠三集·弄瓦诗》："无锡邹光大连年生女，俱召翟永龄饮。翟作诗云：'去岁相招云弄瓦，今年弄瓦又相招。寄诗上覆邹光大，令正原来是瓦窑。'"　[4]那弗将来：怎么不带来？　[5]焚好香：烧

高香。走鸿运。　[6]绰有余妍：仍然年轻漂亮。　[7]翘凤：原指凤头鞋，此处指花城的三寸金莲。　[8]危坐移时：端端正正地坐了好一会儿。古人以两膝着地，耸起上身，正身而跪为"危坐"，以示恭敬。移时，经过一段时间。　[9]突突忪忡（chōng）：心怀鬼胎，心跳不已。　[10]"若弗是醋葫芦娘子"二句，意思是假如不是有个吃醋的妻子，他就要无法无天了。　[11]诮责：责备。

居无何，秋老风寒[1]，霜零木脱[2]。女乃收落叶，蓄旨御冬。顾生肃缩[3]，乃持襆掇拾洞口白云，为絮复衣[4]。着之，温暖如襦[5]，且轻松常如新绵。逾年，生一子，极惠美。日在洞中弄儿为乐。然每念故里，乞与同归，女曰："妾不能从。不然，君自去。"因循二三年，儿渐长，遂与花城订为姻好。生每以叔老为念，女曰："阿叔腊故大高[6]，幸复强健，无劳悬耿[7]。待保儿婚后，去住由君。"女在洞中，辄取叶写书教儿读，儿过目即了[8]。女曰："此儿福相，放教入尘寰[9]，无忧至台阁[10]。"

[注释]
[1]秋老：秋深。　[2]霜零木脱：霜降叶落。　[3]肃缩：因怕冷而发抖。　[4]复衣：夹袄。　[5]温暖如襦（rú）：温暖得像丝棉制成的棉袄。　[6]腊：年纪。　[7]悬耿：耿耿于怀地悬

念。　　[8]过目即了：过目成诵。了，明白。　　[9]尘寰：世俗社会。　　[10]台阁：宰相、尚书之类贵官。明清称内阁大学士为"阁官"，六部尚书及都御史为"台官"，合称"台阁"。

未几，儿年十四。花城亲诣送女，女华妆至，容光照人。夫妻大悦。举家讌集[1]。翩翩扣钗而歌曰："我有佳儿，不羡贵官；我有佳妇，不羡绮纨[2]。今夕聚首，皆当喜欢。为君行酒[3]，劝君加餐。"既而花城去，与儿夫妇对室居。新妇孝，依依膝下，宛如所生。生又言归，女曰："子有俗骨，终非仙品。儿亦富贵中人，可携去，我不误儿生平[4]。"新妇思别其母，花城已至。儿女恋恋，涕各满眶。两母慰之曰："暂去，可复来。"翩翩乃剪叶为驴，令三人跨之以归。

大业已老归林下，意侄已死。忽携佳孙美妇归，喜如获宝。入门，各视所衣，悉蕉叶，破之，絮蒸蒸腾去，乃并易之。后生思翩翩，偕儿往探之，则黄叶满径，洞口路迷，零涕而返。

扣钗而歌，词意翩翩，表现出超然物外的生活态度。翩翩的高雅恬淡的人生态度教育并成全了罗子浮。一个本来因为嫖娼而得了梅毒的浮浪子弟，跟仙女一起隐居深山十几年，洗净了身上尘埃。

［注释］

[1]讌（yàn）集：聚餐。"讌"同"宴"。　　[2]绮纨：原意为绫罗绸缎，引申为纨绔子弟。　　[3]行酒：敬酒。　　[4]生平：前程，

前途。

异史氏曰："翩翩、花城，殆仙者耶？餐叶衣云，何其怪也！然帏幄俳谑[1]，狎寝生雏[2]，亦复何殊于人世？山中十五载，虽无'人民城廓'之异[3]，而云迷洞口，无迹可寻，睹其景况，真刘、阮返棹时矣[4]。"

[注释]

[1]帏幄诽（pái）谑：闺房里说说笑笑。　[2]狎寝生雏：夫妻恩爱、生儿育女。　[3]人民城廓：据《搜神后记》，丁令威学道千年，化成白鹤返回家乡，唱道："有鸟有鸟丁令威，去家千年今始归。城郭犹是人民非，何不学仙冢累累。"后人遂用"人民城郭"比喻巨大的变化。　[23]刘、阮：刘义庆《幽明录》的人物刘晨、阮肇，他们到天台山采药时遇到两位仙女，在她们家住了半年，回家时，子孙已历七代。他们第二次到天台山寻访仙女，却没有找到。

[点评]

《聊斋志异》中的仙女多有平民色彩，她们与凡人成亲，养儿育女，《翩翩》是代表。罗子浮在金陵嫖娼染上一身恶疮，仙女翩翩收留了他，山泉洗恶疮，蕉叶做衣裳，不嫌弃他，与他结婚。罗子浮好了疮疤忘了疼，对妻子女友花城动手动脚。花城和翩翩对罗子浮的鬼花样洞若观火，但不戳破，而是不动声色用"衣叶互易"的神奇法术给予惩戒。罗子浮突然发现衣服变成秋叶，赶紧收敛邪念，秋叶又恢复成绵软的锦衣。这是个带哲理性的细节，邪念产生，锦衣变秋叶；邪念消失，秋叶变锦衣。善恶一念间，境界各不同。翩翩清高淡泊的生活态度教育了罗子浮，使之从纨绔子弟变成有责任心的男子。

罗刹海市

马骥，字龙媒，贾人子。美丰姿，少倜傥，喜歌舞，辄从梨园子弟[1]，以锦帕缠头，美如好女，因复有"俊人"之号。十四岁入郡庠[2]，即知名。父衰老，罢贾而居，谓生曰："数卷书，饥不可煮，寒不可衣，吾儿仍可继父贾。"马由是稍稍权子母[3]。

［注释］

[1]梨园子弟：戏曲艺人。　[2]入郡庠：经过考试成为府学生员。郡庠，科举时代对府学的称呼。　[3]权子母：指经商生息。子，利息。母，本金。为引申义。后世称经商借贷生息为权子母。

从人浮海[1]，为飓风引去[2]，数昼夜至一都

马骥是聊斋著名美男子。他的美不是阳刚雄浑、赳赳武夫之美，而是文雅书生之美。《罗刹海市》构思中心是指斥以丑为美的世道。马骥的美就不单纯是外貌，而对整个小说起作用。蒲松龄通过美男子马骥异国他乡奇遇，讽刺以丑为美、黑白颠倒的社会。

会[3]。其人皆奇丑，见马至，以为妖，群哗而走。马初见其状，大惧，迨知国人之骇己也，遂反以此欺国人。遇饮食者，则奔而往，人惊遁，则啜其余[4]。久之，入山村，其间形貌亦有似人者，然褴缕如丐。马息树下，村人不敢前，但遥望之。久之，觉马非噬人者，始稍稍近就之。马笑与语。其言虽异，亦半可解。马遂自陈所自。村人喜，遍告邻里：客非能搏噬者[5]。然奇丑者望望即去[6]，终不敢前。其来者，口鼻位置，尚皆与中国同。共罗浆酒奉马。马问其相骇之故。答曰："尝闻祖父言：西去二万六千里，有中国，其人民形象率诡异。但耳食之[7]，今始信。"问其何贫。曰："我国所重，不在文章，而在形貌。其美之极者，为上卿[8]；次，任民社[9]；下焉者，亦邀贵人宠，故得鼎烹以养妻子[10]。若我辈，初生时，父母皆以为不祥，往往置弃之，其不忍遽弃者，皆为宗嗣耳。"问："此名何国？"曰："大罗刹国。都城在北去三十里。"马请导往一观。于是鸡鸣而兴，引与俱去。

"罗刹"本是佛教对恶鬼通称，现在成国家名字，其政局可想而知。

［注释］

[1] 浮海：航海经商。　[2] 飓风：台风。　[3] 都会：大城市。　[4] 啜：吃。　[5] 搏噬：搏击吞吃。　[6] 望望即去：远远地看看就离开了。　[7] 耳食：听说，传闻。　[8] 上卿：周朝制度，天子及诸侯皆有卿，分上、中、下三等，最尊贵的称上卿。　[9] 民社：直接管理民众的府、州、县的官员。民社，人民和社稷。　[10] 鼎烹：贵人所享用的美食。鼎，古时炊器。圆鼎两耳三足，方鼎两耳四足。

天明，始达都。都以黑石为墙，色如墨，楼阁近百尺，然少瓦，覆以红石，拾其残块磨甲上，无异丹砂。时值朝退，朝中有冠盖出[1]。村人指曰："此相国也[2]。"视之，双耳皆背生，鼻三孔，睫毛覆目如帘。又数骑出，曰："此大夫也[3]。"以次各指其官职，率犓羖怪异[4]，然位渐卑，丑亦渐杀[5]。无何，马归。街衢人望见之，噪奔跌蹶[6]，如逢怪物。村人百口解说[7]，市人始敢遥立。既归，国中无大小，咸知村有异人。于是搢绅大夫[8]，争欲一广见闻，遂令村人要马[9]。然每至一家，阍人辄阖户，丈夫女子窃窃自门隙中窥语。终一日，无敢延见者。

以貌取人，以丑为美，越丑陋不堪越高官厚禄，相国丑到登峰造极。罗刹国的故事带有浓郁的寓言色彩，是柳宗元的《三戒》或伊索、克雷洛夫式的寓言。此处之貌并非单纯指面貌，而比喻品质。

[注释]

[1]冠盖：官员的冠服车乘。　[2]相国：古官名，宰相。　[3]大夫：古官名。位次于相国的高级官员。春秋诸侯国君下有卿、大夫、士三等。　[4]琤瑢（zhēng níng）：狰狞。　[5]渐杀：程度减少。　[6]噪奔跌蹶：边跑边喊，跌跌撞撞。　[7]百口解说：极力解说。　[8]搢绅：有官职或有地位的人。　[9]要：邀请。

资深外交官执戟郎像个癞蛤蟆。家中歌舞场面极度夸张怪异。歌舞者狰狞如夜叉，扮唱呕呕哑哑，乱七八糟，稀奇古怪。从唱腔、唱词到扮相，都丑恶之至、滑稽至极！

村人曰："此间一执戟郎[1]，曾为先王出使异国，所阅人多，或不以子为惧。"造郎门。郎果喜，揖为上宾。视其貌，如八九十岁人，目睛突出，须卷如猬[2]。曰："仆少奉王命，出使最多；独未尝至中华。今一百二十余岁，又得睹上国人物，此不可不上闻于天子。然臣卧林下，十余年不践朝阶。早旦，为君一行。"乃具饮馔，修主客礼。酒数行，出女乐十余人，更番歌舞。貌类如夜叉，皆以白锦缠头，拖朱衣及地。扮唱不知何词，腔拍恢诡[3]。主人顾而乐之，问："中国亦有此乐乎？"曰："有。"主人请拟其声。遂击桌为度一曲。主人喜曰："异哉！声如凤鸣龙啸，得未曾闻。"翼日，趋朝，荐诸国王。王忻然下诏。有二三大臣言其怪状，恐惊圣体。王乃止。郎出告马，深为扼腕[4]。

[注释]

[1]执戟郎：秦汉时宫廷侍卫官，因手执戟，故称执戟郎。 [2]须卷如猬：胡须卷曲像刺猬。 [3]腔拍恢诡：节奏荒诞怪异。 [4]扼腕：以一只手握另一手腕，表示惋惜、愤慨。

居久之，与主人饮而醉，把剑起舞，以煤涂面作张飞。主人以为美，曰："请客以张飞见宰相，宰相必乐用之。厚禄不难致。"马曰："嘻！游戏犹可，何能易面目图荣显[1]？"主人固强之，马乃诺。主人设筵，邀当路者饮[2]，令马绘面以待。未几客至，呼马出见客。客讶曰："异哉！何前媸而今妍也[3]！"遂与共饮甚欢。马婆娑歌"弋阳曲"[4]，一座无不倾倒。明日，交章荐马[5]。王喜，召以旌节[6]。既见，问中国治安之道，马委曲上陈，大蒙嘉叹，赐宴离宫[7]。酒酣，王曰："闻卿善雅乐，可使寡人得而闻之乎？"马即起舞，亦效白锦缠头，作靡靡之音。王大悦，即日拜下大夫。时与私宴，恩宠殊异。

奸佞当道、以丑为美的社会，"易面目图荣显"是想往上爬者必然要走的路。正人君子也不得不装出小人鬼面，才能适应时世。

[**注释**]

[1]易面目图荣显：以改变面目求得荣华富贵。 [2]当路者：掌权者。 [3]前媸而今妍：原来丑陋现在美貌。 [4]婆娑歌"弋阳曲"：一边翩翩起舞一边唱弋阳腔。弋阳曲，元末明初起源于江西弋阳的戏曲。 [5]交章荐马：争先恐后地给皇帝上奏章推荐马骥。 [6]召以旌（jīng）节：派遣使者手持旌节请马骥入朝。旌节，以竹为竿，上饰旄牛尾和五彩羽毛。古代使者执旌节，作为皇命凭证。 [7]离宫：帝王正式宫殿外供随时游览的宫室。

罗刹国乃幻想之国，但官制与中国同，百执事即百官。

　　久而官僚百执事颇觉其面目之假；所至，辄见人耳语，不甚与款洽。马至是孤立，憪然不自安[1]。遂上疏乞休致[2]，不许；又告休沐[3]，乃给三月假。于是乘传载金宝[4]，复归山村。村人膝行以迎。马以金资分给旧所与交好者，欢声雷动。村人曰："吾侪小人受大夫赐[5]，明日赴海市，当求珍玩，用报大夫。"问："海市何地？"曰："海中市，四海鲛人[6]，集货珠宝。四方十二国均来贸易。中多神人游戏。云霞障天，波涛间作。贵人自重，不敢犯险阻，皆以金帛付我辈，代购异珍。今其期不远矣。"问所自知，曰："每见海上朱鸟来往[7]，七日即市。"马问行期，欲同游瞩。村人劝使自贵，马曰："我顾沧

海客 [8]，何畏风涛！"

[注释]

[1] 憪（xián）然：寝食不安之貌。　[2] 休致：退休。　[3] 休沐：休假。　[4] 乘传：乘坐驿车。　[5] 吾侪（chái）：我辈小人。　[6] 鲛人：神话传说中的人鱼。据张华《博物志》，南海中有鲛人，善于织鲛绡，流出的泪水变成珍珠。　[7] 朱鸟：传说中的鸾鸟。　[8] 顾沧海客：本来就是航海做生意的人。

　　未几，果有踵门寄资者，遂与装资入船。船容数十人，平底高栏。十人摇橹，激水如箭。凡三日，遥见水云幌漾之中 [1]，楼阁层叠；贸迁之舟，纷集如蚁。少时，抵城下。视墙上砖，皆长与人等。敌楼高接云汉 [2]。维舟而入，见市上所陈，奇珍异宝，光明射眼，多人世所无。一少年乘骏马来市，人尽奔避，云是"东洋三世子 [3]"。世子过，目生曰："此非异域人。"即有前马者来诘乡籍 [4]。生揖道左 [5]，具展邦族 [6]。世子喜曰："既蒙辱临，缘分不浅。"于是授生骑，请与连辔 [7]。乃出西城，方至岛岸，所骑嘶跃入水。生大骇失声。则见海水中分，屹如壁立。俄睹宫殿，玳瑁为梁 [8]，鲂鳞作瓦 [9]；四壁晶明，鉴影炫目。

　　"海市"虽然出现在小说标题中，实际仅是马骥从罗刹国到龙宫的过渡。马骥进入龙宫后，志向和才能有了充分施展机会。以真才实学取人的龙君对马骥格外恩宠。马骥的荣华富贵如愿以偿。

　　龙宫从外延到内涵都达美之极致。透明、高贵、雅致的物体构成优美华丽的氛围，散发馨香。

下马揖入。

[注释]

[1]幌漾：荡漾。　[2]敌楼：城楼。　[3]世子：帝王嫡妻所生之子。　[4]前马者：马前护卫者。　[5]道左：道旁。　[6]具展邦族：——陈述自己的籍贯姓名。　[7]连辔：骑马同行。　[8]玳瑁为梁：以玳瑁装饰的画梁。玳瑁，形似龟的爬行动物，黄褐色甲壳。　[9]鲂鳞作瓦：以鱼鳞作瓦。鲂，俗称三角鳊，肉质肥美，青白色细鳞。

　　罗刹国与龙宫对比鲜明：罗刹国黑石为墙，龙宫四壁晶明，有色调明暗对比；罗刹国以丑为美，龙宫推崇内外兼美，有美丑对比；罗刹国人与人之间以假面相待，龙宫对马骥待之以诚、待之以礼，是猥琐之邑与礼仪之邦的对比；马骥在罗刹国以煤涂面方能邀宠，在龙宫以堂堂正正面目扬眉吐气，是邪恶和正派之对比。一边是无比黑暗；一边是耀眼光明；一边是尔虞我诈、丑陋邪恶；一边是高雅正派、优美和谐。

　　仰见龙君在上，世子启奏："臣游市廛[1]，得中华贤士，引见大王。"生前拜舞[2]，龙君乃言："先生文学士，必能衙官屈、宋[3]，欲烦椽笔赋《海市》[4]，幸无吝珠玉[5]。"生稽首受命。授以水精之砚[6]，龙鬣之毫[7]，纸光似雪，墨气如兰。生立成千余言，献殿上，龙君击节曰："先生雄才，有光水国多矣。"遂集诸龙族，谦集采霞宫。酒炙数行，龙君执爵而向客曰："寡人所怜女，未有良匹，愿累先生。先生倘有意乎？"生离席愧荷[8]，唯唯而已。龙君顾左右语。无何，宫人数辈，扶女郎出。珮环声动，鼓吹暴作。拜竟，睨之，实仙人也。女拜已而去。

［注释］

[1] 市廛（chán）：集市。　[2] 拜舞：跪拜舞蹈。行见君王的三叩九拜之礼。　[3] 衙官屈、宋：叫屈原和宋玉来做自己的属官，意思是文章超过屈原、宋玉。衙官，唐代刺史的属官。据《旧唐书·杜审言传》，杜审言"尝谓人曰：'吾之文章，合得屈、宋作衙官；吾之书迹，合得王羲之北面。'"　[4] 椽（chuán）笔：如椽之笔，大手笔。　[5] 珠玉：美丽的辞藻。　[6] 水精：水晶。　[7] 龙鬣（liè）：龙脖颈上的长毛。　[8] 愧荷：以愧疚之心表示感谢。

少时，酒罢，双鬟挑画灯[1]，导生入副宫[2]。女浓妆坐伺。珊瑚之床，饰以八宝[3]；帐外流苏[4]，缀明珠如斗大；衾褥皆香耎。天方曙，则雏女妖鬟，奔入满侧。生起，趋出朝谢，拜为驸马都尉[5]。以其赋驰传诸海。诸海龙君，皆专员来贺；争折简招驸马饮。生衣绣裳，驾青虬[6]，呵殿而出[7]。武士数十骑，皆雕弧[8]，荷白棓[9]，晃耀填拥[10]。马上弹筝，车中奏玉[11]。三日间，遍历诸海。由是"龙媒"之名，噪于四海。

名字黏合人龙关系，"龙媒"是马骥的字，又成龙王爱婿。

［注释］

[1] 双鬟：梳环形发髻的丫鬟。画灯：彩绘宫灯。　[2] 副宫：龙王正殿旁的宫室，龙女结婚的洞房。　[3] 八宝：各种珍宝。　[4] 流苏：用鸟羽或彩丝做成垂于帷帐上的穗状饰

物。　[5]驸马都尉：汉武帝时设，掌副车之马。魏晋后，皇帝女婿照例加封，不是实职。　[6]青虬：无角青龙。　[7]呵殿：古时贵族或贵官出行侍卫前呵后殿，喝令行人让道。　[8]雕弧：雕弓。　[9]白棓（bàng）：大棒。　[10]晃耀填拥：队伍辉煌耀眼，出行造成人流聚集堵塞。　[11]奏玉：奏玉笛。

龙宫玉树是何科植物？写过《农桑经》的蒲松龄都说不清。龙宫玉树是蒲松龄根据美学理想培育出来的异常物种，是小说才有的植物。它给人透明、纯洁、高雅之感，形成"俊人"马骥的特殊生活环境，与人物秉性相契合。玉树下啸咏细节写婚后生活，表现马骥与龙女爱情的高层次。

宫中有玉树一株：围可合抱；本莹澈[1]，如白琉璃；中有心，淡黄色，稍细于臂；叶类碧玉，厚一钱许，细碎有浓阴。常与女啸咏其下。花开满树，状类蒨葡[2]。每一瓣落，锵然作响。拾视之，如赤瑙雕镂[3]，光明可爱。时有异鸟来鸣，毛金碧色，尾长于身，声等哀玉[4]，恻人肺腑。生每闻辄念乡土，因谓女曰："亡出三年，恩慈间阻[5]，每一念及，涕膺汗背[6]。卿能从我归乎？"女曰："仙尘路隔，不能相依。妾亦不忍以鱼水之爱[7]，夺膝下之欢[8]。容徐谋之。"生闻之，泣不自禁。女亦叹曰："此势之不能两全者也！"

[注释]

[1]本：树干。　[2]蒨（zhān）葡：栀子花。　[3]赤瑙：红玛瑙。　[4]哀玉：像玉笛吹出的哀婉声音。　[5]恩慈间阻：与父母分离。　[6]涕膺汗背：泪下沾胸，痛苦得汗流浃背。　[7]鱼水之爱：夫妻之爱。　[8]膝下之欢：父母与子女之情。

明日，生自外归。龙君曰："闻都尉有故土之思，诘旦趣装，可乎？"生谢曰："逆旅孤臣[1]，过蒙优宠，衔报之诚[2]，结于肺肝。容暂归省，当图复聚耳。"入暮，女置酒话别。生订后会，女曰："情缘尽矣。"生大悲。女曰："归养双亲，见君之孝。人生聚散，百年犹旦暮耳，何用作儿女哀泣！此后妾为君贞[3]，君为妾义[4]，两地同心，即伉俪也。何必旦夕相守，乃谓之偕老乎？若渝此盟，婚姻不吉。倘虑中馈乏人[5]，纳婢可耳。更有一事相嘱：自奉裳衣[6]，似有佳朕[7]，烦君命名。"生曰："其女耶，可名龙宫；男耶，可名福海。"女乞一物为信。生在罗刹国所得赤玉莲花一对，出以授女。女曰："，三年后四月八日，君当泛舟南岛还君体胤[8]。"女以鱼革为囊，实以珠宝，授生曰："珍藏之，数世吃着不尽也。"天微明，王设祖帐，馈遗甚丰[9]。生拜别出宫，女乘白羊车，送诸海涘[10]。生上岸下马。女致声珍重，回车便去，少顷便远。海水复合，不可复见。生乃归。

龙女的话富有哲理。人生只要有爱，爱一百年跟爱一天是一样的。龙女美而深明大义，与俊男马骥珠联璧合。

四月八日是佛诞节。

马骥和龙女体现的为国效力、孝亲育雏、夫妻贞义，是千百年维系中华民族人与人之间关系的准则。龙女是忠心的妻子、慈爱的母亲、孝顺的儿媳，有贤妻良母的柔美，又有学者的深沉。龙女之美，是封建道德之美，具有明显的男性中心色彩。龙女提出，丈夫"中馈乏人，纳婢可耳"。马骥果然纳婢，龙女在龙宫单方面"克践旧盟"。在这个相当优美的爱情故事里，蒲松龄的男权思想强烈而酸腐地表现着。

[注释]

[1] 逆旅孤臣：旅居在外孤陋寡闻的臣子。　[2] 衔报之诚：感恩图报的诚心。　[3] 贞：妻子不改嫁谓贞。　[4] 义：丈夫不另娶为义。　[5] 中馈乏人：家中无主妇主持家务。　[6] 自奉裳衣：自从结婚之后。奉裳衣，妻子伺候丈夫梳洗。　[7] 佳朕：怀孕的佳兆。　[8] 体胤：亲生儿女。　[9] 馈遗（wèi）：馈赠。　[10] 海涘（sì）：海边。

自浮海去，咸谓其已死。及至家，家人无不诧异。幸翁媪无恙，独妻已他适。乃悟龙女"守义"之言，盖已先知也。父欲为生再婚，生不可，纳婢焉。谨志三年之期，泛舟岛中。见两儿坐浮水面，拍流嬉笑，不动亦不沉。近引之，儿哑然捉生臂[1]，跃入怀中。其一大啼，似嗔生之不援己者。亦引上之。细审之，一男一女，貌皆婉秀。额上花冠缀玉，则赤莲在焉。背有锦囊，拆视，得书云："翁姑计各无恙。忽忽三年，红尘永隔；盈盈一水[2]，青鸟难通；结想为梦[3]，引领成劳；茫茫蓝蔚，有恨如何也！顾念奔月姮娥[4]，且虚桂府；投梭织女[5]，犹怅银河。我何人斯，而能永好？兴思及此，辄复破涕为笑。别后两月，竟得孪生。今已咿啾怀抱，颇解笑言；觅枣抓梨，不母可活。敬以还君。所贻赤玉莲花，饰冠作信。膝头抱儿时，犹妾在左右也。闻君克践旧盟，意愿斯慰。妾此生不二，之死靡他。奁中珍物，不蓄兰膏；镜里新妆，久辞粉黛。君似征人[6]，妾作荡妇[7]，即置而不御[8]，亦何得谓非琴瑟哉？独计翁姑亦既抱孙，曾未一觌新妇，揆之情理[9]，亦属缺然。岁后阿姑窀穸，当往临穴，一尽妇职。过此以往，则'龙宫'无恙，不少把握之期；'福海'长生，或有往还之路。伏惟珍重，不尽欲言。"生反复省书揽涕。两儿抱颈曰："归休乎！"生益恸，抚之曰："儿知家在何许？"儿呱啼，呕哑言归。生望海水茫茫，极天无际；雾鬟人渺[10]，烟波路穷。抱儿返棹，怅然遂归。

唐传奇《莺莺传》中莺莺的信，曾被看作中国古代女性内心独白的最佳篇章，堪与普希金笔下达吉雅娜的信媲美。龙女的信以如泣如诉诗歌般的语言，表达了她忠于爱情的心声。较之莺莺的信毫不逊色。

[**注释**]

[1]哑然：笑的样子。　[2]盈盈一水：二人相思如一水之隔。《古诗十九首》："盈盈一水间，脉脉不得语。"　[3]"结想为梦"二句：思念成梦，远望徒劳。　[4]"顾念奔月姮娥"二句：月宫里的嫦娥尚且孤独地自处。　[5]"投梭织女"二句：天上织女尚且被银河阻隔难以与牛郎相会。　[6]征人：出游不归者。　[7]荡妇：出游不归者之妻。　[8]置而不御：两地分居，有夫妻之义而无肌肤之亲。御，女子侍寝。　[9]揆之情理：按情理论断。　[10]雾

鬟人渺：意思是再也看不到美丽的妻子。雾鬟，女子浓密美丽的头发，此处代指龙女。

生知母寿不永，周身物悉为预具。墓中植松槚百余[1]。逾岁，媪果亡。灵舆至殡宫[2]，有女子缞绖临穴[3]。众方惊顾，忽而风激雷轰，继以急雨，转瞬间已失所在。松柏新植多枯，至是皆活。福海稍长，辄思其母。忽自投入海，数日始还。龙宫以女子不得往，时掩户泣。一日，昼暝，龙女忽入，止之曰："儿自成家，哭泣何为？"乃赐八尺珊瑚一树、龙脑香一帖、明珠百颗、八宝嵌金合一双，为作嫁资。生闻之，突入，执手啜泣。俄顷，疾雷破屋，女已无矣。

[注释]

[1] 松槚（jiǎ）：松柏、楸树。　[2] 灵舆至殡宫：灵车到达墓穴。　[3] 缞绖（cuī dié）：披麻戴孝。

美男子马骥的奇遇，以及蒲松龄由他的奇遇而引发的"异史氏曰"。实际上是愤世嫉俗的聊斋先生对黑白颠倒社会的锋利投枪。

异史氏曰："花面逢迎[1]，世情如鬼。嗜痂之癖[2]，举世一辙。'小惭小好[3]，大惭大好'。若公然带须眉以游都市，其不骇而走者，盖几希矣！彼陵阳痴子[4]，将抱连城玉向何处哭也？呜呼！显荣富贵，当于蜃楼海市中求之耳！"

[注释]

[1]"花面逢迎"二句：装出一副假面孔迎合有权势的人，世俗人情像鬼蜮一般。　[2]"嗜痂之癖"二句：喜欢丑恶事物，全天下如出一辙。典故出自《宋书·刘邕传》，邕"嗜食疮痂，以为味似鳆鱼"。　[3]"小惭小好"二句：唐代韩愈《与冯宿论文书》："时时应事作俗下文字，下笔令人惭。及示人，则人以为好矣。小惭者亦蒙谓之小好，大惭者即必以为大好矣。"意思是：时人喜逢迎，曲意迎合，违背自己心意。结果文章写得越不好，越被说成好。　[4]陵阳痴子：指春秋时卞和。他曾向楚厉王、楚武王献璞玉，被认为是石头。卞和被砍去双脚，抱璞哭于荆山下。楚文王使人剖璞，得"和氏璧"。封卞和陵阳侯。和氏璧价值连城。

[点评]

蒲松龄根据"世情如鬼"的构思，以驰想天外的奇思妙想，对是非颠倒的社会做入骨三分的揭露。大罗刹国这个缥缈虚幻的"异域"，实际是血腥现实的投影。在恶鬼当道的社会中，有才学的人必须由目不识丁、心存鄙见者擢拔，品格高尚者永远被蝇营狗苟者左右。蒲松龄将深邃的哲理隐化在类似恶作剧的描写之中，以平静、冷静甚至冷峻的笔墨，对人人装假面骗人的现实做皮里阳秋、富于谐剧的描写。每一句都是"书空"，又无一句不与现实生活相通，既穷形而尽相，又幽伏而含讥。充溢着诗情画意的龙宫，是蒲松龄的浪漫狂想，是理想的乌托邦，是现实生活中有志"致君尧舜上"的伊甸园。

美男子马骥到了两个异国，"罗刹国"和"龙宫"从环境到人物，从人生功名、婚姻大事到人事琐琐，完全不同。这是丑恶现实与美好理想的对比，是假、恶、丑和真、善、美的对比。美男子马骥在罗刹国被看成妖怪，在龙宫成了驸马。这很像现实生活中同样一个人，在完全不同的单位工作，分别遇到嫉贤妒能的上司和任人唯贤的领导，结果就有了完全不同的际遇和人生。

《罗刹海市》这个神异故事，不过是把现实人生放到哈哈镜里而已。蒲松龄喜欢在小说里穷形尽相地写美女，《罗刹海市》却别出心裁写美男子，大有深意。如果马骥不是美男子，就不能显露媸妍颠倒的罗刹国；如果他不是美男子，就做不了龙宫驸马。马骥多才多艺，有治国安邦的才能和满腹珠玑的文章。马骥的美，是形貌与心灵合一的美。蒲松龄写美男子故事到底为什么？针砭社会。他似乎担心读者看不透"罗刹国"寓意，干脆在"异史氏曰"说：现在社会美丑颠倒，越坏的东西越受欢迎，正直的人都不敢以本来面目示人，人人装假面，世态鬼蜮般阴冷。如果以堂堂正正男子汉大丈夫的真实面貌出现，就会把人吓跑了。你即使有连城美玉，也找不到赏识的人。显荣富贵，只能到海市蜃楼中寻求。

公孙九娘

于七一案[1]，连坐被诛者[2]，栖霞、莱阳两县最多[3]。一日俘数百人，尽戮于演武场中[4]。碧血满地，白骨撑天。上官慈悲，捐给棺木。济城工肆[5]，材木一空。以故伏刑东鬼[6]，多葬南郊。甲寅间[7]，有莱阳生至稷下[8]，有亲友二三人亦在诛数。因市楮帛[9]，酹奠榛墟[10]。就税舍于下院之僧[11]。明日，入城营干，日暮未归。忽一少年造室来访。见生不在，脱帽登床，著履仰卧。仆人问其谁何，合眸不对。既而生归，则暮色朦胧，不甚可辨。自诣床下问之。瞠目曰："我候汝主人，絮絮逼问，我岂暴客耶[12]！"生笑曰："主人在此。"少年急起着冠，揖而坐，极道寒暄。听其音，似曾相识；急呼灯至，则同邑朱生，亦死于于七之难者。大骇却走。朱曳之云："仆与君文字交，何寡于情？我虽鬼，故人之念，耿耿不去心。今有所渎[13]，愿无以异物遂猜薄之[14]。"

大屠杀后血淋淋的悲惨图画。多么"慈悲"，杀了人给棺材，棺材之多，济城脱销。"于七一案"寥寥数语，交代了公孙九娘生活的血腥时代，在这样背景下，个人有何爱情和幸福可言？

[注释]

[1]于七一案：于七抗清事件。于七，名乐吾，行七，山东栖霞人。清顺治五年（1648）起义，受招抚，顺治十八年（1661）再次起事，康熙元年（1662）失败。清廷对起义地区人民残酷

镇压。 [2]连坐：牵连在内被罚罪。 [3]栖霞、莱阳：山东县名，明清时属登州府。 [4]演武场：练兵场。 [5]济城工肆：济南的棺材铺。 [6]伏刑东鬼：栖霞、莱阳被杀者。因栖霞、莱阳在鲁东，故称"东鬼"。 [7]甲寅：康熙十三年（1674）。 [8]稷下：本指稷下学宫所在的临淄，此指济南。 [9]楮（chǔ）帛：纸钱。 [10]酹奠榛墟：到荒凉的坟地祭奠。酹奠，以酒洒地祭奠鬼魂。 [11]下院：指佛教大寺院分散在各地的小寺院。 [12]暴客：强盗。 [13]有所渎：有个冒犯您、不合情理的要求。 [14]愿无以异物遂猜薄之：请不要因为我是鬼就猜疑、鄙视我。

生乃坐，请所命。曰："令女甥寡居无偶，仆欲得主中馈。屡通媒妁，辄以无尊长之命为辞。幸无惜齿牙余惠[1]。"先是，生有甥女，早失恃[2]，遗生鞠养，十五始归其家。俘至济南，闻父被刑，惊恸而绝。生曰："渠自有父，何我之求？"朱曰："其父为犹子启椽去[3]，今不在此。"问："女甥向依阿谁？"曰："与邻媪同居。"生虑生人不能做鬼媒，朱曰："如蒙金诺[4]，还屈玉趾[5]。"遂起握生手。生固辞，问："何之？"曰："第行[6]。"勉从与去。

朱生请媒，引出九娘。朱生和甥女是九娘的影子，他们都是不幸的遇难者。朱生对友情和爱情的执着感动了莱阳生。甥女恪守闺教，做鬼也不肯在无长辈情况下自主择婚。他们善良温顺、不敢越雷池一步，却成了大屠杀下的异乡孤鬼。

[注释]
[1]幸无惜齿牙余惠：请不要吝惜说我的好话。 [2]失恃：死了母亲。 [3]犹子：侄子。启椽（chèn）：把棺材迁走。 [4]金

诺：像黄金一样珍贵的许诺。　　[5] 屈玉趾：劳您大驾走一趟。　　[6] 第行：只管走。

北行里许，有大村落，约数十百家。至一第宅，朱叩扉。即有媪出，豁开二扉，问朱："何为？"曰："烦达娘子，阿舅至。"媪旋反，须臾复出，邀生入，顾朱曰："两椽茅舍子大隘，劳公子门外少坐候。"生从之入，见半亩荒庭，列小室二。甥女迎门啜泣，生亦泣。室中灯火荧然。女貌秀洁如生时。凝眸含涕，遍问妗姑[1]。生曰："具各无恙，但荆人物故矣[2]。"女又呜咽曰："儿少受舅妗抚育，尚无寸报[3]，不图先葬沟渎，殊为恨恨。旧年伯伯家大哥迁父去，置儿不一念；数百里外，伶仃如秋燕[4]。舅不以沉魂可弃[5]，又蒙赐金帛[6]，儿已得之矣。"生乃以朱言告，女俯首无语。媪曰："公子曩托杨姥三五返。老身谓是大好，小娘子不肯自草草，得舅为政[7]，方此意慊得[8]。"

[注释]

　　[1] 妗姑：舅妈和姑妈。　　[2] 荆人物故：妻子去世。　　[3] 寸报：尽孝报恩。　　[4] 伶仃如秋燕：像秋天燕子一样孤苦。　　[5] 沉

魂：沉沦于阴世的冤魂。　[6]赐金帛：指莱阳生祭奠所烧纸钱。　[7]为政：主持。　[8]慊（qiè）得：惬意，满意。

言次，一十七八女郎，从一青衣，遽掩入，瞥见生，转身欲遁。女牵其裾曰："勿须尔！是阿舅。非他人。"生揖之，女郎亦敛衽。甥曰："九娘，栖霞公孙氏，阿爹故家子，今亦'穷波斯'[1]，落落不称意[2]。且晚与儿还往。"生睨之，笑弯秋月[3]，羞晕朝霞，实天人也。曰："可知是大家，蜗庐人那如此娟好[4]？"甥笑曰："且是女学士，诗词俱大高。昨儿稍得指教。"九娘微哂曰："小婢无端败坏人，教阿舅齿冷也。"甥又笑曰："舅断弦未续，若个小娘子，颇能快意否？"九娘笑奔出，曰："婢子颠疯作也！"遂去。言虽近戏，而生殊爱好之。甥似微察，乃曰："九娘才貌无双，舅倘不以粪壤致猜[5]，儿当请诸其母。"生大悦，然虑人鬼难匹。女曰："无伤，彼与舅有夙分。"生乃出。女送之，曰："五日后，月明人静，当遣人往相迓。"

画龙点睛的外貌语言。公孙九娘美貌聪颖、天真纯净，一举一动、一言一笑，都显得风度高雅、温文庄重。九娘和甥女都是青春靓女，身上充满青春活力，但却是万千白骨中的一员！

[注释]

[1]穷波斯：波斯，今伊朗，古时波斯多经营珠宝的富商。穷

波斯是谐称，意思是虽然奔忙却并不富裕。此处的穷波斯，则指公孙九娘虽出身大家，但经过战乱，成为冤鬼，已今非昔比。　[2]落落：孤高寡合。　[3]"笑弯秋月"二句：因微笑变得像秋夜弯弯月亮那样明亮的眼睛，因害羞脸上的红晕像清晨的朝霞。弯，形容月牙之状。　[4]蜗庐：小门小户。　[5]粪壤：已死的人。鬼魂。

生至户外，不见朱。翘首西望，月衔半规^[1]，昏黄中犹认旧径。见南向一第，朱坐门石上，起逆曰："相待已久。寒舍即劳垂顾。"遂携手入，殷殷展谢^[2]，出金爵一，晋珠百枚^[3]，曰："他无长物^[4]，聊代禽仪^[5]。"既而曰："家有浊醪^[6]，但幽室之物，不足款嘉宾。奈何！"生拚谢而退^[7]。朱送至中途始别。生归，僧仆集问，生隐之曰："言鬼者妄也，适赴友人饮耳。"

前边莱阳生惊叫有鬼，现在做这样的交代，文章细致周密。

[注释]

[1]月衔半规：月亮半圆。　[2]展谢：致谢。　[3]晋珠：古时珍珠以晋珠为贵。晋，春秋诸侯国名，今山西省。　[4]长物：多余的东西，也谦指像样的东西。　[5]禽仪：订婚礼物。　[6]浊醪（láo）：用糯米、黄米配制的酒，比较混浊。　[7]拚（huī）谢：谦逊地感谢。

后五日，果见朱来，整履摇箑[1]，意甚忻适[2]。才至户庭，望尘即拜[3]。少间，笑曰："君嘉礼既成[4]，庆在今夕，便烦枉步。"生曰："以无回音，尚未致聘，何遽成礼？"朱曰："仆已代致之矣。"生深感荷，从与俱去，直达卧所，则甥女华妆迎笑。生问："何时于归[5]？"朱云："三日矣。"生乃出所赠珠，为甥助妆[6]。女三辞乃受，谓生曰："儿以舅意白公孙老夫人，夫人作大欢喜。但言老耄[7]，无他骨肉，不欲九娘远嫁，期今夜舅往赘诸其家。伊家无男子，便可同郎拜也。"朱乃导去[8]。村将尽，一第门开，二人登其堂。俄白："老夫人至。"有二青衣扶妪升阶。生欲展拜，夫人云："老朽龙钟，不能为礼，当即脱边幅[9]。"乃指画青衣[10]，置酒高会[11]。朱乃唤家人另出肴俎，列置生前；亦别设一壶，为客行觞。筵中进馔，无异人世。然主人自举，殊不劝进。既而席罢，朱归。青衣导生去。入室，则九娘华烛凝待。邂逅含情，极尽欢昵[12]。

[注释]

[1]整履摇箑（shà）：穿戴整齐，摇着扇子。　[2]忻适：心

满意足。　[3] 望尘即拜：老远看见就下拜。《晋书·潘岳传》记载：潘岳、石崇谄事贾谧，每候其出，望尘而拜。　[4] 嘉礼：古代五礼（吉、凶、军、宾、嘉）之一，后专指婚礼。　[5] 于归：女子出嫁。《诗·周南·桃夭》："之子于归，宜室宜家。"朱熹集注："妇人谓嫁曰归。"　[6] 助妆：向新娘赠送礼物，亦曰"添妆"。　[7] 老耄：七八十岁的老人。　[8]"朱乃导去"，手稿误为"朱"为"株"。　[9] 脱边幅：不拘礼节，免除俗礼。　[10] 指画：指派。　[11]"置酒高会"，手稿误为"追酒高会"，今据二十四卷本。　[12] 欢昵：欢乐亲昵。

初，九娘母子，原解赴都。至郡，母不堪困苦死，九娘亦自刭。枕上追述往事，哽咽不成眠，乃口占两绝云[1]："昔日罗裳化作尘[2]，空将业果恨前身[3]。十年露冷枫林月[4]，此夜初逢画阁春[5]。""白杨风雨绕孤坟，谁想阳台更作云？忽启镂金箱里看[6]，血腥犹染旧罗裙。"天将明，即促曰："君宜且去，勿惊厮仆。"自此昼来宵往，嬖惑殊甚[7]。一夕，问九娘："此村何名？"曰："莱霞里。里中多两处新鬼，因以为名。"生闻之欷歔[8]。女悲曰："千里柔魂，蓬游无底[9]。母子零孤，言之怆恻。幸念一夕恩义，收儿骨归葬墓侧，使百世得所依栖，死且不朽。"生诺之。

无辜冤死的九娘把自己的不幸看作是前世种下恶因。

新婚夜赋这样的诗！对青春美、人情美的描绘，成了对残酷屠杀的控诉。新婚之喜不过是永久分别之始。

莱霞里：即莱阳、栖霞被杀者的埋骨处。

女曰："人鬼路殊，君亦不宜久滞。"乃以罗袜赠生，挥泪促别。

[注释]

[1] 口占：作诗不用纸笔，随口念出。　[2] 罗裳：丝裙。　[3] 业果恨前身：佛教认为前世善恶会带来今世的果报。　[4] 十年露冷枫林月：十年置身于冷月霜露下的枫林中。　[5] 画阁春：享受到新婚的欢乐。画阁，有画饰的楼房、闺房、洞房。　[6] 镂金箱：雕着金花的衣箱。　[7] 嬖（bì）：迷恋宠爱。　[8] 欷歔：叹息。　[9] 蓬游无底：像蓬草一样飘荡，没有归宿。

形态描绘真切，朱生光脚出迎，甥女披头散发，一副深夜突然被叫醒的模样。

生凄然而出，怛怛若丧[1]，心怅怅不忍归。因过拍朱氏之门。朱白足出逆[2]；甥亦起，云鬟笼松[3]，惊来省问。生怊怅移时，始述九娘语。女曰："妗氏不言，儿亦夙夜图之[4]。此非人世，久居诚非所宜。"于是相对汍澜[5]。生亦含涕而别。叩寓归寝，展转申旦。欲觅九娘之墓，则忘问志表[6]。及夜复往，则千坟累累，竟迷村路，叹恨而返。展视罗袜，着风寸断，腐如灰烬。遂治装东旋。

[注释]

[1] 怛怛（dāo dá）：悲痛。　[2] 白足：光脚。　[3] 笼松：头

发散乱蓬松状。　[4] 夙夜：日夜。　[5] 相对汍澜（wán lán）：对泣。汍澜，不断流泪的样子。　[6] 志表：墓前标志。

半载不能自释，复如稷门[1]，冀有所遇。及抵南郊，日势已晚，息驾庭树[2]，趋诣丛葬所。但见坟兆万接[3]，迷目榛荒[4]；鬼火狐鸣[5]，骇人心目。惊悼归舍。失意遨游，返辔遂东。行里许，遥见女郎独行丘墓间，神情意致，怪似九娘。挥鞭就视，果九娘。下骑欲语，女竟走，若不相识；再逼近之，色作努，举袖自障。顿呼："九娘。"则烟然灭矣。

开头"碧血满地、白骨撑天"，结尾"坟兆万接，迷目榛荒；鬼火狐鸣，骇人心目"。前后对应，悲剧气氛自始至终。

［注释］

[1] 稷门：即稷下，济南。　[2] 息驾：停下车马。　[3] 坟兆万接：坟墓数以万计。　[4] 迷目榛荒：丛杂的荒草灌木遮住目光。　[5] 鬼火：燐火。

异史氏曰："香草沉罗[1]，血满胸臆；东山佩玦[2]，泪渍泥沙。古有孝子忠臣，至死不谅于君父者。公孙九娘岂以负骸骨之托，而怨恧不释于中耶[3]？脾鬲间物[4]，不能掬以相示，冤乎哉！"

[注释]

[1]"香草沉罗"二句：屈原被楚怀王放遂，沉汨罗江而死。香草，指美好的人。血满胸臆，满腔血泪，满腔悲愤。　[2]"东山佩玦"二句：晋献公受宠姬谗言，对嫡子申生极不好。他让申生征伐东山，临行时给他块金玦，意思是永诀。申生于是自杀。　[3]怨怼：胸中的冤屈、怨愤。　[4]脾鬲间物：指人心。

[点评]

小说以于七起义被残酷镇压，碧血满地、白骨撑天为开端，以坟兆万接、迷目榛荒为结尾，用一个昙花一现、遗恨终生的爱情故事，抒发作者对清朝廷滥杀无辜的磊块愁。公孙九娘才貌双全、楚楚动人，如小鸟依人。她理当享受炽热长久的爱情，得到安乐的归宿。为什么同样是女鬼，聂小倩可以鬼做人妻，小谢可以借体再生，公孙九娘却永远沉沦？因为覆巢之下，焉有完卵。在社会的大灾大难中，个人怎么可能枯木逢春？公孙九娘的悲剧是不可避免的，正如于七之乱的千万被杀者冤沉海底。蒲松龄经常赋予笔下人物阴阳世界任往来的本领，经常做女鬼和人间书生的撮合者，他为什么一定要把公孙九娘写成永久性悲剧？这是小说的政治性和寓意性决定的。"异史氏曰"用两个政治人物与公孙九娘类比，楚国大夫屈原沉江，晋国太子申生遭谗，是对小说政治性悲剧的进一步强化。当戏剧舞台上的"南洪北孔"都难以直接写改朝换代的时代悲剧时，蒲松龄却用"鬼狐史"的形式写出。

促　织^[1]

宣德间^[2]，宫中尚促织之戏，岁征民间。此物故非西产，有华阴令欲媚上官^[3]，以一头进，试使斗而才，因责常供。令以责之里正^[4]。市中游侠儿得佳者笼养之^[5]，昂其直，居为奇货^[6]。里胥猾黠^[7]，假此科敛丁口^[8]，每责一头，辄倾数家之产。

从皇帝到官吏沆瀣一气、欺压百姓，导致良民倾家荡产。

[注释]

[1]促织：蟋蟀别名。《古诗十九首·明月皎夜光》："明月皎夜光，促织鸣东壁。"　[2]宣德：明宣宗朱瞻基（1426—1435）年号。　[3]华阴：县名，今陕西省华阴市。　[4]里正：本为汉代名词，明代称"里长"。按明代役法，每一百一十户为一里，由多粮多丁的十户轮流担任里长，负责催粮税、分派徭役，故称"富户役"。因赋税越来越多，富户贿赂官府，让中、下户担任里正。中、下户常因不敢向富户摊派，不得不垫交粮税，导致倾家荡产。　[5]游侠儿：不务正业的年轻人。　[6]居为奇货：囤积稀缺货物，等时机卖高价。　[7]里胥猾黠：乡里的公差奸诈。　[8]科敛丁口：按人丁摊派进贡蟋蟀的费用。

邑有成名者，操童子业^[1]，久不售^[2]，为人迂讷，遂为猾胥报充里正役，百计营谋不能脱。

为了一只小虫，一个读书人陷入九死一生的困境。一个成年人，为了完成向皇帝进贡的任务，挖空心思、煞有介事，像顽童一样地捉虫。捉虫过程描写细腻生动，如闻其声、如见其人。

不终岁，薄产累尽[3]。会征促织，成不敢敛户口[4]，而又无所赔偿，忧闷欲死。妻曰："死何裨益[5]？不如自行搜觅，冀有万一之得。"成然之，早出暮归，提竹筒、铜丝笼[6]，于败堵丛草处，探石发穴，靡计不施，迄无济；即捕得三两头，又劣弱不中于款。宰严限追比[7]，旬余，杖至百，两股间脓血流离，并虫亦不能行捉矣。转侧床头，惟思自尽。

[注释]

[1]童子业：即童生。科举制度规定，凡参加秀才考试的读书人，不论年龄，皆称童生。　[2]不售：考不上秀才。　[3]薄产累尽：原本微薄的家产耗费殆尽。　[4]敛户口：按应交劳役的一甲十户加以征收。　[5]裨益：补益。　[6]提竹筒、铜丝笼：描写捉促织的工具和办法。竹筒可以盛水，灌促织钻入的洞穴。铜丝笼为细铜编成的锥形小罩，可罩住蟋蟀。　[7]严限追比：封建时代地方官府对规定百姓交纳的赋税严格限定期限，定期查验、催逼、追讨并一再责打。每误一期责打一次，谓之"追比"，蒲松龄在《述刘氏行实》中风趣地称为"肉鼓吹"。

时村中来一驼背巫，能以神卜。成妻具资诣问[1]。见红女白婆，填塞门户[2]。入其舍，则密室垂帘，帘外设香几。问者爇香于鼎，再拜。巫

从旁望空代祝，唇吻翕辟[3]，不知何词。各各竦
立以听[4]。少间，帘内掷一纸出，即道人意中事，
无毫发爽[5]。成妻纳钱案上，焚拜如前人。食顷，
帘动，片纸抛落。拾视之，非字而画：中绘殿阁，
类兰若；后小山下，怪石乱卧，针针丛棘，青麻
头伏焉[6]；旁一蟆，若将跳舞。展玩不可晓[7]。
然睹促织，隐中胸怀，摺藏之，归以示成。

[**注释**]

[1]具资诣问：准备好钱前去求教。　[2]红女白婆：红妆少
女和白发老妇。　[3]唇吻翕（xī）辟：嘴唇一张一合。　[4]竦立：
恭敬地站立。　[5]无毫发爽：丝毫不差。　[6]青麻头：蟋蟀的
一种。据贾似道《蟋蟀经》，蟋蟀白不如黑，黑不如赤，赤不如黄，
黄不如青。以头项肥、青项金翅、脚腿长、身背阔者为佳。　[7]展
玩：展示玩味。

成反复自念：得无教我猎虫所耶？细瞻景
状，与村东大佛阁真逼似。乃强起，扶杖执图诣
寺后。有古陵蔚起[1]，循陵而走，见蹲石鳞鳞[2]，
俨然类画。遂于蒿莱中侧听徐行，似寻针芥[3]；
而心、目、耳、力俱穷，绝无踪响。冥搜未已[4]，
一癞头蟆猝然跃去[5]。成益愕，急逐趁之[6]，蟆

描写成名搜寻
蟋蟀，生动、细致、
精彩。作者对动物
品性的观察细致入
微。

入草间。蹑迹披求 [7]，见有虫伏棘根；遽扑之，入石穴中。掭以尖草 [8]，不出；以筒水灌之，始出。状极俊健，逐而得之。审视，巨身修尾，青项金翅。大喜，笼归。举家庆贺，虽连城拱璧不啻也 [9]。土于盆而养之 [10]，蟹白栗黄 [11]，备极护爱，留待限期，以塞官责。

[注释]

[1]古陵蔚起：古墓又高又多。　[2]蹲石鳞鳞：乱石层层像鱼鳞一般。　[3]针芥：针和芥子，极细小之物。　[4]冥搜：尽力寻找。　[5]癞头蟆：癞蛤蟆。　[6]逐趁：遁迹追赶。　[7]蹑迹披求：跟踪蟋蟀的踪迹拨开草丛寻找。　[8]掭（tiàn）：轻轻拨动。　[9]连城拱璧：典出《史记·廉颇蔺相如列传》：战国时，赵国得和氏璧，秦国愿以十五城交换，故称"连城璧"。拱璧，两手拱抱之大璧。　[10]土于盆：将盆中装上泥土养蟋蟀。　[11]蟹白栗黄：蟹肉和栗实，喂养蟋蟀的精细饲料。

成有子九岁，窥父不在，窃发盆。虫跃掷径出，迅不可捉。及扑入手，已股落腹裂，斯须就毙 [1]。儿惧，啼告母。母闻之，面色灰死，大骂曰："业根！死期至矣！而翁归 [2]，自与汝覆算耳 [3]！"儿涕而出。未几，成归，闻妻言，如被冰雪。怒索儿，儿渺然不知所往，既得其尸于

为了一只小小的蟋蟀，居然害得天真的少年自杀！

井。因而化怒为悲，抢呼欲绝[4]。夫妻向隅[5]，茅舍无烟，相对默然，不复聊赖。日将暮，取儿藁葬[6]。近抚之，气息惙然[7]，喜置榻上，半夜复苏[8]，夫妻心稍慰。但蟋蟀笼虚，顾之，则气断声吞，亦不敢复究儿。自昏达曙，目不交睫。东曦既驾[9]，僵卧长愁。

[注释]

[1] 斯须：一会儿。　[2] 而翁：你父亲。　[3] 覆算：算账。　[4] 抢呼：呼天抢地，悲痛欲绝。　[5] 向隅：原意为对着墙角，引申为孤独、悲凉。　[6] 藁葬：草草埋葬。　[7] 惙（chuò）然：呼吸微弱。　[8] 苏：苏醒。　[9] 东曦既驾：太阳升起。东曦，初升的太阳。驾，指神话传说中羲和的车驾。羲和为古代神话中驾驭日车的神。

成名因舐犊之情，再也不敢追究、责打曾投井的儿子。成名儿子投井是写成名遭遇不幸的细节。也仅是突出成名不幸的细节。儿子并没有进一步动作，如青柯亭本增加的灵魂化为促织。

忽闻门外虫鸣，惊起觇视，虫宛然尚在。喜而捕之，一鸣辄跃去，行且速。覆之以掌，虚若无物；手裁举，则又超忽而跃[1]。急趁之，折过墙隅，迷其所往。徘徊四顾，见虫伏壁上。审谛之，短小，黑赤色，顿非前物。成以其小，劣之，惟彷徨瞻顾，寻所逐者。壁上小虫，忽跃落衿袖间[2]。视之，形若土狗[3]，梅花翅，方首长胫，意似良。喜而收之。将献公堂，惴惴恐不当意，思试之斗以觇之。

[注释]

[1]超忽：远远地、轻飘飘地。　[2]衿袖：衣领和袖口。　[3]土狗：蝼蛄的别号。

"土狗形"和"蟹壳青"都是较有名的蟋蟀。

村中少年好事者，驯养一虫，自名"蟹壳青"[1]，日与子弟角，无不胜。欲居之以为利，而高其直，亦无售者。径造庐访成。视成所蓄，掩口胡卢而笑。因出己虫，纳比笼中[2]。成视之，庞然修伟，自增惭怍，不敢与较。少年固强之。顾念蓄劣物终无所用，不如拚博一笑。因合纳斗盆。小虫伏不动，蠢若木鸡。少年又大笑。试以猪鬣毛撩拨虫须，仍不动。少年又笑。屡撩之，虫暴怒，直奔，遂相腾击，振奋作声。俄见小虫跃起，张尾伸须，直龁敌领[3]。少年大骇，解令休止。虫翘然矜鸣[4]，似报主知。成大喜。方共瞻玩，一鸡瞥来[5]，径进以啄。成骇立愕呼。幸啄不中，虫跃去尺有咫[6]。鸡健进，逐逼之，虫已在爪下矣。成仓猝莫知所救，顿足失色。旋见

《促织》写捉虫、斗虫，是中国古代最精彩的动物"素描"。成名和少年斗虫是古代最精彩动物比赛描写。

鸡伸颈摆扑，临视，则虫集冠上，力叮不释。成益惊喜，掇置笼中。

[注释]

[1]蟹壳青：善斗蟋蟀的一种。　[2]比笼：用于蟋蟀打斗的陶制罐。　[3]龁（hé）：咬。　[4]翘然矜鸣：挺直身躯骄傲地鸣叫。　[5]暼来：突然来。　[6]尺有咫：不到两尺的距离。周制咫为八寸。合今市尺六寸二分二厘。

翼日进宰，宰见其小，怒诃成。成述其异，宰不信。试与他虫斗，虫尽靡[1]；又试之鸡，果如成言。乃赏成。献之抚军[2]。抚军大悦，以金笼进上。细疏其能[3]。既入宫中，举天下所贡蝴蝶、螳螂、油利挞、青丝额一切异状[4]，遍试之，无出其右者[5]。每闻琴瑟之声，则应节而舞，益奇之。上大嘉悦，诏赐抚臣名马衣缎。抚军不忘所自，无何，宰以"卓异"闻[6]。宰悦，免成役[7]，又嘱学使，俾入邑庠。由此以善养虫名，屡得抚军殊宠。不数岁，田百顷，楼阁万椽，牛羊蹄躈各千计[8]。一出门，裘马过世家焉[9]。

[注释]

[1]靡：披靡，失败。　[2]抚军：巡抚。总管一省政事。　[3]细

请注意，蟋蟀就是蟋蟀，只不过有了超强的战斗力，它不是成名儿子灵魂所化。蒲松龄亲笔手稿既没直接写善斗蟋蟀是成名儿子灵魂化成，也没暗示蟋蟀身上附着成名儿子灵魂。成名儿子自杀后当天已苏醒。

"蝴蝶"等都是比较有名的蟋蟀。蒲松龄考察过的《帝京景物略》有详细描写。

"田百顷，楼阁万椽，牛羊蹄躈各千计"极言其多，并非确数。

皮里阳秋的描写，对封建皇帝、官吏的讽刺隐化在似乎客观描写中。

《促织》写从巡抚到县令都得到一只小蟋蟀恩荫，隐含反讽之意。

《促织》有真实的时代背景。明宣宗好促织，造成百姓家破人亡，历史上有据可查。吕毖《明朝小史》记载："宣宗酷好促织之戏，遣使取之江南，价贵至数十金。枫桥一粮长，以郡督遣，觅得一最良者，用所乘骏马易之。妻谓骏马所易，必有异，窃视之，跃出，为鸡啄食。妻惧，自缢死。夫归，伤其妻，亦自经焉。"蒲松龄经过脱胎换骨的改造，将史上简短轶闻写成脍炙人口的名篇。

疏：在表章上仔细陈述。此处细疏是巡抚向皇帝详细陈述小蟋蟀的本事。疏，臣子向皇帝陈述政事的奏章。 [4] 蝴蝶、螳螂、油利挞、青丝额：皆为蟋蟀名称。 [5] 无出其右：没有蟋蟀能斗过它。 [6] 卓异：优异。明代每三年对官员一次考绩。外官考绩谓"大计"，最好的考语是"卓异"，即才能卓越优异。 [7] 免成役：免去成名里长的差役。 [8] 牛羊蹄躈（qiào）各千计：按马四蹄一躈共千数，则为马二百匹。蹄，脚。躈，同"噭"，口。 [9] 裘马过世家：轻裘肥马，生活豪华，超过祖上做官的人家。

异史氏曰："天子偶用一物，未必不过此。已忘而奉行者即为定例。加之官贪吏虐，民日贴妇卖儿，更无休止。故天子一跬步[1]，皆关民命，不可忽也。独是成氏子以蠹贫[2]，以促织富，裘马扬扬。当其为里正、受扑责时，岂意其至此哉！天将以酬长厚者，遂使抚臣、令尹并受促织恩荫[3]。闻之：一人飞升[4]，仙及鸡犬。信夫！"

[注释]

[1] 跬（kuǐ）步：举一足为跬，举两足为步，跬步为半步。引申为皇帝的一举一动。 [2] 蠹：祸国殃民的弊政。 [3] 恩荫：恩泽。封建时代子孙可以因为祖父、父亲有功而得到朝廷恩赐的功名，谓之"恩荫"。 [4] "一人飞升"二句：一人得道升天，连他的鸡犬都随着成仙。《神仙传》记载，淮南王刘安学道，服仙药后飞升，他放药的器具留在庭院中，鸡犬舔了，也飞升上天。

[点评]

这篇名作将批判矛头直接指向封建社会至高无上的皇帝。因为皇帝斗蟋蟀，各级官吏对人民横征暴敛，给人民带来深重灾难。为了一只小虫，百姓倾家荡产；为了一只小虫，天真的儿童投井自杀，惨绝人寰。当皇帝的奢靡玩乐得到满足后，巡抚得到奖赏，县令评上"卓异"官员，受尽责打的成名"裘马扬扬过世家"。一人得道，鸡犬升天。一篇二千余字小说像"清明上河图"一样绘出封建社会的世相图，皇帝之昏，百官之虐，百姓之苦，写尽封建社会的黑暗和荒唐。小说写得紧凑简练又曲折跌宕，人物栩栩如生，遣词用字有针针见血的气概。悲、喜剧手法的交替使用，成名得失促织的对比，产生了强烈的艺术效果。

《聊斋志异》有半部手稿传世，少数几篇手稿为蒲松龄亲属所抄，《促织》则是蒲松龄亲笔。半部手稿1955年即有文学古籍刊行社影印本，全篇无一字修改，说明是蒲松龄最后定稿。蒲松龄去世半个世纪后，乾隆年间刻印的青柯亭本《促织》结尾出现这样的情节："后岁余，成子精神复旧，自言身化促织，轻捷善斗，今始苏耳。""子化促织"画蛇添足，不符合聊斋先生原意。"幻由人生"是聊斋艺术构思基本特点。也就是说，聊斋神鬼狐妖因人的翘盼出现，是作者的心灵和意识在神鬼狐妖和生物身上展开。聊斋故事里幻化为绿衣女的绿蜂、幻化为莲花公主的蜜蜂，幻化为少女素秋的书蠹，都是小虫化人形。《促织》中常胜蟋蟀是动物有了人的思维，是成名的不幸感动上帝，不起眼的蟋蟀蓦然变得神勇善斗甚至战败大公鸡，化解了成名的倒悬之苦。青柯亭本将成名儿子投井后成名的表现改为"成顾蟋蟀笼虚，则气断声吞，亦不复以儿为念"，更是严重扭曲人物性格。

佞谀即违心地巧言奉承。而曾某因之得意情溢于言表。

"一举手"并非简单地举手行礼，而是敷衍性略示敬意，实际很傲慢。

梦中得荣华富贵是唐传奇常见命题。《枕中记》《南柯记》写梦中得官，醒来发现是黄粱一梦，从而淡化功名之想。李肇评："贵极禄位，权倾国都，达人视此，蚁聚何殊。"聊斋人物曾某刚做上贡士，尚未经殿试赐进士。就打算重用亲友，招降纳叛，这样的人做宰相，绝不是黎民福、社稷福。

续黄粱

福建曾孝廉，高捷南宫时[1]，与二三新贵遨游郊郭[2]。偶闻毗卢禅院寓一星者[3]，因并骑往诣问卜。入，揖而坐。星者见其意气，稍佞谀之。曾摇簦微笑，便问："有蟒玉分否[4]？"星者正容，许二十年太平宰相。曾大悦，气益高。值小雨，乃与游侣避雨僧舍。舍中一老僧，深目高鼻，坐蒲团上，偃蹇不为礼[5]。众一举手，登榻自话。群以宰相相贺。曾心气殊高，指同游曰："某为宰相时，推张年丈作南抚[6]，家中表为参、游[7]，我家老苍头亦得小千把[8]，于愿足矣。"一坐大笑。

[**注释**]

[1]高捷南宫：考中进士。古称尚书省为南宫，此指主持会试的礼部。　[2]新贵：会试考中的新贡士。　[3]毗（pí）卢禅院：

佛寺。毗卢，释迦牟尼佛法身。星者：算命的。　[4]蟒玉分：做高官的福分。蟒袍玉带是古代高官服饰。　[5]偃蹇：傲慢。　[6]年丈：即"年伯"。在科举考试中，同科考中的互称"同年"，父辈的同年则称"年丈"。南抚：应天府巡抚。　[7]中表：中表兄弟。指与祖父母、父母是兄弟姐妹者的孩子。参、游：明清时代中级武官参将和游击将军。　[8]苍头：老奴。小千把：千总、把总，明清时代低级武官。

俄闻门外雨益倾注，曾倦，伏榻间。忽见有二中使赍天子手诏[1]，召曾太师决国计[2]。曾得意，疾趋入朝。天子前席[3]，温语良久。命三品以下，听其黜陟[4]；即赐蟒玉、名马。曾被服稽拜以出。入家，则非旧所居第，绘栋雕榱[5]，穷极壮丽。自亦不解何以遽至于此。然捻髯微呼，则应诺雷动。俄而公卿赠海物，伛偻足恭者，叠出其门。六卿来[6]，倒屣而迎[7]；侍郎辈，揖与语；下此者，颔之而已。晋抚馈女乐十人[8]，皆是好女子。其尤者为袅袅，为仙仙，二人尤蒙宠顾。科头休沐[9]，日事声歌。

写梦之妙在既像真又像假，表层是真，深层是假；初看是真，琢磨是假。"曾宰相"没有宰相常有的拯荒救溺、经纶在抱；也没有宰相的雍容大度，气宇轩昂。倘若真是宰相，听到皇帝召唤，自应宠辱无惊，坐着官轿，前呼后拥入朝，迈四方步上殿。曾某"疾趋"，急急忙忙，颠颠儿一溜小跑，完全没有宰相的威仪。曾某对官员看人下菜碟，根据级别高低决定亲疏，完全没有宰相的气度。

[**注释**]

[1]中使：宫廷使者，太监。赍（jī）：持送。　[2]太师：封建时代以太师、太保、太傅为"三公"，太师地位最高。明清时

大臣功绩卓著者授太师。　[3]天子前席：古代席地而坐，帝王为专注倾听臣子汇报移坐向前。　[4]黜陟（chù zhì）：降级或提拔。　[5]绘栋雕榱（cuī）：彩绘的屋梁，雕花的房椽。　[6]六卿：六部尚书。　[7]倒屣（xǐ）而迎：急起迎接。倒屣，穿倒了鞋。　[8]晋抚馈女乐：山西巡抚赠送歌女。　[9]科头休沐：衣着随便，在家休假。科头，不结辫，不戴帽。休沐，休息沐浴。汉律，官员五日一休沐。

权倾一时，气焰熏天。虽是宰相排场，但行事却全无宰相法度。明写宰相权威，隐写势利小人。

穷人乍富，腆胸叠肚。

　　一日，念微时尝得邑绅王子良周济[1]，我今置身青云[2]，渠尚蹉跎仕路[3]，何不一引手[4]？早旦一疏，荐为谏议[5]，即奉俞旨[6]，立行擢用。又念郭太仆曾睚眦我[7]，即传吕给谏及侍御陈昌等[8]，授以意旨。越日，弹章交至[9]，奉旨削职以去。恩怨了了[10]，颇快心意。偶出郊衢，醉人适触卤簿，即遣人缚付京尹，立毙杖下。接第连阡者[11]，皆畏势献沃产，自此富可埒国[12]。无何，而袅袅、仙仙以次殂谢。朝夕遐想。忽忆曩年见东家女绝美，每思购充媵御，辄以绵薄违宿愿[13]，今日幸可适志。乃使干仆数辈，强纳资于其家。俄顷，藤舆昇至，则较昔之望见时尤艳绝也。自顾生平，于愿斯足。

[**注释**]

[1]微时：寒微时。　[2]置身青云：身居高位。　[3]蹉跎仕路：仕途不得意。　[4]引手：伸手援助。　[5]谏议：即谏议大夫。明清时称"给事中"或"给谏"，是朝廷言官。　[6]俞旨：圣旨。　[7]太仆：掌管皇帝舆马等事的官员，秦汉时九卿之一。睚眦(yá zì)：怒目而视，此处指微小的怨恨。　[8]给谏：给事中。侍御：御史。　[9]弹章交至：弹劾的奏章一齐来到。　[10]了了：明白。　[11]接第连阡：与曾家府邸田地相邻。　[12]富可埒(liè)国：富可敌国。埒，等同。　[13]绵薄：财力不足。

又逾年，朝士窃窃[1]，似有腹非之者。然各为立仗马[2]；曾亦高情盛气，不以置怀。有龙图学士包上疏[3]，其略曰："窃以曾某，原一饮赌无赖、市井小人。一言之合，荣膺圣眷[4]；父紫儿朱[5]，恩宠为极。不思捐躯摩顶[6]，以报万一，反恣胸臆[7]，擅作威福。可死之罪，擢发难数！朝廷名器[8]，居为奇货，量缺肥瘠[9]，为价重轻。因而公卿将士，尽奔走于门下；估计夤缘[10]，俨如负贩；仰息望尘[11]，不可算数。或有杰士贤臣，不肯阿附[12]，轻则置之闲散[13]，重则褫以编氓[14]。甚且一臂不袒[15]，辄迕鹿马之奸；片语方干[16]，远窜豺狼之地。朝士为之

围绕宰相写高官群态，他们是低三下四的钻营者，是只享受俸禄管事的尸位素餐者，是只知"腹非"的明哲保身者。对官场的全景式素描大大拓宽思想力度。

包学士上疏，是正直官员对不法宰相的弹劾，是蒲松龄对封建官场高级官吏的综合认识。以简练、生动、铿锵有力的语言，将台阁重臣卖官鬻爵、鱼肉人民、荒淫无耻的丑恶嘴脸揭露无遗。包龙图是宋代清官，让他出来说话，既带奇崛的幻想色彩，又符合"忠臣"身份。

寒心，朝廷因而孤立。

[注释]

[1]"朝士窃窃"二句：朝廷官员背后偷偷议论，有人嘴上不说，心里反对。　[2]立仗马：朝臣像仪仗队的马一样只摆样子，不吭声。仗马，唐代皇帝临朝时，立八马于宫门外。这些马都经过严格训练，静立无声。　[3]龙图学士包：宋代龙图阁大学士包拯。此处借用宋代历史人物，梦境故事主角所处时代并不确指宋代。　[4]荣膺圣眷：荣幸地得到皇帝恩宠。　[5]父紫儿朱：父子都做高官。唐代规定三品以上官员着紫服，五品以上穿朱服。　[6]捐躯摩顶：不辞辛苦地献身。　[7]恣胸臆：放纵个人欲望。　[8]朝廷名器：朝廷的官爵。　[9]"量缺肥瘠"二句：根据官爵进项多寡决定卖官价格。　[10]"估计贪缘"二句：估计通过某途径可将官位卖高价，就拉拢关系，像市场商贩般讨价还价。　[11]仰息望尘：看曾某脸色行事。仰息，仰人鼻息。望尘，望尘而拜。　[12]阿附：阿谀、归附。　[13]轻则置之闲散：得罪曾某程度轻的官员被安排担任没有油水的闲职。　[14]重则褫以编氓：得罪曾某程度重的官员被革职为民。　[15]"甚且一臂不祖"二句：甚至于一点小事上不依附曾某，就会受到威胁陷害。一臂不祖，指倘若不站在曾某一边。典出《史记·吕太后本纪》。迕，违背。鹿马之奸，指赵高指鹿为马探测群臣是否对他阿附的历史典故。　[16]"片语方干"二句：一句话冒犯曾某就会被充军到边远荒凉的地方。

又且平民膏腴，任肆蚕食^[1]；良家女子，强委禽妆^[2]。渗气冤氛^[3]，暗无天日。奴仆一到，则守、令承颜[4]；书函一投，则司、院枉法[5]。或有厮养之儿[6]，瓜葛之亲，出则乘传，风行雷动。地方之供给稍迟，马上之鞭挞立至。荼毒人民，奴隶官府。扈从所临[7]，野无青草。而某方炎炎赫赫[8]，怙宠无悔[9]。召对方承于阙下[10]，萎菲辄进于君前；委蛇才退于自公[11]，声歌已起于后苑。声色狗马，昼夜荒淫；国计民生，罔存念虑。世上宁有此宰相乎！内外骇讹，人情汹汹。若不急加斧锧之诛[12]，势必酿成操、莽之祸[13]。臣夙夜祗惧[14]，不敢宁处，冒死列款，仰达宸听[15]。伏祈断奸佞之头，籍贪冒之产，上回天怒，下快舆情[16]。如果臣言虚谬，刀锯鼎镬[17]，即加臣身。"云云。

[**注释**]

[1] 膏腴：肥沃良田。蚕食：逐渐侵占。 [2] 委禽妆：下彩礼。 [3] 渗(lì)气冤氛：曾某凶恶嚣张的气焰和受害者悲惨凄凉的冤气。 [4] 守、令承颜：太守和县令都看曾家奴仆的脸色行事。 [5] 司、院枉法：布政司、按察院都根据曾某需要徇情枉法。 [6] 厮养：干杂役的奴仆、小厮。 [7] "扈从所临"二句：曾某随从所到之处，掘地三尺搜刮地皮，以致田野上连青草都没了。 [8] 炎炎赫赫：气焰嚣张。 [9] 怙宠无悔：依恃皇帝宠爱，

毫无悔过之心。 [10]"召对方承于阙下"二句：每当皇帝召见
问事，曾某就乘机花言巧语陷害他人。菶菲，花纹错乱状，比喻
谗言。 [11]"委蛇才退于自公"二句：刚从庄严的朝班退朝回家，
就立即声色犬马享受。委蛇，从容自得。典出《诗·召南·羔羊》：
"退食自公，委蛇委蛇。" [12]斧锧之诛：将其斩首。斧锧，古代
行刑用的斧子和铁砧。 [13]操、莽之祸：曹操和王莽那样的篡
国之祸。 [14]夙夜祗（zhī）惧：日夜警惕戒备。 [15]仰达宸
（chén）听：上报皇帝知道。宸，北极星，指皇帝的居所。 [16]舆
情：民众之情。 [17]刀锯鼎镬：最残酷的刑罚。刀锯，杀人刑具。
鼎镬，油锅。

疏上，曾闻之，气魄悚骇[1]，如饮冰水。幸
而皇上优容[2]，留中不发[3]。又继而科、道、九
卿交章劾奏[4]；即昔之拜门墙、称假父者[5]，亦
反颜相向。奉旨籍家[6]，充云南军。子任平阳太
守，已差员前往提问。

曾方闻旨惊怛，旋有武士数十人，带剑操戈，
直抵内寝，褫其衣冠，与妻并系。俄见数夫运资
于庭，金银钱钞以数百万，珠翠瑙玉数百斛[7]，幄
幕帘榻之属又数千事，以至儿襁女舄[8]，遗坠庭
阶。曾一一视之，酸心刺目。又俄而一人掠美妾出，
披发娇啼，玉容无主。悲火烧心，含愤不敢言。

［注释］

[1]悚骇：惊骇到丧魂失魄的地步。　[2]优容：宽容。　[3]留中不发：皇上把奏章留在案头，不发下来治罪。　[4]科、道、九卿交章劾奏：所有朝臣接连不断地弹劾。科道，明清时都察院下属六科给事中和御史总称。九卿，各部主要长官。　[5]拜门墙、称假父者：认门生、认干爹的人。　[6]奉旨籍家：按圣旨抄家。　[7]斛：量器。古代以十斗为一斛，南宋末改五斗为一斛。　[8]儿褓女舃：婴儿褓褓和女人睡鞋。

俄楼阁仓库，并已封志，立叱曾出，监者牵罗曳而出。夫妻吞声就道，求一下驷劣车[1]，少作代步，亦不得。十里外，妻足弱，欲倾跌。曾时以一手相攀引。又十余里，己亦困懒。欻见高山直插霄汉，自忧不能登越，时挽妻相对泣。而监者狞目来窥，不容稍停驻。又顾斜日已坠，无可投止。不得已，参差蹩躄而行[2]。比至山腰，妻力已尽，泣坐路隅，曾亦憩止，任监者叱骂。

忽闻百声齐噪，有群盗各操利刃，跳梁而前[3]。监者大骇，逸去。曾长跪，言："孤身远谪，囊中无长物。"哀求宥免[4]。群盗裂眦宣言："我辈皆被害冤民，只乞得佞贼头，他无索取[5]。"曾叱怒曰："我虽待罪，乃朝廷命官[6]，贼子何敢尔！"贼亦怒，以巨斧挥曾项，觉头堕地作声。魂方骇疑，即有二鬼来，反接其手，驱之行。

[注释]

[1]下驷劣车：劣马拉的破车。　[2]参差鳖蹩（bié xiè）：深一脚浅一脚、一跛一拐前行。鳖蹩，跛行貌。　[3]跳梁：跳踉，许多人乱跑乱跳。　[4]宥免：宽恕。　[5]手稿"他无索取"后涂去"即有数人拥妻狎暱，嘲戏无不至"。　[6]朝廷命官：有"皇封"的官员。

唐传奇中，梦中高升者罢官，梦就结束。《聊斋志异》不同。曾某罢官后先被杀，然后被铁面无私的阎罗下令下油锅、上刀山，这都是传说中恶人常有的惩罚。

行逾数刻，入一都会。顷之，睹宫殿。殿上一丑形王者，凭几决罪福。曾前，匍伏请命[1]。王者阅卷，才数行，即震怒曰："此欺君误国之罪，宜置油鼎！"万鬼群和，声如雷霆。即有巨鬼捽至墀下[2]，见鼎高七尺已来，四围炽炭，鼎足尽赤。曾觳觫哀啼[3]，窜迹无路[4]。鬼以左手抓发，右手握踝，抛置鼎中。觉块然一身，随油波而上下；皮肉焦灼，痛彻于心；沸油入口，煎烹肺腑。念欲速死，而万计不能得死。约食时，鬼方以巨叉取曾出，复伏堂下。王又检册籍，怒曰："倚势凌人，合受刀山狱！"鬼复捽去。见一山，不甚广阔，而峻削壁立，利刃纵横，乱如密笋。先有数人罥肠刺腹于其上[5]，呼号之声，惨绝心目。鬼促曾上，曾大哭退缩。鬼以毒锥刺脑，曾负痛乞怜。鬼怒，捉曾起，望空力掷。觉身在云霄之上，晕然一落，刃交于胸，痛苦不可言状。又移时，身躯重赘，刀孔渐阔，忽焉脱落，四支蠖屈[6]。

[注释]

[1]请命：请求饶命。　[2]捽至墀下：揪住头发拖到台阶下。　[3]觳觫（hú sù）：发抖。　[4]窜迹：隐藏踪迹。　[5]罥（juàn）：挂。　[6]四支蠖（huò）屈：四肢像虫子一样弯曲。

鬼又逐以见王。王命会计生平卖爵鬻名、枉法霸产，所得金钱几何。即有髯须人持筹握算[1]，曰："三百二十一万。"王曰："彼既积来，还令饮去！"少间，取金钱堆阶上，如丘陵。渐入铁釜，熔以烈火。鬼使数辈，更以杓灌其口。流颐则皮肤臭裂[2]，入喉则脏腑腾沸。生时患此物之少，是时患此物之多也。半日方尽。王者令押去甘州为女[3]。

阎罗殿对恶人最奇异的惩罚莫过于求钱喝钱。原来令贪官爱不释手的金钱，在人生总清算时让其脏腑沸腾，这是蒲松龄想像出的特殊惩罚。虽带宿命色彩，却奇特而深刻，贪官每喝一口都想到贪污的害处，倘有来生，绝不敢再伸手。

[注释]

[1] 筹：计数的筹码。算：算盘。　[2] 颐：面颊。　[3] 甘州：今甘肃张掖市。

行数步，见架上铁梁，围可数尺，绾一火轮[1]，其大不知几百由旬[2]，焰生五采，光耿云霄[3]。鬼挞使登轮。方合眼跃登，则轮随足转[4]，似觉倾坠，遍体生凉。开眸自顾，身已婴儿，而又女也。视其父母，则悬鹑败絮[5]。土室之中，瓢杖犹存。心知为乞人子，日随乞儿托钵[6]，腹辘辘然，常不得一饱。着败衣，风常刺骨。十四岁，鬻与顾秀才备媵妾，衣食粗足自给。而冢室悍甚，日以鞭棰从事[7]，辄以赤铁烙胸乳。幸而良人颇怜爱，稍自宽慰。东邻恶少年，忽逾垣来逼与私。乃自念前身恶孽，已被鬼责，今那得复尔。于是大声疾呼。良人与嫡妇尽起，恶少年始窜去。居无何，秀才宿诸其室，枕上喋喋，方自诉冤苦；忽震厉一声，室门大辟，有两贼持刀入，竟决秀才首，囊括衣物。团伏被底，不敢复作声。既而贼去，乃喊奔嫡室。嫡大惊，相与泣验，遂疑妾以奸夫杀良人。因以状白刺史[8]。刺史严鞫[9]，竟以酷刑定罪案，依律凌迟处死。絷赴刑所。胸中冤气扼塞，距踊声屈[10]，觉九幽十八狱[11]，无此黑黯也。

[注释]

[1] 绾：系。　[2] 由旬：梵文音译。古印度计量单位。由旬有大、中、小之分，约合八十、六十、四十里。　[3] 耿：照耀。　[4] 轮随足转：按照佛教观点，人要在天道、人道、阿修罗道、地狱道、饿鬼道、畜生道等六道中轮回。　[5] 悬鹑败絮：破衣烂衫，手稿为"悬鹑败焉"，今据铸雪斋抄本。　[6] 托钵：乞丐捧着碗乞讨。　[7] 棰（chuí）：短棍。　[8] 刺史：明清知府的别称。　[9] 严鞫（jū）：严刑逼供。　[10] 距踊声屈：跳着脚喊冤枉。　[11] 九幽十八狱：极其黑暗的十八层地狱。

正悲号间，闻游者呼曰："兄梦魇耶？"豁然而寤，见老僧犹跏趺座上[1]。同侣竞相谓曰："日暮腹枵[2]，何久酣睡？"曾乃惨淡而起。僧微笑曰："宰相之占验否？"曾益惊异，拜而请教。僧曰："修德行仁[2]，火坑中有青莲也。山僧何知焉。"曾胜气而来，不觉丧气而返。台阁之想，由此淡焉。入山不知所终。

世间少了一个可能的恶相，山中却多了一个静修高人。阿弥陀佛！

[注释]

[1] 跏趺（jiā fū）：盘腿而坐。　[2] 腹枵（xiāo）：肚子饿了。枵，

空虚。　[2]"修德行仁"二句：意思是人即使身处险恶之境，只要加强道德修养，行善行仁，就能得到神佛的帮助。青莲，梵语"优钵罗"意译，青色莲花，比喻净土。佛教认为人死后如堕入地狱、饿鬼、畜生道，痛苦无比，如入火坑。皈依净土可以摆脱灾难。

开头封官许愿是梦中宰相的基础。

异史氏曰："福善祸淫，天之常道。闻作宰相而忻然于中者[1]，必非喜其鞠躬尽瘁可知矣。是时，方寸中宫室妻妾[2]，无所不有。然而梦固为妄，想亦非真。彼以虚作，神以幻报。黄粱将熟[3]，此梦在所必有，当以附之《邯郸》之后[4]。"

[注释]

[1]忻然于中：心满意足。　[2]方寸：内心。　[3]黄粱将熟：唐传奇《枕中记》写卢生不得志，在邯郸旅店遇到仙人吕翁。吕翁给他个枕头，他枕上做高官厚禄的梦。入梦时旅店主人在蒸黄粱饭，等他醒来，黄粱饭还没熟。后人用"黄粱梦"挖苦对官位的向往。　[4]《邯郸》：唐传奇《枕中记》卢生做梦地点为邯郸。明代作家汤显祖根据《枕中记》创作"临川四梦"之一的《邯郸记》。

[点评]

《续黄粱》为《聊斋志异》神鬼狐妖的艺术世界增添了一个堪称丰满典型的儒林人物。曾某刚中进士，听到有宰相之命就封官许愿，结果高僧点化他进入梦境，让他享尽荣华富贵，做尽恶相坏事，又在地狱及生死轮回中受到应有惩罚。《聊斋志异》将传统的黄粱梦变成对封建官场全景式的描写，借包学士长篇上疏，对贪官污吏进行全面而深刻的控诉。让贪官喝掉贪污金银的奇特构思更是符合老百姓的心理，小说有突出思想价值。艺术描写如行云流水，对小人得志的白描尤为精彩。蒲松龄自称这篇小说是"续黄粱"，认为可以附在《枕中记》《邯郸记》之后。其实此小说的思想和艺术水平超出前者。因为蒲松龄借旧瓶装新酒，将刺贪刺虐思想纳入传统梦幻题材。

辛十四娘

广平冯生[1]，正德间人，少轻脱[2]，纵酒。昧爽偶行，遇一少女。着红帔[3]，容色娟好，从小奚奴[4]，蹑露奔波，履袜沾濡。心窃好之。薄暮醉归，道侧故有兰若，久芜废。有女子自内出，则向丽人也。忽见生来，即转身入。阴念：丽者何得在禅院中？縶驴于门，往觇其异。入则断垣零落，阶上细草如毯。彷徨间，一斑白叟出，衣帽整洁，问："客何来？"生曰："偶过古刹[5]，欲一瞻仰。翁何至此？"叟曰："老夫流寓无所，

"正德间"，特定皇帝，对小说构思有提纲作用。

性格决定命运，轻脱纵酒定一生。得佳人又交恶人。冯生是聊斋生动的男性形象之一，出口成章，既轻狂又真挚，既轻浮又耿直，常"改过"又再犯。

翁彬彬有礼，一点儿礼数都不少，狐叟常呈文雅而又有学问状。

蒲松龄代小说人物所作求婚诗，受到大诗人王士禛欣赏。

暂借此安顿细小[6]。既承宠降[7]，有山茶可以当酒。"乃肃宾入。见殿后一院，石路光明，无复蓁莽[8]。入其室，则帘幌床幕，香雾喷人。坐展姓字，云："蒙叟姓辛[9]。"生乘醉遽问曰："闻有女公子，未遭良匹，窃不自揣，愿以镜台自献[10]。"辛笑曰："容谋之荆人。"生即索笔为诗曰："千金觅玉杵[11]，殷勤手自将。云英如有意，亲为捣玄霜。"主人笑付左右。

[注释]

[1]广平：今河北省邯郸市广平县。　[2]轻脱：轻浮，放纵。　[3]红帔（pèi）：红色披风。　[4]奚奴：丫鬟。　[5]古刹：古寺。刹，梵语"刹多罗"音译略称。原指佛塔顶部的装饰，也可代称佛寺。　[6]细小：对家眷的谦称。　[7]宠降：给面子光临。　[8]蓁莽：杂乱丛生的草木。　[9]蒙：谦称。　[10]镜台自献：不通过媒人，自己求婚。晋代温峤堂姑母托他为表妹做媒，温告诉姑母，佳婿送玉镜台为聘。待举行婚礼，发现女婿就是他本人。　[11]"千金觅玉杵"四句：唐传奇《裴航》写：裴航想娶美女云英。云英的祖母说：我有长生不老药，需要用玉杵、玉臼捣。你能得到玉杵，就将云英嫁给你。玄霜，黑色的仙药。手稿"玄霜"为"元霜"，避康熙皇帝名讳。

少间，有婢与辛耳语。辛起，慰客耐坐，牵

幕入。隐约三数语，即趋出。生意必有佳报，而辛乃坐与喔噱[1]，不复有他言。生不能忍，问曰："未审意旨，幸释疑抱。"辛曰："君卓荦士[2]，倾风已久，但有私衷，所不敢言耳。"生固请之，辛曰："弱息十九人[3]，嫁者十有二。醮命任之荆人[4]，老夫不与焉。"生曰："小生只要得今朝领小奚奴带露行者。"辛不应，相对默然。闻房内嘤嘤腻语，生乘醉搴帘曰："伉俪既不可得，当一见颜色，以消吾憾。"内闻钩动，群立愕顾。果有红衣人，振袖倾鬟[5]，亭亭拈带，望见生入，遍室张皇。辛怒，命数人捽生出。酒愈涌上，倒蓁芜中。瓦石乱落如雨，幸不着体[6]。

翁看穿冯生，与妻子商量是托词。

看来是辛十四娘反对。

轻脱变轻狂。

振袖倾鬟，亭亭拈带。八字写绝一美人。

[**注释**]

[1] 喔噱（wà jué）：聊天，谈笑。 [2] 卓荦（luò）士：特殊卓越的人物。 [3] 弱息：对人称呼女儿的谦词。 [4] 醮命任之荆人：许婚权力由妻子决定。 [5]"振袖倾鬟"二句：辛十四娘看到冯生的一连串动作，因害怕而袖子抖动着，低下头，仪态万方地手拈衣裙绣带。 [6] 幸不着体：手稿的"体"残缺，据铸雪斋本补。

卧移时，听驴子犹龁草路侧，乃起跨驴，踉

蹄而行[1]。夜色迷闷，误入涧谷，狼奔鸱叫[2]，竖毛寒心。踟蹰四顾，并不知其何所。遥望苍林中，灯火明灭，疑必村落，竟驰投之。仰见高闳[3]，以策挝门[4]。内有问者曰："何处郎君，半夜来此？"生以失路告，问者曰："待达主人。"生累足鹄俟[5]，忽有人振管辟扉[6]，一健仆出，代客捉驴。生入，见室甚华好。堂上张灯火。少坐，有妇人出，问客姓字，生以告。逾刻，青衣数人扶一老妪出，曰："郡君至[7]。"生起立，肃身欲拜[8]。妪止之坐，谓生曰："尔非冯云子之孙耶？"曰："然"。妪曰："子当是我弥甥[9]。老身钟漏并歇[10]，残年向尽，骨肉之间，殊所乖阔[11]。"生曰："儿少失怙[12]，与我祖父处者，十不识一焉。素未拜省，乞便指示。"妪曰："子自知之。"生不敢复问，坐对悬想。

"钟漏并歇"这句话有幽默感，其实老妪已死许久。

[注释]

[1] 蹄蹰：慌急走路不稳。　[2]"狼奔鸱（chī）叫"，手稿"狼"残半边。鸱，猫头鹰。　[3]高闳：高大讲究的门。　[4]以策挝门：用马鞭子敲门。　[5]累足鹄（hú）俟：站着一动不动伸着脖子等消息。鹄，天鹅。　[6]振管：打开锁。　[7]郡君：唐代封

四品以上官员之母为郡君。明代皇家女子称郡君。　[8]肃身欲拜：起立直身、面容端正想跪拜。　[9]弥甥：外甥之子。　[10]钟漏并歇：计算我生命的时间马上停止。与下句"残年向尽"同一意思，我快死了。钟和漏，都是古代报时工具。　[11]乖阔：缺少来往。　[12]失怙：丧父。怙，依靠。特指依靠父亲。《诗·小雅·蓼莪》："无父何怙，无母何恃？"

　　妪曰："甥深夜何得来此？"生以胆力自矜诩，遂一一历陈所遇。妪笑曰："此大好事。况甥名士，殊不玷于姻娅[1]。野狐精何得强自高！甥勿虑，我能为若致之。"生谢唯唯。妪顾左右曰："我不知辛家女儿，遂如此端好！"青衣人曰："渠有十九女，都翩翩有风格[2]，不知官人所聘行几？"生曰："年约十五余矣。"青衣曰："此是十四娘，三月间曾从阿母寿郡君，何忘却？"妪笑曰："是非刻莲瓣为高履[3]，实以香屑，蒙纱而步者乎？"青衣曰："是也。"妪曰："此婢大会作意弄媚巧[4]，然果窈窕。阿甥赏鉴不谬。"即谓青衣曰："可遣小狸奴唤之来[5]。"

[注释]
[1] 不玷于姻娅：不失于门当户对。　[2] 翩翩有风格：风度

　　冯生虽牛皮哄哄，亦知看人下菜碟。对郡君，他一见就想跪拜，始终执礼甚恭。

　　以老妪口描绘十四娘之美。冯镇峦评："每于极琐事随口诌出，随笔点缀，是史家颊上添毫法。"

　　前后五次写十四娘之美。冯生眼中点其娇美，口中点其年龄，青衣口中点其排行，妪口中点其媚巧。十四娘拜妪详尽风貌。千呼万唤始出来，回眸一笑百媚生。

翩翩，光彩照人。　[3]"是非刻莲瓣为高履"三句：古代女子在木底高跟鞋鞋面蒙纱，高底刻莲花瓣，鞋底中空，里边装香屑，走起路来在地上留下莲花瓣形香屑，名曰"步步生香"。　[4]作意：故意，别出心裁。　[5]狸奴：奴仆。狸，猫。

青衣应诺去。移时，入白："呼得辛家十四娘至矣。"旋见红衣女子，望妪俯拜。妪曳之曰："后为我家甥妇，勿得修婢子礼。"女子起，娉娉而立[1]，红袖低垂。妪理其鬓发，捻其耳环，曰："十四娘近在闺中作么生[2]？"女低应曰："闲来只挑绣。"回首见生，羞缩不安。妪曰："此吾甥也。盛意与儿作姻好，何便教迷途，终夜窜溪谷？"女俯首无语。妪曰："我唤汝，非他，欲为吾甥作伐耳！"女默默而已。妪命扫榻、展裀褥，即为合卺。女觍然曰："还以告之父母。"妪曰："我为汝作冰[3]，有何舛谬[4]？"女曰："郡君之命，父母当不敢违。然如此草草，婢子即死，不敢奉命！"妪笑曰："小女子志不可夺，真吾甥妇也！"乃拔女头上金花一朵，付生收之。命归家检历[5]，以良辰为定。乃使青衣送女去。

鬼妪摆足尚书夫人架势，尊贵蛮横，颐指气使，倚老卖老又惜幼怜美。人物生动！

十四娘温婉而坚强个性显露。

[注释]

[1]娉娉而立：亭亭玉立。　[2]作么生：干什么。　[3]作冰：做媒。　[4]舛（chuǎn）谬：差错。　[5]检历：看黄历，选黄道吉日。

听远鸡已唱，遣人持驴送生出。数步外，欷一回顾，则村舍已失。但见松楸浓黑，蓬颗蔽冢而已[1]。定想移时，乃悟其处为薛尚书墓[2]。薛故生祖母弟，故相呼以甥。心知遇鬼，然亦不知十四娘何人，咨嗟而归[3]。漫检历以待之，而心恐鬼约难恃。再往兰若，则殿宇荒凉。问之居人，则寺中往往见狐狸云。阴念：若得丽人，狐亦自佳。至日，除舍扫途[4]，更仆眺望[5]。夜半犹寂，生已无望。顷之，门外哗然，躧屣出窥[6]。则绣幰已驻于庭[7]。双鬟扶女坐青庐中。妆奁亦无长物，惟两长鬣奴扛一扑满[8]，大如瓮，息肩置堂隅。生喜得丽偶，并不疑其异类。问女曰："一死鬼，卿家何帖服之甚？"女曰："薛尚书，今作五都巡环使[9]，数百里鬼狐皆备扈从。故归墓时常少。"生不忘塞修[10]。翼日，往祭其墓。归，见二青衣，持贝锦为贺[11]，竟委几上而去。生

想得开，傻人傻福，岂不知狐比人还强。

狐叟狐媪想得周到，一大瓮钱！

以告女，女视之曰："此郡君物也。"

[注释]

[1]蓬颗蔽冢：覆盖蓬草的坟墓。　[2]尚书：明代吏、户、礼、兵、刑、工六部长官，秩正二品。　[3]咨嗟：叹息。　[4]除舍扫途：打扫房舍、清扫街道。　[5]更仆：更番相代。　[6]躧屣（xǐ xǐ）：急迫地趿拉着鞋。　[7]绣幰（xiǎn）：绣花的车帷，代指花轿。　[8]扑满：顶端有小孔的储钱瓦器。　[9]五都巡环使：阴司官名。　[10]蹇修：媒人。　[11]贝锦：有贝壳花纹的高级锦缎。

辛十四娘观察判断人的本事很强。一次穴壁观察就判断公子是恶人，劝冯生远之，但冯生轻脱秉性不改。

邑有楚银台之公子[1]，少与生共笔砚，相狎。闻生得狐妇，馈遗为餪[2]，即登堂称觞[3]。越数日，又折柬来招饮。女闻，谓生曰："曩公子来，我穴壁窥之，其人猿睛而鹰准[4]，不可与久居也。宜勿往。"生诺之。翼日，公子造门，问负约之罪，且献新什。生评涉嘲笑，公子大惭，不欢而散。生归，笑述于房。女惨然曰："公子豺狼，不可狎也！子不听吾言，将及于难。"生笑谢之。后与公子辄相谀噱[5]，前郤渐释[6]。

[注释]

[1]银台：宋代银台司掌管案牍奏状，明清设通政使司掌管，别称"银台"。　[2]馈遗为餪（nuǎn）：结婚三日后，亲友送食

物。　[3]称觞：举杯祝贺。　[4]猿睛而鹰准：鹰鼻猴眼。相面术认为，猿睛者目微黄，生性多疑，贪奸狡猾。鹰准，鹰钩鼻，相面术认为，鹰钩鼻为凶相，心肠恶毒，常陷害人。　[5]诶嗟：以开玩笑的形式恭维阿谀楚公子。　[6]郄（xì）：嫌隙。

会提学试[1]，公子第一，生第二。公子沾沾自喜，走伻来邀生饮[2]。生辞，频召乃往。至，则知为公子初度，客从满堂，列筵甚盛。公子出试卷示生，亲友叠肩叹赏。酒数行，乐奏作于堂，鼓吹伧儜[3]，宾主甚乐。公子忽谓生曰："谚云'场中莫论文'[4]，此言今知其谬。小生所以忝出君上者[5]，以起处数语略高一筹耳[6]。"公子言已，一座尽赞。生醉，不能忍，大笑曰："君到于今，尚以为文章至是耶？"生言已，一座失色，公子惭忿气结。客渐去，生亦遁。醒而悔之，因以告女。女不乐，曰："君诚乡曲之儇子也[7]！轻薄之态，施之君子，则丧吾德；施之小人，则杀吾身。君祸不远矣！我不忍见君流落，请从此辞。"生惧而涕，且告之悔。女曰："如欲我留，与君约：从今闭户绝交游，勿浪饮。"生谨受教。

书生斗嘴，声态并作，栩栩如生。冯生一语捅破靠势力得第一名的内幕。冯生固然痛快，楚公子却恨入骨髓。冯生不能忍一时之气，险遭杀身之祸。

十四娘语重心长。但明伦评："士人当书此为座右箴。"

[注释]

[1]提学试：提督学政主持秀才科试和岁试，决定秀才等级，考等级高者可参加乡试。　[2]走伻（bēng）：派仆人。　[3]鼓吹伧儜（níng）：音乐粗俗杂乱。　[4]场中莫论文：考场讲究命运，不论文章好坏。　[5]忝出君上者：惭愧地名次高于您的原因。　[6]起处数语略高一筹：开头几句写得稍微高明一点儿。起处，八股文由破题、承题、起讲、入手、起股、中股、后股、束股八部分组成。起处为破题。　[7]乡曲之儇子：见识浅薄的乡下佬。

辛十四娘防贼一样防楚公子，提心吊胆护冯生。男子汉大丈夫不做家庭顶梁柱，成妻子累赘，不亦羞乎？

十四娘为人勤俭洒脱，日以纴织为事[1]。时自归宁[2]，未尝逾夜。又时出金帛作生计，日有赢余，辄投扑满。日杜门户，有造访者，辄嘱苍头谢去。一日，楚公子驰函来，女焚爇不以闻。翼日，出吊于城，遇公子于丧者之家。捉臂苦邀，生辞以故。公子使圉人挽辔[3]，拥之以行。至家，立命洗腆[4]，继辞夗退[5]。公子要遮无已，出家姬弹筝为乐。生素不羁，向闭置庭中，颇觉闷损；忽逢剧饮，兴顿豪，无复萦念。因而酣醉，颓卧席间。

轻脱纵酒，全然不知自珍自重，十四娘的叮咛只当东风吹马耳。

[注释]

[1]纴（rèn）织：纺纱织布。　[2]归宁：已嫁女回家看望

父母。　[3] 圉（yǔ）人：养马的人。　[4] 洗腆：摆设洁净的酒席。　[5] 继辞夙退：一再推辞一再告退。

　　公子妻阮氏，最悍妒，婢妾不敢施脂泽[1]。日前，婢入斋中，为阮掩执[2]，以杖击首，脑裂立毙。公子以生嘲慢故，衔生，日思所报，遂谋醉以酒而诬之。乘生醉寐，扛尸床间，合扉径去。生五更醒解[3]，始觉身卧几上，起寻枕榻，则有物腻然，继绊步履[4]；摸之，人也，意主人遣僮伴睡，又蹴之，不动而僵。大骇，出门怪呼。厮役尽起。爇之，见尸，执生怒闹。公子出验之，诬生逼奸杀婢，执送广平。

[注释]

[1] 施脂泽：梳洗打扮。　[2] 掩执：突然破门捉拿。　[3] 醒（chéng）解：酒醒。　[4] 继（xiè）绊步履：绊脚。继，绳索。手稿为"继袢步履"，今据二十四卷抄本。

　　隔日，十四娘始知，潸然曰："早知今日矣！"因按日以金钱遗生。生见府尹[1]，无理可伸，朝夕搒掠[2]，皮肉尽脱。女自诣问，生见之，悲气塞心，不能言说。女知陷阱已深，劝令诬服，

辛十四娘"早知今日"，无限伤心事，俱从一语出。当初就不乐意跟随冯生，迫于妪命相从；千方百计维护冯生安全，无奈冯生不自爱。十四娘运筹帷幄，胸有成竹。如大将临敌，安排妥当。派狐丫鬟进京找皇帝，买下禄儿准备代自己。冯生脱离陷阱，自己全身而退。

既虚幻又真实
的人生画卷，既有
狐仙昼去夕来设法
救助，又有人间弱
女子面临丈夫判死
刑时的惶急状况。

以免刑宪[3]。生泣听命。女还往之间，人咫尺不相窥。归家咨悒[4]，遽遣婢子去。独居数日，又托媒媪购良家女，名禄儿，年已及笄，容华颇丽，与同寝食，抚爱异于群小[5]。生认误杀，拟绞，苍头得信归，呜述不成声。女闻，坦然若不介意。既而秋决有日[6]，女始皇皇躁动，昼去夕来，无停履，每于寂所，於邑悲哀[7]，至损眠食。一日，日晡，狐婢忽来。女顿起，相引屏语[8]。出则笑色满容，料理门户如平时。翼日，苍头至狱，生寄语娘子一往永诀。苍头复命。女漫应之，亦不怆恻，殊落落置之。家人窃议其忍。

[注释]

[1]府尹：广平府知府。 [2]搒掠：拷打。 [3]以免刑宪：免得被严刑拷打。 [4]咨悒：叹惜。 [5]群小：普通奴仆。 [6]秋决：秋天处决。古代惯例，判死罪的犯人一般秋后处决。 [7]於（wū）邑：低声哭泣。 [8]相引屏（bǐng）语：两人到没人的地方悄悄说话。

忽道路沸传：楚银台革爵；平阳观察奉特旨治冯生案[1]。苍头闻之，喜告主母。女亦喜。即遣入府探视，则生已出狱，相见悲喜。俄捕公子至，一鞫，尽得其情。生立释宁家[2]。归见闺中人[3]，泫然流涕。女亦相对怆楚，悲已而喜。然终不知何以得达上听。女笑指婢曰："此君之功臣也。"生愕问故。先是，女遣婢赴燕都[4]，欲达宫闱，为生陈冤。婢至，则宫中有神守护，徘徊御沟间，数月不得入。婢惧误事，方欲归谋，忽闻天子将幸大同，婢乃预往，伪作流妓[5]。上至句阑[6]，极蒙宠眷。疑婢不似风尘人，婢乃垂泣。上问："有何冤苦？"婢对："妾原籍隶广平，生员冯某之女。父以冤狱将死，遂鬻妾句阑中。"上惨然，赐金百两。临行，细问颠末，以纸笔记姓名，且言欲与共富贵。婢言："但得父子团聚，不愿华脱也[7]。"上颔之，乃去。婢以此情告生。生急拜，泪眦双荧[8]。

叙事极有讲究，此前不写狐丫鬟去向，后借十四娘介绍和盘托出，如横云断岭。

千年间以皇帝之尊逛妓院的仅正德皇帝，就被蒲松龄巧妙利用来大做文章。官官相护，要翻冤案，必须经皇帝。皇帝偏偏通过嫖妓翻案，讽刺入骨。小说开头似乎随意说冯生是正德年间人，其实是草蛇灰线，伏线千里。

[注释]

[1]平阳：辖今山西临汾。观察：明清时对道员的尊称，省以下、府以上的官员。特旨：帝王特别圣旨。 [2]宁家：回家。 [3]闺中人：妻子。 [4]燕都：北京。 [5]流妓：走江湖居无定所的妓女。 [6]句（gōu）阑：妓院。 [7]华脱（wǔ）：华贵的衣服，精美的饮食。 [8]泪眦双荧：两眼泪珠晶莹。眦，眼眶。

居无几何，女忽谓生曰："妾不为情缘，何处得烦恼？君被逮时，妾奔走戚眷间，并无一人代一谋者。尔时酸衷[1]，诚不可以告诉。今视尘俗益厌苦。我已为君蓄良偶，可从此别。"生闻，泣伏不起。女乃止。夜遣禄儿侍生寝，生拒不纳。朝视十四娘，容光顿减；又月余，渐已衰老；半载，黯黑如村妪。生敬之，终不替[2]。女忽复言别，且曰："君自有佳侣，安用此鸠盘为[3]？"生哀泣如前日。又逾月，女暴疾，绝食饮，羸卧闺闼。生侍汤药，如奉父母。巫医无灵，竟以溘逝[4]。生悲悼欲绝，即以婢赐金，为营斋葬。数日，婢亦去，遂以禄儿为室。逾年，举一子。然比岁不登[5]，家益落。夫妻无计，对影长愁，忽忆堂陬扑满[6]，常见十四娘投钱于中，不知尚在否。近临之，则豉具盐盎[7]，罗列殆满。头头置去[8]，箸探其中，坚不可入。扑而碎之，金钱溢出，由此顿大充裕。

后苍头至太华，遇十四娘，乘青骡，婢子跨蹇以从，问："冯郎安否？"且言："致意主人，我已名列仙籍矣。"言讫，不见。

[注释]

[1]酸衷：悲痛的内心。　[2]不替：不改变。　[3]鸠盘：梵语"鸠盘荼"，又译为"冬瓜鬼"，指非常丑陋的妇人。　[4]溘（kè）：突然。　[5]比岁不登：连年收成不好。　[6]堂陬（zōu）：房间一个角落。　[7]豉具盐盎：放豆豉和盐的罐子。　[8]头头置去：一件一件移走。

异史氏曰："轻薄之词，多出于士类，此君子所悼惜也。余尝冒不韪之名[1]，言冤则已迂[2]；然未尝不刻苦自励，以勉附于君子之林，而祸福之说不与焉。若冯生者，一言之微，几至杀身，苟非室有仙人，亦何能解脱囹圄[3]，以再生于当世耶？可惧哉！"

此篇小说手稿原题"鬼媒狐女"，涂改为"辛十四娘"。着力塑造狐女形象。

蒲松龄彻底颠覆传统狐狸精害人观念，赋予"室有仙人"全新内涵。

[注释]

[1]不韪之名：说话刻薄的名。　[2]言冤则已迂：说自己冤枉就太迂腐。　[3]囹圄（líng yǔ）：监狱。

[点评]

这是《聊斋志异》篇幅最长、最好的作品之一，即便放在中国小说史长河中也属上乘之作。它既是优美的人狐恋故事，又是上写官场、下写书生的佳作。辛十四娘以绝美风姿、绝顶智慧、绝佳口齿，构成"奇美"狐仙形象。她开头对冯生不十分满意，但"嫁鸡随鸡"，恪尽妻责，尽力让冯生改正"轻脱"以求完美，像诲人不倦的人生导师。在封建社会丈夫判死刑，家里塌了天，辛十四娘稳健处理棘手难题，挽狂澜于既倒，是家庭顶梁柱。最后功成身退，巧剪情缘，复归世外狐仙。小说人物虽多，却人各一面，狐叟雅量，鬼妪跋扈，冯生轻狂，楚公子霸道，辛十四娘聪慧机敏。写景如同油画，荒寺古墓摇曳生姿。人物对话鲜明生动，与人物个性谐和无间。情节曲折多变而合情合理。行文细针密线，松紧有致。显示出作者擅长驾驭复杂故事的才能。

鸦　头

此时鸦头已在悄悄观察，发现王文洁身自好，并非寻花问柳之徒，才大胆迈出追求幸福的第一步。主动露面结识王文。

鸦头遇王文不是"佛殿相逢"，而是蓄意相识，是她向诚笃君子托付终身第一步。

诸生王文，东昌人[1]，少诚笃，薄游于楚[2]。过六河[3]，休于旅舍，仍步门外[4]，遇里戚赵东楼，大贾也，尝数年不归。见王，相执甚欢，便邀临存[5]。至其所，有美人坐室中，愕怪却步。赵曳之，又隔窗呼妮子去，王乃入。赵具酒馔，话温凉[6]。王问："此何处所？"答云："此是小勾栏。余因久客，暂假床寝。"话间，妮子频来出入。王跼促不安，离席告别。赵强捉令坐。俄见一少女经门外过，望见王，秋波频顾，眉目含情，仪度娴婉[7]，实神仙也。王素方直[8]，至此惘然若失。便问："丽者何人？"赵曰："此媪次女，小字鸦头，年十四矣。缠头者屡以重金啖媪[9]，女执不愿，致母鞭楚。女以齿稚哀免，今尚待聘耳。"

"待聘"并非等出嫁，而是等待第一次接客，"梳弄"。

[**注释**]

[1]东昌：今山东省聊城。　[2]薄游：随意游历。楚，古国名，后泛指长江中下游包括江苏、安徽、湖北一带。　[3]六河：旧县名，在南京北部。　[4]仍：频繁。　[5]临存：大驾光临。　[6]话温凉：问寒问暖。　[7]娴婉：文雅美丽。　[8]方直：端方正直。　[9]缠头者：嫖客。古时舞者以锦缠头，舞罢，宾客赠锦，称"缠头"。

王闻言俯首，默然痴坐，酬应悉乖[1]。赵戏之曰："君倘垂意，当作冰斧[2]。"王怃然曰[3]："此念所不敢存。"然日向西，绝不言去。赵又戏请之。王曰："雅意极所感佩，囊涩奈何[4]！"赵知女性激烈，必当不允，故许以十金为助。王拜谢趋出，罄资而至，得五数，强赵致媪。媪果少之。鸦头言于母曰："母日责我不作钱树子[5]，今请得如母所愿。我初学作人，报母有日，勿

书呆子痴情态入情入理。

鸦头的聪明机智、伶牙俐齿写得极有张致。先以自责语诱之，以报母饵之，后以勿却财神恐之。与贪财人说财，鸨母焉得不堕其术？

以区区放却财神去。"媪以女性拗执，但得允从，即甚欢喜，遂诺之。使婢邀王郎。赵难中悔，加金付媪。

［注释］

[1]酬应悉乖：心不在焉，应酬问答都不对。　　[2]冰斧：媒人。　[3]忔（wǔ）然：怅然若失。　[4]囊涩：钱包里没钱。　[5]钱树子：妓院将妓女做摇钱树。

　　王与女欢爱甚至。既，谓王曰："妾烟花下流[1]，不堪匹敌[2]；既蒙缱绻，义即至重。君倾囊博此一宵欢，明日如何？"王泫然悲哽[3]，女曰："勿悲。妾委风尘[4]，实非所愿。顾未有敦笃可托如君者[5]。请以宵遁[6]。"王喜，遽起，女亦起[7]。听谯鼓已三下矣[8]。女急易男装，草草偕出，叩主人扉。王故从双卫，托以急务，命仆便发。女以符系仆股并驴耳上，纵辔极驰，目不容启，耳后但闻风鸣。平明，至汉江口[9]，税屋而止。王惊其异，女曰："言之，得无惧乎？妾非人，狐耳。母贪淫，日遭虐遇，心所积懑。今幸脱苦海。百里外，即非所知。可幸无恙。"

鸦头深谋远虑，受尽鞭楚而渴望爱情，楚楚动人。

王略无疑二^[10]，从容曰："室对芙蓉^[11]，家徒四壁^[12]，实难自慰，恐终见弃置。"女曰："何为此虑？今市货皆可居^[13]。三数口，淡薄亦可自给^[14]。可鬻驴子做资本。"王如言，即门前设小肆，王与仆人躬同操作，卖酒贩浆其中。女作披肩，刺荷囊^[15]，日获赢余，顾赡甚优^[16]。积年余，渐能蓄婢媪。王自是不着犊鼻^[17]，但课督而已。

鸦头坦诚率真，披肝沥胆。自食其力，质朴甘贫。人物形象平添一层温和明媚的色彩。

[**注释**]

[1]烟花下流：下流的娼妓。烟花，指娼妓。　[2]匹敌：婚配。　[3]泫然悲哽：流泪悲伤哽咽。　[4]委风尘：沦落风尘。　[5]敦笃：敦厚诚笃。　[6]宵遁：连夜逃跑。　[7]自开头"诸生王文"至"女亦起"，手稿本脱落字甚多，据二十四卷抄本补齐。　[8]谯鼓：谯楼更鼓。　[9]汉江口：汉口镇。　[10]疑二：疑心。　[11]室对芙蓉：在家里面对芙蓉花一样的艳妻。《西京杂记》写卓文君"脸际常若芙蓉"。　[12]家徒四壁：家里穷得只有四堵墙。《史记》写司马相如带卓文君回成都"家居徒四壁立"，后被简化成"家徒四壁"成语。　[13]市货皆可居：市上一切货物都可以通过贸易盈利。　[14]淡薄：淡泊。　[15]荷囊：荷包。　[16]顾赡甚优：家庭生活供应优裕。　[17]犊鼻：犊鼻裈，围裙。

女一日悄然忽悲，曰："今夜合有难作，奈何！"王问之，女曰："母已知妾消息，必见凌鸦头对妮子和媪采取不同态度。对妮子理直气壮；对媪却逆来顺受。鸦头既勇敢又软弱，既聪慧又愚孝。

逼。若遣姊来，吾无忧；恐母自至耳。"夜已央[1]，自庆曰："不妨，阿姊来矣。"居无何，妮子排闼入[2]。女笑逆之。妮子骂曰："婢子不羞，随人逃匿！老母令我缚去。"即出索子絷女颈。女怒曰："从一者得何罪[3]？"妮子益忿，捽女断袊。家中婢媪皆集。妮子惧，奔出。女曰："姊归，母必自至。大祸不远，可速作计。"乃急办装，将更播迁[4]。媪忽掩入，怒容可掬，曰："我固知婢子无礼，须自来也！"女迎跪哀啼。媪不言，揪发提去。王徙倚怆恻，眠食都废，急诣六河，冀得贿赎[5]。至则门庭如故，人物已非。问之居人，俱不知其所徙。悼丧而返。于是俵散客旅[6]，囊资东归。

[注释]

[1]夜已央：半夜。　[2]排闼：撞开门。　[3]从一者：从一而终不嫁二夫者。　[4]播迁：迁徙。　[5]贿赎：拿钱赎买。　[6]俵散客旅：遣散客居地的雇工。

后数年，偶入燕都，过育婴堂[1]，见一儿，七八岁。仆人怪似其主，反复凝注之。王问："看儿何说？"仆笑以对，王亦笑。细视儿，风度磊落[2]。自念乏嗣，因其肖己，爱而赎之。诘其名，自称王孜。王曰："子弃之襁褓，何知姓氏？"曰："本师尝言[3]，得我时，胸前有字，书'山东王文之子'。"王大骇曰："我即王文，乌得有子？"念必同己姓名者，心窃喜，甚爱惜之。及归，见者不问而知为王生子。孜渐长，孔武有力[4]，喜田猎，不务生产，乐斗好杀，王亦不能箝制之。又自言能见鬼狐，悉不之信。会里中有患狐者，请孜往觇之。至则指狐隐处，令数人随指处击之，即闻狐鸣，毛血交落，自是遂安。由是人益异之。

作者写人不用正面描写，而是穿插变化，灵活多样。鸦头被捉后的经历用两种手段互为补充、反复咏叹地写出，一是儿子的线索；二是赵东楼的叙述。

［注释］

[1]育婴堂：旧时收养无主婴儿的机构。　[2]磊落：魁伟英俊。　[3]本师：育婴堂抚育教养老师。　[4]孔武：非常英武。

王一日游市廛，忽遇赵东楼。巾袍不整，形色枯黯[1]。惊问所来，赵惨然请间[2]。王乃偕归，命酒。赵曰："媪得鸦头，横施楚掠。既北徙，又欲夺其志。女矢死不二，因囚置之。生一男，弃诸曲巷[3]，闻在育婴堂，想已长成。此君遗体

补叙。回风舞雪、倒峡逆浪，交代人物经历。

也。"王出涕曰："天幸孽儿已归。"因述本末，问："君何落拓至此？"叹曰："今而知青楼之好，不可过认真也。夫何言！"先是，媪北徙，赵以负贩从之，货重难迁者，悉以贱售。途中脚直供亿[4]，烦费不资，因大亏损。妮子索取尤奢。数年，万金荡然。媪见床头金尽，旦夕加白眼。妮子渐寄贵家宿，恒数夕不归。赵愤激不可耐，然无奈之。适媪他出，鸦头自窗中呼赵曰："勾栏中原无情好，所绸缪者，钱耳。君依恋不去，将掇奇祸[5]。"赵惧，如梦初醒。临行，窃往视女，女授书使达王。赵乃归。因以此情为王述之，即出鸦头书。

［ 注释 ］

[1] 枯黯：面色灰暗憔悴。　[2] 请间：找个避人清静的地方。　[3] 曲巷：偏僻小巷。　[4] 脚直供亿：途中运输费用和家居花销的费用。　[5] 掇（duō）：招致。

书云："知孜儿已在膝下矣。妾之厄难，东楼君自能缅悉[1]。前世之孽，夫何可言！妾幽室之中，暗无天日，鞭创裂肤，饥火煎心，易一晨

书信是巧妙而质朴的心理描写。汹涌澎湃的感情潮汐，冲击读者心灵。有对恋人望穿秋水的期待，有对昔日温情的热情追忆。既有对度日如年囚禁生活的描述，又有对自由的呼唤，还有对母姊刀割不断的情义。爱恨交织，柔情万端，抒情诗般语言。

昏，如历年岁。君如不忘汉上雪夜单衾^[2]，迭互
暖抱时，当与儿谋，必能脱妾于厄。母姊虽忍，
要是骨肉。但嘱勿致伤残，是所愿耳。"王读之，
泣不自禁。以金帛赠赵而去。

[注释]

[1] 缅悉：详细得知。　　[2] 汉上：即汉江口。

时孜年十八矣。王为述前后，因示母书。孜
怒眦欲裂，即日赴都，询吴媪居，则车马方盈。
孜直入，妮子方与湖客饮，望见孜，愕立变色。
孜骤进杀之。宾客大骇，以为寇。及视女尸，已
化为狐。孜持刃径入，见媪督婢作羹。孜奔近室
门，媪忽不见。孜四顾，急抽矢望屋梁射之，一
狐贯心而堕，遂决其首。寻得母所，投石破扃，
母子各失声。母问媪，曰："已诛之。"母怨曰："儿
何不听吾言！"命持葬郊野。孜伪诺之，剥其皮
而藏之。检媪箱箧，尽卷金资，奉母而归。夫妇
重谐，悲喜交至。既问吴媪，孜言："在吾囊中。"
惊问之，出两革以献。母怒，骂曰："忤逆儿！何
得此为！"号恸自挝，转侧欲死。王极力抚慰，

鸦头给儿子起
个王孜的名字非常
巧妙，一方面，用
"孜"的含义勤谨、
不懈怠，相信他将
来能孜孜以求把母
亲救出来，另一方
面是谐音，王孜，
王家之子。

叱儿瘗革[1]。孜忿曰：“今得安乐所，顿忘挞楚耶？”母益怒，啼不止。孜葬皮反报，始稍释。

［注释］
[1] 瘗革：埋葬狐媪和妮子的皮革。

王自女归，家益盛。心德赵，报以巨金。赵始知媪母子皆狐也。孜承奉甚孝，然误触之，则恶声暴吼。女谓王曰：“儿有拗筋，不刺去之，终当杀人倾产。”夜伺孜睡，潜絷其手足。孜醒曰：“我无罪。”母曰：“将医尔虐[1]，其勿苦。”孜大叫，转侧不可开。女以巨针刺踝骨侧，深三四分许，用力掘断，崩然有声；又于肘间脑际并如之。已乃释缚，拍令安卧。天明，奔候父母，涕泣曰：“儿早夜忆昔所行，都非人类！”父母大喜。从此温和如处女，乡里贤之。

异史氏曰：“妓尽狐也，不谓有狐而妓者；至狐而鸨，则兽而禽矣。灭理伤伦，其何足怪？至百折千磨，之死靡他[2]，此人类所难，而乃于狐也得之乎？唐君谓魏徵饶更妩媚[3]，吾于鸦头亦云。”

《隋唐嘉话》记载：“太宗每谓人言：‘人言魏徵举动疏慢，我但觉其妩媚耳。’”魏徵因能向皇帝直言进谏而被唐太宗认为美好。鸦头是贫贱的狐妓，蒲松龄将其抬到与名臣并列的位置。

[注释]

[1]虐：残暴本性。　[2]之死靡他：至死也不变心。　[3]魏徵（580—643）：初唐政治家，以直言敢谏出名。妩媚：美好可爱。

[点评]

鸦头出淤泥而不染，既柔美又刚强，既纯真又聪慧。蒲松龄以精细的笔触，结合故事发展，生动形象从多个侧面刻画这个人物，使之极富神采。鸦头形象是在与其他人物参差错落、交互映照中矗立起来。作者写一人肖一人，鸦头娴婉多情，王文痴情单一，赵东楼热情油滑，鸨母贪婪愚蠢。人物之间以反衬正，相映而出。水性扬花的妮子相衬爱情单一的鸦头，市井赵东楼衬书生王文，在一个短篇小说里写活数个人物，很不简单。

狐 梦

余友毕怡庵[1]，倜傥不群[2]，豪纵自喜，貌丰肥，多髭，士林知名。尝以故至叔刺史公之别业[3]，休憩楼上。传言楼中故多狐。毕每读《青凤传》，心辄向往，恨不一遇。因于楼上摄想凝思。既而归斋，日已浸暮[4]。时暑月燠热[5]，当户而寝。睡中有人摇之。醒而却视[6]，则一妇人，

把叙述语言与作者评价结合起来，开章明义的人物介绍中，埋藏着故事发展的引线和个性依据。毕怡庵的个性和体貌对小说有重要作用。倜傥豪纵才会和狐仙交往；体肥多髭，才有狐女为此而来的妙语。

有人摇时，毕怡庵已入梦。

"醒"而视其实是在梦中。

年逾不惑[7]，而风雅犹存。毕惊起，问其谁何。笑曰："我狐也。蒙君注念，心窃感纳。"毕闻而喜，投以嘲谑。妇笑曰："妾齿加长矣，纵人不见恶，先自惭沮。有小女及笄，可侍巾栉[8]。明宵，无寓人于室，当即来。"言已而去。

[**注释**]

[1] 毕怡庵：据邹宗良《淄川毕氏世谱》考证，毕怡庵是蒲松龄的东家毕际有长兄毕际壮之子毕盛锡（1635—1685）。另有考据者提出毕际有之侄毕盛统、毕盛育、毕盛钰等可能人选。　[2] "倜傥不群"二句：风流洒脱，不同凡俗，豪放不羁，自我欣赏。　[3] 刺史公之别业：毕际有的别墅。刺史公，指毕际有。　[4] 浸暮：天渐渐变黑。　[5] 燠（yù）热：闷热。　[6] 却视：仰视。　[7] 年逾不惑：年纪超过四十岁。《论语·为政》"四十而不惑"，后来用"不惑"称四十岁。　[8] 侍巾栉：侍奉梳洗，即当侍妾。

至夜，焚香坐伺。妇果携女至，态度娴婉，旷世无匹。妇谓女曰："毕郎与有夙缘[1]，即须留止[2]。明旦早归，勿贪睡也。"毕乃握手入帏，款曲备至。事已，笑曰："肥郎痴重，使人不堪。"未明即去。既夕，自来，曰："姊妹辈将为我贺新郎，明日即屈同去。"问："何所？"曰："大姊作筵主，去此不远也。"毕果候之。良久不至，身渐倦惰，才伏案头，女忽入曰："劳君久伺矣。"乃握手而行。奄至一处，有大院落，直上中堂，则见灯烛荧荧，灿若星点。俄而主人出，年近二旬，淡妆绝美。敛衽称贺已，将践席，婢入白："二娘子至。"见一女子入，年可十八九，笑向女曰："妹子已破瓜矣[3]。新郎颇如意否？"女以扇击背，白眼视之。二娘曰："记儿时与妹相扑为戏[4]，妹畏人数胁骨，遥呵手指，即笑不可耐。便怒我，谓我当嫁僬侥国小王子[5]。我谓婢子他日嫁多髭郎，刺破小吻，今果然矣。"大娘笑曰："无怪三娘子怒诅也[6]！新郎在侧，直尔憨跳[7]！"顷之，合尊促坐[8]，宴笑甚欢。

[注释]

[1] 凤缘：命中注定的缘分。手稿为"凤宿"，今据《异史》。　[2] 留止：留下住宿。　[3] 破瓜：指少女已婚。　[4] 相扑为戏：相扑，本是秦汉时体育比赛项目，此指打闹玩耍。　[5] 僬侥（jiāo yáo）国：古代传说中的小人国。　[6] 怒诅：发怒咒骂。　[7] 直尔憨跳：竟如此胡打乱闹。　[8] 合尊促坐：围桌而坐，举杯应酬。尊，同"樽"，酒杯。

毕怡庵才伏案头，即进入梦中之梦。

"点缀小女子闺房戏谑，都成隽语，且逼真"（冯镇峦评语）。几位狐女年相近貌相若，同中存异，曲尽变化，个个活灵活现。大姐温文尔雅，二姐豪爽调皮，四妹聪慧顽皮。

将人物对话嵌入叙述语言中。人物语言几乎是口头语言不加修饰引进，叙述语言却凝重工整。蒲松龄终生乡居，熟悉中下层人民语言，又身居藏书万卷的毕府，于学无所不窥，才使他的语言有丰富性、多样性、优美性。

忽一少女抱一猫至，年可十一二，雏发未燥[1]，而艳媚入骨。大娘曰："四妹妹亦要见姊丈也？此无坐处。"因提抱膝头，取肴饵之。移时，转置二娘怀中，曰："压我胫股酸痛[2]！"二姊曰："婢子许大[3]，身如百钧重[4]。我脆弱不堪。既欲见姊夫，姊夫故壮伟，肥膝耐坐。"乃捉置毕怀。入怀香软，轻若无人。毕抱与同杯饮。大娘曰："小婢勿过饮，醉失仪容，恐姊夫所笑。"少女孜孜展笑[5]，以手弄猫，猫戛然鸣。大娘曰："尚不抛却，抱走蚤虱矣！"二娘曰："请以狸奴为令，执箸交传，鸣处则饮。"众如其教。至毕辄鸣。毕故豪饮，连举数觥。乃知小女子故捉令鸣也，因大喧笑。二姊曰："小妹子归休，压煞郎君，恐三姊怨人。"小女郎乃抱猫去。

[**注释**]

[1]雏发未燥：本意是胎毛未干，此处指年龄很小。 [2]胫股：大腿小腿。 [3]许大：这样大。 [4]钧：古代计量单位，三十斤为一钧。 [5]孜孜展笑：不停地开颜欢笑。

大姊见毕善饮，乃摘髻子贮酒以劝[1]。视髻仅容升许，然饮之，觉有数斗之多。比干，视之，则荷盖也。二娘亦欲相酬。毕辞不胜酒。二娘出一口脂合子[2]，大于弹丸，酌曰："既不胜酒，聊以示意。"毕视之，一吸可尽，接吸百口，更无干时。女在旁，以小莲杯易合子去，曰："勿为奸人所弄。"置合案上，则一巨钵。二娘曰："何预汝事！三日郎君，便如许亲爱耶！"毕持杯向口立尽。把之，腻软；审之，非杯，乃罗袜一钩[3]，衬饰工绝。二娘夺骂曰："猾婢！何时盗人履子去，怪道足冷冰也！"遂起，入室易舄。女约毕离席告别。女送出村，使毕自归。瞥然醒寤，竟是梦景；而鼻口醺醺，酒气犹浓，异之。

[注释]

[1]髻子：妇女束发髻的圆形饰品。 [2]口脂合子：盛唇膏的小盒子。 [3]罗袜一钩：绣鞋一只。

至暮，女来，曰："昨宵未醉死耶？"毕言："方疑是梦。"女曰："姊妹怖君狂噪[1]，故托之梦，实非梦也。"女每与毕弈，毕辄负。女笑曰："君日嗜此，我谓必大高着[2]。今视之，只平平

《聊斋志异》茶具不比《红楼梦》逊色，且有幻异奇妙意味。三样酒器，分别由髻子、口脂合、罗袜变成。大变小，小变大，髻变荷盖，口脂合变巨钵，袜变莲杯，相映成趣。狐女宴会上喁喁絮语，都是口吻逼真的家庭细事。真中有幻、幻中有真，奇幻迭生、新奇雅致。

《狐梦》两次入梦不同，第一次狐仙梦，第二次梦中梦。有趣的是，毕怡庵怀疑是梦，狐女却说不是梦。是梦非梦，非梦是梦，作家一管之笔令人眼花欲迷。

耳。"毕求指诲，女曰："弈之为术，在人自悟，我何能益君？朝夕渐染，或当有异。"居数月，毕觉稍进。女试之，笑曰："尚未，尚未！"毕出，与所尝共弈者游，则人觉其异，咸奇之。毕为人坦直，胸无宿物[3]，微泄之。女已知，责曰："无惑乎同道者不交狂生也[4]。屡嘱慎密，何尚尔尔！"怫然欲去。毕谢过不遑[5]，女乃稍解，然由此来浸疏矣。

[注释]

[1]怖君狂噪：担心你大惊小怪、乱喊乱叫。　[2]高着：出色的棋艺。　[3]胸无宿物：心里藏不住事儿，嘴里藏不住话。　[4]同道者：狐仙们。　[5]谢过不遑：一迭连声认错。

积年余，一夕来，兀坐相向[1]。与之弈，不弈；与之寝，不寝。怅然良久，曰："君视我孰如青凤？"曰："殆过之。"曰："我自惭弗如。然聊斋与君文字交。请烦作小传，未必千载下无爱忆如君者。"毕曰："夙有此志，曩遵旧嘱，故秘之。"女曰："向为是嘱，今已将别，复何讳？"问："何往？"曰："妾与四妹妹为西王母征作花鸟使[2]，不复得来。曩有姊行，与君家叔兄，临别已产二女，今尚未醮。妾与君幸无所累。"毕求赠言。曰："盛气平，过自寡。"遂起，捉手曰："君送我行。"至里许，洒涕分手，曰："彼此有志，未必无会期也。"乃去。

康熙二十一年腊月十九日[3]，毕子与余抵足绰然堂[4]，细述其异。余曰："有狐若此，则聊斋之笔墨有荣光矣！"遂志之。

毕怡庵因慕青凤而得狐梦，又受狐仙之托，求聊斋先生作传，煞有介事。毕怡庵是真实人物，绰然堂是真实地点，康熙二十一年腊月十九日是真实时间，狐狸精和梦却是假的。真真假假、假假真真，是聊斋先生诱人深信的障眼法。

[注释]

[1]兀坐：呆坐。　[2]花鸟使：唐朝天宝年间，曾挑选美丽的宫女照料宫中宴会，称"花鸟使"。　[3]康熙二十一年腊月十九日：公元1683年1月16日。腊月，十二月。　[4]绰然堂：蒲松龄在毕家授徒下榻处。

[点评]

毕怡庵忻慕青凤，"恨不一遇"，果然在梦中遇狐，极尽缱绻、怡游。小说融合狐仙和梦幻于一体，写狐梦又写梦中之梦，是别出心裁的创新。小说奇幻诡异、幽默风趣，喜剧气氛洋溢全篇，虽然是梦、是幻，却有浓郁的生活气息。毕怡庵与狐女聚饮是小说最成功的地方。几位狐女形象人各一面，却面面不同，栩栩如生；几件酒器优美别致、妙趣盎然。语言表达错落有致、典雅凝练，人物对话生动形象。读者似乎可以听到狐女们妙语如珠般的莺声燕语，能感受到她们的青春气息。作者以半真半假的笔墨，造就了真幻相生的艺术境界。

花姑子

章叟在安生迷路时出现，驼背拄杖，似乎年迈无力，却又能斜径疾走，表面看不合情理，实际暗点异类身份。只有香獐才能如此敏捷。神灵能预知安生将遇蛇精（灯火即蛇目）。

章叟貌与行矛盾，前言不搭后语。他突然出现在安生面前时问"谁何"？带安生回家老妪却问"郎子来耶？"说明章氏全家为安生将受蛇魅焦急。章叟尽心救人却不欲人知。舍宇湫隘暗点穴居特点。

安幼舆，陕之拔贡生[1]，为人挥霍好义[2]，喜放生，见猎者获禽，辄不惜重值，买释之。会舅家丧葬，往助执绋[3]。暮归，路经华岳[4]，迷窜山谷，中心大恐[5]。一矢之外[6]，忽见灯火，趋投之。数武中，欻见一叟，伛偻曳杖，斜径疾行。安停足，方欲致问，叟先诘："谁何？"安以迷途告，且言灯火处必是山村，将以投止[7]。叟曰："此非安乐乡。幸老夫来，可从去，茅庐可以下榻[8]。"安大悦，从行里许，睹小村。叟扣荆扉，一妪出，启关曰："郎子来耶[9]？"叟曰："诺。"既入，则舍宇湫隘[10]。叟挑灯促坐，便命随事具食[11]，又谓妪曰："此非他，是吾恩主。婆子不能行步，可唤花姑子来酾酒[12]。"

[注释]

[1] 拔贡生：清代由县、州、府推荐到国子监的廪生。 [2] 挥霍：洒脱。 [3] 执绋：送葬。绋，灵车前边导引的绳子。 [4] 华岳：西岳华山。 [5] 中心：心中。 [6] 一矢：一箭。 [7] 投止：投宿。 [8] 下榻：请客人留宿。 [9] 郎子：对他人年少子弟的敬称。 [10] 湫（jiǎo）隘：低矮潮湿狭小。 [11] 随事具食：就家中现成食物招待客人。 [12] 釃（shī，又 shāi）酒：斟酒。

俄女郎以馔具入，立叟侧，秋波斜盼。安视之，芳容韶齿 [1]，殆类天仙。叟顾令煨酒 [2]。房西隅有煤炉，女即入房拨火。安问：“此公何人？”答云：“老夫章姓，七十年止有此女。田家少婢仆，以君非他人，遂敢出妻见子 [3]，幸勿哂也。”安问：“婿家何里？”答言：“尚未。”安赞其惠丽，称不容口。叟方谦挹 [4]，忽闻女郎惊号。叟奔入，则酒沸火腾。叟乃救止。诃曰：“老大婢，懦猛不知耶 [5]！”回首，见炉旁有蜀心插紫姑未竟 [6]，又诃曰：“发蓬蓬许 [7]，裁如婴儿！”持向安曰：“贪此生涯，致酒腾沸。蒙君子奖誉，岂不羞死！”安审谛之，眉目袍服，制甚精工。赞曰：“虽近儿戏，亦见慧心。”

两个酒沸的情节写活花姑子。第一次因贪玩而酒沸，是“寄慧于憨”。“点缀琐事，写小女子性情都是传神之笔”（冯镇峦评）。这细节得到两个目睹者的不同评价，一个是舐犊慈父恨铁不成钢的说法；一个是情人眼里出西施的说法。两个貌似对立的说法对花姑子的天真举止进行互相补充的诠释。

[注释]

[1] 芳容韶齿：貌美年轻。韶齿，韶颜稚齿。 [2] 煨酒：文火温酒。 [3] 出妻见（xiàn）子：令妻子儿女出来见客，是古代表示亲近的待客之道。 [4] 谦挹（yì）：谦逊客气。 [5] 濡（rú）猛：沸出。 [6] 蜀（shǔ）心：高粱秆心。紫姑：厕神。传说紫姑为妾，被嫡妻杀害。上帝可怜她，封为厕神。民俗以插紫姑的方式，在厕所或猪圈迎接她。 [7] 发蓬蓬：头发浓密。

年纪太小，还不知道在陌生男子面前害羞或假装害羞。

第二次酒沸是假沸，是"寄情于煨"。花姑子对突如其来的求爱不知所措，她自珍自重且自知是异类。安生强行接吻，她本能地颤呼，本来是要父亲救自己。父亲到时，她却对安生曲意呵护，这是爱情的觉醒。

斟酌移时，女频来行酒，嫣然含笑，殊不羞涩。安注目情动。忽闻妪呼，叟便去。安觑无人，谓女曰："睹仙容，使我魂失。欲通媒妁，恐其不遂，如何？"女把壶向火，默若不闻；屡问，不对。生渐入室，女起，厉色曰："狂郎入闼，将何为！"生长跽哀之。女夺门欲出，安暴起要遮，狎接朦胧[1]。女颤声疾呼。叟匆遽入问。安释手而出，殊切愧惧。女从容向父曰："酒复涌沸，非郎君来，壶子融化矣。"安闻女言，心始安妥，益德之。魂魄颠倒，丧所怀来[2]，于是伪醉离席。女亦遂去。叟设裯褥，阖扉乃出。安不寐，未曙，呼别。至家，即浼交好者造庐求聘。终日而返，竟莫得其居里。安遂命仆马，寻途自往。至则绝壁巉岩，竟无村落。访诸近里，则此姓绝少。失望而归，并忘食寝。由此得昏瞀之疾 [3]，强啖汤粥，则喠喁欲吐 [4]，溃乱中 [5]，辄呼花姑子。家人不解，但终夜环伺之，气势阽危 [6]。

[注释]

[1] 狎接朦胒（jué hán）：强行接吻。朦，上嘴唇。胒，下嘴唇。　[2] 丧所怀来：丧失了与花姑子成好事的念头。　[3] 昏瞀：神志不清。　[4] 喠喁（zhǒng yōng）：想呕吐。　[5] 溃乱：昏乱。　[6] 阽（diàn）危：临近危险。

一夜，守者困怠并寐，生朦瞳中觉有人揣而抚之 [1]。略开眸，则花姑子立床下，不觉神气清醒。熟视女郎，潸潸涕堕。女倾头笑曰："痴儿何至此耶？"乃登榻，坐安股上，以两手为按太阳穴。安觉脑麝奇香，穿鼻沁骨。按数刻，忽觉汗满天庭 [2]，渐达肢体。小语曰："室中多人，我不便住。三日当复相望。"又于绣袪中出数蒸饼置床头 [3]，悄然遂去。安至中夜，汗已，思食，扪饼啖之。不知所苞何料，甘美非常。遂尽三枚。又以衣覆余饼，懵怰酣睡 [4]，辰分始醒，如释重

"脑麝奇香"几句是脑袋中感受到麝香味道，穿过鼻子到达全身，汗出病愈。自然界有麝香者是雄麝，以麝香治病应对应到章叟身上。蒲松龄异想天开，令花姑子用麝香治病。

治相思病最好药方是心上人。花姑子治病既是医者施术，又是麝香发生作用。无处不香的身体，甘美异常的香饼暗点其异类身份。

安生为花姑子到来悄悄打开门的小心眼儿写得妙。

负。三日，饼尽，精神倍爽。乃遣散家人，又虑女来不得其门而入，潜出斋庭，悉脱扃键。

[注释]

[1] 矇瞳（méng tóng）：神志不清。揣而抭（yǎn）之：捶打摇动他。 [2] 天庭：两眉之间。 [3] 绣袪（qū）：绣花衣袖。 [4] 懵懜（téng）：迷迷糊糊。

花姑子自比巫医。巧言倩语，娇态如画。

未几，女果至，笑曰："痴郎子，不谢巫耶？"安喜极，抱与绸缪，恩爱甚至。已而曰："妾冒险蒙垢，所以故，来报重恩耳。实不能永谐琴瑟，幸早别图。"安默默良久，乃问曰："素昧生平，何处与卿家有旧？ 实所不忆。"女不言，但云："君自思之。"生固求永好。女曰："屡屡夜奔，固不可常；常谐伉俪，亦不能。"安闻言，邑邑而悲。女曰："必欲相谐，明宵请临妾家。"安乃收悲以忻，问曰："道路辽远，卿纤纤之步，何遂能来？"曰："妾固未归。东头聋媪我姨行[1]，为君故，淹留至今。家中恐所疑怪。"安与同衾，但觉气息肌肤，无处不香。问曰："熏何芗泽[2]，致侵肌骨？"女曰："妾生来便尔。非由熏饰。"安益奇

花姑子娇憨情态如画。她的解颐妙语，"东头聋媪我姨行"假话，都深化了人物。

之。女早起言别。安虑迷途，女约相候于路。

[注释]
[1] 姨行：姨妈。　[3] 芟泽：香气。芟，通"香"。

安抵暮驰去，女果伺待，偕至旧所，叟媪欢逆[1]。酒肴无佳品，杂具藜藿[2]。既而请客安寝。女子殊不瞻顾，颇涉疑念。更既深，女始至，曰："父母絮絮不寝，致劳久待。"浃洽终夜[3]，谓安曰："此宵之会，乃百年之别。"安惊问之，答曰："父以小村孤寂，故将远徙。与君好合，尽此夜耳。"安不忍释，俯仰悲怆。依恋之间，夜色渐曙。叟忽阒然入[4]，骂曰："婢子玷我清门，使人愧怍欲死！"女失色，草草奔去。叟亦出，且行且詈。安惊屡愕怯[5]，无以自容，潜奔而归。

恩情是恩情，礼教是礼教。章叟受安生放生之德，"蒙恩衔结至于没齿"，但他正派而古板。安生与花姑子私会，被他看作玷我门户。

[注释]
[1] 欢逆：喜悦迎接。　[2] 藜藿：粗劣的饭菜。　[3] 浃洽：和美融洽。　[4] 阒然：突然到来。　[5] 惊屡愕怯（chán）：惊吓、震惊、胆怯。

数日徘徊，心景殆不可过[1]。因思夜往，逾墙以观其便。叟固言有恩，即令事泄，当无大谴。遂乘夜窜往。蹀躞山中 [2]，迷闷不知所往，大惧，方觅归途，见谷中隐有舍宇，喜诣之，则闬闳高壮，似是世家，重门尚未扃也。安向门者询章氏之居。有青衣人出，问："昏夜何人询章氏？"安曰："是吾亲好，偶迷居向。"青衣曰："男子无问章也。此是渠妗家，花姑即今在此。容传白之。"入未几，即出邀安。才登廊舍，花姑趋出迎，谓青衣曰："安郎奔波中夜，想已困殆，可伺床寝。"少间，携手入帏。安问："妗家何别无人？"女曰："妗他出，留妾代守。幸与郎遇，岂非夙缘？"然偎傍之际，觉甚膻腥，心疑有异。女抱安颈，遽以舌舐鼻孔，彻脑如刺。安骇绝，急欲逃脱，而身若巨绠之缚 [3]。少时，闷然不觉矣。

蛇精出现有两层意义。一方面是寓言意义，高门大户的蛇家毒辣凶残，房小屋窄的章家善良美好；另一方面，蛇精在布局上起穿针引线作用，令情节跌宕起伏。蛇精害人，花姑子惩治蛇，害她百年不得飞升，愈见其对安生的深情。

巨绠之缚实乃巨蟒缠身。

[注释]

[1]心景：心境。　[2]蹀躞（dié xiè）：本意小步快走，也可以理解为脚步不稳，跌跌撞撞。　[3]绠：绳索。

安不归，家中逐者穷人迹。或言暮遇于山径者。家人入山，则见裸死危崖下。惊怪，莫察其由。舁归。众方聚哭，一女郎来吊，自门外嗷啕而入[1]，抚尸捺鼻，涕洟其中[2]，呼曰："天乎！天乎！何愚冥至此！"痛哭声嘶，移时乃已。告家人曰："停以七日，勿殓也。"众不知何人，方将启问，女傲不为礼，含涕径出。留之，不顾，尾其后，转眄已渺[3]。群疑为神，谨遵所教。夜又来，哭如昨。至七夜，安忽甦，反侧以呻，家人尽骇。女子入，相向呜咽。安举手，挥众令去。女出青草一束，燖汤升许[4]，即床头进之，顷刻能言。叹曰："再杀之惟卿，再生之亦惟卿矣！"因述所遇。

二次治病，巧夺天工地将花姑子为情献身的深情和精深法术相结合，层层推进，将本来外貌"殆类天仙"的花姑子推向优美的"仙乎仙乎"境界。

[注释]

[1]嗷（jiào）啕：号哭。　[2]涕洟（tì）：眼泪和鼻涕。　[3]转眄：转眼。　[4]燖（xún）汤：煮汤。

女曰："此蛇精冒妾也。前迷道时所见灯光，即是物也。"安曰："卿何能起死人而肉白骨也[1]？勿乃仙乎？"曰："久欲言之，恐致惊怪。君五年前，曾于华山道上买猎獐而放之否？"曰："然，其有之。"曰："是即妾父也。前言大

香獐形似鹿而小，无角，擅跳，雄性有麝香。

章叟耿直自重，以德报恩，为救安生甚至不惜牺牲生命求"坏道代死"。可见其憨厚、纯朴、重情义。为什么不是哀之五日或八日，恰好七日？蒲松龄是将香玉与战国时楚国大夫申包胥七日"秦庭之哭"类比。

有情异类胜无情人。

德，盖以此故。君前日已生西村王主政家[2]，妾与父讼诸阎摩王，阎摩王弗善也[3]。父愿坏道代郎死[4]，哀之七日，始得当。今之邂逅，幸耳。然君虽生，必且痿痹不仁[5]；得蛇血合酒饮之，病乃可除。"生衔恨切齿，而虑其无术可以擒之。女曰："不难。但多残生命，累我百年不得飞升[6]。其穴在老崖中，可于晡时聚茅焚之[7]，外以强弩戒备，妖物可得。"言已，别曰："妾不能终事，实所哀惨。然为君故，业行已损其七[8]，幸悯宥也。月来觉腹中微动，恐是孽根[9]。男与女，岁后当相寄耳。"流涕而去。

[注释]

[1]起死人而肉白骨：起死回生。使死人站起来，让白骨重新长出肉。　[2]主政：明清六部中主事的别称。　[3]弗善：不以为是。　[4]道：多年修行的道行。　[5]痿痹（bì）不仁：肢体麻木，失去知觉。　[6]飞升：羽化升仙。　[7]晡时：即申时，相当于十五点至十七点。　[8]业行：道行。　[9]孽根：对爱情结晶胎儿的昵称。

安经宿，觉腰下尽死，爬抓无所痛痒。乃以女言告家人。家人往，如其言，炽火穴中。有巨白蛇冲焰而出。数弩齐发，射杀之。火熄，入洞，蛇大小数百头，皆焦臭。家人归，以蛇血进。安服三日，两股渐能转侧。半年始起。

后独行谷中，遇老媪以绷席抱婴儿授之[1]，曰："吾女致意郎君。"方欲问讯，瞥不复见。启褓视之，男也。抱归，竟不复娶。

异史氏曰："'人之所以异于禽兽者几希[2]。'此非定论也。蒙恩衔结[3]，至于没齿，则人有惭于禽兽者矣。至于花姑，始而寄慧于憨，终而寄情于恝[4]，乃知憨者慧之极，恝者情之至也。仙乎，仙乎！"

[注释]

[1]绷席：襁褓。　[2]人之所以异于禽兽者几希：语出《孟子·离娄下》，意思是人和禽兽的差别只有那么一点点。　[3]衔结：即结草衔环。结草的故事出自《左传·宣公十五年》，魏武子有爱妾，他病时嘱咐儿子，自己死后要爱妾殉葬。魏武子的儿子没有按照父亲的话做。后来他在作战时，有位老人结草，帮他俘虏敌人。梦中知道妾的父亲来帮他。衔环的故事出自《续齐谐记》，杨宝救活一只黄雀，夜里梦到一位黄衣儿童送他四枚玉环，说要让他的子孙做高官。杨的子孙后来都做了大官。　[4]寄情于恝（jiá）：花姑子似乎漠不在意的表情中，蕴藏着对安生的深情。恝，漠不在意。

"异史氏曰"是对憨、慧、恝、情的辩证分析。妙。一次酒沸是真沸真情；二次酒沸是假沸真情。两次酒沸写花姑形象追魂摄魄、入木三分。一真一假，展示花姑子慧而多情的性格，这性格和"芳容韶齿"相合。

[点评]

这是《聊斋志异》艺术成就最高的佳作之一。立意优美深邃，人物活灵活现，故事迷离朦胧，布局周详严密，"异史氏曰"画龙点睛。鲁迅先生说"异类有情，尚堪晤对"，章氏父女是香獐精，又是义重如山的仁人，是生动丰满的典型形象。蒲松龄在创造这两个人物时，从"异类"的特有美感入手，细致刻画。小说擅长用悬念，叙事绵密、钩清段落、明如指掌，"报恩"之语和异物暗示穿插变化于故事之中，如云龙，似雾豹，令人目不暇接。

西湖主

开头写陈生救猪婆龙的小事，为后文埋下伏笔。"似求援拯"是与人交流感情；"有鱼衔尾"貌似偶然现象，实则为情节突然转折之关键；"戏敷患处"玩笑般的举止，后文却举足轻重。似无关紧要之事淡然出之，实则小说家用心良苦。

陈生弼教，宇明允，燕人也[1]。家贫，从副将军贾绾作记室[2]。泊舟洞庭[3]，适猪婆龙浮水面[4]，贾射之，中背。有鱼衔龙尾不去，并获之。锁置桅间，奄存气息；而龙吻张翕[5]，似求援拯。生恻然心动，请于贾而释之。携有金创药[6]，戏敷患处，纵之水中，浮沉逾刻而没。

后年余，生北归，复经洞庭，大风覆舟。幸扳一竹簏[7]，漂泊终夜，纽木而止[8]。援岸方升，有浮尸继至，则其僮仆。力引出之，已就毙矣。

惨怛无聊，坐对憩息。

[注释]

[1]燕：周代诸侯国名，约在今河北省北部与辽宁省西部。　[2]副将军：明代官员名称，为一军副统帅。记室：掌管文书者。　[3]洞庭：洞庭湖。位于湖南省北部。　[4]猪婆龙：扬子鳄。有鳞甲，是极其凶猛的动物。　[5]龙吻张翕：扬子鳄的嘴一张一合。　[6]金创药：治疗刀伤的外用药物。　[7]扳：攀附。竹簏（lù）：竹制箱子。　[8]绗（guà）：挂。

但见小山耸翠，细柳摇青，行人绝少，无可问途。自迟明以及辰后^[1]，怅怅靡之^[2]。忽僮仆肢体微动，喜而扪之，无何，呕水数斗，醒然顿苏。相与曝衣石上，近午始燥可着。而枵肠辘辘，饥不可堪。于是越山疾行，冀有村落。才至半山，闻鸣镝声^[3]。方疑听所，有二女郎乘骏马来，骋如撒菽^[4]，各以红绡抹额^[5]，髻插雉尾^[6]；着小袖紫衣^[7]，腰束绿锦；一挟弹，一臂青鞲^[8]。度过岭头，则数十骑猎于榛莽^[9]，并皆姝丽，装束若一。生不敢前。有男子步驰，似是驭卒^[10]。因就问之。答曰："此西湖主猎首山也^[11]。"生述所来，且告之馁。驭卒解裹粮授之^[12]，嘱云：

清灵洁澄、水彩淡岚的湖畔美景是明媚春光般公主的背景。

"宜即远避，犯驾当死！"生惧，疾趋下山。

[注释]

[1]迟明：黎明。辰：辰时，相当于七时至九时。　[2]怅怅靡之：在失意与不快中不知道到什么地方去。　[3]鸣镝：射箭的声音。　[4]骋如撒菽：跑得很快，蹄声零乱，如撒豆一样。　[5]红绡抹额：用红色薄绸束在额头上。　[6]雉尾：野鸡尾部长羽。　[7]小袖：短小的衣袖。　[8]臂青鞲（gōu）：臂上套着青色的袖套。鞲，是皮做的套袖，射箭时戴在胳膊上。　[9]榛莽：杂乱的草木。　[10]驭卒：马夫。　[11]首山：洞庭湖北岸蒲圻县西三十里处有首山。　[12]裹粮：即裹糇（hóu）粮，熟食。语出《诗·大雅·公刘》："乃裹糇粮。"

写景得其形更得其韵。写山景清润娟秀，写园林像电影"摇"镜头，一一特写，总体构成一幅风致幽绝的江南园林图画。纯洁、宁静而丰富的大自然，"好句若仙"（但明伦语）。

茂林中隐有殿阁，谓是兰若。近临之，粉垣围沓[1]，溪水横流，朱门半启，石桥通焉。攀扉一望，则台榭环云，拟于上苑[3]，又疑是贵家园亭。逡巡而入，横藤碍路，香花扑人。过数折曲栏，又是别一院宇。垂杨数十株，高拂朱檐。山鸟一鸣，则花片齐飞；深苑微风，则榆钱自落。怡目快心，殆非人世。穿过小亭，有秋千一架，上与云齐；而罥索沉沉[3]，杳无人迹。因疑地近闺阁，惵怯未敢深入[4]。俄闻马腾于门，似有女子笑语。生与僮潜伏丛花中。未几，笑声渐近，闻一女子曰："今日猎兴不佳，获禽绝少。"又一女曰："非是公主射得雁落，几空劳仆马也。"

［注释］

[1]粉垣：白色围墙。　[2]台榭环云，拟于上苑：层楼叠阁被云雾环绕，好像皇家园林。　[3]罥索沉沉：秋千的绳索垂在空中。　[4]恇（kuāng）怯：胆怯。

无何，红妆数辈，拥一女郎至亭上坐，秃袖戎装[1]，年可十四五。鬓多敛雾[2]，腰细惊风[3]，玉蕊琼英[4]，未足方喻。诸女子献茗熏香，灿如堆锦[5]。移时，女起，历阶而下。一女曰："公主鞍马劳顿，尚能秋千否？"公主笑诺。遂有驾肩者，捉臂者，褰裙者，持履者，挽扶而上。公主舒皓腕，踤利屣[6]，轻如飞燕，蹴入云霄。已而扶下，群曰："公主真仙人也！"嘻笑而去。

生眈良久，神志飞扬。迨人声既寂，出诣秋千下，徘徊凝想。见篱下有红巾，知为群美所遗，喜内袖中[7]。登其亭，见案上设有文具，遂题巾曰："雅戏何人拟半仙[8]？分明琼女散金莲[9]。广寒队里恐相妒[10]，莫信凌波上九天[11]。"题已，

公主颇有神采，既是美女，又是贵主。寥寥数语，写出公主极尊极贵的气派。公主荡秋千别开生面，荡秋千实景及陈生的诗（虽有亵玩之意），都是古代小说非常优美的描写之一。

"琼女散金莲"形容美女足影随秋千上下翻飞。琼女，可以指西王母侍女许飞琼，也可以泛指仙女。

吟诵而出。复寻故径，则重门扃锢矣。踟蹰罔计，反而楼阁亭台，涉历几尽。

[注释]

[1]秃袖戎装：窄袖的打猎服装。　[2]鬟多敛雾：头发像堆积的云雾。形容头发多而且密。　[3]腰细惊风：腰细得似乎一阵风可以吹断，指弱不禁风。　[4]玉蕊琼英：香花美玉。玉蕊花即琼花，有异香。琼英，美玉。英，通"瑛"。　[5]灿如堆锦：侍女的华丽服装像许多锦绣堆在一起。　[6]蹑利屣：脚蹬尖尖舞鞋。利屣，舞屣。　[7]内：同"纳"。　[8]雅戏：高雅的游戏。半仙：半仙之戏，唐玄宗对荡秋千的称呼。　[9]分明琼女散金莲：分明是天上玉女在散金色莲花。　[10]广寒队里恐相妒：月宫仙女也会嫉妒。传说月宫中有广寒宫，宫中有仙女嫦娥。　[11]凌波：曹植《洛神赋》："凌波微步，罗袜生尘。"后人用来形容美女轻盈的脚步。

陈生心惊肉跳，不寒而栗，极度恐惧又无路可逃的绝望心理写得惊心动魄、丝丝入扣。通过侍女描述巧写公主心理，看巾三四遍，喜欢；不怒且笑，更喜欢。侍女传话，"一起一落，如蝴蝶穿花、蜻蜓点水，妙甚！"（但明伦语）。

陈生从万分焦急、恐惧变成不能自已估计是凶还是吉。

一女掩入，惊问："何得来此？"生揖之曰："失路之人，幸能垂救。"女问："拾得红巾否？"生曰："有之。然已玷染，如何？"因出之。女大惊曰："汝死无所矣！此公主所常御[1]，涂鸦若此[2]，何能为地[3]？"生失色，哀求脱免。女曰："窃窥宫仪[4]，罪已不赦。念汝儒冠蕴藉[5]，欲以私意相全，今孽乃自作，将何为计！"遂皇

皇持巾去。生心悸肌慄[6]，恨无翅翎，惟延颈俟
死。迁久，女复来，潜贺曰："子有生望矣！公
主看巾三四遍，辗然无怒容[7]。或当放君去，宜
姑耐守，勿得攀树钻垣，发觉不宥矣。"日已投
暮，凶祥不能自必[8]；而饿焰中烧，忧煎欲死。

用"忧煎"写饥饿煎熬和忧心如焚，形象、贴切、精当。

[注释]

[1]常御：常用。　[2]涂鸦：胡抹乱画。　[3]为地：即"为
之地"，提供理由。　[4]宫仪：宫里的女子。　[5]儒冠：读书人
的帽子。代指读书人。　[6]心悸肌慄：因害怕，身上起鸡皮疙
瘩。　[7]辗（chǎn）然：笑的样子。　[8]自必：自己确定。

无何，女子挑灯至。一婢提壶榼[1]，出酒食
饷生。生急问消息，女云："适我乘间言：'园中
秀才，可恕则放之；不然，饿且死。'公主沉思云：
'深夜教渠何之？'遂命馈君食。此非恶耗也。"
生徜徨终夜，危不自安。辰刻向尽，女子又饷之。
生哀求缓颊[2]，女曰："公主不言杀，亦不言放。
我辈下人，何敢屑屑渎告[3]？"既而斜日西转，
眺望方殷，女子屏息急奔而入[4]，曰："殆矣！
多言者泄其事于王妃。妃展巾抵地[5]，大骂狂
伧[6]，祸不远矣！"生大惊，面如灰土，长跽

公主派人送饭，暗写其爱怜之情。

用长跪于地写陈生的大惊大惧、极度狼狈。

婢女忽止捆绑，文章于极险峻处，忽变平静，文境绝妙！

请教。忽闻人语纷挐[7]，女摇手避去。数人持索，汹汹入户。内一婢熟视曰："将谓何人，陈郎耶？"遂止持索者，曰："且勿且勿，待白王妃来。"返身急去。

[注释]

[1]榼（kē）：盒子。　[2]缓颊：说情。　[3]屑屑渎告：絮絮叨叨轻率告诉。　[4]坌（bèn）息：喘气很急。　[5]展巾抵地：打开红巾看后丢到地上。　[6]狂伧：狂妄的伧夫。伧夫，粗俗没教养的人。　[7]纷挐（rú）：混乱。

"战惕从之"四字写活陈生战战兢兢、忐忑不安的心理。

少间来，曰："王妃请陈郎入。"生战惕从之。经数十门户，至一宫殿，碧箔银钩[1]。即有美姬揭帘，唱："陈郎至。"上一丽者，袍服炫冶[2]。生伏地稽首曰："万里孤臣，幸恕生命。"妃急起，自曳之，曰："我非君子，无以有今日。婢辈无知，致迕佳客，罪何可赎！"即设华筵，酌以镂杯。生茫然不解其故。妃曰："再造之恩，恨无所报。息女蒙题巾之爱[3]，当是天缘。今夕即遣奉侍。"

祸弭福至，阶下囚变驸马，写心神恍惚、出乎意料的心理恰如其分。

生意出非望，神惝恍而无着[4]。日方暮，一婢前白："公主已严妆讫[5]。"遂引生就帐。忽而笙管敖曹[6]，阶上悉践花罽，门堂藩溷，处处皆笼烛。数十妖姬，扶公主交拜。麝兰之气，充溢殿庭。

[注释]

[1]碧箔银钩：绿色的帘子银色的挂钩。　[2]炫冶：耀眼的美丽。　[3]息女：亲生女儿。　[4]惝怳（chǎng huǎng）而无着：神情恍惚，没着没落。　[5]严妆：打扮整齐。　[6]敖曹：声音嘈杂。

既而相将入帏，两相倾爱。生曰："羁旅之臣，生平不省拜侍。点污芳巾，得免斧锧，幸矣；反赐姻好，实非所望。"公主曰："妾母，湖君妃子，乃扬江王女。旧岁归宁，偶游湖上，为流矢所中。蒙君脱免，又赐刀圭之药。一门戴佩，常不去心。郎勿以非类见疑。妾从龙君得长生诀，愿与郎共之。"生乃悟为神人。因问："婢子何以相识？"曰："尔日洞庭舟上，曾有小鱼衔尾，即此婢也。"又问："既不见诛，何迟迟不赐纵脱[1]？"笑曰："实怜君才，但不自主。颠倒终夜，他人不及知也。"生叹曰："卿，我鲍叔也[2]。馈食者谁？"曰："阿念，亦妾腹心。"生曰："何以报德？"笑曰："侍君有日，徐图塞责

故事结局与开头严丝合缝，无懈可击。

未晚耳。"问："大王何在？"曰："从关圣征蚩尤
未归^[3]。"

［注释］

[1]纵脱：释放，允许逃走。　[2]鲍叔：《史记·管晏列传》
记载，春秋时齐国大夫鲍叔牙，他很了解管仲，推荐他辅佐齐桓
公，管仲说："生我者父母，知我者鲍子也。"后世用"鲍叔"代
指知音。　[3]关圣征蚩尤：迷信传说，大宋年间，解州因蚩尤为
害，盐池减产，朝廷令张天师请关羽来征服之。

居数日，生虑家中无耗，悬念綦切，乃先以
平安书遣仆归。家中闻洞庭舟覆，妻子缟绖已年
余矣。仆归，始知不死，而音问梗塞，终恐漂泊
难返。又半载，生忽至，裘马甚都，囊中宝玉充
盈。由此富有巨万，声色豪奢，世家所不能及。
七八年间，生子五人。日日宴集宾客，宫室饮馔
之奉^[1]，穷极丰盛。或问所遇，言之无少讳。

［注释］

[1]宫室饮馔：住房和饮食。

有童稚之交梁子俊者，宦游南服十余年^[1]。
归过洞庭，见一画舫，雕槛朱窗，笙歌幽细，缓

荡烟波。时有美人推窗凭眺。梁目注舫中，见一少年丈夫，科头叠股其上^[2]；傍有二八姝丽，接莎交摩^[3]。念必楚襄贵官^[4]，而驺从殊少^[5]。凝眸审谛，则陈明允也。不觉凭栏酬叫。生闻呼罢棹，出临鹢首^[6]，邀梁过舟。见残肴满案，酒雾犹浓。生立命撤去。顷之，美婢三五，进酒烹茗，山海珍错，目所未睹。梁惊曰："十年不见，何富贵一至于此！"笑曰："君小觑穷措大不能发迹耶^[7]？"问："适共饮何人？"曰："山荆耳。"梁又异之，问："携家何往？"答："将西渡。"梁欲再诘，生遽命歌以侑酒。一言甫毕，旱雷聒耳^[8]，肉竹嘈杂，不复可闻言笑。梁见佳丽满前，乘醉大言曰："明允公，能令我真个销魂否^[9]？"生笑云："足下醉矣！然有一美妾之资，可赠故人。"遂命侍儿进明珠一颗，曰："绿珠不难购^[10]，明我非吝惜。"乃趣别曰^[11]："小事忙迫，不及与故人久聚。"送梁归舟，开缆径去。梁归，探诸其家，则生方与客饮，益疑。因问："昨在洞庭，何归之速？"答曰："无之。"梁乃追述所见，一座尽骇。生笑曰："君误矣，仆岂有分身术耶？"

众异之，而究莫解其故。后八十一岁而终。迨殡，讶其棺轻，开之，则空棺耳。

[注释]

[1]宦游：外出做官。南服：南方。服，古代王畿之外的地方，南方为南服。　[2]科头叠股：休闲状态，不戴帽子，翘着二郎腿。　[3]挼莎交摩：按摩。　[4]楚襄：湖北湖南。　[5]驺从：贵族的侍从。　[6]鹢（yì）首：船头。古时船头上画有鹢鸟的图像，故称船头为"鹢首"。鹢，形似鹭鸶的水鸟。　[7]穷措大：贫寒失意的读书人。[8]"旱雷聒耳"二句：打击乐器像雷声一样响亮，歌声和乐声混杂在一起。　[9]销魂：指占有一位美女。　[10]绿珠：以晋代富豪石崇爱妾绿珠比喻美女身份之高。绿珠美而艳，善吹笛，石崇以三斛珍珠买到，石崇失势后，孙秀向石崇迫索绿珠，绿珠坠楼而死。　[11]趣别：催促分别。

异史氏曰："竹篮不沉，红巾题句，此其中具有鬼神，而要皆恻隐之一念所通也。迨宫室妻妾，一身而两享其奉[1]，即又不可解矣。昔有愿娇妻美妾、贵子贤孙，而兼长生不死者，仅得其半耳。岂仙人中亦有汾阳、季伦耶[2]？"

[注释]

[1]一身而两享其奉：一个人同时在两地享乐，既享受娇妻美妾、子孙满堂的人间生活，又享受长生不老的神仙之乐。　[2]汾阳、季伦：汾阳即唐代汾阳王郭子仪，季伦为晋代富豪石崇之字。

[点评]

陈生因放生之德，得以"一身而两享其奉"，既享受神仙的长生不老，又享受人世的天伦之乐，成为神仙中的郭子仪、石崇。蒲松龄通过陈生寄托封建时代读书人"富贵神仙"的追求和幻想，这种思想并不能算多高尚。但小说意境优美、情节多变、构思精巧，景物描写和人物刻画都极其出色，是《聊斋志异》中最有代表性的佳作之一。

人贵直而文贵曲。金圣叹曾一再称《水浒传》"千曲百折""处处不作直笔"。此篇以"曲"取胜，全文巧妙地运用悬念和伏笔，环环相扣、节节相连，腾挪变化，奥秘无穷。作者巧布疑阵，如逆水推舟，将主人公推向风狂浪急、危如叠卵的困境。文笔夭矫，一波未平，一波又起。处处为惊心动魄之文，却笔笔作流风回云之势。出人意料之事纷至沓来，主人公的心情也时而心存焦虑，时而心存侥幸；从失望到绝望，从恐惧到喜悦，从巨大的灾难到莫大的幸福，万花筒一般离离奇奇。情节极险、极快，前因后果又昭彰分明。起伏跌宕、酣畅淋漓的情节和人物心理描写相辅相成。写景彩绘淋漓，逸气横溢；美人是仙，美景若仙。

伍秋月

秦邮王鼎[1]，字仙湖，为人慷慨有力，广交游。年十八，未娶，妻殒。每远游，恒经岁不返。

兄鼐，江北名士，友于甚笃[2]。劝弟勿游，将为择偶。生不听，命舟抵镇江访友[3]。友他出，因税居于逆旅阁上。江水澄波，金山在目[4]，心甚快之。次日，友人来，请生移居，辞不去。居半月余，夜梦女郎，年可十四五，容华端妙，上床与合，既寤而遗，颇怪之。亦以为偶。入夜，又梦之，如是三四夜。心大异，不敢息烛，身虽偃卧，惕然自警。才交睫，梦女复来，方狎，忽自惊寤，急开目，则少女如仙，俨然犹在抱也。见生醒，颇自愧怯。生虽知非人，意亦甚得，无暇问讯，直与驰骤。女若不堪，曰："狂暴如此，无怪人不敢明告也。"

西方有位理论家说："床是爱情的摇篮，也是爱情的坟墓。"伍秋月和王鼎的合欢床，既不是爱情的摇篮也不是爱情的坟墓，而是一对青年男女在荆天棘地的黑暗社会拼搏的开端。

[注释]

[1]秦邮：今江苏省高邮市，秦时筑台高邮亭，故名。　[2]友于：兄弟之情。语出《尚书》："惟孝友于兄弟。"　[3]镇江：明清府名，位于长江北岸，今江苏省镇江市。　[4]金山：在今镇江市西北，原屹立于长江中，清代光绪之后沙涨成陆，与南岸相连，山上有名刹金山寺。

生始诘之，答云："妾伍氏秋月，先父名儒，邃于《易》数[1]。常珍爱妾，但言不永寿，故不许字人。后十五岁果夭殁，即攒瘗阁东[2]，令与地平。亦无冢志[3]，惟立片石于棺侧，曰：'女秋月，葬无冢，三十年，嫁王鼎。'今已三十年，君适至，心喜，亟欲自荐；寸心羞怯，故假之梦寐耳。"王亦喜，复求讫事。曰："妾少须阳气，欲求复生，实不禁此风雨。后日好合无限，何必今宵。"遂起而去。次日，复至，坐对笑谑，欢若生平。灭烛登床，无异生人，但女既起，则遗泄流离，沾染茵褥。

本文人鬼恋建立在宿命论基础上。王鼎是秋月的命定伴侣、脱离阴世惟一希望。

[注释]

[1] 邃（suì）于《易》数：精通《周易》占卜之术。　[2] 攒瘗：暂时掩埋，不是正常埋葬。　[3] 冢志：墓碑砖圹之类的标志。

一夕，月明莹澈，小步庭中。问女："冥中亦有城郭否？"答曰："等耳。冥间城府，不在此处。去此可三四里，但以夜为昼。"问："生人能见之否？"答云："亦可。"生请往观，女诺之。乘月去，女飘忽若风，王极力追随。欻至一处，女言："不远矣。"王瞻望，殊罔所见。女以唾涂其两眦，启之，明倍于常，视夜色不殊白昼。顿

有趣！世间人看冥世，要鬼用唾沫擦眼睛。

见雉堞在杳霭中[1]，路上行人，如趋墟市[2]。俄二皂絷三四人过[3]，末一人怪类其兄。趋近之，果兄。骇问："兄那得来？"兄见生，潸然零涕，言："自不知何事，强被拘囚。"王怒曰："我兄秉礼君子[4]，何至缧绁如此[5]！"便请二皂，幸且宽释。皂不肯，殊大傲睨[6]。生忿，欲与争。兄止之曰："此是官命，亦合奉法。但余乏用度，索贿良苦。弟归，宜措置。"生把兄臂，哭失声。皂怒，猛掣项索，兄顿颠蹶。生见之，忿火填胸，不能制止，即解佩刀，立决皂首。一皂喊嘶，生又决之。女大惊曰："杀官使，罪不宥，迟则祸及！请即觅舟北发，归家勿摘提旛[7]，杜门绝出入七日，保无虑也。"王乃挽兄，夜买小舟，火急北渡。归见吊客在门，知兄果死。闭门下钥，始入。视兄，已渺；入室，则亡者已苏，便呼："饿死矣！可急备汤饼[8]。"时死已二日。家人尽骇。生乃备言其故。七日启关，去丧旛。人始知其复苏。亲友集问，但伪对之。

兄是秉礼而行的谦谦君子，弟是不能忍辱的铮铮铁汉。兄弟二人刚柔相济。

如此拙劣的骗术竟然骗过了明察秋毫的冥王、判官、黑白无常。柔弱女鬼居然玩弄法力无边的冥王于股掌之上。

[注释]

[1]雉堞（dié）：城墙上的垛口。　[2]墟市：集市。　[3]皂：

皂隶。衙役穿青衣，故称皂隶，简称"皂"。　[4] 秉礼：恪守礼仪。　[5] 缧绁（xiè）：捆绑。缧，捆犯人的绳索，此处为捆绑。　[6] 傲睨：傲慢斜视。　[7] 不摘提旛（fān）：就是此人还在阴世间。提旛，丧家将亡人入殓后，以八尺白布书写死者姓名挂在门前为丧旛。　[8] 汤饼：水煮的面食，即面片、疙瘩汤、汤面。

　　转思秋月，想念颇烦，遂复南下。至旧阁，秉烛久待，女竟不至。矇眬欲寝。见一妇人来，曰："秋月小娘子致意郎君：前以公役被杀，凶犯逃亡，捉得娘子去，见在监押。押役遇之虐，日日盼郎君，当谋作经纪[1]。"王悲愤，便从妇去。至一城都，入西郭，指一门曰："小娘子暂寄此间。"王入，见房舍颇繁，寄顿囚犯甚多，并无秋月。又进一小扉，斗室中有灯火。王近窗以窥，则秋月坐榻上，掩袖呜泣。二役在侧，撮颐捉履[2]，引以嘲戏。女啼益急。一役挽颈曰："既为罪犯，尚守贞耶？"王怒，不暇语，持刀直入，一役一刀，摧斩如麻。篡取女郎而出[3]，幸无觉者。裁至旅舍，蓦然即醒。

对鱼肉人民者只能利刃相对。懦弱少女和威武壮士对比鲜明。

[**注释**]

[1] 经纪：管理。　[2] 颐：下巴。　[3] 篡取：夺取。

方怪幻梦之凶，见秋月含睇而立[1]，生惊起曳坐，告之以梦。女曰："真也，非梦也。"生惊曰："且为奈何？"女叹曰："此有定数。妾待月尽，始是生期。今已如此，急何能待！当速发瘗处，载妾同归。日频唤妾名，三日可活。但未满时日，骨奚足弱，不能为君任井臼耳。"言已，草草欲出。又返身曰："妾几忘之，冥追若何？生时，父传我符书，言三十年后，可佩夫妇。"乃索笔疾书两符，曰："一君自佩，一黏妾背。"送之出，志其没处[2]，掘尺许，即见棺木，亦已败腐。侧有小碑，果如女言。发棺视之，女颜色如生。抱入房中，衣裳随风尽化。黏符已，以被褥严裹，负至江滨，呼拢泊舟，伪言妹急病，将送归其家。

"冥追"在传统小说中是冥世不贰的法则。蒲松龄彻底颠覆了这一冥世传统模式。冥世出现许多漏洞，丧失了"最后审判"的严肃性和权威性。人居然可以在人世、冥世间任意往来。

铮铮铁骨的男儿无师自通学会耍小心眼儿，如果他说运尸体，船夫肯定不干，所以他说送生病的妹子回家！

[注释]
[1]含睇：脉脉含情地看着。　[2]志其没处：在其消失的地方作标记。

幸南风大竞，甫晓，已达里门。抱女安置，始告兄嫂。一家惊顾，亦莫敢直言其惑。生启衾，长呼秋月，夜辄拥尸而寝。日渐温暖，三日竟苏，七日能步，更衣拜嫂，盈盈然神仙不殊[1]。但十步之外，须人而行，不则随风摇曳，屡欲倾侧。见者以为身有此病，转更增媚。每劝生曰："君罪孽太深，宜积德诵经以忏之。不然，寿恐不永也。"生素不佞佛[2]，至此皈依甚虔[3]，后亦无恙。

异史氏曰："余欲上言定律：'凡杀公役者，罪减平人三等。'盖此辈无有不可杀者也。故能诛锄蠹役者[4]，即为循良[5]；即稍苛之，不可谓虐。况冥中原无定法，倘有恶人，刀锯鼎镬[6]，不以为酷。若人心之所快，即冥王之所善也。岂罪致冥追，遂可幸而逃哉？"

痴爱感天地。定数不作数，违拗定数者复活了。

因复活太早反而带来封建士子希望的弱不禁风之美，并构成秋月特有的弱柳迎风风采。

"冥中原无定法"是作者为映照阳世编造冥法；为了针砭现行吏法；为了能够深刻表达作者的"磊块愁"，什么样"鬼狐史"都可能应运而生。

[注释]

[1]盈盈然神仙不殊：体态轻盈美好，像天上仙女。《古诗十九首·青青河畔草》："盈盈楼上女，皎皎当窗牖。"　[2]佞佛：迷信佛。　[3]皈依甚虔：虔诚地信奉佛教。　[4]蠹役：横行不法的坏衙役。蠹，蛀虫，比喻损害法纪。　[5]循良：奉公守法的官吏。　[6]刀锯鼎镬：各种酷刑。

[点评]

这是个著名的人鬼恋故事。蒲松龄旧瓶装新酒，传统故事强烈而沉重地负荷起刺贪刺虐的思想重责。聊斋新鬼故鬼并非蒲松龄凭空创造的天方夜谭。冥世其实是现实另一种形式。阴世隶卒索贿枉法，猥亵女囚，是黑暗现实的倒影。王鼎杀隶卒如快刀斩乱麻，毫不手软，实际是普通百姓对黑暗吏治深恶痛绝的想象性和浪漫性惩戒。伍秋月的复活，是对六朝小说沉魂复生诗意性再创造。《搜神记》写李仲文之女有命中注定复活日期，但因其父发冢过早，李氏女虽已面目如生，腰下只有枯骨，没法生还，永沉阴世。按六朝小说原则，沉魂复生有严格"定数"，不可违拗，否则就万劫不复。伍秋月本来也有准确复活时间，但王鼎为秋月杀了役隶，为逃脱冥中惩罚，必须提前复活。秋月成功复活，是人定胜天，是王鼎忘我之爱的胜利。小说写王鼎帮助哥哥和伍秋月复活，写王鼎两次杀掉冥世恶役再逃脱冥世的追捕，都是浪漫狂想。"异史氏曰"提出能铲除残害人民的恶役者就是贤良，对残害人民者不管如何惩罚都不过分，体现了作家惩贪罚虐的美好愿望。

莲花公主

褐色，蜂色也。

胶州窦旭[1]，字晓晖。方昼寝，见一褐衣人立榻前，逡巡惶顾，似欲有言。生问之，答云："相公奉屈[2]。"生问："相公何人？"曰："近在

邻境。"从之而出，转过墙屋，导至一处，叠阁
重楼，万椽相接。曲折而行，觉万户千门，迥非
人世。又见宫人女官^[3]，往来甚夥，都向褐衣人
问曰："窦郎来乎？"褐衣人诺。俄一贵官出迎，
见生甚恭。既登堂，生启问曰："素既不叙^[4]，
遂疏参谒^[5]。过蒙爱接^[6]，颇注疑念^[7]。"贵官
曰："寡君以先生清族世德^[8]，倾风结慕^[9]，深
愿思晤焉。"生益骇，问："王何人？"答云："少
间自悉。"

> "邻境"即邻家蜂巢。
>
> 叠阁重楼，寓意双关。表面上是进入有独特建筑风格的官殿，实际是有密密麻麻蜂房的蜂巢。
>
> 往来甚夥，也是寓意双关。字面意思是人多事忙，实际暗寓蜜蜂匆匆忙忙爬出爬进。妙！

[**注释**]
[1]胶州：今山东省胶州市。　[2]相公：古时对有身份的人的称呼。此处是褐衣人对主人称呼。奉屈：请您屈驾光临。　[3]宫人：宫廷服务的侍女。女官：女史之类。　[4]素既不叙：向来没有交谈过。"素不相识"的文雅说法。　[5]参谒：晋见有身份的人。　[6]爱接：抬爱接见。　[7]疑念：怀疑。　[8]清族世德：清门大族，祖上有德。　[9]倾风结慕：向往倾慕他人的风采。

无何，二女官至，以双旌导生行^[1]。入重门，
见殿上一王者。见生入，降阶而迎，执宾主礼。
礼已，践席^[2]，列筵丰盛。仰视殿上一匾曰"桂
府"。生跼蹐不能致辞^[3]。王曰："忝近芳邻^[4]，

钲鼓不鸣，乃无钲鼓可鸣。是雅致的乐队演奏，更寓群蜂飞鸣之意。紧扣幽细的蜂音做文章。

"才人""君子"对联暗喻窦旭娶莲花公主。

既是装饰珠宝的妙龄少女，又隐含蜜蜂飞翔散布花香之意。

缘即至深，便当畅怀，勿致疑畏。"生唯唯。酒数行，笙歌作于下，钲鼓不鸣[5]，音声幽细。稍间，王忽左右顾曰："朕一言，烦卿等属对：才人登桂府[6]。"四座方思，生即应云："君子爱莲花[7]。"王大悦曰："奇哉！莲花乃公主小字，何适合如此？宁非夙分？传语公主，不可不出一晤君子。"移时，珮环声近，兰麝香浓，则公主至矣。年十六七，妙好无双。王命向生展拜，曰："此即莲花小女也。"拜已而去。

[注释]

[1]双旌：高官的仪仗。　[2]践席：入席。　[3]踢蹰：局促不安。　[4]忝近芳邻：荣幸地跟您是邻居。忝，自谦话。　[5]钲（zhēng）鼓：两种打击乐器。　[6]才人登桂府：有才华者进士及第。桂府，礼部考贡士所在。　[7]君子爱莲花：宋代周敦颐《爱莲说》创造"出淤泥而不染，濯清涟而不妖"说法，文人爱莲成为常例。此"莲花"既指自然的花，又特指莲花公主。

窦旭视听皆迷写得极有层次。他见到莲花公主后魂不守舍。是现实生活中青年男子偶遇高贵美丽女性时既痴迷爱恋，又自惭形秽。心理描写真实细腻，委曲婉转。

生睹之，神情摇动，木坐凝思。王举觞劝饮，目竟罔睹。王似微察其意，乃曰："息女宜相匹敌，但自惭不类，如何？"生怅然若痴，即又不闻。近坐者蹑之曰[1]："王揖君未见，王言君未闻耶?"生茫乎若失,懊懔自惭[2],离席曰:"臣蒙优渥[3],不觉过醉,仪节失次,幸能垂宥[4]。然日旰君勤[5],即告出也。"王起曰:"既见君子,实惬心好,何仓卒而便言离也?卿既不住,亦无敢于强。若烦萦念,更当再邀。"遂命内官导之出[6]。途中,内官语生曰:"适王谓可匹敌,似欲附为婚姻,何默不一言?"生顿足而悔,步步追恨,遂已至家。忽然醒寤,则返照已残。冥坐观想,历历在目。晚斋灭烛,冀旧梦可以复寻,而邯郸路渺[7],悔叹而已。

入梦离家,梦遇公主,因精神恍惚而失去联姻机会,归家出梦并想寻梦。入梦时为午睡,出梦时则傍晚。时间安排合情合理、严密周到。

[注释]

[1]蹑:踩。暗示的动作,悄悄用脚碰一下,提醒窦旭注意大王的话。　[2]懊懔(mǒ luó):羞愧。　[3]优渥:盛情款待。　[4]垂宥:赐以宽容的待遇。　[5]日旰(gàn)君勤:天色已晚,君王劳乏。　[6]内官:宦官。　[7]邯郸路渺:美梦难寻。唐代《枕中记》写卢生在邯郸客店遇道士吕翁给青瓷枕,卢生入梦做大官。后世遂以"邯郸"代指美妙的梦境。

一夕,与友人共榻,忽见前内官来,传王命相召。生喜,从去,见王,伏谒。王曳起,延止偶坐[1],曰:"别后知劳思眷。谬以小女子奉裳纯是宫廷嫁女的气象。是人间夫妇的新婚洞房，又以温暖芳香暗指蜂房。既是人间的琼楼华阁和妙龄美女；又是蜂巢和蜜蜂。暗点法。巧妙！

娶得如花美眷，乐极而以为是梦，莲花偏偏回答哪儿是梦？妙问巧答，生出妙趣无穷之文。

"以带围腰，布指度足"均形容公主腰细脚小，亦暗指蜂之生物特点。

衣，想不过嫌也。"生即拜谢。王命学士大臣陪侍宴饮[2]。酒阑[3]，宫人前白："公主妆竟。"俄见数十宫女拥公主出，以红锦覆首，凌波微步[4]，挽上氍毹[5]，与生交拜成礼。已而，送归馆舍。洞房温清，穷极芳腻[6]。生曰："有卿在目，真使人乐而忘死。但恐今日之遭，乃是梦耳。"公主掩口曰："明明妾与君，那得是梦？"诘旦方起，戏为公主匀铅黄，已而以带围腰，布指度足[7]。公主笑问："君颠耶？"曰："臣屡为梦误，故细志之。倘是梦时，亦足动悬想耳[8]。"

[注释]

[1]延止偶坐：请窦旭在旁边入座。偶坐，陪坐。《礼记·曲礼上》："偶坐不辞。"汉郑玄注："偶，配也。"聊斋手稿为"偶坐"。铸雪斋、二十四卷抄本为"隅坐"，隅坐是另外安排座位的意思。 [2]学士：翰林学士。 [3]酒阑：饮酒将结束。 [4]凌波微步：脚步轻盈地走来。 [5]氍毹（qú shū）：毛织地毯。 [6]芳腻：香气弥漫，令人沉醉。 [7]以带围腰，布指度足：用带子去量公主的细腰，伸开拇指与中指做尺子，丈量公主纤足。 [8]悬想：想象，猜想。

调笑未已，一宫女驰入曰："妖入宫门，王避偏殿[1]，凶祸不远矣！"生大惊，趋见王。王执手泣曰:"君子不弃,方图永好[2]。讵期孽降自天[3],国祚将覆[4],且复奈何!"生惊问何说。王以案上一章,授生启读。章曰:"含香殿大学士臣黑翼,为非常妖异,祈早迁都,以存国脉事:据黄门报称:自五月初六日,来一千丈巨蟒,盘踞宫外,吞食内外臣民一万三千八百余口,所过宫殿尽成丘墟,等因[5]。臣奋勇前窥,确见妖蟒:头如山岳,目等江海。昂首则殿阁齐吞,伸展则楼垣尽覆。真千古未见之凶,万代不遭之祸!社稷宗庙[6],危在旦夕!乞皇上早率宫眷,速迁乐土[7]。"云云。生览毕,面如灰土。即有宫人奔奏:"妖物至矣!"阖殿哀呼,惨无天日。王仓遽不知所为,但泣顾曰:"小女已累先生。"

好名!黑翅膀也。

"大学士"的奏章沉稳庄重,是台阁大臣议政口气,是国家遭受外来侵略情景。其实千丈蟒蛇不过丈许小蛇,在蜜蜂眼中却是庞然大物,小王国的大入侵者,有趣!

[注释]
[1]偏殿:朝廷正殿旁边的殿堂。 [2]永好:永以为好。 [3]讵(jù)期:不料。 [4]国祚(zuò)将覆:国家将要灭亡。 [5]等因:旧时公文的小段结束语。 [6]社稷:古代帝王祭祀的土神和谷神。宗庙:祭祀祖先的庙宇。 [7]乐土:安乐之处。

生垒息而返。公主方与左右抱首哀鸣,见

再简陋的人间住房也比蜂房大得多。

生入，牵衿曰："郎焉置妾？"生怆恻欲绝，乃捉腕思曰："小生贫贱，惭无金屋[1]。有茅庐三数间，姑同窜匿，可乎？"公主含涕曰："急何能择？乞携速往。"生乃挽扶而出。未几，至家。公主曰："此大安宅[2]，胜故国多矣。然妾从君来，父母何依？请别筑一舍，当举国相从。"生难之。公主号咷曰："不能急人之急，安用郎也！"

[注释]

[1]金屋：供高贵的美人居住的房屋。典出《汉武故事》，汉武帝为太子时，其姑母长公主问："阿娇好不？"刘彻回答："好！若得阿娇作妇，当作金屋贮之。" [2]安宅：安乐的住宅。

娇啼的公主变成飞鸣的蜜蜂；桂府变成园中旧蜂房；国王、大臣、公主均不复存在，而变成络绎不绝的群蜂。人和物骤变，变得快速利落。作家像魔术大师，眨眼间，纸变飞鸟，活人切两半，人们在惊诧之际，幕布垂下。留下无限回味。妙哉！

生略慰解，即已入室。公主伏床悲啼，不可劝止。焦思无术，顿然而醒，始知梦也。而耳畔啼声，嘤嘤未绝，审听之，殊非人声，乃蜂子二三头，飞鸣枕上。大叫怪事。友人诘之，乃以梦告。友人亦诧为异。共起视蜂，依依裳袂间[1]，拂之不去。友人劝为营巢。生如所请，督工构造。方竖两堵，而群蜂自墙外来，络绎如绳。顶尖未合，飞集盈斗[2]。迹所由来[3]，则邻翁之旧囷也。囷中蜂一房，三十余年矣，生息颇繁。或以生事告翁。翁觇之，蜂户寂然。发其壁，则蛇据其中，长丈许。捉而杀之，乃知巨蟒即此物也。蜂入生家，滋息更盛，亦无他异。

友人亦善解人意。

兔起鹘落，妙笔翻空。

缘幻生情，情梦如诗。

倘若再有他异，岂不成狗尾续貂？

[注释]

[1] 依依裳袂间：在衣服上留恋不去。　[2] 盈斗：比斗还大。十升为一斗。　[3] 迹所由来：追踪它们来的痕迹。

[点评]

重写前人题材是《聊斋志异》重要取材方式。蒲松龄对传统题材立足于变革，致力于创新。发他人未见之幽，烛他人未见之微。此文与唐传奇《南柯太守传》有明显师承关系。《南柯太守传》写游侠淳于棼梦中进入大槐安国做驸马，享尽荣华富贵，醒后发现，大槐安国乃家中蚁穴。他感叹人世倏忽，栖心道门。蒲松龄屏除《南柯太守传》消极出世思想，借梦成篇，以写意取胜，艺术成就突出。表现在三方面：其一，寓意双关，既描写特殊的官殿又象征蜂巢，描写美丽的公主，暗寓蜜蜂飞鸣。其二，构思轻快紧凑，以两个梦构成一个艳遇故事。其三，描写圆转、新峭。写人而物、物而人的情景独具风采。作者写入梦、寻梦、悟梦，笔法多变，韵美新颖。

绿衣女

于生名璟，字小宋，益都人[1]，读书醴泉寺。夜方披诵[2]，忽一女子在窗外赞曰："于相公勤读哉！"因念深山何处得女子。方疑思间，女已推扉笑入，曰："勤读哉！"于惊起，视之，绿衣长裙，婉妙无比。于知非人，固诘里居[3]。女曰："君视妾当非能咋噬者[4]，何劳穷问？"于心好之，遂与寝处。罗襦既解，腰细殆不盈掬[5]。更筹方尽[6]，翩然遂去。由此无夕不至。

超凡脱俗的外貌说明非同凡人，细腰绿裙暗寓绿蜂外形。

[注释]

[1]益都：今山东省青州市，古九州之一。大禹治水时最大功臣是益。禹原定传位于益。益在青州建都，称为益都。因继位者为启，益都未成为国都。　[2]披诵：翻开书朗读。披，翻开。　[3]固诘里居：一再询问居住地址。　[4]咋噬（zé shì）：吃人、咬人。咋，咬。噬，吞吃。　[5]"罗襦（rú）既解"二句：是说绿衣女解开绸制的衣服，腰细得大概两手合掐还很宽松。掬，指两手拇指与中指圈成的大小。　[6]更筹方尽：五更过去，天色微明。更筹，夜间计时报更的竹签。更，古代夜间计时，一夜分五更，每更约两小时。

一夕，共酌，谈吐间妙解音律[1]。于曰："卿声娇细，倘度一曲[2]，必能消魂。"女笑曰："不敢度曲，恐消君魂耳。"于固请之。曰："妾非吝惜，恐他人所闻。君必欲之，请便献丑，但只微声示意可耳。"遂以莲钩轻点足床[3]，歌云："树上乌臼鸟[4]，赚奴中夜散。不怨绣鞋湿，只恐郎无伴。"声细如蝇，裁可辨认[5]。而静听之，宛转滑烈[6]，动耳摇心。歌已，启门窥曰："防窗外有人。"绕屋周视，乃入。生曰："卿何疑惧之深？"笑曰："谚云：'偷生鬼子常畏人。'妾之谓矣。"

台湾聊斋专家罗敬之在《蒲松龄和〈聊斋志异〉》提出对绿衣女所唱小曲另一解释：乌臼鸟半夜将绿蜂伴侣吃掉，她不得不到人间重新寻找伴侣。因此"偷生鬼子常畏人"，总担心爱情不能持久，自己福分将尽。

［注释］

[1]妙解音律：精通音乐。妙解，修养精深。音律，古代的律吕、宫调。　[2]度一曲：唱一支歌。度曲，按谱歌唱。　[3]以莲钩轻点足床：用美丽的小脚轻轻在脚踏上打拍。莲钩，绣花的尖头鞋。足床，旧时床前放着的小矮桌，长方形台面，高二三十公分。　[4]"树上乌臼鸟"四句：通常解释为，树上乌臼鸟的啼声惊散绿衣女与情郎欢会，她不担心自己的绣鞋湿了，只担心情郎没了伴。这样解读还可联系南朝民歌贪欢怕晓的情侣所唱"打杀长鸣鸡，弹去乌臼鸟，愿得连暝不复曙，一年都一晓"。但黎明啼晓如何导致"中夜散"？又似牵强。乌臼鸟，候鸟名，形似鸦而稍小，北方俗称"黎雀""鸦舅"，五更则鸣。赚，欺骗。中夜，半夜。　[5]裁：略微。　[6]"宛转滑烈"二句：绿衣女的歌声清

亮宛转，非常动人。

但明伦评："写色写声，写形写神，俱从蜂曲曲绘出，结处一笔点明，复以投墨作字，振翼穿窗，作不尽之语。短篇中具赋物之妙。"

鲁迅先生说聊斋形象"偶见鹘突，知复非人"。少女呼救变成绿蜂啼鸣，蜂走墨池后作"谢"字。纯粹的物显示美好的人的心态，以意外妙境和不尽之意，为清丽挥洒的美文做结。

　　既而就寝，惕然不喜[1]，曰："生平之分，殆止此乎？"于急问之，女曰："妾心动，妾禄尽矣[2]。"于慰之曰："心动眼瞤[3]，盖是常也，何遽此云？"女稍怿[4]，复相绸缪。更漏既歇，披衣下榻。方将启关，徘徊复返，曰："不知何故，惕惕心怯[5]，乞送我出门。"于果起，送诸门外。女曰："君伫望我，我逾垣去，君方归。"于曰："诺。"视女转过房廊，寂不复见。方欲归寝，闻女号救甚急。于奔往，四顾无迹，声在檐间。举首细视，则一蛛大如弹，抟捉一物[6]，哀鸣声嘶。于破网挑下，去其缚缠，则一绿蜂，奄然将毙矣。捉归室中，置案头，停苏移时[7]，始能行步。徐登砚池，自以身投墨汁，出伏几上，走作"谢"字，频展双翼，已乃穿窗而去。自此遂绝。

[注释]

[1]惕然：心惊肉跳，恐惧不安的样子。　[2]禄尽：福分将尽，生命走到尽头。　[3]心动眼瞤（shùn）：因为心里有事，眼皮乱跳。　[4]稍怿（yì）：稍微高兴一点儿。　[5]惕惕（tí sī）心怯：胆战心惊，非常害怕。　[6]抟（tuán）：将东西紧紧抓在手（爪）

中。　[7]停苏移时：停在案头，经过一段时间慢慢苏醒。

[点评]

短短七百字，如诗如画。人物之美，无与伦比。"物而人"是蒲松龄拿手好戏，《绿衣女》为其翘楚。少女绿蜂，会合无间。少女优美化，绿蜂人格化，写得扑朔迷离。少女绿衣长裙，实指绿蜂翅膀；腰细殆不盈掬，实指蜂腰；少女妙解音律，实指蜂之善鸣；"偷生鬼子常畏人"，非畏人，乃畏乌臼鸟也。处处写美丽而娇柔的少女，时时暗点绿蜂身份。婉妙的身材，写蜂形；娇细的声音，写蜂音。写声写色、写形写神，皆丝丝入扣，少女变成绿蜂，顺理成章。

绿衣女温柔多情、巧而能庄、趣而能雅，有令人消魂的美姿。其唱词清丽，意在言外又不露纤巧，可谓词清、乐韵、人美。绿衣女与其他《聊斋志异》女性不同的是她特别低调、胆小，莫名其妙恐惧。实际上，她爱情受过挫折，原来的伴侣被乌臼鸟吃掉，她凄惨偷生，化成绿衣女到人间来寻找新爱。一朝被蛇咬，十年怕井绳，她时时担心不幸再次发生，而小小的绿蜂被蛛网罩上，是常有之事。蒲松龄写出绿衣女特有的生存姿态，有很大特殊性，又构成特殊的美感。

荷花三娘子

湖州宗湘若[1]，士人也。秋日巡视田垅[2]，杜甫诗"江碧鸟逾白，山青花欲燃"。不同的音调构成最美的和音。荷花三娘子和她的"曹丘生"相得益彰。

一副"性解放"口吻，毫不知耻。刚和人野合，又接着引诱宗生，鄙贱放荡，令人不快。

见禾稼茂密处，振摇甚动。疑之，越陌往觇[3]，则有男女野合。一笑将返。即见男子觍然结带，草草径去，女子亦起。细审之，雅甚娟好。心悦之，欲就绸缪，实惭鄙恶[4]。乃略近拂拭曰："桑中之游乐乎[5]？"女笑不语。宗近身启衣，肤腻如脂。于是挼莎上下几遍[6]。女笑曰："腐秀才，要如何便如何耳，狂探何为？"诘其姓氏。曰："春风一度[7]，即别东西，何劳审究，岂将留名字做贞坊耶？"宗曰："野田草露中，乃山村牧猪奴所为[8]，我不习惯。以卿丽质，即私约亦当自重，何至屑屑如此[9]？"女闻言，极意嘉纳[10]。宗言："荒斋不远，请过留连。"女曰："我出已久，恐人所疑。夜分可耳。"问宗门户物志甚悉，乃趋斜径，疾行而去。

[注释]

[1]湖州：今属浙江省。　[2]田垅：田间。　[3]陌：田间小路。　[4]鄙恶：鄙陋恶劣。　[5]桑中之游：指男女野外幽会。《诗·鄘风·桑中》："期我乎桑中。"　[6]挼莎（ruó suō）：以手探摸。　[7]春风一度：指男女偶然交合。　[8]牧猪奴：泛指粗鲁低下的人。原意指赌徒，《晋书·陶侃传》："樗蒱者，牧猪奴戏耳。"　[9]屑屑：猥琐、轻率。　[10]嘉纳：称赞、接受。

更初，果至宗斋，殢雨尤云[1]，备极亲爱。积有月日，密无知者。会一番僧卓锡村寺[2]，见宗，惊曰："君身有邪气，曾何所遇？"答言："无之。"过数日，悄然忽病。女每夕携佳果饵之，殷勤抚问，如夫妻之好。然卧后必强宗与合。宗抱病，颇不耐之。心疑其非人，而亦无术暂绝使去。因曰："曩和尚谓我妖惑[3]，今果病，其言验矣。明日屈之来，便求符咒。"女惨然色变。宗益疑之。

[**注释**]

[1] 殢（tì）雨尤云：沉溺于男欢女爱中。　[2] 番僧卓锡村寺：西域来的僧人居住在村里寺庙。卓，植立。锡，僧人外出用的锡杖。　[3] 妖惑：被妖迷惑。

次日，遣人以情告僧。僧曰："此狐也。其技尚浅，易就束缚。"乃书符二道，付嘱曰："归以净坛一事置榻前[1]，即以一符贴坛口。待狐窜入，急覆以盆。再以一符黏盆上，投釜汤烈火烹煮，少顷毙矣。"家人归，并如僧教。夜深，女始至，探袖中金橘，方将就榻问讯，忽坛口飕飗一声[2]，女已吸入。家人暴起，覆口贴符，方欲就煮，宗见金橘散满地上，追念情好，怆然感动，遽命释之。揭符去覆，女子自坛中出，狼狈颇殆，稽首曰："大道将成，一旦几为灰土。君，仁人也，誓必相报。"遂去。

"君，仁人也，誓必相报"是宗生和狐女的结语，又是宗生和三娘子的提笔。宗生怜悯之心使狐女有了道德感。用给宗生治病赎采补之过；以给宗生介绍佳侣表达觉醒的爱。

[**注释**]
[1] 净坛：洁净的坛子。 [2] 飕飗（sōu liú）：风快速吹过的声音。

数日，宗益沉绵，若将陨坠[1]。家人趋市，为购材木，途中遇一女子，问曰："汝是宗湘若纪纲否[2]？"答云："是。"女曰："宗郎是我表兄。闻病沉笃[3]，将便省视，适有故不得去。灵药一裹，劳寄致之。"家人受归。宗念中表迄无姊妹，知是狐报。服其药，果大瘳[4]，旬日平复。心德之，祷诸虚空，愿一再觏[5]。

一夜，闭户独酌，忽闻弹指敲窗。拔关出视，则狐女也。大悦，把手称谢，延止共饮。女曰："别来耿耿[6]，思无以报高厚[7]。今为君觅一良匹，聊足塞责否？"宗问："何人？"曰："非君所知。明日辰刻，早越南湖，如见有采菱女，着冰縠帔者[8]，当急舟趁之。苟迷所往，即视堤边，有短干莲花隐叶底，便采归。以蜡火爇其蒂，当得美妇，兼致修龄[9]。"宗谨受教。既而告别，宗固挽之。女曰："自遭厄劫，顿悟大道。即奈何以衾裯之爱[10]，取人仇怨？"厉色辞去。

[注释]

[1] 陨坠：死亡。　[2] 纪纲：原意为统领仆人的人，也泛指仆人。　[3] 沉笃：非常沉重。　[4] 大瘳：病很快好转。　[5] 觏（gòu）：见面。　[6] 耿耿：心事重重。　[7] 高厚：深厚的恩德。　[8] 冰縠帔（hú pèi）：用冰蚕丝制成的绉纱披肩。　[9] 修龄：高寿。　[10] 衾裯（qīn chóu）之爱：男女欢爱。衾裯，被褥等卧具。

宗如言，至南湖，见荷荡佳丽颇多。中一垂髫人，衣冰縠，绝代也。促舟劙逼[1]，忽迷所往。即拨荷丛，果有红莲一枝，干不盈尺，折之而归。入门，置几上，削蜡于旁[2]，将以爇火。一回头，化为姝丽。宗惊喜伏拜。女曰："痴生！我是妖狐，将为君祟矣。"宗不听，女曰："谁教子者？"答曰："小生自能识卿，何待教？"捉臂牵之，

"得美妇，兼致修龄"是情节性预言。后文一一映照。荷花本来"出淤泥而不染"，放荡狐女介绍荷花三娘子更加深此意。狐女与三娘子一邪一正，又以邪荐正、以邪趋正。狐女的改过平添几分亲切，舍爱荐人又平添几分雅量。两女性如翠竹映荷花，冉冉生香。

荷花三娘子与狐女迥然不同。她矜持自重。宗生追求她的过程也是她万般珍重的过程。

随手而下，化为怪石。高尺许，面面玲珑。乃携供案上，焚香再拜而祝之。入夜，杜门塞窦[3]，惟恐其亡。平旦视之[4]，即又非石，纱帔一袭，遥闻芳泽[5]；展视领衿，犹存余腻[6]。宗覆衾拥之而卧。暮起挑灯，既返，则垂髫人在枕上。喜极，恐其复化，哀祝而后就之。女笑曰："孽障哉！不知何人饶舌，遂教风狂儿屑碎死[7]！"乃不复拒。而款洽间，若不胜任，屡乞休止。宗不听，女曰："如此，我便化去！"宗惧而罢。

少女娇聒倩语，淑女做撒娇语，宛然在耳。

[注释]

[1]劘（mó）：逼近。　[2]削蜡：剪掉烛蕊便于燃烧。　[3]杜门塞窦：关闭门窗。窦，孔穴。　[4]平旦：清晨。　[5]芳泽：香气。芳，通"香"。　[6]余腻：浓郁的香气。　[7]屑碎：此处指不断纠缠。

由是两情甚谐。而金帛常盈箱箧，亦不知所自来。女见人喏喏[1]，似口不能道辞，生亦讳言其异。怀孕十余月，计日当产。入室，嘱宗杜门禁款者[2]，自乃以刀剖脐下，取子出，令宗裂帛束之，过宿而愈。又六七年，谓宗曰："夙业偿满[3]，请告别也。"宗闻泣下，曰："卿归我时，

这可能是全世界最早的成功剖官产记载？

贫苦不自立，赖卿小阜[4]。何忍遽言离遏[5]？且卿又无邦族，他日儿不知母，亦一恨事。"女亦怅悢[6]，曰："聚必有散，固是常也。儿福相，君亦期颐[7]，更何求？妾本何氏，倘蒙思眷，抱妾旧物而呼曰'荷花三娘子'，当有见耳。"言已解脱，曰："我去矣。"惊顾间，飞去已高于顶。宗跃起，急曳之，捉得履。履脱及地，化为石燕；色红于丹朱，内外莹澈，若水精然。拾而藏之。捡视箱中，初来时所着冰縠帔尚在。每一忆念，抱呼"三娘子"，则宛然女郎，欢容笑黛，并肖生平，但不语耳。

友人云："'花如解语还多事，石不能言最可人。'放翁佳句，可为此传写照。"

两情若是久长时，又岂在朝朝暮暮。新颖的感情观。

宗生两次遇合是封建时代士子猎艳行为的表现。相对两位性格鲜明的女性，宗生一直处于感受她们的地位，这实际是代作者行叙事之职，对宗生本人的刻画并不算太丰满。

"友人云"几句是蒲松龄手稿亲笔。说明对此看法认可。

[注释]

[1] 喏（nuò）喏：顺从敬慎、不善言谈。　[2] 禁款：不许叫门。　[3] 夙业偿满：前生注定的恩情冤业已完成。　[4] 小阜：小康。　[5] 离遏（tì）：离别。　[6] 怅悢：惆怅。　[7] 期颐：百岁之寿。

[点评]

"花如解语还多事，石不能言最可人。"以蒲松龄转益多师的精神，陆放翁的诗句引发其电光石火般的构思是可能的。然而此篇与造化同工的艺术创造，并非放翁的诗句可概括。荷花三娘子初露面，是披着白纱的采菱女；化为红莲，婀娜之至，自是花中第一流；变面面玲珑的怪石，逸秀清峭；怪石再变石燕，幻化无穷而无所不美。人物亦花、亦人、亦仙，风神秀彻。作家一管之笔，如麻姑掷米，粒粒皆为金砂。结构上以宗生与狐女、荷花三娘子相识、相爱、相离为线索，采用勾连式布局，一环扣一环。小说虽分上下两段，但穿插映照，无割裂痕迹。人物语言尤其成功。两个女子，狐女放荡任性，荷花三娘子温文收敛，对比鲜明。狐女"春风一度"等语常被研究者作为聊斋代表性语言引用。

颜　氏

顺天某生[1]，家贫，值岁饥，从父之洛。性钝，年十七，不能成幅[2]。而丰仪秀美，能雅谑[3]，善尺牍[4]。见者不知其中之无有也。无何，父母继殁，孑然一身，受童蒙于洛汭[5]。

时村中颜氏有孤女，名士裔也。少慧，父在时尝教之读，一过辄记不忘。十数岁，学父吟咏。父曰："吾家有女学士，惜不弁耳[6]。"钟爱之，

聊斋男主角一般有名字或姓氏，此篇称"某生"，姓都没有，有蔑视之意。

注意：手稿原是"裁能成幅"，蒲松龄改"裁"为"不"，意思完全不同。"裁能成幅"是能写完整的文章，"不能成幅"是写不出完整文章。

注意：松龄手稿是"受童蒙"不是"授童蒙"。

"弁"与"不弁"即有没有男子身份，是小说文眼。

期择贵婿。父卒，母执此志，三年不遂，而母又卒。或劝适佳士，女然之而未就也。

[注释]

[1] 顺天：明清时顺天府，今北京市。　[2] 不能成幅：写不出完整的八股文。古时学写八股文，要先学写一段，再学写半篇，叫"半幅"，然后才学习写完整的文章。不能成幅，就是写不出完全的八股文，简言之为不会写文章。　[3] 雅谑：雅致的玩笑。　[4] 善尺牍：擅长写信。　[5] 受童蒙：接受学童为之启蒙。洛汭（ruì）：今河南洛阳一带。汭，河流会合弯曲的地方。　[6] 不弁：古代只有男子戴帽子，"不弁"就是不戴帽子。也就是说此人不是男子。

适邻妇逾垣来，就与攀谈。以字纸裹绣线。女启视，则某手翰[1]，寄邻生者。反复之而好焉。邻妇窥其意，私语曰："此翩翩一美少年。孤与卿等，年相若也。倘能垂意，妾嘱渠侬聊合之[2]。"女脉脉不语。妇归，以意授夫。邻生故与生善，告之，大悦。有母遗金鸦镮[3]，托委致焉。刻日成礼，鱼水甚欢。及睹生文，笑曰："文与卿似是两人，如此，何日可成？"朝夕劝生研读，严如师友。敛昏，先挑烛据案自哦，为丈夫率[4]，听漏三下，乃已。如是年余，生制艺颇通，

笨人偏偏会写信，而信偏偏为才女见到，巧！

而再试再黜，身名蹇落[5]，饔飧不给[6]。抚情寂漠，嗷嗷悲泣。

笨且无志气。

[注释]

[1]手翰：亲笔书信。 [2]嘱渠侬聊（ér）合：让他给撮合一下。渠侬，邻妇说自己丈夫的口语。聊合，撮合。 [3]金鸦镮（huán）：镶有金鸦宝石的指环。 [4]为丈夫率：给丈夫做榜样。 [5]身名蹇落：得不到功名，非常失意。 [6]饔飧（yōng sūn）不给：吃不上饭。饔，早餐。飧，晚餐，泛指饭食。

女呵之曰："君非丈夫，负此弁耳！使我易髻而冠，青紫直芥视之[1]！"生方懊丧，闻妻言，睒睗而怒曰[2]："闺中人身不到场屋[3]，便以功名富贵似汝在厨下汲水炊白粥；若冠加于顶，恐亦犹人耳[4]！"女笑曰："君勿怒。俟试期，妾请易装相代。倘落拓如君，当不敢复藐天下士矣。"生亦笑曰："卿自不知蘖苦[5]，真宜使请尝试之。但恐绽露，为乡邻笑耳。"女曰："妾非戏语。君尝言燕有故庐[6]，请男装从君归，伪为弟。君以襁褓出，谁得辨其非？"生从之。女入房，巾服而出，曰："视妾可作男儿否？"生视之，俨然一顾影少年也。生喜，遍辞里社。交好者薄

女扮男装的第一条件：老家有旧居。妻子可以冒充是外地出生的"弟弟"。

有馈遗，买一羸蹇^[7]，御妻而归。

[注释]

[1]青紫直芥视之：做大官像捡芥子那样小事一桩。青、紫，指官印上的绶带，汉代宰相授金印紫绶，御史银印青绶。　[2]睒睗（shǎn shì）：目光闪闪疾视之状，似口语"瞪了一眼"。　[3]场屋：科举考场。　[4]犹人：与别人一样。　[5]蘗（bò）：黄柏。　[6]燕有故庐：在燕地有旧居。燕，春秋时国名。在今河北境内。　[7]羸蹇：瘦弱的驴子。

生叔兄尚在，见两弟如冠玉，甚喜，晨夕恤顾之。又见宵旰攻苦^[1]，倍益爱敬。雇一剪发雏奴，为供给使，暮后辄遣去之。乡中吊庆，兄自出周旋，弟惟下帷读^[2]。居半年，罕有睹其面者。客或请见，兄辄代辞。读其文，瞳然骇异^[3]。或排闼入而迫之，一揖便亡去。客睹丰采，又共倾慕，由此名大噪。世家争愿赘焉。叔兄商之，惟辗然笑；再强之，则言："矢志青云^[4]，不及第不婚也。"会学使案临，两人并出。兄又落，弟以冠军应试^[5]，中顺天第四^[6]。明年成进士，授桐城令^[7]，有吏治。寻迁河南道掌印御史^[8]，富埒王侯^[9]。因托疾乞骸骨^[10]，赐归田里。宾客填门，

女扮男装第二条件：服侍的人年龄非常小，看不出主人是女人。

迄谢不纳。又自诸生以及显贵，并不言娶，人无不怪之者。归后，渐置婢，或疑其私，嫂察之，殊无苟且。

[**注释**]

[1]宵旰攻苦：白天黑夜地用功。宵，天不亮。　[2]下帷读：放下室内悬挂的帷幕。意思是闭门苦读。　[3]瞲（xuè）然：惊奇的样子。　[4]矢志青云：下决心取得高官厚禄。　[5]以冠军应试：以科试第一名身份参加乡试。　[6]中顺天第四：考中顺天府第四名举人。　[7]"授桐城令"二句：颜氏做桐城县令有政绩。桐城，今安徽桐城市。有吏治，做官声誉良好。　[8]掌印御史：监察御史，负责考察官吏。　[9]富埒王侯：像王侯那样富裕。　[10]托疾乞骸骨：托病请求朝廷准许退职，以使骸骨得归葬故乡。

女扮男装的第三条件：改朝换代。连皇帝都换外族旁人了，女扮男装无所谓欺君。

女扮男装第四个也是最重要条件：生平不孕。否则御史怀孕大腹便便，成何体统？

无何，明鼎革[1]，天下大乱，乃告嫂曰："实相告：我小郎妇也。以男子葍茸[2]，不能自立，负气自为之。深恐播扬，致天子召问，贻笑海内耳。"嫂不信，脱靴而示之足，始愕，视靴中，则败絮满焉。于是使生承其衔，仍闭门而雌伏矣[3]。而生平不孕，遂出资购妾。谓生曰："凡人置身通显，则买姬媵以自奉；我宦迹十年，犹一身耳。君何福泽，坐享佳丽？"生曰："面首三十人^[4]，请卿自置耳。"相传为笑。是时生父母屡受覃恩矣^[5]。搢绅拜往，尊生以侍御礼。生羞袭闺衔，惟以诸生自安，终身未尝舆盖云。

异史氏曰："翁姑受封于新妇，可谓奇矣。然侍御而夫人也者^[6]，何时无之？但夫人而侍御者少耳。天下冠儒冠、称丈夫者，皆愧死矣！"

[注释]

[1]鼎革：取新去故。改朝换代。　[2]荅（tà）茸：平庸无能。　[3]闭门而雌伏：关起门来老老实实做女人。　[4]面首：男宠。据《宋史》记载，山阴公主经皇帝老兄同意，有男宠三十人。面，指貌美。首，指发美。　[5]覃（tán）恩：赐恩。　[6]侍御而夫人：名为御史，行事却像个老娘们儿。

[点评]

颜氏把封建重压下女子被压抑的才能充分地表现出来。她有文才，可以在八股文上超过男人；有治国之才，可以在吏治上不逊于男子。她为公婆挣得皇封，代丈夫取得御史头衔。这个形象与替父从军的花木兰、求凰得凤的黄崇嘏一脉相承。颜氏用自己的聪明才智为女性扬眉吐气，最终因为生平不孕，不得不自己出钱替丈夫纳妾。"青紫真芥视之"、纵横官场的女强人在家庭中败下阵来，用自己的钱让丈夫"坐享佳丽"，这是多么可悲的讽刺。女扮男装会遇到各种难题，作者在行文中巧为点

"异史氏曰"讽刺现在官场中做高官者往往像妇人，抒发作者对科举制度的失望情绪。

这故事有没有所谓原型？俞樾《春在堂随笔》提出：明末抵御张献忠的桐城令杨尔铭，"年甫弱冠，丰姿玉映，貌如处子……人多疑为女子，即聊斋所志易钗而弁之颜氏也。大约颜、杨音近而讹传之耳。"杨尔铭十四岁中进士并担任县令，曾有虚张声势逼退流寇为史可法解围的功绩。但多数聊斋研究者认为把杨尔铭当成颜氏原型，是郢书燕说。

缀，情节设计周密，合乎情理。

小　谢

渭南姜部郎第多鬼魅[1]，常惑人，因徙去。留苍头门之而死，数易皆死，遂废之。里有陶生望三者，夙倜傥，好狎妓，酒阑辄去之。友人故使妓奔就之，亦笑内，不拒；而实终夜无所沾染。尝宿部郎家，有婢夜奔，生坚拒不乱，部郎以是契重之。家綦贫，又有"鼓盆"之戚[2]，茅屋数椽，溽暑不堪其热[3]；因请部郎假废第。部郎以其凶故，却之。生因作《续无鬼论》献部郎[4]，且曰："鬼何能为！"部郎以其请之坚，诺之。

"好狎妓"却在酒筵结束让妓女离开，故谓"倜傥"。

以祟人面目出现的小女鬼确实在捉弄陶生，但她们采用的是亲人间才有的动作。并非有意祟人，而是不谙世事，率真任性。

[注释]

[1]渭南：陕西县名。部郎：明清时中央各部的郎中、员外郎等官员的统称。第：房子。　[2]"鼓盆"之戚：丧妻之痛。《庄子·至乐》："庄周妻死，惠子吊之，庄子则方箕踞鼓盆而歌。"　[3]溽（rù）暑：闷热潮湿。　[4]《续无鬼论》：晋代阮瞻写过《无鬼论》。

生往除厅事[1]。薄暮[2]，置书其中，返取他物,则书已亡。怪之,仰卧榻上,静息以伺其变。食顷,闻步履声,睨之,见二女自房中出,所亡书送还案上。一约二十,一可十七八,并皆姝丽。逡巡立榻下,相视而笑。生寂不动。长者翘一足端生腹,少者掩口匿笑。生觉心摇摇,若不自持,即急肃然端念[3],卒不顾。女近以左手捋髭,右手轻批颐颊,作小响,少者益笑。生骤起,叱曰:"鬼物敢尔!"二女骇奔而散。生恐夜为所苦,欲移归,又耻其言不掩[4],乃挑灯读。暗中鬼影憧憧[5],略不顾瞻。夜将半,烛而寝。始交睫,觉人以细物穿鼻,奇痒,大嚏。但闻暗处隐隐作笑声。生不语,假寐以俟之。俄见少女以纸条撚细股,鹤行鹭伏而至。生暴起呵之,飘窜而去。既寝,又穿其耳。终夜不堪其扰。鸡既鸣,乃寂无声,生始酣眠。终日无所睹闻。

鹤行鹭伏像小鸟儿,好看!

"飘窜",好词儿。人能飘不?不能,只有灵魂能飘。二女鬼灵动跳跃,鬼影憧憧。蒲松龄之前很少出现这样天真可爱、无道学气、无脂粉气、稚气十足的少女形象。

[注释]

[1]往除厅事:前往打扫厅堂。 [2]薄暮:傍晚。 [3]肃然端念:安定心情,端正意念。 [4]耻其言不掩:以说了不算为耻。陶望三曾写《续无鬼论》,真有鬼却怕了,是耻辱。 [5]鬼影憧(chōng)憧:鬼影往来不绝。

"恍惚""飘散"用词生动，写出灵魂飘忽的样子。

刚肠书生阻断女鬼祟人的最主要途径。

日既下，恍惚出现。生遂夜炊，将以达旦。长者渐曲肱几上[1]，观生读；既而掩生卷。生怒捉之，即已飘散；少间，又抚之。生以手按卷读，少者潜于脑后，交两手掩生目，瞥然去[2]，远立以哂。生指骂曰："小鬼头！捉得便都杀却！"女子即又不惧。因戏之曰："房中纵送[3]，我都不解，缠我无益。"二女微笑，转身向灶，析薪溲米[4]，为生执爨[5]。生顾而奖曰："两卿此为，不胜憨跳耶[6]？"俄顷，粥熟，争以匕、箸、陶碗置几上。生曰："感卿服役，何以报德？"女笑云："饭中溲合砒、酖矣[7]。"生曰："与卿夙无嫌怨，何至以此相加。"啜已，复盛，争为奔走。生乐之，习以为常。

［注释］

[1]曲肱几上：弯曲胳膊放茶几上。　[2]瞥然：迅速。　[3]房中纵送：性行为。　[4]析薪溲（sōu）米：劈柴淘米。　[5]执爨（cuàn）：做饭。　[6]憨跳：傻玩傻闹，调皮捣蛋。　[7]饭中溲合砒、酖：饭里添上毒药。砒，砒霜。酖，用鸩羽浸成的毒酒。鸩，毒鸟。

日渐稔[1]，接坐倾语，审其姓名。长者云：

"妾秋容,乔氏;彼阮家小谢也。"又研问所由来,小谢笑曰:"痴郎!尚不敢一呈身[2],谁要汝问门第,做嫁娶耶?"生正容曰:"相对丽质,宁独无情?但阴冥之气,中人必死。不乐与居者,行可耳;乐与居者,安可耳。如不见爱,何必玷两佳人?如果见爱,何必死一狂生?"二女相顾动容,自此不甚虐弄之[3]。然时而探手于怀,挦裤于地,亦置不为怪。一日,录书未卒业而出。返则小谢伏案头,操管代录[4]。见生,掷笔睨笑。近视之,虽劣不成书,而行列疏整[5]。生赞曰:"卿雅人也,苟乐此,仆教卿为之。"乃拥诸怀,把腕而教之画。秋容自外入,色乍变,意似妒。小谢笑曰:"童时尝从父学书,久不作,遂如梦寐。"秋容不语。生喻其意,伪为不觉者,遂抱而授以笔,曰:"我视卿能此否?"作数字而起,曰:"秋娘大好笔力!"秋容乃喜。

少女絮聒口气。生动精彩。

陶生这段话数层含义:其一,他并非对美人不动情,无奈人鬼有别;其二,劝说女鬼尊重自己和他人;其三,男女之间以"爱"至上,倘若无爱苟合,是玷污二佳人,倘若真爱,又何必害死一书生?此番话深沉、沉着、老练又动情,有刚毅内涵又有诗意温文。经过这次推心置腹交谈,二女鬼感动并觉悟。陶生语言如博学者论文,滔滔不绝,严密周详。语言个性化。

"秋娘大好笔力!"纯是和稀泥以调和二女妒意。

[注释]

[1]渐稔:逐渐熟悉。 [2]呈身:显露身体。 [3]虐弄:恶作剧。 [4]操管:执笔。 [5]行列疏整:横竖成行,排列有序。

生于是折两纸为范[1]，俾共临摹。生另一灯读，窃喜其各有所事，不相侵扰。仿毕，祗立几前[2]，听生月旦[3]。秋容素不解读，涂鸦不可辨认，花判已[4]，自顾不如小谢，有惭色。生奖慰之，颜始霁。二女由此师事生，坐为抓背，卧为按股，不惟不敢侮，争媚之。逾月，小谢书居然端好。生偶赞之。秋容大惭，粉黛淫淫[5]，泪痕如线。生百端慰解之，乃已。因教之读，颖悟非常，指示一过，无再问者。与生竞读，常至终夜。小谢又引其弟三郎来，拜生门下。年十五六，姿容秀美，以金如意一钩为贽。生令与秋容执一经[6]，满堂咿唔，生于此设鬼帐焉。部郎闻之喜，以时给其薪水。积数月，秋容与三郎皆能诗，时相酬唱。小谢阴嘱勿教秋容，生诺之；秋容阴嘱勿教小谢，生亦诺之。

二女鬼孩子气的嫉妒。

[注释]

[1]折两纸为范：将两张白纸折出竖格，控制书写行距。　[2]祗立：恭敬地站着。　[3]月旦：评论。　[4]花判：批阅意见。　[5]粉黛淫淫：眼泪把香粉和描眼圈的青黛都冲下来。　[6]执一经：学习一种经书。

一日，生将赴试，二女涕泪持别。三郎曰："此行可以托疾免。不然，恐履不吉[1]。"生以告疾为辱，遂行。先是，生好以诗词讥切时事，获罪于邑贵介[2]，日思中伤之。阴赂学使，诬以行简[3]，淹禁狱中[4]。资斧绝，乞食于囚人，自分已无生理。忽一人飘忽而入，则秋容也，以馔具馈生。相向悲咽，曰："三郎虑君不吉，今果不谬。三郎与妾同来，赴院申理矣。"数语而出，人不之睹。

[注释]

[1]恐履不吉：恐怕遇到不好的事。 [2]邑贵介：县里有地位的人。 [3]诬以行简：诬告行为不检点。 [4]淹禁：监禁。

越日，部院出[1]，三郎遮道声屈[2]，收之。秋容入狱报生，返身往侦之，三日不返。生愁饿无聊，度一日如年岁。忽小谢至，怆恍欲绝，言："秋容归，经由城隍祠[3]，被西廊黑判强摄去，逼充御媵[4]。秋容不屈，今亦幽囚。妾驰百里，奔波颇殆；至北郭，被老棘刺吾足心，痛彻骨髓，恐不能再至矣。"因示之足，血殷凌波焉[5]。出金三两，跛踦而没[6]。部院勘三郎，素非瓜葛，无端代控，将杖之，扑地遂灭，异之。览其状，情词悲恻。提生面鞫，问："三郎何人？"生伪为不知。部院悟其冤，释之。

[注释]

[1]部院：巡抚。　[2]遮道声屈：拦路喊冤。　[3]城隍：民间传说守护城池的神。　[4]御媵：姬妾。　[5]血殷（yān）凌波：鲜血染红鞋袜。　[6]跛踦（bǒ qī）：行步不稳。

既归，竟夕无一人。更阑[1]，小谢始至。惨然曰："三郎在部院，被廨神押赴冥司[2]。冥王以三郎义，令托生富贵家。秋容久锢，妾以状投城隍，又被按阁[3]，不得入，且复奈何？"生忿曰："黑老魅何敢如此！明日仆其像，践踏为泥，数城隍而责之。案下吏暴横如此，渠在醉梦中耶？"悲愤相对，不觉四漏将残[4]，秋容飘然忽至。两人惊喜，急问。秋容泣下曰："今为郎万苦矣！判日以刀杖相逼，今夕忽放妾归，曰：'我无他，原以爱故；既不愿，固亦不曾污玷。烦告陶秋曹[5]，勿见谴责。'"生闻少欢，欲与同寝，

两个小女鬼，一对并蒂花。双美并秀，如春兰秋菊，各有佳妙。小谢柔弱，秋容妩媚。陶生如珠，二女如龙。二龙戏珠，有分有合，回环往复，盘旋生辉。

曰：“今日愿为卿死。”二女戚然曰：“向受开导，颇知义理，何忍以爱君者杀君乎？”执不可。然挽颈倾头，情均伉俪。二女以遭难故，妒念全消。

[注释]
[1]更阑：夜深。　[2]廨神：官衙的守护神。　[3]按阁：搁置不理。　[4]四漏：四更。　[5]秋曹：对刑部官员的尊称。预示陶生将在刑部任职。

会一道士途遇生，顾谓：“身有鬼气！”生以其言异，具告之。道士曰：“此鬼大好，不拟负他。”因书二符付生，曰：“归授两鬼，任其福命：如闻门外有哭女者，吞符急出，先到者可活。”生拜受，归嘱二女。后月余，果闻有哭女者。二女争奔而去，小谢忙急，忘吞其符。见有丧舆过，秋容直出，入棺而没；小谢不得入，痛哭而返。生出视，则富室郝氏殡其女。共见一女子入棺而去，方共惊疑；俄闻棺中有声，息肩发验，女已顿苏。因暂寄生斋外，罗守之。忽开目问陶生。郝氏研诘之，答云：“我非汝女也。”遂以情告。郝未深信，欲舁归；女不从，径入生斋，偃卧不起。郝乃识婿而去。

生就视之，面庞虽异，而光艳不减秋容，喜惬过望，殷叙平生。忽闻呜呜鬼泣，则小谢哭于暗陬[1]。心甚怜之，即移灯往，宽譬哀情[2]，而衿袖淋浪[3]，痛不可解。近晓始去。天明，郝以婢媪赍送香奁，居然翁婿矣。暮入帷房，则小谢又哭。如此六七夜。夫妇俱为惨动，不能成合卺之礼。

[注释]

[1] 暗陬（zōu）：黑暗角落。　[2] 宽譬哀情：宽慰劝解悲哀的感情。　[3] 衿袖淋浪：衣襟衣袖被泪水沾湿。

生忧思无策。秋容曰："道士，仙人也，再往求，倘得怜救。"生然之，迹道士所在，叩伏自陈。道士力言"无术"。生哀不已。道士笑曰："痴生好缠人。合与有缘，请竭吾术。"乃从生来，索静室，掩扉坐，戒勿相问。凡十余日，不饮不食，潜窥之，瞑若睡。一日晨兴，有少女搴帘入，明眸皓齿，光艳照人，微笑曰："跋履终夜，惫极矣！被汝纠缠不了，奔驰百里外，始得一好庐舍[1]，道人载与俱来矣。待见其人，便相交付耳。"敛昏[2]，小谢至，女遽起，迎抱之，翕然合为一体[3]，仆地而僵。道士自室中出，拱手径去。拜而送之。及返，则女已苏，扶置床上，气体渐舒，但把足呻言趾股酸痛，数日始能起。

[注释]

[1]庐舍：原意是房子，此处指可以附着小谢灵魂的躯体。　[2]敛昏：黄昏。　[3]翕（xī）然：忽然。

后生应试得通籍[1]，有蔡子经者，与同谱[2]，以事过生，留数日。小谢自邻舍归，蔡望见之，疾趋相蹑。小谢侧身敛避，心窃怒其轻薄。蔡告生曰："一事深骇物听[3]，可相告否？"诘之，答曰："三年前，少妹夭殒，经两夜而失其尸，至今疑念。适见夫人，何相似之深也？"生笑曰："山荆陋劣，何足以方君妹[4]？然既系同谱，义即至切，何妨一献妻孥[5]。"乃入内，使小谢衣殉装出[6]。蔡大惊曰："真吾妹也！"因而泣下。生乃具述本末。蔡喜曰："妹子未死，吾将速归，用慰严慈[7]。"遂去，过数日，举家皆至，后往来如郝焉。

[注释]

[1]通籍：做官。新任官职者的名字、籍贯登记在册。 [2]同谱：同一次录取。 [3]物听：众人的议论。 [4]方君妹：比您的妹妹。 [5]一献妻孥（nú）：古人以出妻现子为至交的表现。 [6]殉装：安葬时穿的衣服。 [7]严慈：严父慈母的简称。

异史氏曰："绝世佳人，求一而难之，何遽得两哉！事千古而一见，惟不私奔女者能遘之也[1]。道士其仙耶？何术之神也。苟有其术，丑鬼可交耳。"

与小说开头陶生不接受私奔女相呼应。

[注释]

[1]惟不私奔女者能遘之：只有不和私奔女苟合的人能够遇到。私，通奸。

[点评]

人鬼之间从隔阂到融合、相恋，把一个铁骨铮铮的书生和两个柔美的女鬼写绝、写活。人鬼恋的故事蕴藏着很深的哲理。写鬼当然是谎话，但写得极圆、极妙，让人们觉得，鬼是真实存在的。《聊斋志异》对两个女鬼描写真实、细腻，似乎她们可以从纸上走下来。小谢和秋容有亦鬼亦人的特点，表面上是调皮的少女，仔细琢磨是女鬼，是比人间少女还美丽可爱的女鬼。两小女鬼无奇不有的顽皮是其天真个性的显露。与女鬼打交道的陶生性格刚直，他的浩然正气和坦荡胸怀感动了女鬼，使他们之间的关系渐渐发生变化。《小谢》既是正人君子正心息虑的"正气歌"，又是刺贪刺虐杰作。小说中心，是一个"情"字。故事开始时，人对鬼相当警惕，故事结尾时，人宁肯为鬼而死，鬼却追求重生。围绕一个"情"字，故事跌宕起伏、层层波折，煞是好看。

细　侯

　　昌化满生[1]，设帐于余杭[2]。偶涉廛市，经临街阁下，忽有荔壳坠肩头。仰视，一雏姬凭阁上，妖姿要妙[3]，不觉注目发狂。姬俯哂而入。询之，知为娼楼贾氏女细侯也。其声价颇高，自顾不能适愿。归斋冥想，终宵不枕。明日，往投以刺，相见，言笑甚欢，心志益迷。托故假贷同人，敛金如干，携以赴女，款洽臻至。即枕上口占一绝赠之云："膏腻铜盘夜未央[4]，床头小语麝兰香[5]。新鬟明日重妆凤[6]，无复行云梦楚王[7]。"

细侯露面是倚门卖笑姿态，与一般妓女无甚不同。

满生寻欢买笑，亦与一般嫖客相同。

满生留恋细侯，但其诗并非情诗，而是狎妓诗，满生仍把细侯当一般妓女。

[**注释**]

[1]昌化:县名,旧属杭州府。　[2]设帐于余杭:在余杭设馆教书。余杭县旧属杭州府,今为杭州市余杭区。　[3]妖姿要妙:风姿妖媚,风情万种,时髦美丽。　[4]膏腻:油灯。铜盘:油灯座。夜未央:夜还没到一半。　[5]床头小语麝兰香:把满身香气的美人揽在怀里窃窃私语。　[6]新鬟明日重妆凤:明天你就要重新梳妆接待他人。鬟,古代妇人的环形发髻。凤,钗的一种。　[7]无复行云梦楚王:不再把今日情郎放到心上。梦楚王,男女相爱之意。

青楼女子开口就要给人"当家",一洗丝竹粉黛气息。不是逢场作戏,而是想跟心上人过日子。

细侯向往清贫淡泊而夫妻相守的日子。一个生活在纸醉金迷环境中的妓女居然有精神追求、有学诗雅兴,看中穷书生。可谓出淤泥而不染。

种黍可以酿酒,故曰"暇则诗酒可遣"。

细侯蹙然曰:"妾虽污贱,每愿得同心而事之。君既无妇,视妾可当家否?"生大悦,即叮咛,坚相约。细侯亦喜曰:"吟咏之事,妾自谓无难,每于无人处,欲效作一首,恐未能便佳,为观听所讥,倘得相从,幸教妾也。"因问生家田产几何。答曰:"薄田半顷,破屋数椽而已。"细侯曰:"妾归君后,当长相守,勿复设帐为也。四十亩聊足自给,十亩可以种黍,织五匹绢,纳太平之税有余矣[1]。闭户相对,君读妾织,暇则诗酒可遣,千户侯何足贵[2]!"生曰:"卿身价略可几多?"曰:"依媪贪志,何能盈也?多不过二百金足矣。可恨妾齿稚,不知重资财,得辄归母。所私蓄者区区无多。君能办百金，过此即非所虑。"生曰："小生之落寞，卿所知也。百金何能自致？有同盟友[3]，令于湖南，屡相见招，仆以道远，故惮于行。今为卿故，当往谋之。计三四月可以归复。幸耐相候。"细侯诺之。

[注释]

[1]太平之税：国家正常征收的赋税。 [2]千户侯：食邑千户的侯爵。 [3]同盟友：亲密的朋友。

生即弃馆南游[1]。至则令已免官，以罣误居民舍[2]，宦囊空虚，不能为礼。生落魄难返，就邑中授徒焉。三年，莫能归。偶笞弟子，弟子自溺死，东翁痛子而讼其师[3]，因被逮囹圄。幸有他门人，怜师无过，时致馈遗，以是得无苦。

[注释]

[1]弃馆：放弃了教职。 [2]罣（guà）误：错误，牵扯。 [3]东翁：私塾老师对主人的敬称。

细侯自别生，杜门不交一客。母诘知故不可夺，亦姑听之。有富贾某，慕细侯名，托媒于媪，富商不仅起到挑拨离间的小人作用，还代表与官府勾结的势力。

掷地有声。表现出一个微贱女子的高尚追求，追求心灵相通的高洁精神，不为金钱和享受所动。

细侯幼稚，想不到其他商人也可以被买通造假。

务在必得，不靳直[1]。细侯不可。贾以负贩诣湖南，敬侦生耗[2]。时狱已将解，贾以金赂当事吏，使久锢之。归告媪云："生已瘐死[3]。"细侯疑其信不确。媪曰："无论满生已死，纵或不死，与其从穷措大，以椎布终也[4]，何如衣锦而厌粱肉乎[5]？"细侯曰："满生虽贫，其骨清也[6]。守龌龊商，诚非所愿。且道路之言，何足凭信！"贾又转嘱他商，假作满生绝命书寄细侯，以绝其望。细侯得书，惟朝夕哀哭。媪曰："我自幼于汝，抚育良劬[7]。汝成人二三年，所得报者，日亦无多。既不愿隶籍[8]，即又不嫁，何以谋生活？"细侯不得已，遂嫁贾。贾衣服簪珥[9]，供给丰侈。年余，生一子。

[注释]

[1] 靳直：吝惜价钱。　[2] 敬侦生耗：特意打听满生的消息。敬，警戒、特意。　[3] 瘐（yǔ）死：囚犯在监狱中因拷打、疾病、饥寒而死。　[4] 椎布：平民生活。椎，指平民妇女梳的棒槌式发髻。布，布衣。　[5] 衣锦而厌粱肉：穿锦绣衣裳，吃鸡鸭鱼肉。厌，吃饱。粱，细米白面。　[6] 骨清：品质清高，超凡脱俗。　[7] 抚育良劬：辛辛苦苦地抚养。　[8] 隶籍：做妓女，隶属于乐籍。　[9] 簪珥（ěr）：金簪和耳环。泛指首饰。

无何，生得门人力，昭雪而出，始知贾之锢己也。然念素无郤[1]，反复不得其由。门人义助资斧以归。既闻细侯已嫁，心甚激楚[2]，因以所苦，托市媪卖浆者达细侯。细侯大悲，方悟前此多端，悉贾之诡谋。乘贾他出，杀抱中儿，携所有亡归满；凡贾家服饰，一无所取。贾归，怒质于官。官原其情，置不问。

呜呼！寿亭侯之归汉[3]，亦复何殊？顾杀子而行，亦天下之忍人也[4]！

细侯实际赌了一把：官府追查，就赔上一条命；官府放过，就一劳永逸地跟富商一刀两断。

但评："商本非其夫也，彼非夫而诡谋以锢吾夫，彼固吾仇也，抱中儿即仇家子也，杀之而归满，应恕其忍而哀其情。"

[注释]

[1] 郤：通"隙"。　[2] 激楚：激愤悲痛。　[3] 寿亭侯之归汉：汉献帝建安五年（200），关羽在刘备失利无讯的窘迫中投降曹操，因立有战功被封汉寿亭侯，得知刘备在袁绍处消息后，关羽封金挂印，留书拜辞曹操，驰奔袁绍军营。事见《三国志·关羽传》。　[4] 忍人：心肠硬的人。

[点评]

一个卑贱的妓女，不乐意跟随富商吃香的喝辣的，而乐意跟随穷书生自食其力、诗酒相娱，这已算出淤泥而不染。当她发现受骗后竟杀亲生子回归心上人，更惊心动魄。古代文学中母亲忍情杀子早已有之，唐传奇《原化记·崔慎思》写侠女杀子以断绝私情。世界文学也有母亲杀子的描写。古希腊神话改编的《美狄亚》写美狄亚为报复丈夫的见异思迁，当着丈夫的面杀掉亲生孩子。细侯杀子是决绝行为，当然不人道，但归根到底是由为富不仁的富商造成的，由官商勾结、坑害良民造成的。这或许就是细侯杀子这一离奇悲剧的深刻社会意义。

　　蒲松龄不仅将微贱的妓女与古代著名的仁人志士并列，人物命名也大有深意。汉代有位好官吏郭汲，字细侯，后人借用他的字给受人民爱戴的官员命名。刘禹锡有诗句"童子争迎郭细侯"；陈师道有诗句"到处儿童说细侯"；蒲松龄写诗送别他尊敬的县令张嵋"又杖青藤送细侯"。用父母官的别称给妓女命名，说明作者对其非常重视。

菱　角

　　胡大成，楚人[1]，其母素奉佛。成从塾师读，道由观音祠[2]，母嘱过必入叩。一日，至祠，有少女挽儿遨戏其中，发裁掩颈，而风致娟然。时成年十四，心好之。问其姓氏，女笑云："我祠西焦画工女菱角也，问将何为？"成又问："有婿家无？"女酡然曰[3]："无也。"成言："我为若婿，好否？"女惭云："我不能自主。"而眉目澄

稚男少女的爱情其实是观音牵线。但明伦评："分来一滴杨枝水，洒作人间并蒂莲，此非寻常邂逅者。"

发裁掩颈，少女垂髫发型。

陆放翁诗句："平生忧患苦萦缠，菱刺磨成芡实圆。"女主角命名寓磨难之意。

"眉目"八字形神兼备，逼真活跳。目若秋水，刻画眼睛，刻画心灵。嘴里说不能自主，眼睛却泄露出其属意。

澄，上下睨成，意似欣属焉[4]。成乃出，女追而遥告曰："崔尔诚，吾父所善。用为媒，无不谐。"成曰："诺。"因念其慧而多情，益倾慕之。归，向母实白心愿。母止此儿，常恐拂之，即浼崔作冰[5]。焦责聘财奢，事已不就；崔极言成清族美才，焦始许之。

聪明的菱角给胡大成提供求婚最佳途径。

[注释]

[1] 楚人：古代楚国一带的人。　[2] 观音祠：供奉观音菩萨的庙宇，观音即观世音，唐代因避李世民讳，改为观音，亦称"观自在"，传说中救苦救难的观音菩萨。　[3] 酡（tuó）然：脸红状。　[4] 欣属：欣然爱悦。　[5] 浼崔作冰：请求崔尔诚做媒人。

成有伯父，老而无子，授教职于湖北[1]，妻卒任所。母遣成往奔其丧。数月将归，伯又病，亦卒。淹留既久，适大寇据湖南，家耗遂隔。成窜民间，吊影孤惶而已[2]。一日，有媪年四十八九，萦回村中[3]，日昃不去[4]，自言："离乱罔归，将以自鬻。"或问其价，言："不屑为人奴，亦不愿为人妇，但有母我者，则从之，不较直。"闻者皆笑。成往视之，面目间有一二颇肖其母，触于怀而大悲。自念只身，无缝纫者，遂

妙！卖身者不愿意为妻，不愿意为奴，偏偏要给人当至高无上的母亲！

邀归，执子礼焉。媪喜，便为炊饭织屦[5]，劬劳若母。拂意辄谴之，而少有疾苦，则濡呴过于所生[6]。

[注释]

[1]授教职：担任教职，即府学、县学里教谕、训导之职。　[2]吊影孤惶：形影相吊，孤寂彷徨。　[3]萦回：盘旋往复。　[4]日昃（zè）：日头偏西。　[5]织屦（jù）：做鞋。　[6]濡呴（xù）：关怀、照顾。濡，湿润。呴，嘘气。《庄子·天运》："泉涸，鱼相与处于陆，相呴以湿，相濡以沫。"

忽谓曰："此处太平，幸可无虞。然儿长矣，虽在羁旅，大伦不可废[1]。三两日，当为儿娶之。"成泣曰："儿自有妇，但间阻南北耳。"媪曰："大乱时，人事翻覆，何可株待[2]？"成又泣曰："无论结发之盟不可背，且谁以娇女付萍梗人[3]？"媪不答，但为治帘幌衾枕[4]，甚周备，亦不识其所自来。一日，日既夕，戒成曰："烛坐勿寐，我往视新妇来也未。"遂出门去。三更既尽，媪不返，心大疑。俄闻门外哗，出视，则一女子坐庭中，蓬首啜泣。惊问："何人？"亦不语。良久，乃言曰："娶我来，即亦非福，但

菩萨化老妇在人间吃苦，且不是一天一时，自从有了菩萨的传说，菩萨为哪个平民做过饭、织过鞋？只有穷秀才蒲松龄"派"菩萨做如此苦差。

菩萨考察出胡大成诚意。其慧眼又看到菱角忠于爱情而不屈，于是行动起来。

抗婚者形象如画：既不梳妆，也不穿扮，哭泣。

三言两语，既介绍菱角身份，又写出性情。

有死耳！"成大惊，不知其故。女曰："我少受聘于胡大成。不意胡北去，音信断绝。父母强以我归汝家，身可致，志不可夺也。"成闻而哭曰："即我是胡某，卿菱角耶？"女收涕而骇，不信，相将入室，即灯审顾，曰："得无梦耶？"于是转悲为喜，相道离苦。

[注释]

[1]大伦：指夫妇伦常。旧时称君臣、父子、夫妇、兄弟、朋友为五伦。　[2]株待：守株待兔。　[3]萍梗人：像浮萍一样到处漂泊的人。　[4]帘幌衾枕：新房的用品，窗帘、帷幕、被褥、枕头。

先是，乱后，湖南百里，涤地无类[1]。焦携家窜长沙之东，又受周生聘。乱中不能成礼，期是夕送诸其家。女泣不盥栉。家中强置车中。至途次，女颠坠车下。遂有四人荷肩舆至[2]，云是周家迎女者，即扶升舆，疾行若飞，至是始停。一老姥曳入，曰："此汝夫家，但入勿哭。汝家婆婆，旦晚将至矣[3]。"乃去。成诘知情事，始悟媪神人也。夫妻焚香共祷，愿得母子复聚。

一个多么周到细致的菩萨，宛如慈爱的母亲抚慰受苦的子女。观音菩萨还不对当事者讲明事情来龙去脉，留一份惊喜给他们。

[注释]

[1]涤地无类：不分青红皂白、不分男女老少都被杀掉。　[2]肩舆：轿子。　[3]旦晚：一早一晚，短时间。

母自戎马戒严[1]，同俦人妇奔伏涧谷[2]。一夜，噪言寇至，即并张皇四匿。有童子以骑授母。母急不暇问，扶肩而上，轻迅剽遫[3]，瞬息至湖上。马踏水奔腾，蹄下不波。无何，扶下，指一户云："此中可居。"母将启谢，回视其马，化为金毛犼[4]，高丈余，童子超乘而去[5]。母以手挝门，豁然启扉。有人出问，怪其音熟，视之，成也。母子抱哭，妇亦惊起，一门欢慰。疑媪为大士现身[6]，由此持观音经咒益虔。遂流寓湖北，治田庐焉。

観音菩萨坐骑出现，揭开"老媪"身份之谜。观音坐骑供民间贫妇用，大爱菩萨。

[注释]

[1]戎马戒严：处于战争状态。　[2]俦（chóu）人：同伴，众人。　[3]轻迅剽遫（sù）：像风一样快速轻捷。　[4]金毛犼（hǒu）：传说观世音菩萨的坐骑。　[5]超乘（chéng）：跃身跳上马。　[6]大士：佛教对菩萨的通称。此处指观音菩萨。

[点评]

这是个稚男少女苦恋的爱情故事，也是天人感应、诚则通灵的神话。蒲松龄志在为救苦救难、仁爱助人的观音菩萨唱颂歌。观音菩萨集平易、温柔、慈悲、智慧、善良于一身，不仅给平民做母亲，还帮助平民儿子和心上人团聚、全家团圆。2008年我曾在台湾佛光山向当代大德高僧星云大师请教：我在中央电视台将《菱角》中的观音解读为"平民观音"，对吗？大师说：可以。

胡大成和菱角的爱情纯洁无邪、坚贞如磐，在磨难中表现出不凡的个性。小说布局周密，描写细致。千余字故事曲折动人，人物活灵活现。

蒲松龄平生最喜欢的神佛仙道是：观世音、吕洞宾、关公。他在《关帝庙碑记》里说："故佛道中惟观自在、仙道中惟纯阳子、神道中惟伏魔帝，此三圣愿力宏大，欲普度三千世界，拔尽一切苦恼，以是故祥云宝马，常杂处人间，与人最近。"《聊斋志异》《菱角》中的观音，《吴门画工》中的吕洞宾，《公孙夏》里的关羽，都是生动的形象。

考弊司

闻人生，河南人。抱病经日，见一秀才入，伏谒床下，谦抑尽礼。已而请生少步[1]，把臂长语，刺刺且行[2]，数里外犹不言别。生伫足，拱手致辞[3]。秀才云："更烦移趾[4]，仆有一事相割肉乃索贿隐喻。"虚肚鬼王"填不满的欲壑也。

求。"生问之，答云："吾辈悉属考弊司辖。司主名虚肚鬼王。初见之，例应割髀肉[5]，浼君一缓颊耳。"生惊问："何罪而至于此？"曰："不必有罪。此是旧例，若丰于赂者，可赎也。然而我贫。"生曰："我素不稔鬼王，何能效力？"曰："君前世是伊大父行[6]，宜可听从。"

[注释]

[1]少步：略微走几步。　[2]刺刺：不停地说话。　[3]致辞：告辞。　[4]移趾：麻烦您挪步。　[5]髀肉：大腿肉。　[6]大父行：祖父辈。

堂皇的招牌。

夸张到极点。

丑恶到极点。

言次，已入城郭。至一府署，廨宇不甚弘敞，惟一堂高广，堂下两碣东西立[1]，绿书大于栲栳[2]，一云"孝弟忠信"，一云"礼义廉耻"。躇阶而进[3]，见堂上一匾，大书"考弊司"。楹间，板雕翠字一联云："曰校曰序曰庠两字德行阴教化[4]；上士中士下士一堂礼乐鬼门生。"游览未已，官已出，鬒发鲐背，若数百年人；而鼻孔撩天[5]，唇外倾，不承其齿。从一主簿吏[6]，虎首人身。又十余人列侍，半狞恶若山精[7]。秀才曰："此鬼王也。"生骇极，欲却退。鬼王已睹，降阶揖生上，便问兴居[8]。生但诺诺。又问："何事见临？"生以秀才意具白之。鬼王色变曰："此有成例，即父命所不敢承！"气象森凛，似不可入一词。生不敢言，骤起告别，鬼王侧行送之[9]，至门外始返。

鬼王降阶而迎，侧行而送，恭敬之至，却就是不听"大父行"的话。惟孔方兄管用。

[**注释**]

[1] 碣：圆顶石碑。　[2] 栲栳（kǎo lǎo）：柳条大筐。　[3] 蹰（chú）阶而进：一步跨两级台阶。　[4] "曰校曰序曰庠两字德行阴教化"二句：阴世学校都重视德行即道德品行教育；各类读书人聚集在一起，向鬼王学习礼乐，都是鬼王的门生。校、序、庠，分别是夏、殷、周时期学校名称。上士、中士、下士，本是周代官名，此处指有各等级功名的读书人。　[5] 撩天：朝天。　[6] 主簿吏：主管文书的小吏。　[7] 山精：传说的山中怪物，黑脸毛身。　[8] 兴居：日常生活，起居。　[9] 侧行送之：侧身送行，表示恭敬。

生不归，潜入以观其变。至堂下，则秀才已与同辈数人，交臂历指[1]，俨然在徽纆中[2]。一狞人持刀来，裸其股，割片肉，可骈三指许[3]。秀才大嗥欲嗄[4]。生少年负义[5]，愤不自持，大呼曰："惨惨如此，成何世界！"鬼王惊起，暂命止割，桥履逆生[6]。生忿然已出，遍告市人，

"惨惨如此，成何世界！"是常被引用的聊斋名言。

将控上帝。或笑曰："迂哉！蓝蔚苍苍[7]，何处觅上帝而诉之冤也？此辈惟与阎罗近，呼之或可应耳。"乃示之途。

[注释]

[1]交臂历指：反手被捆上刑具。交臂，反绑。历指，拶指之刑。　[2]徽纆（mò）：捆犯人的绳索。　[3]骈三指：三指并列。　[4]大噭欲嗄（shà）：大声号哭，声音嘶哑。　[5]负义：讲义气。　[6]桥履：踮起脚跟走路，表示急迫。逆：迎。　[7]蓝蔚苍苍：蓝天茫茫无际。

趋而往，果见殿陛威赫[1]，阎罗方坐[2]，伏阶号屈。王召讯已，立命诸鬼绾绁提锤而去。少顷，鬼王及秀才并至。审其情确，大怒曰："怜尔夙世攻苦[3]，暂委此任，候生贵家[4]，今乃敢尔！其去若善筋，增若恶骨，罚令生生世世不得发迹也[5]！"鬼乃棰之，仆地，颠落一齿；以刀割指端，抽筋出，亮白如丝。鬼王呼痛，声类斩豕。手足并抽讫，有二鬼押去。

[注释]

[1]殿陛威赫：宫殿上石陛下庄严显赫。　[2]方坐：端坐。　[3]夙世攻苦：前世刻苦攻读。　[4]候生贵家：等待轮回

转世投生到富贵之家。　　[5]生生世世不得发迹：世世代代贫困。

生稽首而出，秀才从其后，感荷殷殷[1]，挽送过市。见一户，垂朱帘，帘内一女子，露半面，容妆绝美。生问："谁家？"秀才曰："此曲巷也。"既过，生低徊不能舍，遂坚止秀才。秀才曰："君为仆来，而令踽踽以去，心何忍？"生固辞，乃去。生望秀才去远，急趋入帘内。女接见，喜形于色。入室促坐，相道姓名。女自言："柳氏，小字秋华。"一妪出，为具肴酒。酒阑，入帷，欢爱殊浓，切切订婚嫁。既曙，妪入曰："薪水告竭[2]，要耗郎君金资。奈何！"生顿念腰橐空虚，惶愧无声。久之，曰："我实不曾携得一文。宜署券保[3]，归即奉酬。"妪变色曰："曾闻夜度娘索逋欠耶[4]？"秋华顣蹙[5]，不作一语。生暂解衣为质，妪持笑曰："此尚不能偿酒直耳。"呶呶不满志[6]，与女俱入。生惭，移时，犹冀女出展别[7]，再订前约；久久无音，潜入窥之，见妪与秋华自肩以上化为牛鬼[8]，目睒睒相对立。大惧，趋出；欲归，则百道歧出，莫知所从。问之市人，并无知其村名者。徘徊廛肆之间，历两昏晓，凄意含酸，响肠鸣饿，进退无以自决。

[注释]

[1]感荷殷殷：情深意厚地感谢。　[2]薪水告竭：生活必需品没有了。　[3]署券保：立下欠条以后偿还。　[4]夜度娘：妓女。　[5]嚬蹙：很不高兴，皱着眉头。　[6]呶（náo）呶：嘟嘟哝哝。　[7]展别：陈述别情。　[8]牛鬼：牛首之鬼。

忽秀才过，望见之，惊曰："何尚未归，而简亵若此[1]？"生觍颜莫对。秀才曰："有之矣！得勿为花夜叉所迷耶？"遂盛气而往，曰："秋华母子，何遽不少施面目耶[2]！"去少时，即以衣来付生，曰："淫婢无礼，已叱骂之矣。"送生至家，乃别而去。生暴绝三日而甦，言之历历。

[注释]

[1]简亵：衣着不庄重。指闻人生外衣被剥，只穿内衣。　[2]面目：情面。

[点评]

聊斋讽刺艺术有力的篇章之一。考弊司，顾名思义，是考察弊端的地方，却成为藏污纳垢、魑魅害人场所。这个司挂羊头卖狗肉，所作所为和他们的宣言南辕北辙。

说的是道德高调，做的是"吃人"行径。两种完全不同的事物奇妙糅合在一起，鲜明对照，产生强烈的艺术力量。表面看来，闻人生在妓院的遭遇与考弊司似不相关，鬼王是鬼王，妓女是妓女，实际上，二者有机地联系在一起，妓院是对考弊司的巧妙反衬。妓女留嫖客过夜后讨钱，没钱就要衣服。与鬼王无缘无故就割书生的肉相比，妓女要宽容得多。鬼王的贪婪和无耻超过妓女，销金窟的妓院和考弊司相比，小巫见大巫。本文设幻寓理，意味深长。作者以冷辣之笔和怪诞情节触及时弊，讽刺锋芒直指一切俨然人上的统治者。鬼王割肉情节妙手天成。"惨惨如此，成何世界！"成经典话语。

向 呆

向呆字初旦，太原人。与庶兄晟友于最敦[1]。晟狎一妓，名波斯，有割臂之盟[2]；以其母取直奢，所约不遂。适其母欲出籍为良，愿先遣波斯。有庄公子者，素善波斯，请赎为妾。波斯谓母曰："既愿同离水火，是欲出地狱而登天堂也。若妾媵之[3]，相去几何矣！肯从奴志，向生其可。"母诺之，以意达晟。时晟丧偶未婚，喜，竭资聘波斯以归。庄闻，怒晟之夺所好也，途中偶逢，

壮士佳名。呆，为日出之貌；初旦，初升的太阳。

大加诟骂。晟不服。遂嗾从人折棰笞之[4]，垂毙，乃去。杲闻，奔视，则兄已死，不胜哀愤。具造赴郡[5]。庄广行贿赂，使其理不得伸。

苛政猛于虎。

[注释]

[1] 与庶兄晟（shèng）友于最敦：与庶母所生的哥哥友情最亲密。父妾为庶母。敦，和睦。　[2] 割臂之盟：男女之间私下订婚。典故出自《左传·庄公三十二年》，春秋时鲁庄公答应娶大夫党氏女孟任为夫人，孟任"割臂盟公"。　[3] 妾媵之：做丫鬟做妾。　[4] 遂嗾（sǒu）从人折棰笞之：嗾使随从用短棍打向晟。　[5] 具造赴郡：写了状子到太原府告状。

杲隐忿中结[1]，莫可控诉。惟思要路刺杀庄[2]。日怀利刃，伏于山径之莽。久之，机渐泄。庄知其谋，出则戒备甚严。闻汾州有焦桐者[3]，勇而善射，以多金聘为卫。杲无计所施，然犹日伺之。一日，方伏，雨暴作，上下沾濡[4]，寒战颇苦。既而烈风四起[5]，冰雹继至，身忽忽然痛痒不能复觉[6]。岭上旧有山神祠，强起奔赴。既入庙，则所识道士在焉。先是，道士尝行乞村中，杲辄饭之，道士以故识杲。见杲衣服濡湿，乃以布袍授之，曰："姑易此。"杲易衣，忍冻蹲若犬，

向杲想给兄报仇不管是官了还是私了都没法，化虎成了惟一可能成功的选择。

"蹲若犬"已不是人而是虎的动作。"转念"一步步写来，心理描写细腻。

自视，则毛革顿生，身化为虎。道士已失所在。心中惊恨，转念：得仇人而食其肉，计亦良得。下至旧伏处，见己尸卧丛莽中，始悟前身已死；犹恐葬于乌鸢[7]，时时逻守之。

虎而人写得生动，猛虎外形，壮士心理。此时向杲处于灵肉分离状态。前辈小说家从未有人写过此类状态。

[注释]

[1]隐忿中结：愤怒郁结于心。　[2]要路：拦路。　[3]汾州：今山西省汾阳市。　[4]沾濡：被雨水湿透。　[5]烈风：暴风，疾风。　[6]忽忽然：迷离恍惚。　[7]鸢（yuān）：老鹰。

向杲做虎时可以按人的思维行事；恢复人形，反而因虎骤变为人而恍惚、萎靡、迷惘、错愕、不适应。妙！

越日，庄适经此，虎暴出，于马上扑庄落，龁其首[1]，咽之。焦桐返马而射，中虎腹，蹶然遂毙[2]。杲在错楚中，恍若梦醒；又经宵，始能行步，厌厌以归。家人以其连夕不返，方共骇疑，见之，喜相慰问。杲但卧，蹇涩不能语[3]。少间，闻庄信，争即床头庆告之。杲乃自言："虎即我也。"遂述其异。由此传播。庄子痛父之死也惨，闻而恶之，因讼杲。官以其事诞而无据，置不理焉。

异史氏曰："壮士志酬，必不生返，此千古所悼恨也[4]。借人之杀以为生，仙人之术何神哉！然天下事之指人发者多矣，使怨者常为人，

向杲化的虎为焦桐射杀，虎死而向杲生，这样处理真是天孙机杼、巧妙合理。但明伦评："死而生借仇人之矢，千古奇情。""人而虎，道士为之；虎而人，道士未必能为之也。焦不射，则虎不死，虎不死，则杲不生。吾不奇道士化杲为虎而咽庄，独奇庄之聘焦射虎而活杲。"

恨不令暂作虎！”

[注释]

[1]齕（hé）：啃咬。　[2]蹶（jué）然：跌倒昏迷。　[3]謇涩：反应迟钝。　[4]悼恨：哀伤、遗憾、愤恨。

[点评]

《向杲》取材前人作品，以“官虎吏狼”的深刻认识和对艺术形式的不懈追求，让传统题材负荷了社会的政治性问题，让人化虎的传统模式获得了刺贪刺虐的新生命。唐传奇《续玄怪录》有张逢化虎的故事，张逢偶然到一片绿草地上，变成老虎，将郑纠吃了，是偶然性的。张逢如果遇不到那片草地就化不了虎，张逢对郑纠也没有必欲食之而后快的仇恨。向杲化虎也是偶然性的，但又是对付黑暗社会的必然，是把斗争锋芒指向残民以逞的黑恶势力。化虎吃仇人既报了仇，又不授人以柄，保护了善良和无辜。小说写玄妙的人虎变化，奇妙的人虎交替心理，写得既细且深，又有逻辑性。作者的理想主义和艺术才能相撞击，使该篇成为《聊斋志异》名作之一。

鸽　异

鸽类甚繁，晋有坤星[1]，鲁有鹤秀[2]，黔有腋蝶[3]，梁有翻跳[4]，越有诸尖[5]：皆异种也。

又有靴头、点子、大白、黑石夫妇、雀花、狗眼之类[6]，名不可屈以指，惟好事者能辨之也。邹平张公子幼量癖好之，按经而求[7]，务尽其种。其养之也，如保婴儿：冷则疗以粉草[8]，热则投以盐颗[9]。鸽善睡，睡太甚，有病麻痹而死者。张在广陵以十金购一鸽[10]，体最小，善走，置地上，盘旋无已时，不至于死不休也，故常须人把握之。夜置群中，使惊诸鸽，可以免痹股之病，是名"夜游"。齐鲁养鸽家，无如公子最，公子亦以鸽自诩。

此文不同于聊斋以人物命运为主线的小说。那些小说开头介绍主人公姓氏、籍贯、个性，然后围绕主人公做文章。此文写异鸽，写因鸽而生的异事。落笔从鸽写起，立意新颖。

[注释]
[1]晋：山西。坤星：鸽名。据《鸽经》（下几则同出此书）：金眼凤头，背上有如银七星。　[2]鲁：山东西部。鹤秀：鸽名。银嘴鸭掌，头尾皆白，羽毛如鹤之秀。　[3]黔：贵州。腋蝶：鸽名，又名麒麟斑，嘴无杂羽，腋无异色，背上斑纹如麟甲。　[4]梁：陕西秦岭以南及汉水流域。翻跳：以动作划分的鸽类名，可飞至空中，如轮转动。　[5]越：浙江北部、江苏及安徽南部。诸尖：以形貌划分鸽的鸽名。形体小，嘴如稻粱，脚如雀爪。　[6]靴头、点子、大白、黑石夫妇、雀花、狗眼：皆是鸽名《鸽经》都做过详细描绘，不一一列举。　[7]按经而求：根据《鸽经》搜求异鸽。　[8]粉草：粉甘草。　[9]盐颗：大盐粒。　[10]广陵：秦置县名，今扬州。

白衣暗寓白鸽。

妙语！白鸽飞翔于天，岂能不算"漂泊"？

鸽的异常之美、异常之妙、异常之奇，美不胜收。

有趣的舞蹈场面！鸽作鹤舞，妙在舞姿之奇，妙在鸽的载歌载舞，鸣声变幻不定，抑扬顿挫，合乎节拍。

一夜，坐斋中，忽一白衣少年叩扉入，殊不相识。问之，答曰："漂泊之人，姓名何足道。遥闻畜鸽最盛，此生平之所好也，愿得寓目。"张乃尽出所有，五色俱备，灿若云锦。少年笑曰："人言果不虚，公子可谓尽养鸽之能事矣。仆亦携有一两头，颇愿观之否？"张喜，从少年去。月色冥漠[1]，野况萧条，心窃疑惧。少年指曰："请勉行[2]，寓屋不远矣。"又数武，见一道院，仅两楹。少年握手入，昧无灯火。少年立庭中，口中作鸽鸣。忽有两鸽出：状类常鸽，而毛纯白，飞与檐齐，且鸣且斗，每一扑，必作筋斗。少年挥之以肱[3]，连翼而去。复撮口作异声[4]，又有两鸽出：大者如鹜[5]，小者裁如拳；集阶上，学鹤舞。大者延颈立，张翼作屏[6]，宛转鸣跳，若引之；小者上下飞鸣，时集其顶，翼翩翩如燕子落蒲叶上，声细碎，类戞鼓[7]；大者伸颈不敢动，鸣愈急，声变如磬[8]，两两相和，间杂中节[9]。既而小者飞起，大者又颠倒引呼之。

[**注释**]

[1]月色冥漠：月色昏暗，景物迷蒙不清。　[2]勉行：抓紧走。　[3]挥之以肱：挥手臂。　[4]撮口：嘴唇聚合成圆形。　[5]鹜：野鸭。　[6]张翼作屏：鸟翼张开如屏风。　[7]鼗（táo）鼓：拨浪鼓。　[8]磬：玉石做成的乐器。　[9]间杂中节：叫声错落而合乎节拍。

张嘉叹不已，自觉望洋可愧[1]。遂揖少年，乞求分爱，少年不许。又固求之，少年乃叱鸽去，仍作前声，招二白鸽来，以手把之，曰："如不嫌憎，以此塞责[2]。"接而玩之[3]：睛映月作琥珀色，两目通透，若无隔阂，中黑珠圆于椒粒[4]；启其翼，胁肉晶莹，脏腑可数。张甚奇之，而意犹未足，诡求不已[5]。少年曰："尚有两种未献，今不敢复请观矣。"方竞论间，家人燎麻炬入寻主人[6]。回视少年，化白鸽，大如鸡，冲霄而去。又目前院宇都渺，盖一小墓，树二柏焉。与家人抱鸽，骇叹而归。试使飞，驯异如初。虽非其尤[7]，人世亦绝少矣。于是爱惜臻至。

将"靰鞑"（后边由张公子说出其名）的幽美恬静，写得栩栩如生。

[**注释**]

[1]望洋可愧：看到他人高明而自愧不如。　[2]塞责：敷衍

了事。　[3]玩：观赏。　[4]椒粒：花椒的黑子。　[5]诡求：巧言求取索讨。　[6]燎麻炬：点着麻秆作的火把。　[7]尤：最好的。

积二年，育雌雄各三，虽戚好求之，不得也。有父执某公[1]，为贵官。一日，见公子，问："畜鸽几许？"公子唯唯以退，疑其意爱好之也。思所以报而割爱良难。又念长者之求，不可重拂[2]，且不敢以常鸽应，选二白鸽，笼送之，自以千金之赠不啻也。他日见某公，颇有德色，而某殊无一申谢语。心不能忍，问："前禽佳否？"答云："亦肥美。"张惊曰："烹之乎？"曰："然。"张大惊曰："此非常鸽，乃俗所言'靼鞑'者也[3]！"某回思曰："味亦殊无异处。"张叹恨而返。

至夜，梦白衣少年至，责之曰："我以君能爱之，故遂托以子孙。何以明珠暗投[4]，致残鼎镬[5]！今率儿辈去矣。"言已，化为鸽，所养白鸽皆从之，飞鸣径去。天明视之，果俱亡矣。心甚恨之，遂以所畜分赠知交，数日而尽。

[注释]

[1]父执：父辈的朋友。　[2]重拂：过分违背。　[3]靼鞑：

贵官不过是没话找话。既无讨鸽豢养雅兴，也无要鸽烹之打算。张公子居然为这句话展开激烈思想斗争，可笑亦复可怜。

张公子不送戚好而送父执，乃因其为贵官。张公子得意的心理，其实是趋炎附势。

贵官是焚琴煮鹤之徒。

妙！贵官琢磨吃鸽的感受，张公子以极爱之物送不爱之人，才遇到如此尴尬场面。

鸽中体形较大者，夜分即鸣，声可达旦，故得名。　[4] 明珠暗投：把珍贵的东西送给不识货的人。　[5]致残鼎镬：导致它们被煮食。

　　异史氏曰："物莫不聚于所好，诚然也。叶公好龙，则真龙入室。而况学士之于良友，贤君之于良臣乎？而独阿堵之物[1]，好者更多，而聚者特少，亦以见鬼神之怒贪而不怒痴也。"

［注释］

[1] 阿堵之物：钱。典故出自《世说新语·规箴》。

［点评］

　　《鸽异》既是镂金错彩的名物志，又是韵致流离的哲理文。张公子爱鸽，鸽神遂向他托以子孙。异鸽却在俗世遭遇悲剧。小说的异鸽描绘灵婉轻快，笔法跳脱，是中华美鸽的博览会，达"志异"之最。后半部文笔骤转，以"鞑靼"不幸葬身汤锅，映照出势利社会的风趣图画。寓辛辣于幽默，寄哲思于谐谑。小说前段写异鸽之美，皎洁如月；后段写世情之恶，暗黑如磐。悲剧就是将美好的事物毁灭给人看。异鸽的悲剧，令人深思，令人联想到一切美好事物在恶势力、俗势力下的不幸。

　　这个小说写真人假事。真人就是小说男主角邹平张幼量，名叫张万斛，幼量乃其字。他按《鸽经》养鸽子。《鸽经》作者是其亲兄张万钟。总结千百年养鸽经验的

《鸽经》，康熙三十六年（1697）发行。张万钟还有个重要身份：王士禛的岳父。这样一来，张幼量就是王士禛的叔岳父，是蒲松龄尊敬的大诗人王士禛的前辈。王士禛康熙五十年（1711）去世。他曾四次阅读《聊斋志异》，写下三十几条评语，王士禛有没有看到关于他叔岳父的故事？值得研究。

梅　女

封云亭，太行人[1]。偶至郡，昼卧寓屋。时年少丧偶，岑寂之下，颇有所思。凝视间，见墙上有女子影，依稀如画。念必意想所致，而久之不动，亦不灭。异之。起视转真，再近之，俨然少女，容蹙舌伸[2]，索环秀领[3]，惊顾未已，冉冉欲下。知为缢鬼，然以白昼壮胆，不大畏怯。语曰："娘子如有奇冤，小生可以极力[4]。"影居然下，曰："萍水之人[5]，何敢遽以重务浼君子。但泉下槁骸[6]，舌不得缩，索不得除，求断屋梁而焚之，恩同山岳矣。"诺之，遂灭。呼主人来，问所见状。主人言："此十年前梅氏故宅，夜有小偷入室，为梅所执，送诣典史[7]。典史受盗钱

梅女慧极，她做鬼十六年，亦一心申冤十六年，她要观察封生是否可靠，故开始不以报仇重务相托。必先解脱吊死鬼的绳索之苦。

三百，诬其女与通，将拘审验。女闻，自经。后梅夫妻相继卒，宅归于余。客往往见怪异，而无术可以靖之[8]。”封以鬼言告主人。计毁舍易楹，费不资[9]，故难之。封乃协力助作，既就而复居之。

［注释］

[1] 太行：太行山地区。 [2] 容蹙：皱着眉头。 [3] 索环秀领：秀美的脖子上套着绳索。 [4] 极力：竭力。 [5] 萍水之人：浮萍随水四处漂泊，以此比喻偶然相逢的人。 [6] 泉下槁骸：九泉之下的枯骨。 [7] 典史：县令的佐杂官，掌管缉盗、监狱。 [8] 靖：平息。 [9] 费不资：费用不可计数。资，通“赀”。

梅女夜至，展谢已，喜气充溢，姿态嫣然。封爱悦之，欲与为欢。瞒然而惭曰[1]：“阴惨之气，非但不为君利，若此之为，则生前之垢[2]，西江不可濯矣[3]。会合有时，今日尚未。”问：“何时？”但笑不言。封问：“饮乎？”答曰：“不饮。”封曰：“坐对佳人，闷眼相看，亦复何味？”女曰：“妾生平戏技，惟谙打马[4]。但两人寥落，夜深又苦无局。今长夜莫遣，聊与君为交线之戏[5]。”封从之。促膝戟指[6]，翻变良久，封迷乱不知所

一段媲美性爱的男女之情。梅女必须保持清白之身以洗其冤屈。二人感情又相当深厚，交线、按摩等情节，写梅女的聪慧和擅长辞令、温柔体贴，丝丝入扣。

从。女辄口道而颐指之[7]，愈出愈幻，不穷于术。封笑曰："此闺房之绝技也。"女曰："此妾自悟，但有双线，即可成文[8]，人自不之察耳。"更阑颇怠，强使就寝，曰："我阴人不寐，请君自休。妾少解按摩之术，愿尽技能，以侑清梦[9]。"封从其请。女叠掌为之轻按，自顶及踵皆遍；手所经，骨若醉。既而握指细擂，如以团絮相触状，体畅舒不可言：擂至腰，口目皆慵；至股，则沉沉睡去矣。

　　及醒，日已向午，觉骨节轻和，殊于往日。心益爱慕，绕屋而呼之，并无响应。

　　[注释]
　　[1]瞒（mén）然：惭愧之状。　[2]生前之垢：典史诬陷梅女的罪名。　[3]西江不可濯：掬长江之水也洗不清。西江，长江中下游。　[4]打马：古代博戏，其棋子称"马"。李清照曾作《打马图》。　[5]交线之戏：翻线游戏。一人架线于双手手指，另一人接过翻成新花样。轮番翻弄，层出不穷。　[6]促膝戟指：两人对坐膝接近，伸出双手，拇指和食指如戟架线。　[7]口道而颐指之：口中解说且用下巴摆动指示方向。　[8]成文：交线构成各种花样。　[9]侑：佐助。

日夕，女始至，封曰："卿居何所，使我呼欲遍？"曰："鬼无常所，要在地下。"问："地下有隙可容身乎？"曰："鬼不见地，犹鱼不见水也。"封握腕曰："使卿而活，当破产购致之。"女笑曰："无须破产。"戏至半夜，封苦逼之。女曰："君勿缠我。有浙娼爱卿者，新寓比邻，颇极风致[1]。明夕，招与俱来，聊以自代。若何？"封允之。次夕，果与一少妇同至，年近三十已来，眉目流转，隐含荡意。三人狎坐[2]，打马为戏。局终，女起曰："嘉会方殷[3]，我且去。"封欲挽之，飘然已逝。两人登榻，于飞甚乐[4]。诘其家世，则含糊不以尽道，但曰："郎如爱妾，当以指弹北壁，微呼曰'壶卢子'，即至。三呼不应，可知不暇，勿更招也。"天晓，入北壁隙中而去。次日，女来，封问爱卿。女曰："被高公子招去侑酒，以故不得来。"因而剪烛共话。女每欲有所言，吻已启而辄止；固诘之，终不肯言，欷歔而已。封强与作戏，四漏始去。自此二女频来，笑声彻宵旦，因而城社悉闻[5]。

妙语如珠。

既是爱卿不乐说名字怕玷门户，亦是作者构思与伏笔之需要。其身世将由典史揭开。

[**注释**]

[1]风致：容貌姿态。　[2]狎坐：亲昵地坐一起。　[3]嘉会：欢会。　[4]于飞：用比翼而飞比喻男女欢会。　[5]城社：全城。

典史某，亦浙之世族[1]，嫡室以私仆被黜[2]。继娶顾氏，深相爱好，期月夭殂，心甚悼之。闻封有灵鬼，欲以问冥世之缘，遂跨马造封。封初不肯承，某力求不已。封设筵与坐，诺为之招鬼妓。日及曛[3]，叩壁而呼，三声未已，爱卿骤入。举头见客，色变欲走，封以身横阻之。某审视，大怒，投以巨碗，溘然而灭。封大惊，不解其故，方将致诘。俄暗室中一老妪出，大骂曰："贪鄙贼！坏我家钱树子！三十贯索要偿也！"以杖击某，中颅。某抱首而哀曰："此顾氏，我妻也！少年而殒，方切哀痛，不图为鬼不贞。于姥乎何与？"妪怒曰："汝本江浙一无赖贼，买得条乌角带[4]，鼻骨倒竖矣[5]！汝居官有何黑白？袖有三百钱便而翁也！神怒人怨，死期已迫。汝父母代哀冥司，愿以爱媳入青楼，代汝偿贪债，不知耶？"言已，又击。某宛转哀鸣。方惊诧无从救解，旋见梅女自房中出，张目吐舌，颜色变异，

鬼妓骤见阳世之夫，表情生动。

老鬼骂得入骨三分，痛快淋漓。此妪必须是鬼，如果是寻常百姓见官，只有跪拜叩头的份儿，岂敢开骂？

近以长簪刺其耳。封惊极，以身障客，女愤不已。封劝曰："某即有罪，倘死于寓所，则咎在小生。请少存投鼠之忌[6]。"女乃曳妪曰："暂假余息[7]，为我顾封郎也。"某张皇鼠窜而去。至署，患脑痛，中夜遂毙。

[注释]

[1] 浙：浙江。　[2] 私仆被黜：与仆人私通而被休。　[3] 曛（xūn）：黄昏。　[4] 乌角带：明代最低官员的腰饰。乌角圆板四片，镶银边的腰带。　[5] 鼻骨倒竖：字面意思是鼻孔朝天，引申为不知道天高地厚、不知自己姓什么。　[6] 投鼠之忌：即投鼠忌器。　[7] 暂假余息：暂且让他苟延残喘。

次夜，女出，笑曰："痛快，恶气出矣！"问："何仇怨？"女曰："曩已言之：受贿诬奸，衔恨已久。每欲浼君一为昭雪，自愧无纤毫之德，故将言而辄止。适闻纷挐[1]，窃以伺听，不意其仇人也。"封讶曰："此即诬卿者耶？"曰："彼典史于此，十有八年，妾冤殁十六寒暑矣。"问："妪为谁？"曰："老娼也。"又问爱卿。曰："卧病耳。"因戚然曰："妾昔谓会合有期，今真不远矣。君尝愿破家相赎，犹记否？"封曰："今日犹此

典史受贿三百铜钱就害死梅女，梅女鬼魂向典史索命。梅女必须是鬼，否则就不能揭露夜台一样的社会；梅女必须是鬼，否则就不能向贪官复仇。怪异的鬼故事寄托深刻的刺贪刺虐的思想。

心也。"女曰:"实告君:妾殁日,已投生延安展孝廉家。徒以大怨未伸,故迁延于是。请以新帛作鬼囊,俾妾得附君以往,就展氏求婚,计必允谐[2]。"封虑势分悬殊[3],恐将不遂。女曰:"但去无忧。"封从其言。女嘱曰:"途中慎勿相唤;待合卺之夕,以囊挂新人首,急呼曰:'勿忘勿忘!'"封诺之。才启囊,女跳身已入。

携带灵魂去见躯壳。妙想!

[注释]

[1]纷挐:纷乱状态。   [2]允谐:同意婚事。   [3]势分:权势地位。

携至延安,访之,果有展孝廉。生一女,貌极端好;但病痴,又常以舌出唇外,类犬喘日[1]。年十六岁,无问名者。父母忧念成痼[2]。封到门投刺[3],具通族阀[4]。既退,托媒。展喜,赘封于家。女痴绝,不知为礼。使两婢扶曳归所。群婢既去,女解衿露乳,对封憨笑。封覆囊而呼之。女停眸审顾,似有疑思。封笑曰:"卿不识小生耶?"举之囊而示之。女乃悟,急掩衿,喜共燕笑[5]。诘旦,封入谒岳。展慰之曰:"痴女无知,既承青眷^[6]，君倘有意，家中慧婢不乏，仆不靳相赠。"封力辨其不痴。展疑之。无何，女至，举止皆佳，因大惊异。女但掩口微笑。展细诘之，女进退而惭于言^[7]；封为略述梗概。展大喜，爱悦逾于平时。使子大成与婿同学，供给丰备。年余，大成渐厌薄之^[8]。因而郎舅不相能^[9]。厮仆亦刻疵其短^[10]。展惑于浸润^[11]，礼稍懈。女觉之，谓封曰："岳家不可久居；凡久居者，尽阘茸也。及今未大决裂，宜速归！"封然之，告展。展欲留女，女不可。父兄尽怒，不给舆马。女自出奁资贳马归^[12]。后展招令归宁，女固辞不往。后封举孝廉，始通庆好。

展女从傻极露乳到温文尔雅，其事由封说明，章法细密。

梅女后身亦美而慧。

[注释]

[1]类犬喘日：像天热时狗伸着舌头喘息散热。　[2]忧念成痗（mèi）：忧愁成心病。痗，愁思。　[3]投刺：投递名片。　[4]族阀：家世。　[5]燕笑：欢笑。　[6]青眷：看得起。　[7]进退：犹豫、为难之状。　[8]厌薄：厌恶、瞧不起。　[9]郎舅不相能：女婿和妻子兄弟不和。　[10]刻疵其短：刻薄地挑封云亭的错。　[11]惑于浸润：天长日久受到迷惑。　[12]贳（shì）：租赁。

异史氏曰："官卑者愈贪，其常情然乎？

三百诬奸，夜气之牿亡尽矣^[1]。夺嘉偶，入青楼，卒用暴死。吁！可畏哉！"

[注释]

[1] 夜气之牿（gù）亡尽矣：良心丧尽的意思。《孟子·告子上》："平旦之气，其好恶与人相近也者几希，则其旦昼之所为，有牿亡之矣。牿之反复，则其夜气不足以存。夜气不足以存，则其违禽兽不远矣。"夜气，儒家认为深夜静思产生的良知。"牿"，通"梏"，因为受到利益的诱惑而失却善心。

[点评]

鬼本虚无，冤情却真。优美的人鬼恋故事寓刺贪刺虐的深刻思想。三百铜钱，一条人命，封建官场黑暗到无以复加的地步。柔弱的梅女为保清白之身洗冤，给情人介绍鬼妓，鬼妓偏偏是害梅女而死的典史之妻，巧合而合理。鬼姬臭骂骂出百姓对官场的无比愤怒，成为《聊斋志异》代表性语言。躯体投生，灵魂滞留阴世洗冤，洗雪后灵魂与躯体汇合，构思巧妙。

阿 英

兄弟二人名、字，都取意于美玉，为人品质的暗寓。兄待弟如子，弟敬兄若父。故事中先出场的是哥哥，却不是爱情男主角。《阿英》也不是纯粹的爱情故事，而是更丰厚的亲情故事。

甘玉，字璧人，庐陵人^[1]。父母早丧。遗弟珏，字双璧，始五岁，从兄鞠养。玉性友爱，抚弟如子。后珏渐长，丰姿秀出[2]，又惠能文。玉益爱之，每曰：“吾弟表表[3]，不可以无良匹。”然简拔过刻[4]，姻卒不就。

[**注释**]

[1]庐陵：今江西省吉安市。　[2]丰姿秀出：人物秀美，出类拔萃。　[3]表表：不同寻常。　[4]简拔过刻：挑选过于苛刻。简，挑选。拔，选拔。

　　适读书匡山僧寺[1]，夜初就枕，闻窗外有女子声。窥之，见三四女郎席地坐，数婢陈肴酒，皆殊色也。一女曰：“秦娘子，恁良宵，阿英何不来？”下座者曰：“昨自函谷来[2]，被恶人伤右臂，不能同游。方用恨恨[3]。”一女曰：“前宵一梦大恶，今犹汗悸。”下座者摇手曰：“莫道，莫道！今夕姊妹欢会，言之吓人不快。”女笑曰：“婢子胆怯尔尔，便有虎狼衔去耶？若要勿言，须歌一曲，为娘行侑酒。”女低吟曰：“闲阶桃花取次开[4]，昨日踏青小约未应乖[5]。付嘱东邻女伴，少待莫相催，着得凤头鞋子即当来[6]。”吟罢，一座无不叹赏。

阿英因“伤右臂”不能出场，对话伏下她的存在。倘若她在，甘玉就不能对秦氏产生娶为弟妻的想法。

几位佳丽聊天，倩语絮絮，如吴侬软语，美人情态通过对话如在目前。

丰子恺给蒲松龄故居画此诗意并题字。

[**注释**]

[1]匡山：庐山。 [2]函谷：函谷关。在今河南省灵宝县。 [3]方用恨恨：因此感到很遗憾。 [4]取次：随意。 [5]踏青：古人习惯于清明节郊外游览。小约：暂时约定。乖：违背。 [6]凤头鞋子：绣花鞋子。

伟丈夫即老鹰也。表面上似是恶男欺负弱女，实际是老鹰欺凌小鸟儿。

殆如鸟散，妙，正是小鸟四散飞走。

断了的拇指作为将来鸟救人时的识别标志。

秦氏，乃会说话的秦吉了鸟。

甘玉只为弟弟着想，自己绝不见色起意。

谈笑间，忽一伟丈夫岸然自外入[1]，鹘睛荧荧[2]，其貌狰丑。众啼曰："妖至矣！"仓卒哄然，殆如鸟散。惟歌者婀娜不前[3]，被执哀啼，强与支撑[4]。丈夫吼怒，龁手断指，就便嚼食。女即踣地若死。玉怜恻不可复忍，乃急抽剑，拔关出，挥之，中股；股落，负痛逃去。扶女入室，面如尘土，血淋衿袖，验其手，则右拇断矣。裂帛代裹之。女始呻曰："拯命之德，将何以报？"玉自初窥时，心已隐为弟谋，因告以意。女曰："狼疾之人[5]，不能操箕帚矣。当别为贤仲图之[6]。"诘其姓氏，答曰："秦氏。"玉乃展衾，俾暂休养，自乃襆被他所。晓而视之，则床上已空。意其自归，而访察近村，殊少此姓；广托戚朋，并无确耗。归与弟言，悔恨若失。

[注释]

[1]岸然：伟岸傲慢状。　[2]鹘（hú）睛：老鹰似的眼睛。　[3]婀娜：轻盈柔弱。　[4]支撑：竭力招架。　[5]狼疾之人：残疾之人。指秦氏手指已被咬断。　[6]贤仲：您的弟弟。

珏一日偶游涂野[1]，遇一二八女郎，姿致娟娟[2]，顾之微笑，似将有言，因以秋波四顾而后问曰：“君甘家二郎否？”曰：“然。”曰：“君家尊曾与妾有婚姻之约[3]，何今日欲背前盟，另订秦家？”珏曰：“小生幼孤，夙好都不曾闻[4]，请言族阀，归当问兄。”女曰：“无须细道，但得一言，妾当自至。”珏以未禀兄命为辞，女笑曰：“騃郎君[5]！遂如此怕哥子耶？既如此，妾陆氏，居东山望村。三日内，当候玉音[6]。”乃别而去。

淑女形态如画。先以秋波四顾，是小心翼翼看周围有没有人。

[注释]

[1]涂野：旷野。　[2]姿致娟娟：风姿情致十分娟美。　[3]君家尊：您父亲。　[4]夙好：旧交老友。　[5]騃（ái）：痴呆。“騃郎君”犹“傻小子”。　[6]玉音：对他人言辞的敬称，意即“您的回复”。

珏归，述诸兄嫂。兄曰：“此大谬语！父殁时，我二十余岁，倘有是说，哪得不闻？”又以珏年少面薄，不好意思道陆氏美，嫂嫂合理猜测，哥哥主观武断，三人形态如画。

难道不知对话者即甘玉？当然知道，阿英聪明过人，就是要说给你听。且"背后"说人也称"其"字，礼貌周全。

鸟儿之间的亲戚关系。

擅长言辞的人，还是会说话的鸟儿？妙！

其独行旷野，遂与男儿交语，愈益鄙之。因问其貌，珏红彻面颈，不出一言。嫂笑曰："想是佳人。"玉曰："童子何辨妍媸！纵美，必不及秦；待秦氏不谐，图之未晚。"珏默而退。逾数日，玉在途，见一女子，零涕前行。垂鞭按辔而微睨之[1]，人世殆无其匹[2]。使仆诘焉。答曰："我旧许甘家二郎，因家贫远徙，遂绝耗问。近方归，复闻郎家二三其德[3]，背弃前盟。往问伯伯甘璧人，焉置妾也？"玉惊喜曰："甘璧人，即我是也。先人曩约，实所不知。去家不远，请即归谋。"乃下骑授辔，步御以归。女自言："小字阿英。家无昆季[4]，惟外姊秦氏同居。"始悟丽者即其人也。玉欲告诸其家，女固止之。窃喜弟得佳妇，然恐其佻达招议[5]。久之，女殊矜庄[6]，又娇婉善言，母事嫂，嫂亦雅爱慕之。

[注释]

[1]按辔：勒紧马缰绳使其缓行。　[2]人世殆无其匹：举世无双的美丽。　[3]二三其德：朝秦暮楚，三心二意。　[4]昆季：兄弟。长为昆，幼为季。　[5]佻达：轻浮，不稳重。　[6]矜庄：矜持，端庄。

值中秋，夫妻方狎宴，嫂苦招之。珏意怅惘。女遣招者先行，约以继至；而端坐笑言，良久殊无去志。珏恐嫂待久，故促之。女但笑，卒不复去。质旦[1]，晨妆甫竟，嫂自来抚问[2]："夜来相对，何尔怏怏[3]？"女微哂之。珏觉有异，质对参差[4]。嫂大骇："苟非妖物，何得有分身术？"玉亦惧，隔帘而告之曰："家世积德，曾无怨雠。如其妖也，请速行，幸勿杀吾弟！"女觍然曰："妾本非人，只以阿翁夙盟，故秦家姊以此劝驾[5]。自分不能育男女[6]，尝欲辞去，所以恋恋者，为兄嫂待我不薄耳。今既见疑，请从此诀。"转眼化为鹦鹉，翩然逝矣。

初，甘翁在时，蓄一鹦鹉，甚慧，尝自投饵[7]。珏时四五岁，问："饲鸟何为？"父戏曰："将以为汝妇。"间虑鹦鹉乏食，则呼珏曰："不将饵去，饿煞媳妇矣！"家人亦皆以此相戏。后断锁亡去。始悟旧约即此也。然珏明知其非人，而思之不置；嫂悬情尤切，旦夕啜泣；玉悔之而无如何。

后二年，为弟聘姜氏女，意终不自得。

封建社会讲究"叔嫂不通问"，大伯对小婶更要回避。故对话要隔帘进行。

如此喂鸟并开玩笑者世间不少，哪个写得出此文？蒲翁天才也！

情到深处。甘玉虽然另娶，却放不下阿英。

[注释]

[1]质旦：天亮时。　[2]抚问：慰问。　[3]何尔怏怏：为什么那样心不在焉？　[4]质对参差：经互相查对发现破绽，甘家叔嫂发现阿英可以同时跟不在一处的甘二郎和嫂子饮酒，有分身法。　[5]劝驾：劝促阿英到甘家完婚。　[6]自分：自知。　[7]投饵：喂食。

有表兄为粤司李，玉往省之，久不归。适土寇为乱[1]，近村里落[2]，半为丘墟。珏大惧，率家人避难山谷。山上男女颇杂，都不知其谁何。忽闻女子小语，绝类英。嫂促珏近验之，果英。珏喜极，捉臂不释。女乃谓同行者曰："姊且去，我望嫂嫂来。"既至，嫂望见悲哽[3]。女慰劝再三，又谓："此非乐土[4]。"因劝令归。众惧寇至，女固言："不妨。"乃相将俱归。女撮土拦户，嘱安居勿出。坐数语，反身欲去。嫂急握其腕，又令两婢捉左右足。女不得已，止焉。然不甚归私室，珏订之三四，始为之一往。

"撮土拦户"居然能拦住强盗，仙术也。

[注释]

[1]土寇：土匪。　[2]里落：村落。　[3]悲哽：悲伤哽咽。　[4]乐土：安乐的地方。

嫂每谓新妇不能当叔意^[1]。女遂早起为姜理妆，梳竟，细匀铅黄^[2]，人视之，艳增数倍；如此三日，居然玉人。嫂奇之，因言："我又无子。欲购一妾，姑未遑暇^[3]，不知婢辈可涂泽否^[4]？"女曰："无人不可转移，但质美者易为力耳。"遂遍相诸婢，惟一黑丑者有宜男相^[5]，乃唤与洗濯，已而以浓粉杂药末涂之。如是三日，面色渐黄；四七后，脂泽沁入肌理，居然可观。日惟闭门作笑，并不计及兵火。一夜，噪声四起，举家不知所谋。俄闻门外人马鸣动，纷纷俱去。既明，始知村中焚掠殆尽；盗纵群队穷搜，凡伏匿岩穴者，悉被杀掳。遂益德女，目之以神。

阿英帮姜氏美容，其实仍出于对甘珏之爱。

[注释]

[1] 叔：丈夫之弟，即小叔子。 [2] 细匀铅黄：仔细地涂抹化妆品。铅黄，铅粉和雌黄，古时妇人化妆品。 [3] 姑未遑暇：暂时没空闲。 [4] 涂泽：化妆。 [5] 宜男相：根据面相判断有生男孩的能力。

女忽谓嫂曰："妾此来，徒以嫂义难忘，聊分离乱之忧。阿伯行至，妾在此，如谚所云'非李非柰[1]，可笑人也。我姑去，当乘间一相望耳。"嫂问："行人无恙乎？"曰："近中有大难。此无与他人事，秦家姊受恩奢，意必报之。固当无妨。"嫂挽之过宿，未明已去。

玉自东粤归[2]，闻乱，兼程进。途遇寇，主仆弃马，各以金束腰间，潜身丛棘中。一秦吉了飞集棘上展翼覆之[3]。视其足，缺一指，心异之。俄而群盗四合，绕莽殆遍，似寻之，二人气不敢息。盗既散，鸟始翔去。既归，各道所见。始知秦吉了即所救丽者也。

小说构思妙着，断指联系起丽人与鸟儿。

[注释]

[1] 非李非柰（nài）：名不正言不顺。"非李非柰"意即不伦不类，意思是甘珏已再娶，阿英以前妻身份与其同居。柰，果木，俗名花红果儿，亦名沙果。　[2] 东粤：旧时以两广为两粤，广东为东粤。　[3] 秦吉了：又名八哥，类似鹦鹉而体型稍大，善于学人说话。

后值玉他出不归，英必暮至；计玉将归则早去。珏或会于嫂所，间邀之，则诺而不赴。一夕，玉他往，珏意英必至，潜伏候之。未几，英果来，暴起，要遮而归于室。女曰："妾与君情缘已尽，强合之，恐为造物所忌。少留有余，时作一面之会，如何？"珏不听，卒与狎。天明，诣嫂。嫂怪之，女笑云："中途为强寇所劫，劳嫂悬望矣。"数语趋出。居无何，有巨狸衔鹦鹉经寝门过。嫂骇绝，固疑是英。时方沐，辍洗急号，群起噪击，始得之。左翼沾血，奄存余息 [1]；抱置膝头，抚摩良久，始渐醒。自以喙理其翼。少选 [2]，飞绕室中，呼曰："嫂嫂，别矣！吾怨珏也！"振翼遂去，不复来。

鲁迅先生说《聊斋志异》"偶见鹘突，知复非人"。婉妙佳丽变成绝美小鸟。纯粹鸟的形态，却表达人的感情。亦鸟亦人、亦人亦鸟，鸟做人语言，人如鸟翩翩。妙！

［注释］

[1] 奄存余息：奄奄一息。　　[2] 少选：没多久。

［点评］

人鸟之恋的美丽神话，真善美的优雅颂歌，"情"和"义"的崇高礼赞，优美的"绿色环保"小说。甘父当年一句戏言，引出生动曲折、酣畅淋漓的"爱"的故事。温情脉脉，荡气回肠。甘家兄弟互相关爱，甘家妯娌相处和美，甘珏和阿英夫妇情深，阿英（鹦鹉）和表姐（秦吉了）相亲相助。写亲情、写友情、写爱情，无一不到、无一不美。故事曲折有序，人物活灵活现，构思轻巧别致。

胡四娘

　　程孝思，剑南人[1]，少惠能文。父母俱早丧，家赤贫，无衣食业，求佣为胡银台司笔札。胡公试使文，大悦之，曰："此不长贫，可妻也。"银台有三子四女，皆襁中论亲于大家[2]；止有少女四娘，孽出[3]，母早亡，笄年未字[4]，遂赘程。或非笑之，以为惛耄之乱命[5]，而公弗之顾也。除馆馆生[6]，供备丰隆。群公子鄙不与同食，婢仆咸揶揄焉。生默默不较短长，研读甚苦。众从旁厌讥之，程读弗辍；群又以鸣钲锽聒其侧[7]，程携卷去，读于闺中。

　　胡银台有眼光、有卓识，对女儿命运做正确选择；其子女却势利眼，穷人入富家，尴尬。

[注释]

　　[1]剑南：唐方镇名，相当今四川大部分地区。　[2]襁中论亲于大家：与有钱有势的人家订娃娃亲。　[3]孽出：庶出，即妾生。　[4]笄年未字：女子及笄之年未许配人家。　[5]惛耄（hūn mào）：年老糊涂。　[6]除馆馆生：清扫馆舍让程生居住。　[7]鸣钲锽：敲锣打鼓。钲，乐器。锽，古兵器，借指乐器。聒：乐器声音洪亮嘈杂。

　　初，四娘之未字也，有神巫知人贵贱，遍观

之，都无谀词[1]，惟四娘至，乃曰："此真贵人也！"及赘程，诸姊妹皆呼之"贵人"以嘲笑之。而四娘端重寡言，若罔闻知。渐至婢媪，亦率相呼。四娘有婢名桂儿，意颇不平，大言曰："何知吾家郎君便不作贵官耶？"二姊闻而嗤之曰："程郎如作贵官，当抉我眸子去[2]！"桂儿怒而言曰："到尔时，恐不舍得眸子也！"二姊有婢春香曰："二娘食言，我以两睛代之。"桂儿益恚，击掌为誓曰："管教两丁盲也[3]！"二姊忿其语侵，立批之。桂儿号咷。夫人闻知，即亦无所可否，但微哂焉。桂儿噪诉四娘，四娘方绩，不怒亦不言，绩自若。

> 对家庭口角的生动叙写，是后文重要伏线。

[注释]
[1] 谀词：奉承话。　[2] 抉：挖。　[3] 两丁：双目。

会公初度，诸婿皆至，寿仪充庭。大妇嘲四娘曰："汝家祝仪何物？"二妇曰："两肩荷一口！"四娘坦然，殊无惭怍。人见其事事类痴，愈益狎之。独有公爱姜李氏，三姊所自出也，恒礼重四娘，往往相顾恤。每谓三娘曰："四娘内

> 世间焉有此长嫂乎？

> 李夫人亦有眼光

慧外朴[1]，聪明浑而不露[2]，诸婢子皆在其包罗中而不自知。况程郎昼夜攻苦，夫岂久为人下者？汝勿效尤，宜善之，他日好相见也。"故三娘每归宁，辄加意相欢。

[注释]

[1]内慧外朴：内心聪明而外表朴实。　[2]浑而不露：聪明隐藏在朴实浑厚中不显露出来。

是年，程以公力得入邑庠。明年，学使科试士，而公适薨[1]，程缞哀如子，未得与试。既离苦块[2]，四娘赠以金，使趋入遗才籍[3]，嘱曰："曩久居，所不被呵逐者，徒以有老父在；今万分不可矣！倘能吐气，庶回时尚有家耳。"临别，李氏及三娘赂遗优厚。程入闱，砥志研思[4]，以求必售。无何，放榜，竟被黜。愿乖气结[5]，难于旋里，幸囊资小泰[6]，携卷入都。时妻党多任京秩[7]，恐见诮讪，乃易旧名，诡托里居，求潜身于大人之门。东海李兰台见而器之[8]，收诸幕中[9]，资以膏火[10]，为之纳贡，使应顺天举，连战皆捷，授庶吉士[11]。自乃实言其故，李公

假千金，先使纪纲赴剑南，为之治第。时胡大郎
以父亡空匮 [12]，货其沃墅，因购焉。既成，然
后贷舆马往迎四娘。

[注释]

[1]薨（hōng）：周代诸侯死曰"薨"，后世用于有地位的官
员。　[2]既离苫（shān）块：守丧期满。苫块，古时居丧孝子睡
草荐枕土块。[3]遗才：因故未参加科考，在乡试前补考。[4]砥
志研思：刻苦励志、专心钻研。　[5]愿乖气结：愿望没实现，心
情郁闷。　[6]小泰：比较充足。　[7]妻党：妻子的亲属。京秩：
京官。　[8]东海：县名，今江苏连云港。兰台：御史。　[9]收
诸幕中：让程担任幕宾。　[10]膏火：学习费用。　[11]庶吉士：
属翰林院。由进士中擅长文字者担任。[12]空匮：贫困，缺钱用。

先是，程擢第后 [1]，有邮报者 [2]，举宅皆恶
闻之；又审其名字不符，叱去之。适三郎完婚，
戚眷登堂为馔。姊妹诸姑咸在，惟四娘不见招于
兄嫂。忽一人驰入，呈程寄四娘函信。兄弟发视，
相顾失色。筵中诸眷客始请见四娘。姊妹惴惴，
惟恐四娘衔恨不至。无何，翩然竟来。申贺者，
捉坐者 [3]，寒暄者，喧杂满屋。耳有听，听四娘；
目有视，视四娘；口有道，道四娘也。而四娘凝
重如故 [4]。众见其靡所短长 [5]，稍就安帖。于是

势利世界的经
典画面。

蒲松龄写聂小
倩用"翩然"是魂
游状态，写胡四娘
用"翩然"是潇洒
爽快之状。

莺歌燕舞之中
的腥风血雨！

争把盏酹四娘。方宴笑间，门外啼号甚急，群致怪问。俄见春香奔入，面血沾染；共诘之，哭不对。二娘呵之，始泣曰："桂儿逼索眼睛，非解脱，几抉去矣！"二娘大惭，汗粉交下。四娘漠然，合坐寂无一语。客始告别。四娘盛妆，独拜李夫人及三姊，出门登车而去。众始知买墅者，即程也。

在胡家这帮势利眼眼前，已得志的胡四娘大度能容。贫贱时受嘲笑，不怒亦不言；富贵时受趋奉，不喜亦不言。沉稳庄重，不浮浅，不外露，是对势利眼极大的蔑视。

［注释］

[1]擢（zhuó）第：科举考试及第。　[2]邮报：报信。　[3]捉坐：靠近坐。　[4]凝重：庄重。　[5]靡所短长：没有批评或不满。

四娘初至墅，什物多阙。夫人及诸郎各以婢仆、器具相赠遗，四娘一无所受；惟李夫人赠一婢，受之。居无何，程假归展墓[1]。车马扈从如云。诣岳家，礼公枢，次参李夫人。诸郎衣冠既竟，已升舆矣。胡公殁，群公子日竞资财，枢置弗顾。数年，灵寝漏败，渐将以华屋作山丘矣[2]。程睹之悲，竟不谋于诸郎，刻期营葬，事事尽礼。殡日，冠盖相属，里中咸嘉叹焉。

[注释]

[1] 展墓: 扫墓。　 [2] 以华屋作山丘: 此指以华丽的屋舍为坟墓。胡氏子孙不孝, 迟迟不埋葬父亲, 长期停放在屋舍中。故下文云"刻期营葬"。

程十余年历秩清显[1], 凡遇乡党厄急, 罔不极力。二郎适以人命被逮, 直指巡方者[2], 为程同谱, 风规甚烈[3]。大郎浣妇翁王观察函致之, 殊无裁答[4], 益惧。欲往求妹, 而自觉无颜, 乃持李夫人手书往。至都, 不敢遽进, 觇程入朝, 而后诣之, 冀四娘念手足之义, 而忘睚眦之嫌。阍人既通, 即有旧媪出, 导入听事[5], 具酒馔, 亦颇草草。食毕, 四娘出, 颜色温霁, 问: "大哥人事大忙, 万里何暇枉顾?"大郎五体投地[6], 泣述所来。四娘扶而笑曰: "大哥好男子, 此何大事, 直复尔尔[7]? 妹子一女流, 几曾见呜呜向人?"大郎乃出李夫人书。四娘曰: "诸兄家娘子, 都是天人, 各求父兄, 即亦可了, 何至奔波到此?"大郎无词, 但固哀之。四娘作色曰: "我以为跋涉来省妹子, 乃以大讼来求'贵人'耶!"拂袖径入。大郎惭愤而出。归家详述, 大小罔不诟詈[8];

胡四娘过去受尽嘲笑, 一切暗藏心中, 过去姐妹们以"贵人"调侃, 今日成了真正的贵人, 终于出了这口恶气。

李夫人亦谓其忍。逾数日，二郎释放宁家。众大喜，方笑四娘之徒取怨谤也。俄白四娘遣价候李夫人[9]。唤入，仆陈金币，言："夫人为二舅事，遣发甚急，未遑字覆，聊寄微仪，以代函信。"众始知二郎之归，乃程力也。后三娘家渐贫，程施报逾于常格。又以李夫人无子，迎养若母焉。

[注释]

[1]历秩清显：历次担任清贵而显要的官职。　[2]直指巡方：巡按御史巡察指定府属。　[3]风规甚烈：执法严厉。　[4]裁答：复信。　[5]听事：接待客人的堂屋。　[6]五体投地：头及双肘双膝着地跪拜。　[7]直复尔尔：竟至于如此。　[8]诟詈：责骂。　[9]价（jiè）：仆人。

[点评]

丈夫的功名是妻子的一切，是"亲情"，是"价值"。很少有作品像《胡四娘》一样，把科举制度下亲属间的世态炎凉写得如此深刻、生动、触目惊心。唯功名马首是瞻，是小说所有人物的共同特点。胡银台打破门第观念将女儿许给程生，是估计到程生可能金榜题名，其远见和卓识出于功名之想；李氏嘱咐女儿善待四娘，是看到程生日夜攻苦，不会久居人下，也是为了将来做感情"投资"；胡家兄弟姐妹因程生当前的贫贱，百般羞辱，是因为眼光如豆；程生忍辱负重、刻苦读书、百般营谋也只为功名。小说最精彩的人物是胡四娘。丈夫贫贱时她自尊自爱,激励丈夫;丈夫得势后,她洒脱大度,善待亲属。小说虽取材于前人作品《鹅笼夫人传》,却结合科举制度下的人情世态,成为精致洗练的短篇小说。两次宴会场面尤为出色,互相对比写尽名利场中"亲人"的庸俗丑态。语言画龙点睛,描写尽致。三言两语,画人"颊上三毛";两语三言,场景栩栩如生。

宦 娘

温如春,秦之世家也。少癖嗜琴[1],虽逆旅未尝暂舍。客晋,经由古寺,系马门外,将暂憩止。入则有布衲道人趺坐廊间[2],筇杖倚壁[3],花布囊琴。温触所好,因问:"亦善此耶?"道人云:"顾不能工[4],愿就善者学之耳。"遂脱囊授温。温视之,纹理佳妙[5],略一勾拨[6],清越异常,喜,为抚一短曲。道人微笑,似未许可[7],温乃竭尽所长。道人哂曰:"亦佳,亦佳,但未足为贫道师也。"温以其言夸,转请之。道人接置膝上,裁拨动,觉和风自来;又顷之,百鸟群集,庭树为满。温惊极,拜请受业。道人三复

问得好!一个"亦"字,说明自己擅长抚琴。

高明者偏偏自谦。

以百鸟群集形容琴声之美。

之[8]。温侧耳倾心，稍稍会其节奏。道人试使弹，点正疏节[9]，曰："此尘间已无对矣。"温由是精心刻画，遂称绝技。

[注释]

[1]癖嗜：极其喜好。 [2]布衲道人趺坐廊间：穿布缝衲衣的道人在廊间打坐。趺坐，按修禅者的方法坐，两足交叉置于左右股上或一足押在另一股上。 [3]筇（qióng）杖：竹杖。 [4]顾不能工：只是不能精通。 [5]纹理：琴身髹漆日久产生的细密断纹。 [6]勾拨：抚琴两种指法勾和拨。 [7]许可：赞许认可。 [8]三复：示范三次。 [9]点正疏节：指点纠正节拍疏忽的地方。

温生与宦娘相识似无意中点出，实际草蛇灰线。温生此后离奇经历，都源于此。

后归秦，离家数十里，日已暮，暴雨，莫可投止。路傍有小村，趋之，不遑审择，见一门，匆匆遽入。登其堂，阒若无人[1]。俄一女郎出，年十七八，貌类神仙，举首见客，惊而走入。温时未偶，系情殊深。俄一老妪出问客，温道姓名，兼求寄宿。妪言："宿当不妨，但少床榻；不嫌屈体，便可藉藁。"少选，以烛来，展草铺地，意良殷。问其姓氏，答云："赵姓。"又问："女郎何人？"曰："此宦娘。老身之犹子也。"温曰："不揣寒陋，欲求援系[2]，如何？”姬颦蹙曰[3]：“此即不敢应命。”温诘其故，但云难言。怅然遂罢。姬既去，温视藉草腐湿[4]，不堪卧处，因危坐鼓琴，以消永夜。雨既歇，冒夜遂归。

［注释］

[1] 阒（qù）：寂静。　[2] 援系：求婚的谦辞。　[3] 颦蹙：皱着眉头表示为难。　[4] 藉草：草垫。

邑有林下部郎葛公[1]，喜文士。温偶诣之，受命弹琴。帘内隐约有眷客窥听。忽风动帘开，见一及笄人，丽绝一世。盖公有女，小字良工，善词赋，有艳名。温心动，归与母言，媒通之。而葛以温势式微，不许。然女自闻琴后，心窃倾慕，每冀再聆雅奏；而温以姻事不谐，志乖意沮[2]，绝迹于葛氏之门矣。

温生和良工之间并没爱到为情而死的份上。他们没迈出反抗父母之命的步伐，凭他们的逆来顺受，只会劳燕分飞。是宦娘这神奇力量夸大了他们的感情，将葛公置于僵局。

［注释］

[1] 林下部郎：退隐的六部郎官。　[2] 志乖意沮：心愿不能如意而灰心失望。

一日，女于园中拾得旧笺一折，上书《惜余

这首词如抽丝、如剥茧，丝丝入扣，如泣如诉，回环往复；一字一转，一字一波，风流蕴藉，像飘飘忽忽的静夜箫声。貌似写良工怀春，实际写宦娘幽恋，算得上爱情女主角内心世界的绝唱。这首词直接取自《聊斋词》。

春》词云："因恨成痴，转思作想，日日为情颠倒。海棠带醉，杨柳伤春，同是一般怀抱。甚得新愁旧愁，刬尽还生[1]，便如青草。自别离，只在奈何天里[2]，度将昏晓[3]。今日个蹙损春山[4]，望穿秋水[5]，道弃已拼弃了[6]。芳衾妒梦[7]，玉漏惊魂[8]，要睡何能睡好？漫说长宵似年，侬视一年，比更犹少；过三更已是三年，更有何人不老？"女吟咏数四，心好之，怀归，出锦笺，庄书一通置案间[9]。逾时索之，不可得，窃意为风飘去。适葛经闺门过，拾之，谓良工作，恶其词荡[10]，火之而未忍言，欲急醮之。临邑刘方伯之公子[11]，适来问名，心善之，而犹欲睹其人。公子盛服而至，仪容秀美。葛大悦，款延优渥。既而告别，坐下遗女舄一钩，心顿恶其儇薄[12]，因呼媒而告以故。公子力辨其诬。葛弗听，卒绝之。

[注释]

[1]刬（chǎn）：铲除。　[2]奈何天：无可奈何的时光。　[3]昏晓：黑夜和白天。　[4]蹙：皱眉。春山：指女子眉毛。　[5]秋水：眼睛。　[6]道弃已拼弃了：料想对方已将我忘记。　[7]芳衾妒

梦：睡下了却因思念恋人好梦难成。　[8]玉漏：古代计时用的漏壶。　[9]庄书一通：端端正正地抄写一遍。　[10]词荡：词意放荡。　[11]方伯：古时指诸侯，此处指布政使。　[12]儇薄：轻佻。

先是，葛有绿菊种，吝不传，良工以植闺中。温庭菊忽有一二株化为绿，同人闻之，辄造庐观赏。温亦宝之。凌晨趋视，于畦畔得笺写《惜余春》词。反复披读，不知其所自至。以"春"为己名，益惑之。即案头细加丹黄[1]，评语亵嫚[2]。适葛闻温菊变绿，讶之，躬诣其斋。见词，便取展读。温以其评亵，夺而挼莎之[3]。葛仅睹一两句，盖即闺门所拾者也，大疑，并绿菊之种，亦猜为良工所赠。归告夫人，使逼诘良工，良工涕欲死，而事无验见，莫可取实。夫人恐其迹益彰，计不如以女归温。葛然之，遥致温。温喜极，是日招客为绿菊之宴，焚香弹琴，良夜方罢。

[**注释**]

[1]丹黄：古时批校书籍用的丹砂和雌黄，引申为评点文字。　[2]亵嫚：不庄重。　[3]挼（ruó）莎：用手揉搓成团。

既归寝，斋童闻琴自作声，初以为僚仆之戏

温生夺下词章给葛公做贼心虚印象。绿菊和词互相印证，葛公认定女儿和温生有私情。气急败坏的葛公未认真思考：女儿寸步不离香闺，她通过什么和温生私相授受？早被自己烧了的词如何会到温生案头？

围绕温生和良工发生的三事，像兵不厌诈连环计，本质属于诬陷，但对两位互相爱慕却一筹莫展者来说，是善意的诬陷、爱意的诬陷、聪明机智的诬陷、及时雨般诬陷，这一环扣一环的"骗局"，正是鬼使神差。

也[1]；既知其非人，始白温。温自诣之，果不妄。其声梗涩[2]，似将效己而未能者。爇火暴入，杳无所见。温携琴去，则终夜寂然。因意为狐，固知其愿拜门墙也者，遂每夕为奏一曲，而设弦任操[3]，若为师；夜夜潜伏听之，至六七夜，居然成曲，雅足听闻[4]。

[注释]

[1]僚仆：同主之仆。　[2]梗涩：生硬，不流畅。　[3]设弦任操：放置琴任其弹奏。　[4]雅：颇。

温既亲迎，各述曩词[1]，始知缔好之由，而终不知所由来。良工闻琴鸣之异，往听焉，曰："此非狐也，调凄楚，有鬼声。"温未深信。良工因言其家有古镜，可鉴魑魅。翌日[2]，遣人取至，伺琴声既作，握镜遽入；火之，果有女子在，仓皇室隅，莫能复隐。细审之，赵氏之宦娘也。大骇，穷诘之。泫然曰："代作蹇修，不为无德，何相逼之甚也？"温请去镜，约勿避，诺之，乃囊镜[3]。女遥坐曰："妾太守之女，死百年矣。少喜琴筝，筝已颇能谙之，独此技未有嫡传，重

宦娘调他人之琴瑟，代薄命之裳衣。其无私忘我和与人为善的精神，令人心动神移。

泉犹以为憾[4]。惠顾时，得聆雅奏，倾心向往；又恨以异物不能奉裳衣[5]，阴为君䌹合佳偶，以报眷顾之情。刘公子之女舄，《惜余春》之俚词，皆妾为之也。酬师者不可谓不劳矣。”夫妻咸拜谢之。

［注释］

[1] 曩词：过去事由。 [2] 翊日：翌日。 [3] 囊镜：把镜子收入囊中。 [4] 重（chóng）泉：九泉之下。 [5] 又恨以异物不能奉裳衣：指鬼魂不能做妻子。

宦娘曰：“君之业，妾思过半矣，但未尽其神理。请为妾再鼓之。”温如其请，又曲陈其法[1]。宦娘大悦曰：“妾已尽得之矣！”乃起辞欲去。良工故善筝，闻其所长，愿一披聆[2]。宦娘不辞，其调其谱，并非尘世所能。良工击节，转请受业。女命笔为绘谱十八章，又起告别。夫妻挽之良苦，宦娘凄然曰：“君琴瑟之好，自相知音，薄命人乌有此福。如有缘，再世可相聚耳。”因以一卷授温曰：“此妾小像，如不忘媒妁，当悬之卧室。快意时，焚香一炷，对鼓一曲，则儿身受之矣。"出门遂没。

[注释]

[1]曲陈其法：认真讲解弹奏法。 [2]披聆：虔诚聆听。

[点评]

亚里士多德认为音乐能创造人的灵魂，带给人纯洁快乐并发展道德。黑格尔认为音乐是罗曼蒂克意识冲动的形式之一。中国人向来将音乐看成天赐魔力，相友者可以生相慕之感，相爱者可沉醉于爱意中。文人间"高山流水相知音"早见于《列子·汤问》，冯梦龙编辑《警世通言》以《俞伯牙摔琴谢知音》为首篇。蒲松龄天才地将士大夫"知音"命题导入爱情描写，写出男女之间、人鬼之间纯洁的精神恋爱，写出中国小说史上前所未有的柏拉图式的爱，使人鬼之恋进入新境界，焕发出绚丽光彩。《宦娘》是抒情诗般爱情小说。它并非从男女一见钟情开始，而从音乐的魔力写起。操纵男女主角爱情的始终相伴以音乐。音乐是温生爱情的"玉镜台"。女鬼宦娘为音乐生情，进而替心上人做蹇修，宦娘对温生之情，至深至笃，最后止于相约来生并出现一男二女共谈音律的情节。故事始于温生学琴，终于宦娘教筝，像酣畅淋漓的乐章，出神入化、迷离恍惚、余音袅袅、绕梁三日。

阿 绣

海州刘子固[1]，十五岁时，至盖省其舅[2]。见杂货肆中一女子，姣丽无双，心爱好之。潜至其肆，托言买扇。女子便呼其父。父出，刘意沮，故折阅之而退[3]。遥觑其父他往，又趋之。女将觅父，刘止之曰：“无须。但言其价，我不靳直耳。”女如言，故昂之[4]。刘不忍争，脱贯径去[5]。明日复往，又如之。行数武，女追呼曰：“返来！适伪言耳，价奢过当[6]。”因以半价返之。刘益感其诚，蹈隙辄往[7]，由是日熟。女问：“郎居何所？”以实对。转诘之，自言“姚氏”。临行，所市物，女以纸代裹完好，已而以舌舐黏之。刘怀归，不敢复动，恐乱其舌痕也。

六朝小说《卖胡粉女子》写一富家男子爱上卖胡粉女子，每天借买粉往见，女子相许以私。二人约会，男子欢踊致死，女惧而逃。男子之母发现胡粉，告官追查。女临尸尽哀，男子复苏，二人结合。本文取材于此，但不像《卖胡粉女子》人物平面化、故事简单化，而是用曲折新奇的故事，写血肉丰满的人物。舌舐细节是若干杰出细节之一。

[**注释**]

[1]海州：今辽宁省海城市。　[2]盖：今辽宁省盖县。　[3]折阅：压价。　[4]故昂之：故意提价。　[5]脱贯：从钱串上取钱的动作。　[6]价奢过当：价钱太高，超过实际价值。　[7]蹈隙：趁其父亲不在的空隙。

叙事章法，女主角名字此时才通过舅舅求婚时叙出。

盼有相似者是刘子固的愿望，也是狐女出现前提。刘子固痴念阿绣，因其超凡脱俗的美。狐女化阿绣形象出现，也因为艳羡阿绣超逸绝伦之美，希望与之媲美。

积半月，为仆所窥，阴与舅力要之归。意惓惓不自得[1]，以所市香帕脂粉等类，密置一箧，无人时，辄阖户自捡一过，触类凝想[2]。次年，复至盖，囊装甫解，即趋女所。至则肆宇阒焉，失望而返。犹意暂出未复，早起又诣之，扃如故。问诸邻居，始知姚原广宁人[3]，以贸易无重息，故暂归去，又不审何时可以复来。神志乖丧，居数日，怏怏而归。为之卜婚，刘屡梗母议[4]，母怪怒之。仆私以曩情告母。母益防闲之[5]，盖之途由是遂绝。刘忽忽不乐，减食废学。母忧思无计，念不如从其志。于是刻日办装，使如盖，转寄语舅媒合之。舅承命诣姚，逾时而返，谓刘曰："事不谐矣！阿绣已字广宁人。"刘低头丧气，心灰望绝。既归，捧箧啜泣，而徘徊痴念，冀天下有似之者。

［注释］

[1]惓（quán）惓：烦闷、失意。　[2]触类凝想：：从那些杂货想到卖货的阿绣。　[3]广宁：今辽宁省北镇市。　[4]梗：拒绝。　[5]防闲：防范禁止。

适媒来，艳称复州黄氏女[1]。刘恐不确，命驾至复。入西门，见北向一家，两扉半开，内一女郎，怪似阿绣；再属目之[2]，且行且盼而入，真是无讹。刘大动[3]，因僦居其东邻[4]，细诘其家，为李氏。反复疑念：天下宁有如此相似者耶？居之数日，莫可夤缘，惟日眈眈伺候于其门[5]，以冀女郎或复出。一日，日方夕，女果出，忽见刘，即返身掩扉，以手指其后，又覆掌及额，乃入。刘喜极，但不能解，凝想移时，信步诣舍后，见荒园寥廓[6]，西有短垣，略可及肩，豁然顿悟，遂蹲伏露草中。久之，有人自墙上露其首，小语曰："来乎？"刘诺而起，细视，真阿绣也。因而大恸[7]，涕堕如绠[8]。女隔堵探身，以巾拭其泪，所以慰藉之良殷。刘曰："百计不遂，自谓今生已矣，何意复有今夕？顾卿何至此？"曰："李氏，妾表叔也。"刘请逾垣。女曰："君先归，遣从人他宿，妾当自至。"刘如其教，坐伺之。

［注释］

[1]复州：今辽宁省瓦房店市。　[2]属目：注目。　[3]大动：大为触动。　[4]僦（jiù）居：租赁。　[5]眈眈：注目察看之

聪明的形体动作。对刘似乎相识，却又不好意思相认。这比直接宣布"我阿绣也"更符合少女心理。

一切都说明：她就是阿绣。但细琢磨却有疑点：其一，过去连自己卖货都不肯的阿绣如何独自出现在荒凉之处？其二，女郎对刘的态度与当年阿绣不同。昔日阿绣多些少女的娇憨，今日阿绣多些母性的温柔，处事过于老练成熟，不似杂货铺天真烂漫的阿绣。

状。 [6]寥廓：广阔，冷清。 [7]大恸：非常悲痛。 [8]涕堕如绠：泪下如雨。绠，井绳。

旧衣是识别阿绣的标志，但焉有数年不换之衣？

智仆。先来一番细致调查，掌握"鬼狐之薮"确证，再和小主人摊牌。其眼光如炬，情人看不出的微妙差别，他看得出。而"不如阿绣美"是关键。

少间，女悄然入，妆饰不甚炫丽，袍裤犹昔。刘挽坐，备道艰苦，因问："闻卿已字，何未醮也？"女曰："言妾受聘者，妄也。家君以道里赊远[1]，不愿附公子为婚姻。此或舅氏托言，以绝君望耳。"既就枕席，宛转万态，款接之欢[2]，不可言喻。四更遽起，过墙而去。刘自是如复之初念悉忘[3]，而旅居半月，绝不言归。

一夜，仆起饲马，见室中灯火犹明，窥之，望见阿绣，大骇。不敢诘主人，且访市肆，始返而诘刘曰："夜与还往者，何人也？"刘初讳之，仆曰："此第岑寂，鬼狐之薮[4]，公子亦宜自爱。彼姚家女郎，何为而至于此？"刘始觍然曰："西邻其表叔，有何疑沮[5]？"仆言："我已访之最审：东邻止一孤媪，西家一子尚幼，别无密戚。所遇当是鬼魅。不然，焉有数年之衣，尚未易者？且其面色过白，两颊少瘦，笑处无微涡[6]，不如阿绣美。"刘反覆回思，乃大惧曰："且为奈何？"仆谋伺其来，操兵入击之。

[注释]

[1] 赊远：遥远。　　[2] 款接之欢：男欢女爱之乐。　　[3] 如复之初念：最初想到复州探访黄氏女的想法。　　[4] 鬼狐之薮：鬼狐聚集的地方。　　[5] 疑沮：疑惑。　　[6] 涡：酒涡。

至暮，女至，谓刘曰："知君见疑，然妾亦无他，不过了此夙分耳。"言未已，仆排阁骤入[1]。女呵之曰："可弃而兵[2]！速具酒，与主人言别。"仆自投其刃[3]，若或夺焉。刘益恐，强设酒馔。女谈笑如常，谓刘曰："悉君心事，方且图效绵薄，何劳伏戎[4]？妾虽非阿绣，颇自谓不亚之。君视之犹昔否耶？"刘身毛俱竖，默不得语。女听漏三催，把盏一呷，起曰："我且去，待花烛后[5]，再与君家美人较优劣也。"转身遂杳。

[注释]

[1] 排阁（gé）：推门。阁，小门。　　[2] 兵：武器。　　[3] 自投其刃：自动放下刀。　　[4] 伏戎：武装埋伏。　　[5] 花烛：洞房花烛，结婚。

刘信狐言，径如盖。怨舅之诳己也，亦不舍于其家。寓近姚氏，托媒自通，啖以重赂[1]。姚

狐女的话有两层含义：其一，她并无鸠占鹊巢之意；其二，阿绣是美的，狐女自认不比她差，她要继续和阿绣比美。刘子固结婚后，"比美"成为主要内容。

刘子固实在寡情。刚刚还恩爱迩笃，难舍难分，转眼间无丝毫眷恋，只考虑个人得失。相比之下，狐女宽厚得多、善良得多。她在严阵以待的刘子固主仆面前，既不大惊小怪，也不自惭形秽，不卑不亢，坦坦荡荡，落落大方。

妻言："小郎为觅婿于广宁[2]，若翁以是故去[3]，就否良不可知。须彼旋时方可做校计[4]。"刘闻之，徊徨无以自主，惟坚守以伺其归。逾十余日，忽闻兵警，犹以讹传自解；又久之，信益急，乃趣装行。中途遇乱，主仆相失，为侦者所掳[5]。以刘文弱，疏其防，盗马亡去。至海州界，见一女子，蓬鬌垢耳，步履蹉跌[6]。刘驰过之，女遽呼曰："马上人非刘郎乎？"刘停鞭审顾[7]，盖阿绣也。心仍讶其为狐，曰："汝真阿绣耶？"女问："何出此言？"刘述所遇，女曰："妾真阿绣，非赝冒者。父携妾自广宁归，遭变被俘，授马屡堕。忽一女子，握腕趣遁[8]。荒窜军中，亦无诘者。女子健步若骋，苦不能从，百步而屧屡褪焉。久之，闻号嘶渐远，乃释手曰：'别矣！前皆坦途，可缓行，爱汝者将至，宜与同归。'"刘知其狐，感之。因述其留盖之故。女言其叔为择婿于方氏，未委禽而乱适作。刘始知舅言非妄。携女马上，叠骑而归[9]。

[注释]

[1]啖以重赂：送丰厚的礼物。 [2]小郎：小叔子。 [3]若翁：

（左侧边注）狐女有神力却不报复薄情郎刘子固，而是帮助刘和阿绣建立幸福家庭。当阿绣陷入危难时，狐女即使不特意加害，阿绣也性命难保，至少清白难保，狐女却将其救出，送她与刘团聚。狐女这位爱情失意者，没有悲哀、没有懊丧，没有嫉妒，没有怨天尤人，只有宽容和体谅。

她父亲。　[4]校计：计较。　[5]侦者：侦查前哨。　[6]步履蹉跌：步履艰难。　[7]停鞭：止住马。　[8]趣遁：催促逃跑。　[9]叠骑：两人骑一匹马。

　　入门，则老母无恙，大喜。系马而入，述所自来。母亦喜，为之盥濯，妆竟，容光焕发，益喜，曰："无怪痴儿魂梦不忘也！"遂设裀褥，使从己宿。又遣人赴盖，寓书于姚。不数日，姚夫妇俱至。卜吉成礼乃去^[1]。刘出藏箧，旧封俨然^[2]。有粉一函，启之，化为赤土，异之。女掩口曰："数年之盗，今始发觉矣。尔日见郎任妾包裹，更不审及真伪，故以此相戏耳。"方嬉笑间，一人搴帘入曰："快意如此，当谢蹇修矣！"刘视之，又一阿绣也。急呼母，母及家人悉集，无有能辨识者。刘回首亦迷，注目移时，始揖而谢之。女子索镜自照，赧然趋出，寻之已渺矣。夫妻感其义，为位于室而祀之。

　　阿绣之美借母亲之口从旁确证。

　　少女的恶作剧，刻画人物精彩之笔。

　　刘子固几乎分不清真假阿绣。仔细瞧后，可能根据仆人说的面颊、酒窝特点分出。

　　第一次当面比美，狐女自认比不上阿绣，惭然而退。

　　[**注释**]
　　[1]卜吉成礼：挑选良辰吉日举行婚礼。　[2]旧封俨然：包装还是原样。

第二次比美，连丈夫都认不出妻子真假，说明狐女之美和人间阿绣已没区别。孜孜追求如许岁月，终于如愿以偿，狐女发出欣慰的笑声。狐女对美的执着追求和对爱的无私奉献，像毫无瑕疵的宝石，发出璀璨而圣洁的光芒。

交代从希望"媲美"到一再"比美"的缘由。

　　一夕，刘醉归，室暗无人，方自挑灯，而阿绣至。刘挽问："何之？"笑曰："酒臭熏人，使人不耐！如此盘诘，谁作桑中逃耶[1]？"刘笑捧其颊，女曰："郎视妾与狐姊孰胜？"刘曰："卿过之，然皮相者不能辨也[2]。"已而合扉相狎。俄有叩关者，女起笑曰："君亦皮相者也。"刘不解，趋启门，则阿绣入，大愕。始悟适与语者狐也。暗中犹闻笑声。夫妻望空而祷，祈求现像。狐曰："我不愿见阿绣。"问："何不另化一貌？"曰："我不能。"问："何故不能？"曰："阿绣，吾妹也，前世不幸夭殂。生时，与余从母至天宫，见西王母，心窃爱慕，归即刻意效之。妹子较我慧，一月神似；我学三月而后成，然终不及妹。今已隔世，自谓过之，不意犹昔耳。我感汝两人诚意，故时一相过，今且去矣。"遂不复言。自此三五日辄一来，一切疑难悉决之。值阿绣归宁，来常数日不去，家人皆惧避之。每有亡失，则华妆端坐，插玳瑁簪数寸长，朝家人而庄语之："所窃物，夜当送至某所。不然，头痛大作，勿悔！"天明，果于某所得之。三年后，绝不复来。偶失金帛，阿绣效其装束，以吓家人，亦屡效焉。

[注释]

[1]桑中逃：男女幽会。　[2]皮相：表面现象。

[点评]

真假阿绣故事跟"二美共一夫"故事有本质不同。狐女不是爱情的多余者，而是爱情的缔造者；不是家庭的第三者，而是家庭的保护神。真假阿绣不是共侍一男的泛泛二女，而是从不同角度体现美的姚黄魏紫。狐女在追求阿绣形态美的同时，获得了内心美；在修炼形体美的同时，精神得到升华，获得道德美。在这个奇特的爱情故事中，"真假"二字虽是小说文眼，"美"却在小说情节中起重要的杠杆作用。围绕着"真假"和"美"，作者创造了两位相貌相同、个性有异的女性形象——真假阿绣。真阿绣纯情聪慧，是民间少女；假阿绣情痴机智，是狐仙临凡。一真一假，相得益彰。有论者认为，聊斋最美狐仙是阿绣。

细　柳

细柳娘，中都之士人女也[1]。或以其飘袅可爱[2]，戏呼之"细柳"云。柳少慧，解文字，喜

以假阿绣模仿真阿绣始，以真阿绣模仿假阿绣终。妙思巧想。

聊斋常用"细柳"写大自然美色，如"细柳摇青"；写女性柔弱美，如"细柳生姿"。但"细柳"在古代还有专门意义：铁腕人物。事见汉代细柳营。以人胜天是细柳个性主要方面。

读相人书，而生平简默^[3]，未尝言人臧否^[4]。但有问名者^[5]，必求一亲窥其人。阅人甚多，俱言未可，而年十九矣。父母怒之曰："天下迄无良匹，汝将以丫角老耶^[6]？"女曰："我实欲以人胜天，顾久而不就，亦吾命也。今而后，请惟父母之命是听。"

[注释]

[1]中都：今河南沁阳。　[2]飘袅：轻巧婀娜。　[3]简默：沉默寡言。　[4]臧否（pǐ）：善恶，好坏。　[5]问名：议婚。男方通过媒人问女子的名字和出生年月日。　[6]以丫角老：做姑娘做到老。丫角，女孩发式丫髻。

时有高生者，世家名士，闻细柳之名，委禽焉。既醮，夫妻甚得。生前室有遗孤，小字长福，时五岁，女抚养周至。女或归宁，福辄号啼从之，呵遣所不能止。年余，女产一子，名之长怙。生问命名之义，答言："无他，但望其长依膝下耳。"女于女红疏略^[1]，常不留意；而于亩之南东^[2]，税之多寡，按籍而问，惟恐不详。久之，谓生曰："家中事请置勿顾，待妾自为之，不知可当家否？"生如言，半载而家无废事，生亦贤之。

[注释]

[1]疏略：粗疏简略。　[2]亩之南东：田亩的耕种处理。此处的"南东"非方向之意，而是按照朱熹解释《诗·小雅·信南山》"我疆我田，南东其亩"所说："于是为之疆理，而顺其地势水势之所宜，或南其亩，或东其亩也。"意思是根据地形派田亩的用处。

　　一日，生赴邻村饮，适有追逋赋者[1]，打门而谇[2]。遣奴慰之，弗去。乃趋僮召生归。隶既去，生笑曰："细柳，今始知慧女不若痴男耶？"女闻之，俯首而哭。生惊，挽而劝之，女终不乐。生不忍以家政累之，仍欲自任。女又不肯，晨兴夜寐，经纪弥勤。每先一年，即储来岁之赋，以故终岁未尝见催租者一至其门。又以此法计衣食，由此用度益纾[3]。于是生乃大喜。尝戏之曰："细柳何细哉？眉细、腰细、凌波细，且喜心思更细。"女对曰："高郎诚高矣：品高、志高、文字高，但愿寿数尤高。"

　　细柳之哭不是哭出软弱，而是哭出智慧，哭出擅长从生活挫折总结经验的心计。

[注释]

[1]逋（bū）赋：未交的赋税。　[2]谇（suì）：责骂。　[3]益

纾：更加宽裕。

村中有货美材者[1]，女不惜重直致之[2]；价不能足，又多方乞贷于戚里。生以其不急之物，固止之，卒弗听。蓄之年余，富室有丧者，以倍资赎诸其门。生利而谋诸女，女不可。问其故，不语；再问之，莹莹欲涕。心异之，然不忍重拂焉，乃罢。又逾岁，生年二十有五，女禁不令远游。归稍晚，僮仆招请者，相属于道。于是同人咸戏谤之。一日，生如友人饮，觉体不快而归，至中途堕马，遂卒。时方溽暑，幸衣衾皆所夙备。里中始共服细娘智。

[注释]
[1]美材：好棺木。　[2]重直：高价。

福年十岁，始学为文。父既殁，娇惰不肯读，辄亡去从牧儿遨[1]。谯呵不改[2]，继以夏楚，而顽冥如故。母无奈之，因呼而谕之曰："既不愿读，亦复何能相强！但贫家无冗人[3]，可更若衣，便与僮仆共操作，不然，鞭挞勿悔！"于是衣以败絮，使牧豕；归则自掇陶器，与诸奴啖馏粥。数日，苦之，泣跪庭下，愿仍读。母返身向壁，置不闻。不得已，执鞭啜泣而出。残秋向尽，胻无衣[4]，足无履，冷雨沾濡，缩头如丐。里人见而怜之。纳继室者，皆引细娘为戒，啧有烦言[5]。

[**注释**]

[1] 遨：游玩。　[2] 谯呵（qiáo hē）：申斥，喝骂。　[3] 冗人：吃闲饭者。　[4] 胻（héng）无衣：这里意思是秋天仍穿短裤。胻，小腿骨。　[5] 啧有烦言：纷杂的指责，众多的非议。

　　女亦稍稍闻之，而漠不为意。福不堪其苦，弃豕逃去，女亦任之，殊不追问。积数月，乞食无所，憔悴自归；不敢遽入，哀邻妪往白母。女曰："若能受百杖，可来见；不然，早复去。"福闻之，骤入，痛哭，愿受杖。母问："今知悔乎？"曰："悔矣。"曰："既知悔，无须挞楚，可安分牧豕，再犯不宥！"福大哭曰："愿受百杖，请复读。"女不听。邻妪怂恿之，始纳焉。濯肤授衣，令与弟怙同师。勤身锐虑[1]，大异往昔，三年游泮。中丞杨公[2]，见其文而器之[3]，月给常廪[4]，以助灯火。

［注释］

[1]勤身锐虑：刻苦攻读，专心思考。　[2]中丞：巡抚。　[3]器：器重。　[4]月给常廪：让长福成为廪生，按月领取朝廷的生活补助。

怙最钝，读数年不能记姓名，母令弃卷而农。怙游闲惮于作苦[1]。母怒曰：“四民各有本业[2]，既不能读，又不欲耕，宁不沟瘠死耶[3]？”立杖之。由是率奴辈耕作，一朝晏起，则诟骂从之；而衣服饮食，母辄以美者归兄。怙虽不敢言，而心窃不能平。农工既毕，母出资使学负贩[4]。怙淫赌，入手丧败，诡托盗贼运数[5]，以欺其母。母觉之，杖责濒死。福长跪哀乞，愿以身代，怒始解。自是，一出门，母辄探察之。怙行稍敛，而非其心之所得已也。

［注释］

[1]作苦：辛苦耕作。　[2]四民：士、农、工、商。　[3]沟瘠死：因贫困饥饿死于沟壑。　[4]负贩：肩挑贸易。　[5]运数：不可操纵的命运。

一日，请诸母，将从诸贾入洛[1]，实借远游以快所欲。而中心惕惕，惟恐不遂所请。母闻之，殊无疑虑，即出碎金三十两，为之具装；末又以铤金一枚付之[2]，曰："此乃祖宦囊之遗[3]，不可用去。聊以压装[4]，备急可耳。且汝初学跋涉，亦不敢望重息，只此三十金得无亏负足矣。"临行又嘱之。怙诺而出，欣欣意自得。至洛，谢绝客侣，宿名娼李姬之家。凡十余夕，散金渐尽。自以巨金在橐，初不以空匮在虑。及取而斫之，则伪金耳。大骇，失色。李媪见其状，冷语侵客。怙心不自安，然囊空无所向往，犹冀姬念夙好，不即绝之。俄有二人握索入，骤縶项领。惊惧不知所为，哀问其故，则姬已窃伪金去首公庭矣[5]。至官，不容置词，梏掠几死[6]。收狱中，又无资斧，大为狱吏所虐，乞食于囚，苟延余息。

细柳对长怙心思洞若观火，设"伪金案"。母亲故意将亲生儿子送进监狱挨打受刑，是何心情？

送子进监狱是不得为之。长怙已堕落很深，一般手段教育不了。母亲教育不了，通过官府，让你尝尝牢狱之灾。何等胸襟和气概！

[**注释**]

[1]洛：洛阳。　[2]铤金：元宝。　[3]乃祖宦囊之遗：你祖父做官留下的银子。　[4]压装：充实行装。　[5]首公庭：向官府告发。　[6]梏掠：刑讯拷打。

细柳设计教训次子不让长子知道，哥哥知道肯定不忍心让弟弟进监狱，伪金案就演不成了。细柳是有大胆量、大肚量、大心怀，所有包袱一肩扛的女强人。

初，怙之行也，母谓福曰："记取廿日后，当遣汝至洛。我事烦，恐忽忘之。"福请所谓，黯然欲悲，不敢复请而退。过二十日而问之，叹曰："汝弟今日之浮荡，犹汝昔日之废学也。我不冒恶名，汝何以有今日？人皆谓我忍，但泪浮枕簟[1]，而人不知耳！"因泣下，福侍立敬听，不敢研诘。泣已，乃曰："汝弟荡心不死，故授之伪金以挫折之，今度已在缧绁矣[2]。中丞待汝厚，汝往求焉，可以脱其死难，而生其愧悔也。"

[注释]

[1]泪浮枕簟（diàn）：泪水浸湿枕席。　　[2]度：估计。缧绁：本指捆绑犯人的绳索，借指监狱。

福立刻而发，比入洛，则弟被逮已三日矣。即狱中而望之。怙奄然，面目如鬼，见兄，涕不可仰。福亦哭。时福为中丞所宠异，故遐迩皆知其名。邑宰知为怙兄，急释怙。至家，犹恐母怒，膝行而前。母顾曰："汝愿遂耶？"怙零涕不敢复作声，福亦同跪。母始叱之起。由是痛自悔，家中诸务，经理维勤。即偶惰，母亦不呵问之。

凡数月，并不与言商贾，意欲自请而不敢，以意告兄。母闻而喜，并力质贷而付之[1]，半载而息倍焉。是年，福秋捷[2]，又三年，登第[3]。弟货殖累巨万矣[4]。

邑有客洛者，窥见太夫人[5]，年四旬，犹若三十许人，而衣妆朴素，类常家云。

[注释]

[1]并力：多方努力。质贷：典当借贷。　[2]秋捷：乡试中举。明清乡试农历八月举行。　[3]登第：进士及第。　[4]货殖：经商盈利。　[5]太夫人：对官员母亲的称呼。

异史氏曰："黑心符出[1]，芦花变生[2]，古与今如一丘之貉，良可哀也！或有避其谤者，又每矫枉过正，至坐视儿女之放纵而不一置问，其视虐遇者几何哉？独是日挞所生，而人不以为暴；施之异腹儿，则指摘丛之矣。夫细柳独非忍于前子也，然使所出而贤，亦何能出此心以自白于天下？而乃不引嫌，不辞谤，卒使二子一贵一富，表表于世。此无论闺闼[3]，当亦丈夫之铮铮者矣[4]！"

[注释]

[1]黑心符出：唐代莱州长史于义方写《黑心符》，论述娶继室的害处。　[2]芦花变生：孔子七十二弟子之一的闵子骞受后母虐待，以芦花为之絮棉衣。　[3]闺阃：原指内眷居处，代指妇女。　[4]铮铮：刚强、杰出。

[点评]

蒲松龄喜欢写花妖狐魅，细柳却一点怪异色彩没有，是普通的家庭主妇。寡妇和后母的角色在封建社会令一般女人望而生畏，细柳一身二任。封建社会男人是女人的天，男人死了，天就塌了。如何把家庭支撑下去？如何教育儿子成才？是很大难题。细柳以柔弱双肩支撑家庭，教育儿子成才。细柳是古代小说的"新人"形象和治家女强人形象，也是王熙凤形象的先声。细柳杀伐决断，拒绝妇人之仁。她制造伪金案，以达到教育儿子目的。这些后来在王熙凤身上得到进一步体现。蒲松龄认为把细柳放到男子行列，也是响当当的人物。他对细柳命名大有深意。"细柳"取自《史记·绛侯周勃世家》，汉初大将军周亚夫军令严明，屯军细柳营，蒲松龄借用"细柳"为聊斋女强人命名，实际上将她提高到一般男子也没法比的高度。

梦　狼

白翁，直隶人[1]。长子甲筮仕南服二年[2]，道远，苦无耗。适有瓜葛丁姓造谒，翁以其久不至，款之。丁素走无常，谈次，翁辄问以冥事。丁对语涉幻。翁不深信，但微哂之。既别后数日，翁方卧，见丁复来，邀与同游。从之去，入一城阙。移时，丁指一门曰："此门君家甥也。"时翁有姊子为晋令，讶曰："乌在此？"丁曰："倘不为信，入便知之。"翁入，果见甥，蝉冠豸绣坐堂上^[3]，戟幢行列^[4]。无人可通。丁曳之出，曰："公子衙署，去此不远，得无亦愿见之否？"翁诺。

[注释]

[1] 直隶：清代省名，相当于北京、天津、河北大部和河南、山东小部分。　[2] 筮仕（shì shì）南服：到南方做官。古人外出做官先要占卜。筮，以草占卜。后称做官为"筮仕"。南服，古时称王畿外围为五服，南方为南服。　[3] 蝉冠豸（zhì）绣：御史服装。蝉冠，貂尾蝉纹为饰的帽子。豸绣，绣獬豸的官服。　[4] 戟幢（chuáng）行列：排列着门戟和饰以羽毛的旗帜，此处指御史的仪仗。

少间，至一第。丁曰："入之。"窥其门，见一巨狼当道，大惧，不敢进。丁又曰："入之。"

官吏化虎最早见于南朝祖冲之《述异记》。宣城太守封邵忽化为虎，吃治下之民，当时流传："无作封使君，生不治民死食民。"

官衙堂上堂下、坐着卧着都是狼，官衙中白骨如山，是聊斋最富有谐趣和哲理的描写之一。

又入一门，见堂上、堂下，坐者、卧者，皆狼也。又视墀中，白骨如山，益惧。丁乃以身翼翁而进。公子甲方自内出，见父及丁，良喜。少坐，唤侍者治肴蔌[1]。忽一巨狼，衔死人入。翁战惕而起[2]，曰："此胡为者[3]？"甲曰："聊充庖厨[4]。"翁急止之。心怔忡不宁，辞欲出，而群狼阻道。进退方无所主，忽见诸狼纷然嗥避，或窜床下，或伏几底。错愕不解其故。俄有两金甲猛士努目入[5]，出黑索索甲。甲扑地化为虎，牙齿巉巉。一人出利剑，欲枭其首[6]。一人曰："且勿，且勿，此明年四月间事，不如姑敲齿去。"乃出巨锤锤齿，齿零落堕地。虎大吼，声震山岳。翁大惧，忽醒，乃知其梦。心异之，遣人招丁，丁辞不至。翁乃志其梦，使次子诣甲，函戒哀切[7]。

[注释]

[1] 肴蔌（sù）：菜肴。　[2] 战惕：恐惧。　[3] 胡为：做什么。　[4] 庖厨：厨房。　[5] 努目：瞪大双目。　[6] 枭其首：砍掉其脑袋。枭首，古代砍头号令示众的酷刑。　[7] 函戒哀切：写信语重心长劝戒、哀求。

既至，见兄门齿尽豁；骇而问之，则醉中堕

马所折。考其时，则父梦之日也，益骇。出父书，甲读之变色，为间曰[1]："此幻梦之适符耳，何足怪！"时方赂当路者[2]，得首荐[3]，故不以妖梦为意。弟居数日，见其蠹役满堂[4]，纳贿关说者[5]，中夜不绝，流涕谏止之。甲曰："弟日居衡茅[6]，故不知仕途之关窍耳[7]。黜陟之权[8]，在上台不在百姓[9]。上台喜，便是好官；爱百姓，何术复令上台喜也？"弟知不可劝止，遂归。悉以告翁，翁闻之大哭，无可如何，惟捐家济贫，日祷于神，但求逆子之报，不累妻孥。

石破天惊。真实的、赤裸裸的官场经。这是贪官能往上爬的诀窍，讨好上司，向上司行贿，就能升官，你爱护老百姓，老百姓能让你升官吗？这段话反映了许多封建官吏——也可能不仅是封建官吏的真实心理。

[注释]

[1] 为间：一会儿。　[2] 当路者：掌实权人物。　[3] 首荐：优先提升的资格。　[4] 蠹役：害民衙役。蠹，蛀虫。　[5] 关说：代人说情。　[6] 衡茅：衡门茅屋。普通百姓的房子。　[7] 关窍：诀窍。　[8] 黜陟（zhì）：罢黜和提升。　[9] 上台：上司。

次年，报甲以荐举作吏部[1]，贺者盈门；翁惟欷歔，伏枕托疾，不见一客。未几，闻子归途遇寇，主仆殒命。翁乃起，谓人曰："鬼神之怒，止及其身，祐我家者不可谓不厚也。"因焚香而报谢之。慰藉翁者，咸以为道路之讹。而翁殊深信不疑，刻日为之营兆[2]。而甲固未死。先是，四月间，甲解任[3]，甫离境即遭寇。甲倾装以献之，诸寇曰："我等之来，为一邑之民泄冤愤耳，宁专为此哉！"遂决其首。又问家人："有司大成者，谁是？"司故甲之腹心，助桀为虐者也。家人共指之，贼亦决之。更有蠹役四人，甲聚敛臣也[4]，将携入都。并搜决讫，始分资入囊，骛驰而去。

蒲松龄最痛恨蠹役，"盖此辈无有不可杀者也"（《伍秋月》）。

[注释]

[1]荐举作吏部：由地方官提拔到吏部做官。可能是主事、员外郎之类。　[2]营兆：准备墓地。　[3]解任：卸任。　[4]聚敛臣：横征暴敛的帮凶。

甲魂伏道旁，见一宰官过，问："杀者何人？"前驱者报曰："某县白知县也。"宰官曰："此白某之子，不宜使老后见此凶惨，宜续其头。"即有一人掇头置腔上[1]，曰："邪人不宜使正，以肩承额可也[2]。"遂去。移时复苏。妻子往收其尸，见有余息，载之以行；从容灌之，亦受饮。但寄旅邸，贫不能归。半年许，翁始得确耗，遣

蒲松龄用的"掇"字，是淄川土话，意思是把脑袋"啪"一下子摁到脖子上。

次子致之而归。甲虽复生，而目能自顾其背，不复齿人数矣。翁姊子有政声，是年行取为御史。悉符所梦。

[注释]

[1] 掇头置腔上：把脑袋捺在脖子上。　[2] 以肩承颔：歪着把脑袋安上，下巴对着肩膀。

异史氏曰："窃叹天下之官虎而吏狼者，比比也[1]。即官不为虎，而吏且将为狼，况有猛于虎者耶！夫人患不能自顾其后耳，甦而使之自顾，鬼神之教微矣哉[2]！"

官虎吏狼，一针见血，痛快之极。小说前半部用虚幻笔法写白甲变成虎。为什么小说题目不叫"梦虎"？估计蒲松龄更喜欢整个官衙堂上堂下，坐着卧着都是狼的场面和构思。

[注释]

[1] 比比：到处都是。　[2] 微：奥妙、精深。"异史氏曰"后有两段纪实文字，从略。

[点评]

法国汉学家克罗德·罗阿说过："《聊斋志异》是世界上最美的寓言。"而"官虎吏狼"是聊斋寓言中最有哲理、最有战斗性、最有人民性者，也是聊斋代表性的名言。"苛政猛于虎"是孔子名言。《礼记·檀弓下》孔子出游，见一妇人哭于墓，原来她的公爹、丈夫和儿子都丧于虎口，问她何以不离开此处？回答"无苛政"，孔子感叹"苛政猛于虎"。柳宗元《捕蛇者说》写一家数代宁可给毒蛇害死，也不愿搬到"安全"却苛捐杂税多的地方。蒲松龄写苛政的执行者就是虎狼，以百姓为食，敲骨吸髓，吃得白骨如山。构思巧妙、寓意深刻。贪官是虎，当然是幻想，白甲的"官经"却是实实在在的官场法宝，他正是按照这一思路掘地三尺，以媚上司，取得了他所追求的提升。让白甲复活并能自顾其背，更是巧妙的隐喻。

司文郎

平阳王平子[1]，赴试北闱，赁居报国寺[2]。寺中有余杭生先在。王以比屋居[3]，投刺焉。生不之答。朝夕遇之，多无状。王怒其狂悖[4]，交往遂绝。一日，有少年游寺中，白服裙帽[5]，望之傀然[6]。近与接谈，言语谐妙，心爱敬之。展问邦族[7]，云："登州宋姓[8]。"因命苍头设座，相对噱谈。余杭生适过，共起逊坐；生居然上坐，更不揖挹[9]，卒然问宋："尔亦入闱者耶？"答云："非也。驽骀之才[10]，无志腾骧久矣[11]。"

王平子既是个有个性的人物，又承担部分叙事之责。从他的眼中看余杭生是狂悖无理的。

余杭生连表面礼让都不讲，公然以老子天下第一自居。居高临下，以长辈对晚辈的口气，蔑称对方"尔"。王平子是老实人，一直对余杭生的骄纵隐忍不言。宋生却顷刻不能忍，拍案而起。针锋相对。

又问："何省？"宋告之。生曰："竟不进取，足知高明。山左、右并无一字通者^[12]。"宋曰："北人固少通者，然不通者未必是小生；南人固多通者，然通者亦未必是足下。"言已，鼓掌，王和之，因而哄堂。

[**注释**]

[1]平阳：今山西省临汾市。　[2]报国寺：在今北京市西城区。　[3]比屋：邻居。　[4]狂悖。狂妄傲慢。　[5]白服裙帽：不合时宜的服装。白服，为孝服。裙帽，六朝时流行的帽子，帽沿周围有下垂的薄纱细网。　[6]傀（guī）然：高大、俊美。　[7]邦族：籍贯姓氏。　[8]登州：明清府名，治所在蓬莱。　[9]扠挹（huī yì）：谦让。　[10]驽骀：劣等的马。　[11]腾骧（xiāng）：马昂首奔腾，喻人极力上进。　[12]山左、右并无一字通者：山东、山西没有一个人通文墨。山东在太行山之左，山西在太行山之右，故当时以"山左"称山东，以"山右"称山西。这句话是挖苦王平子和宋生。王平子是山西人，宋生是山东人。

生惭忿，轩眉攘腕而大言曰^[1]："敢当前命题，一校文艺乎？"宋他顾而哂曰："有何不敢！"便趣寓所，出经授王^[2]。王随手一翻，指曰："'阙党童子将命^[3]。'"生起，求笔札，宋曳之曰："口占可也。我破已成^[4]：'于宾客往来

宋生和余杭生较文的场面精彩之至。宋生妙思妙舌、才思敏捷，处处先声夺人。余杭生挑战写文章，两个题目未曾作得一字。

之地，而见一无所知之人焉。'"王捧腹大笑。生怒曰："全不能文，徒事嫚骂，何以为人！"王力为排难，请另命佳题。又翻曰："'殷有三仁焉[5]。'"宋立应曰："三子者不同道，其趋一也。夫一者何也？曰：仁也。君子亦仁而已矣，何必同？"生遂不作，起曰："其为人也小有才。"遂去。

［注释］

[1] 轩眉攘（rǎng）腕而大言：扬眉捋袖发大话。　[2] 经：即《四书》《五经》，科举考试从《四书》《五经》出题。　[3] 阙党童子将命：孔子住处阙党来个童子，孔子认为他不求上进，是想走捷径的人。宋生借题发挥，教训余杭生。语出《论语·宪问》。阙党，即阙里，孔子住处。　[4] 破：即破题，八股文开头要用两句话说明题目的意义，称为"破题"。　[5] 殷有三仁：意思是说纣王残暴，其同母兄微子离开他，叔父箕子披发佯狂降为奴隶，叔父比干被剖心而死。微子、箕子、比干是三位仁人，共同本质是仁。语出《论语·微子》。

王以此益重宋，邀入寓室，款言移晷[1]，尽出所作质宋[2]。宋流览绝疾，逾刻已尽百首，曰："君亦沉深于此道者，然命笔时，无求必得之念，而尚有冀倖得之心，即此，已落下乘[3]。"遂取

阅过者一一诠说[4]。王大悦，师事之；使庖人以
蔗糖作水角[5]。宋啖而甘之，曰："生平未解此
味，烦异日更一作也。"由此相得甚欢。宋三五
日辄一至，王必为之设水角焉。

[注释]
　　[1]款言移晷：恳切地谈了很长时间。移晷，日影移动。　[2]质
宋：向宋生请教。　[3]下乘：下等的马，引申为文章下品。　[4]诠
说：解释说明。　[5]庖人：厨师。水角：水饺。

　　余杭生时一遇之，虽不甚倾谈，而傲睨之气
顿减[1]。一日，以窗艺示宋[2]。宋见诸友圈赞已
浓，目一过，推置案头，不作一语。生疑其未阅，
复请之，答以览竟。生又疑其不解，宋曰："有
何难解？但不佳耳！"生曰："一览丹黄[3]，何
知不佳？"宋便诵其文，如夙读者，且诵且訾[4]。
生踧踖汗流[5]，不言而去。移时，宋去，生入，
坚请王作。王拒之。生强搜得，见文多圈点，笑
云："此大似水角子！"王故朴讷[6]，觍然而已。
次日，宋至，王具以告。宋怒曰："我谓'南人
不复反矣'[7]，伧楚何敢乃尔[8]！必当有以报

余杭生挖苦王
平子请宋生吃水饺
换来其好评。

之！"王力陈轻薄之戒以规之，宋深感佩。

［注释］

[1] 傲睨：傲慢斜视。　[2] 窗艺：为应付科举考试写的文章。　[3] 一览丹黄：看看其他人写的评语。丹黄，文章好的地方用红笔圈点，错讹用雌黄涂抹。　[4] 且诵且訾：一边背诵一边批评。　[5] 踢蹬：窘迫。　[6] 朴讷：质朴不善言词。　[7] 南人不复反矣：据《三国志》诸葛亮七擒孟获，孟获向诸葛亮表示"南人不复反"。宋生借此语说"南人"余杭生不再狂妄。　[8] 伧楚：粗俗的家伙。

> 鼻嗅文章是脍炙人口的情节。聊斋先生异想天开，以脏腑接受食物，吸收精华，排出渣滓先后过程，形容文章好坏。心为上，脾次之，横膈再次之，然后次第是：腹、膀胱、肛门。

既而场后[1]，以文示宋，宋颇相许。偶与涉历殿阁，见一瞽僧坐廊下，设药卖医。宋讶曰："此奇人也！最能知文，不可不一请教。"因命归寓取文；遇余杭生，遂与俱来。王呼师而参之[2]。僧疑其问医者，便诘症候。王具白请教之意。僧笑曰："是谁多口？无目何以论文？"王请以耳代目。僧曰："三作两千余言，谁耐久听！不如焚之，我视以鼻可也。"王从之。每焚一作，僧嗅而颔之曰："君初法大家[3]，虽未逼真，亦近似矣。我适受之以脾。"问："可中否？"曰："亦中得。"余杭生未深信，先以古大家文烧试之。

僧再嗅曰："妙哉此文！我心受之矣，非归、胡何解办此[4]！"生大骇，始焚己作。僧曰："适领一艺，未窥全豹[5]，何忽另易一人来也？"生托言："朋友之作，止彼一首；此乃小生之作也。"僧嗅其余灰，咳逆数声，曰："勿再投矣！格格而不能下[6]，强受之以鬲[7]；再焚，则作恶矣。"生惭而退。

[**注释**]

[1]场后：乡试结束。　[2]呼师而参之：口称"老师"参拜。　[3]初法大家：初次学习大师巨匠的作品。　[4]非归、胡何解办此：不是归有光、胡友信这样的大手笔哪儿写得出来。归有光、胡友信是明代嘉靖、隆庆年间精于八股文写作的名家。　[5]全豹：文章的整体。全文。　[6]格格：互相抵触。　[7]鬲：胸腔与腹腔之间的膈膜。

数日榜放，生竟领荐[1]，王下第[2]。宋与王走告僧，僧叹曰："仆虽盲于目，而不盲于鼻，帘中人并鼻盲矣[3]。"俄余杭生至，意气发舒[4]，曰："盲和尚，汝亦啖人水角耶？今竟何如？"僧笑曰："我所论者文耳，不谋与君论命。君试寻诸试官之文，各取一首焚之，我便知孰为尔

作者安排和尚为瞎眼，原来就是为了这句挖苦试官连鼻子都瞎的、极其幽默、深刻的巧话。

宋生和余杭生两次交手有更深刻的命意：反复证明余杭生文章恶劣，低劣文章得考官青睐，说明"帘内人"瞎眼冬烘。

师。"生与王并搜之，止得八九人。生曰："如有舛错[5]，以何为罚？"僧愤曰："剜我盲瞳去！"生焚之。每一首，都言非是；至第六篇，忽向壁大呕，下气如雷。众皆粲然。僧拭目向生曰："此真汝师也！初不知而骤嗅之，刺于鼻，棘于腹，膀胱所不能容，直自下部出矣！"生大怒，去，曰："明日自见，勿悔，勿悔！"越二三日，竟不至，视之，已移去矣。乃知即某门生也。

坏文章只能变臭屁。奇思妙想，奇情奇趣，奇绝妙绝。

[注释]

[1]领荐：应试进士由州县荐举，故中举为"领荐"。　[2]下第：落榜。　[3]帘中人：指乡试、会试阅卷官。科举考试中，贡院到公堂后内外门有人把守，门外挂帘，帘内为阅卷官员，俗称"帘官"，须科甲出身。　[4]意气发舒：意气高昂。　[5]舛错：错乱。

宋慰王曰："凡吾辈读书人，不当尤人[1]，但当克己[2]。不尤人，则德益弘；能克己，则学益进。当前踬落[3]，固是数之不偶[4]；平心而论，文亦未便登峰，其由此砥砺，天下自有不盲之人。"王肃然起敬。又闻次年再行乡试，遂不归，止而受教。宋曰："都中薪桂米珠[5]，勿忧资斧。

舍后有窖镪^[6]，可以发用。"即示之处。王谢曰：
"昔窦、范贫而能廉^[7]，今某幸能自给，敢自污
乎？"王一日醉眠，仆及庖人窃发之。王忽觉，
闻舍后有声；窃出，则金堆地上。情见事露，并
相慴伏^[8]。方诃责间，见有金爵，类多镌款^[9]，
审视，皆大父字讳。盖王祖曾为南部郎^[10]，入
都寓此，暴病而卒，金其所遗也。王乃喜，秤得
金八百余两。明日告宋，且示之爵，欲与瓜分，
固辞乃已。以百金往赠瞽僧，僧已去。积数月，
敦习益苦^[11]。

[注释]
[1]尤人：怪罪他人。　[2]克己：严格要求自己。　[3]踧（cù）落：失意，不得志。　[4]数之不偶：命运不好。　[5]薪桂米珠：生活费用高，柴价如桂，米价如珠。　[6]窖镪：埋藏地窖的银子。　[7]窦、范贫而能廉：窦、范均是贫穷却清廉的古人。窦禹钧未得志时拾金不昧；范仲淹少年时贫困。两人事迹见于宋李元纲《厚德录》。　[8]慴（shè）：同"慑"。　[9]镌款：镌刻的落款。　[10]南部郎：明代南京的部属官员。　[11]敦习：勤勉学习。

及试，宋曰："此战不捷，始真是命矣！"
俄以犯规被黜。王尚无言；宋大哭，不能自止。

王反慰解之。宋曰："仆为造物所忌，困顿至于终身，今又累及良友。其命也夫？其命也夫！"王曰："万事固有数在。如先生乃无志进取，非命也。"宋拭泪曰："久欲有言，恐相惊怪：某非生人，乃飘泊之游魂也。少负才名，不得志于场屋，徉狂至都[1]，冀得知我者，传诸著作。甲申之年[2]，竟罹于难[3]。岁岁飘蓬，幸相知爱。故极力为'他山'之攻[4]，生平未酬之愿，实欲借良朋一快之耳。今文字之厄若此，谁复能漠然哉！"王亦感泣，问："何淹滞[5]？"曰："去年上帝有命，委宣圣及阎罗王核查劫鬼[6]，上者备诸曹任用，余者即俾转轮[7]。贱名已录，所未投到者，欲一见飞黄之快耳[8]，今请别矣。"王问："所考何职？"曰："梓橦府中缺一司文郎[9]，暂令聋僮署篆[10]，文运所以颠倒。万一倖得此秩[11]，当使圣教昌明。"

由聋子掌握文运，有昏愦不明之意。奇思妙想、令人啼笑皆非的构思。

［注释］

[1]徉狂：心神不宁、放浪不羁的形态。　[2]甲申：崇祯十七年（1644），三月十九日，李自成攻陷北京。　[3]罹于难：遇难。　[4]他山之攻：即"他山之石可以攻玉"，借朋友取得功

名安慰自己。 [5]淹滞：拖延，此指没有及时转世投胎。 [6]宣圣：孔子。汉平帝元始元年（1）谥孔子为褒成宣公。后世尊孔子为"至圣文宣王"。劫鬼：遭难而死的冤鬼。 [7]转轮：轮回转生。 [8]飞黄：飞黄腾达。 [9]梓橦（tóng）府：道教认为主宰功名的地方，梓橦帝君为主宰功名之神。司文郎：唐代设司文局，司文郎为司文局佐郎，主管功名。在后世传说中，司文郎是主管文运的神。梓橦，又作"梓潼"。 [10]聋僮署篆：传说梓橦帝君有两个随从，天聋和地哑。让天聋替梓橦君主持文运，有才能的人就不能录取。 [11]此秩：这官位。

明日，忻忻而至[1]，曰："愿遂矣！宣圣命作《性道论》，视之色喜，谓可司文。阎罗稽簿[2]，欲以'口孽'见弃[3]，宣圣争之，乃得就。某伏谢已，又呼近案下，嘱云：'今以怜才，拔充清要；宜洗心供职，勿蹈前愆[4]。'此可知冥中重德行，更甚于文学也。君必修行未至，但积善勿懈可耳。"王曰："果尔，余杭其德行何在？"曰："此即不知。要冥司赏罚，皆无少爽。即前日瞽僧亦一鬼也，是前朝名家。生前抛弃字纸过多，罚作瞽。彼自欲医人疾苦，以赎前愆，故托游廛肆耳。"王命置酒，宋曰："无须。终岁之扰，尽此一刻，再为我设水角足矣。"王悲怆不食，坐令

对科举制度，蒲松龄没有彻底觉醒，更没有与之决裂。他意识到科举制度的弊病，又千方百计迎合它、适应它。因为这是那个时代的读书人通向富贵的独木桥。

自啖。顷刻，已过三盛[5]，捧腹曰："此餐可饱三日，吾以志君德耳。向所食，都在舍后，已生菌矣。藏作药饵，可益儿慧。"王问后会。曰："既有官责，当引嫌也。"又问："梓橦祠中，一相酹祝[6]，可能达否？"曰："此都无益。九天甚远，但洁身力行，自有地司牒报[7]，则某必与知之。"言已，作别而没。王视舍后，果生紫菌，采而藏之。旁有新土坟起，则水角宛然在焉。

[**注释**]

[1]忻忻：欣喜得意状态。　[2]稽簿：查阅簿籍。　[3]口孽：口业，恶口恶舌。　[4]前愆：以前的过失。　[5]三盛：三盘。　[6]酹祝：祭奠祝祷。　[7]地司牒报：阴曹地府行文通报。

淡淡一笔，其实意味很深，余杭生不再狂妄，并非因为他头发白了，老了懂事了，而是因为王平子是进士。狂生在功名面前低下了头。

王归，弥自刻厉[1]。一夜，梦宋舆盖而至[2]，曰："君向以小忿误杀一婢，削去禄籍；今笃行[3]，已折除矣[4]。然命薄不足任仕进也。"是年，捷于乡；明年，春闱又胜。遂不复仕。生二子，其一绝钝，啖以菌，遂大慧。后以故诣金陵，遇余杭生于旅次，极道契阔[5]，深自降抑[6]，然鬓毛斑矣。

异史氏曰："余杭生公然自诩，意其为文，未必尽无可观；而骄诈之意态颜色，遂使人顷刻不可复忍。天人之厌弃已久，故鬼神皆玩弄之。脱能增修厥德，则帘内之'刺鼻棘心'者[7]，遇之正易，何所遭之仅也。"

[注释]

[1]刻厉：刻苦自励。 [2]舆盖：官员的车舆与车盖。 [3]笃行：切实执行。[4]折除：减损、免除。 [5]契阔：久别重逢的情怀。 [6]深自降抑：非常谦卑、收敛。 [7]帘内之"刺鼻棘心"者：那些只会写臭屁样酸腐文章的考官。

[点评]

读书人为功名而魂游，是蒲松龄的重要创造。这一刻画知识分子灵魂的独特模式，在几十年创作中反复使用，出现《叶生》《于去恶》等一大批名作，而就意蕴深刻及艺术成熟性而言，《司文郎》无愧聊斋先生描绘科举制度小说的顶峰。司文郎约定俗成是掌管文教之神。人世间的司文郎是否公平，决定世间读书人的利禄。梓橦府司文郎是否睿智，冥冥中决定人间书生的功名。以"司文郎"为小说篇名和主角，顾名思义，是描写文运主管者。作者以鬼魂应试、"鼻嗅文章"、聋僧署篆等天才艺术构思，巧妙描写黑白颠倒、美丑倒置的现实社会。小说中书生魂游与试官瞎眼相辅相成，构成别出心裁、妙趣横生的鬼僧"向壁大呕"等小说的经典场面。小说以生动翔实的笔墨描写了三个书生的日常交往，在宋生身上寄寓了作者对读书人命运的深沉思考。通过宋生（司文郎前身）和余杭生炫才斗法，唇枪舌剑，表露出贤佞不同的个性和高低相异的才能。成功创造特殊风采人物是小说重要成就。

张鸿渐

张渐鸿，永平人[1]，年十八，为郡名士[2]。时卢龙令赵某贪暴[3]，人民共苦之。有范生被杖毙，同学忿其冤，将鸣部院，求张为刀笔之词[4]，约其共事。张许之。妻方氏，美而贤，闻其谋，谏曰："大凡秀才作事，可以共胜，而不可以共败：胜则人人俱贪天功，一败则纷然瓦解，不能成聚。今势力世界，曲直难以理定；君又孤，脱有翻覆[5]，急难者谁也！"张服其言，悔之，乃婉谢诸生，但为创词而去[6]。质审一过，无所可否。赵以巨金纳大僚，诸生坐结党被收[7]，又追捉刀人[8]。

方氏对秀才群体有清醒认识和针针见血分析，对黑暗势力有清醒认识和合理推测，对丈夫有深切担忧。美丽的巾帼谋士。张鸿渐命中第一个福星。

[注释]

[1] 永平：即永平府，今属河北省秦皇岛。 [2] 郡名士：永平府著名读书人。 [3] 卢龙：县名，属永平府。 [4] 刀笔之词：撰写讼状。刀笔，笔利如刀。 [5] 脱有翻覆：假如有变化。 [6] 创词：起草诉状。 [7] 坐结党被收：以结成党羽的罪名被拘捕入狱。 [8] 捉刀人：捉刀代笔写状纸的人。

张惧，亡去。至凤翔界[1]，资斧断绝。日既暮，踟蹰旷野，无所归宿。欻睹小村，趋之。老妪方出阖扉，见之，问所欲为，张以实告。妪曰："饮食床榻，此都细事；但家无男子，不便留客。"张曰："仆亦不敢过望，但容寄宿门内，得避虎狼足矣。"妪乃令入，闭门，授以草荐，嘱曰："我怜客无归，私容止宿，未明宜早去，恐吾家小娘子闻知，将便怪罪。"妪去，张倚壁假寐[2]。忽有笼灯晃耀[3]，见妪导一女郎出。张急避暗处，微窥之，二十许丽人也。及门，睹草荐，诘妪。妪实告之。女怒曰："一门细弱[4]，何得容纳匪人[5]！"即问："其人焉往？"张惧，出伏阶下。女审诘邦族，色稍霁，曰："幸是风雅士，不妨相留。然老奴竟不关白[6]，此等草草，岂所以待君子！"命妪引客入舍。俄顷，罗酒浆，品物精

张鸿渐善良而懦弱，真诚而迂腐，诚笃儒雅是其本色。好人有好报，好人危难遇救星。老妪留宿的善举，使他遇到生命中第二个福星：狐女舜华。穷途遇仙本是浪漫之至的事，舜华是广有法术的狐仙，按说她明察秋毫，预知张鸿渐的身份和遭遇，蒲松龄却描绘似乎陌生男女偶然相逢，从陌生到了解、相知、相爱。温馨生动。

洁；既而设锦裀于榻。张甚德之，因私询其姓氏。姬言："吾家施氏，太翁夫人俱谢世，止遗三女。适所见，长姑舜华也。"

[注释]

[1]凤翔：今陕西省凤翔县。　[2]假寐：和衣打盹。　[3]笼灯晃耀：灯笼闪耀。　[4]细弱：老幼妇女。　[5]匪人：不亲近不熟悉的人。　[6]关白：禀明、报告。

《庄子》出现似闲笔，实际起两方面作用。其一，家有《庄子》必非俗人；其二，突出张鸿渐手不释卷特点。

张鸿渐找的是帽子、鞋子，非外衣，说明他慎独，住陌生女子家，衣服也不脱，见人必须衣冠整齐，礼貌周全。

姬既去，张视几上有《〈南华经〉注》[1]，因取就枕上，伏榻翻阅。忽舜华推扉入。张释卷，搜觅冠履。女即榻上捺坐，曰："无须，无须！"因近榻坐，觍然曰："妾以君风流才士，欲以门户相托[2]，遂犯瓜李之嫌[3]。得不相遐弃否[4]？"张皇然不知所对，但云："不敢相诳，小生家中，固有妻耳。"女笑曰："此亦见君诚笃，顾亦不妨。既不嫌憎，明日当烦媒妁。"言已，欲去。张探身挽之，女亦遂留。未曙即起，以金赠张，曰："君持作临眺之资[5]。向暮，宜晚来，恐为旁人所窥。"张如其言，早出晏归，半年以为常。

［注释］

[1]《南华经》:《庄子》。唐玄宗天宝元年（742）追封庄子"南华真人"，《庄子》因此称《南华经》。　[2] 以门户相托：招男人入赘，主持家务。　[3] 瓜李之嫌：瓜田李下的嫌疑。　[4] 遐弃：远远抛弃。　[5] 临眺：游览。

一日，归颇早，至其处，村舍全无，不胜惊怪。方徘徊，忽闻姬云："来何早也！"一转盼，则院落如故，身固已在室中矣，益异之。舜华自内出，笑曰："君疑妾耶？实对君言：妾，狐仙也，与君固有夙缘。如必见怪，请即别。"张恋其美，亦安之。夜谓女曰："卿既仙人，当千里一息耳[1]。小生离家三年，念妻孥不去心，能携我一归乎？"女似不悦，谓："琴瑟之情，妾自分于君为笃[2]；君守此念彼，是相对绸缪者，皆妄也！"张谢曰："卿何出此言！谚云：'一日夫妻，百日恩义。'后日归而念卿，犹今日之念彼也。设得新忘故，卿何取焉？"女乃笑曰："妾有褊心[3]：于妾，愿君之不忘；于人，愿君之忘之也。然欲暂归，此复何难，君家固咫尺耳。"

舜华表现出爱情的排他性，反映封建时代的女性心理。她说这话时，语气调皮、温和、微露酸意。从话语似可窥见她情语絮絮的娇嗔之态。张鸿渐表露是封建时代的男性心理，是爱的"兼容性"和"得新不忘旧"。说这番话时，推心置腹，曲意安抚，似可窥见张挖空心思央求舜华的焦急情态。

舜华"化装侦察"就是要弄清自己在张鸿渐心中的地位，因而她只关心自己和方氏的对比。其实稍加留意，就发现此"方氏"有许多漏洞：富有社会经验的方氏，半夜有男子叫门，竟然轻率开门；妻子不向丈夫诉度日之难；一向不作小儿女之态的方氏娇憨如此。此"方氏"缺少方氏的成熟和忧患意识。张鸿渐竟看不出来。妙！

对假人说真话。

妙哉狐女，对爱情拿得起、放得下。

[注释]

[1] 千里一息：瞬息可至千里。　[2] 自分：自以为。　[3] 褊（biǎn）心：小心眼儿，心胸狭窄。

遂把袂出门[1]，见道路昏暗，张逡巡不前。女曳之，走无几时，曰："至矣。君归，妾且去。"张停足细认，果见家门。逾埃垣入[2]，见室中灯火犹荧。近以两指弹扉。内问："何谁？"张具道所来。内秉烛启关，真方氏也。两相惊喜，握手入帷。见儿卧床上，慨然曰："我去时儿才及膝，今身长如许矣！"夫妇偎倚，恍如梦寐。张历述所遭。问及讼狱，始知诸生有瘐死者，有远徙者[3]。益服妻之远见。方纵体入怀，曰："君有佳偶，想不复念孤衾中有零涕人矣！"张曰："不念，胡以来也？我与彼虽云情好，终非同类，独其恩义难忘耳。"方曰："君以我何人也？"张审视，竟非方氏，乃舜华也。以手探儿，一竹夫人耳[4]。大惭无语。女曰："君心可知矣！分当自此绝交，犹幸未忘恩义，差足自赎[5]。"

[注释]

[1] 把袂：拉着衣袖。　[2] 埃垣（guǐ yuán）：破败的围

墙。　[3]远徙：流放边疆。　[4]竹夫人：用竹子做的取凉用具，中空，上边有一个个小洞，可抱着睡觉。　[5]差足自赎：勉强可以赎罪。

过二三日，忽曰："妾思痴情怜人，终无意味。君日怨我不相送，今适欲至都，便道可以同去。"乃向床头取竹夫人共跨之，令闭两眸。觉离地不远，风声飕飕。移时，寻落。女曰："从此别矣。"方将订嘱[1]，女去已渺。怅立少时，闻村犬鸣吠，苍茫中见树木屋庐，皆故里景物，循途而归。逾垣叩户，宛如前状。方氏惊起，不信夫归，诘证确实，始挑灯呜咽而出。既相见，涕不可仰[2]。张犹疑舜华之幻弄也，又见床头儿卧，一如昨夕，因笑曰："竹夫人又携入耶？"方氏不解，变色曰："妾望君如岁[3]，枕上啼痕固在也。甫能相见，全无悲怜之情，何以为心矣！"张察其情真，始执臂欷歔，具言其详。问讼案所结，并如舜华言。

两次回乡路途不同，真方氏的表现与舜华表演的假方氏完全不同。

对真人说假话。

劈头盖脸一顿教训。好方氏，真方氏。

情况皆如舜华所言，一句收住，文笔简约。

[注释]

[1]订嘱：约日后再见。　[2]涕不可抑：哭得抬不起头来。　[3]望君如岁：盼丈夫归来像盼丰收年一样。

方相感慨，闻门外有履声。问之，不应。盖里中有恶少甲久窥方艳，是夜自别村归，遥见一人逾垣去，谓必赴淫约者，尾之而入。甲故不甚识张，但伏听之。及方氏亟问，乃曰："室中何人也？"方讳言："无之。"甲言："窃听已久，敬将执奸耳。"方不得已，以实告。甲曰："张鸿渐大案未消，即使归家，亦当缚送官府。"方苦哀之，甲词益狎逼。张忿火中烧，不可制止，把刀直出，剁甲中颅。甲踣，犹号；又连剁之，遂毙。方曰："事已至此，罪益加重。君速逃，妾请任其辜[1]。"张曰："丈夫死则死耳，焉能辱妻累子以求活耶！卿无顾虑，但令此子勿断书香[2]，目即瞑矣。"天渐明，赴县自首。赵以钦案中人[3]，姑薄惩之；寻由郡解都，械禁颇苦[4]。

［注释］

[1]辜：罪。　[2]勿断书香：不要中断了家族的读书传统。　[3]钦案：皇帝关照办理的案件。　[4]械禁：戴刑具押送。

途中遇女子跨马过，以老妪捉鞯[1]，盖舜华也。张呼妪欲语，泪随声堕。女返辔，手启

聊斋点评家戏称"此狐一生善于捣鬼"。此非巧遇，而是舜华未卜先知特意守候和刻意相救。舜华像天才导演，煞有介事，将两个贪财公差玩弄于股掌之上。

障纱[2]，讶曰："表兄也，何至此？"张略述之，女曰："依兄平昔，便当掉头不顾，然予不忍也。寒舍不远，即邀公役同临。亦可少助资斧。"从去二三里，见一山村，楼阁高整。女下马入。令姬启舍延客，既而酒炙丰美，似所夙备。又使姬出曰："家中适无男子，张官人即向公役多劝数觞，前途倚赖多矣。遣人措办数十金，为官人作费，兼酬两客，尚未至也。"二役窃喜，纵饮，不复言行。日渐暮，二役径醉矣。女出，以手指械，械立脱；曳张共跨一马，驶如飞。少时，促下，曰："君止此。妾与妹有青海之约[3]，又为君逗留一晌[4]，久劳盼注矣。"张问："后会何时？"女不答，再问之，推堕马下而去。

眼珠一转，鬼主意就来。对公役以金钱为钓饵说鬼话，对张鸿渐半开玩笑娇嗔说真话。心细如发，巧舌如簧。

舜华如神龙见首不见尾，矫若游龙，飘若飞鸿。留下美丽的悬念。

[注释]

[1]鞚（kòng）：带嚼子的马笼头。　[2]障纱：面纱。　[3]青海：传说中海上仙山。　[4]一晌：一段时间。

既晓，问其地，太原也。遂至郡，赁屋授徒焉，托名宫子迁。居十年，访知捕亡寝怠[1]，乃复逡巡东向。既近里门，不敢遽入，俟夜深而后

第一次回家爬过破败的围墙；第二次回家围墙坚固。方氏理家大有成就。

随机应变，假作训"奴"，实际表演给其他奴仆和邻居听。

张鸿渐是蒲松龄情有独钟的人物。他先在《聊斋志异》出现，成为俚曲《富贵神仙》的主角。《富贵神仙》后变《磨难曲》，长达三十五回，十万字。在俚曲中，蒲松龄对社会矛盾的观察、描写更深刻，功名思想也表露更真切。

入。及门，则墙垣高固，不复可越，只得以鞭挝门。久之，妻始出问，张低语之。喜极，纳入，作呵叱声，曰："都中少用度，即当早归，何得遣汝半夜来？"入室，各道情事，始知二役逃亡未返。言次，帘外一少妇频来。张问伊谁，曰："儿妇耳。""儿安在？"曰："赴郡大比未归。"张涕下曰："流离数年，儿已成立。不谓能继书香，卿心血殆尽矣！"话未已，子妇已温酒炊饭，罗列满几。张喜慰过望。居数日，隐匿房榻惟恐人知。一夜方卧，忽闻人语腾沸，捶门甚厉。大惧，并起。闻人言曰："有后门否？"益惧，急以门扉代梯，送张度垣而出，然后诣门问故，乃报新贵者也[2]。方大喜，深悔张遁，不可追挽。

[注释]

[1] 寝怠：懈怠。　[2] 报新贵者：给新考中举人报喜。

是夜，张越莽穿榛，急不择途；及明，困殆已极。初念本欲向西，问之途人，则去京都通衢不远矣[1]。遂入乡村，意将质衣而食[2]。见一高门，有报条黏壁间[3]，近视，知为许姓，新孝廉也。顷之，一翁自内出，张迎揖而告以情。翁见仪貌都雅，知非赚食者[4]，延入相款，因诘所往。张托言："设帐都门，归途遇寇。"翁留诲其少子。张略问官阀，乃京堂林下者[5]，孝廉，其犹子也。

[注释]

[1]通衢：四通八达的大道。　[2]质衣而食：用衣服换饭吃。　[3]报条：科举考中者的喜帖。　[4]赚食：骗吃。　[5]京堂林下者：退休在家的京城高官。

月余，孝廉偕一同榜归[1]，云是永平张姓，十八九少年也。张以乡、谱俱同，暗中疑是其子；然邑中此姓良多，姑默之。至晚解装，出齿录[2]，急借披读[3]，真子也。不觉泪下。共惊问之，乃指名曰："张鸿渐，即我是也。"备言其由。张孝廉抱父大哭，许叔侄慰劝，始收悲以喜。许即以金帛函字[4]，致各宪台[5]，父子乃同归。

方自闻报，日以张在亡为悲；忽白孝廉归，感伤益痛。少时，父子并入，骇如天降。询知其故，始共悲喜。甲父见其子贵，祸心不敢复萌。张益厚遇之，又历述当年情状，甲父感愧，遂相

偶然逃亡的地方也必然最终会与张家发生联系，小说家思维缜密。

既写儿子功名，又完成身世联系，一箭双雕。

吴组缃先生北京大学讲《聊斋志异》以《张鸿渐》为选读示例。认为，《张鸿渐》不是《聊斋志异》最好的，却最有代表性。聊斋主要题材、重要社会政治问题都涉及到。是拿政治斗争为背景写夫妇关系和男女爱情。（《吴组缃小说课》118页）

交好。

[注释]

[1]同榜：科举考试同榜取中的叫同榜或同科、同谱。　[2]齿录：又称"同年录"。科举时代，凡同登一榜者的姓名、年龄、籍贯和三代，编成一书汇刻，称"齿录"。　[3]披读：阅读。　[4]金帛函字：礼品和书信。　[5]宪台：负责审张鸿渐案的御史。

[点评]

张鸿渐是聊斋人物画廊中很有神采的人物。他正直善良，又书生气十足，始终逡巡于真实与幻想之间，逡巡于人妻、狐妻之间，是真非真、是幻非幻，真假难辨，虚虚实实，离离奇奇，构成曲尽人情、人性、人世的妙文。小说成功创造了张鸿渐这个有棱有角、眉目如画的读书人形象。张鸿渐是男子汉，却得益于两个女人，美而贤的妻子方氏，美而慧的狐妻舜华。两个女性写得细致入微，面面生风。方氏精明睿智，历练成熟，千方百计维护书生气十足的丈夫，独撑家庭重负，胆识过人、思谋过人，令须眉汗颜。舜华聪慧过人、多情多义、深谙世人的心理。张鸿渐两次逃亡脱难，全靠舜华。舜华在张鸿渐落难时，给他温暖的家；在张思念妻子时，大度地带他回家；在张落入恶官之手面临死亡时，及时雨般救出他。舜华一次次帮助张度过困境，却对张没任何要求。舜华身上表现出狐狸精的超强能力和独立意识。吴组缃教授曾题诗："巾帼英雄志亦奇，扶危济困自坚持。舜华红玉房文淑，肝胆照人哪有私。"

王子安

　　王子安，东昌名士^[1]，困于场屋。入闱后，期望甚切。近放榜时，痛饮大醉，归卧内室。忽有人白："报马来^[2]。"王踉跄起曰："赏钱十千！"家人因其醉，诳而安之曰："但请自睡，已赏之矣。"王乃眠。俄又有入者曰："汝中进士矣！"王自言："尚未赴都^[3]，何得及第？"其人曰："汝忘之耶？三场毕矣^[4]。"王大喜，起而呼曰："赏钱十千！"家人又诳之曰："请自睡，已赏之矣。"又移时，一人急入曰："汝殿试翰林^[5]，长班在此^[6]。"果见二人拜床下，衣冠修洁。王呼赐酒食，家人又绐之，暗笑其醉而已。久之，王自念不可不出耀乡里，大呼："长班！"凡数十呼，无应者。家人笑曰："暂卧候，寻他去矣。"又久之，长班果复来。王捶床顿足，大骂："钝奴焉往？"长班怒曰："措大无赖！向与尔戏耳，而真骂耶？"王怒，骤起扑之，落其帽。王亦倾跌。妻入，扶之曰："何醉至此！"王曰："长班可恶，我故惩之，何醉也？"妻笑曰："家

此时尚比较清醒，知道并未参加会试。

描写分寸恰当，报人赏十千，长班赏酒食，王子安不当官则已，当官必定中规中矩。

有此心理必受嘲笑。

官架子端起来，马上被挑破"穷措大"这层窗户纸。

中止有一媪，昼为汝炊，夜为汝温足耳。何处长班，伺汝穷骨？"子女粲然皆笑。王醉亦稍解，忽如梦醒，始知前此之妄。然犹记长班落帽，寻至门后，得一缨帽如盏大 [7]，共异之。自笑曰："昔人为鬼揶揄 [8]，吾今为狐奚落矣。"

[注释]

[1]东昌：今山东省聊城市。 [2]报马：科举考试中为考中者报喜为"报子"，因其总是骑快马，故称"报马"。 [3]赴都：到京城。 [4]三场毕矣：礼部会试的三场都考完了。 [5]殿试翰林：殿试考中，授翰林。殿试由皇帝主持，前三名授翰林院官职。 [6]长班：长随，供官员使唤的公役。 [7]缨帽：红缨帽。清代官员的帽子上披红缨。 [8]昔人为鬼揶揄：晋代罗友仕途不得志，受到鬼的揶揄。事见《世说新语》。

聊斋诗《历下吟》对考生参加考试有详尽描绘，可参考。

蒲松龄多次参加乡试，数十年为"举人"奋斗，对此有充分理解。

异史氏曰："秀才入闱，有七似焉：初入时，白足提篮 [1]，似丐。唱名时 [2]，官呵隶骂，似囚。其归号舍也 [3]，孔孔伸头，房房露脚，似秋末之冷蜂。其出闱场也，神情惝恍，天地异色，似出笼之病鸟。迨望报也 [4]，草木皆惊，梦想亦幻。时作一得志想，则顷刻而楼阁俱成；作一失意想，则瞬息而骸骨已朽。此际行坐难安，则似被絷之猱[5]。忽然而飞骑传人，报条无我，此时神情猝变，嗒然若死，则似饵毒之蝇，弄之亦不觉也。初失志，心灰意败，大骂司衡无目[6]，笔墨无灵，势必举案头物而尽炬之；炬之不已，而碎踏之；踏之不已，而投之浊流。从此披发入山，面向石壁，再有以'且夫''尝谓'之文进我者[7]，定当操戈逐之。无何，日渐远，气渐平，技又渐痒；遂似破卵之鸠，只得衔木营巢，从新另抱矣。如此情况，当局者痛哭欲死，而自旁观者视之，其可笑孰甚焉。王子安方寸之中，顷刻万绪，想鬼狐窃笑已久，故乘其醉而玩弄之。床头人醒，宁不哑然自笑哉？顾得志之况味，不过须臾；词林诸公[8]，不过经两三须臾耳。子安一朝而尽尝之，则狐之恩与荐师等[9]。"

蒲松龄对科举功名有比较清醒和通达的认识，此文当是晚年之作。

［注释］

[1] 白足提篮：科举考试为防挟带，规定考生入场时只准带笔墨、食具，用竹篮装好，入场时不能穿袜子，要一手执笔砚，一手拿布袜，光脚站立，等候检查。　[2] 唱名：点名。乡试入场时，官员点名，再由差役持点名牌将考生导入。　[3] 号舍：乡试贡院两侧为考生考试的地方，按号入舍，故名"号舍"。号舍为考生白天考试、夜晚住宿的地方。无门，上下各两块板，上边

的板白天做桌子用，晚上取下来与座位的板合一起做床铺用。号舍很小，考生的头和脚都露在外边，所以像蜂房里露头露尾的蜜蜂。　[4]望报：盼望报喜的人。　[5]猱（náo）：猴子。　[6]司衡：主持阅卷的考官。　[7]"且夫""尝谓"：八股文开头用语。　[8]词林诸公：翰林院的衮衮诸公。　[9]荐师：科举阅卷时，乡试、会试在主考官之下，设同考官若干，分房阅卷，同考官在他认可的卷子上批一"荐"字，荐给主考官，由主考官核批录取。被录取者称荐举其试卷的官员为"房师""荐师"。

[点评]

《王子安》是聊斋先生描写科举制度的名作之一。《聊斋志异》主要从三个方面写科举制度：考生痴迷、考官瞎眼、考试文字拆烂污。《王子安》是写考生心理的代表作。文字虽短，意义却深。正文以夸张的想象，描绘王子安梦中中举、中进士，成翰林，一步一步写来。王子安垂涎富贵惹来狐仙，对他小施调侃，点化"报马来"，王始而怀疑，继而大喜，接着出耀乡里。梦寐以求，梦中升官、梦中作威作福，受狐仙嘲弄，对利欲熏心者的描写极有章法、极讲层次。"异史氏曰"用亲历者语气，对秀才参加乡试的情况做实录，用七个巧妙而形象的比喻，形容秀才参加举人考试、等待发榜、发榜后的表现，把读书人迷恋科举的情态、心态表现得穷形尽相、入骨三分。《王子安》虽短，却既是构思巧妙、寓意深刻的小说，又是真切描绘人情世态的小品。

义 犬

　　周村有贾某贸易芜湖[1]，获重资。赁舟将归，见堤上有屠人缚犬，倍价赎之，养豢舟上[2]。舟人固积寇也[3]，窥客装丰，荡舟入莽[4]，操刀欲杀。贾哀赐以全尸，盗乃以毡裹置江中。犬见之，哀鸣投水，口衔裹具，与共沉浮。流荡不知几远，达浅滩乃止。犬泅出[5]，至有人处，猗猗哀吠[6]。或以为异，从之而往，见毡束水中，引出，断其绳。客固未死，始言其情。复哀舟人载还芜湖，将以伺盗船之归。登舟失犬，心甚悼焉。

　　抵关三四日[7]，估楫如林[8]，而盗船不见。适有同乡贾，将携俱归，忽犬自来，望客大嗥。唤之，却走[9]。客下舟趁之。犬奔上一舟，啮人胫股[10]，挞之不解。客近呵之，则所啮即前盗也。衣服与舟皆易，故不得而认之矣。缚而搜之，则橐金犹在[11]。

　　呜呼！一犬也，而报恩如是。世无心肝者[13]，其亦愧此犬也夫！

本文在描写上，始终把握动物的特点，毫无怪异成分。文理自然，感人至深。

蒲松龄创造可爱的动物形象，目的是强调人必须有内在美，不要做连狗都不如的无心肝者。

[注释]

[1]周村：镇名，清代属长山县，今为淄博市周村区。芜湖：县名，清代属太平府，今为安徽省芜湖市。 [2]养豢：豢养。 [3]积寇：惯盗。 [4]荡舟入莽：把船撑到芦苇丛生处。 [5]泅：游泳。 [6]狺（yín）狺：犬吠声。 [7]关：指芜湖关。向来往船只征收货物商税的关口。 [8]估楫如林：商人载货的船一排一排，非常多。 [9]却走：掉头往回跑。 [10]胫股：腿。胫，小腿。股，大腿。 [11]曩金：先前被抢的金钱。 [12]无心肝：即俗话"没良心"。

[点评]

《聊斋志异》有两篇《义犬》，此篇位于八卷本卷六。芜湖犬感于主人的救命之恩，在主人遭难时将主人救出，更可贵的是，它像现代警犬，侦察出加害主人的恶人，报仇雪恨。

席方平

"贿嘱"是全文关键，即最后二郎神判词"金光盖地""铜臭熏天"。上上下下官场全部信奉金钱拜物教。金钱所向无敌。

　　席方平，东安人[1]。其父名廉，性戆拙[2]。因与里中富室羊姓有郄，羊先死，数年，廉病垂危，谓人曰："羊某今贿嘱冥使搒我矣[3]。"俄而身赤肿，号呼遂死。席惨怛不食，曰："我父朴讷，今见陵于强鬼；我将赴地下，代伸冤气耳。"自此不复言，时坐时立，状类痴，盖魂已离舍矣^[4]。

[**注释**]

[1]东安：东汉末置东安郡，今山东省沂水县。　[2]戆（zhuàng）拙：脾气倔强，认死理。　[3]搒：拷打。　[4]魂已离舍：灵魂已离开身体。

　　席觉初出门，莫知所往，但见路有行人，便问城邑。少选，入城，其父已收狱中。至狱门，遥见父卧檐下，似甚狼狈。举目见子，潸然涕流，便谓："狱吏悉受赇嘱^[1]，日夜搒掠，胫股摧残甚矣！"席怒，大骂狱吏："父如有罪，自有王章^[2]，岂汝等死魅所能操耶！"遂出，抽笔为词^[3]，值城隍早衙，喊冤以投。羊惧，内外贿通，始出质理^[4]。城隍以所告无据，颇不直席^[5]。席忿气无所复伸，冥行百余里，至郡，以官役私状，告之郡司^[6]。迟之半月，始得质理。郡司扑席，仍批城隍覆案^[7]。席至邑，备受械梏^[8]，惨冤不能自舒^[9]。城隍恐其再讼，遣役押送归家。役至门辞去。席不肯入，遁赴冥府，诉郡邑之酷贪。冥王立拘质对。二官密遣腹心与席关说，许

迟审半月，暗藏贿嘱。

奇闻！先打原告，再交被告处理原告。

以千金。席不听。

[注释]

[1]赇嘱：行贿并嘱咐如何如何。　[2]王章：王法。　[3]抽笔为词：提笔撰写状纸。　[4]质理：对质理论。　[5]不直席：认为席方平投诉无理。　[6]郡司：府一级长官。　[7]覆案：重审。　[8]械梏：戴上手铐脚镣。　[9]不能自舒：冤屈无处申诉。

过数日，逆旅主人告曰："君负气已甚，官府求和而执不从，今闻于王前各有函进[1]，恐事殆矣。"席以道路之口，犹未深信。俄有皂衣人唤入[2]。升堂，见冥王有怒色，不容置词，命笞二十。席厉声问："小人何罪？"冥王漠若不闻。席受笞，喊曰："受笞允当[3]，谁教我无钱耶！"冥王益怒，命置火床。两鬼捽席下。见东墀有铁床，炽火其下，床面通赤。鬼脱席衣，掮置其上，反复揉捺之[4]。痛极，骨肉焦黑，苦不得死。约一时许，鬼曰："可矣。"遂扶起，促使下床着衣，犹幸跛而能行。复至堂上，冥王问："敢再讼乎？"席曰："大冤未伸，寸心不死，若言不讼，是欺王也。必讼！"又问："讼何词？"曰："身所受者，皆言之耳。"冥王又怒，命以锯解其体。

不打被告打原告。

愤极之语，含蓄无尽。

铁骨铮铮！泰山压顶不弯腰。

直来直去，像赤膊上阵只知与敌火拼的许褚。

[注释]

[1] 函进：求情的信和行贿的银子。函，装钱的盒子。　[2] 皂衣：黑衣。　[3] 受笞允当：活该挨打。这是反语。　[4] 揉捺：揉搓挤压。

二鬼拉去，见立木，高八九尺许，有木板二，仰置其下，上下凝血模糊。方将就缚，忽堂上大呼"席某"，二鬼即复押回。冥王又问："尚敢讼否？"答云："必讼！"冥王命捉去速解。既下，鬼乃以二板夹席[1]，缚木上。锯方下，觉顶脑渐辟[2]，痛不可禁，顾亦忍而不号。闻鬼曰："壮哉此汉！"锯隆隆然寻至胸下。又闻一鬼云："此人大孝无辜，锯令稍偏，勿损其心。"遂觉锯锋曲折而下，其痛倍苦。俄顷，半身辟矣。板解，两身俱仆。鬼上堂大声以报。堂上传呼，令合身来见。二鬼即推令复合，曳使行。席觉锯缝一道，痛欲复裂，半步而踣。一鬼于腰间出丝带一条授之，曰："赠此以报汝孝。"受而束之，一身顿健，殊无少苦，遂升堂而伏。冥王复问如前，席恐再罹酷毒，便答："不讼矣。"冥王立命送还阳界。隶率出北门，指示归途，反身遂去。

人死了，灵魂犹存，还组成个完整社会。灵魂居然还被锯成两半儿！多奇异的构思，多生动感人的细节。席方平被锯解是小说最激动人心处，人物形象大放光芒。

谚曰"阎王好见，小鬼难缠"，席方平居然感动小鬼。小鬼赠丝带，充满人间温情。

[注释]

[1]二板夹席：用两块木板把席方平夹起来。 [2]顶脑渐辟：脑袋渐渐裂成两半。

席方平更清醒、聪明、机智了，直接向阎王们要公道，等于与虎谋皮。他下定决心找二郎神，把大小贪官一锅端。

阎王软硬兼施。

席念阴曹之暗昧尤甚于阳间，奈无路可达帝听。世传灌口二郎为帝勋戚[1]。其神聪明正直，诉之当有灵异。窃喜两隶已去，遂转身南向。奔驰间，有二人追至，曰："王疑汝不归，今果然矣。"捽回，复见冥王。窃意冥王益怒，祸必更惨；而王殊无厉容，谓席曰："汝志诚孝。但汝父冤，我已为若雪之矣。今已往生富贵家，何用汝鸣呼为？今送汝归，予以千金之产、期颐之寿，于愿足乎？"乃注籍中，篏以巨印[2]，使亲视之。席谢而下。鬼与俱出，至途，驱而骂曰："奸滑贼！频频翻覆，使人奔波欲死。再犯，当捉入大磨中，细细研之！"席张目叱曰："鬼子胡为者！我性耐刀锯，不耐挞楚。请反见王，王如令我自归，亦复何劳相送。"乃返奔。二鬼惧，温语劝回。席故蹇缓[3]，行数步，辄憩路侧。鬼含怒不敢复言。约半日，至一村，一门半辟，鬼引与共坐，席便据门阈[4]。二鬼乘其不备，推入门中。惊定自视，身已生为婴儿。愤啼不乳，三日遂殇。

[注释]

[1]灌口二郎：二郎神杨戬，玉帝外甥。灌口，今四川省灌县。　[2]簇（qiàn）：盖。　[3]蹇缓：脚步缓慢。　[4]门阈（yù）：门槛、门限。

　　魂摇摇不忘灌口，约奔数十里，忽见羽葆来，幡戟横路[1]。越道避之，因犯卤簿，为前马所执，絷送车前。仰见车中一少年，丰仪瑰玮[2]，问席："何人？"席冤愤正无所出，且意是必巨官，或当能作威福，因缅诉毒痛[3]。车中人命释其缚，使随车行。俄至一处，官府十余员，迎谒道左。车中人各有问讯。已而指席谓一官曰："此下方人，正欲往诉，宜即为之剖决。"席询之从者，始知车中即上帝殿下九王，所嘱即二郎也。席视二郎，修躯多髯[4]，不类世间所传。九王既去，席从二郎至一官廨，则其父与羊姓并衙隶俱在。少顷，槛车中有囚人出，则冥王及郡司、城隍也。当堂对勘[5]，席所言皆不妄。三官战慄，状若伏鼠。二郎援笔立判，顷之，传下判语，令案中人共视之。

［注释］

[1] 幡戟：旌旗和棨戟。　[2] 丰仪瑰玮：仪态雍容奇伟，秀美而有气派。　[3] 缅诉毒痛：备述遭受的迫害和痛苦。　[4] 修躯多髯：身材高大，胡须浓密。　[5] 对勘：对证、查实。

二郎神判词展现作者的美好愿望。聊斋先生跨越小说艺术界限变成政治演讲，借二郎神发出血泪呼喊。痛骂黑暗社会，骂得大气磅礴、正气凛然、痛快淋漓。

判云："勘得冥王者：职膺王爵，身受帝恩。自应贞洁以率臣僚，不当贪墨以速官谤[1]。而乃繁缨棨戟[2]，徒夸品秩之尊；羊很狼贪[3]，竟玷人臣之节。斧敲斫[4]，斫入木，妇子之皮骨皆空；鲸吞鱼、鱼食虾，蝼蚁之微生可悯。当掬西江之水[5]，为尔涮肠；即烧东壁之床[6]，请君入瓮。

［注释］

[1] 贪墨以速官谤：因为贪污而招致居官不称职的责难。速，招致。　[2]"繁（pán）缨棨戟"二句：耀武扬威，夸耀官高位尊。繁缨，君王、诸侯用来辂马的装饰。繁，马腹带。缨，马颈革。棨戟，有缯衣或油漆的木戟，官吏所用的仪仗。品秩，官位和俸禄。　[3]"羊很狼贪"二句：凶狠贪婪，玷污了重臣的名节。羊很狼贪，语自《史记·项羽本纪》："因下令军中曰：'猛如虎，很如羊，贪如狼，强不可使者皆斩之。'"很，同"狼"，暴戾、凶狠。　[4]"斧敲斫（zhuó）"二句：层层盘剥，妇孺的脂膏都被吸尽。斫，砍木工具。　[5]"当掬西江之水"二句：应当用长江

之水洗净冥王的污肠。湔（jiān），洗涤。　[6]"即烧东壁之床"二句：即以其人之道还治其人之身，让冥王也受酷刑。请君入瓮，典故见于《新唐书·周兴传》。

城隍、郡司：为小民父母之官，司上帝牛羊之牧[1]。虽则职居下列，而尽瘁者不辞折腰；即或势逼大僚，而有志者亦应强项[2]。乃上下其鹰鸷之手[3]，既罔念夫民贫；且飞扬其狙狯之奸[4]，更不嫌乎鬼瘦。惟受赃而枉法，真人面而兽心！是宜剔髓伐毛[5]，暂罚冥死；所当脱皮换革[6]，仍令胎生。

[注释]
[1]司上帝牛羊之牧：代替上帝管理人民。牛羊，代指受管理的百姓。　[2]强项：刚正不阿、不为权势威武所屈。　[3]上下其鹰鸷之手：凶狠地上下其手、颠倒是非、贪赃枉法。　[4]飞扬其狙狯（jū kuài）之奸：任意施展狡猾的奸谋。狙狯，狡滑、奸诈。　[5]剔髓伐毛：脱胎换骨，改恶从善。　[6]"所当脱皮换革"二句：让其转世为畜生，不得为人。

隶役者：既在鬼曹，便非人类，只宜公门修行，庶还落蓐之身[1]；何得苦海生波，益造弥天之孽？飞扬跋扈，狗脸生六月之霜[2]；隳突叫号[3]，虎威断九衢之路。肆淫威于冥界，咸知狱吏为尊[4]；助酷虐于昏官，共以屠伯是惧[5]。当于法场之内，剁其四肢；更向汤镬之中，捞其筋骨。

[注释]

[1]落蓐之身：投胎做人。落蓐，婴儿落草。　[2]狗脸生六月之霜：狗脸布满杀气。　[3]"隳（huī）突叫号"二句：横行霸道、大喊大叫、狐假虎威骚扰百姓。隳，毁坏。　[4]狱吏为尊：狱吏对囚犯有生杀的权威。　[5]屠伯：刽子手。

手稿本某甲评："写贿赂之焰，毒龙猛虎；写孝义之苦，烈日严霜。"

羊某：富而不仁，狡而多诈。金光盖地[1]，因使阎摩殿上，尽是阴霾；铜臭熏天，遂教枉死城中，全无日月。余腥犹能役鬼[2]，大力直可通神。宜籍羊氏之家[3]，以赏席生之孝。即押赴东岳施行[4]。"又谓席廉："念汝子孝义，汝性良懦，可再赐阳寿三纪[5]。"因使两人送之归里。

[注释]

[1]"金光盖地"六句："金光盖地""铜臭熏天"都是指金钱起作用，使阎王殿乌烟瘴气，整个阴世暗无天日。　[2]"余腥犹能役鬼"二句：金钱的作用，小钱可以使唤小鬼，大钱能够买动冥王。　[3]籍羊氏之家：抄了羊某的家。　[4]东岳：泰山。民

间传说泰山神总管人间生死祸福。　　[5]三纪：三十六年。

席乃抄其判词，途中父子共读之。既至家，席先苏，令家人启棺，视父，僵尸犹冰，俟之终日，渐温而活。及索抄词，则已无矣。自此，家日益丰；三年间，良沃遍野。而羊氏子孙微矣[1]，楼阁田产，尽为席有。里人或有买其田者，夜梦神人叱之曰："此席家物，汝乌得有之！"初未深信，既而种作，则终年升斗无所获，于是复鬻归席。席父九十余岁而卒。

异史氏曰："人人言净土[2]，而不知生死隔世，意念都迷。且不知其所以来，又乌知其所以去。而况死而又死，生而复生者乎？忠孝志定[3]，万劫不移，异哉席生，何其伟也！"

[注释]

[1]微：衰败。　[2]净土：西天佛土清净无污染的极乐世界。　[3]忠孝志定：忠于君国、孝敬父母是做人的立身之本。

[点评]

魑魅魍魉，妖魔乱舞。如果没有跟邪恶势力殊死搏斗的勇士；没有为伸张正义上刀山下火海的志士；没有拍案而起、横眉冷对恶魔的血性男儿，社会就没了理想，人生就没了希望，社会就没了前途。孝子席方平，是黑暗王国最耀眼的一线光明。席方平与一级级冥世官吏抗争，演出四幕"民告官"的壮烈正剧，终于告倒冥世大小官吏。二郎神发出音韵铿锵的判词。席方平冥世告状这一荒诞神奇的故事是对现实的特殊表现，吏治黑暗是封建社会最突出的社会问题，钱能通神是吏治黑暗的关键。蒲松龄天才地创造一个模仿现实的冥世。活动在幻境中的席方平，是中国古代小说人物画廊中最成功的人物之一，几百年来牵动着无数善良人的心。1942年延安文艺座谈会前夕，毛泽东跟文艺界人士谈话时说：《聊斋志异》可以做历史读，《席方平》就可以做清朝历史读，它实际上写的是官官相护，残害人民。毛泽东特别欣赏小鬼同情席方平，故意锯偏，给他保留一颗完整的心。

贾奉雉

贾奉雉的文章是好的，到了考场上就成坏的。为什么？郎生揭开谜底：贾的文章不是写得不够好而是写得不够差，他只要把自己降低到考官要求的水平就成了。石破天惊的绝妙高论。

贾奉雉，平凉人[1]，才名冠一时，而试辄不售。一日，途中遇一秀才，自言郎姓，风格洒然，谈言微中[2]。因邀俱归，出课艺就正[3]。郎读罢，不甚称许，曰："足下文，小试取第一则有余[4]，闱场取榜尾则不足[5]。"贾曰："奈何？"郎曰："天下事，仰而跂之则难[6]，俯而就之甚易。此何须鄙人言哉！"遂指一二人、一二篇以为标准，大率贾所鄙弃而不屑道者。闻之，笑曰："学者立言[7]，贵乎不朽，即味列八珍，当使天下不以为泰耳。如此猎取功名，虽登台阁，犹为贱也。"郎曰："不然。文章虽美，贱则弗传。君欲抱卷以终也则已；不然，帘内诸官，皆以此等物事进身，恐不能因阅君文，另换一副眼睛肺肠也。"贾终嘿然。郎起而笑曰："少年盛气哉！"遂别而去。

贾奉雉不懂，功名像地狱入口，在这个入口，必须丢弃一切宝贵的东西：人格、真才实学等。指望出现有真才实学的考官比登天还难。所以求功名者必须迁就低能考官。妙！

[**注释**]

[1] 平凉：在今甘肃省。　[2] 谈言微中：说话隐约委婉但切中要害。　[3] 课艺：八股文的练习之作。　[4] 小试：秀才参加的岁试和科试。　[5] 闱场：乡试。　[6] "仰而跂（qí）之则难"二句：提高很难，降低很容易。仰，仰首。跂，踮脚。　[7] "学者立言"四句：读书人能够写出可以传世的妙文，即使让他因此享受高官厚禄，天下人也不会认为过分。八珍，古时八种烹饪方法，借指珍馐佳肴。泰，过分，奢侈。

是秋入闱，复落[1]，邑邑不得志，颇思郎言，遂取前所指示者强读之。未至终篇，昏昏欲睡，心惶惑无以自主。又三年，闱场将近，郎忽至，相见甚欢。因出所拟七题，使贾作之。越日，索文而阅，不以为可，又令复作；作已，又訾之。贾戏于落卷中[2]，集其冘冗泛滥、不可告人之句[3]，连缀成文，俟其来而示之。郎喜曰："得之矣！"因使熟记，坚嘱勿忘。贾笑曰："实相告：此言不由中，转瞬即去，便受榎楚[4]，不能复忆之也。"郎坐案头，强令自诵一过；因使袒背，以笔写符而去，曰："只此已足，可以束阁群书矣。"验其符，濯之不下，深入肌理。至场中，七题无一遗者。回思诸作，茫不记忆，惟戏缀之文，历历在心。然把笔终以为羞；欲少窜易[5]，而颠倒苦思，竟不能复更一字。日已西坠，直录而出。

［注释］
[1]落：落榜。　[2]落卷：未被录取的试卷。　[3]冘冗泛滥：格调低下，文字粗劣。　[4]榎（jiǎ）楚：笞打。榎，同"槚"，楸树，其荆条可制成刑具。　[5]窜易：更改。

郎候之已久，问："何暮也？"贾以实告，即求拭符。视之，已漫灭矣。再忆场中文，遂如

贾奉雉是理想主义者，他不可能降低人格迎合他不喜欢的文体，如何让秉性高洁的贾写出烂污文章？只能是鬼使神差。

隔世。大奇之，因问："何不自谋？"笑曰："某惟不作此等想，故能不读此等文也。"遂约明日过诸其寓，贾诺之。郎既去，贾取文稿自阅之，大非本怀，怏怏不自得，不复访郎，嗒丧而归。未几，榜发，竟中经魁[1]。又阅旧稿，一读一汗；读竟，重衣尽湿。自言曰："此文一出，何以见天下士乎！"方惭怍间[2]，郎忽至，曰："求中，既中矣，何其闷也？"曰："仆适自念，以金盆玉碗贮狗矢，真无颜出见同人。行将遁迹山丘，与世长绝矣。"郎曰："此亦大高，但恐不能耳。果能之，仆引见一人，长生可得，并千载之名，亦不足恋。况傥来之富贵乎[3]！"贾悦，留与共宿，曰："容某思之。"天明，谓郎曰："予志决矣！"不告妻子，飘然遂去。

贾的愤懑表现了正直知识分子的清高、守节、纯良，对创造《聊斋志异》最有神采的书生形象是至关重要的一笔。

[注释]

[1]经魁：明清乡试、会试考试八股文，除四书外，五经也是出题内容，应试者只选一经，录取时每科从五经各取第一名，称为经魁。　[2]惭怍（zuò）：羞愧。　[3]傥（tǎng）来之富贵：偶然得来、意外得来的富贵。

　　渐入深山，至一洞府，其中别有天地。有叟

坐堂上，郎使参之，呼以师。叟曰："来何早也？"郎白："此人道念已坚，望加收齿[1]。"叟曰："汝既来，须将此身并置度外，始得。"贾唯唯听命。郎送至一院，安其寝处，又投以饵[2]，始去。房亦精洁，但户无扉，窗无棂，内惟一几一榻。贾解屦登榻，月明穿射矣。觉微饥，取饵啖之，甘而易饱。窃意郎当复来，坐久寂然，杳无声响。但觉清香满室，脏腑空明，脉络皆可指数。忽闻有声甚厉，似猫抓痒，自牖睨之[3]，则虎蹲檐下。乍见，甚惊，因忆师言，即复收神凝坐。虎似知其有人，寻入，近榻，气咻咻，遍嗅足股。少顷，闻庭中噪动，如鸡受缚，虎即趋出。

[注释]
[1]收齿：接纳。　[2]饵：食物。　[3]牖（yǒu）：窗户。

但明伦评："神仙可学而成，无奈脏腑空明以后，又有许多惊怖，许多阻挠，许多牵缠，许多挂碍。情缘道念两相持而不能下。"

又坐少时，一美人入，兰麝扑人，悄然登榻[1]，附耳小言曰："我来矣。"一言之间，口脂散馥，贾瞑然不少动。又低声曰："睡乎？"声音颇类其妻，心微动。又念曰："此皆师相试之幻术也。"瞑如故。美人笑曰："鼠子动矣！"初，夫妻与婢同室，狎亵惟恐婢闻[2]，私约一谜曰："鼠子动，则相欢好。"忽闻是语，不觉大动，开目凝视，真其妻也。问："何能来？"答云："郎生恐君岑寂思归，遣一妪导我来。"言次，因贾出门不相告语，偎傍之际，颇有怨怼。贾慰藉良久，始得嬉笑为欢。既毕，夜已向晨，闻叟谯呵声，渐近庭院。妻急起，无地自匿，遂越短墙而去。俄顷，郎从叟入。叟对贾杖郎，便令逐客。郎亦引贾自短墙出，曰："仆望君奢，不免躁进；不图情缘未断，累受扑责。从此暂去，相见行有日也。"指示归途，拱手遂别。

[注释]

[1]"悄然登榻"，手稿本误"悄"为"俏"。　[2]狎亵：此处指夫妻交欢。

贾俯视故村，故在目中，意妻弱步[1]，必滞途间。疾趋里余，已至家门。但见房垣零落，旧景全非，村中老幼，竟无一相识者，心始骇异。忽念刘、阮返自天台[2]，情景真似。不敢入门，于对户憩坐。良久，有老翁曳杖出。贾揖之，问：

研究者常注意贾奉雉撒手进山，却忽略贾的回归并求取功名。其实，贾的回归才是蒲松龄对书生主体的完满建构，是对知识分子命运的更深入思考，也是对科举这一现实秩序荒谬性的更深刻、更耐人寻味的描写。

"贾某家何所？"翁指其第曰："此即是也。得无欲问奇事耶？仆悉知之。相传此公闻捷即遁，遁时，其子才七八岁。后至十四五岁，母忽大睡不醒。子在时，寒暑为之易衣；迨殁，两孙穷踧^[3]，房舍拆毁，惟以木架苫覆蔽之^[4]。月前，夫人忽醒，屈指百余年矣。远近闻其异，皆来访视，近日稍稀矣。"贾豁然顿悟，曰："翁不知贾奉雉即某是也。"

[注释]

[1]弱步：行走缓慢。　[2]刘、阮返自天台：据南朝宋刘义庆《幽明录》，东汉时刘晨、阮肇在天台山遇仙，半年后归家，已是晋代，子孙已过七代。　[3]穷踧：穷困。　[4]苫覆：用草席覆盖。

公大骇，走报其家。时长孙已死，次孙祥至，五十余矣。以贾年少，疑有诈伪。少间，夫人出，始识之，双涕霪霪^[1]，呼与俱去。苦无屋宇，暂入孙舍。大小男妇，奔入盈侧，皆其曾、玄^[2]，率陋劣少文。长孙妇吴氏，沽酒具藜藿；又使少子杲及妇，与己共室，除舍舍祖翁姑。贾入舍，烟埃儿溺，杂气熏人。居数日，懊惋殊不可耐^[3]。

两孙家分供餐饮，调饪尤乖[4]。里中以贾新归，日日招饮；而夫人恒不得一饱。吴氏故士人女，颇娴闺训，承顺不衰。祥家给奉渐疏，或嘑尔与之[5]。贾怒，携夫人去，设帐东里。每谓夫人曰："吾甚悔此一返，而已无及矣。不得已，复理旧业，若心无愧耻，富贵不难致也。"居年余，吴氏犹时馈饷，而祥父子绝迹矣。是岁，试入邑庠。邑令重其文，厚赠之，由此家稍裕。祥稍稍来近就之。贾唤入，计曩所耗费，出金偿之，斥绝令去。遂买新第，移吴氏共居之。吴二子，长者留守旧业；次呆颇慧，使与门人辈共笔砚。

[注释]

[1]霪（yín）霪：泪流不止。　[2]曾、玄：曾孙、玄孙。　[3]懊惋：懊恼惋惜。　[4]调饪尤乖：饭菜做得很差。　[5]嘑（hū）尔与之：吃饭时很不客气地叫"尔来吃饭！""尔"即"你"，对祖父母称"你"，很不恭敬。

贾自山中归，心思益明澈。无何，连捷登进士第[1]。又数年，以侍御出巡两浙，声名赫奕[2]，歌舞楼台，一时称盛。贾为人鲠峭[3]，不避权贵。

仙界半日，世间百年。贾奉雉亲眼看到贾家败落。微贱是理想的敌人，穷困是意志的磨床。心高气傲的贾奉雉不得不复理"金盆玉碗贮狗矢"的旧业。贾奉雉入山前以写狗矢文章为耻，现在自愿捡起，正是因为封建时代知识分子既定的价值观和家族使命感，读书人以光宗耀祖为使命，必须金榜题名。

明澈什么？柏拉图说："伟大的事物，都是危险的事物。"任何朝代和任何国家，世俗名利和精神守望都不可能兼而有之。贾奉雉学会了"智慧的生存"，确切说是"取巧式生存"。贾奉雉的变化说明科举对知识分子的戕害，令人触目惊心。

朝中大僚，思中伤之。贾屡疏恬退[4]，未蒙俞旨，未几而祸作矣。先是，祥六子皆无赖，贾虽摈斥不齿[5]，然皆窃余势以作威福，横占田宅，乡人共患之。有某乙娶新妇，祥次子篡取为妾[6]。乙故狙诈[7]，乡人敛金助讼，以此闻于都。于是当道者交章攻贾[8]，贾殊无以自剖。被收经年，祥及次子皆瘐死。贾奉旨充辽阳军。

时杲入泮已久，为人颇仁厚，有贤声。夫人生一子，年十六，遂以属杲。夫妻携一仆一媪而去。贾曰："十余年富贵，曾不如一梦之久。今始知荣华之场，皆地狱境界。悔比刘晨、阮肇，多造一重孽案耳。"

[注释]
　[1] 连捷登进士第：在乡试、会试、殿试中连续中试，成为进士。　[2] 赫奕：显耀、盛大。　[3] 鲠（gěng）峭：刚正耿直。　[4] 屡疏恬退：多次给皇帝奏本要求退休。恬退，安然退休。　[5] 摈斥不齿：不承认是贾家子孙。　[6] 篡取：夺取。　[7] 狙诈：狡猾奸诈。　[8] 当道者交章攻贾：掌权者连续上表弹劾贾奉雉。

数日，抵海岸，遥见巨舟来，鼓乐殷作[1]，虞侯皆如天神[2]。既近，舟中一人出，笑请侍御过舟少憩。贾见，惊喜，踊身而过，押隶不敢禁[3]。夫人急欲相从，而相去已远，遂愤投海中。漂泊数步，见一人垂练于水[4]，引救而去。隶命篙师荡舟，且追且号，但闻鼓声如雷，与轰涛相间，瞬间遂杳。仆识其人，盖郎生也。

异史氏曰："世传陈大士在闱中[5]，书艺既成，吟诵数四，叹曰：'亦复谁人识得！'遂弃去更作，以故闱墨不及诸稿。贾生羞而遁去，此盖有仙骨焉。乃再返人世，遂以口腹自贬。贫贱之中人甚矣哉[6]！'"

[注释]

[1]殷作：大作。　[2]虞侯：侍从。　[3]押隶：解差。　[4]练：白绢。　[5]陈大士：陈际泰，临川人，以文名著天下，却一直功名不得志，明代崇祯年间中进士时已六十八岁。　[6]中人：伤害人。

[点评]

求仕还是出世？求仙慕道还是留恋红尘？是封建时代知识分子面临的人生选择，《贾奉雉》创造一个在出世、入世，仙界、凡间徘徊挣扎的形象。绘出在科举取士制度下正直的知识分子无路可走的痛苦，为封建时代知识分子的人生提供了一个完整的案例。贾奉雉才气出众却

仙界是蒲松龄的乌托邦，是逃避现实的桃花源和自欺欺人的法宝，是对根本没法解决的问题的解决办法。法国哲学家卢梭有句名言"生活在别处"，米兰·昆德拉将其用作小说名。其实"生活在别处"对中国小说家来说是个古老话题，当作家遇到困难和问题不能解决时，当他们觉醒了没出路时，他们就"生活在别处"，生活在仙界、生活在鬼界、生活在妖界。

仆人如何认识郎生？此时已隔几代，当年仆人难道还在？此处有漏洞。

总是名落孙山，当他压低了自己，改变了自己，将锦绣文章变成狗屁不通的烂文时，居然高中榜首。贾奉雉果决地弃恶浊尘世求仙，却忘不了夫妇情缘。再度入世的贾奉雉面对贫困而卑贱的后代，明白功名仍然是改变命运的唯一出路，不得不捡起他鄙弃过的狗矢文章，并借此飞黄腾达。因此进一步深切体会到人生沧桑、宦海险恶，终于大彻大悟，与社会彻底决裂。贾奉雉身上隐含着作者对科举制度的深刻批判，负荷着蒲松龄式书生的理想、追求、困惑、失意。贾奉雉是真实的，是歧路亡羊、荷戟彷徨、上下求索式的人物；郎生是幻想的，是当头棒喝、指点迷津的角色。贾、郎二人源于蒲松龄思想矛盾的两个方面。蒲松龄将现实生活的苦闷衍化为贾奉雉，将对生活的了悟升华幻化为郎生。法国作家福楼拜曾说："包法利夫人就是我。"蒲松龄也可以说："贾奉雉和郎生都是我。"与蒲松龄笔下其他著名的书生形象如叶生、王子安、司文郎、于去恶相比，贾奉雉反映知识分子的命运是全方位的，他徜徉于出世和红尘之间，完成了封建时代知识分子从求仕到求仙，再到入仕，再到罢官的全过程。《贾奉雉》提供了比其他篇章更丰富的思想，也展示了作者更深刻的矛盾，应看成是聊斋先生科举题材的巅峰之作。

胭　脂

东昌卜氏[1]，业牛医者[2]，有女小字胭脂，才姿惠丽。父宝爱之，欲占凤于清门[3]，而世族鄙其寒贱[4]，不屑缔盟[5]，以故及笄未字。对户龚姓之妻王氏，佻脱善谑[6]，女闺中谈友也[7]。一日，送至门，见一少年过，白服裙帽[8]，丰采甚都。女意似动，秋波萦转之。少年俯其首，趋而去。去既远，女犹凝眺。王窥其意，戏之曰："以娘子才貌，得配若人，庶可无恨。"女晕红上颊，脉脉不作一语。王问："识得此郎否？"答云："不识。"王曰："此南巷鄂秀才秋隼，故孝廉之子。妾向与同里，故识之。世间男子，无其温婉。今衣素，以妻服未阕也[9]。娘子如有意，当寄语使委冰焉。"女无言，王笑而去。

蒲松龄喜欢用"都"（美好）写青年读书郎。《娇娜》用"丰采甚都"形容书生。

王氏"戏之"，胭脂却认真。

"王笑而去"笔有化工，轻佻者笑痴情人。

［注释］

[1]东昌：明清府名，今山东省聊城市。　[2]业牛医：为牛看病的兽医。　[3]占凤于清门：到读书人家挑女婿。占凤，挑女婿。清门，既不操贱业又不做官的人家。　[4]世族：世家大族。　[5]缔盟：缔结婚约。　[6]佻脱善谑：轻薄活跃喜欢开玩笑。　[7]谈友：聊天的朋友。　[8]白服裙帽：夫为妻服丧的装束。　[9]妻服未阕：为亡妻服丧尚未期满。

数日无耗，心疑王氏未暇即往，又疑宦裔

不肯俯拾[1]。邑邑徘徊，萦念颇苦，渐废饮食，寝疾惙顿[2]。王氏适来省视，研诘病因。答言："自亦不知，但尔日别后，即觉忽忽不快，延命假息[3]，朝暮人也[4]。"王小语曰："我家男子负贩未归，尚无人致声鄂郎。芳体违和[5]，非为此否？"女赪颜良久。王戏之曰："果为此者，病已至是，尚何顾忌？先令夜来一聚，彼岂不肯可？"女叹息曰："事至此，已不能羞。但渠不嫌寒贱，即遣媒来，病当愈；若私约，则断断不可！"王颔之，遂去。

王氏仍"戏之"，且将男女私会看作常事。胭脂却坚持明媒正娶。

[**注释**]

[1]宦裔：官宦人家后代。俯拾：俯就。　[2]寝疾惙顿：病重卧床，有气无力。　[3]延命假息：苟延残喘。　[4]朝暮人：朝不保夕的人。　[5]芳体：对女子身体的敬称。违和：称他人生病的婉词。

王氏"戏嘱"是第三次"戏"。第一次引出胭脂对鄂生钟情；第二次引出胭脂正式婚配要求；第三次引出宿介猎艳。次要人物王氏的轻佻是小说发展重要因素。

王幼时与邻生宿介通，既嫁，宿侦夫他出，辄寻旧好。是夜宿适来，因述女言为笑，戏嘱致意鄂生。宿久知女美，闻之窃喜，幸其机之可乘也。将与妇谋，又恐其妒，乃假无心之词[1]，问女家闺闼甚悉。次夜，逾垣入，直达女所，以指叩窗。内问"谁何？"答以"鄂生"。女曰："妾所以念君者，为百年，不为一夕。郎果爱妾，但宜速倩冰人；若言私合，不敢从命。"宿姑诺之，苦求一握纤腕为信。女不忍过拒，力疾启扉。宿遽入，即抱求欢。女无力撑拒，仆地上，气息不续。宿急曳之。女曰："何来恶少，必非鄂郎。果是鄂郎，其人温驯，知妾病由，当相怜恤，何遂狂暴如此！若复尔尔，便当鸣呼，品行亏损，两无所益！"宿恐假迹败露，不敢复强，但请后会。女以亲迎为期。宿以为远，又请之。女厌纠缠，约待病愈。宿求信物，女不许，宿捉足解绣履而出。女呼之返，曰："身已许君，复何吝惜？但恐'画虎成狗'[2]，致贻污谤。今亵物已入君手[3]，料不可反。君如负心，但有一死！"

[**注释**]

　　[1]无心之词：漫不经心的话。　[2]画虎成狗：语出《后汉书·马援传》。此处引申意思是，想求好的婚姻办不到，倒惹人们笑话。　[3]亵物：贴身之物，指绣鞋。

宿既出，又投宿王所。既卧，心不忘履，阴揣衣袂，竟已乌有。急起篝灯[1]，振衣冥索[2]。诘之，不应，疑妇藏匿，妇故笑以疑之。宿不能隐，实以情告。言已，遍烛门外，竟不可得，懊恨归寝，窃幸深夜无人，遗落当犹在途也。早起寻之，亦复杳然。

[注释]

[1] 篝灯：点灯。　[2] 振衣冥索：抖动衣服暗中寻找。

先是，巷中有毛大者，游手无籍[1]。尝挑王氏不得，知宿与洽，思掩执以胁之。是夜，过其门，推之未扃，潜入。方至窗外，踏一物，奠若絮帛，拾视，则巾裹女舄。伏听之，闻宿自述甚悉，喜极，抽息而出[2]。逾数夕，越墙入女家，门户不悉，误诣翁舍。翁窥窗，见男子，察其音迹，知为女来者。心忿怒，操刀直出。毛大骇，反走，方欲攀垣，而卞追已近，急无所逃，反身夺刃。媪起，大呼，毛不得脱，因而杀之。女稍痊，闻喧始起。共烛之，翁脑裂不复能言，俄顷已绝。于墙下得绣履。媪视之，胭脂物也。逼女，女哭而实告之，但不忍贻累王氏[3]，言鄂生之自至而已。

[注释]

[1]游手无籍：游手好闲。无籍，无正当职业。　[2]抽息：屏气。　[3]贻累：连累。

天明，讼于邑。邑宰拘鄂。鄂为人谨讷[1]，年十九岁，见客羞涩如童子。被执，骇绝，上堂不知置词，惟有战栗。宰益信其情真，横加桎梏。书生不堪痛楚，以是诬服。既解郡，敲扑如邑。生冤气填塞，每欲与女面相质，及相遭，女辄诟詈，遂结舌不能自伸，由是论死。往来覆讯，经数官，无异词。

不调查，不询问，只知用刑，酷吏。

[注释]

[1]谨讷：为人老实，不善言词。

后委济南府复案[1]。时吴公南岱守济南[2]，一见鄂生，疑不类杀人者；阴使人从容私问之，俾得尽其词。公以是益知鄂生冤。筹思数日，始鞫之。先问胭脂："订约后，有知者否？"答："无

问得细！从搜寻知情人入手。吴公颇谙侦破技巧。

之。”“遇鄂生时，别有人否？”亦答：“无之。”乃唤生上，温语慰之。生自言：“曾过其门，但见旧邻妇王氏与一少女出。某即趋避，过此并无一言。”吴公叱女曰：“适言侧无他人，何以有邻妇也？”欲刑之。女惧曰：“虽有王氏，与彼实无关涉。”公罢质[3]，命拘王氏。数日已至，又禁不与女通，立刻出审，便问王：“杀人者谁？”王对：“不知。”公诈之曰：“胭脂供言，杀卜某汝悉知之，胡得隐匿？”妇呼曰：“冤哉！淫婢自思男子，我虽有媒合之言，特戏之耳。彼自引奸夫入院，我何知焉！”公细诘之，始述其前后相戏之词。公呼女上，怒曰：“汝言彼不知情，今何以自供撮合哉？”女流涕曰：“自己不肖，致父惨死，讼结不知何年，又累他人，诚不忍耳。”

知情人浮出水面。

[**注释**]

[1] 济南府复案：济南府与东昌府为平行官署，但济南为山东巡抚衙门所在地，可受部院委托复审。复案，复审。　[2] 吴公南岱：吴南岱，江南武进人士，进士。顺治时任济南知府。事迹见《济南府志》卷三十。　[3] 罢质：停止审讯。

公问王氏："既戏后，曾语何人？"王供："无之。"公怒曰："夫妻在床，应无不言者，何得云无？"王供："丈夫久客未归。"公曰："虽然，凡戏人者，皆笑人之愚，以炫己之慧，更不向一人言，将谁欺！"命桎十指[1]。妇不得已，实供："曾与宿言。"公于是释鄂拘宿。宿至，自供："不知。"公曰："宿妓者必无良士！"严械之。宿自供："赚女是真，自失履后，未敢复往。杀人实不知情。"公怒曰："逾墙者何所不至！"又械之。宿不任凌籍[2]，遂以自承。招成报上，无不称吴公之神。铁案如山，宿遂延颈以待秋决矣。

王氏是解开冤情的死结。

吴公问得好，推理亦好。

释鄂拘宿，雷厉风行。

"宿妓者必无良士！"武断，何况王氏并非"妓"。"逾墙者何所不至！"更武断。

[注释]

[1] 桎十指：封建时代拶指酷刑。用绳串五根木棍，夹犯人手指，用力收绳以逼供。　[2] 凌籍：摧残折磨。

然宿虽放纵无行，故东国名士[1]，闻学使施公愚山贤能称最[2]，又有怜才恤士之德，因以一词控其冤枉，语言怆恻。公讨其招供[3]，反覆凝思之，拍案曰："此生冤也！"遂请于院、司[4]，移案再鞫。问宿生："鞋遗何所？"供言："忘

提学道无权审理杀人案件，请于院、司，获得巡抚和臬司授权则可以复审。

思路对头，故如此问。

之，但叩妇门时犹在袖中。"转诘王氏："宿介之外，奸夫有几？"供言："无有。"公曰："淫乱之人，岂得专私一个？"供言："身与宿介，稚齿交合，故未能谢绝。后非无见挑者，身实未敢相从。"因使指其人以实之，供云："同里毛大，屡挑而屡拒之矣。"公曰："何忽贞白如此？"命搒之。妇顿首出血，力辨无有。乃释之。又诘："汝夫远出，宁无有托故而来者？"曰："有之。某甲，某乙，皆以借贷馈赠，曾一二次入小人家。"

[注释]

[1] 东国：古代指齐、鲁等为东方之国，此处指山东。   [2] 施公愚山：施闰章，字尚白，号愚山，安徽宣城人，清初著名诗人，顺治进士，曾任山东提学道。事见《济南府志》卷三十七。蒲松龄十九岁时，被施闰章录取为山东头名秀才。是蒲松龄的恩师。   [3] 招供：供词。   [4] 院、司：巡抚和按察使衙门。

盖甲、乙皆巷中游荡子，有心于妇而未发者也。公悉籍其名，并拘之。既集，公赴城隍庙，使尽伏案前。便谓："曩梦神人相告，杀人者不出汝等四五人中。今对神明，不得有妄言。如肯自首，尚可原宥；虚者[1]，廉得无赦[2]！"

划定最小范围，其实毛大早在施愚山掌控中。

同声言无杀人之事。公以三木置地^[3]，将并加之，括发裸身^[4]，齐鸣冤苦。公命释之，谓曰："既不自招，当使鬼神指之。"使人以毡褥悉障殿窗，令无少隙。袒诸囚背，驱入暗中，始授盆水，一一命自盥讫，系诸壁下，戒令："面壁勿动。杀人者，当有神书其背。"少间，唤出验视，指毛曰："此真杀人贼也！"盖公先使人以灰涂壁，又以烟煤濯其手。杀人者恐神来书，故匿背于壁而有灰色；临出，以手护背而有烟色也。

绝妙的心理战。

[**注释**]

[1]虚者：说谎者。　[2]廉得：查访出。　[3]三木：加在犯人颈、手、足上的木制刑具。　[4]括发裸身：束起头发，脱掉上衣，做用刑准备。

公固疑是毛，至此益信。施以毒刑，尽吐其实。判曰："宿介：蹈盆成括杀身之道^[1]，成登徒子好色之名^[2]。只缘两小无猜，遂野鹜如家鸡之恋；为因一言有漏，致得陇兴望蜀之心。将仲子而逾围墙^[3]，便如鸟堕；冒刘郎而至洞口^[4]，竟赚门开。感帨惊尨^[5]，鼠有皮胡若此？攀花折树，士无行其谓何！幸而听病燕之娇啼，犹为玉惜；怜弱柳之憔悴，未似莺狂。而释幺凤于罗中[6]，尚有文人之意；乃劫香盟于袜底，宁非无赖之尤！蝴蝶过墙[7]，隔窗有耳；莲花瓣卸，堕地无踪。假中之假以生，冤外之冤谁信？天降祸起，酷械至于垂亡；自作孽盈[8]，断头几于不续。彼逾墙钻隙，固有玷夫儒冠；而僵李代桃，诚难消其冤气。是宜稍宽笞扑，折其已受之惨；姑降青衣[9]，开其自新之路。

学使对名士存恻隐之心。宿介如此作孽，仅将其秀才级别降一下，岁试仍可复位。

[**注释**]

[1] 蹈盆成括杀身之道：招致杀身之祸，像战国时因不走正道丧命的盆成括。盆成括，战国时人。《孟子·尽心下》："盆成括仕于齐，孟子曰：'死矣盆成括！'盆成括见杀，门人问曰：'夫子何以知其将见杀？'曰：'其为人也小有才。未闻君子之大道，则足以杀其躯而已矣。'"　[2] 登徒子：战国时宋玉《登徒子好色赋》的人物。后世以"登徒子"代指好色之人。登徒，复姓。子，古代男子通称。　[3] 将仲子：《诗·郑风·将仲子》："将仲子兮，无逾我墙。"原意是女方拒绝男方求爱。　[4] 冒刘郎：刘晨和阮肇天台山遇仙，此处指宿介冒充鄂生。　[5] "感帨惊尨（máng）"二句：意思是宿介没脸没皮，逾墙折花，对胭脂非礼逼凌。感帨惊尨语出《诗·召南·野有死麕》"无感我帨兮，无使尨也吠。"鼠有皮胡若此，语本《诗·鄘风·相鼠》："相鼠有皮，人而无仪；人而无仪，不死何为？"　[6] "而释幺凤于罗中"四

句：从罗网中放走凤鸟儿，多少有点儿文人意味；从袜子底下抢绣鞋做信物，真是无赖之极。幺凤，有五色彩羽的小鸟，亦称"桐花凤"，比喻少女胭脂。　[7]"蝴蝶过墙"四句：宿介和王氏偷情，话被毛大听到，宿介强夺来的绣鞋恰好丢失。莲花瓣，即"莲瓣"，女人绣鞋。　[8]"自作孽盈"二句：宿介自作自受，几乎丧命。　[9]青衣：秀才的降等处分。商衍鎏《清代科举考试述录》："（生员）由蓝衫改着青衫曰青衣。"

　　"若毛大者：刁猾无籍，市井凶徒。被邻女之投梭[1]，淫心不死；伺狂童之入巷，贼智忽生。开户迎风[2]，喜得履张生之迹；求浆值酒，妄思偷韩掾之香。何意魄夺自天，魂摄于鬼。浪乘槎木[3]，直入广寒之宫；迳泛渔舟，错认桃源之路。遂使情火息焰，欲海生波。刀横直前[4]，投鼠无他顾之意；寇穷安往，急兔起反噬之心。越壁入人家[5]，止期张有冠而李借；夺兵遗绣履，遂教鱼脱网而鸿离。风流道乃生此恶魔，温柔乡何有此鬼蜮哉！即断首领，以快人心。

[注释]

[1]"被邻女之投梭"四句：被邻居妇人拒绝了，淫心不死；看到狂妄书生（宿介）走进小巷，以捉奸胁迫王氏的坏主意相应就来。　[2]"开户迎风"四句：打开门迎接春风，得意地追踪

张生会莺莺的脚步；本想挑逗王氏却巧遇玷污胭脂的机会，就像找水喝找到美酒，妄想偷来贾充家的异香。偷韩掾之香，用《晋书·贾充传》典故。贾充女儿钟情韩寿，把晋武帝赐给贾充的西域异香偷来送给韩寿。　[3]"浪乘槎木"四句：想进胭脂的闺房，却误闯其父之房，就像径直驾着渔船，错认了桃花源的路。　[4]"刀横直前"四句：竟然横刀向前，连投鼠忌器都不想一想；没了退路的强贼，反咬一口。　[5]"越壁入人家"四句：翻墙进入姑娘家，只希望能张冠李戴；夺下刀刃却丢了绣鞋，自己逃脱却害他人被拘。

学者通常解释《胭脂》是真实断案故事，实际是真人假事。是蒲松龄根据前人作品虚构的恩师断案故事，主旨是颂扬恩师施闰章。前边两个断案官员都是给他的恩师做铺垫的。

吴南岱顺治十二年（1655）担任过济南知府，施闰章顺治十三年（1656）担任过山东学政，他们没有同时出现在山东的机会。怎么可能吴南岱断错案由施闰章纠正？

　　"胭脂：身犹未字，岁已及笄。以月殿之仙人[1]，自应有郎似玉；原霓裳之旧队，何愁贮屋无金？而乃感《关雎》而念好逑[2]，竟绕春婆之梦；怨摽梅而思吉士，遂离倩女之魂。为因一线缠萦，致使群魔交至。争妇女之颜色[3]，恐失'胭脂'；惹鸷鸟之纷飞，并托'秋隼'。莲钩摘去[4]，难保一瓣之香；铁限敲来，几破连城之玉。嵌红豆于骰子[5]，相思骨竟作厉阶；丧乔木于斧斤，可憎才真成祸水。葳蕤自守[6]，幸白璧之无瑕；缧绁苦争，喜锦衾之可覆。嘉其入门之拒[7]，犹洁白之情人；遂其掷果之心，亦风流之雅事。仰彼邑令，作尔冰人。"

[注释]

[1] "以月殿之仙人" 四句：一个月宫美人似的美女，自然应有个冠玉似郎君；原来就是霓裳羽衣舞的旧队，还愁没有金屋藏娇？ [2] "而乃感《关雎》而念好逑" 四句：有感于关关雎鸠、君子好逑，竟然做场春梦；怨恨着梅子飘落思念郎君，于是像倩女一样灵魂离开身体。怨摽（biāo）梅而思吉士，指胭脂钟情鄂生，相思成疾。《诗·召南·摽有梅》："摽有梅，其实七兮。求我庶士，迨其吉兮。" [3] "争妇女之颜色" 四句：争夺妇女的颜色，恐怕丧失 "胭脂"，凶恶的老鹰飞来，却假托是什么 "秋隼"。 [4] "莲钩摘去" 四句：小小绣鞋被宿介抢走，一双金莲难以保全；敲开铁门者到来，几乎连城美玉的贞操差点儿丧失。铁限，铁门槛。 [5] "嵌红豆于骰子" 四句：对情郎的刻骨相思，竟成了惹祸根源；带累父亲丢失性命，痴情人成了真祸水！可憎才，对情人昵称。典出《西厢记》张生怨莺莺 "则为这可憎才熬得心肠耐"。 [6] "葳蕤自守" 四句：幸亏还能贞操自守，保住白玉无瑕；囚禁狱中还能为报父仇一次次抗争，幸而可以用一条锦被遮盖这些丑事。葳蕤，草名。形容柔弱女姓。 [7] "嘉其入门之拒" 四句：欣赏她对入门狂徒的坚决拒绝，还是个洁白的情人；干脆成全她对鄂生的情意，也算是风流雅事。掷果之心，指女子对美男子的爱慕，典出《晋书·潘岳传》，美男子潘岳外出，妇女都丢果子给他，于是满载而归。

施闰章断案办法也是从前人作品移花接木。宋代《折狱龟鉴》《梦溪笔谈》两书都写过类似故事。

《胭脂》后所附学政奖进士子，把审错题考生录取的事，也非施闰章所做。民国三十五年（1946）《重修博兴县志》记载，写错题目的考生叫魏基，破格录取他的学政并不是施闰章。

朱一玄指出《胭脂》原型是《醒世恒言·陆五汉硬留五色鞋》。

　　案既结，遐迩传颂焉。自吴公鞫后，女始知鄂生冤。堂下相遇，靦然含涕，似有痛惜之词，而未可言也。生感其眷恋之情，爱慕殊切，而又念其出身微，且日登公堂，为千人所窥指，恐娶之为人姗笑，日夜萦回，无以自主。判牒既下，意始安帖。邑宰为之委禽，送鼓吹焉。

异史氏曰："甚哉！听讼之不可以不慎也！纵能知李代为冤，谁复思桃僵亦屈？然事虽暗昧，必有其间，要非审思研察，不能得也。呜呼！人皆服哲人之折狱明，而不知良工之用心苦矣。世之居民上者，棋局消日[1]，紬被放衙，下情民艰，更不肯一劳方寸。至鼓动衙开，巍然高坐，彼哓哓者直以桎梏静之[2]，何怪覆盆之下多沉冤哉[3]！"

[注释]

[1]"棋局消日"四句：下棋消磨光阴，胡乱断完案回家睡大觉。对百姓疾苦一点儿也不放到心上。紬（chóu），同"绸"。放衙，官吏退堂。 [2]哓（xiāo）哓：争辩声。桎梏：刑具。 [3]覆盆：倒扣的盆，比喻暗无天日。

愚山先生吾师也，方见知时，余犹童子[1]。窃见其奖进士子，拳拳如恐不尽，小有冤抑，必委曲呵护之，曾不肯作威学校，以媚权要。真宣圣之护法[2]，不止一代宗匠[3]，衡文无屈士也。而爱才如命，尤非后世学使虚应故事者所及。尝有名士入场，作《宝藏兴》文[4]，误记"水下"，录毕而后悟之，料无不黜之理。作词曰："宝藏在山间，误认却在水边。山头盖起水晶殿，瑚长峰尖，珠结树颠。这一回崖中跌死撑船汉，告苍天：留点蒂儿[5]，好与友朋看。"先生阅文至此，和之曰："宝藏将山夸，忽然见在水涯。樵夫漫说渔翁话。题目虽差，文字却佳，怎肯放在他人下？尝见他，登高怕险，那曾见，会水淹杀？"此亦风雅之一斑，怜才之一事也。

[**注释**]

[1] 童子：童生。　[2] 宣圣之护法：保护儒教的人。　[3] 宗匠：有重大成就的人。清初诗坛以"南施北宋"著称。即指安徽施闰章、山东宋琬。　[4] 宝藏兴：考试题目。出自《礼记·中庸》。　[5] 留点蒂儿：留点面子。

[**点评**]

《胭脂》是聊斋著名破案故事，多次搬上舞台和屏幕。梅兰芳大师曾演出《牢狱鸳鸯》。作为断案故事最突出的优点是情节曲折生动，一环扣一环。胭脂和鄂秀才一见钟情，本可成为爱侣，但因为佻脱的王氏、风流的宿介、凶残的毛大介入，爱的线索变成杀人因由。案发后，县令不调查不研究不思考，只知道一味用刑，错判了案。吴南岱聪明过人，一眼就看出鄂秀才是李代桃僵，却没想到桃僵也是冤屈的。学政施闰章是天才的心理学大师，巧施小技，真凶落网。爱情是最美丽的感情，却导致凶杀；杀人是最重的罪名，却一再错判。奇而又奇，奇中有奇；冤而又冤，冤中有冤。小说一波一波向前推进，令人目不暇接。

《胭脂》虽是断案小说，却着力于人物创造，人各一面，个个生动。胭脂既美丽多情又纤弱自重；鄂秀才文弱娴雅又幼稚单纯；宿介风流放荡又怜香惜玉；王氏轻佻油滑又巧舌如簧；毛大凶残狡诈又愚蠢无比。三个断案的官员，县令鲁莽审案、草菅人命；吴南岱少年气盛、风头十足、聪明机智又刚愎自用；施闰章仁爱稳重、精细睿智，巧用心理战，料事如神明。诱王氏讲出线索，再设下鱼钩钓真凶，玩凶顽于股掌之中。施闰章断案，尤其是他断定宿介非杀人犯，并在最后仅仅将其降级处理，体现了学政对读书人的爱护。篇末则更以一个现实生活中的有趣故事将施闰章爱护人才的一代宗师风采，写得栩栩如生。施闰章是清初大诗人，他的诗歌朴实严谨，本文中的判词文采斐然，其丰瞻繁富的用典、叠屋架床的排比，与聊斋其他故事的判词（如《席方平》中二郎神的判词），如出一辙，应并非施闰章所作。施闰章《学余堂集》中也查不到所谓他写的判词。显然是蒲松龄替他的恩师捉刀创造。

黄 英

马子才，顺天人。世好菊，至才尤甚，闻有佳种必购之，千里不惮[1]。一日，有金陵客寓其家，自言其中表亲有一二种为北方所无[2]。马欣动[3]，即刻治装，从客至金陵。客多方为之营求，得两芽，裹藏如宝。归至中途，遇一少年，跨蹇从油碧车[4]，丰姿洒落[5]。渐近与语，少年自言"陶姓"，谈言骚雅[6]。因问马所自来，实告之。少年曰："种无不佳，培溉在人。"因与论艺菊之法[7]。马大悦，问："将何往？"答云："姊厌金陵，欲卜居于河朔耳[8]。"马欣然曰："仆虽固贫，茅庐可以寄榻。不嫌荒陋，无烦他适。"陶趋车前，向姊咨禀[9]。车中人推帘语，乃二十许绝世美人也，顾弟言："屋不厌卑，而院宜得广。"马代诺之，遂与俱归。

蒲松龄爱菊，其咏菊诗"不似别花脂粉气，辄教酒客比红妆"。

请注意：与陶渊明同姓。

陶生有菊花品格。

恰合菊花的生长环境。

[注释]

[1] 不惮（dàn）：不怕路远。　[2] 中表亲：与祖父、外祖父、父母是兄弟姐妹的亲戚。　[3] 欣动：喜悦感动。　[4] 跨蹇从油碧车：骑着毛驴跟在油壁车后边。油壁车，古代妇女乘坐装有青

绿色油幕的车。 [5]丰姿洒落：风度潇洒飘逸。 [6]谈言骚雅：说话风流儒雅。 [7]艺菊：培育菊花。 [8]河朔：黄河以北地区。 [9]咨禀：禀报、请示。

第南有荒圃，仅小室三四椽。陶喜，居之。日过北院，为马治菊。菊已枯，拔根再植之，无不活。然家清贫，陶日与马共食饮，而察其家似不举火。马妻吕亦爱陶姊，不时以升斗馈恤之。陶姊小字黄英，雅善谈，辄过吕所，与共纫绩[1]。陶一日谓马曰："君家固不丰。仆日以口腹累知交[2]，胡可为常？为今计，卖菊亦足谋生。"马素介[3]，闻陶言，甚鄙之，曰："仆以君风流高士[4]，当能安贫，今作是论，则以东篱为市井[5]，有辱黄花矣[6]。"陶笑曰："自食其力不为贪，贩花为业不为俗。人固不可苟求富，然亦不必务求贫也。"马不语，陶起而出。自是，马所弃残枝劣种，陶悉掇拾而去。由此不复就马寝食，招之始一至。

妙！哪个见过花儿吃肉、吃饭、喝汤的？

马子才是传统观念。

陶生观点带近代文明色彩。

[注释]

[1]纫绩：缝纫纺织，指女红活。 [2]口腹：饮食。知交：知心朋友。 [3]介：耿介。 [4]风流高士：有才学且品格高

尚的文人。　[5]以东篱为市井:将种菊之处当成做买卖的地方。　[6]黄花:菊花。

　　未几,菊将开,闻其门嚣喧如市[1]。怪之,过而窥焉,见市人买花者,车载肩负,道相属也。其花皆异种,目所未睹。心厌其贪,欲与绝;而又恨其私秘佳本,遂款其扉,将就诮让。陶出,握手曳入。见荒庭半亩皆菊畦,数椽之外无旷土。劚去者[2],则折别枝插补之;其蓓蕾在畦者,罔不佳妙。而细认之,皆向所拔弃也。陶入屋,出酒馔,设席畦侧,曰:“仆贫不能守清戒,连朝幸得微资,颇足供醉。”少间,房中呼“三郎”,陶诺而去。俄献佳肴,烹饪良精。因问:“贵姊胡以不字?”答云:“时未至。”问:“何时?”曰:“四十三月。”又诘:“何说?”但笑不言。尽欢始散。过宿,又诣之,新插者已盈尺矣。大奇之,苦求其术。陶曰:“此固非可言传,且君不以谋生,焉用此?”

花神绝技岂可传俗人? 陶三郎擅言谈,拒绝有理有礼。

　　[注释]

[1]嚣喧:喧哗吵闹。　[2]劚(zhǔ):挖。

又数日，门庭略寂，陶乃以蒲席包菊[1]，捆载数车而去。逾岁，春将半，始载南中异卉而归[2]，于都中设花肆，十日尽售，复归艺菊。问之去年买花者，留其根，次年尽变而劣，乃复购于陶。陶由此日富，一年增舍，二年起夏屋。兴作从心，更不谋诸主人。渐而旧日花畦，尽为廊舍。更于墙外买田一区，筑墉四周[3]，悉种菊。至秋，载花去，春尽不归。而马妻病卒，意属黄英，微使人风示之。黄英微笑，意似允许，惟专候陶归而已。年余，陶竟不至。黄英课仆种菊，一如陶。得金益合商贾，村外治膏田二十顷[4]，甲第益壮。

[注释]
　　[1]蒲席：蒲草编的席子。　[2]南中异卉：南方的珍贵花卉。　[3]墉：土墙。　[4]膏田：良田。

陶生的神奇表现在育花绝技和预知马家的变故。

忽有客自东粤来，寄陶生函信，发之，则嘱姊归马[1]。考其寄书之日，即妻死之日；回忆园中之饮，适四十三月也，大奇之。以书示英，请问致聘何所，英辞不受采[2]。又以故居陋，欲使就南第居，若赘焉。马不可，择日行亲迎礼。

黄英既适马，于间壁开扉通南第，日过课其仆。马耻以妻富，恒嘱黄英作南北籍[3]，以防淆乱。而家所须，黄英辄取诸南第。不半岁，家中触类皆陶家物。马立遣人一一赍还之，戒勿复取。未浃旬[4]，又杂之。凡数更，马不胜烦。黄英笑曰："陈仲子毋乃劳乎[5]？"马惭，不复稽，一切听诸黄英。鸠工庀料[6]，土木大作，马不能禁。经数月，楼舍连亘[7]，两第竟合为一，不分疆界矣。然遵马教，闭门不复业菊，而享用过于世家。

[注释]

[1]归马：嫁给马子才。古时女子出嫁为"于归"。　[2]采：彩礼。　[3]南北籍：南北两宅分别记帐。　[4]浃旬：十天。　[5]陈仲子毋乃劳乎：此句是调侃马子才追求清贫生活太过分。陈仲子，战国时齐国人，因不食乱世之食而饿死。　[6]鸠工庀（pǐ）料：聚集工匠、准备建筑材料。　[7]连亘：绵延不断。

马不自安，曰："仆三十年清德[1]，为卿所累。今视息人间[2]，徒依裙带而食[3]，真无一毫丈夫气矣。人皆祝富，我但祝穷耳[4]！"黄英曰："妾非贪鄙，但不少致丰盈，遂令千载下人，谓

马子才是传统男人传统观念：重农轻商和男尊女卑。黄英不仅养活了自己还让丈夫过上富裕生活，这反而伤害了马子才自尊心。

黄英客气而有分寸、句句在理地批评了马子才以贫为清高的酸腐论调。

渊明贫贱骨，百世不能发迹，故聊为我家彭泽解嘲耳[5]。然贫者愿富，为难；富者求贫，固亦甚易。床头金任君挥去之，妾不靳也。"马曰："捐他人之金，抑亦良丑。"黄英曰："君不愿富，妾亦不能贫也。无已，析君居。清者自清，浊者自浊，何害？"乃于园中筑茅茨[6]，择美婢往侍马。马安之，然过数日，苦念黄英，招之，不肯至，不得已，反就之。隔宿辄至，以为常。黄英笑曰："东食西宿[7]，廉者当不如是。"马亦自笑，无以对，遂复合居如初。

[注释]

[1]清德：清廉的品德。　[2]视息人间：活在人间。视，看。息，呼吸。　[3]依裙带而食：依靠妻子吃软饭。　[4]祝穷：祈祷贫穷。　[5]彭泽：陶渊明做过彭泽令。　[6]茅茨：茅屋。　[7]东食西宿：比喻两利兼得，挖苦马子才既想跟黄英一起享受富裕生活，又想得"清廉"之名声。《风俗通》记载一个故事：有一齐女，两家求之。东家富而丑，西家贫而美。父母不能决，问女儿，女儿回答："欲东家食，西家宿。"

会马以事客金陵，适逢菊秋。早过花肆，见肆中盆列甚烦，款朵佳胜[1]，心动，疑类陶制。

少间，主人出，果陶也。喜极，具道契阔，遂止宿焉。要之归，陶曰："金陵，吾故土。将婚于是。积有薄资，烦寄吾姊。我岁杪当暂去[2]。"马不听，请之益苦，且曰："家幸充盈，但可坐享，无须复贾。"坐肆中，使仆代论价，廉其值，数日尽售。逼促囊装，赁舟遂北。入门，则姊已除舍，床榻裀褥皆设，若预知弟也归者。陶自归，解装课役，大修亭园，惟日与马共棋酒，更不复结一客。为之择婚，辞不愿。姊遣两婢侍其寝处，居三四年，生一女。

[**注释**]

[1] 款朵：菊花品种。　[2] 岁杪（miǎo）：年底。

陶饮素豪，从不见其沉醉。有友人曾生，量亦无对。适过马，马使与陶相较饮。二人纵饮甚欢，相得恨晚。自辰以讫四漏[1]，计各尽百壶。曾烂醉如泥，沉睡座间。陶起归寝，出门践菊畦，玉山倾倒[2]，委衣于侧，即地化为菊：高如人，花十余朵，皆大于拳。马骇绝，告黄英。英急往，拔置地上，曰："胡醉至此！"覆以衣，

古代小说人变物、物变人的有趣描写。

马子才是达人。知道妻子与其弟是菊精，越发爱敬。是真爱菊也真懂爱情。

要马俱去，戒勿视。既明而往，则陶卧畦边。马乃悟姊弟菊精也，益爱敬之。而陶自露迹，饮益放，恒自折柬招曾，因与莫逆。值花朝，曾来造访，以两仆舁药浸白酒一坛，约与共尽。坛将竭，二人犹未甚醉。马潜以一瓻续入之[3]，二人又尽之。曾醉已惫，诸仆负之以去。陶卧地，又化为菊。马见惯不惊，如法拔之，守其旁以观其变。久之，叶益憔悴。大惧，始告黄英。英闻，骇曰："杀吾弟矣！"奔视之，根株已枯。痛绝，掐其梗，埋盆中，携入闺中，日灌溉之。马悔恨欲绝，甚怨曾。越数日，闻曾已醉死矣。盆中花渐萌，九月既开，短干粉朵，嗅之有酒香，名之"醉陶"，浇以酒则茂。后女长成，嫁于世家。黄英终老，亦无他异。

异史氏曰："青山白云人[4]，遂以醉死，世尽惜之，而未必不自以为快也。植此种于庭中，如见良友，如对丽人，不可不物色之也。"

妙名、妙花、妙思！

[注释]

[1]自辰以讫四漏：自清晨喝到四更天。　[2]玉山倾倒：形容秀美的人醉倒。　[3]瓻（chī）：陶制酒具。　[4]青山白云人：《旧唐书·傅奕传》记载，傅奕平生好酒，临终自撰墓志铭："傅奕，

青山白云人也，因酒醉死。"后人用作能喝酒的典故。

[**点评**]

傲霜挺立的菊花向来是中国文人高洁秉性的象征。屈
原用食菊之落英喻高洁情趣；陶渊明采菊东篱下彰显个性
之淡泊；蒲松龄终生爱菊，他在西铺坐馆时，曾专程跑到
济南替毕际有寻找好的菊种。菊花是与蒲松龄性格最相近
的花。菊花花神黄英与牡丹花神葛巾、香玉不同，无脂粉
气，有丈夫气，人淡如菊亦人爽如菊。黄英、陶生姐弟一
体，以俗为雅，以菊花为致富之道，是古老"东篱"下绽
放的、蕴含近代文明色彩的花朵。蒲松龄把马子才"花痴
＋迂阔君子"形象和黄英姐弟"花神＋企业家"的形象写
得生动似画。小说还有个凌驾于三人之上、无处不在的灵
魂般主角——菊花。第一，两家知交情深，缘于菊花；第
二，马子才和陶生因卖菊而疏远，因艺菊而复合；第三，
黄英对马子才妙论"菊经"，表现出完全不同的人生观念；
第四，花神现身菊花，呈现最美聊斋场景。三个人物，马
子才清高淡泊而不免迂阔，陶生豪放、洒脱、热情，黄英
温文尔雅、凝重沉着。三个人的关系以爱菊始，以花神现
身终。他们的订交、矛盾、复合，始终以菊花为中心，小
说是三个人的性格史，也是一部别致的菊花传。黄英和陶
生对于马子才，一为爱妻，一为良友。令人惊奇的是，蒲
松龄写良友，不写范张鸡黍般的死生之交，而写朋友间理
念的天差地别；写恋人，无一字涉情涉色，却对恋人间的
思想交锋津津乐道。此逸想、此笔法，在《聊斋志异》中

找不到雷同者，在中国古代小说里也绝无仅有。

书　痴

　　彭城郎玉柱[1]，其先世官至太守，居官廉，得俸不治生产[2]，积书盈屋。至玉柱尤痴，家苦贫，无物不鬻，惟父藏书，一卷不忍置。父在时，曾书《劝学篇》黏其座右[3]。郎日讽诵，又幛以素纱，惟恐磨灭。非为干禄[4]，实信书中真有金粟[5]。昼夜研读，无间寒暑。年二十余，不求婚配，冀卷中丽人自至。见宾亲，不知温凉[6]，三数语后，则诵声大作，客逡巡自去。每文宗临试[7]，辄首拔之[8]，而苦不得售[9]。

　　[注释]

　　[1]彭城：今江苏省徐州市。　[2]得俸不治生产：得到俸禄不用来置办田产商铺。　[3]《劝学篇》：宋真宗《劝学文》："富家不用买良田，书中自有千钟粟；安居不用架高堂，书中自有黄金屋；出门莫恨无人随，书中车马多如簇；娶妻莫恨无良媒，书中自有颜如玉；男儿欲遂平生志，六经勤向窗前读。"后世缩写为"书中自有千钟粟，书中自有黄金屋，书中自有车马簇，书中自有颜如玉"。　[4]干禄：求取禄位。　[5]金粟：黄金屋、千

钟粟。   [6]不知温凉：不知道嘘寒问暖。   [7]文宗临试：提学道案临考试。   [8]首拔之：在秀才岁试或科考中取他为榜首。   [9]不得售：乡试失利，考不上举人。

　　一日，方读，忽大风飘卷去。急逐之，踏地陷足。探之，穴有腐草。掘之，乃古人窖粟[1]，朽败已成粪土。虽不可食，而益信"千钟"之说不妄，读益力。一日，梯登高架，于卷中得金辇径尺[2]，大喜，以为"金屋"之验。出以示人，则镀金而非真金，心窃怨古人之诳己也。居无何，有父同年观察是道[3]，性好佛。或劝郎献辇为佛龛[4]。观察大悦，赠金三百、马二匹。郎喜，以为金屋、车马皆有验，因益刻苦。然行年已三十矣，或劝其娶，曰："'书中自有颜如玉。'我何忧无美妻乎？"又读二三年，迄无效，人咸揶揄之。时民间讹言：天上织女私逃。或戏郎："天孙窃奔[5]，盖为君也。"郎知其戏，置不辨。

书呆子哪知道"千钟粟"并非真指存粮食，真有钱者怎么会存不值钱的粮食？

[注释]
[1]窖粟：地窖收藏的粮食。   [2]金辇：人力拉挽的饰金之车，秦汉之后专用于帝王。   [3]观察是道：做彭城观察使。   [4]佛龛：供奉佛像的小室。   [5]天孙：织女。

美人从书本中冉冉飞来。神鬼狐妖新品类——书中仙女。

蒲松龄在小说里引用某书时，常借用所引书的内容为小说造势。《汉书》第八卷《宣帝纪》引用宣帝诏："父子之亲，夫妇之道，天性也。虽有患祸，犹蒙死而存之。诚爱结于心，仁厚之至也，岂能违之哉！"蒲松龄大概是借用宣帝之诏说明两层意思：其一，郎玉柱连夫妇这样的"天性"也不明白，可以说呆到极点；其二，郎玉柱最终忠于颜如玉，存夫妇之道。

一夕，读《汉书》至八卷[1]，卷将半，见纱剪美人夹藏其中。骇曰："书中颜如玉，其以此应之耶？"心怅然自失。而细视美人，眉目如生，背隐隐有细字云"织女"。大异之。日置卷上，反复瞻玩，至忘食寝。一日，方注目间，美人忽折腰起，坐卷上微笑。郎惊绝，伏拜案下，既起，已盈尺矣。益骇，又叩之。下几亭亭[2]，宛然绝代之姝[3]。拜问："何神？"美人笑曰："颜氏，字如玉，君固相知已久。日垂青盼[4]，脱不一至，恐千载下无复有笃信古人者。"郎喜，遂与寝处。然枕席间亲爱倍至，而不知为人[5]。每读，必使女坐其侧。女戒勿读，不听。女曰："君所以不能腾达者，徒以读耳。试观春秋榜上[6]，读如君者几人？若不听，妾行去矣。"郎暂从之。少顷，忘其教，吟诵复起。逾刻，索女，不知所在。神志丧失，嘱而祷之，殊无影迹。忽忆女所隐处，取《汉书》细检之，直至旧所，果得之。呼之不动，伏以哀祝，女乃下曰："君再不听，当相永绝！"

[注释]

[1]《汉书》：又称《前汉书》，东汉史学家班固编撰。　[2]下几亭亭：从桌子上下来亭亭玉立。　[3]绝代之姝：绝代佳人。　[4]日

垂青盼：天天承蒙凝视喜爱。 [5]不知为人：不懂得性爱。 [6]春秋榜：春天的进士榜和秋天的举人榜。

因使治棋枰、樗蒱之具[1]，日与遨戏。而郎意殊不属。觑女不在，则窃卷流览。恐为女觉，阴取《汉书》第八卷，杂溷他所以迷之[2]。一日，读酣，女至，竟不之觉；忽睹之，急掩卷，而女已亡矣。大惧，冥搜诸卷，渺不可得；既仍于《汉书》八卷中得之，页数不爽[3]。因再拜祝，矢不复读。女乃下，与之弈，曰："三日不工[4]，当复去。"至三日，忽一局赢女二子。女乃喜，授以弦索[5]，限五日工一曲。郎手营目注[6]，无暇他及；久之，随指应节，不觉鼓舞。女乃日与饮博，郎遂乐而忘读。女又纵之出门，使结客，由此倜傥之名暴著。女曰："子可以出而试矣。"

妙哉！饮博乃社交手段，情商教育。

[注释]

[1]棋枰（píng）：围棋的棋子和棋盘。樗蒱（chū pú）：博戏工具骰子用樗木制成。 [2]杂溷：混杂。 [3]手稿"页数"写成"叶数"。 [4]工：精良。 [5]弦索：乐器。 [6]手营目注：手上弹琴，眼睛看谱。

郎一夜谓女曰："凡人男女同居则生子，今与卿居久，何不然也？"女笑曰："君日读书，妾固谓无益。今即'夫妇'一章[1]，尚未了悟，'枕席'二字有工夫[2]。"郎惊问："何工夫？"女笑不言。少间，潜迎就之。郎乐极，曰："我不意夫妇之乐，有不可言传者。"于是逢人辄道，无有不掩口者。女知而责之。郎曰："钻穴逾隙者[3]，始不可以告人；天伦之乐，人所皆有，何讳焉？"过八九月，女果举一男。买媪抚字之。一日，谓郎曰："妾从君二年，业生子，可以别矣。久恐为君祸，悔之已晚。"郎闻言泣下，伏不起，曰："卿不念呱呱者耶[4]？"女亦凄然。良久曰："必欲妾留，当举架上书尽散之。"郎曰："此卿故乡，乃仆性命，何出此言？"女不之强，曰："妾亦知其有数，不得不预告耳。"

郎玉柱不知"为人"是中国古代著名趣事。

郎玉柱无师自通，知道可以用孩子来打动妻子的心。

[注释]

[1]"夫妇"一章：既指现实的性知识，也指经书中有论述夫妇关系的章节。《周易·序卦》："有天地，然后有万物，有万物，然后有男女。有男女，然后有夫妇。"　[2]"枕席"：并非专指物品而代指夫妇性爱。　[3]钻穴逾隙者：孟子之谓"逾墙相从"，

不正当男女关系。 [4]呱呱者：哇哇大哭的孩子。

先是，亲族或窥见女，无不骇绝，而又未闻其缔姻何家，共诘之。郎不能作伪语，但默不言。人益疑，邮传几遍，闻于邑宰史公。史，闽人，少年进士。闻声倾动[1]，窃欲一睹丽容，因而拘郎及女。女闻知，遁匿无迹。宰怒，收郎，斥革衣衿[2]，桎梏备加[3]，务得女所自往。郎垂死，无一言。械其婢，略能道其仿佛[4]。宰以为妖，命驾亲临其家。见书卷盈屋，多不胜搜，乃焚之，庭中烟结不散，暝若阴霾。

[注释]
[1]倾动：倾倒，心动。 [2]斥革衣衿：革去秀才功名。 [3]桎梏：刑具。 [4]仿佛：大概。

郎既释，远求父门人书，得从辨复[1]。是年秋捷，次年举进士。而衔恨切于骨髓，为颜如玉之位，朝夕而祝曰："卿如有灵，当佑我官于闽[2]。"后果以直指巡闽[3]。居三月，访史恶款[4]，籍其家。时有中表为司理，逼纳爱妾，托言买婢

史进士抄郎玉柱的家，郎御史抄史进士的家。

管闲事的表兄为何逼郎玉柱纳史某爱妾？难以理解。可能是构思需要：即以其人之道还治其人之身。你欲夺吾妻，吾亦夺汝妾报复。

用纳妾作御史查案过程的过失，自我弹劾，离开早就不想待的官场。聪明！

寄署中。案既结，郎即日自劾[5]，取妾而归。

异史氏曰："天下之物，积则招妒，好则生魔。女之妖，书之魔也。事近怪诞，治之未为不可；而祖龙之虐[6]，不已惨乎！其存心之私，更宜得怨毒之报也。呜呼！何怪哉！"

[注释]

[1]辨复：恢复功名。　[2]官于闽：到福建做官。蒲松龄亲笔手稿"官于闽"。有的抄本为"官闽"。　[3]直指巡闽：专管巡视福建。　[4]恶款：作恶的证据。　[5]自劾：自我弹劾。　[6]祖龙之虐：秦始皇焚书坑儒。《史记·秦始皇本纪》集解："祖，始也；龙，人君象。谓始皇也。"后世常用"祖龙"代指秦始皇。

[点评]

颜如玉和郎玉柱，一女一男，一仙一俗，一个聪明过人，一个呆头呆脑，两个完全不同的人走到一起，演绎出一段充满谐趣和哲理，富有生活气息和带有几分诗情画意的故事。颜如玉教郎玉柱"为人"，包括广义的为人和夫妻之间的为人，是小说中最好看、最好玩、最耐人寻味的部分。贾宝玉说圣贤书把人读成禄蠹。郎玉柱却死读书，而且越读越傻，三十岁的男子连"为人"都不会了。蒲松龄对书呆子讽刺到家了。颜如玉教郎玉柱社会上的"为人"，让他学习的是那些根本与"读书""功名"不相干的东西。郎玉柱用下棋和赌博的本领交朋友，人们都知道郎玉柱是个"倥偬"的人。最后颜如玉告知他可以出去参加考试，而且肯定会获得成功。颜如玉对郎玉柱这番改造，很像现今社会强调"情商"对"智商"的帮助。蒲松龄也可能借这样的情节讽刺那些做了大官的人，挖苦他们根本就没有苦读书，而只是靠了类似于赌博之类的"能力"青云直上。郎玉柱受到县令迫害后家破人亡，性格发生了巨变。在他眼中，"黄金屋""千钟粟""颜如玉"是最美好的字眼儿，他过去靠死读书想获得的，现在才知道要想得到它们，必须手脚并用地爬上去，不择手段地爬上去，爬上去就可以作威作福，爬不上去就被人欺凌，连妻子都保不住。黑暗的社会把羊变成了狼。郎玉柱完全"成熟"了，令人可怕地"成熟"了，从书痴变成了官场能手；从只知道苦读书变成了在官场熟练地走门子；从软弱无助的受害者，变成了纵横诡变、像狐狸一样狡猾的复仇者；从"不知为人"到"取妾而归"，前后判若两人。腥风血雨的社会使一个心思单纯的书痴"成长"为一个心机缜密的官员，天差地别，令人触目惊心。《书痴》这个相当虚幻的故事，把社会现实描写得入骨三分。

晚　霞

　　五月五日，吴越间有斗龙舟之戏[1]：刳木为龙[2]，绘鳞甲，饰以金碧；上为雕甍朱槛[3]，帆旌皆以锦绣[4]；舟末为龙尾，高丈余，以布索引木板下垂，有童坐板上，颠倒滚跌，作诸巧剧[5]，下临江水，险危欲堕。故其购是童也，先以金啖其父母[6]，预调驯之[7]，堕水而死，勿悔也。吴门则载美妓，较不同耳。

伏晚霞。

镇江有蒋氏童阿端，方七岁，便捷奇巧，莫能过，声价益起，十六岁犹用之。至金山下，堕水死。蒋媪止此子，哀鸣而已。

[注释]
[1]吴越间：古代吴国、越国之间，现江苏、浙江等地区。 [2]刳（kū）木为龙：将整根木头挖空，雕刻成龙的样子。 [3]雕甍（méng）朱槛：龙舟上方雕饰的屋脊，龙舟周围有红色的栏杆。 [4]帆旌：帆蓬旗帜。 [5]诸巧剧：各种杂技表演。 [6]啖：收买。 [7]调驯之：调教、训练。

阿端不自知死，有两人导去，见水中别有天地；回视，则流波四绕，屹如壁立。俄入宫殿，见一人兜牟坐[1]。两人曰："此龙窝君也。"便使拜伏。龙窝君颜色和霁[2]，曰："阿端伎巧，可入柳条部。"遂引至一所，广殿四合。趋上东廊，有诸年少出与为礼，率十三四岁。即有老妪来，众呼"解姥"。坐令献技，已，乃教以钱塘飞霆之舞，洞庭和风之乐[3]。但闻鼓钲喤聒[4]，诸院皆响。既而诸院皆息，姥恐阿端不能即娴[5]，独絮絮调拨之；而阿端一过，殊已了了[6]。姥喜曰："得此儿，不让晚霞矣！"

[注释]

[1] 兜牟：头盔。　[2] 颜色和霁：脸色和蔼。　[3] 钱塘飞霆之舞，洞庭和风之乐：这是唐传奇《柳毅传》虚拟的舞蹈和乐曲。柳毅为龙女传书，钱塘君解救龙女，"千雷万霆，激绕其身"；龙女返回龙宫，祥风庆云，箫韶以随。"金石丝竹，罗绮珠翠，舞女于左"。　[4] 喤（huáng）聒：声音宏大刺耳。　[5] 娴：熟悉。　[6] 了了：明白，清楚。

明日，龙窝君按部[1]，诸部毕集。首按夜叉部：鬼面鱼服[2]，鸣大钲，围四尺许，鼓可四人合抱之，声如巨霆，叫噪不复可闻。舞起，则巨涛汹涌，横流空际，时堕一点星光，及着地消灭。龙窝君急止之。命进乳莺部：皆二八姝丽，笙乐细作，一时清风习习，波声俱静，水渐凝如水晶世界，上下通明。按毕，俱退立西墀下。次按燕子部：皆垂髫人，内一女郎，年十四五已来，振袖倾鬟，作散花舞[3]。翩翩翔起，衿袖袜履间，

借解姥之口点出阿端和晚霞是龙宫艺人中出类拔萃者。但评："此处从解姥口中说出晚霞，是逗下笔，是横插笔，却仍是双顶笔。知如此用笔，则为文无散漫之笔，无鹘突之笔，无落空疏忽之笔。"

柳条、乳莺、燕子、蛱蝶各部，名字美，人物美，构成龙宫美妙的歌舞场面。

皆出五色花朵，随风飏下，飘泊满庭。舞毕，随其部亦下西墀。阿端旁睨之，雅爱好之。问之同部，即晚霞也。

[注释]

[1]按部：检查各部。　[2]鬼面鱼服：戴着鬼怪状假面具，穿着鱼皮做的衣服。　[3]散花舞：天女散花舞。

无何，唤柳条部。龙窝君特试阿端。端作前舞，喜怒随腔[1]，俯仰中节[2]。龙窝君嘉其惠悟，赐五文袴褶[3]，鱼须金束发[4]，上嵌夜光珠。阿端拜赐下，亦趋西墀，各守其伍。端于众中遥注晚霞，晚霞亦遥注之。少间，端逡巡出部而北，晚霞亦渐出部而南，相去数武，而法严不敢乱部，相视神驰而已。既按蛱蝶部：童男女皆双舞，身长短、年大小、服色黄白，皆取诸同。诸部按已，鱼贯而出。柳条部在燕子部后，端疾出部前，而晚霞已缓滞在后。回首见端，故遗珊瑚钗，端急内袖中。

"相视神驰"，好词，比"眉目传情"更传神。

[注释]

[1]喜怒随腔：喜怒之情随着音乐的变化而变化。　[2]俯仰中节：舞蹈动作随着音乐节奏而进展。　[3]五文袴褶（zhě）：五

彩军服。袴褶，古时连着上衣的军服裤。　　[4] 鱼须金束发：鱼须形的金丝束发用具。

既归，凝思成疾，眠餐顿废。解姥辄进甘旨，日三四省，抚摩殷切，病不少瘥。姥忧之，罔所为计，曰："吴江王寿期已促[1]，且为奈何？"薄暮，一童子来，坐榻上与语，自言："隶蛱蝶部。"从容问曰："君病为晚霞否？"端惊问："何知？"笑曰："晚霞亦如君耳。"端凄然起坐，便求方计。童问："尚能步否？"答云："勉强尚能自力。"童挽出，南启一户，折而西，又辟双扉，见莲花数十亩，皆生平地上，叶大如席，花大如盖，落瓣堆梗下盈尺。童引入其中，曰："姑坐此。"遂去。少时，一美人拨莲花而入，则晚霞也。相见惊喜，各道相思，略述生平。遂以石压荷盖令侧，雅可幛蔽，又匀铺莲瓣而藉之，忻与狎寝[2]。既订后约，日以夕阳为候，乃别。端归，病亦寻愈。由此两人日一会于莲亩。

古代小说写男女幽会，美莫过于此。但明伦评："文境之妙，如幽禽对话，野树交花。"冯镇峦评："欲写幽欢，先布一妙境，视桑间野合、濮上于飞者，有仙凡之别。""人间所谓兰闺洞房，贱如粪壤。"

[注释]

[1]寿期已促：祝寿日期迫近。　　[2]忻与狎寝：快乐地相拥而憩。

过数日，随龙窝君往寿吴江王。称寿已，诸部悉还，独留晚霞及乳莺部一人在宫中教舞。数月更无音耗，端怅惘若失。惟解姥日往来吴江府，端托晚霞为外妹[1]，求携去，冀一见之。留吴江门下数日，宫禁森严，晚霞苦不得出，怏怏而返。积月余，痴想欲绝。一日，解姥入，戚然相吊曰："惜乎！晚霞投江矣！"端大骇，涕下不能自止。

劈空而入。

因毁冠裂服[2]，藏金珠而出，意欲相从俱死。但见江水若壁，以首力触不得入。念欲复还，惧问冠服，罪将增重，意计穷蹙[3]，汗流浃踵。忽睹壁下有大树一章，乃猱攀而上[4]，渐至端杪[5]，猛力跃堕，幸不沾濡，而竟已浮水上。不意之中，

阿端落水而死，龙宫中投水却再生。妙想！

恍睹人世，遂飘然泅去。移时，得岸，少坐江滨，顿思老母，遂趁舟而去。抵里，四顾居庐，忽如隔世。次且至家，忽闻窗中有女子曰："汝子来

天外飞来。

矣。"音声甚似晚霞。俄，与母俱出，果霞。斯时两人喜胜于悲，而媪则悲疑惊喜，万状俱作矣。

[注释]

[1]外妹：表妹。　[2]毁冠裂服：把龙宫服装毁坏了。　[3]"意计穷蹙"二句：窘迫，困厄，没有主意，极度惶恐，浑身是汗。　[4]猱

攀而上：像猴子一样爬上去。　　[5]端杪：树梢。

　　初，晚霞在吴江，觉腹中震动。龙宫法禁严，恐旦夕身娩，横遭挞楚；又不得一见阿端，但欲求死，遂潜投江水。身泛起，沉浮波中。有客舟拯之，问其居里。晚霞故吴名妓，溺水不得其尸，自念院不可复投^[1]，遂曰："镇江蒋氏，吾婿也。"客因代贳扁舟^[2]，送诸其家。蒋媪疑其错误。女自言不误，因以其情详告媪。媪以其风格韵妙，颇爱悦之。第虑年太少，必非肯终寡也者。而女孝谨，顾家中贫，便脱珍饰，售数万。媪察其志无他，良喜。然无子，恐一旦临蓐，不见信于戚里；以谋女，女曰："母但得真孙，何必求人知？"媪亦安之。

[注释]

[1]院：妓院。　　[2]代贳扁舟：替晚霞雇了条小船。

　　会端至，女喜不自已。媪亦疑儿不死，阴发儿冢，骸骨具存。因以此诘端。端始爽然自悟^[1]，然恐晚霞恶其非人，嘱母勿复言。母然之。遂告同里，以为当日所得非儿尸，然终虑其不能生子。未几，竟举一男，捉之无异常儿[2]，始悦。久之，女渐觉阿端非人，乃曰："胡不早言！凡鬼衣龙宫衣，七七魂魄坚凝[3]，生人不殊矣。若得宫中龙角胶，可以续骨节而生肌肤，惜不早购之也。"

端货其珠，有贾胡出资百万[4]，家由此巨富。值母寿，夫妻歌舞称觞，遂传闻王邸。王欲强夺晚霞。端惧，见王自陈："夫妇皆鬼。"验之无影而信，遂不之夺。但遣宫人就别院，传其技。女以龟溺毁容而后见之[5]。教三月，终不能尽其技而去。

人鬼交替新模式。

晚霞以艳美始，以毁容终。人间与龙宫，都无良民的活路。如此优美的描写，蕴藏如此深刻的内容，妙极。

[注释]

[1]爽然自悟：豁然开朗明白自己是鬼。　[2]捉之无异常儿：抚抱时发现跟一般婴儿一样。　[3]坚凝：凝结。　[4]贾胡：在华夏经商的胡人。　[5]龟溺毁容：传说龟尿沾到皮肤上没法洗掉，可以毁容。

[点评]

聊斋最富有诗情画意的爱情故事。形式美、内容美，语言更美。开篇是气韵生动的民间风俗画，接着是一组婀娜多姿的龙宫歌舞，然后是幽静美妙的莲池爱巢，还有龙宫与人间任往来的奇思妙想。阿端晚霞双美，龙宫歌舞群美，莲池幽会雅美，少男少女爱情美。有静态美、有动态美、有动静相形的美、有动静结合的美，从里美到外，从头美到尾，流光溢彩，美轮美奂。在中国古代小说的长河中，《晚霞》和《柳毅传》堪称描写龙宫的双璧。而《晚霞》因为有《柳毅传》在前，要想写出新意、写出新境界，更加困难、更加棘手。蒲松龄知难而进，其龙宫的歌舞场面，以梦幻之笔把龙宫的绚丽多彩、变幻莫测写绝了。可贵的是，美丽背后有辛酸，幽雅背后有痛苦。晚霞和阿端都是在人间受压迫的艺人，死后进入龙宫相爱，龙宫也不能相容，他们返回人间。人间的王爷仍要夺晚霞，晚霞不得不毁容以护清白。从人间到龙宫，再从龙宫到人间，都没有普通良民的活路，因为黑恶势力总是赤裸裸站在普通民众的对立面。

白秋练

直隶有慕生，小字蟾宫，商人慕小寰之子，聪惠喜读。年十六，翁以文业迂[1]，使去而学贾。从父至楚，每舟中无事，辄便吟诵。抵武昌，父留居逆旅，守其居积。生乘父出，执卷哦诗，音节铿锵。辄见窗影憧憧，似有人窃听之，而亦未之异也。

白秋练对爱情
的羞缩态度，为白
媪登场做铺垫。

白媪竟以家
长之尊为女儿做红
娘。求婚不成，就
施法术阻碍船行。

白氏母女水族
神灵的身份在小说
开头隐隐显露。白
媪沙碛阻舟为二人
相爱提供机缘。慕
翁考虑问题的立足
点不是"情"，更
不可能是"诗"，
而是"利"，是认
蝇头小利、缺人情
味的角色。

一夕，翁赴饮，久不归。生吟益苦。有人徘
徊窗外，月映甚悉，怪之；遽出窥觇，则十五六
倾城之姝。望见生，急避去。又二三日，载货北
旋，暮泊湖滨。父适他出，有媪入曰："郎君杀
吾女矣！"生惊问之，答云："妾白姓，有息女
秋练，颇解文字。言在郡城，得听清吟，于今结
想，至绝眠餐。意欲附为婚姻，不得复拒。"生
心实爱好，第虑父嗔，因直以情告。媪不实信，
务要盟约[2]，生不肯。媪怒曰："人世姻好，有
求委禽而不得者。今老身自媒，反不见内，耻孰
甚焉！请勿想北渡矣！"遂去。

[注释]
[1]文业迁：从事科举不合时宜。　[2]盟约：婚约。

少间，父归，善其词以告之[1]，隐冀垂纳。
而父以涉远，又薄女子之怀春也[2]，笑置之。泊
舟处水深没棹[3]；夜忽沙碛拥起[4]，舟滞不得动。
湖中每岁客舟必有留住守洲者，至次年桃花水
溢[5]，他货未至，舟中物当百倍于原直也。以故
翁未甚忧怪。独计明岁南来，尚须揭资[6]，于是

留子自归。生窃喜，悔不诘媪居里。

[注释]
[1]"善其词以告之"二句：把媪的意思编成好听的话告诉父亲，期望父亲答应婚事。　[2]薄女子之怀春：瞧不起女子想嫁人，主动追求男子。　[3]棹：船桨。　[4]沙碛（qì）：沙子和小石头。　[5]桃花水：春汛。颜师古注《汉书·沟洫志》："盖桃方华时，既有雨水。"[6]揭资：借钱措办资金。

日既暮，媪与一婢扶女郎至，展衣卧诸榻上，向生曰："人病至此，莫高枕作无事者[1]！"遂去。生初闻而惊，移灯视女，则病态含娇，秋波自流。略致讯诘，嫣然微笑。生强其一语，曰："'为郎憔悴却羞郎'[2]，可为妾咏。"生狂喜，欲近就之，而怜其荏弱[3]，探手于怀，接为戏。女不觉欢然展谑[4]，乃曰："君为妾三吟王建'罗衣叶叶'之作[5]，病当愈。"生从其言，甫两过，女揽衣起坐，曰："妾愈矣！"再读，则娇颤相和。生神志益飞，遂灭烛共寝。女未曙已起，曰："老母将至矣。"未几，媪果至。见女凝妆欢坐，不觉欣慰，邀女去，女俯首不语。媪即自去，曰："汝乐与郎君戏，亦自任也。"于是生始研问居止。

白秋练相思而病，病增娇态，更添妩媚。恋人所吟的并非爱情诗，是《春怨词》，借景写情，大自然美景为青年男女增添相爱成分。春莺、芳草、杨柳，像年轻人浪漫青春。

女曰："妾与君不过倾盖之友[6]，婚嫁尚不可必，何须令知家门。"然两人互相爱悦，要誓良坚。

[注释]

[1]高枕：把枕头垫高，舒舒服服地睡觉。　[2]为郎憔悴却羞郎：语出唐代元稹《莺莺传》：张生与崔莺莺相爱，最后张生却视其为"尤物"，自己"善补过"，将莺莺抛弃。各自婚嫁后，张生求见莺莺。莺莺不见，留诗一首："自从消瘦减容光，万转千回懒下床。不为旁人羞不起，为郎憔悴却羞郎。"此处取最后一句诗的直接语意，与整首诗及写诗者的遭遇无关。　[3]荏（rěn）弱：虚弱。　[4]展谑：露出快乐的表情。　[5]罗衣叶叶：语出唐代诗人王建的《宫词》："罗衫叶叶绣重重，金凤银鹅各一丛。每遍舞时分两向，太平万岁字当中。"[6]倾盖之友：偶尔相遇的朋友。盖，车盖，路遇时停车相语，车盖相接。

女一夜早起挑灯，忽开卷凄然泪莹。生急起问之，女曰："阿翁行且至[1]。我两人事，妾适以卷卜[2]，展之得李益《江南曲》[3]，词意非祥。"生慰解之，曰："首句'嫁得瞿塘贾'[4]，即已大吉，何不祥之与有？"女乃稍欢，起身作别曰："暂请分手，天明则千人指视矣[5]。"生把臂哽咽，问："好事如谐，何处可以相报？"曰："妾常使人侦探之。谐否无不闻也。"生将下舟送之，女力辞而去。无何，慕果至。生渐吐其情。父疑其招妓，怒加诟厉[6]，细审舟中财物，并无亏损，谯呵乃已。一夕，翁不在舟，女忽至，相见依依，莫知决策。女曰："低昂有数[7]，且图目前。姑留君两月，再商行止。"临别以吟声作为相会之约。由此值翁他出，遂高吟，则女自至。四月行尽，物价失时，诸贾无策，敛资祷湖神之庙。端阳后，雨水大至，舟始通。

[注释]

[1]阿翁：公公。　[2]卷卜：用书占卜。　[3]李益《江南曲》："嫁得瞿塘贾，朝朝误妾期。早知潮有信，嫁与弄潮儿。"白秋练认为离别的诗句不吉利，慕生却认为第一句"嫁得瞿塘贾"意味着二人婚姻有成。　[4]瞿塘贾：瞿塘峡商人。　[5]千人指视：触犯众怒。　[6]诟厉：指责、诟病。　[7]低昂有数：成败都由上天决定。

生既归，凝思成疾。慕忧之，巫医并进[1]。生私告母曰："病非药禳可痊，惟有秋练至耳。"翁初怒之，久之，支离益惫[2]，始惧。赁车载子，复如楚。泊舟故处，访居人，并无知白媪者。会有媪操柁湖滨[3]，即出自任。翁登其舟，窥见秋

慕小寰的人生哲学，感情不感情的无所谓，只要财物不受损就成。

慕小寰精于算计，想一箭双雕。既希望儿子病好，又想和富人联姻。

"姑"字用得妙！姑，姑且，暂且，不做长远打算。慕小寰不理解也不在乎儿子的相思，传宗接代的儿子病重才着了急。他异想天开，默许儿子与秋练苟合，却不承担任何责任。以自我需要为中心，恶劣的奸商哲学。白媪却将女儿终身大事放到首位。两位完全不同的家长。

练，心窃喜，而审诘邦族，则浮家泛宅而已[4]。因实告子病由，冀女登舟，姑以解其沉痼。媪以婚无成约，弗许。女露半面，殷殷窥听[5]，闻两人言，眦泪欲堕。媪视女面，因翁哀请，即亦许之。

[注释]

[1] 巫医并进：巫师和医生一起治疗。　[2] 支离益惫：更加瘦弱疲惫。　[3] 柁（duò）：同"舵"。　[4] 浮家泛宅：以船为家，漂泊无定。　[5] 殷殷窥听：专注忧伤地倾听。

至夜，翁出，女果至，就榻鸣泣曰："昔年妾状，今到君耶！此中况味，要不可不使君知。然羸顿如此[1]，急切何能便瘳？妾请为君一吟。"生亦喜。女亦吟王建前作。生曰："此卿心事，医二人何得效？然闻卿声，神已爽矣。试为我吟'杨柳千条尽向西'[2]。"女从之。生赞曰："快哉！卿昔诵诗余[3]，有《采莲子》云：'菡萏香连十顷陂'[4]，心尚未忘，烦一曼声度之。"女又从之。甫阕[5]，生跃起曰："小生何尝病哉！"遂相狎抱，沉疴若失。既而问："父见媪何词？事得谐否？"女已察知翁意，直对"不谐"。既而女去，父来，见生已起，喜甚，但慰勉之。因曰："女子良佳。然自总角时，把柁棹歌[6]，无论微贱，抑亦不贞。"生不语。

浪漫恋人在势利慕父面前再次碰钉子。"不贞"是借口，"微贱"是关键。

[注释]

[1]羸顿：病重衰弱。　[2]杨柳千条尽向西：唐代刘方平《代春怨》："朝日残莺伴妾啼，开帘只见草萋萋。庭前时有东风入，杨柳千条尽向西。"　[3]诗余：词的别称。　[4]菡萏（hàn dàn）香连十顷陂（bēi）：唐代皇甫松《采莲子》："菡萏香连十顷陂，小姑贪戏采莲迟。晚来弄水船头湿，更脱红裙裹鸭儿。"　[5]甫阕：刚吟罢。阕，乐曲结束。　[6]把柁棹歌：边撑船边唱歌。

翁既出，女复来。生述父意，女曰："妾窥之审矣[1]。天下事，愈急则愈远，愈迎则愈拒。当使意自转，反相求。"生问计，女曰："凡商贾志在利耳。妾有术知物价。适视舟中物，并无少息。为我告翁：居某物，利三之；某物，十之。归家，妾言验，则妾为佳妇矣。再来时，君十八，妾十七，相欢有日，何忧为！"生以所言物价告父。父颇不信，姑以余资半从其教。既归，所自置货，资本大亏；幸少从女言，得厚息，略

柔弱的秋练蹉跌中领悟人生，找到反败为胜的秘诀。以预知货物价格仙术，让慕父经商获利。

被颠倒的一切重新颠倒过来。曾嫌弃秋练的慕父主动下聘，欢天喜地迎秋练进门。再也不提门第、贞洁。金钱说话，一路绿灯。哪儿是迎美丽的儿媳？分明是迎招财进宝的财神！慕父的转变生动地表现了封建社会末期商品经济是怎样改变人的观念。

相准[2]。以是服秋练之神。生益夸张之，谓女自言，能使己富。翁于是益揭资而南。至湖，数日不见白媪；过数日，始见其泊舟柳下，因委禽焉。媪悉不受，但涓吉送女过舟[3]。翁另赁一舟为子合卺。女乃使翁益南，所应居货，悉籍付之。媪乃邀婿去，家于其舟。翁三月而返，物至楚，价已倍蓰[4]。将归，女求载湖水。既归，每食必加少许，如用醯酱焉[5]。由是每南行，必为致数坛而归。后三四年，举一子。

[注释]

[1]窥之审：观察得明白。　[2]相准：互相抵销。　[3]涓吉：选择吉日。　[4]倍蓰（xǐ）：数倍。蓰，五倍。　[5]醯（xī）酱：酱油、醋等调料。

一日，涕泣思归。翁乃偕子及妇俱如楚。至湖，不知媪之所在。女扣舷呼母，神形丧失。促生沿湖问讯。会有钓鲟鳇者[1]，得白鳣[2]。生近视之，巨物也，形全类人，乳阴毕具。奇之，归以告女。女大骇，谓夙有放生愿，嘱生赎放之。生往商钓者，钓者索直昂。女曰："妾在君家，

谋金不下巨万，区区者何遂靳直也！如必不从，
妾即投湖水死耳！"生惧，不敢告父，盗金赎放
之。既返，不见女。搜之不得，更尽始至。问：
"何往？"曰："适至母所。"问："母何在？"觍
然曰："今不得不实告矣：适所赎，即妾母也。向
在洞庭，龙君命司行旅[3]。近宫中欲选嫔妃，妾
被浮言者所称道，遂敕妾母，坐相索。妾母实奏
之。龙君不听，放母于南滨[4]，饿欲死，故罹前
难。今难虽免，而罚未释。君如爱妾，代祷真君
可免[5]。如以异类见憎，请以儿掷还君。妾去，
龙宫之奉，未必不百倍君家也。"

[注释]

[1] 鲟鳇（xún huáng）：鱼名，形似鲟鱼，背有甲骨。　[2] 白
鱀：即白鱀豚，人称"淡水海豚"，产于长江中下游，是水生兽
类，嘴狭长，有蓝色背鳍，腹部白色。　[3] 司行旅：管理行旅客
商。　[4] 南滨：湖南岸。　[5] 真君：道家修仙得道的高人。

生大惊，虑真君不可得见。女曰："明日未
刻[1]，真君当至。见有跛道士，急拜之，入水亦
从之。真君喜文士，必合怜允。"乃出鱼腹绫一

宁死也维护女
儿的爱情。为可敬
的母亲增添亮丽一
笔。

柔弱的秋练
在母亲危难时言刚
直之语。居然说出
"要挟"性话来！
语言绝妙！

方[2]，曰："如问所求，即出此，求书一'免'字。"生如言候之。果有道士蹩躄而至，生伏拜之。道士急走，生从其后。道士以杖投水，跃登其上。生竟从之而登，则非杖也，舟也。又拜之。道士问："何求？"生出罗求书。道士展视曰："此白鳜翼也，子何遇之？"蟾宫不敢隐，详陈颠末。道士笑曰："此物殊风雅，老龙何得荒淫！"遂出笔草书"免"字，如符形，返舟令下。则见道士踏杖浮行，顷刻已渺。归舟，女喜，但嘱勿泄于父母。

慕蟾宫求真君，绝妙画面！声形俱妙。

[注释]

[1] 未刻：下午一点到三点。　[2] 鱼腹绫：鱼肚白色的绫罗。

鱼儿离不了水，人之常情。最不可思议的是，诗歌可以起死回生。杜甫《梦李白》写友谊。蒲松龄借朋友之酒杯，消恋人之块垒。

归后二三年，翁南游，数月不归。湖水既罄，久待不至，女遂病，日夜喘急。嘱曰："如妾死，勿瘗，当于卯、午、酉三时[1]，一吟杜甫《梦李白》诗[2]，死当不朽。候水至，倾注盆内，闭门缓妾衣，抱入浸之，宜得活。"喘息数日，奄然遂毙。后半月，慕翁至，生急如其教，浸一时许，渐甦。自是每思南旋。后翁死，生从其意，迁于楚。

[注释]

[1] 卯、午、酉三时：早上、中午、晚上三个时辰。卯，上午五时至七时；午，上午十一时至下午一时；酉，下午五时至七时。　[2] 杜甫《梦李白》：李白晚年被流放，杜甫写《梦李白》二首深切怀念李白，其中"魂来枫林青，魂返关塞黑"，蒲松龄曾化用在《聊斋自志》中。

[点评]

　　慕蟾宫与白秋练因诗生情，以诗传情，进而以诗治病。诗寄托深刻的眷恋，抒发望穿秋水的等待，相爱者以诗歌互相感知，诗歌给爱情蒙上浪漫主义的狂热和激情洋溢的朝气。文化素养使性爱变得细腻优雅，爱情如诗，如金色的梦。更有甚者，诗歌还可以起死回生，聊斋先生把诗歌魅力通过另类爱情故事写到极点。白秋练有位尊重女儿爱情、以女儿爱情为生活重心、视女儿爱情幸福强于自己生命的母亲白媪。慕蟾宫有位只管利益不管感情、以金钱为中心，视儿子爱情为无物的父亲。慕父是"封建家长＋精明商人"，他打着"三从四德"幌子嫌贫爱富，始而因白家贫贱而阻挠儿子婚姻，继而因秋练能致富主动求婚。离奇爱情故事，有真实时代背景。鱼儿离不了水，恋人离不了诗，商人离不了利，《白秋练》是诗意和深度有机结合的绝妙小说。

杜甫《梦李白》诗两首：

其一："死别已吞声，生别常恻恻。江南瘴疠地，逐客无消息。故人入我梦，明我长相忆。恐非平生魂，路远不可测。魂来枫林青，魂返关塞黑。今君在罗网，何以有羽翼？落月满屋梁，犹疑照颜色。水深波浪阔，无使蛟龙得！"

其二："浮云终日行，游子久不至。三夜频梦君，情亲见君意。告归常局促，苦道来不易。江湖多风波，舟楫恐失坠。出门搔白首，若负平生志。冠盖满京华，斯人独憔悴。孰云网恢恢，将老身反累。千秋万岁名，寂寞身后事。"

香　玉

劳山下清宫[1]，耐冬高二丈[2]，大数十围[3]；牡丹高丈余，花时璀璨如锦。胶州黄生[4]，筑舍其中而读焉。一日，遥自窗中见女郎，素衣掩映花间[5]。心疑观中乌得有此，趋出，已遁去。由此屡见之。遂隐身丛树中，以伺其至。无何，女郎又偕一红裳者来。遥望之，艳丽双绝。行渐近，红裳者却退，曰："此处有人！"生乃暴起，二女惊奔，袖裙飘拂，香风流溢。追过短墙，寂然已杳。爱慕殷切，因题句树上云："无限相思苦，含情对短窗。恐归沙吒利[6]，何处觅无双[7]？"

香玉第一次现身是真实的璀璨如锦的牡丹花。

香玉第二次现身是香风绕身的美女，暗点花神显身。

[注释]

[1]下清宫：劳山道观名字。　[2]耐冬：常绿木本植物，初夏开红花。　[3]围：径尺为围。　[4]胶州：今山东省胶州市，位于青岛西北。　[5]掩映：忽隐忽现。　[6]恐归沙吒（zhā）利：担心自己钟情的女子为权势者夺去。唐代许尧佐《柳氏传》：柳氏与韩翃（hóng）相爱，安史之乱中，柳氏与韩翃离散，柳氏为番将沙吒利所得。虞侯许俊设计将柳氏救出，与韩翃团聚。　[7]何处觅无双：唐代薛调《无双传》：王仙客与刘无双有婚约，无双在兵变中入宫做宫女，侠客古押衙用药让无双假死，从宫中赚出，与王仙客团圆。古押衙为表明绝不泄露二人秘密而自杀。

归斋冥想，女郎忽入。惊喜承迎。女笑曰："君洶洶似强寇，使人恐怖，不知君竟骚士，无妨相亲。"生略叩生平，曰："妾小字香玉，隶籍平康巷[1]，被道士闭置山中，实非所愿。"生问："道士何名？当为卿一涤此垢[2]。"女曰："不必，彼亦未敢相逼，借此与风流士长作幽会，亦佳。"问："红衣者谁？"曰："此名绛雪，亦妾义姊。"遂相狎寝。既醒，曙色已红。女急起，曰："贪欢忘晓矣！"着衣易履，且曰："妾酬君作，口占勿笑。"曰："良夜更易尽，朝暾已上窗[3]。愿如梁上燕，栖处自成双。"生握腕曰："卿秀外惠中[4]，使人爱而忘死；顾一日之去，如千里之别。卿乘间当来，勿待夜也。"女诺之。由此夙夜必偕。每使邀绛雪来，辄不至，生以为恨。女曰："绛姊性殊落落[5]，不似妾情痴也。当从容劝驾，不必过急。"

旁注：

由此香玉可联想到林黛玉之谓"香玉"。

隶籍平康巷并非世间"人尽夫"，暗指牡丹花什么人都可观看、爱悦。

[注释]

[1]平康巷：妓院。唐代长安丹凤街有平康坊，也称平康里，是妓女聚集的地方。　[2]一涤此垢：洗去这耻辱。　[3]朝暾（tūn）：初升的太阳。　[4]秀外惠中：外貌秀美，资质聪

慧。 [5]落落：孤高自许，与人寡合。

一夕，女惨然入曰："君陇不能守[1]，尚望蜀耶？今长别矣。"问："何之？"以袖拭泪曰："此有定数，难为君言。昔日佳什，今成谶语矣[2]。'佳人已属沙吒利[3]，义士今无古押衙'可为妾咏。"诘之，不言，但有呜咽，竟夜不眠，早旦而去。生怪之。次日，有即墨蓝氏[4]，入宫游瞩，见白牡丹，悦之，掘移径去。生始悟香玉乃花妖也，怅惋不已。过数日，闻蓝氏移花至家，日就萎悴。恨极，作《哭花》诗五十首，日日临穴，涕洟其处。

[注释]

[1]"君陇不能守"二句：你连我都守不住，还想得到绛雪吗？这是化用"得陇望蜀"。陇，是香玉自喻。蜀，是比喻绛雪。 [2]谶语：预言吉凶祸福的话语。 [3]"佳人已属沙吒利"二句：宋代《彦周诗话》引用王晋卿诗句，意思是，佳人已被抢走，却没有《无双传》中古押衙那样的侠客相救。 [4]即墨：今山东省青岛市即墨区。

一日，凭吊而返，遥见红衣人挥涕穴侧；从

容而近就之，女亦不避。生因把袂，相向汍澜，已而挽请入室，女亦从之。叹曰："童稚之姊妹，一朝断绝！闻君哀伤，弥触妾恻。泪堕九泉，或当感诚再作[1]；然死者神气已散，仓猝何能与吾两人共谈笑也？"生曰："小生薄命，妨害情人，当亦无福可消双美。曩烦香玉道达微忱[2]，胡再不临？"女曰："妾以年少书生，什九薄倖[3]，不知君固至情人也[4]。然妾与君交，以情不以淫。若昼夜狎昵，则妾所不能矣。"言已，告别。生曰："香玉长离，使人寝食俱废。赖卿少留，慰此怀思，何决绝如是？"女乃止，过宿而去。

既是"良友"，则不宜描写与黄生欢爱。注重分寸。

[注释]

[1]感诚再作：感于赤诚而重生。 [2]微忱：微薄心意。 [3]什九薄倖：十个有九个薄倖。 [4]至情人：有真情的人。

数日不复至，冷雨幽窗，苦怀香玉，辗转床头，泪凝枕簟[1]，揽衣更起，挑灯命笔，踵前韵曰[2]："山院黄昏雨，垂帘坐小窗。相思人不见，中夜泪双双。"诗成自吟，忽窗外有人曰："作者不可无和[3]。"听之，绛雪也。启门内之。女视诗，

痴情黄生得新不忘旧。

即续其后曰："连袂人何处[4]？孤灯照晚窗。空山人一个，对影自成双。"生读之泪下，因怨相见之疏。女曰："妾不能如香玉之热，但可少慰君寂寞耳。"生欲与狎。曰："相见之欢，何必在此？"于是至无聊时，女辄一至；至则宴饮酬倡，有时不寝遂去。生亦听之，谓之曰："香玉吾爱妻，绛雪吾良友也。"

[注释]

[1]簟（diàn）：竹席。　[2]踵前韵：依照前诗的韵脚再作一首诗。　[3]和：和他人的诗并用其韵。　[4]连袂人：衣袖相联的同伴。

每欲相问："卿是院中第几株？早以见示，仆将抱植家中，免似香玉被恶人夺去，贻恨百年。"女曰："故土难移，告君亦无益也。妻尚不能终从，况友乎？"生不听，捉臂而出，每至牡丹下，辄问："此为卿否？"女不言，掩口笑之。适生以残腊归[1]，过岁[2]，至二月间，忽梦绛雪至，愀然曰："妾有大难！君急往，尚得相见，迟无及矣。"醒而异之，急命仆马，星驰至山。则道士将建屋，有一耐冬，碍其营造，工师方纵斤矣[3]。生知所梦即此，急止之。入夜，绛雪来谢。生笑曰："向不实告，宜遭此厄。今而后已知卿矣。卿如不至，当以艾炷相灸。"女曰："妾固知君如此，曩故不敢告也。"坐移时，生曰："今对良友，益思艳妻，久不哭香玉，卿能从我哭乎？"二人乃往，临穴洒涕，至一更向尽，绛雪挍泪劝止[4]，乃还。

[注释]

[1]残腊：农历年底。　[2]过岁：过了年。农历以春节为年。　[3]纵斤：抡起斧头。　[4]挍（wěn）：擦拭。

又数夕，生方独居凄恻，绛雪笑入曰："喜信报君知：花神感君至情，俾香玉复降宫中。"生喜问："何时？"答云："不知，要不远耳。"天明下榻，生曰："仆为卿来，勿长使人孤寂。"女笑诺。两夜不至。生往抱树，摇动抚摩，颇唤绛雪，久之，无声，乃返。对烛团艾，将以灼树。女遽入，夺艾弃之曰："君恶作剧，使人创痏[1]，当与君绝矣。"生笑拥之。坐方定，香玉盈盈而入。生望见，

用词准确而优美，盈盈而入，魂游也。花而神，花而魂，巧思送出。

泣下流离，急起把握。香玉以一手捉绛雪，相对悲哽。已而坐道离苦，生把之觉虚，如手自握，惊其不类曩昔。香玉泫然曰："昔妾花之神，故凝；今妾花之鬼，故散也。今虽相聚，君勿以为真，但作梦寐观可耳。"绛雪曰："妹来大好！妾被汝家男子纠缠死矣。"遂辞而去。香玉款笑如生平，但偎傍之间，仿佛以身就影[2]。生邑邑不欢，香玉亦俯仰自恨，乃曰："君以白蔹屑少杂硫黄[3]，日酹妾一杯水，明年此日报君恩。"亦别而去。

形容臻妙。把花的鬼魂状态写得活灵活现，似乎花魂真实存在。

贾宝玉前身浇灌林黛玉前身，可能源于此。

[注释]

[1] 创痏（wěi）：烧出疤痕。　[2] 以身就影：拥抱自己的影子。　[3] 白蔹（liǎn）：中药名。据《群芳谱》，种植牡丹，以此拌种，可使苗旺。

明日，往观故处，则牡丹萌生矣。生从其言，日加培溉，又作雕阑以护之。香玉来，感激倍至。生谋移植其家，女不可，曰："妾弱质，不堪复戕[1]。且物生各有定处，妾来，原不拟生君家，违之反促年寿。但相怜爱，好合自有日耳。"生恨绛雪不至，香玉曰："必欲强之使来，妾能致之。"乃与生挑灯出，至树下，取草一茎，布掌作度[2]，以度树本，自下而上，至四尺六寸，按其处，使生以两爪齐搔。俄见绛雪自背后出，笑骂曰："婢子来，益助桀为虐耶[3]！"牵挽并入。香玉曰："姊勿怪，暂烦陪侍郎君。一年后，不相扰矣。"自此遂以为常。

乔木亦有腋窝而且怕痒，妙哉！

[注释]

[1]复戕：再次戕害。 [2]布掌作度：以手掌做丈量标准。 [3]助桀为虐：帮恶人办坏事。原典出自《史记·留侯世家》，桀，夏朝末期暴君。

生视花芽，日益肥茂，春尽，盈二尺许[1]。归后，亦以金遗道士，使朝夕培养之。次年四月至宫，则花一朵，含苞未放；方流连间，花摇摇欲拆[2]；少时已开，花大如盘，俨然有小美人坐蕊中，裁三四指许；转瞬间，飘然已下，则香玉也。笑曰："妾忍风雨以待君，君来何迟也？"遂入室。绛雪亦至，笑曰："日日代人作妇，今幸退而为友。"遂相谈宴赓和[3]，至中夜，绛雪乃去。两人同寝，款洽一如当年。

多么富于诗意的镜头！似电影、电视剧、动画画面，美极、妙极。牡丹花神复活，是小说最美丽的片段之一。但评："种则情种，报则情报，苞则情苞，蕊则情蕊。"

[注释]

[1]盈:超过。　[2]拆:绽开。　[3]谈宴赓和:边说笑宴饮边诗词唱和。

后生妻卒,生遂入山,不复归。是时,牡丹已大如臂,生每指之曰:"我他日寄魂于此,当生卿之左。"两女笑曰:"君勿忘之。"后十余年,忽病。其子至,对之而哀。生笑曰:"此我生期,非死期也。何哀为!"谓道士曰:"他日牡丹下有赤芽怒生[1],一放五叶者,即我也。"遂不复言。子舆致而归[2],至家,寻卒。次年,果有肥芽突出,叶如其数。道士以为异,益灌溉之。三年,高数尺,大拱把[3],但不花。老道士死,其弟子不知爱惜,因其不花,斫去之。白牡丹亦憔悴,寻死。无何,耐冬亦死。

但明伦评:"爱妻良友,两两并写,各具性情,各肖口吻。入手用双提,中间从妻及友,又从友及妻,复恐顾此失彼,以言语时时并出之,末后三人齐结,笔墨一色到底。"

[注释]

[1]怒生:蓬勃生长。　[2]舆致:用车接。　[3]大拱把:两手合围那么粗。

异史氏曰:"情之至者,鬼神可通。花以鬼从[1],而人以魂寄[2],非其结于情者深耶? 一去而两殉之^[3]，即非坚贞，亦为情死矣。人不能贞，犹是情之不笃耳。仲尼读《唐棣》而曰'未思'^[4]，信矣哉！”

[注释]

[1] 花以鬼从：牡丹花的鬼魂跟随黄生。　[2] 人以魂寄：黄生死后灵魂跟随牡丹花神香玉。　[3] 一去而两殉之：黄生变成的无花紫牡丹被道士砍掉，香玉、绛雪都为之殉情而死。　[4] 仲尼读《唐棣》而曰“未思”：作者引用孔子的话，意思是只要有至情，就能坚贞相爱。《论语·子罕》：“'唐棣之华，偏其反而。岂不尔思？室是远而。'子曰：'未之思也，夫何远之有哉？'”意思是：“'唐棣树的花优雅地摇摇摆摆，难道我不想念你？只因为家住得太远了。'孔子说：'还是没有想念，如果真的想念，有什么遥远呢？'”

[点评]

黄生爱上白牡丹花神香玉，不仅不相猜疑，香玉成了花鬼，他照样爱，自己死后还要寄魂白牡丹花旁。黄生不仅对“异类”不疑，还要自己变成异类长相依。他的“达”登峰造极。《香玉》创造了古代文学爱情描写又一经典模式。古代诗词小说写忠贞不渝的爱情常用比翼鸟、连理枝。杨玉环和李隆基“在天愿作比翼鸟，在地愿为连理枝”；六朝小说里韩凭夫妇生前不能相聚，死后墓地上的树枝枝相连，鸳鸯在上边啼鸣；乐府诗刘兰芝和焦仲卿以死跟封建家长抗争，最后变成交颈鸳鸯；梁

聊斋另一牡丹花神葛巾的悲剧，蒲松龄认为原因是常生“未达”，对所爱的人没有深信不疑。而黄生是彻底的达人。

山伯和祝英台一起化蝶。黄生爱花，自己最后也变成花。香玉在小说中先后以四种姿态出现：真实的花、花幻化成的花神美人、花的灵魂、花中美人。黄生死后变成"赤芽怒生，一放五叶"的花，伴随白牡丹。因赤芽不开花，被道士拔去，白牡丹也憔悴而死，完成了"花以鬼从，人以魂寄"缠绵悱恻的动人爱情悲剧。汤显祖说过，"情不知其所起，一往而深，生者可以死，死者可以生。生而不可死，死而不可复生，皆非情之至也"。杜丽娘为情而死，为情复生，成千古绝唱。黄生和香玉为了爱，可以义无反顾地选择死亡，可以费尽曲折地选择重生，生生死死，痴情不变。《香玉》写尽至情，是《聊斋志异》著名的柔美爱情故事，是古代小说的奇葩，又给《红楼梦》宝黛爱情以深刻影响，牡丹花神香玉和痴情的黄生成为古代小说人物画廊中的著名形象。

王桂庵

王樨，字桂庵，大名世家子[1]。适南游，泊舟江岸。邻舟榜人女[2]，绣履其中，风姿韵绝。王窥瞻既久[3]，女若不觉。王朗吟"洛阳女儿对门居"[4]，故使女闻。女似解其为己者，略举首一斜瞬之[5]，俯首绣如故。王神志益驰，以金锭一枚遥投之，堕女襟上。女拾弃之，若不知为金

写芸娘不着眼"美"而着意"韵"，自珍自重。

开头数百字像光天化日下的"三岔口"，二人互相揣摩，演得面面生风。王桂庵从因惊艳而追求到下决心求婚，是因为榜人女的人格力量。她谨慎观察偶然相遇的贵公子。王投金锭，她不贪财，"拾弃之"；王投金手镯，因是信物，她机警地藏起来。

也者。金落岸边，王拾归，益怪之，又以金钏掷之，堕足下，女操业不顾。无何，榜人自他归。王恐其见钏研诘，心急甚，女从容以双钩覆蔽之[6]。榜人解缆，顺流径去。

[注释]

[1]大名：今河北省邯郸市大名县。　[2]榜人：船夫。　[3]窥瞻：偷看。　[4]洛阳女儿对门居：语出王维诗《洛阳女儿行》："洛阳女儿对门居，才可颜容十五余。……谁怜越女颜如玉，贫贱江头自浣纱。"王桂庵借此诗向榜人女示好。　[5]斜瞬之：从眼角快速看一眼。　[6]双钩：纤弯的双脚。钩，莲钩，女子缠的小脚。

不知对方何许人，爱情却油然而生。

王心情丧惘[1]，痴坐凝思。时王方丧偶，悔不即媒定之。乃询诸舟人，皆不识其何姓。乃返舟急追之，目力既穷，杳不知其所往。不得已，返舟而南。务毕[2]，北旋，又沿江细访，并无音耗。抵家，寝食皆萦念之。逾年，复南，买舟江际[3]，若家焉。日日细数行舟，往来者帆樯皆熟，而曩舟殊渺。居半年，资罄而归；行思坐想，不能少置。一夜，梦至江村，过数门，见一家柴扉南向，门内疏竹为篱，意是亭园，径入之。有夜合一株[4]，红丝满树。隐念：诗中"门前一树马

王桂庵梦中看到合欢树，又叫马樱花。树叶早上伸开，晚上合上，所以它还有两个名字，"夜合"和"合昏"。合昏的"昏"不是和结婚的"婚"同音字？小说家要在小说梦景中安排一棵树，也不会随便安排，必须有点寓意。王桂庵在梦中看到的树绝对不允许是柳树，是松树，是杨树，只能是合欢树。

缨花"[5]，此其是矣。过数武，苇芭光洁。又入之，见北舍三楹，双扉阖焉。南有小舍，红蕉蔽窗。探身一窥，则椸架当门[6]，胃画裙其上，知为女子闺闼，愕然却退。而内已觉之，有奔出瞰客者，粉黛微呈，则舟中人也。喜出非望，曰："亦有相逢之期乎！"方将狎就，女父适归，倏然惊觉，始知为梦。景物历历，如在目前。秘之，恐与人言，破此佳梦。

［注释］

[1]丧惘：沮丧，怅惘。　[2]务毕：办完事。　[3]买舟：雇船。　[4]夜合：马樱花的别名。　[5]门前一树马缨花：语出元代诗人虞集《水仙神》："盘塘江上是儿家，郎若游时来吃茶。黄土覆墙茅盖屋，门前一树马樱花。"　[6]椸（yí）架：衣架。

这段"写得神情逼真，场面极洽，气氛极浓。"（语出《吴组缃小说课》146页）

后年余，再适镇江。郡南有徐太仆，与有世谊[1]，招之饮。信马而去，误入小村，道途景色，仿佛平生所历。一门内，马缨一树，梦境宛然。骇极，投鞭径入[2]。种种物色，与梦无别。再入，则房舍一如其数。梦既验，不复疑虑，直趋南舍，舟中人果在其中。遥见王，惊起，以扉自幛，叱问："何处男子？"王逡巡间，犹疑是梦。女见步履渐近，閛然扃户。王曰："卿不忆掷钏者耶？"备述相思之苦，且言梦征[3]。女隔窗审其家世，王具道之。女曰："既属宦裔，中馈必有佳人，焉用妾？"王曰："非以卿故，婚娶固已久矣。"女曰："果如所言，足知君心。妾此情难告父母，然亦方命而绝数家[4]。金钏犹在，料钟情者必有耗问耳。适父母偶适外戚，行且至。君姑退，倩冰委禽，计无不遂；若望以非礼成偶[5]，则用心左矣[6]。"王仓卒欲出，女遥呼："王郎，妾芸娘，姓孟氏，父字江蓠。"王诺，记而出。

好莱坞名片《魂断蓝桥》男主角罗伊在申请结婚时才问女主角玛拉姓什么，被看成经典爱情故事的趣笔和典范。岂不知三百多年前蒲松龄笔下的灰姑娘早就这样做过。一对恋人，女如运筹帷幄的诸葛亮，男如毛手毛脚的莽张飞，同是情痴，风貌各异。地位悬殊却爱如铁石，是这段痴恋动人之处。

[注释]

[1]世谊：世交。 [2]投鞭：下马。 [3]梦征：梦兆。 [4]方命：抗拒命令。 [5]非礼成偶：不经正式婚姻私通。 [6]左：错。

芸娘告诉王桂庵的是父亲的字而不是名，说明她有文化，不是榜人女。

罢筵早返，谒江蓠。江逆入，设坐篱下。王自道家阀[1]，即致来意，兼纳百金为聘。翁曰："息女已字矣。"王曰："讯之甚确，固待聘耳，何见绝之深？"翁曰："适间所语，不敢为诳。"王神情俱失，拱别而返，不知其言信否。当夜辗转，无人可以媒之。向欲以情告太仆，恐娶榜人女为先生笑^[2]；今情急，无可为媒，质明^[3]，诣太仆，实告之。太仆曰："此翁与有瓜葛，是祖母嫡孙，何不早言？"王始吐隐情。太仆疑曰："江蓠固贫，素不以操舟为业，得毋误乎？"乃遣子大郎诣孟。孟曰："仆虽空匮，非卖婚者。曩公子以金自媒，谅仆必为利动，故不敢附为婚姻。既承先生命，必无错谬。但顽女颇恃娇爱，好门户辄便拗却^[4]，不得不与商榷，免他日怨远婚也。"遂起，少入而返，拱手："一如尊命^[5]。"约期乃别。大郎复命，王乃盛备禽妆，纳采于孟^[6]，假馆太仆之家^[7]，亲迎成礼。

有清贫守志的父亲，才有高洁有志的女儿。孟父必须征求女儿的意见，是位通情达理的好父亲。

[注释]

[1]家阀：家世门第。　[2]先生：长辈。　[3]质明：天刚亮。　[4]拗却：拒绝。　[5]一如尊命：一切按您的嘱托办理。　[6]纳采：古代婚礼"六礼"之一，男方向女方送订婚礼物。　[7]假馆：借用馆舍。

居三日，辞岳北归。夜宿舟中，问芸娘曰："向于此处遇卿，固疑不类舟人子。当日泛舟何之？"答云："妾叔家江北，偶借扁舟一省视耳。妾家仅可自给，然傥来物颇不贵视之。笑君双瞳如豆[1]，屡以金资动人。初闻吟声，知为风雅士，又疑为儇薄子作荡妇挑之也。使父见金钏，君死无地矣。妾怜才心切否？"王笑曰："卿固黠甚，然亦堕吾术矣。"女问："何事？"王止而不言。又固诘之，乃曰："家门日近，此亦不能终秘。实告卿：我家中固有妻在，吴尚书女也。"芸娘不信，王故庄其词以实之[2]。芸娘色变，默移时，遽起，奔出；王躧履追之[3]，则已投江中矣。王大呼，诸船惊闹，夜色昏濛，惟有满江星点而已。王悼痛终夜，沿江而下，以重价觅其骸骨，亦无见者。

[注释]

[1] 双瞳如豆：目光短浅。　[2] 庄其词以实之：郑重说明以证实其事。　[3] 躧（xǐ）履：急忙趿拉着鞋。

邑邑而归，忧悒交集。又恐翁来视女，无词可以相对。有姊婿官河南，遂命驾造之，年余始归。途中遇雨，休装民舍，见房廊清洁，有老妪弄儿厦间。儿睹王入，即扑求抱。王怪之，又视儿秀婉可爱，揽置膝头。妪唤之，不去。少顷，

王桂庵不改纨绔习气。乱开玩笑引起后文波澜，是描写芸娘的重要笔墨。

《吴组缃小说课》第148页评这段描写："以千钧力量，满腔热情，重重地鞭打了富家公子的轻薄儿戏之不严肃的习性，颂扬了小家小户贫家女子的高洁可贵的品质。"

铸雪斋本"即扑求抱"描绘父子天生亲情生动。比康熙抄本"即求援抱"更准确。

雨霁，王举儿付妪，下堂趣装。儿啼曰："阿爹去矣[1]！"妪耻之，呵之不止，强抱而去。王坐待治任[2]，忽有丽者自屏后抱儿出，则芸娘也。方诧异间，芸娘骂曰："负心郎！遗此一块肉，焉置之？"王乃知为己子，酸来刺心，不暇问其往迹，先以前言之戏，矢日自白[3]。芸娘始反怒为悲，相向涕零。

褓襁认父，突笔、妙笔！

[注释]
[1]阿爹：爸爸。　[2]治任：整理行装。　[3]矢日：指着太阳发誓。

先是，第主莫翁[1]，六旬无子，携媪往朝南海[2]。归途泊江际，芸娘随波下，适触翁舟。翁命从人拯出之，疗控终夜[3]，始渐苏。翁媪视之，是好女子，甚喜，以为己女，携之而归。居数月，欲为择婿，女不可。逾十月，举一子，名之"寄生"。王避雨其家，寄生方周岁也。王于是解装，入拜翁媪，遂为岳婿。居数日，始举家归。至，则孟翁坐待，已两月矣。翁初至，见仆辈情词恍惚，心颇疑怪。既见，始共欢慰。历述所遭，乃知其枝梧者有由也^[4]。

[注释]

[1]第主：房主。　[2]南海：特指南海观音所在处，即今浙江普陀山。　[3]疗控：对落水者的急救。控，将溺水者覆身，控制头部，使之吐水。　[4]枝梧：吱唔，语言搪塞。

[点评]

富家公子王桂庵对不知姓名的榜人女一见钟情，虚嫡妻位以待，苦苦寻觅两年，"情痴"二字，当之无愧。无独有偶，闺中弱女也在等待，还为这无望的等待数次抗婚。为偶然的惊鸿一瞥，为电光石火般的感情交流，为一个没留下地址和姓名的人，一个几乎不可能再见的人，忠心耿耿、殷切翘盼。茫茫人海，冉冉岁月，真诚纯净，坚如磐石，其情足以感天地、惊鬼神。精诚所至，金石为开。见面述相思、定终身，本是意料中文字。天才作家却不落窠臼，二人的喜相逢既是情节发展的枢纽，又成了刻画人物的关键。王桂庵以百金求婚，反而被拒绝，清高的父亲，衬托着自重自珍的女儿。有情人终成眷属，痴情人情重愈酌情的考验却刚开始。婚后，王桂庵开个"家中固有妻在"玩笑，芸娘毫不犹豫地投进滔滔江水。为维护自己的人格尊严，绝不做富儿玩物，宁死不做妾，宁死不与轻薄儿为伍！追求平等的爱，不平等毋宁死！在严酷考验下，柔弱婉妙的少女表现了高尚的胸怀和刚烈的品性，个性魅力熠熠生辉。叙事文字既

聊斋小说人物命名非常讲究。男主角字"桂庵"、名"樨"，樨为常绿小乔木，开暗黄色小花，有特殊香气，通称"桂花"。男主角的爱情执着非常感人。女主角名"芸娘"。"芸"为香草之名，也叫芸香，是有驱虫作用的药草。《礼记·月令》："仲冬之月芸始生。"芸娘为人正气凛然，她与王桂庵一见钟情，却拒绝苟合，一定要明媒正娶。她以死抗争不做妾。"芸"又有花草枯黄之貌，《诗·小雅·苕之华》："苕之华，芸其黄矣。"孔颖达疏："及其将落则全变为黄，芸为极黄之貌"。芸娘投江，香草枯萎。蒲松龄用一个"芸"字，把人物性格两方面，命运两方面都概括了。

"矢矫变化，如生龙活虎，不可捉摸"（但明伦评）；又明快简捷，优美娴雅。故事情节既丝丝入扣、环环相生、周密严谨；又"不险不快，险绝快绝"（冯镇峦评）。时而如山路崎坎，惊险迭出；时而如小溪潺潺，平静温馨。真是"平江恬静之际，复起惊涛；远山迤逦而来，突成绝壁"（但明伦评）。令王桂庵心旷神怡的美梦，会因"女父适归"而惊醒；眼看成功的婚姻，又因孟父无中生有地宣布"息女已字"而半路搁浅；二人婚后生活也波澜丛生，王桂庵开玩笑，芸娘投江，"积数载之相思，得三日之好合，一句戏言未了，满江星点共含悲"（但明伦评）；二人劫后相遇，作者也不让芸娘遽然出现，而以寄生褓裸认父布成疑阵。山重水复疑无路，柳暗花明又一村。小说家布局如大将布阵，巧计迭出。

主要参考文献

聊斋志异（半部手稿四册） 辽宁省图书馆收藏 文学古籍刊行社1955年版

聊斋志异（残本或合本） 清康熙抄本 山东省博物馆、山东省图书馆藏

异史（《聊斋志异》异名抄本） 清雍正末年抄本 中国书店1989年版

聊斋志异 清乾隆十五年（1750）二十四卷抄本 齐鲁书社1980年版

聊斋志异 清乾隆十六年（1751）铸雪斋抄本 上海人民出版社1974年版

聊斋志异 （清）赵起杲、鲍廷博编订 乾隆三十一年（1766）青柯亭刻本

聊斋志异会校会注会评本 张友鹤整理 上海古籍出版社1978年出版

全本新注聊斋志异　朱其恺主编　人民文学出版社1989年出版

聊斋志异全校会注集评本　任笃行整理　齐鲁书社2000年出版

马瑞芳重校点评聊斋志异　河北教育出版社2007年出版

全本全注全译聊斋志异　于天池注　中华书局2015年出版

详注新评聊斋志异　赵伯陶据任笃行底本注评　人民文学出版社2016年出版

般阳土著（蒲氏族谱）　蒲松龄手稿本　日本庆应义塾大学收藏

鹤轩笔札（代孙蕙拟书信文告）　蒲松龄手稿本　青岛博物馆收藏

聊斋文集（祭文拟表）　蒲松龄手稿本　山东省图书馆、蒲松龄故居收藏

聊斋偶存草（康熙九年至十四年诗）　清康熙抄本　蒲松龄故居收藏

蒲松龄集　路大荒整理　中华书局上海编辑所1986年出版

蒲松龄全集　盛伟编　学林出版社1998年出版

清史稿　赵尔巽等著　中华书局1980年排印本

清史列传　中华书局1980年线装排印本

清史　戴逸主编　人民出版社1980年出版

清代科举考试述录　商衍鎏著　三联书店1958年出版

山东通志　清雍正修、乾隆刻三十六卷

济南府志　清道光二十年（1840）七十二卷本

淄川县志　清乾隆四十一年（1776）十卷本

宝应县志　清康熙二十九年（1690）二十四卷本

宝应图经　清道光三年（1823）稿本　清光绪淮南书局刻本

扬州府志　清同治刻本

高邮州志　清光绪刻本

淄川毕氏世谱　清道光刻本

淄川县丰泉乡王氏世谱　清道光刻本

新城王氏世谱　清乾隆刻本

蒲留仙遗著考略与志异遗稿　刘阶平著　台北正中书局 1950 年出版

聊斋志异原稿研究　杨仁恺著　辽宁人民出版社 1958 年出版

蒲留仙传　刘阶平著　台北学生书局 1970 年出版

蒲松龄年谱　张景樵编著　台北商务印书馆 1970 年出版

蒲松龄传　[日]前野直彬著　日本秋山书店 1976 年出版

蒲松龄及其聊斋志异　罗敬之著　台北国立编译馆 1986 年出版

蒲松龄事迹著述新考　袁世硕著　齐鲁书社 1988 年出版

蒲松龄论集　王枝忠著　文化艺术出版社 1990 年出版

蒲松龄研究丛稿　邹宗良著　山东大学出版社 2011 年出版

聊斋志异资料汇编　朱一玄编著　南开大学出版社 2012 年出版

幻由人生蒲松龄传　马瑞芳著　作家出版社 2013 年出版

吴组缃小说课　人民文学出版社 2019 年出版

蒲松龄研究集刊（1—4 辑）山东大学蒲松龄研究室编　齐鲁书社出版

蒲松龄研究（1—120 期）蒲松龄纪念馆主办

太平广记　中华书局 1981 年出版

唐人小说　山东文艺出版社 1990 年出版

《中华传统文化百部经典》已出版图书

书　名	解读人	出版时间
周易	余敦康	2017 年 9 月
尚书	钱宗武	2017 年 9 月
诗经（节选）	李　山	2017 年 9 月
论语	钱　逊	2017 年 9 月
孟子	梁　涛	2017 年 9 月
老子	王中江	2017 年 9 月
庄子	陈鼓应	2017 年 9 月
管子（节选）	孙中原	2017 年 9 月
孙子兵法	黄朴民	2017 年 9 月
史记（节选）	张大可	2017 年 9 月
传习录	吴　震	2018 年 11 月
墨子（节选）	姜宝昌	2018 年 12 月
韩非子（节选）	张　觉	2018 年 12 月
左传（节选）	郭　丹	2018 年 12 月
吕氏春秋（节选）	张双棣	2018 年 12 月
荀子（节选）	廖名春	2019 年 6 月
楚辞	赵逵夫	2019 年 6 月
论衡（节选）	邵毅平	2019 年 6 月
史通（节选）	王嘉川	2019 年 6 月
贞观政要	谢保成	2019 年 6 月
战国策（节选）	何　晋	2019 年 12 月
黄帝内经（节选）	柳长华	2019 年 12 月
春秋繁露（节选）	周桂钿	2019 年 12 月
九章算术	郭书春	2019 年 12 月
齐民要术（节选）	惠富平	2019 年 12 月
杜甫集（节选）	张忠纲	2019 年 12 月
韩愈集（节选）	孙昌武	2019 年 12 月
王安石集（节选）	刘成国	2019 年 12 月
西厢记	张燕瑾	2019 年 12 月
聊斋志异（节选）	马瑞芳	2019 年 12 月